晚清小说戏曲禁毁问题研究

张天星 著

中华书局

图书在版编目(CIP)数据

晚清小说戏曲禁毁问题研究/张天星著. —北京:中华书局,
2024.1
ISBN 978-7-101-16351-3

Ⅰ.晚… Ⅱ.张… Ⅲ.①禁书-古典小说-小说研究-中国-清后
期②禁书-古代戏曲-文学研究-中国-清后期 Ⅳ.①I207.41
②I207.37

中国国家版本馆 CIP 数据核字(2023)第 178445 号

书 名	晚清小说戏曲禁毁问题研究	
著 者	张天星	
责任编辑	陈 乔	
责任印制	管 斌	
出版发行	中华书局	
	(北京市丰台区太平桥西里38号 100073)	
	http://www.zhbc.com.cn	
	E-mail:zhbc@zhbc.com.cn	
印 刷	河北新华第一印刷有限责任公司	
版 次	2024年1月第1版	
	2024年1月第1次印刷	
规 格	开本/710×1000毫米 1/16	
	印张35¾ 插页2 字数600千字	
国际书号	ISBN 978-7-101-16351-3	
定 价	175.00元	

目　录

第一编　禁毁主体

第二编　禁毁原因

第三编　禁毁效果

第四编　禁毁法制

绪 论

清代是中国古代禁毁①小说戏曲最频繁、最严厉的朝代，小说戏曲禁毁问题是清代小说戏曲研究的重要内容。20 世纪 90 年代以来，伴随古代小说戏曲研究的发展，清代小说戏曲禁毁问题研究蔚然兴起。据统计，1990—2020 年，学界共发表清代禁毁小说戏曲相关研究论文 60 余篇，硕士论文 10 多篇，出版专著 10 余部②。但由于既有成果的选题多加有"古代""明清""清代""清末民初"等时空限定，具体涉及晚清小说戏曲禁毁问题的专题研究并不多见，从而形成清代前中期③小说戏曲禁毁问题研究较集中，晚清小说戏曲禁毁问题关注较少的研究格局。有鉴于此，我们有必要回顾和梳理晚清小说戏曲禁毁问题研究的现状，找出需要开拓的方向，以期推进相关研究。

一、研究回顾

20 世纪 90 年代以来的晚清小说戏曲禁毁问题研究成果，可概括为禁毁史料整理和个案研究两大方面：

---

① 禁毁，包括禁和毁两层含义，禁指禁止、查禁、禁戒、禁惩；毁指诋毁、销毁。本书使用禁毁一词，取其习惯表达之义，其一指禁止、查禁，如禁花鼓、国忌禁乐；其二指禁止刊行传播并销毁，如丁日昌禁毁淫词小说、庚辛禁毁小说运动；其三指观念上轻视、诋毁，如小说戏曲有害无益、女伶海淫。

② 欧阳健《古代小说禁书漫话》，辽宁教育出版社 1992 年版；李梦生《中国禁毁小说百话》，上海古籍出版社 1994 年版；李时人等《中国古代禁毁小说漫话》，汉语大词典出版社 1999 年版；丁淑梅《中国古代禁毁戏剧史论》，中国社会科学出版社 2008 年版；李德生《禁戏》，百花文艺出版社 2009 年版；丁淑梅《中国古代禁毁戏剧编年史》，重庆大学出版社 2014 年版；赵维国《教化与惩戒：中国古代戏曲小说禁毁问题研究》，上海古籍出版社 2014 年版；刘庆《管理与禁令：明清戏剧演出生态论》，上海古籍出版社 2014 年版；王颖《清代禁毁小说坊刻研究》，河南大学出版社 2015 年版；丁淑梅《清代演剧禁治与禁戏制度化研究》，中国社会科学出版社 2020 年版。

③ 清代历史分期学界不一，本书采用较常见的前期、中期、晚期三分法：前期指清朝初年至雍正朝末；中期一般指乾隆朝、嘉庆朝以及道光前二十年；晚期即晚清，指鸦片战争以后，其中 1898 年戊戌变法至 1912 年清朝覆灭一般称清末时期。

(一)史料整理

小说戏曲禁毁史料是关于查禁、禁止、销毁小说和戏曲的法令、舆论和活动记录等文献资料之总称。小说戏曲禁毁史料的搜集与整理是小说戏曲禁毁相关研究的基础。晚清是中国历史"三千年未有之大变局"的特殊时期,中国社会开始了艰难的近代转型,传统思想的坚守与嬗变、外来观念的输入和浸润,冲突与吸纳,矛盾与融合,纷纭激烈,晚清禁毁小说戏曲活动十分频繁。官方的主动查禁,士绅的积极参与,善书的竞相沿袭,报刊的舆论鼓动,晚清小说戏曲禁毁史料在数量上,尤其是禁毁舆论数量浩繁,超过了清代前中期。对此,王利器《元明清三代禁毁小说戏曲史料(增订本)》①即有体现。王先生辑录 1840 年以后的禁令有 64 则,辑录的禁毁舆论大多数来自 1840 年以后编纂刊行的善书,如余治(1809—1874)《得一录》、梁恭辰(1814—?)《劝戒录》、黄正元(1844—1906)《欲海慈航》、《重订福寿金鉴》等。此外,2001 年,冯绍霆公布了两则禁毁淫词小说档案,一则为 1886 年上海知县莫祥芝颁发的查禁淫词小说示,一则为上海知县黄承暄禁止各书坊发售淫书的谕令②,对晚清禁毁小说史料有所小补。多年来,丁淑梅致力于古代禁戏研究,成果迭出,她在古代碑刻、方志、文集方面对禁戏史料多有发现,其《元明清三代禁毁戏曲史料补遗》一文收录了晚清禁戏史料 4 则(篇)③。

2000 年以后,禁毁史料搜集与整理的对象开始注意晚清报刊。此前,因馆藏晚清报刊开放或影印出版有限,禁毁史料的搜集未能拓展到晚清报刊,像王利器《元明清三代禁毁小说戏曲史料》仅从晚清报刊上辑录了 1 则禁戏史料。学界正式关注晚清报载小说戏曲禁毁史料始于有"中国近代史史料宝库"之称的《申报》。《中国戏曲志·上海卷》(1996 年版)穷十年之功完成,为编写该书,编委会前期曾编写了《上海戏曲史料荟萃》1—5 集,其中第 4 集辑录《申报》戏曲文章索引时,收录 50 余则(篇)禁戏史料目录。此后,赵山林、丁淑梅、赵维国等对《申报》禁毁史料都有所关注,赵山林《中

①王利器辑录《元明清三代禁毁小说戏曲史料(增订本)》,上海古籍出版社 1981 年版。
②冯绍霆《晚清两份查禁"淫书"的档案》,《档案与史学》2001 年第 3 期。
③丁淑梅《元明清三代禁毁戏曲史料补遗》,《中国文学研究》(辑刊)2007 年第 2 期。

国近代戏曲编年》编排事件时共选取晚清《申报》所载禁戏史料 16 则（篇）①。丁淑梅《清代禁毁戏曲史料编年》《中国古代禁毁戏剧编年史》收录了《申报》所载禁戏史料 30 余则②；赵维国《教化与惩戒：中国古代戏曲小说禁毁问题研究》之"附录"收录了晚清《申报》所载小说戏曲禁毁史料 430 余则（篇）③。稍有遗憾的是，由于《申报》影印本字体细密，阅读困难，学界以往在整理《申报》所载禁毁史料时，都存在不同程度的遗漏。近年，晚清报载禁毁史料的收集与整理已从《申报》拓展到众多的晚清报刊。傅谨、谷曙光主编《京剧历史文献汇编》从《游戏报》《申报》《新闻报》《顺天时报》等晚清报刊收录了不少禁毁史料；张天星《晚清报载小说戏曲禁毁史料汇编（上、下）》从 74 种晚清中文报刊上辑录小说戏曲禁毁史料 2364 则（篇），时间跨度自 1869 年至 1911 年，包括官方禁令 299 则、民间约章 10 则、禁毁舆论 689 则（篇）、查禁报道 1356 则，凡 98 万言，较大地丰富了晚清报载小说戏曲禁毁史料④。在该汇编的整理过程中，张天星还对晚清报载禁毁《红楼梦》史料⑤、《申报》所载湖北省禁毁小说戏曲史料进行了辑释⑥，对《申报》所载扬州禁戏史料的文献价值进行了探讨⑦。另外，台北艺术大学徐亚湘选编《台湾日日新报》所载戏曲资料时，收录晚清台湾禁戏史料 10 余则，对了解晚清台湾查禁采茶戏具有一定文献价值⑧。近年在晚清禁毁史料的发掘中值得一提的新动向还有：对晚清地方官日记和县衙档案中禁戏史料的关注，因为这些史料本就稀见，愈显珍贵⑨。目前，晚清报载小说戏曲禁毁史料的收集与整理日趋翔实。接下来，我们开展的工作是充分利用晚清禁毁史料发现新问题、提出新观点，推进晚清小说戏曲禁毁问题研究。

①赵山林《中国近代戏曲编年（1840—1919）》，华东师范大学出版社 2008 年版。
②丁淑梅《清代禁毁戏曲史料编年》，四川大学出版社 2010 年版；丁淑梅《中国古代禁毁戏剧编年史》，重庆大学出版社 2014 年版。
③赵维国《教化与惩戒：中国古代戏曲小说禁毁问题研究》，上海古籍出版社 2014 年版。
④张天星《晚清报载小说戏曲禁毁史料汇编》（上、下），北京大学出版社 2015 年版。
⑤张天星《晚清报载禁毁〈红楼梦〉史料辑释》，《红楼梦学刊》2015 年第 6 期。
⑥张天星《晚清〈申报〉刊载的湖北省禁毁小说戏曲史料》，《武汉文史资料》2013 年第 4 期。
⑦张天星《晚清〈申报〉所载扬州禁戏史料的文献价值》，《扬州大学学报》（人文社会科学版）2016 年第 4 期。
⑧徐亚湘选编点校《台湾日日新报与台南新报戏曲资料选编》，宇宙出版社 2001 年版。
⑨陈志勇《晚清岭南官场演剧及禁戏——以〈杜凤治日记〉为中心》，《中山大学学报》（社会科学版）2017 年第 1 期；张志全《地方衙门档案中的戏曲史料及其价值发微——以清代南部县衙门档案为例》，《戏曲艺术》2017 年第 1 期。

(二)个案研究

目前,晚清小说戏曲禁毁问题研究尚无专著,主要集中在文献以及重要地区、人物、事件、现象、因果等个案研究方面,成果主要分布如下:

1.晚清遭禁的小说戏曲文献研究。一是剧目和查禁情况介绍。李德生《禁戏》介绍了乾隆五十年至宣统三年(1785—1911)80 出被禁剧目的剧情、禁与解禁情况[1],剧目来源主要依据的是《翼化堂条约》所附《永禁淫戏目单》、丁日昌《禁毁书目》等,对了解晚清被禁剧目的大致情况颇有裨益。二是晚清曾遭禁的小说戏曲刊本、内容、传播的考证。《詅痴符》自《计毁淫书目单》(1838)、《应禁各种书目》(1844)、丁日昌《应禁书目》(1868)之后,湮没无闻。潘建国据北京大学藏本《詅痴符》,考查了该小说藏本及主要内容[2],使读者对该小说有了大致了解。日本东京大学东洋文化研究所推出的双红堂文库堪称明清小说戏曲宝库,其中收录晚清禁戏剧目数十种,丁淑梅以清末遭禁的《庆顶珠》《趴蜡庙》《小上坟》为例,研究了刊本样貌与藏本异同、图像叙事与名伶效应,其刊行策略和传播效应有助于了解早期京剧谋求发展的路径和艺术探索精神[3]。晚清禁毁小说戏曲的书目,尤其是剧目尚缺乏全面梳理,有关遭禁小说戏曲文献诸如出版、传播等方面的研究尚不多见,李德生等学者的研究启示我们从文献学角度对晚清遭禁小说戏曲展开系统研究。

2.同治七年丁日昌查禁淫词小说研究。在清代,淫词小说包括小说刊本及戏曲曲本。同治七年(1868)丁日昌查禁淫词小说是晚清小说史、戏曲史上的大事,引人注目,既有成果可分为两个方面:

其一,查禁得失、背景、原因的研究。谢桃坊以丁日昌禁毁小说戏曲为中心,探讨了中国近代禁毁小说戏曲的得失,认为丁日昌查禁小说戏曲的动机实质上是晚清“同治中兴”时期封建统治阶级“自强”运动的一个组成部分。丁日昌查禁小说戏曲之“得”是查禁了不少“属于错误的性刺激材料”的淫秽书籍,其“失”则是将禁书范围扩大化,致使许多优秀作品毁灭或

---

①李德生《禁戏》,百花文艺出版社 2009 年版。

②潘建国《稀见清代禁毁小说〈詅痴符〉》,《文学遗产》2005 年第 6 期。

③丁淑梅《双红堂藏清末民初京调折子禁戏研究——以〈庆顶珠〉〈趴蜡庙〉〈小上坟〉为例》,《甘肃社会科学》2013 年第 6 期。

流散。该文还比较了中西色情文学的特点,总结了近代禁书的历史经验①,体现了作者开阔的研究视野。张弦生研究了丁日昌查禁原因②,属介绍性质,未揭橥因由,陈益源阅读张文之后有所感发,撰文探究丁日昌积极刊刻西学等书籍与猛烈禁毁小说戏曲的原因和矛盾,认为"中学为体、西学为用"的保守观念是丁日昌刻书与禁书的根本原因,其动机是想端正太平天国造反后的风俗人心。陈先生还将同治七年这场禁毁运动与发起人的个性联系起来,认为丁日昌禁毁小说戏曲还是其人有血性、好任事的个性使然③,令人耳目一新。在陈益源等人研究基础上,丁淑梅对丁日昌禁书禁戏作了深入研究,她认为丁日昌禁书禁戏的治政之心,是以防患民变、禁治暴乱为出发点。丁淑梅还考察了当时盛行的功过格、余治的劝善言论对丁日昌查禁活动的影响,认为丁日昌查禁活动可见劝善挽俗向崇正黜邪转向,而这个转向也带来了禁毁对象和范围的转移④。这对我们深入认识丁日昌的禁毁活动与当时社会舆论的互动关系,以及从历时上认识丁日昌的禁毁原因都富有启发。

　　其二,丁日昌查禁唱本戏曲目录研究。丁日昌开列应禁小说、杂剧、传奇计 122 种,"小本淫词唱片目"计 111 种,其中包括不少唱本、唱片目录,是了解清代俗曲、弹词、小戏的重要历史文献。车锡伦是知名的俗文学研究专家,他对丁日昌查禁"小本唱片目"的研究即见功力。车先生钩沉了"小本唱片目"所包含的 30 余种俗曲以及山歌、弹词段子和开篇、民间小戏等俗文学作品的主要内容,认为小本唱片由于难登大雅之堂,无人为其编目,保存下来的极少,因而丁日昌开列的"小本唱片目"作为见于历史文献的第一个唱本、唱片目录,具备其他文献资料所不能替代的文献价值,其民间文化价值,值得从不同角度发掘⑤。朱恒夫根据十余年在江南地区发掘出来的资料,对丁日昌查禁《唱说拔兰花》等 10 种小戏名目予以叙录⑥,对

---

① 谢桃坊《中国近代禁毁小说戏曲的得失》,《文献》1994 年第 3 期。

② 张弦生《清代查禁"淫词小说"与丁日昌的通饬令》,《中州学刊》1994 年第 6 期。

③ 陈益源《丁日昌的刻书与禁书》,《明清小说研究》1997 年第 2 期。

④ 丁淑梅《丁日昌设局禁书禁戏论》,《陕西师范大学学报》(哲学社会科学版)2011 年第 1 期。

⑤ 车锡伦《清同治江苏查禁"小本唱片目"中的俗曲》,《扬州师范学院学报》(社会科学版)1992 年第 2 期;车锡伦《清同治江苏查禁"小本唱片目"考述》,《文献》1996 年第 2 期。

⑥ 朱恒夫《清丁日昌所禁小戏说唱部分名目叙录》,《江苏教育学院学报》(社会科学版)1995 年第 2 期。

了解这 10 种小戏的内容颇有裨助。

　　3. 晚清上海查禁活动与社会文化关系研究。晚清上海既是小说编撰和出版中心，也是南方演剧中心，上海还是近代文化与传统观念交锋的前沿，禁毁活动异常频繁，不少研究者注目于此，对晚清上海禁毁小说戏曲活动展开研究。晚清上海禁毁小说问题研究方面，孟丽根据三则晚清报载禁毁小说报道，说明晚清上海禁毁小说受到租界法律的限制和出版新技术的冲击，而且判罚取消杖刑或流刑，体现了法律的进步。孟丽的探讨实际上已初步涉及晚清上海小说禁毁刑罚变革问题以及通过报载禁毁小说史料来发现新问题，目前，这方面的成果还很少。晚清上海禁戏问题研究方面，集中在查禁"淫戏"所反映的文化转变研究上。魏兵兵研究了晚清上海"淫戏"盛行的原因及其反映的文化变迁，认为晚清上海"淫戏"屡禁不绝的根本原因是商人阶层追求"风流"体验的娱乐诉求，反映了传统政治权威和道德权威的双重弱化①；丁淑梅《中国古代禁毁戏剧史论》利用《申报》所载禁戏史料探讨晚清上海查禁剧目、查禁特点和内容，认为《申报》禁戏展现了晚清上海演剧活动在新旧交替中、竞争中、禁毁中繁盛的局面②。应注意的是，晚清报刊兴起之际，报刊就与近代戏曲形成了共同成长的关系，丁淑梅之前，鲜有人研究报刊与晚清禁戏之间的关系，她对晚清《申报》所载禁戏史料及其反映文化现象的研究，虽限于《申报》，但启示我们对报刊与晚清禁毁小说戏曲的关系作进一步思考。金坡研究了晚清上海禁戏愈禁愈烈现象，认为尽管政府采用"软"与"硬"两方面的管控措施，但社会控制力量的不断削弱，使晚清上海政府对淫戏的蔓延力不从心③。这四位研究者，丁、孟属于文学研究，魏、金则属于社会史研究，四位研究者不约而同地注意到晚清上海查禁小说戏曲活动体现了上海近代社会文化的深层变迁，他们的研究启示我们研究晚清小说戏曲禁毁问题时，必须将其置于社会转型的大视野来观照，方能解析禁毁活动背后蕴含的推动和阻碍的诸多因素。

　　4. 清末查禁女伶及男女合演研究。元明时期，女伶曾在戏剧演出中扮演重要角色，男女合演亦数见不鲜。清初开始，政府对女伶实行禁抑政策，

①魏兵兵《"风化"与"风流"："淫戏"与晚清上海公共娱乐》，《史林》2010 年第 5 期。
②丁淑梅《中国古代禁毁戏剧史论》，中国社会科学出版社 2008 年版，第 335—367 页。
③金坡《愈禁愈演：清末上海禁戏与地方社会控制》，《都市文化研究》2013 年第 2 期。

清中叶以后，女伶在戏园中公开演出几被禁绝，更遑论冲击男女之大防的
男女合演。清末女伶和男女合演在禁抑中兴起是中国近代戏曲演出角色
的重大变革。学界在研究清末民初女伶和男女合演问题时，对清末女伶和
男女合演的查禁问题有较多涉及，如罗素敏①、龚和德②、李永祥③、徐剑
雄④、刘慰东⑤、乔丽⑥、徐蔚⑦等学者在探讨清末民初女伶和男女合演在上
海兴起时，都回顾了晚清官方查禁、道德之士贬斥女伶和男女合演的这段
历史。他们的研究在晚清禁止女伶和男女合演上已形成共识，即：女伶和
男女合演在戏园公开搬演起自晚清上海，同时，清末女伶和男女合演因冲
击妇女谨守闺门、男女之大防等传统观念而遭到禁止和诋毁；但因演剧商
业化的刺激、女性解放社会风气的推动、政府社会控制力的减弱，阻止女伶
和男女合演的禁令和观念逐渐消亡。

　　5.晚清小说戏曲禁毁原因与效果研究。为何禁毁及禁毁效果如何？
这是每一位研究晚清小说戏曲禁毁问题都在思考的问题。刘庆《清代戏园
戏班的禁管》研究了清代官方对戏园戏班管理禁令的分类、禁管原因、禁管
举措、戏园戏班应对策略、禁令失败原因⑧，征引文献主要是《京剧历史文
献汇编》（第四卷）所收的晚清报刊史料，因此该研究也可以看作晚清戏园
禁管原因和效果的专题研究。在《论晚清戏剧禁管失效的原因》一文中，刘
庆还分析了官员违禁观剧、外商及官员介入戏园经营、监管政令松严不一，
导致政府难以有效地推行监管措施⑨。韩美苗也以傅谨、谷曙光主编《京
剧历史文献汇编》（第四卷）所收晚清《申报》戏曲史料为基础文献，归纳了
其中禁戏史料所反映的禁戏原因，主要包括国丧禁演、禁演淫戏、禁演串
戏、恐滋事禁演、禁止妇女看戏、禁止女伶演戏等⑩。杨继伟认为晚清政府

①罗素敏《“男女合演”论争述论》，《中山大学研究生学刊》（社会科学版），2002年第3期。
②龚和德《坤班小识》，《中华戏曲》第34辑。
③李永祥《论清末民初上海演艺界“男女合演”的产生》，《广州大学学报》（社会科学版）2008年第
　11期。
④徐剑雄《京剧与晚清上海社会》，《史学月刊》2008年第6期。
⑤刘慰东《清末民初女伶的崛起谫论》，中国艺术研究院2011年硕士论文。
⑥乔丽《论晚近男女合演及禁演》，《戏曲研究》2013年第1期。
⑦徐蔚《论清末民初京剧坤角与“男女合演”制度的确立》，《文化艺术研究》2020年第1期。
⑧刘庆《管理与禁令：明清戏剧演出生态论》，上海古籍出版社2014年版。
⑨刘庆《论晚清戏剧禁管失效的原因》，《戏曲艺术》2016年第4期。
⑩韩美苗《晚清〈申报〉中的戏曲史料研究》，山西师范大学2014年硕士论文。

戏曲管理主要是对部分剧本销毁、对多种戏曲形式进行限制、禁妇女出游观剧等，但由于内忧外患和各种新思想的传入、政府权威不断弱化，已无力改变民间反禁毁的趋势①。这一结论也是学界共识。李东东以《卖胭脂》《杀子报》《翠屏山》为例探讨清代禁戏视阈下花部戏曲的名目窜改、一剧多名内在关联，认为诲淫、凶杀、诲盗的禁毁指责使得这些被禁剧目为规避查禁而不断变换题目，愈禁愈改、愈改愈演②。该研究所探讨的这三个折子戏在晚清频遭查禁，对认识晚清禁戏从列目禁毁到关目指摘策略的转向，一剧多名现象从同义置换向反寻庇护的调整，很有启发意义。禁毁小说原因与效果的研究甚少，王颖研究了民间宗教与晚清小说禁毁政策的关系，认为淫词小说为民间势力的发展提供了各种参考资料，造成社会危机和动荡，是晚清政府查禁小说的重要原因③。

　　整体上看，晚清小说戏曲的发展是愈禁愈烈，乃至清末出现小说兴起和演剧繁荣，晚清政府社会控制力的减弱是造成愈禁愈烈态势的要因。这是一个概括性认识，袁国兴、张天星等从不同的角度深化了此认识。袁国兴在分析清末新潮演剧与传统文化的关系时，认为清朝统治者文艺政策的内在矛盾，即倡曲而禁戏的结果，其实已为演剧开禁预留下可能的空间。清中叶以后，清政府社会统治手段的疲软松弛，在逐渐壮大起来的社会表演市场的冲击下，禁戏逐渐开禁④。张天星利用收集报载禁毁史料探讨了晚清官方查禁《新小说》和宁波串客的原因和影响，认为1903—1905年清政府多次查禁《新小说》的主要原因是害怕《新小说》传播新思想危及统治和戊戌政变后坚持打压"康党"政治斗争的需要，由于清政府不能控制《新小说》的流通渠道和《新小说》适合时势的内容形式，清政府查禁《新小说》如抱薪救火，反而一定程度上为《新小说》的传播加了一把推力⑤。相类似的是，晚清宁波官方采用示禁、访拿、笞责、枷示等方式严厉查禁串客，遂驱使大批串客艺人至沪谋生，反而加速了甬剧的发展⑥。这两个个案一定程度上说明，晚清官方查禁对小说戏曲的发展而言，是一把阻抑与推动的"双

①杨继伟《晚清政府对戏曲的管理管窥》，《绥化学院学报》2018年第3期。
②李东东《清代花部禁戏与一剧多名关系论考》，《戏剧艺术》2017年第3期。
③王颖《晚清的民间宗教与小说禁毁政策》，《中国社会科学院研究生院学报》2014年第5期。
④袁国兴《清末社会表演与新潮演剧关系研究》，《戏剧艺术》2016年第3期。
⑤张天星《清末查禁〈新小说〉的原因与效果探析》，《宁波大学学报》（人文科学版）2013年第6期。
⑥张天星《晚清官方查禁宁波串客对甬剧发展的推动作用》，《戏曲研究》第96辑。

刀剑",在社会控制力不强的末世王朝,尤其如此。

以上五个主要方面之外,还有一些个案研究值得注意,如刘庆列举了晚清官方戏剧禁管的主要处罚措施①;陈志勇利用《杜凤治日记》中的禁戏史料,分析了晚清广州官府禁戏指令出台和执行过程中官方与文化传统以及洋商等多重因素较力的隐幕②;张天星分析了晚清善会善堂参与小说戏曲禁毁活动的方式和原因③,这些研究体现了近年晚清小说戏曲禁毁研究在政策执行和禁毁主体方面向微观细节拓展的研究趋势。

二、研究展望

回顾 30 年的晚清小说戏曲禁毁问题研究,禁毁史料整理方面,随着报载禁毁史料的重视,晚清小说戏曲禁毁史料趋于翔实;研究方面,以丁日昌查禁淫词小说、上海地区的查禁活动、清末查禁女伶、禁毁原因与效果等四个问题较集中,其他论题相对较少而且分散,民间宗教与禁毁关系、惩处措施、善堂善会参与禁毁、个别官员颁布和执行禁戏的隐秘心态等方面研究的出现,说明晚清小说戏曲禁毁问题研究已经从表面的、直观的就事论事,进入深层次探讨的新阶段。但总体上看,晚清小说戏曲禁毁问题研究的既有成果皆为点状的研究,而线状、整体的研究缺乏。为拓展该研究,笔者认为以下四个方面的研究值得强调:

(一)禁毁史料的发掘

晚清报刊、方志、笔记、日记、家谱、善书、小说戏曲原著等都是晚清小说戏曲禁毁史料的重要来源。以往,晚清小说戏曲禁毁问题研究成果之所以较少、论题有限,与晚清禁毁史料的发掘和使用不够颇有关系。目前晚清报载禁毁史料的搜集与整理日趋翔实,可以裨助我们把晚清小说戏曲禁毁问题研究推至一个较全面而深入的发展阶段。尽管如此,晚清报刊、家

---

① 刘庆《晚清戏剧禁管处罚措施举凡》,《戏剧》2015 年第 2 期。
② 陈志勇《晚清岭南官场演剧及禁戏——以〈杜凤治日记〉为中心》,《中山大学学报》(社会科学版)
2017 年第 1 期。
③ 张天星《晚清善会善堂的小说戏曲禁毁活动述略——以江浙地区为例》,《历史档案》2019 年第
4 期。

训、族规、方志、笔记、日记中禁毁史料的搜集仍存在不同程度的遗漏,有进一步挖掘和利用的必要。例如,近代海外中文报刊如新加坡的《叻报》、北美的《中西日报》等也刊载了一些禁毁新闻和舆论,目前尚未系统整理。又如,晚清小说中就包含了一些禁毁史料,如《海公大红袍奇案》第五十一回汇抄了几大段禁毁淫书舆论;《九尾狐》第二十三回开头有一段"淫书之害"的文字,可看作小说戏曲禁毁舆论;不少方志的《风土》《风俗》《艺文》等卷目下,收录了一些小说戏曲禁毁史料,如光绪《黄岩县志》卷三十一《李大令诚学舍规条》《陈令宝善去奢从俭禁约》,前者收录一则禁止学生阅读小说的史料,后者包含一则禁止丧家用鼓乐唱戏史料。其余同治《续猗氏县志》、同治《鄮县志》、光绪《永济县志》、光绪《直隶绛州志》都包含有禁戏史料等。今后,我们可以根据载体不同,整理出小说戏曲中包含的禁毁史料、族谱家训所载禁毁史料、方志所载禁毁史料、善书所载禁毁史料、碑刻禁毁史料等类别,把握每一类别的特点,从而为晚清小说戏曲禁毁问题研究打下更坚实的文献基础。

（二）系统研究的开展

目前造成晚清小说戏曲禁毁问题研究缺少系统、专门研究局面的主要原因有二:其一,关于小说戏曲禁毁研究的专著、论文虽已不少,但由于选题受到"古代""明清""清代""清末民初"等时空限制,具体到晚清小说戏曲禁毁问题的研究时,多数是附诸清代之"骥尾",少数则置于民初之"马首",将"晚清"作为一个整体的、单独时间段的研究缺失,研究自然不可能系统。其二,一个关键因素,在晚清报载禁毁史料充分发掘之前,晚清小说戏曲禁毁文献毕竟有限,相当长的时间里皆以王利器收集的史料为主,有"至今已觉不新鲜"之感。没有新史料的支撑,相关研究推进艰难,所以不少研究者探讨清代小说禁毁问题的下限是同治七年丁日昌查禁淫词小说,认为后来小说界革命兴起,清代禁毁小说活动遂寿终正寝。由于缺少整体观照和新材料的发掘,反映在研究状况上,足资借鉴的成果虽有一些,但论题分散,缺少内在的联系。晚清小说戏曲禁毁政策走向穷途末路,清政府自顾不暇,也不能如前中期雷厉风行地禁毁小说戏曲,这是学界共识。然而,就是在通常认为清朝小说戏曲禁毁政策日薄西山之际,晚清禁毁小说戏曲活动从官方到民间都在如火如荼地开展,主要表现为禁令频仍、禁毁舆论繁盛、禁毁活动频繁。在"自顾不暇""日薄西山"等表象的背后,我们不禁要问,为何晚清禁毁活动如此频繁,禁毁舆论如此兴盛,是哪些主体、又是什么原因推动着禁毁活动频仍地开展,禁毁对晚清小说戏曲发展打下哪些烙印?政权强势时期的查禁研究很有价值,国势衰落时期的查禁研究价值也不遑多让——它是理解新与旧、传统与近代、承袭与新变的一个绝佳的窗口。申言之,晚清既是小说戏曲被推崇至"文学之最上乘"的时代,也是小说戏曲禁毁活动异常频繁的时期,这种文化悖论令人深思,值得我们将其作为一种完整、独立的研究对象,探求其对禁毁传统的承袭、钩沉其体现出的时代新变、获得其遗留的历史启示,在全面推进晚清小说戏曲禁毁问题研究的同时,深化晚清文学与社会转型关系研究。时至今日,随着前人研究的积累和大量资料的整理发掘,系统认识、审视这些问题的时机已经具备。

(三)研究视角的拓展

研究视角主要包括理论视角和思维视角,是我们观察和分析研究对象的基本出发点,是对研究对象进行深入研究的决定性路径。"每一回你观察世界的角度有所移动时——无论是多么轻微的移动,你就会看到前此未曾看过的事物。"①要突破晚清小说戏曲禁毁问题的点状研究现状,全方位、多角度的研究成为必需。其中,以下四个视角值得拓展:

其一,社会转型的视角。清代小说戏曲禁毁法律政策确定于康熙朝,至晚清历经百余年基本没有改订调整,其间政治文化和小说戏曲都发生了巨大变化,晚清社会控制力减弱、花部兴盛、小说出版繁荣、西学东渐。尽管目前已经有学者用转型的视角研究晚清小说戏曲禁毁问题,如女伶兴起、男女合演的出现,但涉及面仍欠广泛和深入。在西力和西学的双重冲击下,晚清中国加速了由传统社会向近代社会的艰难转型,"变"为晚清社会文化的整体趋势。小说戏曲禁毁问题与政治、法律、道德等上层建筑紧密关联,能鲜明反映社会文化变迁。其中包含着时人对传统思想的坚持和维护、对近代文化的探索和追寻等,特别能体现晚清社会文化转型中"旧"和"新"交锋与融合的历程,也特别能从文学艺术方面反映晚清社会转型沉重而艰难的历史原貌。在碰撞与融合中,晚清小说戏曲禁毁问题从禁毁原

---

① [美]伊安・克莱伯著,廖立文译《当代社会理论》,台北桂冠图书股份有限公司1986年版,第332页。

因、内容、主体、理论、法律等方面既承袭传统,也发生系列新变。以往研究缺少用社会转型的整体视角,故而晚清小说戏曲禁毁问题如何承袭传统、如何新变这样关乎晚清小说戏曲禁毁研究的核心问题尚未解决。晚清社会文化转型的复杂性和沉重性要求我们研究晚清禁毁小说戏曲问题时,需将其置于社会转型的视野下,从社会文化变革、文学艺术演变、近代文艺管理制度萌芽、社会治理变迁、法律制度转型、启蒙思潮涌动、新闻舆论兴起等方面用更丰富的视角去探究,才能揭示晚清禁毁小说戏曲"旧"与"新"的独特个性以及在社会文化转型中的历史原貌和启示,突显其连接传统、走向近代的独特个性和内涵。社会转型的视角是一种整体的研究思路,形成的研究将是一个由点到面的辐射型研究。

其二,文艺管理的视角。小说戏曲传播因涉及意识形态和治安风化,有合理管理之必要。晚清小说传播及戏曲演出的市场化步伐加速,剧场事故、色情演出、凶恶戏和迷信戏搬演、演戏聚赌、违禁小说出版等层出不穷,晚清小说戏曲禁毁问题有一定的合理性,具有文艺管理的性质。"夫制度因事实而立,亦必因事实而变,此为理之当然。"①伴随小说戏曲禁毁活动,晚清开始出现出版检查制度、戏曲审查制度、戏园管理制度等法令条文和专职人员,禁毁目的包含有从教化皇权臣民向培育国家公民过渡等因素,禁毁刑罚亦开始了礼法分离,这些无疑是中国近代文艺管理制度萌芽的重要标志。我们在注意到晚清小说戏曲禁毁问题的历史局限性之际,也应关注其中包含净化文化市场、维护治安、启迪民智、礼法分离、人治向法治过渡等现代性内容,用文艺管理的眼光审视晚清小说戏曲禁毁活动,探寻晚清官方、社会团体、近代知识分子、租界当局等禁毁举措与中国现代文艺管理制度萌发之关联,及其得失对当前文艺管理制度建设的启示。由此,晚清小说戏曲禁毁问题研究可以相当程度上发现中国近代文艺管理制度生成的动力、过程、内容和形式,从而推进中国近代文艺管理制度研究。

其三,执行过程的视角。清代禁毁小说戏曲活动已经观念化和制度化,观念和制度的效果靠落实。禁毁观念和制度靠哪些人落实? 如何落实? 有学者指出古代禁毁戏剧研究缺少禁毁具体执行过程的研究②,执行

---

① 吕思勉《中国制度史》(下),吉林人民出版社 2018 年版,第 525 页。
② 范春义《关于古代禁毁戏剧研究的几个问题:评丁淑梅〈中国古代禁毁戏剧史论〉》,《文艺研究》
　2012 年第 7 期。

过程研究也是晚清禁毁小说戏曲研究的薄弱环节。笔者认为解决这个问题可从两方面着手：一者，官方执行的角度。探讨官方禁令由哪些主体颁布、为何颁布、哪些主体执行、违禁案件如何审判、量刑标准是什么等。二者，民间落实的角度。研究民间哪些主体执行查禁、哪些主体配合查禁、他们又如何消解和抵制、消解和抵制的原因是什么。只有将官方与民间两个方面结合起来思考，才能认识政策完整的执行过程。以往对官方之外的禁毁活动研究关注不够，从法规制定的角度看，许多家训族规、会堂约章、校纪学则等民间习惯法都有禁毁小说戏曲的内容，从执法主体的角度看，许多家长、老师、绅耆、地保等也主动参与查禁，特别是禁止子弟读小说看戏曲、禁止妇女看戏观灯等观念，在家庭教育中甚至达到了"百姓日用而不知"的地步。从社会组织的角度看，善会善堂等民间组织也积极参与查禁。此外，小说戏曲的编创者、传播者和接受者在禁毁政策与禁毁舆论的压力下也会表现出对禁毁的遵奉和背离，这些都是了解禁毁效果的着力点和落脚点。加强具体执行过程和官方禁毁之外的研究，并非是把禁毁问题无限扩大化，而是要认识官方禁毁在民间的文化基础，官方政策在民间落实的过程，民间对官方政策的顺从、互动、消解和抵制。只有这样，晚清禁毁小说戏曲问题研究才会深入、立体。

其四，文学的视角。晚清小说戏曲禁毁研究的既有成果还缺乏文学的视角，即禁毁对晚清小说戏曲文本、文学观念如果打下了烙印，它们具体表现在哪些方面？我们强调要用社会转型、文艺管理、执行过程等视角之时，不能脱离文学艺术本身的价值和意义，"文学毕竟有自己的问题和自己的历史，文学研究需要解决的首先应该是文学本身的问题。"①研究晚清小说戏曲禁毁问题时，同样不能满足于外部研究，还应该进入小说戏曲文本、文学观念内部，思考在一些晚清小说戏曲及文学观念生成之际，禁毁之于它们的影响。例如，禁毁观念强化了晚清一些小说戏曲文本的教化色彩，这方面的显例即为余治的《庶几堂今乐》。余治认为淫词小说为教化之大敌，一生以禁绝淫词小说为己任，他编演"挽回风俗、救正人心"的《庶几堂今乐》，实际上是冀图实现另外一种禁毁方式——用"教忠教孝，劝人为善"的善戏占领"淫戏"的剧场，《庶几堂今乐》成为晚清戏剧教化的代表。又如，

---

① 蒋寅《清代文学研究的回顾与展望》，《江海学刊》2004 年第 3 期。

推动晚清小说繁荣的报界发表了连篇累牍的小说戏曲禁毁舆论,但它"也认同清朝政府对戏曲小说的禁毁,只要它们不是正在改良的新小说、新戏曲。甚至于这种禁毁还可以帮助改良的新小说、新戏曲占领旧市场。"①说明禁毁与晚清小说戏曲理论关系密切。这些都提示我们,要从文学的视角思考晚清小说戏曲禁毁问题,探究禁毁在小说戏曲文本、文学观念方面留下的蛛丝马迹。

(四)研究方法的综合

既有研究成果使用了文献收集、考证、社会历史研究法等方法,这些方法仍是我们研究晚清小说戏曲禁毁问题的重要方法。如实证考据法,一些晚清小说戏曲禁毁史实仍湮没不彰,需要我们通过文献资料去梳理钩沉。又如,比较研究法也是晚清小说戏曲禁毁问题研究不可或缺的方法,只有通过不同时期、不同地点、不同情况下禁毁现象的比较,才能揭示晚清禁毁小说戏曲问题的普遍规律及其特殊表现,如晚清与前代之比较;晚清与现代之比较;晚清戏曲禁毁与小说禁毁的比较;京津地区和江浙地区之比较;租界内外比较。通过比较突显晚清小说戏曲禁毁的文化个性及其与社会文化转型的关系。此外,还要注意的是:小说戏曲禁毁问题与政治学、历史学、宗教学、新闻传播学、法学、管理学、民俗学、文化人类学、社会学等学科的关联维度紧密,这些学科方法也有助于我们解决问题。例如,新闻传播学有助于我们解析晚清报刊与小说戏曲禁毁问题的关系,法学可以帮助我们分析晚清小说戏曲管理法制的变革等。

晚清处于中国传统社会向近现代急剧转型时期,社会文化近代转型是晚清中国的总体特征。晚清禁毁小说戏曲在原因、内容、主体、理论、法律、文艺管理等方面表现出守旧与新变、矛盾与融合,其中包含着时人对传统思想的坚持和维护、对近代文化的探索和追寻既能体现晚清社会文化转型中"旧"和"新"交锋与融合的历程,也能从文学艺术方面反映晚清社会文化转型沉重而艰难的历史原貌。研究晚清小说戏曲禁毁问题的得失,总结历史经验与教训,还可以对建立合乎中国国情的、先进的文艺管理体制以启

①袁进《一部极为重要的史料汇编——评〈晚清报载小说戏曲禁毁史料汇编〉》,《中国文学研究》
 2016 年第 3 期。

示。因此,我们有必要突破晚清小说戏曲禁毁问题个案分散的研究现状,进行系统而深入的研究,拓展研究视角,综合运用多学科的研究方法,注重从文学艺术与政治学、新闻传播学、法学、管理学等学科的关联维度,打开晚清小说戏曲禁毁问题研究的新局面。

三、研究框架

　　鉴于上述研究现状和拓展方向,本书从禁毁主体、禁毁原因、禁毁效果、禁毁法制四大方面探究晚清小说戏曲禁毁问题,小说和戏曲在传播和接受方式上有同有异,研究时宜有分有合,故每个方面下设专题,专题设置的基本原则是:人详我略、人略我详。四大方面之后辅以结语,对主要结论和观点进行总结。

　　第一编:禁毁主体

　　研究晚清禁毁小说戏曲活动的主体,揭示禁毁制度如何执行、落实、不同身份地位的主体对禁毁政策产生的不同作用和影响,包括七章。

　　第一章"家族":禁止子女接触小说戏曲是清代家庭和宗族教育的重要内容,许多族规家训要求禁藏小说戏曲刊本、禁止子女阅读小说戏曲、禁止女性外出观剧、禁止子孙择业优伶、禁演花鼓。禁止子弟观看小说戏曲主要是防止败坏心术、耽误正业、有误文章,禁止女性外出观剧主要是严男女之防和防止人身伤害,禁止子孙择业优伶是防止由良入贱,禁演花鼓是防止败俗滋事。训斥和体罚是家长惩戒子女违禁观看小说戏曲的主要方式,不少家族对沦为优伶的族人用不准入谱和宗谱除名的方式予以惩戒。家族禁抑小说戏曲活动既是清代社会最正统的小说戏曲观、教育观和女性观的体现,也是传统情欲观、养生观、治生观、道德观的部分折射,内涵丰富。家族禁抑小说戏曲活动像一把双刃剑,一方面的确降低了子女接触小说戏曲的机会,另一方面又提升了小说戏曲对子女的吸引力,偷看成为子女接受小说戏曲之常态。家族禁抑小说戏曲活动将禁毁小说戏曲观念和舆论日常化、生活化,并通过官方俯顺民意和家族精英参与官禁等方式,实现了与官方禁毁意志的相互转化,家族禁抑小说戏曲活动是有清一代禁毁小说戏曲活动兴盛的社会基础。

第二章"士绅"：晚清绅权扩张，依仗文化权威的身份和官方的倡导，士绅从践履教化、获得声望、行善积德等需要出发，积极参与禁毁小说戏曲活动，其主要方式有直接查禁、禀官查禁、制定规约、组织团体、捐助经费、制造舆论等。晚清士绅既是小说戏曲观念性和制度性禁毁的主要推动者，也是维持常态化禁毁活动的关键力量，晚清禁毁小说戏曲活动频繁、禁毁名目的涟漪效应、诲淫成为禁毁要因等现象都与士绅的参与密切相关。士绅分布不均、对禁毁参与不一，禁毁活动开展也不平衡，士绅还会为私利或代表地方利益而带头违禁。士绅参与禁毁对官方禁毁政策兼具助推和阻碍的两面性。清末士绅阶层急剧变化、重组，热心地方公务的士绅向权绅转化，士绅凭借文化权威身份参与小说戏曲管理这种历史现象逐渐衰落。晚清士绅参与禁毁是考察和理解晚清禁毁小说戏曲原因、特点以及与社会转型之间关系的重要视角。

第三章"善会善堂"：善会善堂是晚清禁毁小说戏曲活动中值得注意的禁毁主体，它们通过制定禁毁规约、编著和传播禁毁舆论、执法查禁、访拿违禁、禀官查禁、给价收买刊本和板片、组织焚化等方式开展禁毁活动。社会教化和行善积德是善会善堂开展小说戏曲禁毁活动的主要动机。善会善堂的禁毁活动一定程度上推动了晚清禁毁小说戏曲活动的常态化，在净化文化市场之时，也阻碍了晚清小说戏曲的发展。晚清善会善堂的小说戏曲禁毁活动较能体现善会善堂的道德化倾向，是善会善堂社会教化的道德诉求和行善积德的个人愿景相结合的典型性慈善活动。

第四章"州县官"：州县官既是晚清禁毁政策的主要制定者，也是主要执行者。他们通过颁布告示、督促差保、亲自缉查、审理判罚等方式主持基层查禁。州县行政制度下禁毁政策暴露出重视困难、难以持久、缺少协调等困境。从晚清州县等地方官主持禁毁的方式和困境可以看出，官方缺少的不是法令条文，而是监督和执行法律条文的有效行政机制；伴随小说戏曲的日渐兴盛，清代州县行政制度下的基层文艺管理方式越来越暴露出其保守和低效的特质，说明文艺繁兴期待着管理制度和方式的革新。

第五章"差役"：差役是晚清官方查禁小说戏曲活动的主要执法者，他们通过传达、侦查、制止、传讯、拘捕、质证、行刑、销毁、护卫等方式参与查禁。地方官则通过选派干差、签票为凭、减少下乡、亲自督率、奖赏激励、劝善教化、问责惩处等方式加强对差役的纪律控制，但效果相当程度上被恶性循环的吏役制度所抵消,差役肆意勒索、受贿包庇、勾联违禁、带头违禁成为普遍现象。差役的查禁活动对小说戏曲发展而言犹如双刃剑,他们执法犯法、抵消禁令,为小说戏曲发展提供了一定空间;他们受贿勒索、谋取规费,迫使从业者依恃公权或寻求庇护,甚至形成行业潜规则,又不利于小说戏曲的发展。变革和超越差役参与的小说戏曲管理制度,成为中国传统文艺管理制度近代转型的重要内容。

第六章"地保":地保是清朝中后期为加强基层社会控制而普遍设置的基层管理人员,他们是晚清官方基层禁戏政策的主要执行者。治安管理是地方官要求地保禁戏的首要动机,地保通过上报、传达、劝禁、驱逐、传拘、质证、协捕、管押等方式参与禁戏活动。地方官则采取具结、枷示、笞责、革除等方式监督地保禁戏。地保身份卑贱,没有正式工食,承充者以操守较低的无业之民乃至棍徒居多,加上监督乏力,他们较普遍地在禁戏活动中得贿容隐、藉端勒索甚至组织违禁。地保既一定程度上助推了官方禁戏政策的屡禁不止,也相当程度上造成了乡村禁戏实际上有张有弛地开展。地保对禁戏政策的执行与背离,既可见清代禁戏政策背景下民间张弛相间的演剧生态,亦可见清代基层社会治理参与者在利益、权力和制度之间复杂而微妙的互动关系。

第七章"警察":清末创办警政,警察代替差役参与管理小说戏曲,小说戏曲管理在管理人员、理念、法律三个主要方面开始了近代化变革。管理人员方面,警察成为小说戏曲管理法定的主要力量,开始结束传统文艺管理人员驳杂的局面;管理理念方面,伴随近代警察内容的社会化,官方的小说戏曲管理开始从以禁为主的管理理念向禁止、保护和扶持三者结合的管理理念转型;管理法律方面,伴随外国警察法的移植和吸收,小说戏曲违禁属于风化违警罪,最重的处罚是罚金或拘留,小说戏曲违禁几乎一夜之间从《大清律例》规定的严刑峻法中挣脱出来,实现了轻刑化。晚清小说戏曲管理执法力量从差役到警察的更替,以及相关管理制度、法律、理念的建立和变迁,是中国传统文艺管理制度开始近现代变革的集中表现。

第二编:禁毁原因

研究晚清禁毁小说戏曲的主要原因,梳理出禁毁小说戏曲主要原因的表现及其成因,包括第八章至第十四章。

第八章"从禁令罪责关键词看禁小戏原因"：民间小戏是晚清查禁次数最频繁、查禁区域最广泛的戏曲艺术，从晚清官方禁令中指责小戏罪责的关键词统计入手，可以把查禁小戏原因归为有伤风化、妨碍治安、有害民生三大类型，分析词频出现较多的"淫戏""诱惑男女""女伶登场""男女混杂""聚赌""游民""夜演""敛钱""废业"等关键词，可见晚清查禁小戏的原因纷繁复杂，具体涉及崇雅抑俗、表演内容、观演方式、伶人性别、观众身份、接受效果、社会治安、经济秩序、守业非乐等诸多方面。从传统社会治理上看，禁止小戏原因囊括了传统社会基层治理的主要方面；从戏曲史上看，禁止小戏原因包含了古代指责戏曲的所有罪名。禁止小戏原因在社会史、戏曲史上极具认识价值。晚清查禁小戏的原因既体现了传统文艺管理制度落后、保守的特征，也包含有禁止色情、防止演戏引发治安事故、禁止赌戏、预防敛钱和强索妨碍民生等合理因素。晚清查禁民间小戏的具体原因对今天的小戏传承和发展仍有一定的启发意义。

第九章"治安问题对演戏禁忌和管理的推动"：晚清剧场火灾、戏场倒塌、观剧沉船、演戏聚赌、盗窃、抢劫、调戏妇女等演戏相关治安事故频繁，给观众和优伶的生命财产造成严重伤害和巨大损失。晚清演戏治安事故频发的主要原因是社会治安恶化、剧场缺乏管理、观众安全意识淡薄。较多的演戏治安隐患和频繁的事故给禁戏政策以口实。观念性禁戏方面，剧场治安问题强化了演戏无益观念、形成了戏场勿入的规诫、加强了禁止女性观剧的观念；制度性禁戏方面，剧场治安问题助推了禁止夜戏、禁止演戏聚赌等成为有清一代的禁戏政策；官方一般会在演戏治安事故之后禁戏，增加了禁戏频率。频繁的剧场治安事故相当程度上倒逼了国人演剧治安管理意识的提高，呼吁加强剧场治安管理的舆论增多，官方开始把剧场治安管理作为制度性行政行为。晚清演剧业的繁盛和严峻的剧场治安问题一定程度上倒逼了演剧治安管理制度的近代化进程。

第十章"从戏曲案件被禁剧目看禁毁原因"：晚清戏曲案件频仍，涉案被查处的剧目亦多。诲淫是涉案剧目被控的要因，诲淫指控可分为剧目内容和表演形式两个方面。就内容言，主要指背弃父母之命等礼教规范的爱情剧和有嫖、强奸、通奸、诱奸、偷情等关目的戏剧。就表演形式言，主要指穿插打情骂俏、性暗示、性挑逗，以及刻意表演色情。观众追求性满足、偷窥性隐秘的娱乐心理和较低的审美趣味是推动晚清剧场色情扮演流行的根本原因。晚清戏曲案件所涉剧目在常见的诲盗诲淫指责之外，一定程度上丰富了对查禁原因的认识。禁扮帝王圣贤和禁扮时事剧可见禁扮帝王圣贤的传统仍牢不可破，禁演爱国剧则可见晚清禁戏的半封建半殖民地特色。官方对涉及个人、团体名誉的剧目和伤生剧目分别是从保护个人名誉和民众生命着想，禁止色情是试图遏制愈演愈盛的色情表演以净化文艺演出市场，这些禁止管理说明晚清官方禁戏具有一定的合理性，其积极意义应予肯定。

　　第十一章"从小说、弹词案件被禁名目看禁毁原因"：小说、弹词案件是指官方依法对涉嫌违禁的小说、弹词予以查处的事件。晚清小说、弹词案件案发主要由士绅禀控、差役（包探）缉获、官员微服私访、小说或弹词本事当事人查禁或申诉。小说、弹词案件量刑都没有采用《大清律例》所规定的对违禁小说处以杖、徒、流等刑，而采用笞刑、枷示、罚金等，说明晚清禁毁小说量刑在司法实践层面已经轻刑化。涉案小说、弹词大多曾被列入禁单，可见禁单对查禁活动有一定指导作用。诲淫是小说、弹词案件被控的首要原因，《袁世凯》《断肠草》等几部小说则因涉嫌个人名誉尊严而涉案。晚清小说、弹词案件对涉案小说的印售起到一定的震慑作用，对认识官方小说禁令的执行情况、小说案件的司法特点、禁毁原因的时势变迁，以及访寻《袁世凯》等几部因禁而佚小说的线索都具有一定价值。

　　第十二章"清代小说戏曲接受中的患痨现象"：清代正统观念一般把涉及情爱描写的小说戏曲视作淫书淫戏，阅读淫书或观看淫戏患痨是有清一代十分流行的观点和舆论。古代中医认为身体虚损是患痨的根本原因，色欲过度和情志失调极易导致身体虚损，二者被认为是致痨的常见病因。阅读淫书或观看淫戏能诱发色欲或情志失调，淫书淫戏遂被当作患痨之诱因。青少年多是小说戏曲爱好者，青少年患痨比例和死亡率较高强化了人们对小说戏曲是青少年患痨祸根的认识；清代劝善运动兴盛、果报信仰流行，患痨还被作为果报，用来警醒人们禁撰、禁藏、禁阅淫书或禁观、禁点演淫戏。防痨成为禁止淫书淫戏之目的，反过来，患痨又成为警醒人们禁撰、禁看淫书淫戏之手段。

　　第十三章"庚辛禁毁运动与小说界革命的前兆"：1900—1901 年，江浙地区发生了一场大规模禁毁小说运动，可简称为庚辛禁毁运动。该运动是由杭州协德善堂认真议定应禁单目，于 1900 年初，由杭州官宦子弟樊达璋、许之荣等士绅出面禀请浙江学政文治并移咨江苏布政使陆元鼎和按察使朱之榛通饬执行。由于协德善堂在江浙官场较有影响力以及陆元鼎、朱之榛与协德善堂关系密切,禁毁小说运动迅速在江浙两省展开;1900 年 12 月,同善社继起,接过了协德善堂的禁毁接力棒,再次把禁毁运动推向又一个高潮;庚辛禁毁运动是清代最后一次大规模禁毁小说活动。从禁毁单目上看,反对小说诲淫和迷信是本次禁毁运动的两大动因,诲淫和迷信也是清末小说改良运动针对的重要对象。可见,在义和团运动兴起之际暨小说界革命开启的前夜,小说诲淫和迷信两大问题被不少官员和士绅同时关注,这种关注有助于我们认识清末禁毁小说活动与小说改良运动之间的互动与转换。

第十四章"清代前中期与晚清禁毁原因之比较":清代禁毁小说戏曲原因纷繁复杂,清代前中期禁毁活动多由最高统治者主导,就禁毁小说戏曲的共因而言,主要包括清除异端、关碍本朝、教唆强梁等政治原因,其次是诱人邪淫等道德风化原因。因传播和接受方式不同,禁戏还有其独特原因,主要包括妨碍治安、有害民生、花部乱雅、女伶败俗、丧戏违礼等。晚清政治、思想、经济、文化以及小说戏曲本身都在发生巨变,禁毁原因与前中期相比,除演戏妨碍治安等承袭以往之外,其余都发生较大变化,主要表现在:清除异端,已日薄西山;关碍本朝,已趋式微;教唆强梁,呼声减弱;诱人邪淫,成为要因;妨碍民生,由禁趋用;禁抑花部,转向小戏;禁止女伶,不废而废。清代前中期禁毁原因在晚清的变迁是清朝政治思想文化、社会经济结构、小说戏曲本身等发生较大变化的综合体现。

第三编:禁毁效果

研究晚清禁毁小说戏曲的效果、影响,分析禁毁政策在小说戏曲创作、文本、出版方面打下的印记,探究禁毁政策对小说戏曲发展的阻碍与推动,并揭示禁毁政策与中国传统文艺管理制度近代转型之间的关系,包括第十五章至第二十一章。

第十五章"果报对禁毁活动及文本的影响":果报禁毁舆论是清代禁毁小说戏曲活动中十分流行的舆论和信仰,它们从正反两个方面激励和警策人们在观念和行动上参与禁毁小说戏曲活动。正面激励主要包括参与禁毁可延子嗣、助登科第、获意外财等;反面警策主要包括编撰、传播、批评、阅读小说戏曲导致科举蹭蹬、子孙断绝、不得善终、地狱受罚、殃及家人等。果报禁毁舆论和信仰将个人禁毁诉求与国家查禁意志统一起来,推动了禁毁小说戏曲活动的常态化、民间化。官禁之外,弥漫于清代社会的果报舆论对小说戏曲教化主题的繁盛、色情小说戏曲的流行都影响深刻,一方面,它逼迫作者对色情描绘进行自我禁抑,导致情色描绘减少;另一方面,它又成为作者宣淫之后的舒缓剂,导致情色描绘增加。果报禁毁舆论给清代禁毁小说戏曲运动及文本形态都打下了深深的烙印。

第十六章"晚清小说创作中的自我禁抑现象":自觉遏制海淫和迷信是晚清小说创作中的普遍现象。狭邪小说作家采用避而不写、简洁含蓄两种方式处理性描写;改良小说作家要求儿女之情关乎国家社会,在创作中采取有情无欲的方式摒弃性欲描写;清末反迷信潮流兴起,作家普遍采取拒绝迷信素材和涉及迷信立即解释这两种方式禁抑迷信描写。晚清小说家自我禁抑淫秽和迷信是作家的创作目的、审美追求、禁毁活动、禁毁舆论等交织作用的产物,这种自我禁抑现象从深层次折射出晚清小说与时代风气、官方和民间规诫碰撞和融合的发展历史。

第十七章"禁毁小说活动对小说编刊的影响":禁毁小说作为有清一代之制度,对小说编刊产生了较大影响。晚清时期的小说编刊承袭了清代前中期小说编刊中改换名目、隐匿或托名出版、标举教化宗旨等规避方式,也继承和发展了借禁果效应促销的策略,编刊者竞相利用铅石技术出版违禁小说。由于文网渐弛、报刊媒介参与小说编刊和传播、地方官和士绅主导查禁导致海淫成为查禁要因等原因,小说编刊者规避禁毁方式也有通变,主要表现为:一是采用直接删除、改铺陈为简略、改为劝戒文字三种方式重点删改性描写;二是利用报刊广告声明书局出版宗旨正大或小说内容纯正、不涉淫邪。晚清时期的小说编刊对以往小说编刊规避和利用禁毁方式的承袭与通变,对认识晚清禁毁小说活动与小说编辑出版之间的互动关系、新媒介新出版技术对出版管理的冲击都有一定价值。

第十八章"演戏酬神对清代禁戏政策的消解":清代官方对演戏酬神一般采取例所不禁的管理政策,但禁戏政策却没有顾及到演戏酬神与搬演夜戏、喜演情色戏、妇女观剧、偏好地方戏等习俗同生共长、难以剥离,造成了习俗抵消禁令、禁令难以执行的局面。集体性酬神演戏常裹挟着组织者、观演者乃至监管者酬神、娱乐、商业、声誉、聚赌、陋规等多种利益诉求,一起对抗禁戏法令,造成法难责众的态势。酬神演戏习俗及其裹挟的诸多利益诉求是造成清代禁戏屡禁不止、愈禁愈演现象的重要原因。演戏酬神对清代禁戏政策的消解启示我们:立法和执法应注意习俗与法治的互补与矛盾,国家法治应如此,文艺管理的立法与执法亦应如此。

第十九章"清末查禁《新小说》的原因与效果":1902 年 11 月 14 日《新小说》创刊开创了中国小说发展的新纪元。1903—1905 年,清政府对《新小说》进行了多次查禁,其主要原因是害怕《新小说》传播新思想危及统治,另外也包含有戊戌政变后坚持打压"康党"的政治斗争因素。由于清政府不能控制《新小说》的流通渠道、禁令形同具文以及《新小说》适合时世的内容形式,清政府查禁《新小说》之效果如抱薪救火,反而扩大了《新小说》的传播和影响,一定程度上为《新小说》的传播和小说界革命的兴起与发展加入了一把推力。清末查禁《新小说》的效果是晚清查禁小说戏曲活动中一个欲抑反扬的显例。

第二十章"宁波查禁串客对甬剧发展的推动作用":作为花鼓戏别称的宁波串客,在晚清遭到宁波官方频繁的查禁;查禁的主要原因是诲淫败俗、演戏聚赌,而根本原因则是官方对崇雅去俗的文化管理政策的坚持;宁波官方查禁串客的主要方法包括示禁、访拿、笞责、枷示四种;晚清宁波官方频繁的查禁活动和严厉的惩处措施驱使大批串客艺人离开宁波来到上海,反而拓展了宁波串客的生存空间和演出市场,促进了宁波串客与其他剧种的相互交流,一定程度上加速了甬剧生在宁波、长在上海这一文化现象的形成。

第二十一章"上海租界戏园为何能遵守国忌禁戏?":国忌禁乐是清代国家礼制的重要规定,1880 年以前,上海租界戏园于国忌日普遍地违禁演剧,1881 年 3 月以后则能较严格地遵守。上海租界戏园能遵守国忌禁戏的主要原因有:国忌禁戏易于监管;忌辰礼俗社会基础深厚;日停夜演对戏园生意影响较小且并不影响租界当局的戏园税收;中西丧祭文化对国忌的认识有共通处,国忌禁戏的执行得到了租界当局的配合。租界戏园遵守国忌禁戏是权力、礼俗、商业、税收等诸因素相互平衡的结果。晚清上海租界戏园于国忌禁戏由违反到遵守的过程有助于认识清代禁戏问题的丰富性与复杂性。

第四编：禁毁法制

研究晚清查禁小说戏曲刑罚的主要特点和变革的具体表现，揭示晚清小说戏曲管理法制变革与中国近现代文艺管理制度萌发的关系。

第二十二章"上海租界小说戏曲案件审判的特点与影响"：晚清上海租界小说戏曲案件频仍，小说戏曲案件是上海租界会审公廨值得关注的审判事务，部分西方法律制度被移植到小说戏曲案件审判之中。从审判程序上看，小说戏曲案件属于违警罪，租界警察既是小说戏曲案件的主要侦缉力量，也是主要起诉方；在案件审判中，比较重视证据，出现了被告聘请辩护律师的现象，公廨谳员的审判权力逐步被外国陪审官侵占。从量刑标准上看，晚清上海租界小说戏曲案件判罚开始了刑罚的近代转型，主要表现为：一是量刑比清朝衙门采用的刑罚要轻；二是率先移植了罚金刑。晚清上海租界小说戏曲案件从侦缉力量、罚金刑移植、量刑标准等方面一定程度上影响了中国传统小说戏曲管理法制的近代转型和中国现代文艺管理法制的建立。

第二十三章"清代查禁小说戏曲刑罚在晚清的近代转型"：晚清查禁小说戏曲刑罚主要有笞刑、枷示、监禁、罚金、销毁板书或乐器，以及刑律无载的掌颊，《大清律例》规定的查禁小说戏曲刑罚在晚清未被执行。尽管传统重刑和人治思想依旧浓郁，但清代查禁小说戏曲刑罚在晚清的近代转型取得了巨大进步，主要表现在：肉刑轻刑化并最终从刑律中废除、罚金刑开始被采用并列入刑律、《大清违警律》开始成为小说戏曲管理法规。晚清查禁小说戏曲刑罚近代转型的根本原因是该刑罚与晚清社会不相适应，主要表现在清代前期制定的查禁小说戏曲刑罚从一开始就难以执行、晚清查禁小说戏曲的动机和时势发生了较大变化、西方近代法律思想制度的输入和移植加速中国传统法制的近代转型。清代查禁小说戏曲刑罚在晚清的近代转型是中国近现代文艺管理制度开始建立的重要标志。

结语部分：总结晚清禁毁小说戏曲问题对清代前中期禁毁活动的继承和时代新变，及其得失对当代文化事业和文艺管理的启示，包括承袭、新变和启示三个部分。

附录部分：即《本书表格索引》，是对本书制作的表格名称和页码予以索引。

第一编　禁毁主体

有关晚清禁毁主体的研究一直是禁毁问题研究的薄弱环节,史料短缺是造成此现象的要因。目前,有关清代前中期禁书主体的动机、方式、心态等研究皆较深入、明晰,这主要得益于修《四库全书》档案、文字狱档案、上谕奏折等档案文献的大量遗存和发掘。晚清则没有此类档案文献之优势。晚清主持禁毁活动的主要是地方官和士绅等,史料分散,甚至许多禁毁活动是随见随禁,未留下片言只语。近年来,报刊、方志、日记、族规家训中的禁毁史料的大量发掘,为认识晚清禁毁主体的构成、参与方式、活动影响等提供了文献基础。

清代前中期禁毁活动是以皇权为核心的中央政府主导,上至皇帝、王公大臣,下至各省督抚、州县差役,皆与其事;晚清禁毁主体已经发生较大变化,禁毁活动的主导权由中央层面转移到地方层面。禁毁主导权的转移导致禁毁主体身份和作用发生较大变化,在清代中期以后的禁毁活动中,皇帝、督抚等政治上层的作用越来越小,地方层面的州县官、士绅、差役和地保的作用则越来越大,特别是晚清绅权大张,士绅阶层从民间和官方层面都较全面地参与禁毁活动。清代禁毁制度不仅遭遇晚清社会巨变导致的冲突与融合,还遭逢禁毁主体分化和重组带来的沿袭与变迁:"制度设计是以行动者及其利益恒定不变为假设前提的,但是在历时过程中,行动者会不断变化,利益也会不断变化。"①制度的执行者具有能动性,他们会以各种方式试图维持、创造、变革或破坏制度。伴随晚清禁毁主体及其作用的变化,禁毁制度或被维持、或被变革、或被破坏,从而导致晚清禁毁活动和小说戏曲发展生态出现新特点。本编拟从家族、士绅、善会善堂、州县官、差役、地保、警察等七个方面,兼顾民间和官方,探讨晚清禁毁主体在禁毁活动中的具体作用及其身份角色对禁毁制度造成的影响,并揭橥禁毁主体变革所包含的认识价值和历史意义。

---

① [美]W. 理查德·斯科特著,姚伟等译《制度与组织:思想观念、利益偏好与身份认同》,中国人民大学出版社 2020 年版,第 119 页。

第一章 家族

家族是以婚姻和血缘关系组成的社会单位。本章讨论的家族取模糊之义，即家族包括家庭和家族。家庭是由夫妻与子女关系组成的最小的社会生产和生活共同体，家族是家庭的扩展和延伸，是由同一个男性祖先且超出五服的子孙家庭集合而成，家族亦称宗族。在传统农本社会，同家族通常聚族而住，一般推举有负责家族事务的族正。家庭是一切教育的起点，家族是传统社会组织的基本单位，承担着乡里民间的教化职责。古今中外，几乎所有家长都试图了解或掌握子女的阅读和娱乐内容，并尝试予以管理或引导。由于牵涉私人空间和个人娱乐需求，家长对子女阅读和娱乐的管理可以说是古今难题。在清代，家长普遍忧虑子女阅读和观看的莫如小说戏曲。清代家长为何禁止子女接触小说戏曲？如何禁止和惩戒？其对清代小说戏曲接受和禁毁政策产生哪些影响？得失何在？本章拟对这些问题予以梳理和分析，以深化我们对清代家庭教育与清代禁毁小说戏曲政策之间关系的认识。

一、禁抑规定

清代家长禁抑小说戏曲的规定可分为口头和书面两种形式，口头形式即口头劝禁，这是最常见方式，如沂水增生田可滋居家常诫子弟"案上莫置淫书。"[1]书面形式则主要见于族规家训，它们是考察清代家族禁抑小说戏曲活动的基本文献。族规家训是家族自己制定的，要求族众和家庭成员共同遵守的各种行为规范和规章制度的总称[2]，内容主要是立身处世、居家治生的原则、规范和禁戒，族规是家训的扩大化，比家训更具刚性，是国家法律的重要补充。许多族规家训开列有禁止子女接触小说戏曲的戒条，内

---

[1] 沂水县地方史志办公室编《沂水县清志汇编》，山东省地图出版社 2003 年版，第 254 页。
[2] 王有英《清前期社会教化研究》，上海人民出版社 2009 年版，第 126 页。

容主要涉及六个方面：

（一）禁止收藏

清代家长一般认为，小说、戏曲、唱本鄙俗不堪、坏人心术，家中收藏，难免子女阅读，不藏小说戏本是家门整肃的表现，"案头无淫书""妇女不垂帘观剧"等在风水上还被认为是吉宅的标志之一①。光绪重刊《邓氏家范》、沈寓《示孙篇》、蒋伊《蒋氏家训》、汪辉祖《双节堂庸训》等家训皆有禁藏小说的训条，或规定"断不可存此等书籍"②，或要求"见即焚之。"③但小说戏曲往往也是家长的休闲爱物，做到彻底不收藏的确有些困难，一些家训则谆谆告诫，家中如果有此类藏本，务必秘藏，切不可随便放置，"童子到识字，切不可令看小说，居家几案间，亦不可有此物。"④不藏和秘藏的目的都是尽力减少子女接触小说戏曲文本的机会，"不藏戏文小说"作为居家"远虑"⑤，目的是预防子女阅读。

（二）禁止阅读

禁止收藏一般是对家长的要求，对子女而言，则是禁阅。安徽泾县新紫山倪氏家训规定："倘有闲功，习字看书，皆有资益，一切淫词艳曲小说诸本，不许入目。"⑥常州毗陵胡氏《家戒》："勿阅淫邪小说。"⑦光绪绩溪《东关冯氏祖训》："弹词、小说最坏心术，切勿令其入目，见即立刻焚毁，勿留祸根。"⑧此方面，家训对女性的规定更苛刻，除禁止她们外出看戏之外，还禁止她们读小说听评书，《南汇六灶傅氏家谱》之"为妇十戒"包括戒藏淫书、戒听小说、戒贪看戏等。⑨ 周思仁《欲海回狂集》卷二所收《家教》要求不许

---

① 王利器辑录《元明清三代禁毁小说戏曲史料（增订本）》，上海古籍出版社 1981 年版，第 294 页。
② 楼含松主编《中国历代家训集成》（9），浙江古籍出版社 2017 年版，第 5637 页。
③ 王利器辑录《元明清三代禁毁小说戏曲史料（增订本）》，上海古籍出版社 1981 年版，第 173 页。
④ 庄清华纂修《江苏毗陵庄氏增修族谱》，民国二十五年铅印本，卷十九《训诫》第二十三页上。
⑤ 王利器辑录《元明清三代禁毁小说戏曲史料（增订本）》，上海古籍出版社 1981 年版，第 177 页
⑥ （清）倪友先等纂修《安徽泾县新紫山倪氏七甲支谱》，乾隆五十三年刻本，卷之首《家规》第十四页下。
⑦ 冯尔康主编《清代宗族史料选辑》（下），天津古籍出版社 2014 年版，第 1908 页。
⑧ 冯尔康主编《清代宗族史料选辑》（上），天津古籍出版社 2014 年版，第 706 页。
⑨ 程维荣《中国近代宗族制度》，学林出版社 2008 年版，第 81 页。

妇女观灯看戏游春,"不许览山歌小说。"①陆一亭《庭训讲话·训女》要求"不许他吹弹歌唱,不许他看淫词小说。"②为防止女性读小说,甚者提倡不许女孩识字,"若一识字,便喜看小说盲词,不如不识字之为愈矣。严禁防之,不令入目可也。"③这种认识趋于极端,可见家庭对子弟尤其是女性阅读小说的忧虑和防范。

(三)禁女看戏

清代禁止女性看戏观灯的家训族规数量远多于禁藏、禁阅小说的族规家训,如《福建浦城陈氏家规》《广西西林岑氏祖训》《安徽贵池南山刘氏家规》《光绪汉寿盛氏家规》等,皆有不许家族女性外出烧香看戏观灯的戒条。禁止外出观剧烧香的女性一般多指年轻女性,有的族规家训则是终生禁止,如光绪池州《仙源杜氏家规》规定妇人到老不准入庙烧香④,借入庙烧香之名看戏乃清代下层妇女观剧常态,到老不准入庙烧香看戏可谓严格已极。

(四)禁为优伶

对子弟择业治生予以指导是族规家训的主要内容之一,不少家训族规禁止子孙从事优伶等贱业。交河李氏《家训》规定子孙后代:"不许做戏子当吹手。"⑤晚清关中大儒薛于瑛所订《家规》规定,家境即便贫穷,也不许子孙沦为倡优、操持贱业,"败坏家风,玷辱先人。"⑥此外,勤俭持家几乎是所有族规家训要求遵循的家风,蓄养优伶既增加了伶人亲近家人的机会、良贱不分,也是追求奢靡生活之始,一些家训族规还禁止蓄养家班,薛于瑛《家训》规定,家境纵然富有,也"不许子孙务戏领箱。"⑦即禁止子孙经营演艺行业。

(五)戒勿编撰

小说戏曲为鄙体、有害无益,这是清代家长的一般认识,"殊不知言情

①王利器辑录《元明清三代禁毁小说戏曲史料(增订本)》,上海古籍出版社1981年版,第177页。
②楼含松主编《中国历代家训集成》(9),浙江古籍出版社2017年版,第5478页。
③楼含松主编《中国历代家训集成》(10),浙江古籍出版社2017年版,第5710页。
④冯尔康主编《清代宗族史料选辑》(下),天津古籍出版社2014年版,第1769页。
⑤冯尔康主编《清代宗族史料选辑》(下),天津古籍出版社2014年版,第1852页。
⑥⑦(清)薛于瑛《家规八条》,见《清代诗文集汇编》(624),上海古籍出版社2010年版,第751页。

者足以诲淫,记怪者足以诲邪,言武者足以诲盗,言勇者足以诲乱。"对于读者而言是"作孽",对于作者而言是"遗殃"①。所以自爱的子弟要禁撰小说戏曲。林良铨甚至在家训中杜撰了自己幼时梦见《肉蒲团》作者已被拔舌十七次的经历,告诫子孙禁作淫词小说,"可见笔墨原非可游戏者。"②有的家长虽然承认词曲传奇乃文人雅事,但不可有罪名教、涉嫌诲淫,犯下绮语罪业,"读书人戒之。"③有的家长虽认可小说具有破闷释愁、消寒解暑的娱乐功能,但只认可有助学问、名教和身心的小说以及谈鬼神、记怪异、说报应、辨祸福等为下愚说法的小说④。清代家族戒撰小说戏曲的训条和对有关名教小说的倡导,对小说戏曲发展难免产生一定程度上的阻碍。

(六)禁止演戏

包括两个方面:其一,禁止一切演剧活动。一些家族从耗钱废时和避免伤风败俗的角度出发,禁止演剧活动。陆一亭《家庭讲话》认为高台演戏、迎神赛会、走马灯等耗财废时,"是世人最爱的,实是最无益的。"⑤其二,对特定剧目或剧种予以禁止。剧目主要是不许搬演有损宗族光彩嫌疑的剧目,如潘姓禁演《杨门女将》、周姓禁演《三气周瑜》之类。就禁止剧种而言,则以禁止花鼓戏为普遍,家族禁演花鼓,也包括两个方面的内容:一者,禁止族人扮演花鼓。湖北仙桃《刘氏宗约》规定,禁止族人扮演花鼓和择业优伶,犯者用家规论处⑥。湖南平江叶氏宗约规定族人不可搬演花鼓戏、败俗伤风⑦。二者,禁止雇人在宗族居住的村落搬演花鼓。同治九年(1870),黄陂县张氏绅耆议定家训十条,由族中贡生张祥麟、附贡张云鹏等联名呈请黄陂知县,晓示颁行。该家训规定,张姓村落严禁花鼓戏:"一种花鼓淫戏,败坏风俗,同族公约:嗣后张姓湾村,有演花鼓戏者,即将此湾领首之人联名公祠,送官处治。"⑧就禁演花鼓的家族而言,族人扮演和雇人

---

① 楼含松主编《中国历代家训集成》(11),浙江古籍出版社 2017 年版,第 6288 页。
② 楼含松主编《中国历代家训集成》(9),浙江古籍出版社 2017 年版,第 5403 页。
③ 楼含松主编《中国历代家训集成》(9),浙江古籍出版社 2017 年版,第 5534 页。
④ 楼含松主编《中国历代家训集成》(11),浙江古籍出版社 2017 年版,第 6296 页。
⑤ 楼含松主编《中国历代家训集成》(9),浙江古籍出版社 2017 年版,第 5471 页。
⑥ 刘中善修《刘氏宗谱》,民国十四年铅印本,卷首《宗约十四条》第四页上至第四页下。
⑦ 冯尔康主编《清代宗族史料选辑》(下),天津古籍出版社 2014 年版,第 1738 页。
⑧ (清)张祥麟修《张氏宗谱》,同治刻本,卷二第五页上。

搬演这两种情况一般皆被禁止。晚清天台名医张仙礼在病榻上留下的《家训》云:"凡人会、花会、戏市、灯市,皆邪之所自来也。……花鼓弹词,宜力却之。"①张仙礼要求家族内禁止花鼓,不论是族人扮演还是雇人扮演。在禁演花鼓的宗族,遇上严正的族正或家长,花鼓戏一般难以开演。巴陵人胥詧,以行医为业,其人性方严,族中父兄少年咸敬畏之。一次,胥詧从外行医归来,发现族众正在搭台雇人搬演花鼓戏,他立即请族正父老斥责,命其撤台罢去。自此,直至胥詧去世多年以后、当邻近村社盛演花鼓戏之际,唯独胥詧宗族中无人仿效,时人将其归功于胥詧的教化之力②。可见,家族的禁抑活动,与家族负责人的领导力成正比例,领导有力的家长、族长,禁抑力度大,反之则小。

二、禁抑原因

坏人心术、荒废正业、女贵贞节、优伶贱业、败俗滋事等是清代家长禁止子女接触小说戏曲和禁止扮演花鼓等戏的要因:

(一)禁看小说戏曲,防止坏人心术和荒废正业

1.坏人心术。清代教育以儒家思想为主导,以忠君孝悌等纲常伦理为根本,从家庭教养、塾学启蒙到准备科举的书院和国子监,皆以儒家伦理道德教育为重中之重。小说戏曲多生长在民间底层,思想驳杂,其中包含了许多有悖正统伦理道德的内容,诸如小说戏曲普遍叙写两情相悦、私订终身,既违背了"父母之命、媒妁之言"的纲常,也冲击了"饿死事小、失节事大"的礼教;小说戏曲对锄强扶弱、劫富济贫、替天行道的歌颂,直接挑战了皇权统治秩序,子弟观看"足长桀骜之气,生藐法之心"③;更不用说社会上还流行着大量色情小说,这些小说从婚外情到同性恋,从性心理到性高潮,从性交姿势到性交技巧,乃至房中采战、阴阳双修等等,可谓应有尽有,不

①楼含松主编《中国历代家训集成》(12),浙江古籍出版社 2017 年版,第 7271 页。
②(清)姚诗德、郑桂星修,杜贵墀纂《(光绪)巴陵县志》,光绪十七年岳州府四县本,卷三十七第五页上至第五页下。
③(清)夏子鎏修,李昌时纂《(光绪)玉田县志》,光绪十年刻本,卷十四第五页下。

一而足①。清中叶以后，剧场流行情色表演，各地方剧种纷纷"把性和色情作为演剧的重要内容来表现，也因此而赢得了巨大的市场。"②这些都不能不引发家长的警惕和担忧。

在家长对小说戏曲坏人心术的忧虑中，小说戏曲能诱发情欲无疑首当其冲。这与古人的情欲观、养生观、性教育等皆关系莫大，概言之即：欲不可早、欲不可长。古代修身养生，都把"少之时，血气未定，戒之在色"③奉为圭臬。血气未定，是指生理和心理发育尚未成熟。生理发育未成熟，过早的性行为则会伤及身体；心理发育不成熟，则自控能力和分辨是非的能力不足，易心生邪念、诱发邪行。中国古代性教育的核心是性道德教育，强调男性戒淫邪，女性守贞洁。夫妻婚后的性生活，作为动物本能，即便不是无师自通，也是一点即通，"提前把性交知识告诉未婚的年轻人，只能造成唤起他们的性意识，激起他们的性冲动，并促使他们发生未婚性行为的严重后果，而未婚性行为则是遭到家庭和社会严格禁止的。"④古人认为童年和少年时代没有性意识和性活动，"性本能在童年的存在被否决了。"⑤性需求只有到了青年时代才表现出来，就是所谓的"情窦初萌"。因此，只要隔绝性刺激物，不让它们逗引少年儿童，他们就会保持天然纯真、健康成长。社会普遍认为防淫是助推青少年顺利成长第一等要紧事："盖色是少年第一关，此关打不过，任是高才绝学，都不受用。"⑥"十岁至二十岁，此十年是子弟最要关头。……尤宜防其淫邪，戏场胜会，先生放学之时，严其出入。"⑦青少年自制能力相对较弱，他们一旦从小说戏曲中获得性知识，引发性冲动乃至发生婚前性行为，不仅有碍养生："欲念不兴，精气散于三焦，荣华百脉。及欲想一起，欲火炽然，翕撮三焦，精气流溢，并从命门输泻而去。可畏哉！"⑧甚者步入邪途，直至冲决礼教："少年阅之，未有不意荡心

---

①冯国超《中国古代性学报告·前言》，华夏出版社 2013 年版，第 6 页。

②彭恒礼《元宵演剧习俗研究》，广东高等教育出版社 2011 年版，第 208—209 页。

③（三国）何晏注、（宋）邢昺疏《论语注疏》，中国致公出版社 2016 年版，第 267 页。

④徐天民主编《中国性科学发展蓝皮书》，北京大学医学出版社 2010 年版，第 22 页。

⑤［奥］西格蒙德·弗洛伊德著，彭倩、张露译《性学三论与爱情心理学》，台海出版社 2016 年版，第 114—115 页。

⑥楼含松主编《中国历代家训集成》（9），浙江古籍出版社 2017 年版，第 5381 页。

⑦《丛书集成续编》（56 册），台北新文丰出版公司 1988 年版，第 18 页。

⑧（元）李鹏飞编，（明）胡文焕校，张志斌等校点《三元参赞延寿书》，福建科学技术出版社 2013 年版，第 27 页。

迷、神魂颠倒者。在作者本属子虚,在看者认为实有,遂以钻穴逾墙为美举,以六礼父命为迂阔,遂致伤风败俗,灭理乱伦,则淫词小说之为祸烈也。"①客观言之,叙写男女之情是古典小说戏曲的重要主题,所谓"十部传奇九相思。"古典小说戏曲或多或少的包含能诱发性意识性冲动的描写,家长认为最佳办法就是杜绝少年子女接触一切可诱发情欲、滋生情欲之物:"淫心之动,有迟有早,早动则寿必促,迟动则命可长。大家世族家中不蓄淫书淫画,正惧血气未定之子弟偶一见之,而凿开其情窦也。"②能激发情欲的小说戏曲会诱导子女性欲萌发、从此堕落,"每有少年子弟情窦初开,一经寓目,魂销魄夺,因此而踰闲荡检,丧身亡家者,比比皆是。"③在家长眼中,小说戏曲一般被看作子女滑向淫邪戕生的罪魁祸首。清代中后期,社会上流传着许多青少年阅读小说戏曲而伤生的新闻:有少女因看《红楼梦》患痨瘵而死④,有男青年因阅《金瓶梅》《果报录》患痨⑤,有男青年阅读《石头记》发疯离家出走⑥,有男青年因读《西厢记》痴迷莺莺、呕血而逝等⑦。这些新闻故事言之凿凿、传播颇广,进一步强化了家长禁止子女接触小说的观念和决心。个别家长虽认识到儿童和青少年喜好小说戏曲,可以因势利导,"当以故事教之也。"可是"世俗流传小说美恶不一,大约美者少而恶者多,最坏者淫书秽曲,远之当如猛兽毒药。"⑧适合子女观看的小说戏曲太少,"欲保全子弟,惟在父母严谨堤防。"⑨除了采取严密提防、隔绝禁止的方法之外,别无良策。

　　整体上看,清代家族禁止小说戏曲的接受对象直指两大群体:青少年和女性。换言之,青少年和女性被认为是最易被小说戏曲坏掉心术的两大群体。青少年关乎家族未来,处于青春发育期,身心尚不成熟,需要家长格外关注不难理解。禁止女性,尤其是青年女性接触小说戏曲主要是因为男

---

① 王利器辑录《元明清三代禁毁小说戏曲史料(增订本)》,上海古籍出版社 1981 年版,第 178 页。

② 《书陈宝渠太守〈申禁淫戏〉示谕后》,《晚清报载小说戏曲禁毁史料汇编》(下),第 528 页。

③ 《禁淫书原始》,《晚清报载小说戏曲禁毁史料汇编》(下),第 567 页。

④ (清)陈其元《庸闲斋笔记》,中华书局 1989 年版,第 200 页。

⑤ 《淫书害人》,《晚清报载小说戏曲禁毁史料汇编》(上),第 247 页。

⑥ 《小说害人》,《晚清报载小说戏曲禁毁史料汇编》(下),第 713 页。

⑦ 《淫书害人》,《晚清报载小说戏曲禁毁史料汇编》(下),第 718 页。

⑧ (清)朱采《蒙养俚言八则》,沈云龙主编《近代中国史料丛刊第一编 0273·清芬阁集》,台湾文海出版社 1966 年印行,第 227 页。

⑨ 王利器辑录《元明清三代禁毁小说戏曲史料(增订本)》,上海古籍出版社 1981 年版,第 240 页。

权社会对女性根深蒂固的偏见,即女性见识短浅,不是惑人就是被人惑,"夫女子者,水性也,花情也。"①清人黄藜乙《闺箴》甚至说女性身上的淫邪,终生也洗涤不尽:"妇人淫孽,终身不可湔浣。"②造成妇女见识短浅和淫邪偏见的要因,除生理认识的局限外,古代女性被排除在学校教育和社会事务之外也影响甚大,不少族规家训把不让女子识字读书遵为圭臬,"闺阃之教,与子弟之教不同:子弟欲其上知千古,下明当世,然后胸中有所得;妇女则不然,除勤俭和顺,女红中馈之外,不必令有学识。"③妇女的职责和见识被囿于家庭之内:"妇人之职,惟在主中馈、治女红二者而已,一毫外事不可干预。"④女性的教育目标就是培养勤俭温顺的品德和会做女红会做饭的技能。与男性相比,她们很少获得智力开发和社会历练的机会,整体上识见自然不能与男性相颉颃。于是古人认为女性与少年子弟一样,是家族中最令人不放心的群体,是齐家的重点对象,"齐家须从妇人起。"⑤需要父兄家长的严格监护,女性如果想要这种监护有所松弛,除非她们熬成婆、熬成了家长,然后以同样的方式管教下一代。

2.荒废正业。具体包括两个方面:其一,因读小说看戏曲占用学习时间而荒废学业。学习要集中精力、专心致志,此乃古今中外学习经验之共识。专心致志要求做到尽力减少干扰,把注意力集中在学习上。就读书言,书籍包罗万象,明清学者多将书籍分为切要之书和无益之书,子弟因年龄和知识结构不同,切要之书的范围也不同,蒙学一般把"四书五经"、《孝经》《小学》等作为切要之书,《小儿语》《千字文》《三字经》等为次切要之书⑥。士子则应把经史作为切要之书,古文辞赋为次切要之书。切要之书以外的小说戏曲则被视为荒废学业的无益之书。清代理学家李棠阶云:

① (清)闵一得著,汪登伟点校《古书隐楼藏书:道教龙门派闵一得内丹修炼秘籍》(上册),宗教文化出版社2010年版,第388页。

② 徐梓编注《劝学——文明的导向　戒淫——荒淫的警钟》,中央民族大学出版社1996年版,第240页。

③ 王利器辑录《元明清三代禁毁小说戏曲史料(增订本)》,上海古籍出版社1981年版,第179页。

④ 楼含松主编《中国历代家训集成》(11),浙江古籍出版社2017年版,第6354页。

⑤ 楼含松主编《中国历代家训集成》(9),浙江古籍出版社2017年版,第5627页。

⑥ 唐鉴《义学示谕附条约六则》:蒙以养正,读书不可不审也。四书五经外,如《孝经》《小学》,最为蒙童切要之书,读之即知作人之道,由此而大成,必为忠臣、孝子,次之也不失为善士,为好人,此在养之以预也。至初发蒙之幼孩,先取顺口则、小儿语、好人歌、三字经、千字文皆可,取其易于成诵,亦不失为蒙养之初教也。(唐鉴撰,李健美校点《唐鉴集》,岳麓书社2010年版,第123页。)

"不特淫词小说不可观,凡无益于学问身心者皆不宜枉费精神,穷经为要,读史次之。"①李棠阶主讲河朔书院十三年之久,又曾任云南学政,他劝士读书的取舍意见是清代家长、教师和士大夫的代表性意见。儿童和青少年无不喜欢观看小说戏曲,有的地方就发生此类现象:"遂至读书少年,就塾未及一月,借祭祖之名,以观剧为事,诗书之气荡于浮邪,吟诵之声废于靡曼。"②有的学堂学生看戏之后,次日上课听讲时"昏昏欲睡,均无心听讲。"③子弟观剧,影响学习,一些绅士家长甚至怪罪戏班,联名禀官,"派差将戏箱押封,驱逐出境。"④在所有读物当中,最受少年子弟欢迎的莫过小说,清代许多文人回忆其少时阅读小说,常用爱不释手、废寝忘食来形容,或"自幼即嗜《红楼梦》,寝馈以之。"⑤或"若《水浒传》、《红楼梦》等书,偶一展阅,每不忍释。"⑥戏可以禁于有形,偷看小说则较难发现,防不胜防。家长为避免荒废学业而禁止子弟观看小说戏曲的事例不可胜计,兹举一二:马履端妻王氏年二十四夫殁,王氏勤勉纺绩,抚养二子,"且严于课读,凡张灯演剧诸事,皆禁之不使观焉。"⑦汤桥妻穆氏守节奉姑,备尝艰苦,穆氏训子甚严:"里中演戏,馆中诸生皆往观,独不令二子往,曰:'人心易放,一日看戏,十日不能收也。'"其子裔振顺治己亥进士及第,颇有政声,汤氏读书守清白,遂成巨族⑧。俗云"业精于勤荒于嬉。"在小说戏曲被视为卑体、未被纳入教学内容的时代,害怕子弟荒废游怠、禁止观看不难理解,即便在小说戏曲进入教材的今天,学生如果花费较多时间观看小说戏曲,有时也会遭到家长、老师的劝阻乃至责罚,但凡读书之人,青少年时期恐怕都有类似的经历。其二,因吸收小说戏曲的内容形式而妨碍学业。正统思想认为,小说戏曲乃为文之大敌:一者小说戏曲言不雅驯。从语言上看,小说戏曲有文言与白话之分,尽管明清两朝白话体的小说戏曲大行,但文学正宗仍是诗文,诗文用文言,追求雅洁。在正统文人眼中,"雅"是正统文学形式

①(清)李棠阶《劝士条约》,见《李文清公遗书》,光绪八年刻本,卷五第八页下。

②(清)杨囷年、黄鹤雯纂修《(乾隆)石城县志》,乾隆四十六年抄本,卷一第四十三页上。

③《学生亦要求看戏耶》,《申报》1910年1月14日,第12版。

④《学董请禁演戏》,《晚清报载小说戏曲禁毁史料汇编》(上),第403页。

⑤朱一玄编《红楼梦资料汇编》,南开大学出版社1985年版,第835页。

⑥(清)西冷野樵《绘芳录·序》,百花洲文艺出版社1993年版。

⑦(清)马家鼎修,张嘉言纂《(光绪)寿阳县志》,光绪八年刊本,卷九第四十六页上。

⑧王德乾等修,刘树鑫纂《(民国)南皮县志》,民国二十一年铅印本,卷十第十八页下至第十九页上。

"最重要的标准。"①以白话形式的小说戏曲言不雅驯,难登大雅之堂。清代从童蒙识字读本开始,就禁止使用小说戏曲类的语言,因为它们是白话俗言:"市语小说,种种不一,所习之字,则省字、俗字、杂字,非经书所有。"童子能读懂经书的专用教材为《小学》和"四书五经",读不懂经书的专用教材有《千字文》《百家姓》《小学》,其余"一切方言杂字、市语小说,概行严禁。"②因为言不雅驯,白话的小说戏曲"缙绅先生弗道焉者,为其语杂而弗纯也。"③不许子弟阅读,也是怕被耳濡目染,妨碍正宗文体。二者小说戏曲事不征实。子不语怪力乱神,正统文学观念提倡征圣宗经,文以载道,以此为标准,反对为文虚诞不实。小说戏曲行文的最大特点是虚构,因不能征信而遭到多数文人的鄙视:"剿说荒谈以欺人,人辄奇之。"④因而"士之能自立者,皆耻而不为矣。"⑤在"小说界革命"兴起之前,尽管有像金圣叹这样的异端主张从《水浒传》《西厢记》中学习文法,但毕竟极少数。清代多数文人仍遵循桐城派的"义法"要求,主张"古文之体,忌小说。"⑥反对为文"或杂小说"⑦,为防止子弟用小说的创作方法写文章、偏离正学,有禁止他们在志学之年玩赏小说戏曲的必要。

(二)禁女外出观剧,防止失贞隳名和人身伤害

清代族规家训禁止女性外出观剧的戒条在话语表达上有两个突出特点:其一,把禁止女性外出看戏置于"别男女""慎闺门""别嫌疑"等戒条之下。安徽段氏家规"肃闺门"规定:"妇人毋许烧香、游春、看戏、观灯诸事。"⑧安徽贵池南山刘氏家规"别男女"要求:"尤不可入庙烧香,出外看戏,而僧道异色各类人等男子,更宜预为禁绝,无与来往,则闺门整肃,风化端严,不愧清白身家矣。"⑨其二,抄录《礼记》等有关男女有别要求的术语。

---

①邱明正主编《上海文学通史》,复旦大学出版社2005年版,第480页。

②(清)文聚奎等修,吴增逵纂《(同治)新喻县志》,同治十二年刻本,卷十四第六十二页下。

③(清)王瑛曾纂修《(乾隆)重修凤山县志》,乾隆二十九年刊本,卷十一第一页上。

④(清)王又朴撰《介山自定年谱》1卷,民国刻屏庐丛刻本,第六页上。

⑤陈文和主编《嘉定钱大昕全集》(7),凤凰出版社2016年版,第490页。

⑥郑奠、谭全基编《古汉语修辞学资料汇编》,商务印书馆1980年版,第566页。

⑦赵则诚等主编《中国古代文学理论辞典》,吉林文史出版社1985年版,第620页。

⑧上海图书馆编;周秋芳、王宏整理《中国家谱资料选编·家规族约卷》(上),上海古籍出版社2013年版,第149页。

⑨(清)刘瑞芬修《安徽贵池南山刘氏宗谱》,光绪十三年木活字本,卷之首《家规》第八页上。

横峰张氏家训直接抄录《礼记·曲礼》"不杂坐,不同椸枷"等语句并要求:"妇女即年老,不得入寺院烧香,出门看戏。……闺门严肃,斯为清白传家之道矣。"①福建浦城陈氏家规"慎闺门"款,抄录《礼记·内则》"女子出门,必拥蔽其面,夜行以烛,无烛则止"等,规定"纵妇女游春、看戏、偷身入寺烧香等,定罚惩其本夫不宥。"②从这些话语即可看出,《礼记》不愧为中国古代族规家训之总纲,严男女之防是清代家族禁止女性外出观剧的根本目的,该目的直指一个目标:实现男女在人际接触上的严格隔离,保证家族女性不出现失贞问题,即便是嫌疑也要避免。

　　就生活实际而言,家族禁止女性观剧还有家教门风、人身安全等多重考虑。在男女之防视为基本人伦规范的社会,女性,尤其是青年女性抛头露面往往被当作奇观,引人注目。清代流行"看妇女"的风气,即:当年青妇女出游之际,闲杂人等以观看妇女、评论妍媸为乐。妇女观剧之际,此风尤盛。汉口地方每逢野地演戏,妇女逐队往观,轻浮子弟则观看妇女,评肥论瘦,品头指足,亵语喧哗③。江苏等地亦然:"(城隍庙中演戏)小家妇女排坐东西楼观剧,浮荡子弟评头量足,腼不为怪。"④"人无闲言"是古代社会判定是否有良好教养的标准之一,这种有辱斯文的风气易招致流言蜚语,惹出是非猜疑,《温氏母训》云:"妇女屡出烧香看戏,无故得谤。"⑤《崔氏家谱·别嫌疑》:"游山假会席而看戏,犹当禁止,以绝人之物议。"⑥皆是告诫妇女勿外出烧香看戏,招人评短论长。特别是对于缙绅之家和大姓巨族而言,让家族女性抛头露面、供人公然评点,不仅让女性蒙羞,也是闺教失范的表现。谨严之家甚至还禁止家中男性外出观剧,薛于瑛《与子书》云:"勿看戏,惹人指笑。"⑦就是告诫儿子不要外出看戏,良贱混杂,被人贻笑缺乏教养。此外,清代剧场事故频仍,妇女是火灾、倒塌、诱拐、抢劫、调戏等治安事故的主要受害者,这些事故也一定程度上助推了禁止妇女观剧观念和舆论的增长⑧。家族禁

①张宗铎修《横峰张氏家谱》,民国四年铅印本,卷一《家规》第六页上。
②陈模等纂《福建浦城陈氏家谱》,民国六年集贤堂活字本,卷一《家规》第十页上。
③《风俗偍薄》,《申报》1878年3月1日,第3版。
④(清)金福曾、顾思贤修《(光绪)南汇县志》,民国十六年重印本,卷二十第二页上。
⑤夏家善主编《历朝母训》,天津古籍出版社2017年版,第229页。
⑥崔祥奎纂修《安徽太平仙源崔氏敦本堂支谱》,民国二年木活字本,卷一《崔氏家训》第九页下。
⑦(清)薛于瑛《与子书》,见《清代诗文集汇编》(624),上海古籍出版社2010年版,第845页。
⑧参看本书第二编第九章《治安问题对演戏禁忌和管理的推动》。

止妇女观剧,不能简单地理解为是对礼教的遵奉和官方禁令的响应。在贞节观念根深蒂固、家族以贞节烈女为荣的年代,家族禁止妇女观剧符合宗族利益和生活实际:其一,妇女不观剧维护了家长制和族长制,保证了夫长的权威,有益于家庭和家族关系的稳定;其二,妇女不观剧是家族女性教养良好的表征,提高了家庭、宗族的声誉;其三,将女性囿于家庭之内,提升了她们成为贞女节妇的几率,符合宗法制度对女性的期待;其四,女性是频仍剧场治安事故的主要受害者,禁止妇女观剧也有预防人身伤害的考虑。只是,禁止女性外出观剧是以禁锢女性人性和自由的方式实现的,与男女平等的价值观是扞格不入的。

(三)禁止择业优伶,防止由良入贱和有辱家门

在身份等级森严的古代社会,由于人的身份有尊卑之分,执业也有良贱之别。清承明制,区分良贱,"且必区其良贱。如四民为良,奴仆及倡优为贱。"[1]相对应的,士农工商被法定为"良人",执业属于正业;优伶被法定为"贱民",执业属于贱业。清律规定良贱不能通婚,贱民子女世代沦为贱籍;贱民被剥夺了参与科举和仕进的资格,也就阻断了家族向上之路;贱民犯法还要罪加一等,处罚更重。总之,一旦沦为贱民,歧视倍至。如果四民学习演戏唱曲,则是由良堕贱。"族人的职业,关乎家族的盛衰。所以,家族严格要求族人有正当的职业,禁止从事被社会歧视的行当。"[2]成为倡优,属操业不正、玷辱门庭,让家人和宗族蒙羞,张履祥训子云:"切不可流入倡优下贱。"[3]汉寿盛氏家规"良民学戏、充役,是自贱也。""我族内诫之诫之。"[4]这些都是清代良善之家防止子孙堕入贱民的代表性意见。

(四)禁止演戏唱曲,防止伤风败俗和滋生事端

家族禁演花鼓,借口一般是防止败俗伤风,湖南平江叶氏禁演花鼓,以防败俗伤风[5]。黄陂张氏家训规定禁演花鼓:"一种花鼓淫戏,败坏风

---

①赵尔巽等撰《清史稿》(卷一百二十),中华书局 2020 年版,第 2494 页。
②鞠春彦《教化与惩戒:从清代家训和家法族规看传统乡土社会控制》,黑龙江教育出版社 2008 年版,第 148 页。
③楼含松主编《中国历代家训集成》(6),浙江古籍出版社 2017 年版,第 3664 页。
④冯尔康主编《清代宗族史料选辑》(下),天津古籍出版社 2014 年版,第 1762 页。
⑤冯尔康主编《清代宗族史料选辑》(下),天津古籍出版社 2014 年版,第 1738 页。

俗。"①"败坏风俗"犹如一个箩筐，清代对小说戏曲的指责几乎都可以往里装。具体到家族禁演花鼓，主要关切两个方面：其一，花鼓戏多演男女之情或打情骂俏，诱人淫邪。特别是花鼓戏用乡音土语，通俗易懂，为文化水平不高甚至文盲的青少年和妇女所喜爱。清代妇女再醮、私奔多发生在下层社会家庭，绅衿以上之家甚少，这主要是因为下层社会家庭物质条件有限、礼教束缚相对较弱，孀妇改嫁阻力较小。而下层社会妇女尤其痴迷花鼓戏等地方小戏，"大班演戏，妇女看的还少，若打听得某处有串客做，则约妯娌、会姊妹、带儿女、邀邻舍，成群结队，你拉我扯，都去看到，做一日看一日，做一夜看一夜。"②串客即宁波花鼓戏之别称。于是道德之士倾向于将下层妇女较常见的改嫁现象与她们痴迷花鼓等小戏联系起来，认为她们贞节观念淡薄是花鼓戏蛊惑所致，清代"滩簧小戏演十出，十个寡妇九改节"之类的诫语流传甚广，家族禁演花鼓，也是防止家族子弟和妇女被花鼓等小戏诱惑、坏了心术，俗云"看了花鼓戏，到老无志气。"③其二，搬演花鼓戏易滋生事端，招致聚赌、窃发、斗殴等治安事故。宗族村落搬演花鼓，流动性人口骤增，治安隐患增加，花鼓开演之际，也是"赌风日甚，盗贼潜生，案牍繁多，株连无已"④之时，治安隐患增强了家族对搬演花鼓的警惕之心。

　　整体看来，清代家族与官方在教化子弟、禁毁小说戏曲上是高度一致的，皆是以儒家伦理道德为圭臬。职是之故，一些家族把包含禁毁规约的族规家训设法申请官方批准，使其法制化。同治九年，黄陂县张氏家训就呈请黄陂县知县颁示，严禁张家村落搬演花鼓。从禁毁缘由上看，家族关注的禁毁原因比官方更具体，在禁止妇女观剧、子弟择业优伶等方面更严格，这是因为家与国有小大之别、关注点不同所致，体现了宗族法是国家法的补充和细化的特点。

三、惩戒方式

　　俗云国有国法，家有家规。对违禁读小说、看戏曲、择业优伶的子女予

①（清）张祥麟修《张氏宗谱》，同治刻本，卷二第五页上。
②王利器辑录《元明清三代禁毁小说戏曲史料（增订本）》，上海古籍出版社1981年版，第318页。
③钟敏文编《俗谚大全》，大众文艺出版社1997年版，第411页。
④王利器辑录《元明清三代禁毁小说戏曲史料（增订本）》，上海古籍出版社1981年版，第315页。

以惩戒,是家族和家长权责之内的事。

(一)阅读小说戏曲:打骂其人、焚毁其书

清代家长对子女阅读小说戏曲的处罚方式,不外乎烧毁文本和打骂其人。《红楼梦》第四十二回,薛宝钗讲她和姊妹弟兄小时候背着家长偷看诸如《西厢》《琵琶》以及元人百种等小说戏曲,被家长发现,"打的打,骂的骂,烧的烧,丢开了。"①宝钗等受到的惩处就包括焚毁和打骂,此虽是小说家言,也是生活常情。晚清南海县诸生陈元圃性端谨,严于庭训,其子陈笏年十六,聪颖过人,嗜阅说部传奇等书,元圃知之,施以夏楚。一次,元圃发现陈笏批点《红楼梦》,怒不可遏,"卒杖之无算。"②传统家教信奉"棍棒底下出好人",子女违禁读小说、看戏曲、演戏,往往难逃挨打受骂。家长发现子弟阅读小说戏曲的主要方式是暗中窥察,有的家长主张子弟读书时,家长要经常出其不意地溜到其背后窥查,"常稽察其背后借看,搜出即投之于火。"③家长检搜、焚化子弟阅读小说戏曲唱本等,犹如猫捉鼠的游戏。

(二)妇女外出观剧:责罚夫长、惩责其人

在男权社会,女性在家庭中处于从属地位,所谓"妇人有三从之义,无专用之道,故未嫁从父,既嫁从夫,夫死从子。"④男性家长一般对女性有监管之权,他们自然也对女性外出看戏有禁止之责。《晋陵沈氏家训》规定妇女勿入庙烧香、闲游看戏,风化攸关,"夫长宜防其渐。"⑤所谓"夫长",就是男性家长,即父亲、丈夫或兄长。台湾剡北陈氏家训规定妇女,"更不许入庙烧香,外远看戏,违者理罚主男。"⑥所谓主男,一般多指主持家务的丈夫。福建浦城陈氏家规"慎闺门"规定:"纵妇女游春、看戏、偷身入寺烧香等,定罚惩其本夫不宥。"⑦至于惩戒观剧女性夫长的方式,主要有训斥、罚

---

①(清)曹雪芹、高鹗《红楼梦》,文化艺术出版社 2012 年版,第 443 页。
②《评阅〈红楼梦〉遭父杖责》,《晚清报载小说戏曲禁毁史料汇编》(上),第 154 页。
③徐梓编注《劝学——文明的导向　戒淫——荒淫的警钟》,中央民族大学出版社 1996 年版,第 287 页。
④李学勤主编《十三经注疏·仪礼注疏》(下),北京大学出版社 1999 年版,第 581 页。
⑤(清)沈龙元等纂修《浙江吴兴重修晋陵金台沈氏族谱》,康熙年间刻本,卷一《沈谱家训》第二页下。
⑥陈锡金修《剡北陈氏家谱》,民国五年铅印本,卷二《家训》第十九页上。
⑦陈模等纂《福建浦城陈氏家谱》,民国六年集贤堂活字本,卷一《家规》第十页上。

跪、罚款、罚物、笞责等,薛于瑛《家规》规定,家中一切妇女不许上会看戏、入庙烧香,即便在娘家也不允许,"违者罪其本夫,罚跪受责。"①即是对观剧女性的丈夫采取罚跪思过的惩处方式。宁乡熊氏族规规定,妇女入寺烧香及游荡看戏,大干律例,将家长责四十,着该夫、父、兄严责妇、女、妹②。江苏宜兴篠里任氏族规,妇女出村看戏者,罚银一两,坐父兄夫男;或看戏责十板③。即对女性的父兄予以罚款和笞责。家族对于违禁妇女的父兄夫男实施罚跪、笞责,一般要在祠堂进行,之所以一般不公开惩戒女性,是为了保存她们的羞耻之心,"家法老幼妇女无笞责之条,妇人有过,惟其姑与夫在家笞之可也。"④夫长等受责之后,会在家庭内对外出观剧的女性予以惩戒,主要方式包括罚跪和责骂。夏敬秀《正家本论》规定对听弹词、滩簧等妇女,"看者听者罚跪以惩之。"⑤此外,还有罚物,歙县蔚川胡氏家规禁止妇女出外闲游,违训者罚布以儆⑥。因女性外出看戏而责罚其夫长,是未嫁从父、既嫁从夫纲常礼教的具体实践,体现了宗法制度对女性教育约束方式——夫长是女性的监护人。反过来,受到责罚的夫长因家教不严、颜面尽失而更严格地管教家中女性。观剧女性遭到家长责骂并不罕见,甚至不免走向极端。1883 年 6 月某日,宁波南门内李妪之女欲往日湖关圣殿观剧,李妪以女子不宜外出观剧,痛骂其女,其女不服,李妪继而责打,遂酿成其女悲愤自尽的惨剧⑦。我们还可以从王洸(1906—1979)回忆其少年时一次看戏遭罚的经历推想清代家长责罚子女看戏,也不外乎打骂和罚跪。王洸在北平私立尚志中学就读时,迷恋京剧,放学后多次看戏,被其父发现,王洸谎称去图书馆。其父怒责其说谎和看戏废学,将王洸左手用戒尺责打十下,罚说谎,右手责打十下,罚荒废学业,并令其在书房罚跪反省。跪毕,其父还命王洸将看戏受罚经过写一篇记叙文交给国文老师。这篇作文被国文老师加上的评语,张贴于学校成绩栏,全校周知。在严父

①(清)薛于瑛《家规八条》,见《清代诗文集汇编》(624),上海古籍出版社 2010 年版,第 751 页。
②费成康主编《中国的家法族规》,上海社会科学院出版社 1998 年版,第 328 页。
③冯尔康主编《清代宗族史料选辑》(下),天津古籍出版社 2014 年版,第 1730 页。
④冯尔康主编《清代宗族史料选辑》(下),天津古籍出版社 2014 年版,第 1863 页。
⑤楼含松主编《中国历代家训集成》(10),浙江古籍出版社 2017 年版,第 5757 页。
⑥冯尔康主编《清代宗族史料选辑》(下),天津古籍出版社 2014 年版,第 1770 页。
⑦《甬东近事》,《申报》1883 年 6 月 16 日,第 3 版。

和老师的鞭策下,王洸惭愧难当,行为有所检点①。这些不顾忌子弟尊严的惩罚举措今天看来不免过火,却是旧时常情。

(三)子弟学习唱戏:训斥体罚、开除出宗

不少家族对学戏的族人一般要予以惩戒,贵州紫江朱氏家规:"勿许学戏当差,犯则必惩,法无可贷。"②休宁古林黄氏祠规规定对甘为四民之外的倡优下贱等辈,除了责罚房长管教不严之责外,还对犯者"即以显背祖训之罪罪之,并责坐房长。"③违背祖训,轻者体罚,夏敬秀(1736—1800)所撰写家训规定,对学习演唱戏曲的子弟,"立棰之。"④重则除宗,康熙年间制定的离石于氏族规规定族内子弟只许从业读书、耕田、为商、手艺四业,从事这四业之外者,"宗子、司仪同阖族逐之。"⑤就是宗族的主事者率领全族将其驱逐于宗族之外。道光二年制定的歙县胡氏家规规定,对从事"四民无与"职业的子弟,"初则戒惩,再则削逐。"⑥即教育惩戒之后如不改正,则从族谱上除名、驱逐于宗族之外。光绪定兴《鹿氏二续谱》、民国丰润《毕氏宗谱》也都规定对从业倡优、乐艺者,不再登记入谱,"有则屏之。"⑦在宗法社会,开除出宗,将失去宗族保护,宗谱不书或削名,则成为无宗可归的"黑人口",生存倍加艰难。以上两种仅是族规家训所见的惩罚措施,现实中,宗族对子弟学戏的惩处方式肯定不止体罚和除宗,不同家族可能有所不同。例如,严凤英(1930—1968)少时偷学黄梅戏,不仅遭到父亲的打骂,族人还因其败坏宗族名声,要将她抓起来沉塘⑧,而此时已经是1940年代了。

一般说来,清代族规家训对小说戏曲违禁者的惩罚办法和强度规定较少,整体上看不外训斥和体罚。光绪河北郎氏《家谱凡例》云:"家规。夫礼禁未然之前,法施已然之后。"⑨族规家训在禁抑小说戏曲活动的作用可以

①黄振亚《王洸传:一位水运专家的传奇人生1906—1979》,中国文史出版社2001年版,第6页。
②冯尔康主编《清代宗族史料选辑》(下),天津古籍出版社2014年版,第1764页。
③冯尔康主编《清代宗族史料选辑》(下),天津古籍出版社2014年版,第1758页。
④陆林《宋元明清家训禁毁小说戏曲史料辑补》,《明清小说研究》1997年第2期。
⑤冯尔康主编《清代宗族史料选辑》(下),天津古籍出版社2014年版,第1759页。
⑥冯尔康主编《清代宗族史料选辑》(下),天津古籍出版社2014年版,第1759页。
⑦冯尔康主编《清代宗族史料选辑》(中),天津古籍出版社2014年版,第1392页。
⑧殷伟、王小英《严凤英》,黄山书社1985年版,第45页。
⑨冯尔康主编《清代宗族史料选辑》(下),天津古籍出版社2014年版,第1511页。

分为两个层面：其一，违禁未发生时，它们提供了日常遵守禁看、禁藏小说戏曲、禁为优伶的行为准则，抑制了违禁行为。其二，在违禁发生时，它们一方面作为外在舆论谴责和内在良心责备制裁违禁者；另一方面，家长等则动用家法族规对违禁者或其监护人予以惩戒，防止再犯。

四、禁抑影响

清代家族禁抑小说戏曲活动与官方禁毁政策不同，后者依靠的是国家权力和统治阶级制定颁布的禁毁法令，动用国家机器查禁、销毁、处罚小说戏曲违禁行为。前者扎根于百姓日用之中，是家庭教育经验的总结，是家族自行教养、自行约束的体现，对清代小说戏曲接受方式和禁毁政策都产生了深刻影响。

（一）降低了子女接触小说戏曲的机会

以观剧为例，妇女外出观剧阻力增大，尤其是绅衿以上家庭。古代女子教育基本在家庭内部完成，传统儒家文化培养了大批严谨恭俭的家长，他们严格按照家训族规教育子女，禁止妇女外出观剧。如郭巍，贡生，品行端正，不苟言笑，望之使人生畏，家法甚严，"妇女禁艳妆观剧，无事不得出中门。"①张步岭，字友松，性耿介，寡笑言，规行矩步，读书授徒外，无所知，"教家尤严，闺门肃如朝廷，妇女无观剧者。"②姚西彭，字荫庭，光绪壬午岁贡生，品端学粹，居家有法，教子有方，"妇女不观剧，不赴庙会。"③在此类家长的教育下，子女阅读小说或外出观剧都受到严格约束。

清代不外出观剧的女性，以两类女性居多：一是节妇；二是绅衿之家的女性。节妇不看戏观灯的事例，清代地方志列女传中记载甚多。生员曹光祖的母亲郭氏，夫亡之后，甘心守节，历四十年不入神庙、不观灯戏④。举人陈自新继妻武氏，二十四而寡，子女皆殇，终身素服不观剧⑤。节妇之所

①（清）马家鼎修，张嘉言纂《（光绪）寿阳县志》，光绪八年刊本，卷八第四十二页下。
②徐家璈、宋景平修，杨凌阁纂《（民国）商水县志》，民国七年刻本，卷十九第十四页上。
③廖彭修，宋抡元纂《（民国）庄河县志》卷四《人物》，奉天作新印刷局1921年版，第8页。
④（清）黄景曾修，靳渊然等纂《邱县志》，台北成文出版社1968年影印，第337页。
⑤（清）严书麟修，焦联甲纂《（光绪）新续渭南县志》，光绪十八年刊本，卷九第七十页上。

以不看戏，主要是为了坚持从一而终的决心、抵挡外界诱惑和减少流言蜚语。绅衿之家女性不外出观剧，则主要因为绅衿之家女教相对严格，浸染成习。王裴山妻牟氏，庠生葵圃公之女，"幼娴《女诫》，淑慎恭俭，不佞佛，不观剧。"①梅曾亮次女，节烈可风，幼淑慧，在京随侍其父十余年，未尝赴女宴观剧②。绅衿之女自幼多经过较系统的传统女德教育，长大之后，她们以女德标准要求自己，自觉遵守好女不看戏观灯的教条，如张凌汉妻逯氏，"幼读《女诫》及《女论语》，于归后孝事舅姑，年二十六夫亡。……闻妇女有好看戏、赶会、结伴烧香者，深以为非，归宁外，未尝出大门。"③俞发祖妻汪氏，幼从父习《女诫》《女箴》诸篇，辄明大义，"自待极严，无故不出户庭，目屏词曲，口绝谐谑。……入庙烧香、赛神观剧，人竞趋之，汪皆鄙夷而弗为也。"④说明绅衿之家女孩幼时多习诵《女诫》等女德教材，从小就开始确立正统女性标准，自觉遵守不外出看戏。即便在金吾不禁、女性可以出游的上元节，一些绅宦之家女性亦不与焉。康熙年间，滁州上元节男女毕出观灯，"大户有识者则否。"⑤道光《来安县志》载，该县社会遗风"士大夫守礼之家，妇女不观灯市井，不烧香寺观，不冶游山，尤为近古。"⑥民国七年出版的《商水县志》载，该县近十数年赛神演剧较昔尤甚，妇女游观，习为故常，"惟书香世家，内教严肃，则不使往。"⑦可见绅衿等大家内教较严，妇女多能严格遵循不外出观剧。谨遵女德、不外出观剧的女子熬成家长之后，也会如此这般地教育子女，如庠生劳璋之妻朱氏，端重寡言笑，娴于内则，习以成性，"教子女甚慈，不为姑息，女子五六岁，不许出中门，观剧观灯，尤所深戒。"⑧拔贡李光远继室凌氏，出身名族，通诗书、娴礼仪，执妇道甚谨，二十八岁夫故，贞节自守，二女幼即讲解《内则》及古今贤孝节烈事，

①《先考裴山府君行状》，王舟瑶纂修《浙江黄岩西桥王氏谱·内编三》，民国六年木活字本，第三十页上。

②（清）蒋启勋、赵佑宸修，汪士铎等纂《（同治）续纂江宁府志》，光绪十年重印本，卷十四之十四上第二十五页下。

③萧国桢等修，焦封桐等纂《（民国）修武县志》，民国二十年铅印本，卷十五第三十七页下。

④（清）张绍棠修，萧穆纂《（光绪）续纂句容县志》，光绪刊本，卷十四第三页上。

⑤（清）余国楷，潘运皞纂《（康熙）滁州志》，康熙十二年刊本，卷六第二页上。

⑥（清）符鸿修，欧阳泉纂《（道光）来安县志》，道光刻本，卷三第八页上。

⑦徐家璘、宋景平修，杨凌阁纂《（民国）商水县志》，民国七年刻本，卷五第十八页上。

⑧朱兰修，劳乃宣纂《（民国）阳信县志》，民国十五年铅印本第六册，卷六第七十八下。

家规谨严，"不令妇女游庙观剧，男女出入限以中门。"①在女性观剧蔚然成风的清代，能践履不外出观剧的女性，绅衿等较有文化之家多于百姓之家，严格的家教起着关键作用。

（二）刺激了子女偷看小说戏曲的欲望

家族对所谓淫书淫戏的禁止，给子弟妇女造成较大压力，他们往往是在偷偷摸摸的状态下接触小说戏曲，张竹坡云："今有读书者看《金瓶》，无论其父母师傅，禁止之。即其自己，亦不敢对人读。"②暗地阅览，还会经常面临父兄师长的翻检搜查，据晚清报载新闻，一些子弟即被家长翻检阅读所谓的淫书，有遭杖责者③，有书籍被焚化并遭痛戒者④。禁忌会增加禁忌对象的神秘感和吸引力，越是被禁锢的东西，就越是人们所向往的东西，特别是那些能满足人们快感和欲望的事物。"任何禁限，本身就是一个悖论：正是为人所向往才必须禁限，而禁限则向往必然更强。"⑤禁忌一旦打破，就会产生兴奋感，于是第一次、第二次……，直至禁忌荡然无存。禁看反而刺激了观看欲望的现象在清代少年儿童、妇女中也是常情。《绘芳录》作者竹秋氏回忆童年阅读《水浒传》《红楼梦》等小说，"偶一展阅，每不忍释，以是遭父师之责者，不知凡几，终不能改。"⑥周馥（1837—1921）少时瞒着师长阅读《列国演义》，"过目不忘。"⑦王文濡（1867—1935）幼时喜阅小说，"庭训綦严，背人私阅，帐中一灯荧然，自宵分以至昧旦不倦。"⑧像文濡这样背着家长深夜偷看小说者不在少数。孙家振（1864—1939）自幼嗜读小说，当十三四岁时，晚间潜取《三国》《水浒》诸小说，倚枕阅读，"至漏深犹未寐。"⑨有的子弟因在孤灯下深夜偷阅，甚至伤及身体。胡适族叔胡近仁越是说《肉蒲团》不能看，胡适越想看，胡适等到母亲入睡之后偷看，直看得眼

---

①徐家璘、宋景平修，杨凌阁纂《（民国）商水县志》，民国七年刻本，卷二十一第八页上。
②黄霖编《金瓶梅资料汇编》，中华书局1987年版，第81页。
③《评阅〈红楼梦〉遭父杖责》，《晚清报载小说戏曲禁毁史料汇编》（上），第154页。
④《请禁淫书》，《晚清报载小说戏曲禁毁史料汇编》（上），第247页。
⑤赵毅衡《礼教下延之后：文化研究论文集》，四川文艺出版社2013年版，第4页。
⑥（清）西冷野樵著《绘芳录·序》，百花洲文艺出版社1993年版。
⑦王利器辑录《元明清三代禁毁小说戏曲史料（增订本）》，上海古籍出版社1981年版，第255页。
⑧黄霖编著《历代小说话》（七），凤凰出版社2018年版，第2865页。
⑨黄霖编著《历代小说话》（十四），凤凰出版社2018年版，第5719页。

疾加重。青少年阶段好奇心强烈,禁看这把双刃剑,一面是看不到、不许看,另一面是偏想看、偷着看。于是,偷看是那个年代少年儿童和女性小说戏曲接受的重要方式,他们或在师长熟睡的深夜里偷阅,或把小说夹在教科书中偷阅,或在僻静处甚至厕所中偷阅①,玩出种种伎俩。胡适少时嗜读小说,"然以家人干涉之故,所读小说皆偷读者也。"②胡适常常夜深人静时偷读小说,至 1904 年他离家至上海求学时,至少已经读了 30 多部小说。李涵秋幼时家教綦严,涵秋嗜读《红楼》《水浒》《儒林外史》等被家长"视为禁物"的小说,但涵秋将这些小说独自尽数阅读,也是因为涵秋偷看小说的手段高明,"善于掩饰也。"③作家袁静少时父母禁止读小说,尤其不准读《红楼梦》,她躺在炕上假装睡觉,把小说放在两个箱子的夹缝里偷看④。其实不只是胡适、李涵秋、袁静,明清以来,家长禁止子女阅读、观看小说戏曲如同猫捉老鼠的游戏,一代代上演,偷看小说戏曲,几乎成为所有读书人青少年时期的珍忆,其中也包括笔者。

(三)奠基了有清一代禁毁兴盛的基础

清代小说戏曲禁毁原因大致有:清除异端、违碍、诲淫、诲盗以及演戏引发的治安之虞、耗财废时。所谓诲淫诲盗与家庭教育息息相关,关切着家庭的稳定和未来,没有家长愿意让子女走上为主流社会价值所不容的邪淫或盗贼之路。换言之,即便没有国家倡导,家长也会对子女的小说戏曲接受予以监管,特别是小说戏曲视为卑体和社会流行着大量不良小说戏曲的情况下,监管变得更加迫切。在传统乡土社会,官方禁毁意志很难直接渗透到千家万户。然而,正是家长和家族普遍关心小说戏曲对子女产生可能的负面影响,禁毁观念和舆论才能在基层社会广泛接受,直至牢不可破,官方禁毁意志也顺势渗入千家万户。一方面,家长在家庭和家族中禁止子女接触小说戏曲、制造禁毁舆论,另一方面,他们还通过参与社会公益活动或出仕,直接把禁毁观念转化为查禁运动或上升为官方意志。家族中的精

---

① 黄霖编著《历代小说话》(十三),凤凰出版社 2018 年版,第 5256 页。
② 周谷城主编《民国丛书·胡适留学日记》,上海书店出版社 1990 年版,第 857 页。
③ 黄霖编著《历代小说话》(十二),凤凰出版社 2018 年版,第 4833 页。
④ 北京大学中国名人丛书编委会编《中国名人谈少儿时代·脚印》,北方妇女儿童出版社 1990 年版,第 83 页。

英打着保护青年子弟、女性的招牌呼吁、禀请官方禁毁,官方则俯顺民意,发起禁毁运动,这是清代禁毁活动中的常态模式。家族、塾学和士绅等民间力量参与的禁毁,与官方禁毁之间的关系不是简单的配合关系,而是相互转化的关系。此方面,又以进则为官、退则为绅的士绅阶层最具典型,他们既是家族中的精英,也是清代禁毁活动的中坚①。例如,家族禁止妇女观剧的主要目的是防止失贞,清代士绅阶层是妇女贞节的倡导者和践行者,清代妇女再嫁多发生在下层家庭,中上层人士因经济条件好、礼教束缚强,妇女再醮者甚少。郭松义先生通过考察 50 余部族谱,发现妇女再嫁多发生在一般家庭中,有功名的绅宦家庭,竟无一例再嫁者②。一般说来,士绅阶层有更优越的经济条件、教育基础和礼教愿景保护贞节,这也是为何士绅们制定的家训族规每多禁止妇女观剧的训条,不外出观灯看戏的妇女又以士绅家庭为多数。就这样,清代一大批士绅居乡时以家族为中心积极参与禁毁,出仕后又动用国家机器发动禁毁,清代小说戏曲禁毁活动于是乎多。在宗法社会,官方和家族在对待小说戏曲的禁抑态度上有高度的一致性,家庭是一切教育的基础,家庭也是制度的最初起源,风起于青蘋之末,清代禁毁观念和舆论在家族中滋长、延续,代代相传,构成了有清一代浓郁禁毁风气的坚实基础。

　　清代家规族训是当时社会保守势力与保守思想的典型代表,其中包含着清代社会最正统的小说戏曲观、教育观、女性观。清代家族禁止子女接触小说戏曲属于家庭教育、宗族教育的范畴,反映了丰富的内容,诸如禁止妇女观剧与宗族严防女性失节,禁止子孙从事演艺与家族防止由良入贱,禁止子弟观看小说戏曲与耽误正业、有误文章以及败坏心术等,它们不仅涉及小说戏曲的观念、特点、传播和接受等问题,还涉及传统女性观、情欲观、养生观、治生观、道德观等诸多问题。整体上讲,家长禁止子女阅读小说和观看戏曲,是指导和帮助他们适应社会和生活的需要,出于善意。清代家长严禁子女接触小说戏曲的教育方式,的确有助于培养符合当时社会需要的优秀人才。例如,咸同之际姚安弥兴贡生杨元熙,其母甚贤,通书传。元熙少时,每次读书,他的母亲都会偷偷地去窥视,"经史则听之,俗家

---

①参见本书第一编第二章《士绅》。
②郭松义《清代人口问题与婚姻状况的考察》,《中国史研究》1987 年第 3 期。

小说,淫词艳语,则呵禁之,并焚其书。"在母亲的严格管教下,元熙以博学著称,"人谓元熙之学,半成于母氏之教。"①庠生上官瑞云妻危氏,性嗜读,博览经史,诲子以义方,尝诫之曰"读书须立品。"家有小说必令焚毁,族人言阆德悉举以为法②。也就是说,时人对杨氏、危氏这种严禁子弟接触小说的教育方式是普遍赞同的、是应该效法的,这种方式的确能让子弟减少诱惑、专心向学。清代家长禁抑活动的出发点应该予以肯定,他们都是试图把子女管教成当时社会主流价值认可的人。只是以今人的后见之明观之,清代家族禁抑小说戏曲活动采用的是不让接触的消极方式,家族教育普遍回避了女性和子弟教育成长与喜看小说戏曲之间的矛盾,一味地阻止和抑制女性和子弟观看小说戏曲,而不是指导他们如何选择、如何欣赏,这是一种落后的教育理念和方法,缺点明显:其一,在禁止内容上,由情色描写扩展至所有的爱情题材进而是所有的小说戏曲,过于宽泛。其二,在禁抑人群上,由个别而扩大到所有的青少年和妇女。现实中的确有青少年看小说戏曲抑郁患病的事例,也的确有"演戏席罢之后,妇女逐优人而去"和"嗜戏之家,处子怀孕"③的事例,但正如时人所说,这只是偶尔、个别事件,"因观戏而为淫恶者不过偶尔之事。"④因偶尔、个别而罪及全体,是观念保守的表现。其三,在禁止方法上,主要是阻止、恐吓、打骂,态度武断,如"自小说作而淫风炽,弹词兴而女德衰,世不乏聪俊子弟,闺阁庄女,而偶睹邪书,不觉送入禽门,此杀人不见血之弊政也。"⑤此类舆论流于概念化的恐吓,说服力欠缺。其四,在禁毁理念上,主要以禁欲为旨规,有禁锢人性的一面。可喜的是,对小说戏曲功能的认识随着清末民初小说戏曲观念的变革而更新,经典作品开始编入教材、公开讲诵,妇女观剧在一些地方开始被认为是"为法律所不禁。"⑥但这并非是说家长不再关心子女的小说戏曲接受问题了,从民国以来有关因读小说看戏曲而遭受家长惩戒的大量记载来看,家长关于子女阅读无益读物、观看不良表演坏了心术和荒芜学业的忧虑是一直存在的,教育并引导子女阅读和观看有益身心健康的文艺作品,将是家庭教育永恒的主题。

①杨成彪主编《楚雄彝族自治州旧方志全书·姚安卷下》,云南人民出版社 2005 年版,第 1558 页。

②(清)王琛、徐兆丰修,张景祁等纂《(光绪)重纂邵武府志》,光绪二十六年刊本,卷二十五第八页下。

③(清)汤来贺《梨园说》,见《清代诗文集汇编》(26),上海古籍出版社 2010 年版,第 3 页。

④《书本报寺内成奸看台挤倒两则后》,《申报》1876 年 3 月 31 日,第 1 版。

⑤《戒藏淫词小说启》,《晚清报载小说戏曲禁毁史料汇编》(下),第 822—823 页。

⑥《关于天津地方自治之文件》,《晚清报载小说戏曲禁毁史料汇编》(上),第 446 页。

第二章　士绅

　　士绅,亦称绅士、乡绅,指以科举功名之士为主体的在野社会集团,同时也包括通过其他渠道如捐纳、保举等而获得身份和职衔者①。士绅阶层主要构成一是通过科举、捐纳、保举等途径获得功名、顶戴、职衔但尚未出仕者,二是离职或退休的官员。清代前期,为预防晚明士绅势力坐大的现象重演,也为了摧抑士绅阶层的民族意识,统治者对绅权采取抑制策略。顺治九年(1652)颁布卧碑,通行天下,严禁士绅干求官长、上书建白、出入官府、结社等有可能参与地方政务的言行,形成了"国初以来,例不用绅"②的惯制。清廷还通过革除明代士绅名色、哭庙案、奏销案等举措摧抑绅权。摧挫之下,"各地帖伏,无复明代士绅嚣张之势矣。"③清中叶以降,特别是太平天国战争期间,地方官扶植绅权,绅权大张,形成"地方公事,官不能离绅士而有为"④的局面。整体而言,清代小说戏曲禁毁问题属于社会教化的范畴,本来,清初统治者虽抑制绅权,但仍鼓励士绅参与社会教化,"王朝统治者竭力把绅士社会角色的发挥空间局限于教化范畴之内,而与政治相隔绝。"⑤晚清绅权大张,士绅阶层在承担基层社会教化、治安、赋税、公益等职能的过程中,相比清代中前期,更加活跃地参与禁毁活动。目前,研究晚清士绅的成果十分丰富,对于士绅参与教化的研究集中在慈善、教育、乡约、修志等方面,而于士绅参与禁毁的专题研究尚付诸阙如。本章拟从晚清士绅参与禁毁的原因、方式、作用与局限等方面展开探讨,冀以从执行者和执行过程方面深化对晚清小说戏曲禁毁相关问题的认识。

---

①马敏《官商之间:社会剧变中的近代绅商》,天津人民出版社 1995 年版,第 21 页。
②《拟上某宪整顿绅董书》,《丽泽随笔》1910 年第 1 卷第 9 期。
③柳诒徵《中国文化史》(下),中国和平出版社 2014 年版,第 1121 页。
④(清)郑敦谨、曾国荃编《胡文忠公遗集》,同治六年刻本,卷八十六第三十三页上。
⑤肖华《晚清湖南绅士与教育变迁》,湘潭大学 2005 年硕士论文,第 8 页。

一、士绅参与禁毁的主要原因

士绅参与禁毁符合其自身需要、官方和民间的期待,同时也是晚清文化和小说戏曲发展的时势所迫。

(一)士绅自身需要

就士绅身份地位言,士绅有禁毁之权、禁毁之责,还有禁毁之需。其一,等级社会制度赋予了士绅政治和法律特权。在社会分工和社会地位严格按照贵贱尊卑分出等级的社会,士绅为四民之首,享有文化、政治、经济、礼仪、法律等特殊地位和权势,"(士绅)则免于编氓之役,不受侵于里胥;齿于衣冠,得于礼见官长,而无笞、捶之辱。"①特权既保证了士绅特殊的社会地位,也树立了他们维持纲常名教的权威,士绅是基层社会权力和利益的实际代表,"世之有绅衿也,固身为一乡之望,而百姓所宜矜式,所赖保护者也。"②其二,共同的儒家文化教育背景使士绅成为维护传统伦理道德秩序的核心力量。士绅特权和威望获得的基本途径是科举考试,官方通过科举指挥棒,实现对读书人的思想控制,士绅头脑充塞的是官方主流意识——儒家学说,"绅士乃是由儒学教义确定的纲常伦纪的卫道者、推行者和代表人。"③士绅通过主持书院、义学、私塾、修志、圣谕宣讲、旌表等掌控着基层社会教化的领导权。所谓的淫书淫戏,乃"教化之大敌,人心之大害。"④即便没有官方倡导,士绅阶层也会主动参与禁毁,此乃士绅维护纲常伦纪的信仰使之然,"儒者在朝则美政,在下位则美俗。"⑤其三,参与禁毁可以提高士绅的声望和获得感。士绅社会权威和影响力的获得与功名财富关系较小,而与其对公共事务的参与度关系较大,可以说,士绅对公共事务的投入与其享有的尊敬成正比。士绅通过主持、管理地方事务和开展教化,既

①陆学艺、王处辉主编《中国社会思想史资料选辑:宋元明清卷》,广西人民出版社 2007 年版,第488 页。

②《绅衿论》,《申报》1872 年 6 月 6 日,第 1 版。

③张仲礼著,李荣昌译《中国绅士:关于其在十九世纪中国社会中作用的研究·导言》,上海社会科学院出版社 1991 年版,第 1 页。

④《禁淫书原始》,《晚清报载小说戏曲禁毁史料汇编》(下),第 567 页。

⑤(战国)荀况《荀子》,北方文艺出版社 2013 年版,第 52 页。

部分实现了修齐治平的理想,也赢得了社会声誉和影响力。清代宁阳士绅马传远、罗江士绅张名扬、金匮士绅余治、吴中士绅潘曾沂和谢元庆等人的社会声誉和影响力,一定程度上就是通过参与禁毁获得的。道、咸年间罗江士绅张名扬,温厚好施予,"购毁淫书,灭其板。"①张名扬在乡享有极高威望,被公认为邑中两大善人之一。道咸年间,吴中潘曾沂、谢元庆因致力于禁淫书、施药、创乡约、保婴等善事,"著声远近。"②士绅实力禁毁,所作所为是官方想做和应该做的事,官方对这些士绅往往予以表彰,也助推了士绅社会地位和声望的提高。刘楷祖孙三代好善乐施,在东昌书肆购毁淫书板,于南宫县南关购毁淫书画、育婴施棺、舍冬衣、息讼狱、施药救人,山东巡抚李秉衡(1830—1900)"匾其门。"刘楷故乡临清、景州诸名士也"额其间。"③参与禁毁等善举让刘楷一门在齐鲁政学两界颇享盛誉。其四,禁毁小说戏曲可以满足士绅行善积德的精神诉求。清代中后期民间劝善运动盛行,社会上弥漫着行善积德的观念和信仰,认为行善可以让施善者个人、家族、后代乃至地区获得诸如延寿、祛疾、致富、科举、免灾等报应。禁毁所谓的淫词小说、淫戏被认为是行善积德的善举。早在清初,彭定求(1645—1719)即认为禁毁淫书,"真一举而积无量之福也"④,已开启清代禁毁小说戏曲获善报信仰之先声。清代的所谓淫书主要是指叙写男女之情的小说戏曲刊本。许多士绅认为参与禁毁可以获得科举有成、子孙贤达、得财致富、延年益寿、祛病免灾等果报,吴中士绅汪景纯、潘遵祁等即为其中代表。道光十七年(1837),汪景纯追随潘遵祁、潘曾绶等人,在苏州、金陵捐资收毁小说及板片,并禀官永禁,"淫书小说书板,为之一空。"潘遵祁于道光二十三年中举,二十五年进士及第;潘曾绶于道光二十年中举,其子潘祖荫于咸丰二年(1852)探花及第;咸丰三年,汪景纯长子朝棨中举、次子朝菜举秀才。汪景纯认为,潘氏昆仲、自己儿子科举有成,皆应验了禁毁淫书传奇之报,"仰见昭昭者微善必录焉。"⑤汪、潘等人之所以积极奔走书肆、劝化购焚淫词小说、禀官查禁,禁毁淫词小说获科举及第报的信仰有激励之功。

①(清)文棨、董贻清修,伍肇龄、何天祥纂《(同治)直隶绵州志》,同治十二年刻本,卷三十九第六十五页下。

②(清)李铭皖修,冯桂芬纂《(同治)苏州府志》,光绪九年刻本,卷八十四第六页下。

③(清)戴世文修,乔国桢等纂《(光绪)南宫县志》,光绪三十年刻本,卷十七第二十一页上下。

④(清)余治《得一录》,台北华文书局1969年影印版,第830页。

⑤王利器辑录《元明清三代禁毁小说戏曲史料(增订本)》,上海古籍出版社1981年版,第398—399页。

行善积德是许多士绅激励本人和号召他人积极参与禁毁淫词小说和淫戏的精神武器。

(二)官方积极倡导

就官方意愿而言,清代中后期,官方乐意提倡士绅积极参与包括禁毁活动在内的社会教化活动。一者,清代地方官采取籍贯回避制,且任期相当短暂,难以熟稔地方情形,造成了地方官对地方行政、乡土民情的隔膜,施治不得不依靠士绅之辅助,生长于斯土的士绅熟悉地方风俗人情、兴废利弊,"盖官有更替,不如绅之居处常亲。官有隔阂,不如绅之见闻切近。"①特别是州县官,以势单力薄的个人治理整个州县,必须依赖士绅,南汇知县袁树勋(1847—1915)说,禁止花鼓戏等事离不开士绅人等的襄助:"以百里之大,四乡之广,一人耳目,窃恐难周,全赖缙绅大夫及各乡各镇各团各图诸贤董实力匡维,共图补救。"因为"诸绅董土著于斯,自能目击耳闻,确有实见。"所以他对士绅提出殷切希望:"务望诸绅董曲体苦心,遵示严禁。"②又者,士绅有身份和文化优越感,一般来说行事较有节操和底线,参与地方公事,比差役地保等贱役更令官方放心,"书役之言,各为其私,不可轻信。""士绅虽不必尽贤,毕竟自顾颜面。"③再者,晚清官方社会控制力减弱,也强化了官方对士绅参与基层事务的倚重,"地方公事无不酌派士绅襄办。"④官方教化在基层社会的落实,也迫切需要士绅参与:"其绅士居乡者,必当维持风化,其耆老望重者,亦当感劝闾阎,果能家谕户晓,礼让风行,自然百事吉祥,年丰人寿矣。"⑤具体到禁毁,官方能禁于一时、不能禁于长久,而士绅则可以实现禁毁活动的常态化,贺长龄《饬严禁淫戏札》云:"大凡事之病民者,官禁不如私禁之严。"这是因为"各乡绅耆皆民之望,未有不愿子弟之兴于善而远于恶者。"在官方的倡导下,绅耆可以约束劝诫,

---

①(清)惠庆《奏陈粤西团练日坏亟宜挽救疏》,《皇朝经世文续编》卷八二,清光绪二十三年刻本,第
　　45页。

②《南邑告示(节录)》,《晚清报载小说戏曲禁毁史料汇编》(上),第31—32页。按,绅董指董理地
　　方公务的绅士(参见王先明《绅董与晚清基层社会治理机制的历史变动》,《中国社会科学》2019
　　年第6期)。

③元周主编《政训实录》(9),中国戏剧出版社2001年版,第3181页。

④商务编译所编《大清宣统新法令》(第二册),商务印书馆1909年版,第20页。

⑤(清)张集馨《道咸宦海见闻录》,中华书局1981年版,第27页。

"由村而乡,由乡而县,父戒其子,兄勉其弟。"自然蒸成美俗①。时人亦认为,士绅等地方力量参与查禁,有三大好处:其一,以本地人除本地之弊,地近易察;其二,他们可以阻止子弟参与违禁,效果明显;其三,可以避免差保得贿包庇,易于执行,能够让禁令持久②。此三大好处基本说明了官方和民间期待士绅参与禁毁的衷曲。

士绅参与禁毁,除了士绅阶层化民成俗的儒学传统、官方和民间对士绅的教化期待、士绅行善积德的精神需求等因素之外,晚清文化和小说戏曲发展态势亦为士绅参与禁毁提供了外部刺激。清中叶以降,剧场情色表演流行、被视为"淫戏"的地方戏勃兴、小说编撰和出版日趋繁荣、东西方文化碰撞对传统文化根基的撼摇等,都在刺激着秉持道义和有责任感的士绅走出书斋、参与禁毁,冀挽颓风。士绅遂成为晚清禁毁活动的积极倡导者和参与者,晚清禁毁活动从频率、缘由、内容、形式到局限等时代特征皆与士绅阶层关系莫大。

二、士绅参与禁毁的主要方式

在劝善运动、匡扶传统、救亡图存等时代思潮的激荡中,晚清士绅较全面地参与禁毁活动,其方式主要有直接查禁、禀官查禁、制定规约、捐助经费、组织团体、制造舆论等。

(一)直接查禁

即直接与违禁活动作斗争、予以制止。从查禁缘起上看,可分为日常化的随见随禁和官方颁布禁令后的配合查禁两种形式。

1. 日常化的随见随禁。清代中后期,社会劝善运动形成潮流,士绅阶层基本视所谓的淫书淫戏为教化之大敌,他们一般把社会教化和行善积德结合起来,自觉参与禁毁:(1)刊本板片,随见随毁。如上文提及的罗江县士绅张名扬,以孝著称,广行善事,"购毁淫书,灭其板,刻征信集以劝

---

①(清)贺长龄、贺熙龄撰,雷树德校点《贺长龄集 贺熙龄集》,岳麓书社 2010 年版,第 358—359 页。
②王利器辑录《元明清三代禁毁小说戏曲史料(增订本)》,上海古籍出版社 1981 年版,第 318 页。

世。"①同光年间吴江华塔镇士绅凌淦，好收藏典籍、购毁淫书，家境本富饶，竟因此困窘，以不为意②。1901 年 7 月，某甲从沪上收买"淫书"多种，运至南京销售，被某绅见到，特备资将某甲的所有"淫书"悉数购回，付之一炬，并函请有司出示严禁③。对于这些士绅而言，销毁书籍板片、杜绝流传，可以减少淫词小说对人间的祸害，他们只要见到刊本板片，就会努力购毁。（2）违禁戏曲，随见随禁。在禁毁责任心较强士绅的住地周围，如果出现有害风化或治安的戏曲观演，他们会予以禁止。1897 年初，档子班在汉口楚班公所搬演夜戏，邻绅许元圃闻之，深恐酿成事端，前往禁止，将班主押至官厅，请官饬令具结开释④。笔者所见，晚清像许元圃这样主动强势地参与查禁的士绅确有不少，士绅属地方权威，在班主优伶等贱民面前身份地位优势明显，优伶等遭遇士绅禁阻时，一般只得委屈服从。1909 年夏，有鹦歌戏班在湖州毛坞之某村演戏，士绅王亦安力主驱逐，勒令该班不得逗留⑤。士绅随见随禁的禁毁方式是维持地方社会常态化禁毁活动的基本力量。

2.官方颁布禁令后的配合官禁。晚清官方鼓励或授予士绅执法查禁之权，"准其照例严办。"⑥"随时稽查禁止。"⑦一些士绅根据官方禁令，要求违禁者上缴小说戏曲刊本板片或停止戏曲观演。同治七年（1868）江苏巡抚丁日昌谕令禁毁淫词小说之际，上海绅董参与执行，挨查藏板之店，将《红楼梦》《水浒传》等开单小说"逐一吊出"，予以焚毁⑧。士绅直接查禁有一大软肋，即他们没有法定的执法力量，时人也清楚地指出这一点："今夫风化之责，搢绅与官吏共之者也，然以权势言则搢绅究不如官吏。"⑨所以官方倾向于士绅劝禁，即以劝说开导的方式制止，诸如"谕饬各都绅董妥为

①（清）文棨、董贻清修，伍肇龄、何天祥纂《（同治）直隶绵州志》，同治十二年刻本，卷三十九第六十五页下。
②《中国地方志集成·江苏府县志辑》（23），江苏古籍出版社 1991 年版，第 464—465 页。
③《淫书宜禁》，《晚清报载小说戏曲禁毁史料汇编》（上），第 311—312 页。
④《士绅禁止夜戏》，《晚清报载小说戏曲禁毁史料汇编》（上），第 262—263 页。
⑤《鹦歌戏伤风败俗》，《晚清报载小说戏曲禁毁史料汇编》（上），第 437 页。
⑥《禁迎神赛会示》，《晚清报载小说戏曲禁毁史料汇编》（上），第 2 页。
⑦《示禁采茶戏》，《晚清报载小说戏曲禁毁史料汇编》（上），第 67 页。
⑧《请禁淫书》，《晚清报载小说戏曲禁毁史料汇编》（上），第 247 页。
⑨《禁淫书原始》，《晚清报载小说戏曲禁毁史料汇编》（下），第 567 页。

劝禁。"①"责成地方绅士交相劝戒"②"尤望公正绅耆,剀切开导,严行禁止。"③这是因为直接以强硬方式查禁,尤其是禁止群众性戏曲观演,连有管理之责的地方官也害怕"逆民志而启争端。"④对于没有执法力量的士绅而言,更是勉为其难,士绅和地方官都不希望引发绅民冲突。不少官员认识到强迫式禁戏并非善策,劝禁才是良法⑤。在聚族而居的熟人社会里,劝禁则可通过血缘、宗法、邻里关系展开,形成"交相劝改"⑥的局面,"务劝诫,使人人知此为无恤之尤。"⑦起到防范于未然、消弭于无形的作用。

(二)禀官查禁

绅权大张之后,士绅阶层被赋予"上可以济国家法令之所不及,下可以辅官长思虑之所未周"⑧的期待,官方禁令中也常常申明准许绅耆等指名禀究⑨。禀官查禁既是士绅参与禁毁最常用的方式,也是士绅对晚清小说戏曲禁毁活动影响最著的方式。

从士绅禀官查禁的起因上,可以分为维持常态化禁止的禀请和禁止无果之后的禀请。前者是指士绅发觉禁令有所松弛或违禁活动有所抬头时,立即禀官严禁,此类禀禁居多数。如青浦士绅陈渊泰,"居乡力持名义,凡里中设赌厂演花鼓戏,辄白有司严禁之。"⑩又如,1895 年秋,书商邵秋庭从沪上将违禁小说贩运至苏州销售,事被绅董某孝廉访悉,立即联名禀县请禁,知县凌焯谕令将邵秋庭拘捕归案,并颁示禁止《红楼梦》等十种小说⑪。后者指士绅在购毁书板或劝禁活动中遭到拒绝配合或反抗,则禀官查究。1899 年,高水水在福州白鹭棋收买《金瓶梅》《肉蒲团》等小说,出租渔利,士绅们将书给价购毁,高得钱之后,并不缴毁。士绅遂

①《禁赛神会》,《晚清报载小说戏曲禁毁史料汇编》(上),第 82 页。

②《严禁淫戏》,《晚清报载小说戏曲禁毁史料汇编》(上),第 21 页。

③《示端风化》,《晚清报载小说戏曲禁毁史料汇编》(上),第 78 页。

④《论南昌大傩》,《申报》1879 年 7 月 9 日,第 1 版。

⑤《禁演淫戏批词》,《晚清报载小说戏曲禁毁史料汇编》(上),第 339 页。

⑥《申禁淫戏》,《晚清报载小说戏曲禁毁史料汇编》(上),第 25 页。

⑦《严禁串客》,《晚清报载小说戏曲禁毁史料汇编》(上),第 188 页。

⑧《绅衿论》,《申报》1872 年 6 月 6 日,第 1 版。

⑨中国戏曲志编辑委员会《中国戏曲志·江苏卷》,中国 ISBN 中心 2000 年版,第 808 页。

⑩(清)博润修,姚光焘发纂《(光绪)松江府续志》,光绪九年刊本,卷二十四第四十六页上。

⑪《开单示禁淫书》,《晚清报载小说戏曲禁毁史料汇编》(上),第 249 页。

禀请保甲局将其拘获,判荷枷交本铺地保看管①。1895 年 2 月,宁波东乡下王鹿山头藉灯祭为名,日夜登台开演,某绅往阻不听,随即赴县控陈②。士绅还能越级禀请,清末黄安县演戏聚赌,相沿成俗,国制期内,亦毫无顾忌,知县籧松若无其事,士绅王大受等遂赴省禀请署提学使黄以霖,黄即饬黄州府派员查复核办③。当然,士绅越级禀请查禁是州县等地方官所不愿乐见的。

　　从禀请的人数上,可分为个人禀请和联名禀请,而以后者居多,且影响亦著。据史料所见,晚清士绅联名禀禁人数最多的一次发生在 1904 年,萧山、山阴四十多村士绅一百余名联名禀请浙江巡抚,停止各乡镇迎会、减少做戏④。士绅联名禀禁是晚清一些较大规模查禁活动的"导火索",如吴县士绅陈龙甲等禀请与 1838 年苏州设局收缴淫书活动,仁和士绅张鉴等禀请与 1844 年浙江设局收毁淫书活动,1873 年杨月楼案发之后上海阖县士绅联名禀禁妇女观剧,苏州府学某廪生等禀请与 1879 年江苏布政使孙衣言查禁淫书小说,安徽士绅禀请与 1883 年左宗棠通饬各属查禁淫书,杭州士绅樊达璋等联名禀请与庚辛禁毁小说运动,天津士绅徐士鉴等禀请与 1905 年天津查禁男女合演,苏州商会绅董禀请与 1906 年苏州知府孙展云查禁淫词小说等。官员接受士绅禀请禁毁,是士绅阶层影响力的体现,如张鉴,浙江仁和人,嘉庆八年(1803)进士,因疾辞官之前历任山东道御史、户科给事中、内阁侍读学士等职;樊达璋,浙江仁和人,光绪十四年(1888)举人,其父樊恭煦官至学政,达璋是晚清杭州活跃的善士;徐士鉴,天津人,咸丰八年(1858)举人,历任内阁中书、记名御史、台州知府、浙江候补道等;1901 年 1 月禀请上海公共租界会审谳员张辰查禁淫书小说的沈宗畴,是光绪十五年举人,其父亲沈锡晋历任吏部主事和扬州知府等。这些士绅或以善行在社会上享有名望,或以功名家世在地方社会举足轻重,他们的禀禁,尤其是联名禀禁,地方官不敢漠然置之,一般会很快采取行动,士绅禀禁是晚清禁毁活动频繁发生的要因之一。

---

①《惩办出租淫书》,《晚清报载小说戏曲禁毁史料汇编》(上),第 221 页。
②《查禁串客》,《晚清报载小说戏曲禁毁史料汇编》(上),第 243 页。
③《呈控违制演戏作乐》,《晚清报载小说戏曲禁毁史料汇编》(上),第 415 页。
④《禁迎会减演戏》,《晚清报载小说戏曲禁毁史料汇编》(上),第 345 页。

（三）制定规约

民间规约是关于某个行业、组织、宗族、社学的组织原则及活动规范，内容涉及成员的权利和义务，属于民间法的范畴。民间规约基本出自士绅之手：一者，清代官方规定保甲、书院、社学、旌表等教化组织的领导者从士绅中遴选；二者，士绅多是善会、宗族、乡约、私塾、义学等民间教化组织的主持者。清代士绅阶层制定了大量禁毁类民间规约，主要包括族规家训、校规学则、善会善堂规约、改良章程等。以下各举例一二，以观其概：

1.家训族规。家训是教育子孙后代的条文，族规是家族发展规范、族人行事的准则，家训族规是族人共同遵守的道德规范和规章制度。家训族规一般由本家族有学识的士绅制定，"做好人，走正道"是家训族规最基本的伦理道德训诫。家训族规涉及禁毁的内容主要包括三个方面：其一，劝诫不要收藏和阅读淫词小说。汪辉祖《双节堂庸训》卷三《治家》"架上不可有淫书"条说子弟成童，"日见淫书，必至目摇神荡，不能自制。间或蹈匪僻，关系甚大。"所以书架上，"断不可存此等书籍。"①蒋伊《蒋氏家训》也要求"家中不许留蓄淫书，见即焚之。"②其二，禁止妇女观灯看戏。如陈确《新妇谱补》教导新妇"街上一切走马、走索、赛会等戏，俱不可出看。"③贺瑞麟《妇女一说晓》："有灯戏，莫去看，多少邪人在打算。灯与戏，妇女忌，你若看戏人转戏。若不禁，败门风，多在看灯看戏中。"④这些都是从防止丧贞失节的角度禁止女性观剧。其三，禁止子弟择业优伶。清代优伶为贱业，良民学戏，由良堕贱，沾辱门庭，许多家训族规禁止子弟族人择业优伶，如汉寿盛氏家规"良民学戏、充役，是自贱也。""我族内诫之诫之。"⑤

2.校规学则。此处的学校指社学、义学、私塾、书院等传统教育机构和近代教育性质的学堂。士绅阶层是清代书塾和书院教育力量的主导者，学塾、书院主持人和主讲基本由士绅担任，"无论本地举贡生员及外来绅士，必须立品端方、学有根底者延之为师。"⑥士绅通过主持制定学规，禁止学

<hr />

①（清）汪辉祖著，王宗志等注释《双节堂庸训》，天津古籍出版社1995年版，第94页。
②楼含松主编《中国历代家训集成》（6），浙江古籍出版社2017年版，第3919页。
③张福清编注《女诫——妇女的枷锁》，中央民族大学出版社1996年版，第110页。
④张福清编注《女诫——妇女的枷锁》，中央民族大学出版社1996年版，第147页。
⑤冯尔康主编《清代宗族史料选辑》（下），天津古籍出版社2014年版，第1762页。
⑥何廷明、娄自昌校注《民国〈马关县志〉校注》，云南大学出版社2012年版，第97页。

生阅读、私藏小说或观剧唱戏。早在明嘉靖年间,高贲亨为白鹿洞书院制定的《洞学十戒》即要求学生不读无益之书,其中包括"诸家小说。"①清代官方要求:"若非圣贤之书,一家之言,不立于学官者,士子不得诵习。"②更不用说不许学童、士子看小说戏曲了,清代学塾和书院规约多有禁止学生阅读淫词小说的规条,《南康县旭升书院学规》:"其一切淫词艳曲及世称才子等书,俱累性情,断不可置案头。"③云间李生所辑《训学良规》四十条,其中要求严禁子弟阅读小说、山歌:"淫书小说,最足误人子弟","至乡间又有山歌小本,多系男女私事,尤为害人。"④禁止学生读小说看戏曲,原因是担忧无益之书耽误学业和导入邪淫之途。到了清末,近代化教育兴起,官办民办学堂蔚起,学堂一般也继承了禁止学生阅读无益小说的传统,如《天津武备学堂章程》规定:"闲书小说除《三国演义》外一概不准偷看,如查有私藏淫书淫画者从重责罚。"⑤《江宁学堂章程》规定学生禁看《清议报》《国闻报》以及淫词艳曲、无益小说等书⑥。一些蒙学教材还把禁止看小说戏曲作为教学内容,《续神童诗》云:"年少书生辈,淫书不可看,暗中多斫丧,白璧恐难完。花鼓滩簧戏,人生切莫看,忘廉并伤耻,受害万千般。淫戏休宣点,何人不动情?害人还自害,妻女败名声。"⑦光绪三十一年《光绪涪州小学乡土地理志》之风俗门内容有:"第二十三课 淫书宜禁;第二十四课 演剧靡费。""淫书宜禁"开列《金瓶梅》《红楼梦》《西厢记》《牡丹亭》《水浒传》《西游记》等 15 种,"并一切弹词小说,倡优曲调,无一非惑世诬民,导淫酿乱之本。"要求"不应耽此,宜付诸一炬。"⑧说明尽管清末小说界革命思潮澎湃,但教育界对传统小说戏曲仍坚持无益有害的保守认识。

　　3.善堂规约。善会是以行善为目的的民间社团组织,善堂是指以行善为目的、有固定会所的民间慈善结构。善会善堂兴起于明末清初,鼎盛于清代后期,主要从事义赈、育婴、施药、施棺、义学、恤嫠、义冢、惜字等善举。

①(清)陈弘谋撰,苏丽娟点校《五种遗规》,凤凰出版社 2016 年版,第 28 页。
②(清)伊桑阿等纂修《大清会典》,文海出版有限公司 1990 年版,第 1133 页。
③(清)沈恩华修,卢鼎峋纂《(同治)南康县志》,同治十一年刊本,卷四第九页下。
④《训学良规(节录)》,《晚清报载小说戏曲禁毁史料汇编》,第 150 页。
⑤天津市河东区地方志编修委员会编著《河东区志》,天津社会科学院出版社 2001 年版,第 1032 页。
⑥《八级江宁学堂章程(节录)》,《晚清报载小说戏曲禁毁史料汇编》(上),第 87 页。
⑦徐梓、王雪梅编《蒙学辑要》,山西教育出版社 1992 年版,第 162—163 页。
⑧《光绪涪州小学乡土地理志》卷三,光绪三十一年涪州小学堂刊本,第 13—14 页。

善会善堂一般皆有关于善会善堂宗旨、组织结构和活动方式的规约。善堂善会的主导力量主要是士绅,"善堂董事类多乡绅"①,士绅们参与制定的一些规约明确开列禁止"淫书"或"淫戏"的规条,如《翼化堂条约》《同仁辅元堂惜字条约》《安仁乐善局衣米章程》《上海虹口公善局义学惜字施医给药章程》《同善普元局办理章程》《上海仁济善堂章程》《杭州协德堂惜字见心集收买章程》《孳善社章程》等,这些规章涉及禁毁的条款主要包括收买和焚化淫词小说刊本的规定②。

4.改良约章。清末新政以后,士绅纷纷成立社会改良团体,制定了各种章程,不少章程也涉及禁毁小说戏曲,此时禁止的目标指向主要有三:一是包含神仙鬼怪的小说戏曲,二是内容或表演淫亵的淫戏,三是停止赛会演戏以省靡费。如《新曲会章程》要求"删除鬼怪"和"禁演淫亵":"所有旧剧中足以再酿义和团之乱者,悉删除之。惟裨益于道德上者,仍存其旧。""如旧剧中《唱山歌》等淫戏,弃理蔑伦之剧,本会亦当设法禁阻。"③1906年9月,鄞县士绅范清笙组织的鄞县自治会,所制定的章程包含查禁串客以防淫邪、停办赛会演戏以省靡费,镇海绅商张水云等组织的风俗改良会章程也有禁止串客的内容④。1911年,江夏县士绅王正本组织的公益会任务之一是"禁止演唱花鼓淫戏。"⑤清末士绅禁止迷信戏的原因是认为迷信戏窒碍民智,查禁淫戏则是从有伤风化着眼。说明伴随社会政治文化变迁,晚清士绅参与禁戏的动机也在因时而变。

民间规约是一种约定性规范,虽不同于法律的强制性,但对家族、行业、团体等成员具有一定的约束性,对内部违禁者一般有惩责之权。江苏宜兴任氏族规规定,妇女出村看戏者,罚银一两,坐父兄夫男,或看戏责十板⑥。光绪定兴《鹿氏二续谱》规定对从业倡优、乐艺者,不再登记入谱⑦。民间规约在禁毁活动中起过一定的警示、约束作用。

①《善堂司事不可倚势说》,《申报》1879年12月12日,第1版。

②参见本书第一编第三章《善会善堂》。

③《新曲会章程(节录)》,《晚清报载小说戏曲禁毁史料汇编》(上),第151页。

④《鄞县组织自治会》,《晚清报载小说戏曲禁毁史料汇编》(上),第152页。

⑤《江夏县公益会会议要件(节录)》,《晚清报载小说戏曲禁毁史料汇编》(上),第152页。

⑥冯尔康主编《清代宗族史料选辑》(下),天津古籍出版社2014年版,第1730页。

⑦冯尔康主编《清代宗族史料选辑》(中),天津古籍出版社2014年版,第1392页。

(四)组织团体

即组织包括禁毁职能的善堂善会、自治会等。清末不少自治会把禁毁淫书淫戏、整顿风化作为职能，如鄞县自治会、江夏县公益会、天津议事会、芜湖自治公所、上海县自治公所、厦门自治公所等，这些自治团体中的士绅都曾禀请或发起过查禁活动。善堂善会是晚清参与禁毁的主要力量之一，上海翼化堂、上海同仁辅元堂、上海安仁乐善局、上海仁济善堂、上海虹口公善局、上海同善普元局、扬州务本善堂、扬州崇善堂、杭州协德善堂等综合性善堂，都把禁毁作为善堂职责之一。其中，1900 年 12 月沈宗畴等组建的同善社是今见唯一一个专门禁毁淫书的晚清善堂。据统计，在成立之后 10 个月的时间里，同善社共收毁《金瓶梅》《意外缘》《耶浦缘》《杏花天》《贪欢报》《果报录》《灯草和尚》《续野叟曝言》《红楼梦》《第二奇书》《三续今古奇观》《牡丹缘》《牡丹奇缘》《品花宝鉴》《四大金刚》《贞淫果报录》等 16 种小说共计 2533 部①。晚清善堂善会是官员、商人和士绅领袖之间会面、沟通信息以及相互合作的重要场所②，善堂善会主要通过禀官查禁、给价收买刻本板片并组织焚化等方式参与查禁③。

(五)捐助经费

收毁刊本及板片是晚清禁毁活动的主要措施之一，收毁需要经费，士绅是该经费的主要捐助者，主要表现为向官方和善堂善会主持的禁毁运动捐资。在 1838 年苏州设局、1844 年杭州仙林寺设局、1868 年丁日昌设局等收毁淫词小说等活动中，官方有时虽"略筹经费"④，但主要还是靠士绅捐献。1838 年苏州吴县惜字局收缴淫书，是陈龙甲等士绅"议有章程，集资办理。"⑤1844 年杭州仙林寺设局收毁淫词小说是由张鉴等士绅"捐资设局，收买销毁。"⑥从晚清善会善堂刊刻的销毁淫书征信录上也可以看出，

①《扬州上海同善总分社正月、二月、三月分至十月底止收支清单》，《新闻报》1901 年 3 月 23 日、5月 8 日、12 月 14 日，第 4 版。

②梁元生著，陈同译《上海道台研究——转变社会中之联系人物，1843—1890》，上海古籍出版社2003 年版，第 146 页。

③参见本书第一编第三章《善会善堂》。

④王利器辑录《元明清三代禁毁小说戏曲史料(增订本)》，上海古籍出版社 1981 年版，第 142 页。

⑤王利器辑录《元明清三代禁毁小说戏曲史料(增订本)》，上海古籍出版社 1981 年版，第 132 页。

⑥王利器辑录《元明清三代禁毁小说戏曲史料(增订本)》，上海古籍出版社 1981 年版，第 121 页。

向善会善堂捐助销毁淫书专款的大多也是士绅①。

(六)制造舆论

禁毁舆论是指禁止、诋毁小说戏曲的评价性看法和倾向态度。士绅制造禁毁舆论可分为编撰和传播两个步骤。

1.编撰禁毁舆论。从体式上看,晚清禁毁舆论主要包括论说、笔记、广告、歌曲等。从媒介上看,禁毁舆论的载体有纸质的报刊、书籍、广告单,还有碑刻以及口头宣讲。从书籍内容上看,包含禁毁舆论的书籍主要有善书、文集、方志、族谱、家训、笔记等。一个无需求证的结论是:晚清禁毁舆论大多出自士绅之手。在士绅制造的禁毁舆论中,士绅编制的禁毁单目影响较大。禁毁单目是查禁小说和戏曲的具体名称。士绅编制禁毁单目的方式有两种:

其一,编制供自我禁毁或呼吁禁毁的单目。清代中后期禁毁标准模糊、宽泛,许多小说戏曲被冠以诲盗诲淫的帽子遭到禁毁,而禁毁具体名目则有赖于士绅的认定和编制。情形之一是,士绅在撰写禁毁舆论时,有时会提出或开列具体应禁名目。这种传统明末清初即已出现,刘廷玑(1653—1715)《在园杂志》提出应禁小说和应禁小说戏曲的续作近 30 种②;不少晚清报载禁毁舆论也开列有应禁单目,如《淫戏难禁说》提及《瞎捉奸》《铡姑子》《迷人馆》等应禁淫戏 10 余种③,《论戏园肆行无忌》开列《玉堂春》《天齐庙》《月英缘》等改换名目的应禁剧目 15 种④,《论淫书愈出愈多亟当严禁》论及《明珠缘》《意外缘》等应禁小说 9 种等⑤。情形之二是,士绅在组织善会善堂、行会、塾学时,编制包括禁毁名目的规约章程或教材。善堂规约如《翼化堂条约》中《永禁淫戏目单》,开列应禁戏曲 80 余出。行会如1900 年 6 月浙江书业议定罚规,其中开列应禁小说 30 余种⑥。塾学教材如上文提及的《光绪涪州小学乡土地理志》开列《金瓶梅》等应禁小说戏曲15 种。士绅编制自我禁毁单目最常见的方式是载入善书、善堂善会或行

---

①《杭州协德堂庚子年禀禁收毁淫书收支征信录呈众览》,《申报》1901 年 3 月 12 日,第 4 版。
②王利器辑录《元明清三代禁毁小说戏曲史料(增订本)》,上海古籍出版社 1981 年版,第 229—232 页。
③《淫戏难禁说》,《晚清报载小说戏曲禁毁史料汇编》(下),第 534 页。
④《论戏园肆行无忌》,《晚清报载小说戏曲禁毁史料汇编》(下),第 582 页。
⑤《论淫书愈出愈多亟当严禁》,《晚清报载小说戏曲禁毁史料汇编》(下),第 612 页。
⑥《浙省阖业禁售淫书》,《晚清报载小说戏曲禁毁史料汇编》(下),第 831 页。

会章程,在民间禁毁系统中起作用,作为善堂、善会、行会或个人开展查禁和吁请查禁的依据。

其二,编制供禀官查禁的单目,作为官禁参考。清代中后期官方开列单目发起大规模禁毁运动,其单目多由士绅编制。道光十八年(1838)苏郡设局收毁淫书,开列禁毁淫书目 116 种以上,这些名目基本出自吴县士绅陈龙甲、潘遵祁、潘曾绶等人之手,然后上书禀官开展查禁,此次编制的禁毁单目奠定了晚清多次大规模开单禁毁之基础。道光二十四年(1844),仁和士绅张鉴等禀请浙江学政吴仲骏查禁淫词小说,所开应禁书目 120 种,绝大多数源自道光十八年苏郡设局收毁淫书书目。同治七年,丁日昌响应士绅余治等人之请,查禁淫词小说,开列应禁单目 269 种,也参考了道光二十四年浙省禁书单目。光绪十六年(1890),江苏布政使黄彭年开单查禁淫词小说 112 种,所开书名与同治七年丁昌《应禁书目》《续查应禁淫书》基本相同①。可见,士绅向官员提供应禁单目,对晚清禁毁活动影响颇著。

学者在研究清代文字狱时,提出“涟漪效应”,即没有明文查禁的著作也被波及,就像“丢一颗石头进湖心,它的涟漪一圈一圈地扩散出去。”②晚清小说戏曲禁毁活动中,“涟漪效应”也较突出。清代官方禁毁一直没有形成全国性的目标管理,即中央没有公布通行全国的禁毁单目,而地方上禁毁名目的范围则不断扩大。在这一过程中,士绅起着重要作用,他们是清代小说戏曲禁毁单目的主要制定者。一方面,士绅编制的禁毁单目,通过禀官查禁、善书和报刊传播等方式进入官禁系统,成为官禁参考。另一方面,民间善会善堂和士绅又根据官方开单禁令开展查禁。如余治《各种小本淫亵摊头唱片名目单》共开列应禁摊头唱片单目 59 种,其中 41 种出现在同治七年丁日昌所禁淫词唱片单目中;《翼化堂条约》之《永禁淫戏目单》所开应禁戏曲 80 种,也有半数出现在丁日昌《小说淫词唱片目》中③。又如,同治七年四月十五日丁日昌开单查禁淫词小说 122 种、小本淫词唱片111 种,四月二十一日,吴承潞等又开单禀请应禁淫书 34 种。在“士绅编目吁请——官方参考编目开单查禁——士绅根据官禁单目查禁”这一个相

①严宝善《贩书经眼录》,浙江古籍出版社 1994 年版,第 579 页。
②王汎森《权力的毛细管作用:清代的思想、学术与心态(修订版)》,北京大学出版社 2015 年版,第438 页。
③丁淑梅《丁日昌设局禁书禁戏论》,《陕西师范大学学报》(哲学社会科学版)2011 年第 1 期。

互循环、逐步累积的过程中,清代中期以后禁毁名目种类逐步增多,范围也逐渐扩大,难怪官方禁令和社会舆论常用"未能备载""不可胜数"等来形容应禁名目之多①,于是形成了一个舍应禁小说戏曲之外,可演之戏、可读之小说无多的局面。由于范围宽泛、名目繁多,反过来又造成应禁名目不切实际、难以执行之弊端。

2.传播禁毁舆论。士绅传播禁毁舆论的媒介主要有善书、著作、报刊、方志和宣讲等。

(1)善书传播。禁毁舆论是清代善书的重要篇目内容之一,如《远色编》《太微仙君吕纯阳祖师功过格》,黄正元《欲海慈航》,《劝毁淫书征信录》,朱日丰《太上感应篇图说》,吴兆元《劝孝戒淫录》,张允祥《广惜字说》,《汇纂功过格》《福寿金鉴》(《不可录》)《欲海回狂》《桂宫梯》《劝戒录四编》《得一录》《格言联璧》《惜字律》等,皆或多或少载录禁毁舆论。士绅阶层既是善书的主要编纂者,也是主要的刊刻者和传播者。此一是因为士绅把编纂、刊刻和传播善书作为实施教化的重要途径,二是因为编纂、传播善书还可行善积德,"顾善之途不一,莫善于流通善书。"②从组织主体上看,晚清士绅编纂和传播善书方式有二:其一,独立传播,即主要依靠个人力量编纂、传播。严辰(1822—1893)信奉母亲教导:"刊送善书但得千百人中有一二人信奉者,功德即已不少。"道光二十四年(1844),严辰殿试落第,滞留京师期间,曾刊刻《劝毁淫书淫画征信录》题曰《天下第一要书》,印以送人③。其二,联合传播,表现为结成善会善堂等组织结构,刊刻、传播。晚清有不少积极刊刻传播善书的善堂,如上海翼化堂、长沙宝善堂等,都是以刊刻和传播善书为要务的著名善堂,它们都曾积极刊刻或传播《得一录》等包含禁毁舆论的善书。

(2)著作传播。著作指创造性的文章,此处主要指别集和笔记,即包含禁毁舆论篇目的别集和笔记以抄本或刊本行世,禁毁舆论亦随之传播。①别集传播。别集是个人诗文集,从文体上看,清代别集中的禁毁舆论主要

---

①道光十八年江苏按察使裕谦开单示禁云:"此外名目尚多,未能备载。"(王利器辑录《元明清三代禁毁小说戏曲史料(增订本)》,上海古籍出版社1981年版,第134页。)1872年12月,江苏学政彭久余严禁淫戏告示云:"种种剧剧,不可胜数。"(《学台彭公严禁淫戏告示》,《晚清报载小说戏曲禁毁史料汇编》[上],第4页。)1890年5月,江苏布政使黄彭年开单示禁云:"名目不胜枚举。"(《示禁淫戏》,《晚清报载小说戏曲禁毁史料汇编》[上],第38页。)

②游子安《劝化金箴:清代善书研究》,天津人民出版社1999年版,第146页。

③《清代诗文集汇编》编纂委员会编《清代诗文集汇编》(689),上海古籍出版社2010年版,第646页。

为批判小说戏曲的文章和查禁小说戏曲的告示,特别是一些曾积极开展禁毁的官员如汤斌、陈宏谋、丁日昌、涂宗瀛、刘坤一等人的别集,对禁毁舆论都有篇目不等的收录。②笔记传播。清代是笔记集大成的时代,由于士绅一般坚持卫道立场,在笔记中记录了许多批判或否定小说戏曲的言论。又由于清代中后期民间劝善运动如火如荼,士绅基本皆信仰果报,笔记中有关批判或否定小说戏曲的记载又侈谈果报,如祁骏佳《遁翁随笔》、王宏《山志》、杨恩寿《词语丛话》、董含《三冈识略》、钱泳《履园丛话》、昭梿《啸亭杂录》、毛庆臻《一亭杂记》、梁辰恭《劝诫录》《北东园笔录》、俞樾《耳邮》等,皆包含有小说戏曲禁毁舆论,尤其是果报类禁毁舆论。以清人笔记中有关禁毁《红楼梦》舆论为例:果报类如毛庆臻《一亭杂录》载地狱治曹雪芹甚苦,伊园主人《谈异录》载曹雪芹伏法无后;批判否定类如陈其元《庸闲斋笔记》说淫书以《红楼梦》为最。此类笔记的传播,同样对禁毁观念和禁毁活动起到推波助澜的作用。清末民初,还出现了把禁毁舆论作为著作之附录进行传播的方式。晚清流传颇广的《劝毁淫书说》《收藏小说四害》《焚毁淫书十法》,较早见于道光年间士绅们辑录刊刻的《劝毁淫书征信录》,又见于余治《得一录》。张瑞曾重刻山阴士绅金缨的著作《格言联璧》时,把它们作为附录收入;民初孔宪治也把它们附诸《白喉全生集》这部医学文集之末①。印光法师在编辑自己的文集时,应张瑞曾之请,在《印光法师文钞》的附录收入《劝毁淫书说》,并注云“四害十法,见《格言联璧》。”②这种通过自己或他人著作携带禁毁舆论的方式,其目的就是为了广流传、警人心,“希浏览是书者之有所惕然于中也。”③

　　(3)报刊传播。近代中文报刊是西学东渐的产物,晚清中国报刊发展历程大致以 1895 年为界分为前后两期,1895 年以前为外人办报主宰期,言论自由风气未开,报刊对现实关注重点之一是对道德风俗的训导:“寓劝惩以动人心,分良莠以厚风俗,是则本馆之所厚望,当亦阅者之所共期也。”④所谓的淫书淫戏大为风俗人心之害,自然成为报刊舆论纠弹的对象,像《申报》《字林沪报》《新闻报》等报刊上的小说戏曲禁毁舆论和新闻几

---

①中国医学大成续编委员会编纂《中国医学大成续编》(八),岳麓书社 1992 年版,第 340—341 页。
②释印光《印光法师文钞全集》(第 1 册),团结出版社 2013 年版,第 585—586 页。
③中国医学大成续编委员会编纂《中国医学大成续编》(八),岳麓书社 1992 年版,第 341 页。
④《本馆自叙》,《申报》1872 年 9 月 9 日,第 1 版。

乎触处可见。1895 年以后为国人办报兴盛期,创办报刊、宣传变法、传播新知、开启民智蔚成风气,传统小说戏曲因包含神怪迷信、淫亵低俗等内容,窒碍民智,成为报刊舆论鞭挞的对象。晚清许多士绅或为治生养家、或为宣传革新,投身报业。据一份 20 世纪初报刊编辑、记者、主笔出身表显示,这 48 人中,有 42 名具有传统功名,占 87.5%①。而且因具有得天独厚的文化条件,士绅还是晚清报刊的主要投稿人。张天星《晚清报载小说戏曲禁毁史料汇编》收录禁毁舆论 699 篇(则),包括论说 158 篇、新闻 507篇、广告 22 则、歌曲 22 首,大多应出于晚清士绅之手。

　　(4)方志传播。纂修地方志是士绅的社会职责之一,方志具有资治、存史、教育三大功能,制造和传播禁毁舆论在方志的这三大功能上皆有所体现。方志中的禁毁舆论主要置于风俗卷和人物卷。风俗卷中禁毁舆论的内容主要包括对花鼓戏、采茶戏、演戏聚赌、演戏靡费、居丧演戏、淫词小说等所谓陋俗的记载和批判。同治《苏州府志》"风俗卷"收录名宦汤斌抚苏期间所颁的禁止编刻淫词小说戏曲的告示②;光绪《青浦县志》认为该县风俗最坏者为花鼓淫词和村台淫戏,引诱子弟,游荡废业③;光绪《洵阳县志》则批评该县春祈秋报梨园搬演媟亵之剧,乡村则扮演花鼓,伤风败俗、莫此为甚④。方志之所以把淫戏、淫词小说等习俗记录在案,目的就是资治和存史,冀望地方官和道德之士接力查禁,使地方风淳俗美,"长吏严申禁约,有犯必惩,使其销声匿迹,亦维持风教之事也。"⑤人物卷记录了不少实力参与禁毁的官吏、乡贤和坚持不看戏观灯的妇女。如牟房知浙江会稽、安吉等县期间,严禁夜戏、焚小说,卓有政声⑥。应宗伦妻杨氏,年二十而夫亡,矢志守节,未尝烧香看戏,卒年七十⑦。总体看来,方志人物卷对积极查禁的官吏、乡贤和坚持不看戏观灯的妇女的记录和褒扬,核心目的是树立榜样,教化后人,铭记效仿。

　　(5)宣讲传播。在通信技术不发达的时代,宣讲是禁毁舆论传播的重

---

① 王先明《近代中国绅士阶层的分化》,《社会科学战线》1987 年第 3 期。
② (清)李铭皖修,冯桂芬纂《(同治)苏州府志》,光绪九年刊本,卷三第二十五至二十六页。
③ (清)汪祖绶修,熊其英等纂《(光绪)青浦县志》,光绪四年刊本,卷二第十七页下。
④ (清)刘德全修,郭焱昌纂《(光绪)洵阳县志》,光绪二十八年刻本,卷五第十六页下。
⑤ (清)刘德全修,郭焱昌纂《(光绪)洵阳县志》,光绪二十八年刻本,卷五第十六页。
⑥ (清)黄丽中修,于如川续纂《(光绪)栖霞县续志》,光绪五年刻本,卷六第十二页下。
⑦ (清)王寿颐修,王菜纂《(光绪)仙居志》,光绪二十年木活字印本,卷十六第三十五页下。

要方式,根据宣讲主体之不同,可分为三种形式:

①官方组织的宣讲。顺治十六年(1659)成立乡约,规定每月朔望宣讲六谕,经康熙、雍正的继承与完善,清代每半月一次、以圣谕广训为主要内容的宣讲成为一代制度,宣讲一般"选举诚实堪信,素无过犯之绅士"①主持。禁毁小说戏曲成为乡约的职权和宣讲内容,这是因为乡约导人为善,而所谓的淫书淫戏导人为恶,与乡约冰火不容。咸丰四年(1855),无锡士绅顾凤刭等拟定的宣讲乡约规章云:"乃有导人为恶者,尤宜先行禁止。如淫书小说淫戏之丧心病狂,已为导恶之源。而滩簧花鼓戏之类,海淫海盗,更为兴赌醮寡之毒媒。"②余治《得一录》收录的《宣讲乡约新定条规》:"另一行书本局奉宪收毁淫书、淫画,吊销板片,酌量给价。另立一碑,奉宪永禁花鼓、摊簧演戏,并禁海盗、海淫等戏,如违立提严办。"③从这些乡约规章可见,晚清不少地区把宣讲乡约和禁止淫书淫戏同步进行,禁毁舆论自然成为宣讲劝导的内容。《青浦县宣讲章程》规定:挑选有行文士作为讲生,于朔望就乡镇庙宇为宣讲之所,乡董耆老率同该处士民环集敬听,宣讲内容包括:"花鼓淫戏伤风败俗,尤为乡约之害,应责成乡约局随时劝禁,不率教即将为首之人指名禀究,以肃地方。"④可见,晚清青浦县的乡约局不仅有宣讲劝禁花鼓戏之责,还有禀究之权。江阴县乡约局也把花灯、淫书小说、淫戏、滩簧花鼓之类作为劝禁内容,"官禁不如私禁,愿诸绅士等就该地方立议永禁,最为妥善。"⑤有的禁毁舆论还被收入宣讲教材,成为拟定的宣讲内容,吴旭仲《圣谕广训集证》就要求宣讲查禁淫书淫戏淫画、以厚风俗:"淫书淫画,天下第一害人之物,断不可使子弟入目。如能设法严禁销毁,其功最大。"⑥

②善会善堂等民间组织安排的宣讲。善会善堂要求善士在行善之时应借机劝导被施善者参与禁毁,《施药局规条》要求对请药者予以劝导:"有家藏淫书唱本及私情山歌抄本","劝其一并送局焚化,亦属功德。"⑦

①张希清、王秀梅《中国历代从政名著全译 官典》(第二册),吉林人民出版社1998年版,第811页。
②牛铭实编著《中国历代乡规民约》,中国社会出版社2014年版,第306页。
③王利器辑录《元明清三代禁毁小说戏曲史料(增订本)》,上海古籍出版社1981年版,第188页。
④(清)汪祖绶修,熊其英等纂《(光绪)青浦县志》,光绪四年刊本,卷九第二十五页上。
⑤牛铭实编著《中国历代乡规民约》,中国社会出版社2014年版,第306—307页。
⑥《丛书集成续编》(第56册),台北新文丰出版公司1988年版,第20页。
⑦(清)余治《得一录》,台北华文书局1969年影印本,第305页。

③个人自发的宣讲。相对于刊刻善书、广告和购毁刊本板片而言,口头宣讲禁毁舆论,既便捷且无花费,晚清流传颇广的《焚毁淫书十法》就呼吁无力购毁刊本板片,又无暇抄写烧毁淫书果报者,"尽可逢人劝戒,以口代书,随缘指点,功亦不小。"①戒淫是清代劝善运动的两大主题之一,查禁淫书淫戏是戒淫的重要内容,清代中后期涌现了许多以教化为己任、自发宣讲戒淫的士绅,劝禁淫书淫戏是他们自发宣讲的内容,如嘉道年间长治县士绅靳登瀛,著有《戒淫杂记》,登瀛录圣谕息讼厚风俗诸条,每月朔望"临衢宣讲",据说人多受其感化②。晚清倡导查禁淫书淫戏的知名善士江云翼、余治等也是宣讲禁毁舆论的代表。江云翼"每持《阴骘》一编谆谆劝人。"③余治"毅然以放淫辞自任。"④宣讲劝人,更是到了"舌敝唇焦,不以为苦"⑤的地步。

三、士绅对禁毁的助推与阻碍

晚清士绅阶层从禁毁观念的发起到禁毁制度的制定,从禁毁舆论的传播到禁毁法令的执行,从自发自觉到配合官府等,都全面地参与了禁毁活动。但从官方角度来看,受士绅阶层政治权力的局限、个体和地区差异、士绅阶层分化重组趋势等因素的影响,士绅参与禁毁对晚清禁毁政策兼具助推和阻碍双重功能。

(一)士绅对制度和观念性禁毁的推动

1. 士绅阶层是制度性和观念性禁毁的主要推动者。制度性禁毁(Institutional prohibition)可分为官方制度性禁毁和民间制度性禁毁。官方制度性禁毁是以国家法律、谕令为指导开展的查禁活动,即依靠国家权力,统治阶级制定颁布禁毁法令,动用国家机器查禁、销毁、处罚小说戏曲违禁

---

①《山阴金兰生先生劝毁淫书说》,《晚清报载小说戏曲禁毁史料汇编》(下),第827页。

②(清)李桢等修、杨笃纂《(光绪)长治县志》,光绪二十年刊本,卷六第四十一页下。

③(清)王韬著,陈戍国点校《瀛壖杂志》,岳麓书社1988年版,第102页。

④(清)俞樾《余莲村劝善杂剧序》,陈多、叶长海选注《中国历代剧论选注》,湖南文艺出版社1987年版,第380页。

⑤(清)陈其元《庸闲斋笔记》,中华书局1989年版,第310页。

行为。民间制度性禁毁是依据宗族、行会、善会善堂、自治团体等民间组织制定约章开展的查禁活动,约章主要表现为族规家训、乡规民约、学则章程等。官方制度性禁毁和民间制度性禁毁相互支持、相互转化,一些族规家训、乡规民约甚至禀请官方颁布,兼具官方和民间性质。晚清神权扩张,士绅虽然在野,但以制造舆论、禀请查禁、执行禁令等方式影响着官方制度性禁毁活动的开展。晚清禁毁活动、尤其是戏曲禁毁活动十分频繁,表现为禁毁舆论繁多和查禁次数频繁两个方面,这种现象与士绅参与禁毁密切相关。清代前中期,小说戏曲禁毁意志多出自中央。据统计,清代皇帝共颁发禁毁小说谕旨 24 次,其中 18 次集中在康雍乾嘉,占 75.5%;又以乾隆时期为最多,计 8 次。清代皇帝颁发禁毁戏曲谕旨 67 次,其中 46 次集中在康雍乾嘉,占 68.7%;也以乾隆时期为最严厉,乾隆亲自组织缴毁曲本、设局查缴戏曲。晚清小说戏曲禁毁活动基本皆为地方官发动,每次禁毁活动的幕前幕后,几乎都能看到士绅的身影。士绅禀官请究,形成了一波又一波的禁毁运动,士绅编制禁毁单目,形成涟漪效应,士绅是晚清官方制度性禁毁频繁开展的主要推手之一。观念性禁毁(Conceptual prohibition)是从思想认识上展开的查禁活动,即从思想上认为小说戏曲有害无益,应予以禁止编撰、收藏、传播和观看,刊本亦应销毁。制度性禁毁一般行诸文字,具有规制和规范作用;观念性禁毁可以行诸文字,也可以不行诸文字,行诸文字的禁毁观念以善书、报刊等媒介传播,成为禁毁舆论,具有宣传、监督禁毁等功能。晚清士绅阶层制造观念性禁毁舆论的形式有专论、笔记、广告、族训家规、禁毁单目等,传播方式有善书、著作、报刊、方志、宣讲等。今见晚清观念性禁毁舆论数量之多远超以往任何一个历史时期,这固然与晚清文献遗存丰富、报刊媒介兴起有关,但士绅阶层的积极参与、大量编撰和传播才是关键原因。在禁毁观念和民间禁毁制度的指引下,士绅自发或自觉参与查禁,推动禁毁活动的频繁开展。

2.士绅是维持常态化禁毁活动的关键性力量。晚清士绅参与禁毁的主要目的,一是社会教化,二是行善积德,三是社会教化和行善积德兼而有之,其中以后者表现最为突出。在这些目的的共同作用下,禁毁成为不少晚清士绅日常自觉自发行为。为便于理解和考察,笔者根据维持常态化禁毁的人数,把士绅禁毁活动常态化分解为相互联系的两个方面:其一,作为个体,士绅把禁毁当作日常义务,在士绅住地周围形成较严厉的禁毁空间。

晚清不少士绅把禁绝淫书淫戏作为毕生事业之一,他们对住地周围的违禁不会漠然置之。道咸年间,金溪士绅戴书田在其短暂的一生中,热心刻善书、毁淫词书板等善举,弥留之际,"犹惓惓于义举之未及行者,嘱兄弟代竟其志。"①咸丰年间澎湖瓦硐港士绅方景云,少补弟子员,家贫,性耿介,素以维持风化为任,里有陋俗,必力革之。尝集父老,制定禁淫戏、禁赌等约章。截止光绪年间修《澎湖厅志稿》时,"至今犹遵其约。"②换言之,在较长时间里,"淫戏"难以在澎湖瓦硐港周围搬演。兴国州安乐里士绅佘天合,性嫉恶,严禁花鼓等三十余年,里俗丕变③。楚北、武汉习俗,如值岁收稔丰,农民每于上元节演唱花鼓等戏,此风由来已久。浙江学政胡瑞澜家乡沙口距离汉口四十里,胡瑞澜因"杨乃武与小白菜案"罢黜归乡之后,在乡整顿风化,结果在其他各乡上元节兴办迎灯演戏、极行热闹之际,唯独沙口地方,不准演唱花鼓戏。可见像胡瑞澜这样的大绅参与禁戏,的确能禁绝于一时,所以报刊舆论也叹服云:"是则移风易俗不深有赖于大绅乎?"④某地有一二如戴书田、佘天合、方景云之类热心禁毁的士绅,至少在终其一世,该地一般会保持较严格的禁止态势。其二,作为群体,士绅们前赴后继地参与禁毁,在士绅们所在地区形成较深厚的禁毁传统。清代部分地区禁毁传统深厚、禁毁活动频仍,实有赖于当地一批批有志于禁毁活动的士绅接力参与,这些士绅把禁毁化为日常善举、汲汲以求。清代吴中地区禁毁活动之频繁居于全国前列,吴中地区士绅倡导禁毁者,如彭定求、石韫玉、汪景纯、潘遵祁、潘曾绶、余治、谢元庆、顾本敬等,前赴后继,影响所及,造成有清一代江苏禁毁活动在次数上独占全国鳌头。如"道光中,吴门以好善乐施著称远近者"第一位是潘曾沂,第二位即谢元庆。谢元庆平时从事禁淫书等善举,"未易悉数"⑤;他们继承禁毁传统,或严于利己,诚于任事,如顾本敬,字心乾,咸丰年间人,诸生,本敬"延讲乡约,查毁淫书,诚于任事。"⑥或互通声气,联合行动,如道光十七年(1837)汪景纯追随潘遵祁、潘曾绶等人,在苏州、金陵捐资收毁小说及板片。吴中这些士绅还以自己的

①(清)许应鑅修,谢煌纂《(光绪)抚州府志》,光绪二年刻本,卷六十八第十三页下。
②连横《台湾通史》,九州出版社 2008 年版,第 608 页。
③(清)贺祖修蔚修,刘凤纶纂《(光绪)续补兴国州志》,光绪三十年刻本,卷一第三十页上。
④《禁演淫戏》,《晚清报载小说戏曲禁毁史料汇编》(上),第 191 页。
⑤(清)李铭皖修,冯桂芬纂《(同治)苏州府志》,光绪九年刊本,卷八十四第六页下至第七页上。
⑥(清)李铭皖修,冯桂芬纂《(同治)苏州府志》,光绪九年刊本,卷九十六第三十九页上。

经历和名望带动周围人效仿,形成榜样效应。石韫玉贫困时,以惜字和毁淫书远近著名。他每日昧爽即起,携布囊铁钳各一,在街头巷尾捡拾纸片,并将污浊纸片漂洗晒干,送入元妙观焚化,三十年如一日,人笑其迂而泰然自若。韫玉惜字和毁淫书双管齐下,"历数十年不倦,盖又不徒惜字而已。"①但凡他见到的"淫词小说一切得罪名教之书,辄拉杂摧烧之。"②后来韫玉高中状元,世俗认为他获得惜字毁淫书之报,影响颇著,吴中"父谕其子,兄诫其地,字纸不可乱掷。"直到民国时期,"吴中士夫,犹受此影响,珍惜字纸甚于他处也。"③可想而知,石韫玉对吴中地区禁毁传统影响不小,韫玉之后,吴中地区就涌现了潘遵祁、余治、谢家福等禁毁积极分子。士绅个体参与禁毁常态化的层积叠加,维持了士绅群体禁毁传统的常态化,由此形成了士绅参与禁毁有别于官方运动式禁毁的特点,即士绅参与禁毁维持着禁毁制度的常态化。

(二)士绅对禁毁的淡漠、保身与违反

表现为士绅对禁毁的参与度不一和带头违禁两个方面。

1.士绅对禁毁活动的参与度不一。主要体现在三个方面:

其一,士绅是靠自觉性参与禁毁,但淡于公事的士绅大量存在。太平天国前,士绅阶层人数约为 110 万,天平天国后,约为 144 万④。士绅阶层虽然人数众多,但全力参与禁毁者毕竟有限。晚清士绅参与禁毁的高峰集中在 19 世纪,在 1900 年"新政"之前,传统士绅是靠文化权威和社会威信参与社会公共事务,而非行政制度化支持。清末"新政"虽给予了传统绅权制度化和合法化的基础,但清末倏忽数年,百弊待革,士绅阶层急速分化,无暇提出管理小说戏曲的长远之策。可以说,晚清士绅基本是依靠个人信仰和意愿参与禁毁,而非法定制度的保障,"他们属于非正式的权力。"⑤而且,在基层社会,淡于公共事务的士绅大量存在。光绪初年,获鹿县共有士

---

① 王利器辑录《元明清三代禁毁小说戏曲史料(增订本)》,上海古籍出版社 1981 年版,第 390 页。
② 小横香室主人《清朝野史大观》,中央编译出版社 2009 年版,第 981 页。
③ 郑逸梅《逸梅杂札》,齐鲁书社 1985 年版,第 72—73 页。
④ 张仲礼著,李荣昌译《中国绅士:关于其在十九世纪中国社会中作用的研究》,上海社会科学院出版社 1991 年版,第 122 页。
⑤ 瞿同祖著,范忠信等译《清代地方政府》,法律出版社 2003 年版,第 282 页。

绅两百多位,"几乎每村都会有一名到三名有功名的士绅",但是他们淡于公事,"并没有热心投入到平时的地方管理中来。"①城镇的情形也大致若是。1873 年前后,番禺知县袁祖安严禁藉酬神为名搭棚卖戏,但广州"城垣附近各乡仍敢藉端卖戏",袁祖安在告示中批评道:"苟非该处绅耆同徇庇,何致横行若此?"②省垣附近既是士绅集中之区,也是信息灵通之地,但士绅并未参与禁止,说明现实中士绅不闻不问甚至包庇纵容者不在少数。1897 年 12 月,南昌知府孟庆云和南昌知县文聚奎颁布包括严禁采茶的保甲告示中云:"惟是府属公正绅耆向不肯出头问事,……若有关一郡一邑大利害,仍复袖手旁观,地方何赖有此士绅?"③说明南昌士绅也有淡于地方社会事务的习惯。从获鹿县、广州和南昌等不同地区的情形看,晚清士绅虽然人数众多,但其中许多人对禁毁等地方公益事务淡然置之、漠不关心。

　　其二,各地士绅数量分布不均,禁毁活动开展也不平衡。以禁戏为例,晚清禁戏活动多发生在人口较集中的城镇或村庄,这与这些地区士绅居住相对集中很有关系,士绅地区分布本来不均衡,并且晚清士绅阶层迁居城镇的趋势加快,士绅阶层地区分布不均一定程度上造成禁戏政策贯彻不一,官方告示屡屡指责穷乡僻壤、弁髦禁令,"而乡村僻处仍复阴违。"④"往往于乡村僻远处公然搭台演串。"⑤"无如不法棍徒往往在僻壤之区,任意妄为。"⑥穷乡僻壤难以禁止,除了官方势力不易到达外,还与这些地方士绅较少有一定关系。晚清士绅参与禁毁虽然加剧了禁毁活动的频率,但因士绅阶层地区分布不均,他们对禁毁活动的参与度也参差不一,或因士绅参与者少或根本没有士绅参与,从而形成禁止的"真空"地带。今见晚清士绅联名禀请查禁基本发生在杭州、安庆、上海、苏州、扬州、天津等城镇,相当程度上是因为这些城镇士绅较集中,互动声气方便,在查禁活动中易于统一意见、统一行动,而分散居住的乡村士绅很难具有这种优势,这也是晚

---

①任吉东《城市化视阈下的近代华北城乡关系:1860—1937——以京津冀为中心》,天津社会科学院出版社 2013 年版,第 192 页。
②《卖戏示禁》,《晚清报载小说戏曲禁毁史料汇编》(上),第 10 页。
③《整顿保甲》,《晚清报载小说戏曲禁毁史料汇编》(上),第 63 页。
④《淫戏被驱》,《晚清报载小说戏曲禁毁史料汇编》(上),第 179 页。
⑤《拘惩串客》,《晚清报载小说戏曲禁毁史料汇编》(上),第 210 页。
⑥《惩办串客》,《晚清报载小说戏曲禁毁史料汇编》(上),第 328 页。

清乡村禁毁活动,尤其是禁戏效果不如城镇的重要原因。

其三,士绅因担忧禁毁引发冲突或暴动,遂不置问。不少绅士因害怕与有势力者发生直接冲突时,会任其违禁,"任其锣鼓喧阗,佯为不闻而已。"①此乃常见现象,特别是在禁戏活动中体现得最明显。晚清发生了不少因士绅禁戏而引发的暴动②。群众性演戏往往裹挟着组织者和观演者娱乐、酬神、敛钱、聚赌、商业等多种利益诉求,直接禁止就会与这些利益诉求相冲突、遭到忌恨。如果有狡黠胆大者从中鼓噪、挑唆,组织者和观演者会群起与士绅为难,当场殴打辱骂,尚属其次③,甚至冲击士绅的宅第、捣毁财物。1887年2月,宁波宝幢某甲雇人搬演串客,从中敛钱,里绅某孝廉闻讯往阻,甲等恶其阻扰雅兴,预与之为难,孝廉遂禀县派差往拿,甲等怀疑孝廉串通差役讹诈,邀集多人将差役痛殴,又一起冲入孝廉家中,"尽情毁物。"④此次暴动如何结案,不得而知,但可以肯定的是,乡民对某孝廉的藐视和反击,让某孝廉的名望摧折不少。1891年4月,九江官簰夹、花菓园一带乡村搭台搬演花鼓夜戏,某绅恶其淫声聒耳,败坏风俗,前往驱逐,不料演戏组织者纠聚多人,赶至绅家喧闹,势甚汹汹,某绅即将大门扃锁,民众则"拆垣掷石,势将一拥而入。"⑤某绅遂燃放洋枪驱散民众。此次暴动最终以该绅禀县拘提数人讯究结案。更甚者,藉赛会演戏渔利的棍徒因遭官禁,"并与绅衿无涉者",但他们也怪罪士绅,"棍徒等辄敢聚众拥至绅衿家中,小则打伤什物,大则拆毁房屋,甚有白昼于城市之中连拆十数家者。"⑥此类暴动不能不令士绅忌惮有加。如果愤怒的民众人多势众,士绅不但禁阻无果,反而要以赔礼道歉收场。苏州横泾镇某甲乃地方实力派,该镇每逢春祈秋报,演戏酬神,戏台常搭建在某甲的空地上,某甲的庄稼多被践踏。1878年夏,乡人醵资演剧,某甲串通差役,谕令中止,被乡人识破,禀县将差役斥革。乡人以某甲阻扰演戏酬神,鸣锣集众,欲将某甲房屋

---

①《花鼓难禁》,《晚清报载小说戏曲禁毁史料汇编》(上),第194页。

②晚清爆发了不少因禁戏而导致的暴动。笔者使用"暴动"一词是借鉴了萧公权先生的观点:造反是指公开发动的武装反抗现存政权的行为,目的在于推翻现存政权;暴动只是想发泄、解决心中某种怨恨,或者说侮辱、打击使他们产生怨恨的对象。(萧公权著,张皓、张升译《中国乡村——19世纪的帝国控制》,九州出版社2018年,第519—520页。)

③《女棍宜惩》,《晚清报载小说戏曲禁毁史料汇编》(下),第718页。

④《愚民负固》,《晚清报载小说戏曲禁毁史料汇编》(上),第209页。

⑤《绅士阻止花鼓》,《晚清报载小说戏曲禁毁史料汇编》(上),第226页。

⑥(清)王苏《请整饬亲民之官疏》,《皇清奏议》(续奏二),民国影印本,第1205页。

拆毁。某甲央人说项，恳请罚戏三台，其事始了①。1885 年秋，南海县某乡雇优演戏，倾动万人，某绅以为销金巨库、末世浇俗，竭力劝停，众人不从。某甲遂密禀县令，带领差役欲将戏台拆毁，不想激怒乡邻，"乡人愤极，群欲与甲为难，甲大受窘迫，反向众人说情，始得无事。"②从这些士绅本欲禁止反而赔罪的事件可以看出，士绅对直接与社里乡邻为敌一般有所忌惮，这种心理也会影响士绅对违禁采取听之任之、明哲保身的态度，官方和舆论也常常批评士绅对待禁毁不闻不问、置身事外，"有地方绅董之责者，何竟一无闻见耶？"③士绅禁阻演戏，是在与需求娱乐或谋取私利的百姓或棍徒为敌，除了遭遇民众可能的寻衅之外，还会遭受邻里或家人的嘲笑和批评，这也会打消士绅查禁的积极性。早在乾隆年间，陆一亭（？—1794）就有这样的遭遇：对于吹弹歌唱、高台演戏、迎神赛会等事，他时常逢人劝止，但也常常遭人回击："此是世俗通行之事，你若要劝诫，真是老古派，不趋时了。"④说明现实中士绅禁阻演戏，会被人批评为迂腐、不合时宜。1881 年初，宁波四乡以社祭为名，广延串客，有一二端方耆老起而力阻，民众以其阻扰清兴，往往图斗寻衅，邻里则讥笑其多事，耆老的家人亦笑其迂执，结果"耆老等只得故作痴聋，缄口不言，是以各乡效尤者愈多。"⑤可见，参与查禁的士绅常常不被理解，陷于被孤立、嘲笑和批评的境地，没有"虽千万人吾往矣"⑥的精神，很难持之以恒。到了人心思变、朝廷威信大降、民变迭起的清末，士绅参与查禁的效果亦随之大减，士绅参与查禁在一些地方不但毫无作用，甚至成为"绅民冲突"的导火索。江西泸溪县高阜每届九月，乡民演戏聚赌。1906 年 11 月，知县出示谕令当地士绅禁止，但乡民极力抗拒，士绅们迫不得已，移请县丞万国琛亲赴该地极力开导，乡民聚集数百人，将万驱逐回县，知县只得报告省府寻求解决之策⑦。1909 年 2 月，嵊县也因阖县士绅会议将演戏费用移购路股，禁止演戏，遂导致"已禁各处地

---

①《众怒难犯》，《申报》1878 年 6 月 1 日，第 2 版。
②《禁阻演剧》，《晚清报载小说戏曲禁毁史料汇编》（上），第 205 页。
③《地保勒索》，《晚清报载小说戏曲禁毁史料汇编》（上），第 268—269 页。
④楼含松主编《中国历代家训集成》（9），浙江古籍出版社 2017 年版，第 5471 页。
⑤《官绅干禁》，《晚清报载小说戏曲禁毁史料汇编》（下），第 703 页。
⑥（战国）孟轲著，金良年译注《孟子译注》，上海书店出版社 2009 年版，第 38 页。
⑦《芦溪县乡民聚赌抗官》，《晚清报载小说戏曲禁毁史料汇编》（上），第 371 页。

方乡民与绅士大起冲突。"最后"到处开演。"①当士绅阶层不愿参与查禁、查禁无效乃至引爆"绅民冲突"时,一定程度上说明基层社会权力秩序发生了变革,"民之信官,不若信士"②的传统绅民关系正在塌陷。

2. 士绅带头违禁,成为禁毁政策的破坏者。士绅进则为官,退则为绅,作为儒家道统的维护者、卫道者,他们在政治、经济、文化上与政府利益保持高度一致。但士绅的历史、经济、血缘又牢牢地扎根于地方社会,他们又是地方意愿、主张和利益诉求的代言人。"在正常情况下,政府和绅士的主要利益是一致的,并且为保持社会的轮子运转和维持现状,他们相互合作。但是当他们的利益相悖时,绅士则会批评、甚至反对和抵制官府的行政。"③特别是在绅权伸张的晚清,士绅站在官方对立面的现象也愈发突出。以禁戏为例,士绅阶层从维护风化人心出发,在禁止淫戏、妇女观剧、演戏聚赌等方面一般能与政府保持一致,但对政府长时间段的禁戏、禁止演戏酬神等往往并不赞成。因为这与村社族群的娱乐、酬神、商业等多重利益诉求相左,村社族群的怨声载道会有损代表地方利益士绅的声望,有胆量有能力打破官方禁令的往往也是士绅。1876年12月23日,杭州阔板桥演戏,"有一旗人与宁波人殴打,几酿命案。"巡抚杨昌濬遂在杭州城禁止演戏,"严谕永禁,以杜滋事。"至1878年,杭州"城中士女不见歌舞者约两年矣。"该年5月,"适值荐桥告竣",5月16日,"诸绅耆等假酬神之名,传得一东阳新班",在龙吟庵开演。次日,又于东园内东岳庙连演两台。因未滋生事端,官不之禁,于是杭州各庙宇竞相开演,"从此箫管盈城,重见和声鸣盛矣。"④杭城延续近两年的禁戏局面遂被打破。士绅需要娱乐,民众也需要娱乐,商贩更需要演戏促进贸易,可以想见在两年禁戏期间,杭城怨声冲天者不知凡几,士绅置官禁于不顾,借故让民众重享观剧之乐,民众对他们的感佩之情自不待言。士绅既然可以凭借其在地方社会的影响力禀官禁止,则他们也可以利用其影响力禀官开禁,官员同样也要卖人情。1877年10月,鄞县知县沈澄之以浙抚将来阅兵,营兵云集城内,恐生事端,于14、15日连续颁发禁止演戏酬神的告示,遍贴街衢,各店铺呼吁开禁,但宁波

①《演戏肇祸之原因》,《晚清报载小说戏曲禁毁史料汇编》(下),第797页。
②(清)汪辉祖著,孙之卓编注《佐治药言解读》,哈尔滨工业大学出版社2015年版,第99页。
③张仲礼《中国绅士研究》,上海人民出版社2008年版,第56页。
④《台戏弛禁》,《晚清报载小说戏曲禁毁史料汇编》(上),第169—170页。

知府只许迎神,不许夜演。20 日为大庙菩萨上殿神驻醋务桥庙中之期,年例演剧。该庙左近某巨绅特赴县商请演剧酬神,被沈澄之以营兵齐集、诚恐生事为由拒绝,该绅遂"不待词毕,竟拂袖而起,及抵家,便饬当街搭台,雇吉祥班演唱,自午演至三更始罢。"观者塞途。局面一开,城中接踵开演者十余处,沈县令无可奈何,"惟有自装痴聋,任之而已。"①这次"官—绅"交锋的背后,实际上是沈知县所代表的官方治安管理要求,与某巨绅所代表的地方民众娱乐、酬神、商业需求的冲突,交锋结果是政府威信扫地,而士绅威望提升,《申报》记者也事后诸葛地评论云:"自知力不足以伸其禁,毋宁默处琴堂之为愈乎?"②1909 年,奉化知县魏桐禁止神庙演戏,以省靡费。但是到了 1910 年,邬某运动鄞县诸绅宴请魏桐,席间请弛戏禁,并认捐费一千五百元,魏桐准如所请,发照开演③。如果地方权绅公然违禁,官员往往也无可奈何,只有听之任之。可见,"绅士常常自行其事,官府只能默认或者勉强容忍"④,这种晚清绅权凌驾官权的现象在禁毁活动中亦时有发生。即便士绅违禁被逮,由于其特殊的身份地位,官员往往会对其网开一面、从轻发落。1879 年 8 月间,华亭县附二图某武生雇演花鼓,勾人赌博,藉以分肥,知县杨开第星夜饬差将地保、武生等一干人逮案后,知县对武生姑不深究,"武生竟得幸免罪戾。"⑤官吏一般不敢公然得罪士绅,也一定程度上助长了士绅漠视禁令的气焰。

　　士绅除了代表地方或团体的利益带头违禁之外,他们也会从个人娱乐和私利出发,走在违禁前列。就个人娱乐言,和官吏查禁"只许州官放火,不许百姓点灯"一样,士绅往往查禁愚蒙而不禁于自身,因拥有文化特权,士绅阶层是小说戏曲当仁不让的主要读者乃至编撰者⑥,他们还是晚清违禁戏曲的

---

① 《违禁唱戏》,《晚清报载小说戏曲禁毁史料汇编》(下),第 694—695 页。

② 《违禁唱戏》,《晚清报载小说戏曲禁毁史料汇编》(下),第 695 页。

③ 《演戏弛禁》,《晚清报载小说戏曲禁毁史料汇编》(上),第 456 页。

④ 张仲礼著,李荣昌译《中国绅士:关于其在十九世纪中国社会中作用的研究》,上海社会科学院出版社 1991 年版,第 57 页。

⑤ 《禁唱淫戏》,《晚清报载小说戏曲禁毁史料汇编》(上),第 174 页。

⑥ 晚清名臣胡林翼云:"一部《红楼》,教坏天下堂官、掌印司官、督抚、司道、首府及一切红人,专意揣摩迎合,吃醋捣鬼,当痛除此习,独行其志。阴阳怕懵懂,不必计及一切。"(《中国兵书集成》编委会编《中国兵书集成》第 50 册,解放军出版社 1992 年版,第 1189 页。)虽不乏夸张之词,然亦可见《红楼梦》等小说在晚清绅宦之中的流播。

主要点演者①,绅宦之家遇喜庆事招髦儿班演戏还助推了晚清女伶的兴起②等,这些都体现了传统文艺管理专制制度"特权优先"的特点。就私利言,太平天国战争开始,因捐输等"异途"而成为士绅的人数骤增,而举人、进士名额并未增加,绝大多数士绅晋身无门,士习日下,许多士绅凭借其特殊身份横行地方、违法牟利,如四川"大凡户业公局唆讼诈财之案,必有文生在内。烧香结盟聚众滋事之案,必有武生在内。"③同样,许多士绅不但不参与禁毁,反而通过违禁谋取钱财,其显著表现在违反禁戏政策方面,即通过组织违禁演戏,士绅可以从中敛钱或聚赌抽头,攫取私利。北京官绅之家有借喜寿演戏之际,与棍徒戏班串通,于宅第内搭桌卖座,"倚势借端尝试取巧渔利。"④违禁演戏。更多的是参与组织演戏,从中渔利,1907年,江西瑞州高安县一二三都地方,自一月起连续数月,藉搬演采茶戏,大开赌场,士绅与县差营役得规包庇,"城内禁赌告示煌煌,而城外哄赌如故。"⑤以上说明,许多士绅从个人私利及其代表的地方利益两个方面出发,都会破坏官方禁毁政策。

　　清末社会剧变进一步加速,从19世纪末开始,士绅阶层急剧变化、重组,随着士绅阶层的分化和重组,他们对禁毁制度提供的支持也日益减弱。有志于闲居自适的士绅继续淡于地方公共事务;有志于救亡图存的士绅则投身于时代激流,转变为近代知识分子,他们中的许多还成为改良小说戏曲的倡导者和实践者;而致力于地方公务的士绅则凭借清末"新政"的东风,攫取公共权力,"各省办理地方自治,督抚委其责于州县,州县复委其责于乡绅。"⑥这些掌控地方权力的士绅发展为权绅:"由此,地方公共事务(即公共权力)的主持不再仰仗于传统威望型人士(士绅),而更多地依赖于占有公共组织和权力机关的人士——即权绅。"⑦权绅主持着地方教育、警

---

①时人云,《梁山泊》《绿牡丹》《施公案》以及新串之长毛戏,"至于外省则上自督抚司道,下逮地方有司,举凡一应大小官员,或酬神,或祝嘏,或庆喜,或娱宾,亦往往点演及之。"(《论武戏海凶之患大》,《晚清报载小说戏曲禁毁史料汇编》[下],第609页。)以此类推,士绅阶层也是违禁戏曲的主要点演者。

②《女戏将盛于沪上说》,《晚清报载小说戏曲禁毁史料汇编》(下),第632页。

③吴剑杰编著《张之洞年谱长编》(上),上海交通大学出版社2009年版,第48页。

④《告示》,《晚清报载小说戏曲禁毁史料汇编》(上),第97页。

⑤《高安赌风甚炽》,《晚清报载小说戏曲禁毁史料汇编》(下),第788页。

⑥故宫博物院明清档案部编《清末筹备立宪档案史料》(下册),中华书局1979年版,第757页。

⑦王先明《士绅阶层与晚清"民变"——绅民冲突的历史趋向与时代成因》,《近代史研究》2008年第1期。

务、财务等权力机构,他们也会参与禁毁活动,但因其掌握着公共权力,往往集地权、政权、绅权、族权于一身,在参与禁毁的性质上开始呈现行政化的特点,也不同于传统士绅靠身份和名望自发自觉禁毁的特征。并且,科举废除,斩断了晋身为传统士绅的阶梯。同时,在西学东渐的浪潮中,以小说戏曲管理为核心的近代文艺管理制度开始萌芽,警察制度的创建和推行,违警律等法规开始用于小说戏曲管理,警察开始成为小说戏曲管理的主要执法力量,依靠士绅这种传统身份地位和名望参与管理小说戏曲的历史现象逐渐淡化于历史舞台。回顾晚清士绅参与禁毁这段历史,有助于认识晚清基层权力的变迁、社会文化转型中"旧"和"新"的交锋与融合、禁毁小说戏曲活动频繁及衰落的原因、禁毁政策执行的过程和效果、传统文艺管理制度的弊端和颓势等问题。就此而言,晚清绅士参与禁毁是观察和理解晚清小说戏曲禁毁问题与社会转型之间关系的一个重要视角。

第三章　善会善堂

　　善会是以行善为目的的民间社团组织,善堂是指以行善为目的、有固定会所的民间慈善结构。善会善堂兴起于明末清初,鼎盛于清代后期,主要从事义赈、育婴、施药、施棺、义学、恤嫠、义冢、惜字等善举。近30年来,清代善会善堂成为社会史研究的热点,夫马进(日本)、梁其姿、陈宝良等学者对清代善会善堂的组织、特征、运营、管理等有过深入研究。清代是禁毁小说戏曲活动常态化、法制化的朝代,一些善会善堂也在开展禁毁小说戏曲活动。由于受资料制约,以往研究对个别晚清善会善堂的小说戏曲禁毁活动虽有提及,但十分简略①,专题研究尚付诸阙如。本章以晚清江浙地区善会善堂的小说戏曲禁毁活动为例,梳理晚清善会善堂以何种方式和何种目的开展小说戏曲禁毁活动,并揭示该禁毁活动之于晚清小说戏曲发展的影响,冀以对晚清小说戏曲禁毁问题研究有所裨补,并丰富我们对晚清慈善组织特质的认识。

一、开展原因

　　早在康熙年间,苏州大儒兼善士彭定求(1645—1719)制定的《惜字会条程》云:"更须杜卖淫书,务要劈其板,尽焚其书,无使藏匿留遗。"②彭定求要求惜字会把禁毁淫书作为主要任务。"淫书"在清代主要是指小说戏曲刊本,说明清初善会善堂的小说戏曲禁毁活动已见端倪,只是不多见。到了晚清,伴随善会善堂的兴盛,尤其是在善堂善会林立的江浙地区,善会善堂开展小说戏曲禁毁活动之现象遂数见不鲜。晚清善会善堂之所以将

---

① 仅有少数学者注意到个别善会善堂从事惜字活动时,有销毁淫书之举:夫马进提到同仁辅元堂开展惜字活动,曾将"淫书"和板片集中销毁(夫马进著,伍跃、杨文信、张学锋译《中国善会善堂史研究》,商务印书馆2005年版,第565页),梁其姿注意到彭定求倡导利用惜字会烧毁淫书。(梁其姿《施善与教化:明清的慈善组织》,河北教育出版社2001年版,第188页。)

② (清)余治《得一录》,台北华文书局1969年影印版,第830页。

禁毁小说戏曲作为善举,主要与晚清善会善堂的社会教化功能和善士们行善积德的精神诉求有关。

(一)社会教化

从善堂善会发展史上看,清代中期以后,道德诉求成为善会善堂发展的重要转向,社会教化也成为善堂善会成立的核心目的。对此,学界已有较深入的研究:"明清的慈善组织的教化意图与时俱增,越后期的善堂,教化的意图越清楚。"①善堂善会的教化功能,集中表现在对传统道德规范和伦理秩序的坚持和维护上。晚清中国在社会生活剧变、王权控制力减弱、西学浪潮冲击等因素的内外夹击下,传统道德价值体系面临着土崩瓦解的危机。古代小说戏曲对男女情爱和怪力乱神的偏好与传统主流儒家文化产生尖锐矛盾,晚清戏曲演出和小说编撰出版的繁荣,令以教化社会为己任的善士们焦虑不安,他们号召在从事善举、进行教化之前,必须禁绝淫书、淫戏和唱本:"教化必先去其敌。近世之伤风败俗,足为教化仇敌者,莫如淫书唱本,及淫邪杂剧,男女弹唱等事。"②善士们指责所谓的淫书、淫戏败坏人心,"淫书素干例禁,凡年轻子弟一经寓目,最足败坏品行,剥丧元良。"③于是,以教化社会为己任的善会善堂遂把开展禁毁小说戏曲作为善举之一。

晚清善士还认为,官府禁毁小说戏曲活动难以持久,"旋作旋辍,日久懈弛,仍复滋蔓。"善会善堂则可以筹款设局,实力执行,淫书"随见随收,随地察办。"淫戏可以由各善堂善会知照各乡董"各就社庙,一体立碑永禁,永远不许点演,如违罚扣戏钱若干各字样。绅董中有心人不少,必有能相率兴起,为地方主持风化者。"④有报刊社论也认为,官方查禁淫戏,禁于今日,未必禁于明日;禁于城市,未必禁于乡村。而善会善堂散布民间,查禁淫戏淫书,可以时加密访,"使各方善士,合力同心,淫戏乃可消除尽净。"⑤所以要大力提倡善会善堂参与禁毁。换言之,分布城乡的善会善堂开展禁毁活动,可以实现禁毁活动的常态化,裨补官方禁毁不能持久之弊。这也

①梁其姿《施善与教化:明清的慈善组织》,河北教育出版社 2001 年版,第 308 页。
②王利器辑录《元明清三代禁毁小说戏曲史料(增订本)》,上海古籍出版社 1981 年版,第 304 页。
③《上海仁济善堂章程》,上海市档案馆藏档案卷号 Q115—16—1。
④(清)余治《得一录》,台北华文书局 1969 年影印版,第 814 页。
⑤《论淫戏之害》,《晚清报载小说戏曲禁毁史料汇编》(下),第 531 页。

是晚清官方和道德之士提倡善会善堂开展小说戏曲禁毁活动的重要原因。

还有一点亦不可忽视，即从事社会教化活动，善士虽不能直接获得经济回报，但通过掌握地方社会道德的话语权，可以获得或巩固他们的社会文化地位，"由于施善行为有较高的道德价值，善人因教化社会有功而得到尊敬。"①因此，晚清善会善堂开展小说戏曲禁毁活动、行使教化之权，既可以扩大善会善堂的影响，也可以提高或巩固领导者的社会文化地位，这与《太上感应篇》宣传"所谓善人，人皆敬之"②的行善功利思想是一致的。只要力所能及，善士是乐意开展禁毁小说戏曲这种能给自己带来名望之善举的。

（二）行善积德

所谓行善积德，就是通过善行积阴德，实现善有善报，以改善自身及子孙的命运。"近报则在自己，远报则在儿孙。"③清代社会弥漫着行善积德的观念和信仰，认为行善可以让施善者个人、家族、后代乃至地区获得诸如延寿、祛疾、致富、科举、免灾等报应。例如，清人认为吴中彭氏一门鼎贵，即来自行善积德："世代积德累仁，刊刻一切三教善书，广行布送，因此世代显宦。"④"苏郡世德，首推彭氏，其家累代戒杀，故科第绵绵，至今犹盛。"⑤惟其如此，通过施善，获得善报，乃晚清善士的普遍信仰，对此，梁其姿有关清代惜字会的研究总结说：

> 惜字会作为善会的普及化，即与济贫无关的惜字活动成为主要善举之一，更进一步显示了对清中后期的善士而言，积阴德以利己是最重要的考虑；慈善组织明白地以施者的精神需求放在首要地位。⑥

在积阴德利己利子孙的个人愿景激励下，善士以行善积德作为自己行善的精神支柱和号召世人行善的奖赏回报。在晚清，查禁淫书淫戏与义塾、惜字、施药、施衣、施棺、施粥等一样被视作善举，视作功德。早在清初，

①梁其姿《施善与教化：明清的慈善组织》，河北教育出版社 2001 年版，第 172 页。
②施忠连主编《传统文化新读本》，上海辞书出版社 2004 年版，第 868 页。
③胡国浩导读注释《了凡四训》，岳麓书社 2021 年版，第 131 页。
④游子安《劝化金箴：清代善书研究》，天津人民出版社 1999 年版，第 92 页。
⑤（清）余治《得一录》，台北华文书局 1969 年影印版，第 471 页。
⑥梁其姿《施善与教化：明清的慈善组织》，河北教育出版社 2001 年版，第 239 页。

彭定求认为禁毁淫书，"真一举而积无量之福也"①，已开启清代禁毁小说戏曲获善报信仰之先声。功过格是清代社会流行的自我约束、积德行善的修养方法，一些功过格把禁止淫书作为"功格"，"劝世人惜字并焚怪异淫乱等书者。百功。本身增寿。子孙昌盛。"②"毁一部淫书板三百功。"③清代官吏中流行的《当官功过格》规定，官员禁止台戏，"一日算十功。"④行善积德也是晚清善士号召世人积极参与禁毁淫词小说的精神武器：

> 今奉劝人家有淫亵之小说盲词者，速送至辅元堂字局焚化，否则于家内置一炉焚之，必获善报，切勿藏匿在家，以误子弟妇女，自取冥罚。……倘能将淫书淫板淫画并春药招贴随时揭取，一并送局焚之，行见贤孙贵子，转盼可生，奇祸飞灾，霎时可免，介福高寿，随愿可增，大利厚资，操券可得。盖天道福善祸淫，有必然之理，善恶报应，固历历有明征也。⑤

这则广告通过可以获得贤孙贵子、去灾免祸、高寿致富来号召参与禁毁，是善士们禁毁小说戏曲以改变个人和子孙命运动机的直接流露。晚清善士认为禁毁淫书淫戏可以获得哪些善报？归纳起来，主要包括科举有成、子孙贤达、得财致富、延年益寿、祛病免灾等。以禁毁淫书获科举及第报为例，清代笃信禁毁淫词小说获科举及第报的善士所在多有，特别是士绅阶层，对此本书第一编第二章《士绅》、第三编第十五章《果报对禁毁活动及文本的影响》等章节，皆有论及。如伊辟升、汪景纯、潘遵祁等人认为自己或儿孙科举有成，皆是应了积极禁毁淫词小说获科举及第报。晚清禁毁淫书淫戏运动频繁，禁毁淫书淫戏获科举及第报的信仰曾有激励之功。

二、开展方式

晚清善会善堂开展禁毁活动的方式主要有如下四端：

---

① （清）余治《得一录》，台北华文书局 1969 年影印版，第 830 页。
② 董沛文主编，李志军、张新艳点校《修道合集》，宗教文化出版社 2014 年版，第 284 页。
③ 徐梓编注《劝学——文明的导向 戒淫——荒淫的警钟》，中央民族大学出版社 1996 年版，第 291 页。
④ 张原君，陶毅主编《为官之道：清代四大官箴书辑要》，学习出版社 1999 年版，第 461 页。
⑤ 《劝焚淫书启》，《晚清报载小说戏曲禁毁史料汇编》（下），第 822 页。

（一）制定禁毁规约

善会善堂一般制定有章程，它是关于善会善堂宗旨、组织结构和活动方式的根本性规约。一些善会善堂的规约明确开列禁止"淫书"或"淫戏"的规条，如《翼化堂条约》《同仁辅元堂惜字条约》《安仁乐善局衣米章程》《上海虹口公善局义学惜字施医给药章程》《同善普元局办理章程》《上海仁济善堂章程》《杭州协德堂惜字见心集收买章程》《孳善社章程》等。以《翼化堂条约》为例，该规约共计 12 条，禁止内容包括淫戏、《西厢记》《玉簪记》《红楼梦》、水浒戏、汉唐故事、《缀白裘》、淫盗诸戏、《打店杀僧》《打渔杀家》等，并开列禁戏单目 80 种①。此类规约是善会善堂禁毁活动之纲领，指导着善会善堂日常禁毁活动的开展。不仅如此，一些善会善堂还将禁毁规约以张贴广告、录入善书、登载报章等方式广泛传播，起着制造禁毁舆论和示范禁毁方法的作用，像以上列举的八种规约就见诸《上海新报》《申报》《甬报》等晚清报刊。

（二）制造禁毁舆论

禁毁舆论是指禁止、诋毁小说戏曲的评价性看法和倾向态度。晚清善会善堂主要通过编著和传播两种方式制造禁毁舆论。

1.编著禁毁舆论。依托善会善堂从事慈善活动之人一般被称为"善人"或"善士"，他们是晚清禁毁舆论的主要编著者。其中代表是有"大善人"之名的余治及其编著的《得一录》。余治先后创办双惜会、集仁局、保婴会、普育堂等善会善堂，1869 年，《得一录》付梓。《得一录》收录《小学义塾余论》《儒先论今乐》《儒先论今乐跋》《演戏敬神说》《奉劝勿点淫戏单俗说》《教化两大敌论》《禁止花鼓串客议》《劝禁演串客戏俚言》《焚淫书十法附例》《劝收毁小本淫词唱片启》《删改淫书小说议》《京江诚意堂戒演淫戏说》等 10 多篇禁毁舆论，常被研究者征引。又如，创办了果育堂等善堂的晚清上海善人江驾鹏也曾撰写禁毁舆论。江驾鹏喜谈程朱之学，常手持《阴骘文》劝人向善、言辞谆谆。1852 年春，他曾劝说王韬勿作绮语②。江驾鹏编

---

① （清）余治《得一录》，台北华文书局 1969 年影印版，第 803 页。
② （清）王韬著，陈戍国点校《瀛壖杂志》，岳麓书社 1988 年版，第 102 页。

著有善书《苦口良药》，劝谕世人。他撰写的《劝毁淫书启》极言淫书小说之害，呼吁世人销毁："淫书小说艳曲盲词害人最甚，……智者观之淆其志，愚者观之启其机，贞者观之易其操，荡者观之益其毒，是天下之坏人心术、丧人名节、害人性命，无有过于此者。"①这种对所谓淫书小说盲词的攻击可谓无以复加。

2.传播禁毁舆论。舆论的形成依靠传播，善会善堂和善士主要通过宣讲、刊布善书、刊登广告等方式传播禁毁舆论，试图形成一个人人参与禁毁淫书淫戏的社会局面。

其一，宣讲传播。把劝善惩恶的道德伦常用通俗化语言向民众宣讲、进行教化是善堂善会和善士日常重要的慈善活动。晚清善士余治、金缨等就希望没有财力购买淫书及其板片以便烧毁的清贫人家，如果无暇抄写并散布《收藏小说四害》《禁毁淫书十法》，"尽可逢人劝戒，以口代书，随缘指点，功亦不小。"②一些善书也把禁淫戏淫书作为宣讲内容，如《感应篇直讲》收录《戒点淫戏讲语》③。有的善会善堂还要求善士在行善之时应借机劝导被施善者参与禁毁，如《施药局规条》对请药病愈者提出要求："有家藏淫书唱本及私情山歌抄本"，"劝其一并送局焚化，亦属功德。"④当然，宣讲禁毁舆论离不开虔诚善士之努力，此方面余治乃突出代表。余治行善生涯中以宣讲为己任，"劝人为善，舌敝唇焦，不以为苦。遍游江浙地方，以因果戒人。如溺女、抢醮、淫杀诸事，谆谆诱掖劝化。人苟允之，以叩首以谢，不以为辱。"⑤余治尤致意者为禁淫书淫戏，"毅然以放淫辞自任"⑥，视淫戏为"教化之大敌"，可以想见，在其舌敝唇焦的劝化活动中，禁毁舆论随着他的足迹而传播四方。

其二，善书传播。善书是劝人道德践履、行善止恶的著述。劝孝和戒淫是晚清善书的两大主题，而戒淫的重要内容就是禁止诲淫的小说戏曲。晚清善士视善书与淫书为冰火、势不两立，传播善书之时，必须禁毁淫书：

---

① 《劝焚淫书启》，《晚清报载小说戏曲禁毁史料汇编》(下)，第821—822页。
② 《山阴金兰生先生劝毁淫书说》，《晚清报载小说戏曲禁毁史料汇编》(下)，第827页。
③ (清)余治《得一录》，台北华文书局1969年影印版，第98页。
④ (清)余治《得一录》，台北华文书局1969年影印版，第305页。
⑤ (清)陈其元《庸闲斋笔记》，中华书局1989年版，第310页。
⑥ (清)俞樾《余莲村劝善杂剧序》，见陈多、叶长海选注《中国历代剧论选注》，湖南文艺出版社1987年版，第380页。

"且夫善书劝善,开卷有益者也;淫书诲淫,开卷有害者也。……将见淫书毁,则善书行。"①游子安称:"流通善书与禁毁淫书是相辅而行的"②,良有以也。今见晚清包含禁毁舆论的善书有《远色编》《太微仙君吕纯阳祖师功过格》、黄正元《欲海慈航》、《劝毁淫书征信录》、朱日丰《太上感应篇图说》、吴兆元《劝孝戒淫录》、张允祥《广惜字说》、《汇纂功过格》《福寿金鉴》(《不可录》)《欲海回狂》《桂宫梯》《劝戒录四编》《得一录》《格言联璧》《惜字律》等。善书能教育人生善念、行善事,起到推广善行的作用,被视为最大善举:"顾善之途不一,莫善于流通善书。"③传播善书被视为"惩恶劝善实在功德"④,为祈愿祛疾而施送善书者颇不乏人。当然,善会善堂是善书当仁不让的传播者。上海翼化堂善书坊专办善书,"凡逢大比之年,善士每募资印送",其书目包括《得一录》等呼吁禁淫戏、毁淫书的善书⑤。1890年10月,上海仁济善堂刊刻《格言联璧》,后附《毁淫书说》《戒淫歌》《惜字律真铨十二则》《惜字十八戒》等,廉价出售,"止取工料、不计版资"⑥。长沙宝善堂传播《得一录》具有代表性。《得一录》是晚清最全面系统的善书,集晚清善书之大成,其收录有禁毁小说戏曲的章程、舆论、约章,目的是让各地善士仿照办理、复制推广,《得一录》先后在苏州、广州、河南、长沙等地刊刻。长沙宝善堂绅董认为:"作善无穷,此愿先从刊布善书起;善书亦无穷,此愿先从刊布《得一录》起。"⑦1885年,宝善堂集资刊刻《得一录》,呈请湖南巡抚卞宝第"咨送各督抚札发各州县",1888年,宝善堂再次刊刻《得一录》,"持赠江右诸善士",并拟借秋闱之前,"分布各学送考书斗,转发各生,以期流遍全省。"⑧截至1886年3月,宝善堂已将刊刻的4000部《得一录》分赠湖南各厅州县士绅,又拟印刷6000部呈请湖南巡抚,以数百部札发本省各厅州县存作官书,余下的五千数百部咨送各省大宪代请札发所属,"以资考镜而垂久远。"⑨可以想见,携带禁毁小说戏曲章程、规约的《得一录》如此

①王利器辑录《元明清三代禁毁小说戏曲史料(增订本)》,上海古籍出版社1981年版,第330页。
②游子安《劝化金箴:清代善书研究》,天津人民出版社1999年版,第84页。
③游子安《劝化金箴:清代善书研究》,天津人民出版社1999年版,第146页。
④(清)余治《得一录》,台北华文书局1969年影印本,第121页。
⑤《善书出售》,《申报》1885年6月13日,第5版。
⑥《格言联璧善书开印》,《申报》1890年10月28日,第4版。
⑦游子安《劝化金箴:清代善书研究》,天津人民出版社1999年版,第68页。
⑧《曲江春宴》,《申报》1888年3月22日,第2版。
⑨《禀卞中丞稿》,《申报》1886年3月20日,第4版。

广泛地传播,对晚清频繁的禁毁小说戏曲活动必定起着推波助澜的作用。

其三,广告传播。近代报刊出现后,一些善会善堂,尤其是上海的善会善堂,开始利用报刊广告呼吁禁毁。1896 年 10 月,文宜书局将历年积累下来的数百部闲书送至仁济善堂字炉焚毁后,上海仁济善堂董事严信厚、叶成忠、杨廷杲、黄宗宪联名在《申报》《字林沪报》上连续刊登《劝毁淫书》广告,呼吁上海书坊将所藏小说,以文宜书局为榜样,付之一炬①。晚清上海报刊刊载了一些呼吁禁毁"淫词小说"的广告,署以"冷眼热肠客""兢惕子""似迂子"之类的名字②,其人虽不可考,但从晚清上海善堂林立、善人遍地的情形看,这些广告可能有善会善堂背景。除了在报刊上刊登禁毁广告外,有的善会善堂还自行印制禁毁广告。1882 年,同仁辅元堂"禁卖淫书及妇女入馆吃茶告示油珠纸张"开销计 6960 文③,说明该年同元辅元堂曾印制有禁卖淫书广告,四处传播。

(三)开展禁毁活动

在禁毁规约、官方禁令和禁毁舆论的指导和激励下,有禁毁宗旨的善会善堂把小说戏曲禁毁活动作为日常善举,一定程度上推动了晚清小说戏曲禁毁活动的常态化。

其一,执法查禁。即官方颁布禁令后,善堂善会绅董依令开展查禁。善会善堂的绅董一般为士绅或绅商等地方精英,在官方查禁小说戏曲运动中,他们可以利用自己的影响力,执行官方禁令,开展针对性查缉活动。1868 年,丁日昌谕令禁毁淫词小说之际,上海善堂绅董将《红楼梦》《水浒传》等开单小说"挨查藏板之店,逐一吊出",予以焚毁④。直接出面执法查禁可能会四处树敌,有关晚清善士执法查禁的记载不多见,他们更多的是在幕后访拿、禀报、组织禁毁活动。

其二,访拿违禁。一些善会善堂将访拿小说戏曲违禁者视作日常善举,如《教善讲堂章程》规定:"二曰访拿印售淫书淫画之人,三曰访拿演唱花鼓淫戏、弹唱淫词小说、唱卖春片淫画之人,……以上十条,许无论何人,

---

①《劝毁淫书》,《字林沪报》1896 年 10 月 13 日,第 4 版。
②《广告》,《晚清报载小说戏曲禁毁史料汇编》,第 820—832 页。
③ [日]夫马进著,伍跃、杨文信、张学锋译《中国善会善堂史研究》,商务印书馆 2005 年版,第 562 页。
④《请禁淫书》,《晚清报载小说戏曲禁毁史料汇编》(上),第 247 页。

进内告知,登记访查确切,方可禀县密拿严办,慎防诬指。"①同善社则对通
风报信和查禁得力者予以奖励。同善堂设在上海庆顺里,声称"专收刊售
之淫书及板片,送文昌宫焚毁。"1902 年,同善社更名孽善社,《孽善社章
程》开列有对搜获淫书的差役和通风报信者给予奖励的规约:"会审公堂及
捕房搜获各店印售各种淫书,如价值十元,本社例酬谢差役劳金五元,多则
照加;知风报信,因而搜获者,每次酬洋五元,决不食言。"②1901 年前后,江
苏等地白米每石三元五角左右③。可见孽善社的悬赏访拿报酬相当优厚。

其三,给价收买刻本和板片。一是收藏者将淫书或板片缴送善堂,由善堂
给价销毁。上海仁济善堂"奉劝境内士庶之家及行栈店号,如有旧存淫书
淫画,务祈缴堂给价焚烧净尽。"④为此,一些善堂还刊登收买广告,如上海
文济惜字局、杭州协德善堂等都曾在报刊上刊登收买淫书的广告。二是官
方查禁小说时,往往也谕令书坊店铺将书籍板片送至善堂,给价销毁。
1879 年 1 月,扬州江都知县出示晓谕,"所有扬城各书坊,概将此项书籍汇
齐送入崇善、务本两善堂,交绅士收存,并将书板统行呈缴,其价若干,由堂
酌给。"⑤三是善堂雇人收买淫书,以便焚化。安仁乐善局和同善普元局雇
人担收字纸时,也收购春册、淫书和淫画,一并焚化⑥。

善堂给价收买的支付方式主要有四种:一是板片一般按照新旧、大小
或种类收⑦。二是折价收买,即按刻本原价打折收购。1900 年杭州书业
遵谕"集议公禁贩售淫书小说",书业所有现存各书,"照本酌减七折统归协
德善堂收买。"⑧三是按重量收买。上海虹口公善局收买淫书每斤给价 32
文⑨。四是按页、册收买。文济惜字局收买标准是:"大本淫书每本计钱十

①《教善讲堂章程(节录)》,《晚清报载小说戏曲禁毁史料汇编》(上),第 151 页。

②《孽善社收毁淫书启》,《晚清报载小说戏曲禁毁史料汇编》(下),第 831—832 页。

③《鸳湖春涨》,《申报》1901 年 3 月 8 日,第 3 版。

④《上海仁济善堂章程》,上海市档案馆藏档案,案卷号:Q115—16—1。

⑤《禁卖淫书》,《晚清报载小说戏曲禁毁史料汇编》(上),第 172 页。

⑥《安仁乐善局衣米章程(节录)》,《晚清报载小说戏曲禁毁史料汇编》(上),第 150 页;《同善普元
　局办理章程(节录)》,《晚清报载小说戏曲禁毁史料汇编》(上),第 151 页。

⑦据道光十七年至十八年廪生陈龙甲等禀请设局吴县惜字局收买淫书及板片的条约,可知板片一
　般按照新旧、大小和种类给价缴毁。(王利器辑录《元明清三代禁毁小说戏曲史料(增订本)》,上
　海古籍出版社 1981 年版,第 191 页。)

⑧《众怒难犯》,《晚清报载小说戏曲禁毁史料汇编》(上),第 297 页。

⑨《上海虹口公善局义学惜字施医给药章程(节录)》,《晚清报载小说戏曲禁毁史料汇编》(上),第
　151 页。

文,中本淫书每本计钱七文,小词每本计钱一文。"①杭州协德善堂收买标准:"淫书,每张三文;淫画,每张十文","淫书,全部另议"。该善堂对废破残书出价每斤四文,而淫书每张三文②,出价甚优,禁毁淫书的拳拳之心可见一斑。

其四,组织焚化刊本。把烧毁淫书作为善会善堂善举的现象基本出现在清代中后期,道光年间南汇惜字局是目前文献所见较早的明确把"惜字烧淫书"作为善举的善堂③。现知把烧毁淫书作为善举的晚清善堂有益善堂、翼化堂、同仁辅元堂、杭州协德善堂、安仁乐善局、上海虹口公善局、同善普元局、孳善社等。晚清善会善堂遍布华夏,将烧毁淫书作为日常善举的善会善堂应不止此数,可惜文献记载无多。

晚清社会惜字信仰盛行,惜字活动如火如荼,一些善会善堂之所以把烧毁淫书作为善举,原因是多重的,主要有:其一,淫书虽肮脏,文字却干净,焚化淫书是文字圣洁信仰的要求,"凡淫书其词虽秽,其字仍洁。"④说明焚毁淫书符合惜字信仰之宗旨。其二,焚化淫书符合善会善堂社会教化的道德要求。其三,积德行善,敬惜字纸和焚化淫书是施善者行善积德的精神需要。

善会善堂将收集起来的字纸一般分拣为污字、中字、洁字,分别置于污字藏、中字藏和洁字藏中焚化,淫书一般置于洁字藏焚化,即便纸张被污秽的淫书也归洁字藏焚化,"若书纸污仍归洁字藏焚化。"⑤焚化后的字灰装入罐子或蒲包,包装严实,送入大海或江河。内陆地区,除送入河流外,被焚淫词小说的纸灰还可"埋高处净土。"⑥翼化堂焚化淫书的字灰,由司事监督雇工将素纸衬入蒲包,使无罅漏,"其灰分寄海船,送入大洋。"⑦同善普元局将淫书焚化后,"月杪饬局使送入大洋。"⑧惜字信仰者认为,将字灰

---

①《沪上文济惜字局募启》,《申报》1874 年 1 月 23 日,第 6 版。
②《杭州协德堂惜字见心集收买章程》,《甬报》1899 年 3 月 15 日,第 2 版。
③梁其姿《施善与教化:明清的慈善组织》,河北教育出版社 2001 年版,第 186 页。
④《惜字条约》,《晚清报载小说戏曲禁毁史料汇编》(上),第 149 页。
⑤《惜字条约》,《晚清报载小说戏曲禁毁史料汇编》(上),第 149 页。
⑥李玉明、王雅安主编,段新莲分册主编《三晋石刻大全 临汾市霍州市卷》,三晋出版社 2014 年版,第 660 页。
⑦《惜字条约》,《晚清报载小说戏曲禁毁史料汇编》(上),第 149 页。
⑧《同善普元局办理章程(节录)》,《晚清报载小说戏曲禁毁史料汇编》(上),第 151 页。

送入江河大海或埋入高处净土,远离浑浊,字灰方得享干净、安宁之归宿。由于善会善堂组织焚化淫书的设施现成、程序井然、信誉度高,个人或官府收缴的淫词小说也往往送至善会善堂,由其组织焚化。1879 年 1 月,扬州江都知县出示,要求扬州城内各书坊将淫书汇齐,交崇善、务本两善堂,给价销毁①。1892 年 1 月,苏州某善人购得《肉蒲团》书板两幅并刊本 800 部,送至上海同仁辅元堂请为销毁②。1896 年 10 月,上海文宜书局主人将所有小说数百部运至仁济善堂,悉行焚化③。从这几件焚毁事件可以推想,晚清善会善堂焚化淫词小说的数量不菲。

(四)禀请官吏查禁

晚清善会善堂领导者基本为地方上较有影响的士绅或绅商,不少还有功名或从政经历,如翼化堂的创办人张雪松为申江望族,1880 年代上海同仁辅元堂首席董事王承基曾任陕西布政使,上海同善社创办人沈宗畴 14 岁捐光禄寺署正,杭州协德善堂董事潘炳南是杭州清河坊鼎记钱庄执事、浙江候补道。正因为这些善士在地方社会中拥有较高地位,他们可以平交官府,禀请查禁,在晚清发起了一波又一波禁毁小说戏曲运动。现知善会善堂绅董禀请官方查禁小说戏曲的主要事件有:1868 年,余治禀请丁日昌查禁淫词小说。1872 年 11 月,同仁辅元堂职董江承桂和乡约施医局董事沈崇龄禀请上海县令叶廷眷查禁花鼓戏等事④。1873 年,上海善堂绅董联名具禀英美租界领事,将租界花鼓戏禁绝⑤。1874 年 1 月,江承桂和果育堂兼清节堂董事郁熙绳禀请上海知县叶廷眷出示禁止妇女观剧⑥。1892 年 1 月,同仁辅元堂董事禀请上海知县袁树勋出示严禁淫书⑦。1900 年春,杭州协德善堂绅董开具《金瓶梅》等小说 40 余种,禀请浙江学政文治行文江苏巡抚陆元鼎及按察使朱之榛通饬上海县与租界一体查禁⑧。1901

①《禁卖淫书》,《晚清报载小说戏曲禁毁史料汇编》(上),第 172 页。
②《请禁淫书》,《晚清报载小说戏曲禁毁史料汇编》(上),第 227 页。
③《阅初九日本报载有饬毁淫书事喜而书此》,《晚清报载小说戏曲禁毁史料汇编》(下),第 622 页。
④《邑尊查禁乡约犯科告示》,《晚清报载小说戏曲禁毁史料汇编》(上),第 3 页。
⑤《法界查禁花鼓淫戏》,《晚清报载小说戏曲禁毁史料汇编》(上),第 155 页。
⑥《邑尊据禀严禁妇女入馆看戏告示》,《晚清报载小说戏曲禁毁史料汇编》(上),第 5 页。
⑦《请禁淫书》,《晚清报载小说戏曲禁毁史料汇编》(上),第 227 页。
⑧《示禁淫书》,《晚清报载小说戏曲禁毁史料汇编》(上),第 73—74 页。

年初，上海同善社绅董函致工部局并移会上海县、法公堂、工程局一体出示严禁淫词小说①。其中，1868 年余治禀请丁日昌查禁小说戏曲尤具代表，《余治年谱》载："是岁江苏巡抚部院丁奏请严禁淫书，缴板焚毁，沪城又增设安怀局、扶颠局，其规约大抵皆先生所条陈也。"②据此可知，丁日昌发起大规模查禁淫词小说运动与余治的禀请关系甚大。另外，1900 年杭州协德善堂开单禀请发起的庚辛禁毁小说运动是清代最后一次大规模禁毁小说运动，堪称清代禁毁小说戏曲运动的"渔舟唱晚。"③可见，不论从次数还是规模上看，善会善堂绅董禀请查禁在晚清小说戏曲禁毁运动中起过重要作用。

三、禁毁影响

从开展方式上看，晚清善会善堂开展禁毁小说戏曲活动与官方禁毁不同，官方是颁布法令的运动式禁毁，而善会善堂则是融入日常善举的常态化禁毁，其对晚清小说戏曲发展的影响值得总结。

（一）维持常态化禁毁

任何禁制，在执行中都面临着难以持久的挑战，尤其是涉及百姓日用习俗的禁令。阅读小说关乎娱乐，演戏涉及娱乐、酬神、社交、合群等习俗。小说戏曲关乎百姓日用才是官方屡禁不止的根本所在。裨补官方禁令旋禁旋辍之弊，实现禁毁活动常态化既是善士组建善会善堂参与禁毁的目标，也是官方和民间提倡善会善堂参与禁毁的希望。善会善堂主要通过四种方式实现禁毁常态化：其一，常年吸纳禁毁捐款。协德善堂、同善社等善堂通过广告、宣讲等方式向社会募集禁毁专款，然后以刊刻征信录或收款清单的方式广而告之，这也是晚清善会善堂募集禁毁专款的常用方式。此外，不少人向善堂善会捐款时，特别注明其款项用于销毁淫书④。在善堂

---

①《示禁淫书》，《晚清报载小说戏曲禁毁史料汇编》（上），第 79—80 页。
②（清）吴师澄《余孝惠先生年谱》，《北京图书馆藏珍本年谱丛刊》（第 156 册），北京图书馆出版社 1999 年版，第 332—333 页。
③庚辛禁毁小说运动参见本书第二编之第十三章《庚辛禁毁运动与小说界革命的前兆》。
④如"隐名氏毁淫书一部助洋一元。"（《上海四马路文报局内协赈公所经收赈捐五月中旬清单》，《申报》1887 年 7 月 12 日，第 14 版。)

和捐助人的努力下,善堂获得了一定禁毁经费,能够把禁毁活动维持下去。其二,常年收买淫书。除了号召绅民把淫书送往善堂,给价销毁之外,善堂还会雇人常年担收淫书。同仁辅元堂雇工收买字纸时,"并随时收毁淫书,酌给资本。"①安仁乐善局、同善普元局也是在雇人担收字纸之际,"并收春册及淫书淫画,逐件给价。"其三,常年组织焚毁淫书。善会善堂把收集起来的所谓淫书,连同字纸一起,当即或定期焚化,并将纸灰妥善处理。安仁乐善局和同善普元局是将收购的淫书在卖书等人的监督下,予以销毁,"眼同销毁""眼同焚化。"②其四,鼓励随时举报。孳善社(同善社)设立有举报经费,"知风报信,因而搜获者,每次酬洋五元,决不食言。"③晚清善会善堂是民间维持常态化禁毁活动的一支重要力量。

(二)净化了文化市场

在晚清善会善堂所禁毁的小说戏曲名目中,的确包含一些内容不健康的小说戏曲。1900 年 4 月,杭州协德善堂绅董开单禀请官方示禁,并给价收买销毁小说 37 种,其中《金瓶梅》《肉蒲团》《杏花天》《牡丹缘》《果报录》《风流天子》《痴婆子传》《野叟曝言》《灯草和尚》《如意君传》《禅真后史》等具有不少淫秽色情内容。又如上文提及,1892 年 1 月,上海同仁辅元堂组织销毁了《肉蒲团》书板两幅并刊本八百部。此外,清中叶以后,剧场流行色情表演,散布民间的善会善堂及善士参与查禁,或明察暗访,或悬赏访拿,或禀官查禁,或立碑永禁,对色情表演能起到一定程度的震慑和抑制作用。当时舆论对善会善堂参与禁毁亦寄予厚望:"爰冀各方善士合志同谋,立善会、发善书,明查暗访,余力不遗,苟知有违犯之人,立即报官惩办。如是,则宇宙间秽气稍除,而世风藉以渐革,岂不懿欤?"④这表明,晚清善会善堂的常态化禁毁曾对晚清文化市场起到一定的净化作用。

(三)阻碍俗文学发展

以今人后见之明观之,晚清官方和善士的淫书淫戏标准较模糊、范围

---

① 《惜字条约》,《晚清报载小说戏曲禁毁史料汇编》(上),第 149 页。
② 《安仁乐善局衣米章程(节录)》,《晚清报载小说戏曲禁毁史料汇编》(上),第 150 页;《同善普元局办理章程(节录)》,《晚清报载小说戏曲禁毁史料汇编》(上),第 151 页。
③ 《孳善社收毁淫书启》,《晚清报载小说戏曲禁毁史料汇编》(下),第 831 页。
④ 《论淫词小说之害》,《晚清报载小说戏曲禁毁史料汇编》(下),第 543 页。

过于宽泛,一大批有价值的小说戏曲或剧种被作为淫书淫戏遭到禁止,禁毁活动一定程度上对晚清小说戏曲发展造成阻碍:其一,善会善堂销毁了大量小说戏曲刊本,阻碍了小说戏曲传播。晚清善堂善会共焚化了多少所谓的淫词小说? 具体数目不得而知,其数量巨大,则可肯定。如 1864 年,同仁辅元堂董事联名禀请官方,将上海租界内淫书和板片统统烧毁。此前,同仁辅元堂曾斥资 44 千文,购买 42 种书板和一万册淫书运至该堂焚毁①。1896 年秋,文宜书局主人"将所有小说数百部运至仁济善堂,悉行焚毁。"②1900 年 6 月 8 日,杭州协德善堂将杭州各书铺"留存之淫书五百余部",给价焚毁③。一些小说在此等民间力量查禁之下,流播不广。据言,《海上花列传》因有人将著作人印行之书全数买去烧毁,截至 1923 年,"几十年来,市面上总没见过这书。"④其二,善会善堂绅董对所谓淫戏的禁止,一定程度上妨碍了晚清戏剧的发展。如 1872 年 11 月,同仁辅元堂职董江承桂和乡约施医局董事沈崇龄禀请上海县令叶廷眷查禁花鼓淫戏。1874 年前后,上海英美租界花鼓戏演出,经善堂绅董联名具禀后,"领事允禁尽绝。"⑤此次查禁之后,上海租界花鼓戏"绝迹销声十有余载。"⑥其三,善会善堂制造的诋毁小说戏曲的舆论,给小说戏曲的编创与传播带来一定阻力。晚清善会善堂和善士制造、传播大量禁毁舆论,诋毁、攻击小说戏曲,客观上对作者、传播者和接受者带来一定的精神压力,打消他们编创和传播的积极性。其四,善会善堂及善士大量传播善书、宣讲教化,甚至利用小说戏曲劝善,对传统小说戏曲本就浓郁的教化功能起到推波助澜的作用。特别是一些善士看到小说戏曲深受民众喜爱,在呼吁和实践禁毁之余,倡导"反其道而行之,对其病而药之耳。"⑦利用小说戏曲导人向善,戏剧方面如余治的《庶几堂今乐》(又名《劝善杂剧》)⑧,小说方面如邵彬儒的系列劝善小说⑨,

---

① [日]夫马进著,伍跃、杨文信、张学锋译《中国善会善堂史研究》,商务印书馆 2005 年版,第 565 页。

② 阅初九日本报载有饬毁淫书事喜而书此》,《晚清报载小说戏曲禁毁史料汇编》(下),第 622 页。

③ 《书业禁毁淫书》,《晚清报载小说戏曲禁毁史料汇编》(上),第 298 页。

④ 黄霖编著《历代小说话》(十一),凤凰出版社 2018 年版,第 4683 页。

⑤ 《法界查禁花鼓淫戏》,《晚清报载小说戏曲禁毁史料汇编》(上),第 155 页。

⑥ 《论蔡太守谕禁女伶演戏事》,《晚清报载小说戏曲禁毁史料汇编》(下),第 561 页。

⑦ 《移风易俗莫善于戏说》,《晚清报载小说戏曲禁毁史料汇编》(下),第 557 页。

⑧ 余治善戏编创研究可参见:陈才训《余治的"善戏"创作和清代劝善运动》,《北京社会科学》2014 年第 10 期。

⑨ 邵彬儒劝善小说研究可参见:贺丹《邵彬儒劝善小说研究》,南昌大学 2014 年硕士论文。

皆说教有余、趣味性有所欠缺,小说戏曲主旨和内容表现出显著的善书性质,实际上是禁毁观念在小说戏曲中的反向呈现,损害了小说戏曲的艺术性。

据已见文献,开展禁毁小说戏曲活动的晚清善会善堂在区域分布上很不平衡,本章讨论的善会善堂基本集中在江浙、尤其是"善堂林立"①的上海地区。这应该与晚清江浙地区善会善堂分布较多、小说戏曲兴盛、禁毁传统深厚、绅士与绅商相对集中、慈善经费较充足等颇有关系。江浙地区之外,笔者视野所及,仅见三例:光绪六年刊《直隶霍州志·艺文志》收录董殿元撰《敬惜字纸碑记》,原碑立于霍州学宫,内载董殿元等成立惜字会,雇人收买一切淫书小说,朔望焚化②。光绪八年刊《黄冈县志》载,该县刘家楼义安善局曾具禀请县示禁花鼓淫戏等事③。民国《宿松志》载,光绪初年陈汉庄等绅士成立维风局,严禁赌博、演唱淫戏及一切伤风败俗之事,禀官立案刊碑④。这种不平衡可以提示两点:一是更多的开展禁毁小说戏曲活动的晚清善会善堂仍有待发现;二是晚清江浙地区善会善堂开展禁毁小说戏曲活动在晚清具有代表性,可以起到见一叶而知秋的作用。20世纪初,一些善堂善会仍在积极从事禁毁活动,杭州协德善堂1900年获得毁淫书捐款197.9元,支出学院通饬移咨仁和、钱塘两县按铺示禁房书纸笔费26元,邀集书坊阓业议禁请酒等费22.85元,刊印劝毁册启登报等费27.15元,收毁淫书726部共计价125.091元,该年该善堂禁毁淫书收支基本相抵,"收支两抵,净不敷洋3.191元。"⑤说明清末仍有不少热心人士参与善会善堂的禁毁活动。但是正如上文所言,行善积德是晚清善会善堂参与禁毁的主要精神动力,子不语怪力乱神,即便在果报信仰风行的时代,行善积德仍为正统儒者所不屑,"如世之所谓太上感应篇、文昌阴骘文、袁黄功过格及愿体集之类,则更似是而非。……其惑世诬民,实比小说淫词为尤甚,举世俗之人信而奉之不觉悟也。"⑥伴随近代反迷信风潮的兴起和深入,以

①《论善堂义冢切宜深埋事》,《申报》1872年7月15日,第1版。

②李玉明、王雅安主编,段新莲分册主编《三晋石刻大全 临汾市霍州市卷》,三晋出版社2014年版,第660页。

③(清)戴昌言修,刘恭冕纂《(光绪)黄冈县志》,光绪八年刻本,卷四第五十七页上。

④俞庆澜修,张灿奎纂《(民国)宿松县志》,民国十年刊本,卷四第十八页上。

⑤《杭州协德堂庚子年禀禁收毁淫书收支征信录呈众览》,《申报》1901年3月12日,第4版。

⑥徐世昌等编纂,沈芝盈、梁运华点校《清儒学案》卷六十三《双池学案·汪先生绂·读读书录》,中华书局2008年版,第2451—2452页。

及科举废除导致传统绅士阶层分化,果报信仰和绅士阶层的号召力趋于弱化,兴盛一时的晚清善会善堂在清末民初或转型,或闭歇,作为其善举之一的小说戏曲禁毁活动也渐渐消歇。尽管如此,晚清善会善堂开展小说戏曲禁毁活动不论是之于晚清小说戏曲研究,还是之于晚清善会善堂研究,都是值得注意的历史文化现象。

第四章　州县官

在地方政权设置上,清沿明制,国家政权组织到州县一级而止,这就是所谓的"州县以下不设治。"州县是清代最基层的政权机构,州县的正印官也就成为州县政治的全权者和全责者。理论上讲,州县的有效行政是王朝治安秩序稳定、风俗人心纯良的前提,"天下事莫不起于州县,州县理,则天下无不理。"[1]所以"州县官是真正的行'政'之官,各级上司都只是监督官。"[2]具体到清代禁毁小说戏曲政策,州县既是该政策的主要制定者,更是主要执行人。清代前中期,以皇权为核心的中央政府主导了全国禁毁活动,晚清禁毁主导权则由中央层面转移到地方层面。清代中央和地方禁毁谕令数量的升降变化可以直观地显示这种权势转移,据不完全统计,1651—1839 年,中央禁毁法令和地方禁毁法令分别是 69 则、55 则;1840—1911 年,中央禁毁法令和地方禁毁法令分别是 28 则、238 则[3]。在禁毁主导权由中央向地方的权势转移中,州县官成为晚清基层社会禁毁活动当仁不让的"第一责任人"。本章以州县官为中心,分析晚清地方官在禁毁政策中扮演的角色和作用,冀以解析州县行政制度之于清代基层文艺管理制度之间的利弊关系。

一、州县官主持禁毁的主要方式

教化、治安、赋税在州县行政职责中居于重要地位。禁止所谓的海盗诲淫小说戏曲属于社会教化的范畴;戏剧观演可能男女混杂,冲击男女之防的人伦秩序,关乎教化;演戏聚集人群,潜伏治安隐患,关涉地方治安;敛

---

①赵尔巽等撰《清史稿》(卷四七八),中华书局 2020 年版,第 8789 页。

②瞿同祖著,范忠信等译《清代地方政府》,法律出版社 2003 年版,第 29 页。

③数据来源:王利器辑录《元明清三代禁毁小说戏曲史料(增订本)》,上海古籍出版社 1981 年版;丁淑梅《中国古代禁毁戏剧编年史》,重庆大学出版社 2014 年版;张天星编著《晚清报载小说戏曲禁毁史料汇编》,北京大学出版社 2015 年版;张志全《明清地方禁戏史料摭补》,《中华戏曲》2016 年第 1 期。

钱演戏,耗财废时,有碍民生,妨碍赋税。因此,州县日常行政事务都或多或少涉及禁毁活动。

(一)颁布告示

告示是古代官方向民众发号施令、传播信息的重要载体。从缘起上看,州县官颁布禁毁告示的主要方式有三种:

其一,下车伊始,颁令禁止。州县官上任之后,一般会立即颁布以整顿风俗为内容的禁条,对地方鄙俗予以劝禁,其中一些会涉及禁戏。1882年8月,范寿棠就任上海知县,下车伊始,旧谱新翻,开列包括严禁花鼓戏的八款禁条,先当棒喝①。1899年5月,石守谦署理新建县知县,莅任之始,立即颁布禁唱采茶戏等内容的禁条,"勿谓言之不预也。"②下车伊始,颁布禁条,此乃清代州县官履新惯例:一者,通过禁条传播,将州县关切的当务之急明令禁止,冀以获得"新官上任三把火"的效果。二者,通过禁令遍贴通衢,告知阖邑民众,本州县亲民之官发生变动,新官已到任理政。

其二,接受禀请,出示禁止。胥吏和士绅等发现违禁,常会禀请州县官出示严禁,此类告示在州县官所颁禁毁告示中居多数。1872年10月,上海知县叶廷眷接受绅董禀请,出示禁止各书坊刊刻淫书③;1901年1月,上海公共租界会审谳员张辰接受廨差赵银河的禀请,禁止各茶馆书场演唱滩簧④。

其三,接受饬令,出示禁止。皇权专制行政的一大共同特点是治官之官多,治民之官少,只有州县官才是真正的治民之官,清代从中央各部到督抚、道台、知府都可以给州县官发出命令。具体到禁毁活动,上级官员如督抚、道台、知府等获知违禁信息之后转饬州县官查禁:一是士绅禀请督抚等,督抚等遂传饬州县官严禁,州县官受命颁示查禁。1879年1月,扬州士绅禀请江苏学政林天龄严禁淫词小说,林天龄遂传饬江都知县严禁,江都知县接到命令之后立即出示查禁⑤。二是督抚等访闻有人违禁,遂传饬州县官颁示查禁。1893年8月,有外来游民在安庆偏僻处演唱淫词艳曲,

①《申禁敝俗示(节录)》,《晚清报载小说戏曲禁毁史料汇编》(上),第19页。
②《移风易俗》,《晚清报载小说戏曲禁毁史料汇编》(上),第69—70页。
③《叶邑尊禁止刊刻淫书告示》,《晚清报载小说戏曲禁毁史料汇编》(上),第2页。
④《禁唱淫词》,《晚清报载小说戏曲禁毁史料汇编》(上),第79页。
⑤《禁卖淫书》,《晚清报载小说戏曲禁毁史料汇编》(上),第172页。

被署理安徽按察使丁峻和保甲局候补道李篁仙访闻,他俩遂谕饬怀宁县知县包宗经出示严禁①。

州县官颁布禁毁告示之后,一般要求"多为缮发,遍贴晓谕。"②最常见的传播方式是张贴,"条示禁令,遍贴通衢。"③还可以书之于禁牌,由差役每日"掮牌游行街市,以冀触目惊心"④,或持禁牌下乡宣传、巡查⑤,以便触目惊心。此外部分禁令还被收入方志、则例、善书,或勒石,成为成案,冀望后来官吏或道德之士援例查禁,对查禁活动起到示范、警醒之作用。伴随近代报刊的兴起,晚清官方禁毁告示的主要载体是报刊,告示一是被报馆记者作为新闻采录入报;二是官员主动通过报刊传播以扩大影响。为了通俗易懂,便于传播,州县等地方官还颁布了一些歌曲或白话形式的禁毁告示,1895年2月,上海保甲总巡翁延年颁布禁止茶馆弹唱淫词的四言示谕⑥;1905年12月,承德县知县孟宪彝颁布查禁蹦蹦戏的白话告示⑦。禁毁告示的传播,一定程度上起到警醒人心、制止违禁的作用。乾隆五十七年绍兴知府李亨特,于所禁之案,择"演唱夜戏"等尤为民害者十条,勒石仪门,名十禁碑,各加详注,并刊入《府志·风俗门》,"积习为之一变。"⑧武韵清在任青浦知县期间,颁布示禁花鼓戏等告示,据言"得古教令之遗,士民传诵弗忘。"⑨尽管时人常用具文、故态复萌等词语来形容禁毁告示的效果,但从这两则记载可见,在官方权威较强的时代,州县等地方官的禁毁告示至少在一定时期内能对违禁具有抑制作用,特别是榜诸或勒石于书坊和戏台附近的禁令,对违禁行为可以起到震慑和舆论监督作用。

(二)亲自缉查

对于州县等地方官而言,禁毁活动必须依赖绅士、差役、地保人等,但

---

①《禁止淫词》,《晚清报载小说戏曲禁毁史料汇编》(上),第235—236页。

②《永禁开设戏馆示》,《晚清报载小说戏曲禁毁史料汇编》(上),第10—11页。

③《新政可观》,《晚清报载小说戏曲禁毁史料汇编》(上),第71页。

④《访拿串客》,《晚清报载小说戏曲禁毁史料汇编》(上),第228页。

⑤《地保勒索》,《晚清报载小说戏曲禁毁史料汇编》(上),第268—269页。

⑥《四言示谕》,《晚清报载小说戏曲禁毁史料汇编》(上),第51页。

⑦《承德县白话告示》,《晚清报载小说戏曲禁毁史料汇编》(上),第102页。

⑧(清)徐元梅修,朱文翰纂《(嘉庆)山阴县志》卷十一《户口风俗》,民国二十五年绍兴县修志委员会校刊铅印本,第41页。

⑨(清)博润修,姚光发等纂《(光绪)松江府续志》,光绪九年刊本,卷二十一第六页上。

现实中绅士徇隐、差役包庇、地保容隐之现象较普遍，"比比然也。"①光绪《嘉定县志》载，该县害民之事曰花鼓淫戏，曰博场，之所以屡禁不止，就是因为"文武佐杂衙役皆有使费，仓差地保尤若辈护符，官虽示禁，空文而已。"因此，欲求实效，官员必须亲自参与、察访缉拿："或密地出城，责仓差引导；或密访主名，托他事下乡，勒地保交出。"②不少责任心较强的地方官遂活跃在禁毁缉查前线，其方式主要有三：

其一，亲自劝禁。即州县亲自向民众宣讲，告知、劝说不要违禁，特别是对于查禁效果不佳之地，有的州县官亲自前往劝禁，以示郑重。清末娄县枫泾镇施和庵地方，每届新谷登场，乡民辄迎赛演剧，开赌肇事，屡禁不止。1909 年 11 月 14 日，娄县知县刘怡"带同图差，乘早班火车赴枫，前往该处谕禁。"③

其二，微服私访。微服私访是官员身着便衣和隐蔽身份，探访民情、督查工作、侦缉案件的常用方式。州县官以百里之大，四乡之广，一人耳目，难以周知，而违禁活动"一有举发，即行飏去。"④不少地方官不得不以微服私访的方式亲自查禁。1890 年代，李钟珏任宁阳知县时，为禁止城内外搭棚演戏，"常亲往密查，不任阳奉阴违。"在李钟珏一年余的任期里，搭棚演戏之风顿歇，地方稍安，李钟珏希望他的继任者也能"常自密查，毋任丁胥蒙蔽。"⑤在地方官看来，微服私访是一种有效的查禁方式。1902 年 3 月，武昌知府梁鼎芬访闻司门口察院坡一带有人设肆售卖淫书，遂不动声色，亲诣某书肆，将所售《金瓶梅》《贪欢报》《肉蒲团》诸书逐一检查，将肆主某甲带回，笞责枷示，搜获之书，悉数焚毁，并饬江夏县令出示严禁⑥。一般来说，地方官亲自密访，的确能收到威慑作用。江苏长洲人彭翰孙任嘉应知县期间，"夜间易服巡查，歌唱淫词、开馆招赌之风几绝。"⑦但是州县官事务繁杂，不可能事必躬亲，微服私访只能偶尔用之，难以持久。

其三，率差缉捕。即州县官亲自带领差役、兵弁逮捕违禁者。1904 年

① 王利器辑录《元明清三代禁毁小说戏曲史料（增订本）》，上海古籍出版社 1981 年版，第 316 页。
② 上海书店出版社《中国地方志集成·上海府县志辑》(8)，上海书店出版社 1991 年版，第 159 页。
③ 《谕禁演戏》，《晚清报载小说戏曲禁毁史料汇编》(上)，第 447—448 页。
④ (清)王昶纂修《(嘉庆)直隶太仓州志》，嘉庆七年刻本，卷十六第五页下。
⑤ 北京图书馆编《北京图书馆藏珍本年谱丛刊》(183)，北京图书馆出版社 1999 年版，第 499 页。
⑥ 《严禁淫书》，《晚清报载小说戏曲禁毁史料汇编》(上)，第 321 页。
⑦ (清)吴宗焯、李庆荣修，温仲和纂《(光绪)嘉应州志》，光绪二十四年刊本，卷十九第十九页下。

孟秋,甘泉县和江都县两县知县会同查禁演剧,"每晚亲出巡查,直至东方将明,始行返署。"①可谓勤勉查禁。与微服私访一样,州县官亲自缉捕一般情非得已,主要是因为差役等人查禁效果不佳时,才不得不亲自出马。1901年10月,松江东乡华阳桥东盐三四图时有搬演花鼓戏情事,事为华亭县知县林丙修访闻,立派公役徐荣驰往驱禁,乡民竟置之不理。翌日黎明,林丙修托名拜客,带徐驰往拘拿,仅获周顺根一名②。阻止群众性演戏,还可能遭遇群体对抗,州县官亲自缉捕,有时还可能遭遇风险。杨炳任秀水知县期间,该县三店镇有演习花鼓戏情事,杨炳带领营弁"扑灭之,几罹祸,卒捣其穴,四境肃然。"③作为知县的杨炳在查禁活动之中几乎罹祸,违禁者之嚣张、差役人等查禁效果可想而知。1895年秋,袁州游桥地方藉赛会演戏聚赌,差役得贿包庇,袁州知府惠格只得亲自带领亲兵数人往禁,赌徒恃众拒捕,观众一呼百应,将亲兵殴成重伤,惠格头额也被击破、血流如注④。从杨炳和惠格禁戏遭遇的危险可见,晚清地方官亲自缉捕违禁,可能会遭遇暴乱,危及人身安全。

(三)监督执行

主要是监督差役和地保(合称差保)执行、落实禁令。差役是州县办理衙门行政及司法外勤事务的人员,从职能上看,他们类似于近代警察,代表国家行使权力,是基层禁毁法令的主要执行者;地保是清代中后期协助官方在基层社会从事赋役征派、参与处理刑事案件、治安管理、抗灾赈荒、承应官差、民间调处等事务的执役人员,他们是政府的驻乡代理人,禁毁政策在基层社会的落实,也有赖于地保的参与。差保属于贱业、几乎没有正式的工食收入,他们常藉查禁为名,得贿容隐、藉端勒索、带头违禁,知法犯法,州县官则采用笞责⑤、枷示⑥、革除⑦,乃至刑律无载的掌颊⑧等方式监

①《严查演戏酬神》,《晚清报载小说戏曲禁毁史料汇编》(上),第342—343页。

②《拘惩花鼓》,《晚清报载小说戏曲禁毁史料汇编》(上),第315—316页。

③(清)许瑶光修,吴仰贤等纂《(光绪)嘉兴府志》,光绪五年刻本,卷四十二第六十六页下。

④《太守被殴》,《晚清报载小说戏曲禁毁史料汇编》(上),第248页。

⑤《禁唱淫词》,《晚清报载小说戏曲禁毁史料汇编》(上),第220页。

⑥《整顿风俗》,《晚清报载小说戏曲禁毁史料汇编》(上),第271页。

⑦《力挽浇风》,《晚清报载小说戏曲禁毁史料汇编》(上),第72页。

⑧《地保糊涂》,《晚清报载小说戏曲禁毁史料汇编》(上),第200页。

督差保,落实禁令。对此,下文有专门研究,参见本书第一编第五章《差役》和第六章《地保》。

(四)审理判罚

司法是州县官日常行政事务之一,对于缉获的违禁人员,州县官要进行审判量刑。尽管《大清律例》明确规定对小说戏曲违禁者采用流、徒、杖等刑罚:"造作刻印者,系官革职,军民杖一百,流三千里;市卖者杖一百,徒三年;买看者杖一百。"当街夜戏为首之人杖一百、枷号一个月①。但笔者没有发现一例晚清小说戏曲违禁案件采用了流、徒、杖这三种刑罚。造成此种现象的要因有二:其一,《大清律》规定的小说戏曲刑罚制定于政治高压的康熙朝,不切实际,执行不便。清代州县衙门属于初审部门,只能审理判罚笞杖刑以下的民事案件、轻微刑事案件,徒刑以上较重的刑事案件则归省级与中央司法机关管辖。如果州县等地方官严格按照《大清律例》判处小说戏曲违禁者徒、流之刑,一定要在审讯、援引律例、卷宗、羁押、解送、证人随审等方面大费周章,行政开支必定增加,"解一犯,签一差,路需多费。"②而地方官有决断权的笞杖案件,则无需呈报上司,也不必严格援引律例。州县官审理小说戏曲违禁案件时,选择职权范围之内的杖、笞、枷示、罚金、驱逐等,既简便易行,也能减轻行政负担。其二,清代州县官断案享有较大自主性,并非按照具文判罚。王景贤《牧民赘语》云:"律例有一定,民之犯罪无一定,泥律例以入人于法,真是枉读十年书矣。"③清代州县官长断案往往在情、法、理三者之间寻求公平,"并非所有的案件裁断均严格地依照律例进行。"④州县官在违禁小说戏曲判罚中也享有充分的自主权,对违禁者处以笞、枷甚至是刑律未载的掌颊⑤、监禁、罚金⑥等刑,而且使用这些刑罚标准不一,笞刑次数从数十下、数百下至上千下不等⑦,罚款

---

①王利器辑录《元明清三代禁毁小说戏曲史料(增订本)》,上海古籍出版社1981年版,第18、21页。

②(清)张集馨《道咸宦海见闻录》,中华书局1981年版,第35页。

③《官箴书集成》编纂委员会《官箴书集成》(第九册),黄山书社1997年,第650页。

④里赞《远离中心的开放:晚清州县审断自主性研究》,四川大学出版社2008年版,第127页。

⑤《演唱淫戏受惩》,《晚清报载小说戏曲禁毁史料汇编》(上),第354页。

⑥《唱戏被拘》,《晚清报载小说戏曲禁毁史料汇编》(上),第236页。

⑦《惩办串客》,《晚清报载小说戏曲禁毁史料汇编》(上),第214页;《演剧受罚》,《晚清报载小说戏曲禁毁史料汇编》(上),第221页。

从数元至数百元不等①,甚至斥释不作处罚者在在多有,说明州县官对小说戏曲违禁者所采用刑罚的主动权灵活,晚清州县官自觉或不自觉地在司法实践中变革了清代管理小说戏曲的法律规定。

二、州县官主持禁毁暴露的困境

有清一代,认真主持禁毁政策的州县官颇不乏人,地方志也多有记载,例如:道光年间,席尚清任思恩知县时,禁革女伶演剧,"淫风以息。"②道咸间,牟房历任浙江会稽、安吉等知县时,禁夜戏、焚小说等,卓有政声③。咸丰年间,萧为光任三原知县,严禁演戏,学宪承差独违禁令,为光立召优人,"棰逐之,得罪督学不顾也。"④州县官严格主持禁毁活动,能在一定时间内维持较严格的禁止局面。但整体上看,州县官禁毁效果并不理想,以今人的后见之明看,甚至清代州县行政制度还要为屡禁不止现象承担部分责任。

(一)公务繁冗,难以重视

州县官是亲民之官,政务殷繁、工作量大,为人公认:"知县掌一县治理,决讼断辟,劝农赈贫,讨猾除奸,兴养立教。凡贡士、读法、养老、祀神,靡所不综。"⑤省、府治所所在城市的小说戏曲一般较他处较兴盛,对这些地区即所谓的首县有管理之责的地方官,公务往往数倍、甚至十数倍于他处,以"冲、疲、繁、难"四字俱全的南海县为例,清代南海知县对广州省城人口最密集的西关、佛山等地面负有治理之责,知县还要承担大量中外交涉等公务,公务繁杂。晚清曾两任南海知县的杜凤治说:日日奔走,公事山积,日事酬应,夜间每阅公文至三四更,往往五更黎明即出署有事⑥。在州

---

①《茶肆罚锾》,《晚清报载小说戏曲禁毁史料汇编》(上),第 272 页;《藉整风俗》,《晚清报载小说戏曲禁毁史料汇编》(上),第 394 页。

②余宝滋修,杨钺田纂《(民国)闻喜县志》,民国七年石印本,卷十六第三十四页下。

③(清)方汝翼、贾瑚修,周悦让、慕荣干纂《(光绪)增修登州府志》,光绪七年刻本,卷四十第十九页下。

④《咸阳经典旧志稽注》编纂委员会编《咸阳经典旧志稽注·光绪三原县新志》,三秦出版社 2010 年版,第 134 页。

⑤赵尔巽等撰《清史稿》(卷一百十六),中华书局 2020 年版,第 2406 页。

⑥广东省立中山图书馆、中山大学图书馆编《清代稿钞本》(第 18 册),广东人民出版社 2007 年版,第 637 页。

县靡所不综的诸多事务中,有轻重缓急之分,与考成密切相关的事务必须优先考虑。治安、征输和听讼居于州县官事务的中心地位:"另外那些职责,因并不影响'考成',如果不是有意忽视的话,州县官一般只以很少的精力去应付。"①尽管小说戏曲攸关风化,维持风化乃州县官职责所在,但禁毁活动仅是维持风化之一端,维持风化还包括表彰贞节、戒赌、禁嫖等诸多内容。以上海公共租界的查禁活动为例,一般认为,上海租界乃"国中之国",清朝法令在租界受到诸多掣肘,难以通行。这种认识具体到小说戏曲监管只能说部分正确:其一,租界当局法令明确禁止所谓的淫书淫戏。其二,租界警察制度起步较早,相对完备,巡警分区巡逻,包探无孔不入,戏园则有警察执勤,如果落实查禁,比其他地区应该更加便利。实际上,上海公共租界的确有过一定成效的查禁活动。例如,1890 年 5 月,江苏省布政使黄彭年查禁《野叟曝言》等小说,上海公共租界会审谳员蔡汇沧奉札查禁,其查禁方式一是出示严禁,二是传集各书坊局经手人面给禁售书目,三是饬差严密查禁,但是效果一般。一个显著的标志是:1890 年 5 月 7 日,《字林沪报》刊载黄彭年《严禁淫词小说示》之后②,《野叟曝言》销售广告仅在《申报》上消失了四个月,9 月 23 日,《野叟曝言》销售广告再次登上了《申报》③。一些戏园和书局还乘官方查禁之际,竞相搬演盈利,上海租界天仙茶园将《野叟曝言》排演成戏剧④,申报馆之外,肇记五彩石印局推出石印全图《野叟曝言》⑤,理文轩书庄等书坊也在寄售"石印全图野叟曝言。"⑥《野叟曝言》报刊广告一直持续到1896 年,该年 10 月,上海公共租界查获嘉记书店蒋午庄、张阿双等石印《野叟曝言》,嘉记被罚洋二百元,张阿双罚洋五十元。1900 年和 1901 年,上海公共租界会审谳员先后颁发禁令,开单查禁《野叟曝言》等小说,1907 年 2 月,会审公廨还判罚了沈鹤泉印售《野叟曝言》。自 1896 年《野叟曝言》案起,直至清末,《野叟曝言》销售广告不再在《申报》等报刊上出现,申报馆定期发布的"新印铅板各种书籍出售"

①瞿同祖著,范忠信等译《清代地方政府》,法律出版社 2003 年版,第 31—32 页。
②《严禁淫词小说示》,《晚清报载小说戏曲禁毁史料汇编》(上),第 37—38 页。
③"新印铅版各种书籍出售"广告,《申报》1890 年 9 月 23 日,第 4 版。
④"新创野叟曝言"广告,《申报》1891 年 12 月 2 日,第 6 版。
⑤"肇记书局五彩石印寄售全图第一奇书"广告,《申报》1895 年 4 月 25 日,第 5 版。
⑥"墨宝出售并寄售石印全图野叟曝言"广告,《申报》1895 年 6 月 1 日,第 6 版。

广告中的"野叟曝言一元"也被删除①。可见,即便是上海租界,只要实力查禁,也会产生一定成效。但是,整体看来,上海租界查禁活动普遍地难以持久,参见表1—1至表1—4。

表1—1 1874年1月上海道台沈秉成禁戏剧目开演广告之时间统计表

禁令刊载时间	所禁剧目	开演广告刊载时间及戏园	开演广告与禁令相隔时间
1874年1月10日	《双摇会》	1875年4月24日,满庭芳戏园	约1年又3个半月
	《卖胭脂》	1875年4月26日,满庭芳戏园	约1年又3个半月
	《巧姻缘》	1875年4月30日,满庭芳戏园	约1年又3个半月
	《翠屏山》	1875年5月1日,升平轩戏园	约1年又4个月
	《双钉记》	1875年5月15日,满庭芳戏园	约1年又约4个月
	《海潮珠》	1875年5月25日,金桂轩戏园	约1年又4个半月
	《挑帘裁衣》	1875年6月5日,一桂轩戏园	约1年又5个月
	《茶坊比武》	1875年6月25日,山雅园戏园	约1年又5个半月
	《梵王宫》	1875年7月19日,金桂轩戏园	约1年又6个月
	《关王庙》	1875年7月20日,丹桂茶园	约1年又6个半月
	《倭袍》	1875年9月2日,山雅戏园	约1年又8个月
	《来唱》	1875年9月13日,山雅戏园	约1年又8个月
	《晋阳宫》	1875年12月29日,天仙茶园	约1年又11个半月
	《瞎子捉奸》	1876年6月1日,丹桂茶园	约2年又5个半月
	《斋饭》	1877年3月10日,天仙戏园	3年又2个月
	《卖灰面》	1877年10月18日,小东门外禧春戏园	约3年又9个半月
	《下唱》	1894年5月24日,福仙茶园	约20年又4个半月
	《截尼姑》	晚清《申报》没有该剧广告	——

说明:本表依据《申报》刊载时间。

① 张天星《晚清官方禁毁〈野叟曝言〉考述》,《无锡商业职业技术学院学报》2018年第1期。

表1—2　1882年4月上海会审公廨谳员陈福勋禁戏剧目开演广告之时间统计表

禁令刊载时间	所禁剧目	开演广告刊载时间及戏园	开演广告与禁令相隔时间
1882年4月27日	《送灰面》	1882年5月12日,全桂茶园	半个月
	《小上坟》	1882年6月9日,全桂茶园	约1个半月
	《卖胭脂》	1882年6月14日,全桂茶园	约1个半月
	《珍珠衫》	1882年6月15日,全桂茶园	约1个半月
	《打斋饭》	1882年7月30日,众乐园	约3个月
	《来唱》	1882年9月4日,熙春茶园	约4个月
	《画春图》	1883年3月31日,新开宜春茶园	约11个月

说明:本表依据《申报》刊载时间。

表1—3　1885年12月上海会审公廨谳员罗嘉杰禁戏剧目开演广告之时间统计表

禁令刊载时间	所禁剧目	开演广告刊载时间及戏园	开演广告与禁令相隔时间
1885年12月24日	《双沙河》	1886年2月22日,新开鸿桂茶园	约2个月
	《青纱帐》	1886年3月6日,老丹桂茶园	约2个半月
	《崔子杀妻》	1886年5月24日,老丹桂茶园	约5个月
	《月中情》	1886年6月7日,新开留春园	约5个半月
	《瞎子算命》	1886年6月19日,天仙茶园	约6个月
	《送灰面》	1886年6月14日,新开留春园	约6个月
	《巧洞房》	1886年7月16日,新开景春园	约7个月
	《错杀奸》	1886年8月29日,留春园	约8个月
	《珍珠衫》	1886年9月18日,老丹桂茶园	约9个月
	《月英偷情》即《卖胭脂》	1886年12月22日,老丹桂茶园	一年
	《打斋饭》	1887年3月19日,天仙茶园	约一年零3个月
	《百花赠剑》	1892年6月7日,天仙茶园	约6年半
	《庙中会》即《关王庙》	《庙中会》:1886年3月3日,老丹桂茶园	约两个半月
		《关王庙》:1886年11月15日,老丹桂茶园	约11个月

续表

禁令刊载时间	所禁剧目	开演广告刊载时间及戏园	开演广告与禁令相隔时间
	《杀嫂上山》即《翠屏山》	《杀嫂上山》：1886年2月9日，咏霓茶园	1个半月
		《翠屏山》：1886年6月11日，新开留春园	6个半月
	《天缘巧配》即《巧姻缘》	《巧姻缘》：1886年6月19日，新开留春园	约7个月
		《天缘巧配》：1886年8月11日，老丹桂茶园	8个半月
	《第一报》即《杀子报》又名《油坛记》《报仍还报》《冤还报》《孽缘报》《善恶报》	《孽缘报》：1886年7月31日，老丹桂茶园	约7个月
		《善恶报》：1888年5月21日，新丹桂园	约2年又5个月
		《第一报》：1889年9月6日，新开一仙茶园	约3年又9个半月
		《油坛记》：1899年6月11日，丹桂茶园	约13年又6个半月
	《杀皮》即《万安情》	《杀皮》：1886年10月22日，天仙茶园	约10个月
		《万安情》：禁后未见刊载广告	——
	《荣归祭祖》即《小上坟》	《荣归祭祖》：1886年6月5日，新开留春园	约5个半月
		《小上坟》：1886年9月1日，留春园	约8个月
	《赠剑投江》	禁后未见刊载广告	——
	《金镯记》	禁后未见刊载广告	——

说明：本表依据《申报》刊载时间。

表1—4　1890年6月上海会审公廨谳员蔡汇沧禁戏剧目开演广告之时间统计表

禁令刊载时间	所禁剧目	开演广告刊载时间及戏园	开演广告与禁令相隔时间
1890年6月14日	《巧姻缘》	1890年6月19日，新开留春园	5天
	《下山》	1890年7月16日，天仙茶园	1个月

续表

禁令刊载时间	所禁剧目	开演广告刊载时间及戏园	开演广告与禁令相隔时间
	《盗甲》	1890 年 10 月 1 日,天仙茶园	3 个半月
	《挑帘裁衣》	1890 年 10 月 3 日,天仙茶园	3 个半月
	《赵家楼》	1890 年 10 月 4 日,天成茶园	3 个半月
	《鸳鸯楼》	1890 年 10 月 6 日,天仙茶园	3 个半月
	《关王庙》	1890 年 11 月 3 日,新开天和茶园	约 5 个月
	《八蜡庙》	1890 年 11 月 6 日,新开天和茶园	约 5 个月
	《卖胭脂》	1890 年 11 月 9 日,新开天和茶园	约 5 个月
	《小上坟》	1890 年 11 月 11 日,新开天和茶园	约 5 个月
	《打樱桃》	1890 年 11 月 13 日,天仙茶园	5 个月
	《倭袍》	1890 年 11 月 16 日,天仙茶园	5 个月
	《杀嫂》	1890 年 11 月 24 日,天福茶园	约 5 个半月
	《武十回》	1890 年 11 月 26 日,天福茶园	约 5 个半月
	《珍珠衫》	1890 年 11 月 30 日,天福茶园	5 个半月
	《绿牡丹》	1890 年 12 月 14 日,新丹桂茶园	6 个月
	《唱山歌》	1891 年 1 月 16 日,新丹桂茶园	7 个月
	《三上吊》	1891 年 2 月 14 日,天和茶园	8 个月
	《打斋饭》	1891 年 2 月 23 日,静安寺申园内绮春轩	约 8 个月
	《瞎子捉奸》	1891 年 5 月 25 日,新丹桂茶园	约 11 个月
	《送灰面》即《二不知》	《送灰面》:1890 年 10 月 16 日,天仙茶园	4 个月
		《二不知》:1891 年 3 月 16 日,天仙茶园	9 个月
	《杀子报》即《天齐庙》	《天齐庙》:1890 年 12 月 26 日,天福茶园	6 个半月
		《杀子报》:1892 年 2 月 6 日天福茶园	约 1 年又 7 个半月
	《秦淮河》即《大嫖院》	《秦淮河》:1890 年 7 月 4 日,天仙茶园	20 天

续表

禁令刊载时间	所禁剧目	开演广告刊载时间及戏园	开演广告与禁令相隔时间
	《浔阳江》	1892 年 3 月 7 日，丹桂茶园	约 1 年又 8 个月
	《青枫岭》	1905 年 5 月 25 日，丹桂茶园	约 15 年
	《劫狱》	禁后未见刊载广告	——
	《看佛手》	禁后未见刊载广告	——

说明：本表依据《申报》刊载时间。

表 1—1 至表 1—4 反映的是晚清上海租界四次较大规模的开单查禁淫戏情况，由这四个表格可见，查禁还是对淫戏演出产生一定效果：一者，查禁之后，个别剧目如《劫狱》《金镯记》《赠剑投江》等未再在晚清《申报》上刊登演出广告。二者，禁令刊布之后，被禁剧目一般数月之内不再在《申报》上刊登演出广告，基本认定是遵命停演。但整体来看，查禁效果并不理想，明显地表现在违禁剧目虽然被叫停，但持续时间短，一般数月之后违禁剧目广告即重回《申报》。这种现象在晚清具有代表性：其一，四位官员开单示禁剧目皆如此，这不是个别官员怠政不作为所能解释，这是普遍现象。其二，相比其他地区，上海地方官吏更享有信息之便，他们完全可以左手拿禁戏单目，右手拿报载剧目广告，按图索骥，足不出户，即可传案讯究。其三，值得注意的是，这些违禁剧目广告多是在颁发禁令官员任上即很快重返报章。1883 年 11 月陈福勋任期届满，其于 1882 年 4 月所禁剧目，截至 1883 年 3 月皆重返《申报》，其中间隔最短者仅 15 天。1894 年 2 月蔡汇沧任期届满，其于 1890 年 6 月奉江苏布政使黄彭年查禁剧目，最短仅间隔 5 天即重返《申报》广告栏。如上文言，上海租界拥有新闻舆论、警察、包探等诸多其他地区没有的近代监管体系，尚且如此犯禁藐法，说明晚清禁毁活动即便官员任期延长，也难以持久。当然也可以从警察舞弊、包探包庇、洋人掣肘等方面解释上海租界禁而不久的现象。但不能忽视的原因是，租界谳员事务繁重，他们不可能一直盯着自己颁布的禁令不放。谳员每天的首要事务是受理案件并予以判决，根据会审公廨 1889—1891 年审理的刑事和违禁案件统计，1889 年总计 5117 件，1890 年 5999 件，1891 年 5600 件[1]，3 年里，

---

[1] 王立民、练育强《上海租界法制研究》，法律出版社 2011 年版，第 328—329 页。

谳员平均每天要审理案件 15.3 件，这还包括节假日，如果节假日除外，平均每天审理案件则更多。在这种极为繁重的审理事务之外，谳员不可能持之以恒地落实自己所颁禁令，如果手下的衙役佐贰、警员包探不能坚持贯彻，禁令必定成为具文，无怪乎当时的报刊舆论云：

> 尤可异者，该戏园等竟敢将所演违禁之淫戏或易其名目，或竟不易其名目，大书特书，榜诸门首，贴诸通衢，登诸报章，惟恐一人之不知，绝不顾官宪之察及，是诚何心？①

在州县官"一人政府"、其属下职责模糊的制度里，他们不可能事事躬亲，禁令难以坚持也就属于常态。上海租界禁毁活动如此，揆诸其他地方亦莫不如此，研究者言："大多数官员对于道德教化只是嘴上说说敷衍了事而已，而真正尽力去推行的人，就会被同僚嘲笑为'书呆子和傻瓜'。"②其实正常情况下，由于职责规定广泛而且模糊，他们负担过重，"即使他有意愿或有能力，也没有时间或条件允许他把任何一项事务做好。"③所以"日久玩生""故态复萌"等成为禁毁告示、舆论之陈词滥调。州县官员因事务繁杂而监管乏力说明，传统州县行政制度下的基层文艺管理机制不可能达到文艺管理专制制度的基本要求。

（二）流转频繁，不易持久

责任心强的州县官只要愿意保持专注、持之以恒，禁毁政策的落实的确能有所实效。张世英（1844—1916）知渭南期间，大小夜戏，到处皆是。世英倡导减戏办学，严禁夜戏，他将 80 名差役分作 8 组，每组正副队长各一名，负责巡查各乡，尚不敷用，又招募练勇 40 名，专司巡查各乡，每乡 5 名，昼夜轮班，每月官员还亲自下乡巡查数次。他还将查获搬演夜戏的河北大绅和优伶治以违禁之罪，练勇则治以不报之罪，并封扣戏箱两个月，罚大绅和戏班捐本社办学费用一百元，"从此夜戏始敛迹也。"④张世英在渭南任期为光绪三十一年七月至三十二年八月，即前后一年零一个月，严禁

夜戏,从措施到执行上皆卓有成效。晚清宁波地区查禁宁波串客(即花鼓戏)也效果明显,据统计,光绪朝 34 年间,鄞县共有 26 届知县,平均每位知县任职 1.3 年。在这 26 任知县中,已知颁布查禁淫戏告示的共有 7 位,这 7 位任期最短的为 1 个月,最长的为 2 年 10 个月,平均任期为 1.5 年。任期较长,则可保持对查禁活动的较多关注,如杨文斌、徐国柱任期都超过两年,颁布串客禁令分别为 5 则和 4 则①。参见下表:

表 1—5　晚清光绪朝颁布查禁串客禁令的鄞县知县任期统计表

知县姓名	颁布禁令则数	任期起止时间	任期时长
石玉麒	1	四年十月至六年二月;六年十二月至七年一月再任	1 年又 4 个月;1 个月
程云俶	1	十一年二月二日至十二年三月	1 年又 1 个月
朱庆镛	2	八年三月至十年四月;十二年四月十三日至十三年九月再任	2 年又 1 个月;1 年 5 个月
杨文斌	5	十八年四月二十一日至二十年二月	1 年 10 个月
徐国柱	4	二十五年十一月二十一日至二十八年四月	2 年 5 个月
黄大华	3	二十八年五月至二十九年三月	11 个月
高庄凯	1	三十年七月二十四日至三十三年五月	2 年 10 个月

说明:本表任期根据张传保修,陈训正、马瀛纂《民国鄞县通志》(见《中国地方志集成·浙江府县志辑(二)》,上海书店出版社 2011 年版,第 352—353 页)统计;禁令数据则据《晚清报载小说戏曲禁毁史料汇编》统计。

从 1879 年到 1904 年 25 年间,宁波知府也颁布查禁花鼓戏禁令 20 则,颁布禁令较多的知府有宗源瀚(任期 1878—1885 年)为 4 则、胡元洁(任期 1885—1892 年)5 则、钱溯时(任期 1894—1895 年)5 则。此期间,宁波官员共颁布查禁串客谕令 40 则,平均每年 1.6 则。除了颁布禁令之外,

①高庄凯任期也超过两年,但禁令仅颁布了 1 则,笔者认为该情况较特殊一些,鉴于民国以后宁波地区官方还在查禁串客,1904 年以后由于新闻丰富、采编方便,上海报刊不再重视对宁波串客查禁活动的报道。

宁波知府、知县等地方官以笞责、枷示等方式惩戒艺人。造成的结果是：1881 年串客艺人在宁波城"不敢登场扮演。"①1888 年，串客艺人仍"不敢在城市中登台开演。"②1891 年的报道则是"郡治早经禁绝。"③宁波串客艺人被迫向上海转移，从而加速了甬剧生在宁波、长在上海这一文化现象的形成④。说明地方官如果对所谓的违禁小说戏曲予以持续禁抑，的确能左右其发展。但是清代州县官的任期都较短，到了 19 世纪任期更是大为缩短，据张仲礼对河南鹿邑和湖南常宁两县知县实际任期统计，县官由清代前期平均任期 1.7 年，降至后期平均任期 0.9 年⑤。实际任期缩短对地方行政的负面影响是显而易见的，"这使任何一个地方官都难以熟悉本县，也减少了他对任何计划的兴趣，因为他在任期内看不到结果。"⑥从官方立场看，禁毁活动属于整顿风化、移风易俗，道德教化要深入人心，是一个长期缓慢的过程，需要地方官持之以恒地坚持。地方官一旦离任，人去政息遂成常态。上海租界会审谳员黄承乙在任期间，较能实力查禁淫戏。1885 年 6 月，黄承乙卸任，其在任期间所禁淫戏，立即死灰复燃："近因太守解篆后，各戏园中如《海潮珠》《小上坟》《珍珠衫》《打斋饭》《翠屏山》等，皆已改换名目，重复登场。"⑦于是违禁又有待于新官查禁。州县等地方官不可能长期地关注禁毁活动，由此形成了官方禁毁活动中周期性"一张一弛"循环往复现象，"然后复萌故智，始以一二家隐约尝试，及尝试之而无人与为难也，则更堂皇开张，至半年三月之后。"然后"效尤接踵，一切复旧，几忘前次之曾悬禁令。"⑧迫不得已，地方官只得又开始新一轮查禁活动。州县官也深知其离任之时，也是其人去政息之日，为了维持政策的连续性，个别知县在离任前特禀请上级要求继任者能坚持自己的既定政策。宁阳知县李平书调任时，就呈请广东巡抚李兴锐，希望札饬新任就任后，能坚持自己严

---

①《淫戏被驱》，《晚清报载小说戏曲禁毁史料汇编》（上），第 179 页。

②《串客宜禁》，《晚清报载小说戏曲禁毁史料汇编》（下），第 729 页。

③《串客宜禁》，《晚清报载小说戏曲禁毁史料汇编》（下），第 736 页。

④参看本书第三编第二十章《宁波查禁串客对甬剧发展的推动作用》。

⑤张仲礼著，李荣昌译《中国绅士：关于其在十九世纪中国社会中的作用的研究》，上海社会科学院出版社 1991 年版，第 56—57 页。

⑥张仲礼著，李荣昌译《中国绅士：关于其在十九世纪中国社会中的作用的研究》，上海社会科学院出版社 1991 年版，第 57 页。

⑦《维持风化议（节录）》，《晚清报载小说戏曲禁毁史料汇编》（下），第 536 页。

⑧《论书场不遵禁令》，《晚清报载小说戏曲禁毁史料汇编》（下），第 546 页。

禁搭棚演戏等举措,将"城内外演戏,实力禁止,常自密查,毋任丁胥蒙蔽。"①李平书的呈请得到了批准。但像李平书这样履新之际仍挂念离任地方行政的州县官并不多见,也不符合不在其位不谋其政的官场常识,即便是李平书的呈请,也是由于辞行的士绅深恐他"去任后故智复萌,皆请通禀立案,永远垂禁。"②换言之,如果没有士绅的禀请,李平书不一定有禀请巡抚札饬新任继续严禁之举。

(三)各自为政,缺少协调

在皇权专制社会,政权上下级的纵向联系较紧密,而横向联系较少。此固然有交通、通讯不便的原因,但关键原因是统治者有意为之:"地方政府横向联系增多,有可能发展成一种联合抵制中央的力量,这是封建皇帝所忌讳的,因此他们尽量限制各级官府过多的横向往来与联系。"③由此造成地方行政各自为政的特点。地方各自为政对政府行政造成的负面影响主要表现为政令不一和缺少合作。这两个方面在州县等地方官员主持的禁毁活动中体现的也较明显。

其一,政令不一,宽严有别。州县官管辖之地,风土人情、地理物产一般情形各殊,州县行政也有"冲、疲、繁、难"之别,州县等地方官往往关注的要点亦不尽相同。"有治法无治人"仍是清代法制的主要特点,官吏在执法中人治现象突出。州县官主持禁毁活动,也会因地理人情、行政重点、官吏品性等各不相同而有所差异,主要表现有二:

1. 雷同的查禁内容,各地标准不一。以严禁花鼓为例,花鼓戏是晚清查禁区域最广的民间小戏,但各地官吏执行标准不一,在浙江,尤其是杭州、宁波,官吏能严厉查禁花鼓戏,像同光年间,宁波地区官吏前赴后继地查禁花鼓戏,让花鼓戏几乎在宁波地区难以立足,许多花鼓艺人被迫向上海转移。1870年代的上海租界,花鼓戏也被禁绝多年④。但同治年间的湖南,花鼓戏曾一度享受宽禁待遇。1868年,浏阳知县钱绍文向湖南布政使

---

①李平书《且顽老人七十岁自叙》,见《稀见上海史志资料丛书》(3),上海书店出版社 2012 年版,第340 页。

②李平书《且顽老人七十岁自叙》,见《稀见上海史志资料丛书》(3),上海书店出版社 2012 年版,第340 页。

③潮龙起《清代会党的地域环境与清政府的社会控制》,《史学月刊》2004 年第 4 期。

④《谕禁花鼓戏纪闻》,《晚清报载小说戏曲禁毁史料汇编》(上),第 168 页。

李榕禀报地方事宜,其中有包含整顿风化、严禁花鼓戏的内容,李批示云:"乡村中逢年遇节,花鼓戏不必尽禁,亦禁不住,弛之无甚关碍也。"①李榕指示州县官对花鼓戏采取弛禁的政策,既然禁不住,又没有大的害处,何必禁止? 这是一种务实的行政态度。道州知州汤煊也向李榕禀报:"采茶戏,此方最盛,淫媟相习。"李榕批示云:"但须禁其甚者,岁时赛社,小有游嬉,不至流荡忘返,听之可也。"②关键是,一年中逢年遇节、酬神赛社的时间不在少数,在这些时间段弛禁花鼓戏,实际上也就是对花鼓戏采取听之任之的态度了。像李榕这样指示州县官对禁戏政策采取宽禁或弛禁的晚清大吏并非个别,曾国藩、左宗棠、曾国荃等封疆大吏皆有是举。壶关县知县向山西巡抚曾国荃禀请禁止赛会演戏,并把戏资移作社、义仓之需,曾国荃批示云:"赛会演戏糜费者皆富民之财,于贫民无损,贫民且得于戏场小作贸易借以谋生,故演戏赛神最为艰苦小民之利。"并且社、义仓流弊太多,官方经手,"反不如听其赛会之为愈矣。"③曾国荃并不赞成禁止赛会演戏。可以想见,有了李榕、曾国荃等上级弛禁的批示,州县官自然就可以置之不问,由此也加大了晚清各地官吏禁戏态度和执行标准的差异。

　　2. 同样的违禁,各地判罚不一。《大清律例》规定的对小说戏曲违禁处以徒、流、杖等刑罚因不切实际、难以执行,晚清地方官在实践中早已将其弃若敝屣。相应地,他们在审判中采用较轻的笞、枷、罚金等刑罚,但是各地判罚标准皆不相同,主要表现在:一者,同一个地区的相同违禁,不同官员判罚不一。同样是扮演串客,1887 年鄞县知县朱庆镛的判罚是"各责数百板,以双连枷枷号三个月。"④1888 年鄞县知县萧韶的判罚则是"重责一千板,荷以头号巨枷发犯事地方示众。"⑤同样是在上海租界售卖淫书,1894年谳员宋莘乐的判罚是"各枷号五日,发头门示众。"⑥1899 年谳员郑汝骏、陪审官梅尔思的判罚则是"将潘笞责二百板,管押三月,罚夏洋银五十元。"⑦二者,不同地区的相同违禁,各地官员判罚不一。同样是在 1903 年的违禁演

①《清代诗文集汇编》编纂委员会编《清代诗文集汇编》,(677),上海古籍出版社 2010 年版,第 199 页。
②《清代诗文集汇编》编纂委员会编《清代诗文集汇编》,(677),上海古籍出版社 2010 年版,第 204 页。
③(清)曾国荃撰,梁小进主编《曾国荃集》(六),岳麓书社 2008 年版,第 87 页。
④《严惩串客》,《晚清报载小说戏曲禁毁史料汇编》(上),第 210 页。
⑤《惩办串客》,《晚清报载小说戏曲禁毁史料汇编》(上),第 214 页。
⑥《售卖淫书判罚》,《晚清报载小说戏曲禁毁史料汇编》(上),第 238 页。
⑦《禁卖淫书》,《晚清报载小说戏曲禁毁史料汇编》(上),第 283—284 页。

唱花鼓戏案件,鄞县的判罚是"笞责数百板,并荷巨枷示众。"①上海县的判罚是"判责三百板,枷号数日,发犯事处示众"②等。地方政令不一、执行各异、宽严不一,既破坏了中央政令和法律,也减少了各地打击违禁的协调性,艺人或书商向查禁相对宽松的地区转移成为规避查禁的重要方式。

其二,本位主义,缺少合作。地方本位主义反映在查禁活动上,驱禁③是晚清地方官的主要查禁方式,即"各扫门前雪",乡镇发现违禁,即驱逐出乡镇,州县发现违禁,即驱逐出州县,而邻府邻县则不在地方官考虑范围之内。1898 年 1 月,南昌有人肩负"淫词小说"出售,并有西洋景等,南昌知府江毓昌札饬南昌和新建两县知县,将其一并驱逐出境,不准逗留④。据《晚清报载小说戏曲禁毁史料汇编》统计,晚清州县等地方官颁发包含驱禁的告示 13 则,驱禁案件 74 起,可见驱禁是晚清地方官在禁毁活动中常用手段。理论上讲,驱禁可以使违禁者无立足之地、难以驻留。但现实中这种手段是地方本位主义的表现——只要官吏把违禁者从自己辖区赶走即可,至于违禁者是否在其他地方继续违禁,则与己无关。通俗讲,驱禁就是"灌水到人家的田里",反过来,自己田地也会被人灌水。违禁者有了相当多的凭借,此地逐,彼地不一定逐;此地差保包庇,彼地亦可士绅容隐。违禁者就在此逐彼窜中逃避查禁:"地方有司非不查拿,但此地驱逐,彼即移往别县,别县不容,彼又仍回本邑,辗转潜踪,往来靡定。"⑤于是形成一方查禁"势必仍流毒于异地"⑥的局面。即便州县辖区之内,也会因"但地方辽阔,此逐彼窜,终难尽绝根株。"⑦由于州县等地方官在查禁上专注于本辖区,如果不是上级统一命令,他们既无力也无权与其他州县协同行动,官方的严禁目标,整体上是不可能实现的。谈及地方官禁戏屡禁不止现象,致力于鼓动严禁淫书淫戏的余治所言切中肯綮:"况奉行上命,勤惰不同,

①《惩办串客》,《晚清报载小说戏曲禁毁史料汇编》(上),第 328 页。

②《拘惩花鼓》,《晚清报载小说戏曲禁毁史料汇编》(上),第 336 页。

③驱禁,即驱逐出辖区的查禁方式,该词晚清即有。参见《请禁花鼓戏说》,《晚清报载小说戏曲禁毁史料汇编》(下),第 485 页。

④《驱逐售卖小说》,《晚清报载小说戏曲禁毁史料汇编》(上),第 271 页。

⑤丁淑梅《中国古代禁毁戏剧编年史》,重庆大学出版社 2014 年版,第 368 页。

⑥王利器辑录《元明清三代禁毁小说戏曲史料(增订本)》,上海古籍出版社 1981 年版,第 316 页。

⑦《花鼓宜禁》,《晚清报载小说戏曲禁毁史料汇编》(下),第 739 页。

禁令稍宽,即为若辈潜踪之薮,良有司实心斥逐,卒不免以邻国为壑。"①宽严有别,缺少合作,此逐彼窜,从官方立场上看,违禁活动自然就有了较大的腾挪空间。这也是清代州县行政制度实践中普遍存在的困境,非查禁小说戏曲活动一者而然。

　　附带提及的是,晚清州县官与督抚等封疆大吏在查禁内容上也各有侧重,即禁毁小说多由督抚等封疆大吏如丁日昌、林天龄、黄彭年、文治等发起,而州县官则较关注于禁戏,尤其是夜戏、花鼓戏等。这主要是因为州县等地方官除了与督抚一样关注风俗人心之外,他们还更关注演戏可能引发的诸如火灾、抢劫、偷盗、聚赌等社会治安问题。毕竟,维持治安是州县官地方行政的重中之重。州县等地方官主动查禁小说戏曲,从动机上看,不是所有的州县官都是从整顿风化、维护人心的行政职责出发,不少可能是从行善积德着眼,甚至是二者兼而有之。这是因为清代果报信仰盛行,许多官吏是行善积德以利己利子孙的信仰者和践履者。不少清代官箴就把禁毁小说戏曲视作行善积德,如"严禁赌博演戏迎神赛会,百功。"②《当官功过格》言禁止台戏,"一日算十功。"③《公门果报录》中说禁止花鼓淫戏及戏班搬演小戏,"阴功极大,子孙必科甲连绵。"查禁淫书小说,亦是积德之举④。《居官日省录》卷三列举了谢履端、伊辟升、张孟球、万历进士张某、钱大经等人禁淫书或编造淫书的果报,以为倡导⑤。在行善积德以改变自己或子孙后代命运信仰风行的时代,地方官主动查禁小说戏曲的动机或多或少受其影响。总之,从晚清州县等地方官主持禁毁的方式和困境可以看出,官方缺少的不是法令条文,而是监督和执行法律、法规和条文的有效行政机制。州县等地方官主持下的基层禁毁相当程度上造成了晚清禁毁小说戏曲活动中法令和执行相互背离、活动开展张弛相间的特点。伴随小说戏曲的日渐兴盛,清代州县行政制度下的基层文艺管理方式越来越暴露出其保守和低效的本质,说明文艺繁荣,也期待着管理制度和管理方式的革新。

---

①王利器辑录《元明清三代禁毁小说戏曲史料(增订本)》,上海古籍出版社1981年版,第316页。
②王利器辑录《元明清三代禁毁小说戏曲史料(增订本)》,上海古籍出版社1981年版,第168页。
③(清)陈宏谋辑《五种遗规》,线装书局2015年版,第381页。
④《官箴书集成》编纂委员会编《官箴书集成》(第九册),黄山书社1997年版,第374页。
⑤元周主编《政训实录》(第十一册),中国戏剧出版社2001年版,第4003—4005页。

第五章　差役

差役,又常称衙役,指清代州县办理衙署行政外勤事务人员,主要包括皂隶、快手、民壮、捕役等,他们是州县差役的主体。此外,衙门里还有承办文书、册簿的书吏,属于衙署内勤事务人员,书吏和差役合称书差、吏役或书役,一起组成了地方行政主体。20世纪中期以来,清代差役是学界具有一定关注度的研究对象,瞿同祖、魏光奇、周保明等学者对清代州县差役的生存状态、职务性质、种类与数额、职能与分工、经济待遇、监察与管理、贪赃形式、制度弊端等进行了深入而全面的探讨,为我们认识差役群体和科学评价差役制度打下了坚实的基础。从行政体系上看,清代州县以下不设治,州县官是治事之官,而非管官之官,在地方官与民众中间,横隔差役人等,如果没有他们执行政令,政令将难以到达基层。从职能上看,差役类似于近代警察,代表国家行使权力。在清末警察制度创建之前,在频繁的禁毁小说戏曲活动中,从禁令传达到执行都离不开差役的参与,目前有关差役参与禁毁活动的专题研究尚付阙如。尽管与催征、捕盗、刑名等差役的主要职能相比,禁毁活动在差役日常事务中所占比例较小,但考查禁毁活动在基层社会如何落实,以及落实过程中对小说戏曲发展有何影响,都绕不开差役。分析差役参与禁毁活动的职能和弊端、官员在禁毁活动中对差役的纪律控制、差役参与禁毁活动对小说戏曲发展的影响,既可以丰富清代吏役研究,深化对差役群体的了解,也可以从政策执行的角度理解传统文艺管理制度存在的问题,还可以认识传统文艺管理制度近代转型中对管理人员的变革吁求。

一、差役参与禁毁的主要职能

差役中与禁毁活动关系最密切的是负责外勤的捕、壮、快等役,但差役职责复杂,"一切奔走外差,因人而使,不必拘定责任也。"[1]严格区分差役在禁毁

---

①《官箴书集成》编纂委员会编《官箴书集成》(第六册),黄山书社1997年版,第707页。

活动中的职能和分工的确困难,整体上看,他们在禁毁活动的主要职责如下:

(一)传达

即传达禁令,从媒介上看,可分为口头传达、告示传达、禁牌传达三种方式。1.口头传达。一是差役奉命向当事的优伶、戏班、戏园、书坊、书摊传达禁令,如"传谕各戏园,所有艳曲淫词一概不准演唱。"①"传谕各书坊,并石印各局铺,一律销毁。"②二是向地保人等传达禁令,并监督其执行。地保也是基层禁毁活动的主要执行者,地方官颁发禁令之后,一般要求差役把禁令传达给地保,"饬差传保分别谕禁。"③并监督地保采取行动,"实力严查,如违革责不贷。"④2.告示传达。差役负责把禁毁告示四处张贴。城内告示多要求张贴于戏园、茶肆、书馆或书坊门首以及沿街通衢,⑤差役还要奉命下乡张贴告示,"饬差发贴四乡。"⑥地保有承应官差之责,差役下乡张贴时也会要求地保配合完成,"传谕差保持赴各乡张挂。"⑦3.禁牌传达。一些官员还饬令把查禁条款书于木牌之上,或饬差役"每日掮牌游行街市,以冀触目惊心。"⑧或饬差役持禁牌至所属各乡镇巡查。⑨当然,这三种传达方式并非判然分别,例如在张贴告示和持牌游行的过程中,差役也会口头传达禁令。

(二)侦查

侦查违禁信息和人员是差役的主要职责。从透明度上看,可分为明查和暗访,而以后者为主。例如,1884年4月,宁波查禁串客,鄞县知县"密饬干役多名,往四乡密查暗访。"⑩从持续时间上看,可分为作为日常事务的长期侦查和执行具体任务的短时侦查。前者如1882年4月,上海公共租界会审谳员陈福勋传谕各戏园永禁淫戏,"密饬捕役,随时查报。"⑪就是

①《严禁淫戏》,《晚清报载小说戏曲禁毁史料汇编》(上),第200页。
②《学政饬禁淫书》,《晚清报载小说戏曲禁毁史料汇编》(上),第297页。
③《谕禁演唱淫词》,《晚清报载小说戏曲禁毁史料汇编》(上),第349页。
④《饬差查禁》,《晚清报载小说戏曲禁毁史料汇编》(上),第322页。
⑤《伶人违禁》《京师禁止妇女听书观剧》,《晚清报载小说戏曲禁毁史料汇编》,第186、204页。
⑥《示禁赌戏》,《晚清报载小说戏曲禁毁史料汇编》(上),第33页。
⑦《县示照录》,《晚清报载小说戏曲禁毁史料汇编》(上),第35页。
⑧《访拿串客》,《晚清报载小说戏曲禁毁史料汇编》(上),第228页。
⑨《地保勒索》,《晚清报载小说戏曲禁毁史料汇编》(上),第268—269页。
⑩《密查串客》,《晚清报载小说戏曲禁毁史料汇编》(上),第213页。
⑪《优伶梗令》,《晚清报载小说戏曲禁毁史料汇编》(下),第710页。

要求捕役把稽查戏园搬演淫戏作为日常事务。后者如1899年8月，上海知县王豫熙访闻西北乡念七保十二图车袋角地方日夜演唱花鼓，立饬差役前往查访，禀明核办①。除了要求差役把访知的违禁信息及时上报外，地方官一般还授予了差役侦查时直接拘捕违禁者的权力，如"选派差役四出访提"②，"签差四出查拿。"③差役基本为土著，熟悉当地街衢村落，如果认真侦查，效率较高，特别是暗访时他们往往"脱去号衣，潜往窥察。"④防不胜防，许多小说戏曲违禁案件之事发就源于差役侦查。1898年11月，苏州查获邵秋庭贩卖《红楼梦》等"淫书"案。吴县知县凌焯侦缉该案时，饬差访查，卖书人不知该差底细，如实以告，很快即被侦破⑤。差役侦查犹如"达摩克利斯之剑"，是戏班、优伶或书坊、书肆要不时提防和设法规避的问题。

（三）制止

官员如果没有拘提违禁者讯究的想法，仅饬差谕令停止即可，包括两种方式：其一，勒令停止。1881年9月28日夜，宁波二境庙上梁，附近东殿庙、茶场庙、大树庙、念条桥、开明桥等各雇班演戏，被知府宗源瀚访闻，立饬差役持牌往禁，事遂中止⑥。其二，驱逐出境。把外来戏班、艺人和书贩逐出辖区之外。1905年7月，宝山县西南乡入夏以来，到处搭台，招人演唱花鼓，知县王得庚密饬干差四名，拘提为首之人重惩之后，又饬该差等"务将花鼓班恶党驱逐尽绝，不得稍事逗留。"⑦差役在制止违禁时，有时还要承担封钉园门、拆毁戏台、押封戏箱、没收行头乐器、收缴刊本板片等任务，⑧让所谓的违禁行为一时难以为继。

（四）传讯

地方官在禁毁活动中需要晓谕或者讯究的当事人，则签差传唤。1890

①《查禁淫戏》，《晚清报载小说戏曲禁毁史料汇编》（上），第288页。
②《严拿串客》，《晚清报载小说戏曲禁毁史料汇编》（上），第14页。
③《示遏颓风》，《晚清报载小说戏曲禁毁史料汇编》（上），第92页。
④《诲淫宜办》，《晚清报载小说戏曲禁毁史料汇编》（上），第304页。
⑤《开单示禁淫书》，《晚清报载小说戏曲禁毁史料汇编》（上），第249页。
⑥《禁演夜戏》，《晚清报载小说戏曲禁毁史料汇编》（上），第188页。
⑦《驱逐花鼓淫戏》，《晚清报载小说戏曲禁毁史料汇编》（上），第354页。
⑧《演戏封禁》《学董请禁演戏》，《晚清报载小说戏曲禁毁史料汇编》（上），第192、403页。

年7月上旬,上海公共租界瓛员蔡汇沧饬差分批传齐租界内书肆25家、书坊13家,发给应禁书单1本,谆谆劝禁淫词小说①。当事者如不听传讯,官员就会派差签提讯究,"如仍不到,改签提单。"②

(五)拘捕

拘捕违禁主要由差役承担。但拘捕违禁又并非仅是捕役之责,遇见人多势众或抗命不遵之情形,其他差役也要奉命支援。1903年7月,上海北新浜搭台演唱花鼓,吴淞司沈稚泉督率差勇前往谕禁,演唱及组织者置若罔闻。沈回禀知县汪懋琨,汪饬派"皂头金顺率同通班下乡捕拿。"③所谓通班,即皂、壮、快三班,他们是州县衙门差役的主体,换言之,此次捕拿,县衙差役几乎倾巢出动。

(六)质证

差役在侦查或拘捕违禁时,也是证人或指控者,官员审讯违禁者时,差役一般要到堂指控或作证。1896年4月,书贾张根堂把《肉蒲团》改名《觉后传》、《日月环》改名《碧玉环》,从苏州捆载来沪销售,被会审公廨廨差赵银河访知,搜出书籍,解送公堂,禀称此人专惯刻印淫书,并纠人赌博,请求讯惩。张当即被判以具结保释,淫书销毁④。从司法角度看,此案中的赵银河就身兼缉捕、指控、证人等多重身份。

(七)行刑

晚清官员审判违禁案件时,并不遵照《大清律例》所规定的对小说戏曲违禁者处以杖、流、徒等重刑,而是违禁男性多判以笞刑,女性则处以掌颊,如"着每人各责五十大板"⑤,"重责数百板"⑥,"饬差各责数百板"⑦,"(男

---

① 《传谕书贾》,《晚清报载小说戏曲禁毁史料汇编》(上),第223—224页。
② 《演唱淫戏》,《晚清报载小说戏曲禁毁史料汇编》(上),第453页。
③ 《捕拿淫戏》,《晚清报载小说戏曲禁毁史料汇编》(上),第332—333页。
④ 《刊售淫书判罚》,《晚清报载小说戏曲禁毁史料汇编》(上),第251页。
⑤ 《痛打花鼓》,《晚清报载小说戏曲禁毁史料汇编》(上),第171页。
⑥ 《惩办伶人》,《晚清报载小说戏曲禁毁史料汇编》(上),第186—187页。
⑦ 《严惩串客》,《晚清报载小说戏曲禁毁史料汇编》(上),第210页。

伶)笞责一千板,二女伶各掌颊二百。"①根据分工,对这些违禁者行刑的应为差役中的皂班。笞责、掌颊等肉刑之外,官员还喜好对违禁演戏者判以游行示众或枷示,此类惩罚也由差役执行或监督执行,游行时,差役和浓抹淡妆的优伶不免拥塞通衢,引人围观②。

(八)销毁

收缴的乐器行头、刊本板片如需销毁,也由差役完成。1896 年 10 月 3 日,上海会审公堂谳员屠作伦在公廨庭前销毁查获的数百部《野叟曝言》及板片,"饬差役将石击碎,书片堆积庭中,付之一炬,历半日之久,尚觉烟雾迷漫。"③1910 年 11 月,蒲圻县马知县因公途经乡村,遇见两处正搬演花鼓,当即饬差拘拿演戏者究办之后,又饬差将戏台、戏箱、戏衣、锣鼓各物当场一并焚毁④。

(九)护卫

地方官亲自参与查禁,或晓谕民众,或微服私访,或缉捕违禁,差役则充当侍卫及向导。1909 年,娄县枫泾施和庵等处屡请弛禁演戏,知县刘怡严词批驳之后,恐乡民仍旧开演,11 月 14 日,刘怡带同图差,乘火车前往该处谕禁⑤。图差一般负责催征,熟悉辖区,刘知县此次下乡禁戏特意带同的图差既是向导也是护卫。

以上是对外勤差役在禁毁活动中的职责分述,这并非是说内勤吏役很少参与禁毁活动,地方官一般因事遣差,并不完全依据职能,如知县之家丁侦查违禁有之⑥,收缴乐器亦有之⑦。职能上属内勤的书吏也参与禁毁活动:其一,差役往往是在书吏的带领下执行公务,书吏、差役(包括里差)和家丁常常需要通力合作,才能圆满地完成一项任务⑧。其二,书吏主要职

---

①《花鼓判罚》,《晚清报载小说戏曲禁毁史料汇编》(上),第 266 页。
②《查禁唱戏》,《晚清报载小说戏曲禁毁史料汇编》(上),第 162 页。
③《焚毁〈野叟曝言〉及板片》,《晚清报载小说戏曲禁毁史料汇编》(上),第 258 页。
④《焚毁花鼓戏箱》,《国华报》1910 年 12 月 8 日,第 6 版。
⑤《谕禁演戏》,《晚清报载小说戏曲禁毁史料汇编》(上),第 447—448 页。
⑥《释放无辜》,《晚清报载小说戏曲禁毁史料汇编》(上),第 203 页。
⑦《欲惩弹唱》,《晚清报载小说戏曲禁毁史料汇编》(上),第 244 页。
⑧周保明《清代地方吏役制度研究》,上海书店出版社 2009 年版,第 190 页。

责是缮写文书,与禁毁有关的禀、告示、札文、差票等多出自书吏之手。
1900 年 3 月,杭州士绅樊达璋纠约同志,具呈学政文治通饬各属严查书
肆,不准销售淫书小说,文治遂"命书吏缮文,分别移咨办理。"①此次禁毁
活动的咨文即由书吏缮写。1902 年 1 月,上海英界山东路会仙髦儿戏馆
女伶搬演《小上坟》一剧被包探张才宝将掌班人朱锡臣传至英美租界公堂
惩处后,谳员张辰"随即饬吏缮成告示,严禁淫戏,违干重惩。"②据此可知,
禁毁告示不少也出自书吏之手。其三,书吏人等是禁毁政策连续性的重要
保证。"铁打的衙门流水的官。"清代地方官采取回避本籍制,任期较短、调
任频繁,造成了他们对辖区民情的隔阂,书吏则基本为土著,熟悉当地民
情,且承充期限较长甚至在实践中根本就没有期限③,检收册籍档案是他们
的重要职责,可以保障地方施治的连续性。他们可以通过建议、参谋、援案等
方式策动地方官发起禁毁,让禁毁活动在每届官员任上得以连续。我们可以
从两个方面推知此结论:一者不少禁令是官员根据"援案""成例""向例应禁
各书目",即根据以前的法规惯例颁布的④;二者许多地方官下车伊始即颁布
查禁谕令⑤。而这两个方面都离不开书吏人等在档案或参谋方面的支持。
总之,书吏和差役一起参与了晚清频繁的禁毁活动,尤其是后者,在禁毁活动
中代表国家机器,行使执法权,是禁毁政策在基层落实的重要保证,相当多的
小说戏曲按照官方提倡的主流意识编撰和传播,差役人等与有功焉。

二、差役参与禁毁活动的弊端

晚清州县差役人数众多,"大邑每至二三千人,次者六七百人,至少亦
不下三四百人。"⑥负责衙署外勤事务的捕、快等班,"一般城乡分驻,按班

---

① 《请禁淫书》,《晚清报载小说戏曲禁毁史料汇编》(上),292—293 页。
② 《诲淫重罚》,《晚清报载小说戏曲禁毁史料汇编》(上),第 319 页。
③ 清代虽有役吏承充"五年役满"的规定,但在实践中几乎难以见到年限的限制。参见:周保明《清
　代地方吏役制度研究》,上海书店出版社 2009 年版,第 173—176 页;魏光奇《有法与无法——清
　代的州县制度及其运作》,商务印书馆 2010 年版,第 147—150 页。
④ 《维持风化》《封禁戏园》,《晚清报载小说戏曲禁毁史料汇编》(上),第 49—50、178 页。
⑤ 《申禁敝俗示(节录)》《禁条示众(节录)》《黄堂条教》《整顿风俗》《新政可观(节录)》,《晚清报载
　小说戏曲禁毁史料汇编》(上),第 19、34、55、56、71 页。
⑥ 沈云龙主编,陈弢辑《近代中国史料丛刊第十三辑 同治中兴京外奏议约编》,文海出版社 1973 年
　版,第 636 页。

轮值"，有的州县"散役和小差分乡坐场"①，遍布城厢乡村，形成布控相对严密的治理网络。应该说，在这样一个差役众多、布控严密的基层社会里，小说戏曲违禁案件一般会疏而不漏、法网难逃，但实际情况往往大不其然，其中就少不了差役执法犯法的"贡献"。

（一）藉端勒索

清代不少禁毁谕令都声明，严禁官吏藉端勒索。但对于许多随时准备敲诈勒索的差役而言，他们惟恐辖区无事，一旦有事，则可遇事生风，乘机勒索渔利。1898 年 2 月 13 日夜，无锡某甲应苏州三多桥锦昌茶室女店主之邀在茶室内演唱《玉蜻蜓》，被长洲县差侦获，某甲被十余名县差殴辱并解赴县署之后，差役们仍不干休，声势汹汹，向店主寻源溯委，店主迫不得已，"即倩邻右地保为之排解，以羊数头为若辈寿，该县差等意犹未足，索取甚奢。"②1904 年 5 月，清廷查禁《新小说》等书刊，禁书告示一出，开封、上海等地差役即藉端搜查书肆，实则索费③。有的差役勒索书贩不遂，就声称其售卖淫书，拘拿讯究④。清代蒲城还曾发生差役将违例演戏者勒索逼迫，直至自尽的案件⑤，可见差役借口查禁，勒索之贪婪。如果没有查禁任务下达，一些差役则常持开列禁花鼓、禁赌之类的十禁牌，下乡巡查，实则藉以敛钱，地保也常与之合谋，"任情需索，不遂其欲，则大言恐吓。""畏事者虑生枝节，只得照给，以求安静"⑥，一些官员转而冀望注重名节的士绅主持乡村禁戏活动，不令"书差赴乡。"⑦这也是防范差役勒索的不得已之举。

（二）受贿包庇

妓馆、戏园、赌场等投资少利润高的娱乐业，差役竞相染指、从中渔利，漳州娼楼赌馆"甲于通省，皆各衙门书差舆夫包庇，每月送娼赌费三百元至

①周保明《清代地方吏役制度研究》，上海书店出版社 2009 年版，第 198 页。
②《弹词肇衅》，《晚清报载小说戏曲禁毁史料汇编》（上），第 273 页。
③《禁书之骚扰》，《晚清报载小说戏曲禁毁史料汇编》（上），第 340 页。
④《卖淫书者被拘》，《时报》1906 年 8 月 17 日，第 3 版。
⑤（清）辛从益《辛筠谷年谱》一卷，咸丰寄思斋藏稿本，第四十六页上。
⑥《地保勒索》，《晚清报载小说戏曲禁毁史料汇编》（上），第 268—269 页。
⑦《整顿保甲》，《晚清报载小说戏曲禁毁史料汇编》（上），第 63 页。

署,家人十数元、数十元不等,此乃道中陋规。"①城镇戏园负责对付官场地面的头目人也主要由差役担任,"衙门中差役,与戏界相熟者谋得此事,遇有与官面交涉之处,则尤易办理矣。"②城乡醵资演戏,有经济来源,差役一般能从中谋取私利、分一杯羹,包庇故纵。差役对辖区的小说戏曲违禁有侦缉、禀报之责,如果违禁者能"所得之钱即遍贿地保差役,互相蒙蔽,"则"官不得知。"③在查禁活动中,受贿的差役则会预为关照④。如果不向差役行贿,他们将选择性执法⑤。差役受命前往禁止,得了好处,甚至"坐于台前忝然观看。"⑥并不禁止。差役得规之后,"假作痴聋,不复举发。"⑦甚至截留官方查禁告示,并不张贴⑧。如果有官员严禁,差役受贿之后,官员方禁于前,违禁复萌于后,"地方公役均有陋规,遂不过问。"⑨据言,1890 年,江苏布政使黄彭年发起查禁淫词小说运动,因差保索取规费,"以故书肆中鲜有将书板缴进者。"⑩严厉的禁毁运动遂大打折扣。许多禁毁告示对差役藉端接受陋规提出警告,"如差保得规,一概究惩不贷"⑪,官员明白违禁者肆无忌惮"大都贿结差保所致。"⑫社会舆论也认为禁戏禁淫书之所以屡禁不止,"其故由差役得贿包庇。"⑬"适为差役生财之道。"⑭官方和民间指责差役受贿包庇的舆论比比皆是⑮,说明禁毁活动中差役受贿包庇实为人

①(清)张集馨《道咸宦海见闻录》,中华书局 1981 年版,第 64 页。

②齐如山著,王晓梵整理《齐如山文论》,辽宁教育出版社 2010 年版,第 27 页。

③《淫戏盛行》,《晚清报载小说戏曲禁毁史料汇编》(上),第 714 页。

④《演戏纪始》,《晚清报载小说戏曲禁毁史料汇编》(上),第 191 页。

⑤《拘演影戏》,《晚清报载小说戏曲禁毁史料汇编》(上),第 193 页。

⑥《惩办淫戏》,《晚清报载小说戏曲禁毁史料汇编》(上),第 189 页。

⑦《查禁花鼓戏聚赌》,《晚清报载小说戏曲禁毁史料汇编》(上),第 346 页。

⑧《示遏颓风》,《晚清报载小说戏曲禁毁史料汇编》(上),第 92 页。

⑨《扮演淫戏》,《晚清报载小说戏曲禁毁史料汇编》(下),第 784 页。

⑩《报纪蔡太守查禁淫书事书后》,《晚清报载小说戏曲禁毁史料汇编》(下),第 576 页。

⑪《禁唱夜戏》,《晚清报载小说戏曲禁毁史料汇编》(上),第 36 页。

⑫《严禁淫戏赌博示》,《晚清报载小说戏曲禁毁史料汇编》(上),第 44 页。

⑬《示禁滩簧》,《晚清报载小说戏曲禁毁史料汇编》(上),第 438 页。

⑭《杜淫篇》,《晚清报载小说戏曲禁毁史料汇编》(下),第 572 页。

⑮兹更举数例:余治《禁止花鼓串客议》"盖若辈串通胥吏,奉票下乡,得钱即纵,蒙混禀覆,相互隐瞒,官长清查,差房中饱,比比然也。"(王利器辑录《元明清三代禁毁小说戏曲史料(增订本)》,上海古籍出版社 1981 年版,第 316 页)1900 年 2 月,鄞县知县徐桂国就把淫戏屡禁不绝归咎于兵役和地保,"皆因兵役地保得规包庇所致。"(《力挽浇风》,《晚清报载小说戏曲禁毁史料汇编》[上],第 72 页)1902 年 3 月,鄞县知县黄鞠友也把串客屡禁不止归罪于吏役地保,"究其从前屡禁不遵之故,皆因兵役、地保得贿包庇所致。"(《整顿风化》,《晚清报载小说戏曲禁毁史料汇编》[上],第 86 页。)

所共知的弊政。

（三）勾联违禁

　　演戏、评书和刊售违禁小说，一般能带来经济收入，差役遂与违禁者沆瀣一气，串通分肥[①]，此现象在演戏聚赌中表现尤其突出。晚清赌风极盛，"上自公卿大夫，下至编氓徒隶，以及绣房闺阁之人，莫不好赌者。"[②]演戏可以招集多人，聚赌抽头，"故欲图聚赌，必先谋演戏。"[③]无赖、赌徒等常与差役勾结起来，差役参与分肥、抽头，并不禀告或禁止[④]。光绪《镇平县志》载，该县每至八九月后，即有匪徒设标场、演戏聚赌，谓之开标，"其魁谓之标首，皆里中豪强能把持衙门、勾结胥役者为之。"开标必须聚众，聚众之法有二："开宝场、演采茶是也。"开宝场即设赌局，演采茶即搬演采茶戏。有此二法，即可聚集千百人，标场之中酒池肉林、美茶异果鸦片咸备，赢则食，输则当，"纩而往，裸而归者，比比也。"标场之后，官吏、胥役、兵弁因是而肥，而民众倾家荡产者有之，盗窃之案也因此倍增[⑤]。晚清金山县亦是如此，金山赌馆无论何地，皆胥役人等得受规费，壅于上闻，有绅士禀奉松江府札饬查核而无果，反致触犯管图差役之怒，阖邑绅士"闻此咸效金人之三缄。"1895年8月，金山县张堰镇石皮弄、盛家浜、刘家堰、韩家坞诸处演戏聚赌，由于有差役参与组织、包庇，"大庭广众之间，竟为县主法令所不及。"[⑥]差役勾结棍徒，组织违禁，往往会形成禁令难以推及的"真空地带"，禁令遂成具文。

（四）带头违禁

　　差役以公务身份为掩护，能为违禁活动大开方便之门，不少差役还身兼会首、戏园主、书场主，带头违禁。组织赛会演剧可以抽头、敛钱，从中渔利，赛会演剧一般由会首主持，会首则常由差役担任，"其所谓会首者，在城，则府州县署之书吏衙役；在乡，则地方保长及游手好闲之徒。大约稍知

---

①《私戏官做》，《晚清报载小说戏曲禁毁史料汇编》（下），第747页。

②（清）钱泳撰，张伟点校《履园丛话》，中华书局1979年版，第578页。

③来蝶轩主《请弛青浦县属朱家角镇戏禁意见书》，《晚清报载小说戏曲禁毁史料汇编》（下），第682页。

④《戏场开赌》，《晚清报载小说戏曲禁毁史料汇编》（下），第802页。

⑤（清）吴联元等撰修《（光绪）镇平县志》，光绪六年刻本，卷三第廿二页下至第廿四页上。

⑥《松人说赌》，《申报》1895年8月30日，第2版。

礼法而有身家者,不与焉。"①清代中期以后,各地赛会演剧在地方官示禁之下,"而一年盛于一年。"②其背后就离不开充当赛会演戏会首差役的执法犯法、从中推动。一些差役还利用身份之便,开设戏园、茶园、书场,像晚清上海,"各戏园主大半为衙署中之公差。"由于差役往往一身而数名,"或明明姓赵而卯簿则称钱某,或明明姓王而差名则呼郑某,致令官府无从查核。"③在差役身份的掩护下、相互包庇蒙混,带头违禁,参见下表举例:

表1—6　晚清差役所开戏园、书场违禁举例表

姓名	差役类别	戏园或书场(地点)	有否违禁	资料来源
	差役营兵	花园茶室(南昌)	有	《严禁女唱》,《晚清报载小说戏曲禁毁史料汇编》(上),第177页
赵胜	公堂差役	天仙戏园(上海英租界)	有	《戏园受罚》,《晚清报载小说戏曲禁毁史料汇编》(上),第281页
刘恩普	某署差役	稻香村落子馆(天津西南城)	有	《理宜查禁》,《晚清报载小说戏曲禁毁史料汇编》(上),第338—339页
何胜	娄县差役	聚乐园书场(娄县)	有	《禀请封闭书场》,《晚清报载小说戏曲禁毁史料汇编》(上),第386页
	局役随丁	引凤楼茶肆(上海南市)	有	《传究串演影戏》,《晚清报载小说戏曲禁毁史料汇编》(上),第394页
顾阿炳	租界探员	留春园、明园(上海英租界)	有	《查禁淫词》,《晚清报载小说戏曲禁毁史料汇编》(上),第412页
	官差	黄鹂坊桥鸿运楼、西贯桥双凤、道前街文园(苏州)	有	《巡官严禁弹唱淫词》,《晚清报载小说戏曲禁毁史料汇编》(上),第418页

---

① (清)钱泳撰,张伟点校《履园丛话》,中华书局1979年版,第575页。
② (清)钱泳撰,张伟点校《履园丛话》,中华书局1979年版,第575页。
③ 《国忌禁演戏续说》,《晚清报载小说戏曲禁毁史料汇编》(下),第517页。

续表

姓名	差役类别	戏园或书场（地点）	有否违禁	资料来源
丁宝和	上海县差	凤裕茶园（上海东新弄）	有	《诲淫逞凶》，《晚清报载小说戏曲禁毁史料汇编》（上），第759—760页
张某	某署皂班头	宝和轩茶园（天津北门西）	有	《风化攸关》，《晚清报载小说戏曲禁毁史料汇编》（上），第775页

差役欺弱畏强，对于訾议其违禁者，甚至打击报复。如表1—6中的县差丁宝和所开茶园，演唱摊簧，《字林沪报》记者报道了该茶园的违禁行为，丁宝和对该记者"竟在稠人广众前肆行殴辱。"[1]差役日常蛮横可见一斑。笔者尚未见到有关差役开设书坊书局书肆、刊售违禁小说的记载，但在差役徇私舞弊、无孔不入的晚清，也不能排除此现象的存在。

差役在禁毁活动中所暴露弊端的要因，与他们在其他公务中表现弊端之原因并无二致，此方面研究甚多，概括起来主要原因有二：其一，政治身份低贱。清代法律规定差役为剥夺政治权利的贱役，"限其出身，卑其流品，使不得并于君子士人者，吏也。"[2]差役阶层被排斥于官僚体制之外，其子孙也例不准入仕应试。贱役身份导致良谨自尊之人逃避从业差役，差役大多为凶顽恶劣之辈，差役也自轻自贱，进而视法律为具文。其二，经济收入微薄。降身为差役的好处一是可免杂役，二是可获得工食银。但工食银微薄，不足以养家糊口，而且一般还领不到手，"较为普遍的情况是，州县官并不发给差役工食银，而任其在办差过程中敲诈勒索。"[3]差役敲诈勒索而来的部分费用名曰规费，为州县衙门所允许，它既为衙门运转提供了部分经费，也是差役生活的主要来源，被视为合法收入，"凡所云陋规者，乃地方历来之成例。"[4]而且，州县等地方官的主要收入也依靠书吏、差役去获取，经济上官、吏、差相互倚重[5]。由此，差役素质之低劣、吏治之腐败可想而知。

①《诲淫逞凶》，《晚清报载小说戏曲禁毁史料汇编》（下），第759页。
②（清）贺长龄辑《皇朝经世文编》（卷1—10），光绪十三年（1887）石印本，第48页。
③魏光奇《有法与无法——清代的州县制度及其运作》，商务印书馆2010年版，第180页。
④《官箴书集成》编纂委员会编《官箴书集成》（第三册），黄山书社1997年版，第257页。
⑤李荣忠《清代巴县衙门书吏与差役》，《历史档案》1989年第1期。

三、差役参与禁毁的纪律控制

官员要推行政令和发展仕途,又必须把差役不法尽量控制在可控的范围之内。地方官在禁毁活动中尝试了一些提高差役查禁效率或控制差役不法的举措。

(一)选派干差

挑选有才能、能办事的差役,即所谓的"干差""干役""干捕"执行禁令。在办事和守法方面,干差一般是官员信得过之人,可提高查禁效率,减少对民间的骚扰。1892 年 7 月,宁波知府胡元洁访闻西南乡标社裘漕地方有人雇演串客,当即派干差往拿,一举将串客艺人及雇请者 10 人拘获到案,从重笞责①。1902 年 1 月,上海会审公廨谳员张辰访闻席柏君、陶林春二人私印《石头记》等"淫书",潜行出售,特饬干差协保前往密拿,当将二人拘获,并起获书籍数百部②。当一般的差役查禁无果时,官员会添派干捕,勒限拿究③。上级官员要求地方官实力查禁时,也特别要求签派干差④。选派干差俨然是地方官执行查禁的"杀手锏"。

(二)签票为凭

签即令签,票即传票。"差役奉票传案,是舞弊的主要机会。"⑤在查禁活动中,为了减少差役滥用权力、巧取豪夺,也是给当事人说明差役是奉命行事,官员派差役制止、传讯、拘捕违禁时,一般向执行命令的差役发给令签或传票,如"(谳员张辰)签差将惯售淫书小说之文宜书局陈茂生及青莲阁门首摆摊之李问轩等拘拿到廨,奉饬押候,讯供严办。"⑥"(邹知府)传集差役,给以牌票,按园谕令闭门,如违带案严办。"⑦按规定,签票一般是一

---

①《惩办串客》,《晚清报载小说戏曲禁毁史料汇编》(上),第 228—229 页。
②《私印淫书》,《晚清报载小说戏曲禁毁史料汇编》(上),第 320 页。
③《勒拿聚赌演戏棍徒》,《晚清报载小说戏曲禁毁史料汇编》(上),第 368 页。
④《查办淫戏》,《晚清报载小说戏曲禁毁史料汇编》(上),第 177 页。
⑤魏光奇《有法与无法——清代的州县制度及其运作》,商务印书馆 2010 年版,第 194 页。
⑥《查禁淫书》,《晚清报载小说戏曲禁毁史料汇编》(上),第 313 页。
⑦《查禁落子》,《晚清报载小说戏曲禁毁史料汇编》(上),第 226 页。

票(签)一差,按时缴销。在禁止演戏这种群众性娱乐活动时,差役如果不能现场出示签票,则难以服众。1887 年 2 月,宁波西乡庙社演戏时,爆发了乡民殴打差役和营兵的暴动,最后由乡中绅耆调解寝事,差役和营官即便被打也不敢上报,据说就是因为前来禁戏的差役无票拘人①。签票既是官员监督差役的重要手段,也是差役执行禁令时公信力的体现。

(三)减少下乡

官员常住城内,对乡村的监控较弱,差役下乡查禁,假公济私、敲诈勒索,因之而起。一些官员"不令委员书差赴乡"②,转而冀望公正绅士参与查禁,以防范差役人等藉查禁之名为害闾阎。有的官员在必须派遣差役下乡缉捕违禁时,特意借调兵勇参与,分途缉捕,让他们相互监督和制衡,"庶免差保朦蔽。"③

(四)官员督率

为了避免差役查禁不力或不法,有时地方官不得不亲自带同差役查禁,或亲率差勇拘拿④,或亲带差役下乡禁止⑤。但地方官人少事冗,不可能事必亲躬,督率差役查禁只能偶尔为之。

(五)奖赏激励

为提高差役人等的查禁积极性,对积极查禁的差役给予物质奖励。晚清宁波地方官曾多次开列查禁串客赏格,"有连同戏具获送府县衙门者,每获一名赏给一千文,能获十名赏十千文,以次递加。"⑥激励之下,府署头役曹某将串客艺人诱骗至宁波城内演出,然后密报兜拿,结果三名艺人被捕

---

①《串客滋事》,《晚清报载小说戏曲禁毁史料汇编》(上),第 208—209 页。

②《整顿保甲》,《晚清报载小说戏曲禁毁史料汇编》(上),第 63 页。

③《严禁花鼓》,《晚清报载小说戏曲禁毁史料汇编》(上),第 53 页。

④《演戏聚赌再罚》,《晚清报载小说戏曲禁毁史料汇编》(上),第 345 页。

⑤《谕禁演戏》,《晚清报载小说戏曲禁毁史料汇编》(上),第 447—448 页。

⑥《严拿串客》《重禁串客示》《谕拿串客赌徒悬赏示》《申禁串客示》,《晚清报载小说戏曲禁毁史料汇编》(上),第 14—15、16、18、19 页。

到案①。

（六）劝善教化

即官员教化差役积极禁毁，特别是利用果报劝化差役。清代社会果报观念流行，禁止淫戏和淫词小说可以获延续子嗣、助登科第、获意外财等善报。不少官员倡导用果报教化役吏积极参与禁毁，清代官吏中流行的《当官功过格》说禁止台戏，"一日算十功。"②乾隆年间历任州县官、知府、道台的宋楚望所辑《公门果报录》的主旨就是以果报劝化役吏，其中说：花鼓淫戏及戏班搬演小戏，最为风俗人心之害，第一须严禁。若能严行究办，阴功极大，子孙必科甲连绵。查禁淫书小说，亦是积德之举③。只是有多少差役接受此类教化而自觉禁毁，则不得而知。

（七）问责惩罚

地方官惩治差役不法的主要方式有记过、罚金、杖责、笞责、枷示、革除乃至徒流等刑罚。但差役在禁毁活动中因查禁不力或受贿勒索而遭到官员惩处的事例较少见。笔者认为造成此现象的原因是：官员对禁毁不力或藉查禁受贿、勒索的差役查处本来就少，毕竟相比刑名、钱谷、捕盗等要务而言，差役参与禁毁事务的权重次之，官员和差役投入的精力也次之，且刑名、钱谷等要务也是差役不法的主要领域，是官员监督的重点。但即便是官员监督差役的重点领域，官员对差役不法也很少查处。通常情况是：官员或因需要依靠差役执行公务，或因维护专制权威，或因自身不廉洁，他们对差役往往采取包庇、回护的态度④。据笔者所见，在禁毁活动中官员对禁毁不力或不法差役惩处方式有：1. 罚金。仅见一例，1898 年 11 月，上海公共租界会审公堂差役赵胜所开天仙戏园违禁演唱《打斋饭》，谳员郑汝骥商诸陪审官梅尔思，以赵系办公人，未便从宽，判罚洋一百元了事⑤。2. 笞责和关押。1906 年 8 月，上海道署差役魏茂茂因勒索售卖淫书的书贩彭

---

①《诱捕串客》，《晚清报载小说戏曲禁毁史料汇编》（上），第 237—238 页。

②张原君、陶毅主编《为官之道：清代四大官箴书辑要》，学习出版社 1999 年版，第 461 页。

③《官箴书集成》编纂委员会编《官箴书集成》（第九册），黄山书社 1997 年版，第 374 页。

④魏光奇《有法与无法——清代的州县制度及其运作》，商务印书馆 2010 年版，第 197—198 页。

⑤《戏园受罚》，《晚清报载小说戏曲禁毁史料汇编》（上），第 281 页。

永桂三十元不遂,将彭拘解讯究,哪知索诈事发,结果魏茂茂被总工程局判笞责二百板,关押四个月以儆[1]。但其子多次赴局求释,魏茂茂仅关押三十余天,即被交铺保开释[2]。3. 革除。此方面并非直接证据,而是来自告示,即官员屡屡在查禁告示中申明"将得规差保随时察访革究。"[3]官员三令五申的警告,正是差役人等在禁毁活动中经常得规包庇的映射。赵胜和魏茂茂这两件案件一定程度上说明:官员对差役带头违禁和藉端勒索的判罚较轻,一般不会判处斥革。

为落实禁令、提高查禁效率,尽管地方官采取了一系列措施监督差役,但实际收效有限。首先,选派干差、减少下乡、亲自督率、奖赏激励都是偶一为之的权宜之计,不能持之长久。选派干差和亲自督率都会因官员和干差人少事繁、难以事必亲躬而只能偶尔用之;差役日常要分驻城乡,禁毁活动、尤其是禁戏活动的主战场是乡村,告示需要"饬差发贴四乡"[4],执行禁令也需要差役"四出访拿。"[5]减少差役下乡也不可能持久或根本无法实施。此四者中,唯一可以长期、普遍贯彻的是奖励激励,但也殊难坚持或推广。如果缉捕违禁每次要奖赏,那么比之更重要的差务如捕盗、催征、刑名等是否每次也要奖赏? 所以时人认为:缉捕违禁本是差役分内之事,竟发展到官方要用赏格来激励他们去执行的地步,这本身就是"令有所不行"的表现[6]。其次,签票为凭和劝善教化则属于软手段,禁毁过程中能起到多大效果还是要靠差役的自觉性。以上皆是基于地方官实力查禁、不许差役收取规费的基础上作出的判断。实际上,地方官允许差役或明或暗地藉查禁之名收取规费的现象相当普遍。清代嘉定县花鼓戏屡禁不止,该县地方志的编纂者认为皆因衙门吏役和地保接受规费所致:"文武佐杂衙役皆有使费,仓差地保尤若辈护符,官虽示禁,空文而已。"[7]乡下如此,城镇亦然,天津戏园、书场为顺利开演,也向差保使费[8]。地方官既要提高差役的查

---

[1]《惩责贩售淫书》,《晚清报载小说戏曲禁毁史料汇编》(上),第364页。

[2]《总工程局记事》,《申报》1906年9月26日,第11版。

[3]《力挽浇风》,《晚清报载小说戏曲禁毁史料汇编》(上),第72页。

[4]《示禁赌戏》,《晚清报载小说戏曲禁毁史料汇编》(上),第33页。

[5]《惩办申客》,《晚清报载小说戏曲禁毁史料汇编》(上),第214页。

[6]《书宁郡宗太守〈严拿申客〉告示后》,《晚清报载小说戏曲禁毁史料汇编》(下),第512页。

[7](清)程其珏修,杨震福纂《(光绪)嘉定县志》,光绪七年刻本,卷八第四页下。

[8]《建台奉禁》,《晚清报载小说戏曲禁毁史料汇编》(上),第188页。

禁效率，又要预防他们藉查禁受贿勒索，还要允许他们适度索取规费，这不啻是一个环环相扣的、无解的制度难题："制度的恶劣导致从政人员的劣化，从政人员的劣化又反过来又导致政治的劣化，清代州县吏役制度就陷入了这种恶性循环之中。"①官方禁毁政策在这种恶性循环的吏役制度中被抵消，在这种政治制度下，差役之积弊无孔不入，自非禁毁活动一者而然。

差役"为官之爪牙，一日不可无，一事不能少。"②地方官依靠差役全面推行禁毁政策，晚清差役的确查获了大量小说戏曲违禁案件，其中还出现了像上海会审公廨廨差赵银河这样积极禁毁的差役代表③。差役是官方禁毁政策得以维持和落实的保证，差役参与禁毁，一定程度上促使小说戏曲编撰和传播按照官方意志的方向发展。但整体上看，差役受贿、勒索、勾联或带头违禁又相当程度上抵消了禁令的执行力度，并一定程度上造成了屡禁不止现象。差役对禁毁政策的执行和违反对小说戏曲发展而言不啻是一把双刃剑：一方面，无论官方和士绅如何声色俱厉地强调禁毁，都不能阻遏所谓的违禁小说戏曲的生产、传播和接受。另一方面，差役的受贿勒索、攫取规费，增加了小说戏曲生产、传播和接受的成本，从业者千方百计地依恃公权或寻求庇护，甚至形成行业潜规则，又不利于小说戏曲的发展。以演艺业为例，晚清戏班、园主、书场主、茶馆必须经常考虑打点差役，如果他们"索规费未遂"，则开演艰难④。如果遂其所欲，则"使费益巨"⑤，从业者转而亏损或所获无多。差役对从业者而言是一种权威的存在，甚至土棍也打着差役的招牌浑水摸鱼，有的土棍冒充差役拘拿演戏首事人勒索⑥，有的土棍托名差役给唱滩簧的茶馆提供保护，实则诈费⑦。晚清演艺行业有两个值得注意的怪象：其一，如上文言，差役竞相开设戏园、书场、茶馆，或担任会首，以公权作为后盾既获利其中，也违禁其中。其二，从业者千方

---

① 魏光奇《有法与无法——清代的州县制度及其运作》，商务印书馆 2010 年版，第 395 页。

② 《官箴书集成》编纂委员会编《官箴书集成》（第六册），黄山书社 1997 年版，第 706 页。

③ 赵银河的查禁活动参见：张天星《晚清官方禁毁〈野叟曝言〉考述》，《无锡商业职业技术学院学报》2018 年第 1 期。

④ 《江西演剧》，《晚清报载小说戏曲禁毁史料汇编》（上），第 163 页。

⑤ 《建台奉禁》，《晚清报载小说戏曲禁毁史料汇编》（上），第 188 页。

⑥ 《冒差禁戏》，《晚清报载小说戏曲禁毁史料汇编》（上），第 242 页。

⑦ 《冒公役开唱滩簧》，《时报》1907 年 11 月 23 日，第 9 版。

百计地寻求租界、洋商或权豪势要的庇护①，戏班领班人也多请衙门差役担任②。这两个不正常现象是政府、官吏、兵勇、流氓等势力逼迫的结果，其中当然也少不了差役执法犯法的驱赶推动。因此，相当程度上讲，中国传统文艺管理制度的近代转型，必须是管理人员身份权责及其管理观念和方法的变革，这些变革的开端就包括变革和超越差役参与的小说戏曲管理制度。

①晚清新闻出版机构和戏园偏好托身租界，戏园也偏好托名洋商，如上海各戏园"皆托名洋商"（《禁演淫戏述闻》，《晚清报载小说戏曲禁毁史料汇编》[上]，第 205 页）。镇江宝丰戏园和群玉戏园皆曾托名洋商（《严禁戏园演唱淫戏》《禁演淫戏》，《晚清报载小说戏曲禁毁史料汇编》[上]，第 95—96、351 页）。虽然它们托身租界和托名洋商的原因不一，但规避差役人等以查禁为名藉端勒索属于重要原因则可肯定。

②张发颖《中国戏班史》，沈阳出版社 1991 年版，第 259 页。

第六章　地保

　　地保亦称地方、地甲、坊保、小甲、总甲等,是清代中后期协助官方在基层社会从事赋役征派、参与处理刑事案件、治安管理、抗灾赈荒、承应官差、民间调处等事务的执役人员。地保通常按照自然性区划的图、村、庄等来设置,一般每图、村、庄设地保一至二名。王朝时代,王权不下乡,政府的正式管理机构到州县一级而止,清朝统治者的基层治理理念是:"以乡人治其乡之事"①,地保是该治理理念的具体实践,他们上与州县衙署的差役相关联,下与百姓相联系,构成了清朝基层治理网络之末梢,地保遂成为政府在基层社会的耳目手足,是政府的驻乡代理人②。清代是古代制度性禁戏发展的高峰,在地保日常繁杂的事务中,虽说禁戏并非其主要事务,但具体到官方基层禁戏政策的落实,地保是该政策指定的主要执行者。在晚清官方频繁的禁戏活动中,禁戏政策在基层社会如何落实? 作为官方在基层社会的主要代理人,地保如何参与禁戏? 其参与禁戏对民间演剧产生哪些影响? 这些都是学界尚未探讨的问题。造成地保参与禁戏专题考察尚属空白的关键原因是史料匮乏,正如研究者所言,因为官书对地保记载极略,以致后人对其了解非常困难③。本章在收集晚清报刊史料的基础上,对晚清地保参与禁戏作较全面的考察和论述④,冀以丰富晚清基层禁戏活动、乡地制以及地保研究。

一、地保参与禁戏的主要职能

　　晚清地方官一般把地保作为基层社会禁戏活动的首要责任人:一者,

---

①《清朝文献通考》(一),浙江古籍出版社 1988 年,第 5045 页。

②瞿同祖著,范忠信等译《清代地方政府》,法律出版社 2003 年版,第 8 页。

③汪春劼《清末民初的"村干部":图董与地保——基于 20 世纪前期无锡的分析》,《江海学刊》2012 年第 6 期。

④另外,地保也参与基层禁毁小说活动,他们所起作用、弊端等与参与禁戏大致相同,只是目前所见该方面的史料更少,本章在论述时也稍有引证。

官方开展禁戏活动,首先饬令地保具结,严格执行:"并札各县饬令各地保出具遵禁切结在案。"①二者,地方官如果访闻地方上发生违禁情事,通常率先拘传地保问责:"先责地保隐瞒不报之罪。"②官员要求地保主要以六种方式参与禁戏。

(一)及时禀报

作为基层社会的跑腿办事员和重要耳目,上传下达是地保的主要事务之一。地方官要求地保将地方治安、刑事等信息主动在第一时间上报。演戏要动用锣鼓丝竹、聚人观看,违禁演戏能瞒住州县官,但一般很难瞒住地保,对辖区内的违禁及时上报是官方对地保执行禁戏政策的基本要求,像晚清上海县知县范寿棠、黄承暄、汪懋琨、王念祖、李超琼等都曾招集全县各图地保,告诫地保一旦发现本图有演唱花鼓戏情事,要立即禀究③。地方官接到地保禀报之后,一般会立即派差往禁。1898 年秋季,上海西北乡诸翟镇秋收有获,演戏酬神,土棍则藉戏开赌,三十保六图地保投县禀请谕禁,知县王豫熙立即饬差前往禁止,违干提究④。因为"对于地保而言,协助基层政权来维护辖区治安秩序是最重要的职责。"⑤基层治安秩序越好,统治就越稳定。从动机上看,地方官要求地保禁戏的首要动因是治安之虞,其次才是有伤风化等原因。地方官认为地方上演戏,难免引发匪类混迹、抽头聚赌、奸盗诱拐等治安事故,"而盗窃斗殴等案亦自此更多。"⑥特别是演戏属集体性娱乐活动,一旦开演,各色人等麇集,禁止困难,有时"乡民竟恃众不惧。"⑦强行禁止甚至引发殴差抗官的暴动,地保及时禀报则可以起到防患未然的作用。松江知府戚扬认为地保人等如果及时禀报,则禁止较易,"庶几禁遏于事前,较易为力",开演之后禁止则暴乱风险大增,"直待搭台演戏,搭棚聚赌,千百人合群之日,始行拿办,徒酿殴差抗官之祸,嗟

①《永禁淫戏串客示》,《晚清报载小说戏曲禁毁史料汇编》(上),第 12 页。

②《严禁淫戏》,《晚清报载小说戏曲禁毁史料汇编》(上),第 21 页。

③《邑尊谕话》《邑尊谕保》《催科要政》《谕保严催未完钱粮》《传谕地保》,《晚清报载小说戏曲禁毁史料汇编》,第 194、252、342、382、406 页。

④《禁止演剧》,《晚清报载小说戏曲禁毁史料汇编》(上),第 282 页。

⑤谭琪《清代州县治安制度研究》,中国工人出版社 2015 年,第 72 页。

⑥《禁唱淫戏》,《晚清报载小说戏曲禁毁史料汇编》(上),第 174 页。

⑦《拿办花鼓淫戏》,《晚清报载小说戏曲禁毁史料汇编》(上),第 365 页。

何及矣！"①戚扬的意见切中肯綮,说出了地方官三令五申地要求地保务必及时禀报之衷曲。由于地位低微,地保不能径直面禀地方官,一般将违禁信息上报给差役、门丁,"必由差役门丁为之先,容官书吏房为之写呈而后可以达意。"②地方官对于未及时禀报的地保,一经访悉,则要拘传地保到案,"不先禀报,必应罚办。"③轻则训斥,重则笞责、枷示直至革除。

(二)传达禁令

官方禁戏法令的实施首先有赖于传播,即告示套语所云"仰诸色人等一体知悉。"地保是禁戏法令在基层社会的主要传播者,地方官吏经常"令各图地保一律谕禁"④,就是要求地保把禁戏政策传达给辖区民众。从媒介上看,地保传达禁令的方式有二:其一,口头传达。具体包括两种形式,一是地保在日常禁戏活动中自觉宣传禁令。地保手头上没有配备执法力量,劝禁既是地保参与查禁的主要方式,也是官方要求地保采取的主要方法:"谕饬地保随时劝阻。"⑤劝禁之际,地保免不了口头传达或宣传禁戏政策。二是官员发起查禁活动时,招集地保,要求地保把禁令传达给辖区内的民众或茶肆、戏园,俾众周知。1894年3月29日,上海县主簿林绍衣传齐各铺地保,要求各地保向茶肆主传谕,禁止妇女啜茗和演唱摊簧⑥。1900年2月,鄞县知县徐柱国查禁串客等事,也是饬传四乡地保在辖区内面谕禁止。⑦ 其二,张贴告示。官员还会要求地保把查禁告示分贴各处,或饬地保"将告示分贴各处。"⑧或"传谕差保持赴各乡张挂。"⑨地保一般把告示张贴于辖区内诸如宗祠、庙社、街衢等风雨不易损坏之处,俾众观览。

(三)直接查禁

即地保直接用行动与违禁作斗争。根据主体不同,可分为官吏指令的

①《道札严禁演戏聚赌》,《晚清报载小说戏曲禁毁史料汇编》(上),第108页。
②《论租界地保》,《申报》1883年1月18日,第1版。
③《松府札县严禁乡镇演戏聚赌》,《晚清报载小说戏曲禁毁史料汇编》(上),第363页。
④《禁止灯会演戏》,《晚清报载小说戏曲禁毁史料汇编》(上),第293页。
⑤《弭患无形》,《晚清报载小说戏曲禁毁史料汇编》(上),第45页。
⑥《力挽颓风》,《晚清报载小说戏曲禁毁史料汇编》(上),第48页。
⑦《力挽浇风》,《晚清报载小说戏曲禁毁史料汇编》(上),第72页。
⑧《重申禁令》,《晚清报载小说戏曲禁毁史料汇编》(上),第244页。
⑨《县示照录》,《晚清报载小说戏曲禁毁史料汇编》(上),第35页。

查禁和地保作为日常事务的查禁。前者是官吏访悉违禁消息之后,或谕令地保单独禁止"谕保前往查禁。"①或谕令地保会同差役、巡勇等一起禁止"饬地保会同巡士前往谕令停止。"②后者是地保将禁戏作为辖区内的日常事务,随见随禁,其查禁方式主要有三:(1)劝禁。即通过劝说的方式阻止。如上文言,地保社会地位较低,又没有执法力量,辖区内基本为熟人社会,对于违禁一般以劝阻为主,对于劝阻不遵者,官方要求地保立即上报"如敢抗违,立即禀候提究。"③劝禁多是对于辖区内的居民而言,若是外来的流动戏班伶人,常采用驱逐的方式。(2)驱逐。就是将外来的违禁者逐出辖区之外,不允许其逗留。特别是对于演唱花鼓、滩簧等官方要求查禁的流动优伶。驱逐是地方官禁止此类戏班或优伶的主要手段,该手段在乡村的落实则主要依赖地保,地方官经常"责成地保随时严查驱逐。"④地方官和道德之士认为,地保如果都能按照官员要求一起参与驱逐,流动优伶将在基层社会几无立锥之地。(3)传讯。地保还要协助将官方饬提的违禁者传至官府讯究。1893年8月,上海法华镇演唱花鼓,高富生滋生事端,保甲总巡叶大庄饬提高富生到案,该图地保遂将高送县讯供⑤。地方官虽赋予了地保拘拿送究之权,但地保独立拘拿送究的案件很少见,他们更多是以禀报、传达、协捕等辅助方式参与禁戏,此种情形应该与地保地位低微、并非行政执法人员颇有关系。

(四)协助缉捕

即协助官员、差役或汛弁拘捕违禁者。承应和帮办官差是地保的主要职责,他们土生土长,有对辖区环境、人口、信息熟悉的优势,官方在地方上侦查违禁,一般需要地保协助,1906年8月,上海闸北巡局唐局员访闻旧港连日演唱花鼓、赌风大盛,"特密带勇保往查。"⑥可想而知,在此次侦缉过程中,地保起着引路和指认的作用。官员派差役、勇丁缉捕违禁,一般也需要地保的承应协助,或"押同地保往拿"⑦,或"饬差协保拿办"⑧,不一而

①《查禁淫词》,《晚清报载小说戏曲禁毁史料汇编》(上),第406页。
②《饬禁影戏》,《晚清报载小说戏曲禁毁史料汇编》(上),第393—394页。
③《告诫地保》,《晚清报载小说戏曲禁毁史料汇编》(上),第118页。
④《严禁串客》,《晚清报载小说戏曲禁毁史料汇编》(上),第69页。
⑤《花鼓启衅判罚》《枷满开释》,《晚清报载小说戏曲禁毁史料汇编》(上),第235、236页。
⑥《查拿花鼓淫戏未果》,《晚清报载小说戏曲禁毁史料汇编》(上),第365页。
⑦《严拿串客》,《晚清报载小说戏曲禁毁史料汇编》(上),第14页。
⑧《惩办淫戏》,《晚清报载小说戏曲禁毁史料汇编》(上),第189页。

足,皆可见地方上缉捕违禁一般离不开地保的协助。

(五)到堂质证

官员审判违禁人员时,一般要饬传地保到堂质证①。由于地方官对未及时禀报的地保采取问责制,更多情况是:地保既是作为证人也是作为被问责的被告到堂受讯。1906 年 6 月,上海江桥董事控告朱阿松纠众演唱花鼓,知县拘提朱阿松讯究。该处地保徐仁和、范子樵也被传案问讯,徐、范同供朱纠人演唱花鼓时,曾前往劝阻,但朱并不服从,请求宽宥。知县判朱笞责五十,从宽交保②。在这起禁戏案件中,地保既是证人,也是接受审判的被告,因二人曾采取禁止行动,故并未之究。

(六)管押违禁

清代官方规定地保对本辖区内待审和已判的轻型人犯有监督管押之责。在禁戏活动中,被判罚在演戏犯事地枷示的违禁者,一般由地保负责监督执行③。因贩卖小说已判的违禁者,有的也交由地保看管。1889 年 8 月,高水水在福州白鹭棋收买《肉蒲团》《金瓶梅》等小说,出租渔利,当地士绅禀请保甲局惩究,保甲局拘高判罚:"荷枷发交本铺地保看管,以昭炯戒。"④就是要求高在其辖区地保的看管下完成一定期限的戴枷惩罚。小说戏曲违禁者没有按照《大清律例》所规定的杖、徒、流等刑罚,而是作为轻罪交由其辖区地保看管,是清代小说戏曲判罚轻刑化的标志之一。

二、地方官对地保禁戏的监督

为落实基层禁戏政策,地方官把地保作为主要责任人,通过具结、问责、革除等方式监督地保实力查禁。

(一)具结

即对执行禁令的行为愿负法律责任而向官府所作的书面保证。根据

---

① 《演戏摊派判罚》,《晚清报载小说戏曲禁毁史料汇编》(上),第 309 页。
② 《演唱花鼓判罚》,《晚清报载小说戏曲禁毁史料汇编》(上),第 361—362 页。
③ 《花鼓启衅判罚》,《晚清报载小说戏曲禁毁史料汇编》(上),第 235 页。
④ 《惩办出租淫书》,《晚清报载小说戏曲禁毁史料汇编》(上),第 221 页。

内容,可以分为及时查禁的具结和违禁判罚之后的具结。及时查禁的具结是地方官要求地保出具辖区内见有违禁应立即禁止或上报的保证。1879年4月,鄞县知县石玉麒严禁串客,"饬传地保具结并密访查拿。"①违禁判罚之后的具结是地方官对违禁演戏案件判罚之后令地保严禁或不得再犯的保证。1890年秋,上海县地保张石根、李秀演唱花鼓,被知县陆元鼎判处枷示,期满之后令各具不得再犯切结②。

(二)问责

地方官如果访悉有违禁情事,且地保并未上报或禁阻,地保则负有连带责任,"一经查出,惟该保是问。"③据笔者所见,在禁戏活动中,地方官对地保较严格地执行了问责制,只要地保未及时禁止或上报,追责在所难免,其一,未拿获违禁者,拿地保是问。1899年8月,上海知县王豫熙访悉新闸叉袋角二十七保十二图中有演唱花鼓情事,立即饬差往拘,演唱者免脱,遂将地保张全土解案,讯其得贿包庇之罪④。其二,拿获违禁者,也拿地保是问。1899年8月,金茂祥等人在上海法华镇演唱花鼓戏,被知县王豫熙访闻,饬差连同地保王云庆一起拿获,惩责地保扶同包庇之罪⑤。笔者所见地方官在禁戏活动中问责地保的主要方式有三:

1.枷示。即用木架套住犯人颈部,写明罪状,于衙署或犯事地点示众,以示耻辱,使之痛苦。1877年正月,苏州狮子林招人弹唱《玉蜻蜓》,申时行后裔请该辖区地保禁止,该地保置之不理,初十日,由长洲县饬差将地保与弹词者一并枷号于狮子林门首⑥。枷示的时间一般为数天至数月不等,1898年1月,上海县四铺地保陆桂得规包庇邑庙春风得意楼弹唱淫词小曲,被判枷示二十天,发邑庙示众⑦。

2.笞责。笞责即笞刑,是以板片击打犯者腿臀部的一种刑罚,为清代五刑中最轻的刑罚。下表是笔者所见地方官判处地保笞责或掌颊的统

①《严禁串客示》,《晚清报载小说戏曲禁毁史料汇编》(上),第12页。
②《地保演唱花鼓荷枷》,《晚清报载小说戏曲禁毁史料汇编》(上),第225页。
③《严谕地保整顿恶俗》,《晚清报载小说戏曲禁毁史料汇编》(上),第383页。
④《惩办包庇花鼓之地保》,《晚清报载小说戏曲禁毁史料汇编》(上),第289页。
⑤《演唱花鼓判罚》,《晚清报载小说戏曲禁毁史料汇编》(上),第287—288页。
⑥《弹词枷锁》,《晚清报载小说戏曲禁毁史料汇编》(上),第165页。
⑦《整顿风俗》,《晚清报载小说戏曲禁毁史料汇编》(上),第271页。

计表。

表 1—7　晚清禁戏活动中地保被判处笞责、掌颊举例表

地保姓名	时间	地点	被责情况	被责原因	资料来源
不详	1880 年 4 月	宁波南乡	五百板	本图发生演唱串客,并发生乡民殴差	《严拿串客》,《晚清报载小说戏曲禁毁史料汇编》(上),第 14 页
陈庆荣	1881 年 11 月	上海徐家汇	一百板	受命与差役一起查禁花鼓,不但不予禁止,反而坐于台前观看	《惩办淫戏》,《晚清报载小说戏曲禁毁史料汇编》(上),第 189 页
吴松涛	1885 年 3 月	上海长桥九图	掌颊二十;复重责二十板	本图发生演唱花鼓,托词朦混	《地保糊涂》,《晚清报载小说戏曲禁毁史料汇编》(上),第 200 页
不详	1888 年 8 月	芜湖河南西街	笞责数下	本铺有人演唱花鼓,有意掩塞	《查禁花鼓》,《晚清报载小说戏曲禁毁史料汇编》(上),第 217 页
不详	1889 年 8 月	上海豫园	笞责四十	本铺某茶寮开唱《倭袍》	《禁唱淫词》,《晚清报载小说戏曲禁毁史料汇编》(上),第 220 页
不详	1895 年 10 月	苏州郡庙	掌颊二十下	本图有人开设戏馆,强辩不休	《禁止聚福班演剧》,《晚清报载小说戏曲禁毁史料汇编》(上),第 248 页
不详	1896 年 10 月	娄县七宝	从重笞臀	本图有演唱花鼓戏情事	《严禁花鼓》,《晚清报载小说戏曲禁毁史料汇编》(上),第 259 页
王云庆	1899 年 8 月	上海县法华镇	一百板	本图有人演唱花鼓,扶同包庇	《演唱花鼓判罚》,《晚清报载小说戏曲禁毁史料汇编》(上),第 287—288 页

续表

地保姓名	时间	地点	被责情况	被责原因	资料来源
张全土	1899 年 8 月	上海县二十七保十二图	二百板	本图有人演唱花鼓,托词朦混	《惩办包庇花鼓之地保》,《晚清报载小说戏曲禁毁史料汇编》(上),第 289 页
不详	1907 年 3 月	浦东陆家行镇	笞责开释	本图茶馆开唱淫词,容隐包庇	《究唱淫词》,《晚清报载小说戏曲禁毁史料汇编》(上),第 383 页

由上表可见,如果本图发生违禁或参与包庇,地保被判笞责在所难免,笞责次数自数下至数百不等,笞责之外,官员还会对辩解开脱的地保处以刑律无载的掌颊。相比命、盗、赌案地保因表现不力有时遭受数千板的笞责而言[1],地保因禁戏不力而遭到笞责次数算不上突出,但已相当严厉,因为清制笞刑最多者不过五十下,官员对查禁不力的地保处以笞责一般超过清制。这主要是因为官方把地保视为"与在县之皂隶、民壮等役无二"[2]的贱役,要求用扑责手段监管他们:"稍有违误,扑责立加。"[3]而不必体恤其脸面廉耻。但是简单粗暴的严惩方式,也强化了人们对地保身份的歧视和排斥,正如一篇评论所云:"为地保者,则只足以取责,并不足以致荣。"[4]洵为的评。

3.斥革。即革除地保资格,官方告示屡屡申明对容隐包庇和查禁不力的地保予以严惩革除,如"地保容隐,一并革究,决不宽贷"[5],"一经拿获到案,定即严惩,地保一并革究"[6],"设有兵役地保,仍敢受贿容隐,一并斥革

---

①晚清著名的杨乃武案审判时,地保因所知无多,讯供后被判笞责三千板(《审余杭葛毕氏案杂闻》,《申报》1875 年 8 月 2 日,第 2 版)。1875 年 9 月,鄞县望春桥地保因禁赌不力,被知县判责二千板(《严惩赌博》,《申报》1875 年 9 月 15 日,第 2 版)。1908 年 3 月,松江府知府戚成访闻娄县新坊图地保王金、华亭县境北内地保张源成等人包庇赌徒聚赌,提案讯将各该保每名重责四千余板,荷枷示众。(《松府讯责庇赌地保》,《新闻报》1908 年 3 月 9 日,第 11 版)。
②《禁止殷户勒充地保告示》,《(光绪)嘉兴府志》,光绪五年刊本,卷二十二第七十四页上。
③《清朝文献通考》(一),浙江古籍出版社 1988 年,第 5045 页。
④《论充当地保受辱非浅》,《字林沪报》1896 年 3 月 21 日,第 1 版。
⑤《禁串客示》,《晚清报载小说戏曲禁毁史料汇编》(上),第 29 页。
⑥《示禁串客》,《晚晚清报载小说戏曲禁毁史料汇编》(上),第 59 页。

严办"①等,笔者尚未见到地保因禁戏不力而被革除的记录,但对照现实中官员对办公不力的地保经常采用革除的手段②,说明革除也是官方督查地保禁戏的重要手段。

当然,地方官对地保的惩处并非单一,有时是数种并施。1890年上海县有地保张石根、李秀参与演唱花鼓戏,被县令严讯笞责荷枷③,即处以笞责和枷号。以上可见,地方官通过具结和负连带责任两种方式监督地保禁戏,而以后者为主。地保负连带责任这种监督制度并非地方官的发明创造,而是朝廷对地方官监督方式的套用。清朝规定地方官为任何错误负连带责任④。地方官则把这种问责制套用到监督地保禁戏等事务上。

三、地保参与禁戏暴露的弊端

地保参与禁戏所暴露的种种弊端,反映了地保的生存状态、地保制度的缺陷以及禁戏政策在基层的实际开展情形。

(一)监督地保是否切实查禁困难

地保所在的图、村等是清代社会治理区划的基层单位,地保以上一般还区划有都、乡等单位,然后是州县一级。在这种行政体系下,监督地保执行查禁的人员可谓多矣,其身份大致包括百姓、士绅、差役、官员四类,但是没有形成有效的监督机制。

地方官在禁戏活动授予了百姓举报之权,"倘有书差、地保人等藉端讹索,许汝等鸣官究治。"⑤但百姓不能直接面见官员,一般要通过士绅、县丞、役吏、地保等方可转达民情,在地方熟人社会,以转达方式举报显然不能保障举报人的权益,通常情况是,因害怕地保的打击报复,百姓忍气吞声:"故乡村民户皆相戒不与结怨,虑其有事时藉以荼毒也。"⑥况且,百姓

①《力挽浇风》,《晚清报载小说戏曲禁毁史料汇编》(上),第72页。
②《斥革差保示》,《申报》1879年7月23日,第2版。
③《地保演唱花鼓荷枷》,《晚清报载小说戏曲禁毁史料汇编》(上),第225页。
④萧公权著,张皓、张升译《中国乡村——19世纪的帝国控制》,九州出版社2018年,第498页。
⑤《饬办保甲示附条约(节录)》,《晚清报载小说戏曲禁毁史料汇编》(上),第14页。
⑥《论地保兼及德清新市案》,《申报》1880年12月4日,第1版。

一般惧怕见官,像清代河南"其民以不见官长为幸。"①在晚清地方行政体系普遍腐败的背景下,"村民并不把衙门当作可以寻求正义或庇护的地方,而是视为应该尽可能避开的灾难之源。"②俗云"灭门的知县,倾家的地保。"百姓一般不会也不敢举报或告发地保在禁戏活动中的容隐和勒索行为,笔者所见晚清禁戏活动中没有关于百姓举报地保的记载似乎也印证了此结论。

与普通百姓相比,士绅为四民之首,等级社会赋予士绅享有文化、政治、经济、礼仪、法律等特殊地位和权势,地保乃贱役,他们对士绅一般忌惮有加,时人言:"尝见城内保正一闻绅衿呼召,趋之若走狗。"③在乡村,士绅可以驱使地保:"沿至今日,而地保之在乡间,不过供绅豪之奔走。"④在禁戏活动中,有的绅士会指令地保查禁,地保也会遵命而行⑤。对地方公共事业热心的士绅发现地保既不禀报也不禁止,可以直接禀陈知县,提讯地保,"以治其失察包庇之罪。"⑥但官方没有授予士绅监督地保的行政权力,士绅完全是凭意愿"帮忙"监督地保,指望基层士绅监督地保整体上收效有限:其一,晚清士绅阶层品类不一,不能洁身自好的劣绅大量存在,他们中的一些或带头违禁,或与地保、差役一起相互勾结,谋取私利。1907年,江西瑞州高安县一二三都地方,自一月起连续数月,藉搬演采茶戏,大开赌场,士绅与县差营役得规包庇,"城内禁赌告示煌煌,而城外哄赌如故。"⑦其二,士绅并非都热心地方公共事务,"并没有热心投入到平时的地方管理中来"的士绅是大量存在的⑧,只要不涉及切身利益,此类士绅对地保是否查禁会置若罔闻。其三,乡村是官方禁戏的主战场,但士绅多住在城镇,他

①河南省新闻史志编辑室编《河南新闻史志参考资料》第2辑(清末民初报刊资料专辑),河南省新闻史志编辑室1985年编印,第7页。

②萧公权著,张皓、张升译《中国乡村——19世纪的帝国控制》,九州出版社2018年版,第500页。

③《论地保兼及德清新市案》,《申报》1880年12月4日,第1版。

④《论捕务宜整顿》,《申报》1879年4月19日,第1版。

⑤《禁查淫戏》,《晚清报载小说戏曲禁毁史料汇编》(上),第361页。

⑥《严禁花鼓》,《晚清报载小说戏曲禁毁史料汇编》(上),第259页。需要说明的是,本则史料是图董直接禀报知县,图董一般由士绅担任,该图董能够直接禀陈知县也可证实图董的士绅身份。图董与地保之区别参见:《图董与地保同异说》,《申报》1889年3月16日,第1版。

⑦《高安赌风甚炽》,《晚清报载小说戏曲禁毁史料汇编》(下),第788页。

⑧任吉东《城市化视阈下的近代华北城乡关系:1860—1937——以京津冀为中心》,天津社会科学院出版社2013年,第192页。

们在乡村分布较少且不均衡,晚清乡村士绅向城镇迁移还有加快的趋势,地保则多居住在乡村。因为乡村士绅较少,乡村地保较城镇地保更加肆无顾忌:"设乡间有绅衿,则地保即不敢逞志,何则?有所惮也。"①以上三点也可以说明造成晚清乡村禁戏效果不佳的部分原因,官方和道德之士常喟叹乡村禁戏困难:"无如不法棍徒往往在僻壤之区,任意妄为。"②这其中就有偏僻之区士绅较少甚至没有而导致地保人等可以包庇纵容的原因。

　　地保和差役合称"差保",差役也是晚清禁戏政策的主要执行者,与地保不同,差役类似于近代警察,拥有行政执法权,他们有监督地保的权力和职责。但地保和差役常常相互勾结、狼狈为奸,成为基层行政体系中对官方禁戏政策破坏最大的群体,对此下文将论及,兹略。

　　清代朝廷设治到州县一级为止,州县官是亲民之官、治事之官,而非管官之官。每个州县一般有地保数十名,差役则有数百名至数千名不等。州县官对差保有不可推卸的监督权,但官员居住在城内,对于乡村则耳目难周,从区域上看,乡村地保横行无法较城市尤甚:"盖城内则官府耳目之所及,犹有所忌惮,一出城外,苟在穷乡僻壤,村中无一绅衿可与官长通声气,则彼即得以上下其手,鱼肉乡民,大有挟天子以令诸侯之势。"③在一些地区,"地保城内贫而乡村富"④,就是因为官方于乡村耳目难周、监督薄弱,地保得以巧取豪夺、肆无忌惮。特别是乡村违禁演剧,取证困难,像南国水乡"(花鼓戏班)一叶扁舟,往来无定,或于穷乡僻壤,偶尔开台,一阕甫终,片帆已挂。"⑤待到官员访知,早已戏罢台空,提讯地保,有的答以外来人在图仅演一日,已经逐去,只因连日催粮事冗,不及进城禀报⑥;有的答以戏班系江湖路过之人,殊难缉获⑦;有的答以戏班现已不知去向,请求明鉴⑧。有的答以邻图演过,本图实无其事。⑨ 据言凡是地保基本皆为"泼皮胆大,

①《论中国地保》,《申报》1882 年 12 月 14 日,第 1 版。

②《惩办串客》,《晚清报载小说戏曲禁毁史料汇编》(上),第 328 页。

③《图董与地保同异说》,《申报》1889 年 3 月 16 日,第 1 版。

④《卖妻殓母》,《申报》1882 年 9 月 12 日,第 2 版。

⑤《请禁花鼓戏说》,《晚清报载小说戏曲禁毁史料汇编》(下),第 485 页。

⑥《淫戏类志》,《晚清报载小说戏曲禁毁史料汇编》(下),第 707 页。

⑦《地保糊涂》,《晚晚清报载小说戏曲禁毁史料汇编》(上),第 200 页。

⑧《提讯地保》,《晚清报载小说戏曲禁毁史料汇编》(上),第 224 页。

⑨《提讯图董地保》,《晚清报载小说戏曲禁毁史料汇编》(上),第 309 页。

能说会道,不怕官府"①之人,官员如果不能将行头和优伶人赃俱获,地保都会冒着被笞责的风险尽力托辞推卸责任。官员对乡村地保监督困难一定程度上也可以解释清代官员为何屡屡喟叹乡村禁戏屡禁不止的原因。

(二)较低的地位和操守制约执法

清代规定地保与差役同属贱业,"地保等贱役也,甲长等犹之贱役也,皆非官也。"②地保子孙例不准科考,不少族规家训也明文规定子弟不得充任地保,违者斥逐③。地保原本良民,但与差役一样,也是因为从事贱业而被定位为贱役,"与在县之皂隶民壮无异。"④而且社会上普遍认为地保比差役更卑贱,"犹在皂快之下。"⑤地保普遍身份地位卑贱⑥,这给其日常事务带来诸多掣肘。人微言轻的地位,不一定能够阻止违禁。基层社会较有影响力的士绅一般也不屑与地保这样的贱役直接打交道,当然也不愿意和他们直接合作,如果士绅参与演戏,地保一般莫可究责。差役、兵卒等稍有权力者违禁,地保也不敢过问:"地保等闻有营弁包庇,亦不敢谁何。"⑦出面劝阻有后台的违禁者,地保甚至还会遭受人身攻击。⑧ 更严峻的是,地方上组织违禁的演戏者,多非良谨安分之辈,敛钱肥己者有之,演戏聚赌者有之,流氓棍徒尤热衷其事,因害怕打击报复,地保对"地方痞棍宵小,从不敢显然拘拿。"⑨地保对于此类违禁者,要么与之沆瀣一气,要么听之任之。

地保的贱役身份还造成一大弊端,即地保以操守较低的无业之民乃至

---

①中国人民政治协商会议临颍县委员会社会法制文史委员会编《临颍文史资料》(第9辑),中国人民政治协商会议临颍县委员会社会法制文史委员会 2005 年印刷,第 202 页。

②(清)冯桂芬《校邠庐抗议》,上海书店出版社 2002 年,第 12 页。

③卞利编著《明清徽州族规家法选编》,黄山书社 2014 年,第 67 页。

④慈溪市文物管理委员会办公室、宁波市江北区文物管理所编《慈溪碑碣墓志汇编》(清代民国卷),浙江古籍出版社 2017 年,第 234 页。

⑤(清)孟毓兰修,乔载繇等纂《(道光)重修宝应县志》,道光二十年刻本,卷七第十页上。

⑥需要说明的是,晚清地保的身份地位普遍卑微,是就其共性言,不排除当地保成为有利可图的职位之后,有士绅、武生充任地保这样的特例。例如,1879 年华亭县附二图地保即由某武生充任,该武生还带头演戏聚赌、从中分肥(《禁唱淫戏》,《晚清报载小说戏曲禁毁史料汇编》[上],第 174页)。1906 年 5 月,上海县南十二图地保顾贵荣身故,有某武生与甲等人具禀到县,争充地保(《争充地保》,《新闻报》1906 年 5 月 21 日,第 17 版)。

⑦《演花鼓戏》,《晚清报载小说戏曲禁毁史料汇编》(上),第 168—169 页。

⑧《查封茶馆》,《晚清报载小说戏曲禁毁史料汇编》(上),第 312 页。

⑨《论租界地保》,《申报》1883 年 1 月 18 日,第 1 版。

棍徒居多。清代前中期充任地保者主要是地方殷实之户、忠厚诚实之民、乡中无业之民①。但殷实之户因害怕遭受役吏勒索荡产而不愿为，忠厚诚实之民因不忍欺凌良善而千方百计回避，结果是：地方无业游手喜充斯役，且占地保的多数，"道德败坏的无耻之徒纷纷被任命为保长、甲长。"②这方面还有官方政策的规定，为了避免吏役勒索造成殷实之户荡产，乾隆五十九年(1736)，浙江省推行的地保选充政策是：禁止殷实之户充任地保，而选乡中无业之民充任③。该政策在清代许多地区推广。政策相沿，晚清地保选充的结果是：地保多为游手好闲之徒："(地保)出入衙署，品居皂快壮三班之下，往往正人不屑为之，而游手好闲之徒身充其役。"④操守较低的游手好闲之徒充任地保造成如是后果："地保乃视愚民为鱼肉……此等风俗无地不然。"⑤于是，地保藉禁戏得贿容隐、藉端勒索等弊政也就与影随行。

(三)普遍藉查禁为由受贿和勒索

　　地保位贱事繁、动辄遭责，"人皆视为畏途。"⑥许多地区充任地保还要缴纳数十至上百两的顶首银⑦。但是许多人乐充斯役，不少地区遇有地保空缺，"于是人咸起而争夺。"⑧在外贿托有势力者赴县说项者有之⑨，向衙署吏役行贿以求承充者有之⑩，地保已被当作可以投资回报的职位。地保收入主要靠非法所得，其收入来源与差役大致相同，主要有五：官方补贴、派分资、陋规、受贿、勒索。官方补贴是官方通过银钱补助、公务补贴、地方捐款等方式支付地保工食银，但官方补贴根本领不到手，"虽有工食，而从无发给者。"⑪时人干脆说"中国之地保则向无工食。"⑫派分资是地保通过逢年过节、做寿等方式向百姓收取财礼，"每节须送节规者有之，做寿分帖

---

①邢赛男《清代地保与地方社会研究》，河南大学 2017 年硕士论文，第 15—16 页。

②萧公权著，张皓、张升译《中国乡村——19 世纪的帝国控制》，第 103 页。

③《禁止殷户勒充地保告示》，《(光绪)嘉兴府志》，光绪五年刊本，卷二十二第七十四页上。

④《论地保兼及德清新市案》，《申报》1880 年 12 月 4 日，第 1 版。

⑤《论地保兼及德清新市案》，《申报》1880 年 12 月 4 日，第 1 版。

⑥《论租界地保》，《申报》1883 年 1 月 18 日，第 1 版。

⑦严新宇《职业化差役：清中叶以后的巴县坊厢保正》，《清史研究》2017 年第 4 期。

⑧《争充地保》，《申报》1903 年 10 月 21 日，第 3 版。

⑨《争充地保》，《新闻报》1898 年 9 月 26 日，第 3 版。

⑩《论地保日增》，《申报》1893 年 9 月 28 日，第 1 版。

⑪《论中国地保》，《申报》1882 年 12 月 14 日，第 1 版。

⑫《论地保日增》，《申报》1893 年 9 月 28 日，第 1 版。

苟派礼物者有之。"①陋规则是地保通过钱谷、刑名等方式向乡民加派或浮收的规费,表现在组织演戏上,地保往往藉村社迎神赛会摊派戏资时浮收若干,乘机敛钱。在禁戏活动中,地保主要通过陋规、受贿和勒索三种方式攫取钱财。

接受贿赂、包庇隐瞒是地保参与违禁的主要方式,许多官方禁戏法令,都有对地保容隐予以警告:"地保容隐,一并究惩,决不姑宽。"②由于地保对辖区违禁有上报和禁止之责,违禁者只要获得地保许可,一般能逃脱官方处罚。于是,地保人等容隐成为晚清基层禁戏活动中的普遍现象。如果不能遂其所欲,地保则禀报拿究。1906 年 5 月,陈杏生等在上海周太仆庙演唱花鼓,地保陈井其向其索费不遂,就禀报巡防局前往拘拿③。外来艺人初到一地,演出之前,一般要先给地保一定好处,如果不招呼地保,地保往往会将其驱逐或密报拘拿。1882 年 5 月 30 日夜,南昌某门巡局拘获两名搬演影戏者,就是因为该二人连演数夕而不招呼地保,该坊地保向巡丁通报,待巡丁至,此二人仍不肯亟破悭囊,于是被获④。演戏聚赌在晚清已经成为严重的社会问题,地方上演戏聚赌的顺利举办,一般都有地保从中分利容隐。1888 年 3 月 10—12 等日,宁波西乡黄公林庙会有棍徒等演戏聚赌,庙内雇班演戏,而于庙之前后左右搭厂聚赌,约有数百处。地保和会首并不制止,而是大索其费,"大赌场索搭地洋若干元,小者减半,是以开赌者更无忌惮。"⑤此种情势,地保肯定巴不得演戏聚赌多多益善。

地保借禁戏勒索时还经常仰仗势力稍大或地位较高的地痞无赖、吏役兵弁或士绅,最常见的方式是差保合作,狼狈为奸,"地保与差役本属一气相连,平日间地保恐喝乡愚,苛派腌削,莫不借县差为护身之符。"⑥例如,晚清州县衙门差役常持书有查禁花鼓的十禁牌至所属各乡镇,藉查察为名敛钱,他们借查禁之名在地方上敛钱时,少不了要与地保合作,地保则乘机从中渔利。南汇县坦石桥镇八十图地保的做法是:每有十禁牌到来,差费即先垫应,然后地保向各店铺逐户挨收,任情需索,不遂其欲,则大言恐吓,

①《论地保》,《申报》1879 年 8 月 18 日,第 1 版。

②《严禁串客示》,《晚清报载小说戏曲禁毁史料汇编》(上),第 12 页。

③《饬拿纠众劫犯》,《晚清报载小说戏曲禁毁史料汇编》(上),第 361 页。

④《拘演影戏》,《晚清报载小说戏曲禁毁史料汇编》(上),第 193 页。

⑤《赶会开赌》,《晚清报载小说戏曲禁毁史料汇编》(下),第 726 页。

⑥《论缉捕之难》,《申报》1883 年 1 月 11 日,第 1 版。

"畏事者虑生枝节,只得照给,以求安静。"①地保还会与地方巡勇营卒一起藉口查禁,借端勒索,甚至引起暴动。1887年正月上旬,宁波西乡庙社搭台开演串客,地保暗中勾结差役营卒,藉以拆梢,"声言奉谕拿捉,竟缧绁登场,扣住优伶。"当此际,观众兴浓,勃然大怒,筛锣聚众,喊叫强盗,乡民携扁担负末粗不约而来,遂酿成殴打差役兵卒的暴动②。差保借禁戏之际勒索,是晚清人所共知的弊政,在禁毁活动中,被查禁者只要"贿及门丁,赂及差保,互相蒙蔽,可永无败露之一日。"③据言,1890年江苏布政使黄彭年发起大规模查禁小说戏曲运动,差保乘机向坊肆索取规费,结果查禁效果大打折扣:"且有差保向索陋规情事,以故书肆中鲜有将书板缴进者。"④其实,晚清每一次查禁运动,几乎都有差保勒索或受贿其中,"若辈所得之钱即遍贿地保差役,互相蒙蔽,官不得知。"⑤

(四)经常为谋私利主动组织违禁

地方演戏往往承载着娱乐、酬神、敛钱、陋规、赌钱、商业等多种功能或诉求,地保是地方演戏活跃的组织者之一,他们尤其热衷组织获利既快且多的演戏聚赌。1907年7月,娄县小昆山十二图地保徐虎根等为首集资,演戏聚赌⑥。1910年4月,浦东新场镇三图地保张晏伯与棍徒陶善生等商定,雇得金鸡大雅堂戏班,准备在镇演戏五天,并派人到上海邀集赌徒前往,以便开场聚赌⑦。如果地方上较长时间不演戏,地保无从获利,有的地保则招雇戏班来乡演出。常熟昭文县东南乡一带凡有寡妇再嫁之前必先告知地保,地保则将欲再嫁之寡妇居为奇货,根据其年龄老少和容貌妍媸向男方索取酬金,俗曰枭囤米。寡妇再嫁寥寥之年,地保们则密召嘉兴花鼓伶人,往来各村,开台搬演,男女聚观,藉以扩大寡妇再醮的机会⑧。有的地保还会亲自登台搬演。1890年秋,上海二十九保三图地保张石根、李

①《地保勒索》,《晚清报载小说戏曲禁毁史料汇编》(上),第268—269页。
②《串客滋事》,《晚清报载小说戏曲禁毁史料汇编》(上),第208—209页。
③《论淫书翻刻之甚》,《晚清报载小说戏曲禁毁史料汇编》(下),第604页。
④《报纪蔡太守查禁淫书事后》,《晚清报载小说戏曲禁毁史料汇编》(下),第576页。
⑤《淫戏盛行》,《晚清报载小说戏曲禁毁史料汇编》(下),第713—714页。
⑥《谕禁演戏聚赌》,《晚清报载小说戏曲禁毁史料汇编》(上),第390页。
⑦《禀禁土棍演戏聚赌》,《晚清报载小说戏曲禁毁史料汇编》(上),第461页。
⑧《枭囤米》,《申报》1877年10月16日,第3版。

秀二人演唱花鼓,带头违禁①。可以说,地保组织违禁对基层禁戏政策成
为具文起着火上浇油的作用。

今见有关地保的禁戏记录多为负面,但这并非说地保中缺少认真执行
禁戏之人,一些地保的确自觉查禁了不少违禁案件。1894年4月,宁波南
乡定桥人藉社祭为名雇串客演唱,该地保阻之不能,赴县禀陈,将魏某拘
获,重责枷示②。1898年12月,上海三十保六图地保禀陈查禁了诸翟镇演
戏聚赌③。晚清地方官访知并禁止了大量演戏活动,相关记载虽然没有提
及地方官访知违禁信息的禀报者,但这些禀报者包括地保则可肯定。但地
方官和舆论几乎一致认为在禁戏活动中地保是得贿包庇、容隐不报的典
型,他们应为屡禁不止现象负主要责任:"皆因兵役地保得规包庇所致。"④
"皆由地保劣董从中受贿包庇所致。"⑤此类观点不无偏颇。从文艺管理思
想上看,清代官方禁戏属于以禁为主的文艺专制管理思想,民间演戏往往
包含酬神、娱乐、商业、合群等多重利益和诉求,已经融入了百姓生活日用,
地保自己是百姓,每天要与百姓打交道,一味禁堵融入"百姓生活日用"的
演戏注定收效有限,指望跑腿办事的地保遏止违禁风气,不切实际。从行
政制度上看,地保的卑贱地位让素养较高者拒绝充任,操守较低者则乐此
不疲,他们难免藉禁戏谋求私利,甚至带头违禁;而且官方只让他们干活不
给工食,为生计着想他们也会设法违反禁戏政策,受贿、勒索、敛钱其中。
总之,地保地位卑贱、整体操守较低且无工食待遇,指望他们自觉公正、尽
职尽责地参与禁戏,近乎一厢情愿。让地保背负屡禁不止的"黑锅"属盲人
摸象,没有洞悉清代地保制度乃至整个基层行政制度存在弊端的实质。尽
管如此,地保在禁戏活动中较普遍地得贿容隐、借端勒索或组织违禁,从官
方立场看,地保弁髦禁令,包庇勒索、组织违禁,禁戏屡禁不止;从戏曲发展
来看,官方频繁的禁戏活动虽不利于民间演剧的发展,但并未阻遏之,民间
演剧仍有较大的搬演空间。在禁戏活动中,地保既一定程度上执行禁令,
但也会容隐、勒索或带头违禁,由此一定程度上造成禁戏政策实际上有张

①《地保演唱花鼓荷枷》,《晚清报载小说戏曲禁毁史料汇编》(上),第225页。
②《查处串客》,《晚清报载小说戏曲禁毁史料汇编》(上),第239页。
③《禁止演剧》,《晚清报载小说戏曲禁毁史料汇编》(上),第282页。
④《力挽浇风》,《晚清报载小说戏曲禁毁史料汇编》(上),第72页。
⑤《查究聚赌》,《晚清报载小说戏曲禁毁史料汇编》(上),第385页。

有弛地开展：即禁戏政策的存在，有利于地保人等容隐勒索、渔利其中，但禁戏政策若一直保持严禁态势，又不利于地保人等的敛钱肥己、从中谋利，若一直松弛，地保人等又可能遭到问责。于是，地保人等会设法让禁戏形势既不会太严格，也不会过于松弛；在一些地方严格，而在另一些地方松弛；在一个地方此时段严格，在另一个时段松弛；对有的组织者严格，而对另一些组织者弛禁。民间演剧就是在查禁的"雷区"中前顾后瞻、左闪右避，但大多能觅得搬演的舞台。地保对禁戏政策的执行和背离，既可见清代禁戏政策背景下民间张弛相间的演剧生态，亦可见清代基层社会治理参与者在利益、权力和制度之间复杂而微妙的互动关系。

第七章　警察

　　清末警政创建是中国近代国家形成过程中的标志性革新。多年来,学界对清末警察的创建动因、创建过程、组织体系、人员来源、主要职能、法制建设、腐败问题、警察教育、创建意义、不足与启示等问题,进行了全面研究,成果丰硕,但对清末警察制度与小说戏曲管理之间的关系涉及甚少。清末警察制度移植之始,从立法到实践,都把治安和风俗管理作为警察的主要职能。演剧聚集人群,关乎治安,所谓的淫书淫戏有关风化,从创建之始,清末警察制度在立法和实践上都涉及小说戏曲管理。梳理清末警政涉及小说戏曲管理制度形成的过程和内容,比较其新旧变迁,既有助于了解中国近代法制变革的进程,也可以发现中国传统文艺管理制度近代转型的轨迹、具体表现和历史意义。本章拟对清末警察制度与小说戏曲管理之间的关系展开探讨,冀以拓展清末警察制度近代化研究,并一窥清末警察制度的创建与中国传统文艺管理制度近代转型之间的关系。

一、警察作为小说戏曲管理职权的确立

　　光绪二十七年七月三十日(1901年9月12日),清廷颁布上谕,谕令各地创办警政。次年,袁世凯奏准在天津创办巡警局,随后福建、广西、浙江等地纷纷效仿。1905年10月,清政府设立巡警部(次年11月改为民政部),主管全国警政。至清朝灭亡,除偏远省份外,各厅州县基本设立了巡警,近代警察体系初具规模。从清末警政兴办之始,警察就开始代替差役,被赋予小说戏曲监管之权,成为基层社会小说戏曲管理的主要执法力量。

(一)警察作为小说戏曲管理法定力量

　　1829年,英国议会通过《大都市警察法》,创建伦敦大都市警察局,这被认为是世界近代史上第一个专门警察组织。在西方近代警察制度的实践中,小说戏曲管理作为警察职权的制度和法律相继建立。1871年,张德

彝所见法国书报检查制度："撰小说唱本以售者,多有手执一本,沿途自唱","然每书必经官验,其淫词以及有碍于公事风化者,一律禁止。"①自 18世纪后期,法国就设有负责书报检查的"书业警察"②,张德彝所说执行官验的应为该类警察。1887 年,张德彝在德国所见书报检查也是由警察负责:"凡淫书、淫画及一切伤风败俗之事",巡警发现之后,当即扣送警局③。清末把警察作为小说戏曲专职管理者的做法,主要是对西方警察制度的直接移植。上海英租界工部局于 1854 年制定的《巡捕房管理章程》规定,巡捕主要职责是"防止犯罪,维护租界的良好秩序和风俗。"④小说戏曲管理属于维护风俗之内容,晚清上海租界巡捕主要从风俗着眼,管理租界小说戏曲的出版或演出。据笔者所见,工部局、巡捕房、会审公廨对所谓淫书淫戏的指控皆是有害风俗人心。上海租界之外,日本警察制度也是清末警察制度的直接参照,日本警察制度将关涉"风俗"的小说戏曲管理置于警察职权之下。在创建过程中,清末警察制度直接效仿日本、上海租界等东西方警察制度,把所谓的淫书、淫戏、淫词归于风俗违警罪。最早将小说戏曲以法令形式置于警察监管职权的是上海南市马路工程善后局。1898 年,上海南市马路工程善后局仿效西方警察制度组建了华界警察,一般认为这是中国较早创办的现代警察制度。上海南市马路工程善后局章程规定:"凡淫书淫画,不准沿街摊卖。"⑤1901 年 2 月,马路工程局总办叶孟纪再次重申了该示谕。这意味着,晚清中国较早组建的新型警察像上海租界警察一样,对违禁小说戏曲刊本(淫书)有稽查之责。1902 年,北洋大臣、直隶总督袁世凯奏请在天津设立警察局,清廷允准试办,开办期间制定有《天津四乡巡警章程十二条》,规定警察职责之一是"维风化"。随后直隶各州县创办警察,"皆以天津为楷模。"⑥1905 年 11 月,袁世凯拟定的《天津四乡巡警章程》把歌唱淫词戏曲和售卖淫词曲本列入违警条款⑦。1905 年 10 月 8日,清廷下令成立巡警部,同年年底,原京师内外城工巡局更名为外城巡警

①(清)张德彝《随使法国记(三述奇)》,湖南人民出版社 1982 年版,第 266 页。
②沈固朝《欧洲书报检查制度的兴衰》,南京大学出版社 1999 年版,第 135 页。
③(清)张德彝著,钟叔河校点《走向世界丛书 五述奇上》,岳麓书社 2016 年版,第 131 页。
④马玉生《中国近代中央警察机构建立、发展与演变》,中国政法大学出版社 2015 年版,第 27 页。
⑤《沪南新筑马路善后章程(节录)》,《晚清报载小说戏曲禁毁史料汇编》(上),第 64 页。
⑥从翰香主编《近代冀鲁豫乡村》,中国社会科学出版社 1995 年版,第 42 页。
⑦《直隶总督袁拟定天津四乡巡警章程折(节录)》,《晚清报载小说戏曲禁毁史料汇编》(上),第 102 页。

总厅,内设三处 18 股,正俗股为警务处九股之一,专门负责取缔妨害风俗
事宜。1906 年,巡警部颁布《违警章程》,明确小说戏曲管理为警察之责,
小说戏曲违禁属于违警罪,包括"唱演淫词淫戏者。""贩卖淫书淫画或以之
陈列,情节较轻者。""在街市歌唱淫词戏曲有伤风化者。"①1906 年 11 月,民
政部成立后,原巡警部缩编为警政司,属民政部下辖的内部机构,警政司下分
四科,与小说戏曲管理相关的有两科,即负责管理风俗的行政警务科、负责新
闻杂志和各种图书出版检查的高等警务科。但自 1906 年巡警部(民政部)参
与颁行的《大清印刷物专律》(1906)、《报馆暂行条例》(1907)、《大清报律》
(1908)、《大清著作权律》(1910)等,其主要内容是实行印刷物注册登记制度、
舆论管控、版权保护等,皆没有涉及小说检查,换言之,高等警务科的书报检
查没有涉及小说检查。如此看来,只有负责风俗管理的行政警务科涉及小说
戏曲管理,即违警律所列的风化违禁罪之淫戏、淫词、淫书之类。需要说明的
是,清代所谓淫书基本是指小说戏曲刊本,违警罪章提及的"淫书"也主要指
违禁的小说戏曲刊本,《违警罪章各条各节浅说》解释说:"淫书都是什么呢?
像那什么《肉蒲团》呀,《金屏梅》呀,《灯草和尚》呀,《五美缘》呀,《水浒》呀,余
外就是些个坏唱本子了,名目狠多,一时也数不过来。"②从清末警政创建过
程来看,自移植并创建近代警察制度之始,小说戏曲管理就被置于警察的职
权之下。这种职权转变,开始结束清代小说戏曲管理部门和人员驳杂、职能
混乱的局面。自此,整个近现代,谈及小说戏曲管理者,一般首先想到的是警
察机关。在清末,其他政府部门绕开警察机关管理戏园甚至可能造成上下级
或部门之间的不和谐③。警察成为小说戏曲管理的法定监管力量,是管理制
度的进步。

(二)警察法有关小说戏曲的管理规定

警察法几乎与警察制度同时产生,1898 年初,上海成立南市马路工程

①《京师巡警部颁布违警章程》,《晚清报载小说戏曲禁毁史料汇编》(上),第 104 页。
②《违警罪章各条各节浅说》,《敝帚千金》1907 年第 22 期,第 33 页。按,引文中的"《金屏梅》",原
　文如此。
③1909 年 3 月,天津戏园于国制期间动用锣鼓,直隶总督杨士骧飞饬府县将天津戏园一律查封,因
　杨查封戏园之时没有知会警局,巡警督办吴镂孙大为不满,遂于 3 月 6 日早赴总督署辞差,杨士
　骧再三挽留,而吴去意已决。(《查封戏园之龃龉》,《晚清报载小说戏曲禁毁史料汇编》[上],第
　425 页。)

局时,制定有《沪南新筑马路善后章程》。同年,湖南成立保卫局时,制定了《湖南保卫局章程》,这些都是晚清地方政府较早制定的警察法规。从数量上看,清末涉及小说戏曲管理的警察法规主要特点是:涉及戏曲管理的法规较多,涉及小说管理的法规较少。造成此现象的要因有三:其一,清末警察制度初创并较完备于城镇,城镇是戏园集中之地;治安管理是警察的首务,纷来攘往的戏园是治安事故高发区,自然也是警察管理的重点。其二,戏园一般要向警方缴纳捐费,该捐费是警方一笔重要的财政收入,管理好戏园是警方切身经济利益的需要。其三,警察虽被赋予维持风化之责,但管理演剧明显较检查小说容易操作。况且清末百废待举,时不待人,直到1909 年 4 月,民、学两部才会商拟制订小说出版检查条例①,但直至清朝覆灭也未见下文。因此,清末各地警察颁布了不少戏曲检查法规,而颁布检查小说的法规则相对较少。从法规内容上看,小说戏曲共有的警察法为风化违警罪的处罚规定,此外涉及戏曲管理的内容还包括剧场治安、消防、演出时间、优伶身份、男女观众分区等规定,这是由于戏曲与小说不同的传播和接受方式决定的。下表是清末警察法有关小说戏曲违警罪规定演变统计表:

表 1—8　清末警察法对小说戏曲违警罪的处罚规定

时间	名称	颁布者	条款规定	处罚方式	文献来源
1905 年	天津四乡巡警章程	袁世凯	歌唱淫词戏曲者、卖淫词曲本者	见即禁止,不服者送局讯究	《直隶总督袁奏拟定天津四乡巡警章程折（节录)》,《晚清报载小说戏曲禁毁史料汇编》(上),第102 页
1905 年	违警罪目百二十五条	天津南段巡警总局	茶馆戏馆演唱淫词、淫戏者;贩卖淫书、淫画照片、淫词曲本者;在街市歌唱淫词戏曲者	惩戒自十数至四十,拘留一日至十日,科罚银洋一毛至二元,均由该管局区自行核办	赵志飞主编《中国晚清警事大辑》(第一辑),武汉出版社 2014年版,第 187 页

①《拟订小说检查例》,《晚清报载小说戏曲禁毁史料汇编》(上),第 433 页。

续表

时间	名称	颁布者	条款规定	处罚方式	文献来源
1906 年	违警罪章	巡警部	唱演淫词淫戏者;贩卖淫书淫画或以之陈列情节较轻者;在街市歌唱淫词戏曲有伤风化者	按其情节拘留十日以下一日以上,或科罚一圆以下,百钱(大约指制钱而论)以上之罪金	《巡警部拟定违警罪章》,《北洋官报》第 1086 期(1906 年)
1906 年	违禁章程	上海总工程局	口唱淫歌者、售卖淫书者	轻则禁止,重则拘罚	《上海总工程局违禁章程(节录)》,《晚清报载小说戏曲禁毁史料汇编》(上),第 109 页
1907 年	违警罪章	民政部	唱演淫辞淫戏者;贩卖淫书淫画或陈列情节较轻者;在街市歌唱淫词戏曲,有伤风化者	按其情节拘留十日以下一日以上,或科罚一圆以下,百钱(系指制钱)以上之罪金	《颁定违警罪章(节录)》,《晚清报载小说戏曲禁毁史料汇编》(上),第 110 页
1908 年	大清违警律	民政部	唱演淫词淫戏者	处三十日以下二十日以上之拘留,或十五元以下十元以上之罚金	《民政部酌拟大清违警律草案(节录)》,《晚清报载小说戏曲禁毁史料汇编》(上),第 114 页

由上表可见,与《大清律例》有关小说戏曲的刑罚相比,违警罪规定的小说戏曲处罚与之最显著的变化是轻刑化,表现为刑种轻重差别较大。《大清律例》规定小说戏曲违禁要处以杖、徒、流之刑。清末只有 1905 年天津南段警局违警罪目对小说戏曲违禁有处以笞刑"十数至四十"的规定,1906 年巡警部《违警罪章》和 1908 年《大清违警律》这两个全国性违警罚则中,小说戏曲违禁不再包括笞、杖等肉刑,只判处拘留或罚金。另外,1908 年实行的《大清违警律》未列"淫书"违警罪则,直至清朝覆灭也未出台有关小说违禁的法律,据统计,1906—1911 年大清警察判罚小说违禁案

例四起,分别处以具结或罚金①,说明小说戏曲违禁处罚从法律到实践上的轻刑化已是大势所趋。

轻刑化之外,清末警察法涉及的小说戏曲管理罚则还表现出处罚有形化的特点,这也是一大进步。清代小说戏曲管理法规设立于清代前期,雍正三年(1725)修订的《大清律例》明确了违禁小说戏曲处以杖、流、徒等刑,晚清官员在实践中早已弃用这三种刑罚。由于官员一般是从有害人心、有害风化等伦理道德的高度看待所谓的小说戏曲违禁,他们判罚违禁时虽然弃用杖、流、徒等重刑,但受传统观念、个人情感等因素的影响,因痛恨怙恶不悛而随意判罚的现象比比皆是。以笞刑为例,清制笞刑最多不过五十,晚清官员对小说戏曲违禁者判笞数十板有之,数百板为常态,而重责千板以上也不少见②。清末警察法规定对违禁小说戏曲处以罚款和拘留,在罚款金额和拘留时间上有具体规定,明确了警察应该做和如何做,将依法行政和权限的理念融入于小说戏曲管理之中,摆脱了旧有判罚对伦理道德的模糊纠缠,可操作性较强,这是近现代职权明确法治观念的体现。

清末警察法规基本是移自西方,违警罚则明显受到法国、德国为代表的大陆法系国家的影响,清末小说戏曲管理法规轻刑化与日本警察法的移植也有直接关系。1906年匆匆草拟的《违警罪章程》是对日本刑法中"违警罪"的直接仿效③。一些日本警政和法律专家如川岛浪速、冈田朝太郎等还参与了清末警察制度和警察法的创建。1906年,冈田朝太郎被清政府高薪聘请为刑律起草顾问,他主张违警罪从刑法中分离单列,"违警罪为违反行政规则,其处分拘留、罚金谓之行政罚则,非刑律。"④清末违警罪采用的就是与刑法分离、单独立法,冈田朝太郎的观点对清末违警律的制定产生了显而易见的影响。1901年,《大清律例增修统纂集成》编辑印行,对造作、市卖、买看小说的处罚仍然抱残守缺、沿袭旧法,但清末违警罪则将其弃之不顾。违警罪罚则有关违禁小说戏曲的处罚规定既是对域外近代警察法规的移植和吸纳,也是对维护皇权专制的《大清律例》中有关小说戏

①《禁卖淫书》《演唱淫词》《女说书罚洋五角》《驱逐开唱淫书》,《晚清报载小说戏曲禁毁史料汇编》(上),第375、425、439、472页。

②《惩办串客》《花鼓判罚》《花鼓判罚》《严惩扮演串客》,《晚清报载小说戏曲禁毁史料汇编》(上),第214、224—225、266、397页。

③张晶、刘焱《中国治安管理处罚法律制度研究》,安徽大学出版社2014年版,第16页。

④[日]冈田朝太郎口述,熊元翰编、张勇虹点校《刑法总则》,上海人民出版社2013年版,第104页。

曲刑法的摒弃,可以说,清末小说戏曲管理法规几乎是一夜之间跨入了近现代法律的范畴。

　　与差役依据官员告示、命令开展小说戏曲执法不同,清末警察是依据专门的警察法从事小说戏曲管理;与传统小说戏曲违禁判罚随意和无章法相比,清末警察是在违警罚则的规定下进行小说戏曲管理。一言蔽之,清末警察的小说戏曲管理运行依据是国家法律,这正是建立近现代法治国家的题中之义。这一变革意义重大,从宏观上讲,它是中国传统法制近代化变革的重要组成部分;自微观来看,则是中国传统文艺管理法规近代化变革的重要标志。自此,中国文艺管理法规在法律上开始了近代化进程。

　　当然,传统观念的转变和法治的建立是一个漫长过程,在警察法规刚起步的清末,人治传统依旧强大,警察在小说戏曲管理中所反映的人治现象仍很突出,如对所谓的"淫戏"违禁者罚款三十元者有之[1],罚款二元者有之[2],各责手心百下、具结交保者亦有之[3]等,并未遵循违警罪则来判罚。但与同期一些州县官对小说戏曲违禁处以笞责的肉刑判罚相比,已经文明了一大步[4]。人治缺陷不能遮掩清末小说戏曲管理法规和实践轻刑化的历史进步。

二、清末警察小说戏曲管理的主要职能

　　与差役属贱役、被排斥于官僚体制之外且待遇微薄的身份地位不同,清末警察是国家公务员,有固定工资,属官僚体制,从中央到地方皆有独立的领导管理部门。差役主要是依据官方告示、官员指令、个人私利参与小说戏曲管理,清末警察则主要依据警察法规参与小说戏曲管理。清末警政创建推广之际,也是小说戏曲改良浪潮兴起之时,国人对小说戏曲功能和地位的认识正在发生巨变。清末警察的小说戏曲管理内容和方式也有了

---

[1]《演唱淫戏被罚》,《晚清报载小说戏曲禁毁史料汇编》(上),第 364 页。

[2]《藉整风俗》,《晚清报载小说戏曲禁毁史料汇编》(上),第 394 页。

[3]《违禁赛灯干咎》,《晚清报载小说戏曲禁毁史料汇编》(上),第 456—457 页。

[4]1907 年 3 月,浦东保甲总巡谢岳松判处一桩茶馆开场淫词案,茶馆主笞责六十下(《究唱淫词》,《晚清报载小说戏曲禁毁史料汇编》[上],第 383 页)。1908 年 2 月,鄞县知县黄羡清判处一桩演唱串客案件,三位优伶各笞责一千下。(《严惩扮演串客》,《晚清报载小说戏曲禁毁史料汇编》[上],第 397 页。)

崭新的时代特点。

(一)颁布法规

清代上至皇帝、下至总督、巡抚、布政使、按察使、道台、知府、州县官、主簿等,都是小说戏曲禁令的颁布者。清末警察制度创立之后,警察机关开始成为小说戏曲管理法规的主要制定部门。1898 年 1 月,上海南市马路工程善后局组建华界警察,颁布了《沪南新筑马路善后章程》,其中包含禁止"摊卖淫书"的内容,这是晚清第一份由警察机构颁发的涉及小说戏曲管理的禁令。警政推广之后,各地警方制定了不少戏剧观演的管理法规,如天津南段巡警局颁布《管理戏园及各游览所章程》《戏园监视规则》、天津四乡海河巡警总局拟定《违警律二十条》、天津南段巡警总局颁布《违警罪目一百二十五条》、1907 年江南省颁行《江南巡警局酌定管理戏园规则》、1908 年北京外城巡警局颁布《管理戏园规则》、1910 年浙江颁布《巡警道杨颁行戏园取缔规则》、广东警方颁布《取缔戏班戏院规则十四条》等;单独涉及小说的警察法规较少,但由于小说被视为开通风气之利器,部分警察机关对小说管理也有所注意,如 1907 年保定工巡局颁布查禁淫书告示[①]、1909 年四川巡警道高增爵示禁淫书[②]、1911 年京师内外城巡警厅颁布禁令取缔小说[③]等。1908 年,民政部颁布《违警律》,通行全国,小说戏曲违禁属于"风俗之违警罪。"[④]

通观清末警察法规涉及小说戏曲管理的条款,其显著特点除了处罚轻刑化和禁止淫书淫戏的内容之外,值得注意的还包括对小说戏曲肯定、保护和引导的内容或规定。小说戏曲可以新国新民的认识影响所及,警方也开始改变管理小说戏曲的理念和方式,不再一味地歧视和禁止,而是有所提倡和引导。1911 年京城内外城警察总厅《取缔小说》云:"欧西文明各国且有利用历史、科学、社会等说部为开通风气、增长智识者,往往一书甫成,风行世界,著作之家推为名杰。"[⑤]此论就有新小说提倡者"小说造世界"观

---

①《保定工巡总局告示》,《晚清报载小说戏曲禁毁史料汇编》(上),第 114—115 页。
②《示禁淫书》,《晚清报载小说戏曲禁毁史料汇编》(上),第 128 页。
③《警厅取缔小说》,《北洋官报》第 2818 期(1911 年)。
④《民政部酌拟大清违警律草案(节录)》,《晚清报载小说戏曲禁毁史料汇编》(上),第 114 页。
⑤《警厅取缔小说》,《北洋官报》第 2818 期(1911 年)。

点的影子。清末警方颁布戏园法规对演剧的保护、提倡、引导的例子较多，下文将提及，兹略。清末警察法规初创之始，一定程度上就是从管理引导的角度而不是从禁止遏制的角度对待小说戏曲，这与《大清律例》等对待小说戏曲的禁抑观念相比，有传统与近代、保守与进步之别，是晚清小说戏曲观念及管理理念近代变革的重要表现。

(二)戏剧检查

　　清末小说出版检查制度尚在酝酿之中，戏剧检查制度则被普遍地实施。戏剧检查也是近代警察职责之一，1737年6月6日，英国议会通过《戏剧审查法》，规定一切剧本在上演之前14天必须先送交当局审查，否则将吊销剧院执照并罚款50英镑①。光绪三年(1877)，郭嵩焘在伦敦晤见戏剧检查官毕噶得时获知："凡戏馆编造戏文，皆先送阅而后演习之。"②这就是剧目检查制度。当时，英国的戏剧检查还包括检察官亲临戏园查察是否有淫媟表演、消防隐患、超过规定的演出时间等③，这是戏园监临制度。与此近似，清末警方实施的戏剧检查制度也分为剧目检查和戏园监临。

　　1.剧目检查。剧目检查是要求戏剧需经管理部门审定之后方准演出的制度。晚清之前，部分地区曾经实施过剧目检查，嘉庆三年(1798)五月，苏州织造府禁止演唱淫靡戏曲，要求戏班"仍于开演之前。将各传奇缮本呈送。以凭去取。"④说明苏州官方曾经执行剧目检查制度，但该制度并未成为清代前中期戏剧管理的普遍举措。据已见史料，清末剧目检查制度较早始于天津。1906年初，天津南段警察总局传饬各局，谕令各戏园，自正月初八日起："每日于十二点钟将次日之戏目定准，由本区巡警去取，送呈总局查核，倘有不合之处，两点钟示令更改，至两点后不改方为准许，演剧须按堂会唱法，不准装作淫态，以正风化"⑤天津警方还制定了有关剧目检查的章程，天津巡警总局颁布的《演戏章程》规定，除禁止一些淫秽动作表演外，要求各处梨园"次日演唱之戏，须将戏目先期送至警局查验，核准办

①朱子仪《禁书记》，金城出版社2013年版，第343页。
②(清)郭嵩焘著，钟叔河、杨坚整理《伦敦与巴黎日记》，岳麓书社1984年版，第425页。
③(清)郭嵩焘著，钟叔河、杨坚整理《伦敦与巴黎日记》，岳麓书社1984年版，第425页。
④中国戏曲志编辑委员会《中国戏曲志·江苏卷》，中国ISBN中心出版2000年版，第1000页。
⑤《严禁淫戏》，《晚清报载小说戏曲禁毁史料汇编》(上)，第358页。

理."由于小戏名目指不胜屈,则变通为"每日取验戏单"①的办法。1907 年
8 月下旬,警方又重申了该章程②。天津警方剧目检查从送审、审核、反馈
到演出形式方面皆要求严格、规范,是成熟的剧目检查制度。1906 年夏,
北京外城警厅示谕各园主,要求将每日所演剧目呈报警厅审核,"有一戏而
数名者,仍着开写旧名,以备核办。"③其余上海、南京、广州、成都、奉天、桂
林、扬州等地警方也都在实施剧目检查制度,说明清末城市警方已经较普
遍地执行剧目检查制度。

　　2. 戏园监临。戏园监临是在戏园演出时,警方向戏园派驻负责监督的
警员。戏园监临始于上海租界,晚清上海租界巡捕房在戏园演出时向戏园派
驻维持治安的巡捕,由戏园出资,"此捕专司剧场,诸事不理。"④清末警政建
立后,戏园监临制度开始在城镇实施。1907 年 9 月,天津巡警五分局颁布
《警察监临处八条》,规定向各戏园派驻监临,稽查戏园是否表演有伤风化之
戏曲以及是否有警察身着制服观剧⑤。1907 年之前,南京警方就向每个戏园
派出常驻警员六名,薪水出戏园支付。到了 1907 年,南京警方戏园监临制度
更趋规范,警局要求常驻各戏园的四名巡警不但要品性端正,而且还要有负
责该地段的巡官保送,"倘该巡警不守警规,败坏本局名誉,惟保送巡官是
问。"⑥戏园监临具有"调查戏园并保护之职务。"⑦集服务、管理、保护等职
能于一身,具体维护和监督戏园治安、消防、卫生、优伶、演出时间、演出内
容等,既有利于商业演剧的发展,也是落实警方剧目检查、维护戏园治安的
重要环节⑧,还是清末北京等地戏园允许妇女入园观剧的重要保障⑨,戏园

①《天津巡警总局颁布演戏章程》,《晚清报载小说戏曲禁毁史料汇编》(上),第 103—104 页。
②《复谕呈送剧目》,《晚清报载小说戏曲禁毁史料汇编》(上),第 392 页。
③《警厅调查戏目》,《晚清报载小说戏曲禁毁史料汇编》(上),第 363—364 页。
④海上漱石生《上海戏园变迁志(六)》,《戏剧月刊》第一卷第六期(1928)。
⑤《监视条规》,《晚清报载小说戏曲禁毁史料汇编》(上),第 113 页。
⑥《江南巡警局酌定管理戏园规则详江督宪文》,《南洋官报》1907 年第 73 期。
⑦《江南巡警局酌定管理戏园规则详江督宪文》,《南洋官报》1907 年第 73 期。
⑧1907 年 9 月天津警察五局颁布《监视条规》八条,其一云:"监视处本为监察该园戏出是否妨害风
　化、查察匪人及缉压一切事项,随时查察管理,以端风化。"(《监视条规》,《晚清报载小说戏曲禁
　毁史料汇编》[上],第 113 页。)
⑨1909 年 3 月,都察院代递吏部员外郎黄允中条陈新设游观有伤风俗,民政部议覆称,文明戏园妇
　女观剧,座位则上下显分,出入则门径各别,且有巡警在场监视,均无混淆之弊。……其不背警
　律无伤风化者,似不在禁止之例,原呈各节,自应勿庸置议。(《民部议覆黄允中查禁游观条陈》,
　《晚清报载小说戏曲禁毁史料汇编》[上],第 431 页。)

监临在管理理念和方法都具有进步意义。

(三)审批演剧

清末警政建立之前,商业性演剧的审批权基本掌握在督抚等官员手中,警政开办之后,商业性演剧一般由警方审批,《大清违警律》规定违规开设戏园属于违警罪,要予以惩罚。清末警方审批商业演剧包括两个方面:其一,戏园注册审批制度。即筹建和已建戏园都要向辖区警局呈报,申请许可,由警方派员对戏园名称、位置、建材、布置、门窗、通道、卫生、照明、座位等检查,合格者颁给许可证,方可营业①。其二,临时性商业演剧审批制度。即临时租赁场地,演剧售票,也要报请辖区警局审批。清末警方批准了许多戏园,也否定了不少戏园筹建或临时性商业演剧。1908年2月,高某呈请北京内城巡警总厅拟演坤戏以筹措女学经费,警厅以所请"殊属非是",批驳不准。②高某之所以吃了闭门羹,是因为清末女戏在京师仍被视为有伤风化。1909年2月,某志士呈请外城警厅,拟在北京香厂建女童戏园用来筹备戒烟所经费,外城警厅以香厂另有他用且女童演戏久悬例禁,所请不准③。警方实施的商业演剧准入审批制度,规范了演艺市场,有利于商业演剧的有序发展。

(四)征收捐费

晚清国弱民困,创办警政需费颇巨,戏园捐费是警方一笔不小的财政来源。1906年,北京戏园捐费标准是,每园每月六十元,另外再缴纳派驻警察岗津贴每月三十元④。1910年,浙江警方规定,全省戏园每年警捐分为一千元、一千五百元和两千元三个等级缴纳⑤。对于戏园而言,这笔税费要不折不扣地按时缴纳,北京戏园要求每月初一日缴清领照,⑥南京警方要求戏园捐费每月初十日之前必须缴清,不准肆意拖欠,"有误公款,违

---

①《巡警道杨颁行戏园取缔规则》,《浙江官报》1910年第4期。
②《不准演戏筹款》,《晚清报载小说戏曲禁毁史料汇编》(上),第396页。
③《批驳演戏筹戒烟款》,《顺天时报》1909年2月28日,第7版。
④《北京外城卫生局颁布〈戏园章程〉》,《晚清报载小说戏曲禁毁史料汇编》(上),第105页。
⑤《巡警道杨颁行戏园取缔规则》,《浙江官报》1910年第4期。
⑥《北京外城卫生局颁布〈戏园章程〉》,《晚清报载小说戏曲禁毁史料汇编》(上),第105页。

者发封提究。"①清末戏园捐费整体上呈上升之势。1908 年 8 月,北京外城警厅拟向各戏园增加捐费,各戏园主叫苦不迭,认为所认捐费已巨,再增必致亏损②。因为有捐费收入,警方对开设戏园、书场等娱乐场所一般持鼓励态度。1911 年 7 月,上海四路分局向禀请演唱影戏的商人批示云:只要恪守警章,不唱淫词、不男女混杂,援例缴捐,"来局领照可也。"③为了保障捐费顺利地或更多地征收,警方往往主动承担戏园的保护、管理之责,甚至不惜网开一面、废除禁止向例。清代苏州阊门外戏园向例禁演夜戏,1902 年 10 月,各戏园联名承诺愿每月缴纳警捐一千元,请准夜演,该请求获得许可,夜戏禁令遂废④。镇江群玉髦儿戏馆曾被常镇道郭月楼饬地方官禁止开设,1905 年 4 月,该园主倩人到警察总局运动,愿每月捐洋一百元作为警察经费,"禀奉道宪批准,故该戏园照常开演。"⑤戏园捐费在促使警方和戏园形成相互支持利益共同体的同时,也明确了双方的权利与义务,激发了警方从现代文艺管理的意义上鼓励、保障、规范戏园演剧,客观上有利于演剧业的发展。

(五)查处违禁

清末警政开办之后,清代小说戏曲管理执法人员驳杂的行政体系开始缓慢地退出历史舞台。清末警政按照巡警部(民政局)、巡警道、总厅、分局、巡区的层级分布,基层警察负责所属巡区的日常治安和风化,其中包括巡查和缉捕小说戏曲违禁者。例如,1906 年 9 月,京城巡警西厅一区所属土地庙会期间,宋顺摊卖淫词曲本,被巡警缉捕,连人带书送交西厅讯办⑥。清末警方属双重领导制,除执行直接领导部门的查禁任务外,还要执行中央部门、督抚等上级部门的查禁命令。1907 年 1 月,学部督学局咨会内外城巡警总厅,饬派巡警,一体查禁各区书肆画店售卖淫书淫画⑦。依据警察法规,警察对辖区内查获的小说戏曲违禁事件还要予

---

① 《江南巡警局酌定管理戏园规则详江督宪文》,《南洋官报》1907 年第 73 期。

② 《戏园议停演戏》,《顺天时报》1908 年 8 月 4 日,第 7 版。

③ 《只须缴捐》,《晚清报载小说戏曲禁毁史料汇编》(上),第 480 页。

④ 《准演夜戏》,《晚清报载小说戏曲禁毁史料汇编》(上),第 323 页。

⑤ 《髦儿戏园捐助警察经费》,《时报》,1905 年 4 月 28 日,第 6 版。

⑥ 《禁售淫词曲本》,《晚清报载小说戏曲禁毁史料汇编》(上),第 366—367 页。

⑦ 《查禁淫书画》,《晚清报载小说戏曲禁毁史料汇编》(上),第 377 页。

以处罚,包括两种方式:其一,直接制止、不予处罚。就笔者所见资料而言,大多数违禁案件以此种方式结案。其二,对违禁者予以处罚,其方式主要有:查封、具结、驱逐、罚金。前三者为旧有的处罚方式,值得注意的是罚金使用地区较广,清末上海县、天津、北京、哈尔滨、厦门等地,警察皆曾将罚金刑用于小说戏曲违禁案件的判罚。例如,1906 年夏,京师宝胜和班演唱《杀皮》淫戏,被外城警厅获悉,将该园主罚洋三十元,以示惩儆[①]。笔者尚未见到清末警察对小说戏曲违禁者判处笞、杖之刑,更没见到处以徒、流之刑,说明清末小说戏曲管理在立法和实践中都实现了轻刑化。

(六)鼓励扶持

为改良戏曲、开启民智,北京、天津等地警方还对表现突出的戏园和伶人予以奖励。1906 年 5 月,广和楼义顺和班演唱全本《女子爱国》新戏,北京外城巡警总厅认为该剧能够促进社会进步、反响良好,特制作银牌,奖给义顺和班老板,并申明各戏馆班主若能排出好的新戏,呈由警厅鉴核批准,"一律发给奖牌,以照激励。"[②]奖励激发了义顺和班改良戏剧的积极性,该班班主表示:"要把妖鬼的戏,慢慢删除。"[③]文艺奖励具有导向和倡导功能,是现代文艺管理的常见方式。传统小说戏曲管理是禁止和处罚多,引导和扶持少,清末警方的戏曲奖励是传统以禁为主的文艺管理理念向现代引导、提倡管理理念变革的重要标志。

民国以后,警察成为文艺管理的中坚力量,像清廷内务府、升平署、都察院、巡城御史等四衙门对戏园管理职责皆归巡警总厅,主要包括:检查每日戏园演戏名目、审查新剧剧本、督查回戏缘由、维护剧场治安、查验每日卖座人数[④]。无须讳言,清末是中国近代警察制度的起步阶段,清廷风雨飘摇、经费短缺、官僚积习、人才不足等因素都制约着清末警政的发展,且许多警察由差役、营汛等直接转换而成,清末警政存在新旧杂陈、发展不平衡、警员素质低、警费支绌、分工粗糙等诸多弊端;警察在小说戏曲管理活

---

①《演唱淫戏被罚》,《晚清报载小说戏曲禁毁史料汇编》(上),第 364 页。
②《外城警厅谕禁淫迷各戏》,《晚清报载小说戏曲禁毁史料汇编》(上),第 106—107 页。
③《梨园进步真快》,《京话日报》1906 年 6 月 7 日。
④齐如山著,王晓梵整理《齐如山文论》,辽宁教育出版社 2010 年版,第 53—54 页。

动中也存在罚款了事①、私收陋规②、代为收钱③等弊政。尽管如此,清末警察与差役相比,从职能、政治、经济、法律等方面皆有本质区别,差役以非国家职官的身份兼任司法和行政,职能不明,不但属于被剥夺政治权利的贱役,而且一般也没有稳定的工薪。清末警察则是依据警察法而存在,是维护社会秩序和公共治安的专职力量,职能明确,属于国家职官,采取薪俸制,政治和经济地位不再遭受歧视。二者这些变化,实质上是本土的皇权社会吏役制度与舶来的近代国家警察制度的根本区别。由此,当小说戏曲管理纳入警察职权之后,尽管人治现象依然突出,但管理人员、理念、法律等发生了巨变,主要表现在:其一,职能方面,小说戏曲管理有了专职管理力量,小说戏曲管理开始结束部门和人员驳杂的局面,这是管理制度的进步。其二,管理观念方面,清末以前,清朝官方坚持从防范的立场对民众的小说戏曲娱乐需求采取禁抑的基本政策,“只许州官放火,不许百姓点灯。”属于保守专制的管理观念;伴随小说戏曲地位的提升,在清末警方小说戏曲管理活动中,有禁抑,但也有保护、提倡和引导,属于近代民主的管理理念,这是管理观念的进步。其三,法律方面,外国警察法的引入,小说戏曲违禁被置于违警律的管理范畴,清代前期制定的禁毁小说戏曲的严刑峻法被弃如敝屣,以小说戏曲管理为核心的文艺管理法规几乎一夜之间在法律上实现了轻刑化,这是文艺管理法律制度的进步。其四,管理方法方面,晚清警方审批商业演剧和出版机构,是设置文化市场准入门槛;剧目检查属于文化产品质量监控;剧场监临是对从业者经营行为进行稽查,这些都是现代文化市场管理的常见方法。综合此四点,我们应该对晚清小说戏曲管理执法力量由差役到警察这一变革给出积极评价,这一变革所包含的制度、观念和法律的进步,是中国传统文艺管理制度开始近现代变革的集中表现。

---

① 《禁淫书不啻为探役开利路》,《新闻报》1911年4月16日,第21版。
② 《禁止警察私收陋规》,《时报》1906年5月8日,第5版。
③ 《巡兵违章》,《晚清报载小说戏曲禁毁史料汇编》(上),第349页。

本编结语

人既是制度的制定者,也是制度的执行者。本编从家族、善堂、士绅、州县官、差役、地保、警察等七个方面考察晚清禁毁活动的主体。这些主体中,家族和善会善堂是民间社会组织,州县官、士绅、差役、地保、警察则属于人的因素,其中州县官、士绅、警察等还参与了禁毁政策的制定。晚清禁毁活动的基本特点都与这些禁毁主体息息相关。

晚清禁毁活动频繁离不开家族、善堂、士绅、州县官、差保等的参与或鼓动。家庭是一切制度的起源,家族禁抑小说戏曲活动将禁毁小说戏曲观念和舆论日常化、生活化,并通过官方俯就民意和家族精英参与官禁等方式,实现了民间禁毁意愿与官方禁毁意志的相互转化,清代家族禁抑小说戏曲活动是有清一代禁毁小说戏曲活动兴盛的社会基础。士绅从社会教化的道德诉求和行善积德的个人愿景出发,组织善堂善会,参与禁毁,一定程度上推动了晚清禁毁小说戏曲活动的常态化。晚清绅权大张,士绅既是观念性禁毁和制度性禁毁的主要推动者,也是维持禁毁活动常态化的关键力量,晚清禁毁活动频繁、禁毁名目的涟漪效应、诲淫成为禁毁要因等现象都与士绅的参与密切相关。州县等地方官通过颁布告示、督促差保、亲自缉查、审理判罚等方式主持基层查禁。差保是晚清官方基层禁戏政策的主要执行者,他们身份卑贱,没有正式工食,较普遍地在禁毁活动中得贿容隐、藉端勒索甚至组织违禁,他们为谋利和逃避责罚,会让基层禁毁活动既不会太严格、也不会太松弛,形成张弛相间的查禁态势。在这些禁毁主体的合力之下,晚清禁毁活动和案件频仍发生。

诲淫成为晚清禁毁活动的主要原因与士绅和地方官主导禁毁活动密切相关。清代中期以后剧场流行色情扮演,情色小说编辑出版日渐繁盛,士绅和地方官主导禁毁活动之后,更多的是从维护社会教化的角度而不是从种族意识、民族情感、触犯清廷等政治立场发起禁毁运动,阻遏诲淫成为他们主持禁毁活动的首要动机。

制度的遵循依赖两个方面:一是制度是否科学、合理,二是制度执行者能否守法、高效。晚清禁毁活动频繁、违禁活动亦频繁,这种屡禁不止现象除了清代禁毁小说戏曲制度欠合理、欠科学的因素外,还与制度执行者身份和职责的局限颇有关系。在州县行政制度下,州县等地方官因公务繁冗、流转频繁、各自为政,造成禁令难以持久、缺少协调等困境。晚清士绅分布不均、对禁毁参与不一,禁毁活动开展也不平衡,士绅还会为私利或代表地方利益而带头违禁。差保则相互勾结,藉执行查禁肆意勒索、受贿包庇、勾联违禁、带头违禁。禁毁制度的执行者在制度执行过程中暴露的失范低效和执法犯法,是前现代社会基层行政制度积弊的缩影。

清末创办警政,警察代替差役参与小说戏曲管理,开始结束传统文艺管理人员驳杂的局面。管理理念方面,伴随近代警政内容的社会化,官方小说戏曲管理开始从以禁为主的管理理念向禁止、保护和扶持三者结合的管理理念转型;管理法律方面,伴随外国警察法的移植和吸收,小说戏曲违禁属于风化违警罪,量刑实现了轻刑化。晚清小说戏曲管理执法力量从差役到警察的更替,以及相关管理制度、法律、理念的建立和变迁,是中国传统文艺管理制度开始近现代变革的重要表现。

第二编　禁毁原因

禁毁小说戏曲政策是有清一代之制度。从禁毁活动的开展方式和指导思想上看,禁毁活动可分为制度性禁毁和观念性禁毁。制度性禁毁又分为官方制度性禁毁和民间制度性禁毁。官方制度性禁毁是以国家法律、谕令为指导开展的查禁活动,法律、谕令主要表现为《大清律例·刑律》《大清会典则例》《钦定吏部处分则例》《钦定台规》中有关查禁小说戏曲的则例、皇帝和各级官吏颁布的查禁小说戏曲的谕令、告示等。民间制度性禁毁是依据宗族、行会、善会善堂、自治团体等民间组织制定约章开展的查禁活动,约章主要表现为族规家训、乡规民约、学则章程等。民间制度性禁毁对民间组织内部成员具有一定的规诫和约束作用。民间制度性禁毁与官方制度性禁毁相互支持、配合和转化,一些族规家训、乡规民约甚至禀请官方颁布,兼具官方和民间性质。观念性禁毁是从思想认识上展开的查禁活动,即从思想上认为小说戏曲无益有害,应予以禁止编撰、收藏、传播和观看,刊本亦应销毁。制度性禁毁一般行诸文字,具有规制和规范作用;观念性禁毁可以行诸文字,也可以不行诸文字,行诸文字的禁毁观念以善书、报刊等媒介传播,成为禁毁舆论,具有宣传、监督禁毁等功能。观念性禁毁是制度性禁毁的基础和源泉,制度性禁毁则是观念性禁毁的具象和实践。

制度制定并实施之后,伴随历史进程,制度存在的困扰和局限会渐渐凸显。例如,制度制定者可能缺少历史眼光,但他们设计的制度却会产生长期后果,而这些后果又常常违背他们的初衷;又如,因为制度的应用情境已经发生变化,制度设计者的计划可能导致意想不到的后果[①]。清代禁毁小说戏曲制度确立于康熙朝,康熙五十三年(1714),康熙谕令礼部制定禁毁小说戏曲法律细则,雍正三年(1725)该细则被载入《大清律例·刑律》。至光绪十一年(1885)、十六年(1890)、二十六年(1900),清廷仍抱残守缺,一再重申造刻淫词小说者,军流徒不准减等[②]。现实中,到禁毁制度确立百余年后的晚清,"三千年未有之大变局"的急剧社会变迁导致政治思想、社会文化、法律观念和实践、小说戏曲观念等都发生较大变化,上至政治思想下到风俗习惯,再从小说戏曲内容形式到传播方式,变化逐步加剧。相对应的,晚清禁毁小说戏曲的原因也随着社会变迁而自觉或不自觉的在承

---

① [美]W.理查德·斯科特著,姚伟等译《制度与组织:思想观念、利益偏好与身份认同》,中国人民大学出版社 2020 年版,第 118—119 页。

② 王利器辑录《元明清三代禁毁小说戏曲史料(增订本)》,上海古籍出版社 1981 年版,第 85 页。

袭以往之际,也发生新变。本编拟通过查禁小戏、戏曲案件、小说案件、剧场治安、小说戏曲接受中的患瘼现象、庚辛禁毁小说运动考证、清代前中期与晚清禁毁原因之比较等七个方面展开研究,分析晚清禁毁原因的承袭和新变。

第八章 从禁令罪责关键词看禁小戏原因

民间小戏迄今尚无一个准确简洁的定义,其含义为约定俗成。小戏大致包括四层含义:剧作形式上篇幅短小、情节简单、人物关系简明;剧作内容上表现普通人平常的生活;剧种上流行范围较小,歌舞化、程式化程度较低;舞台表现上大多是二小戏或三小戏①。伴随清中后期花部勃兴,京剧、徽调、梆腔等地方戏逐渐获得上层社会和文人的喜爱,官方和道德之士所坚持崇雅抑俗的文化规制观念转而集中打压民间小戏。民间小戏成为晚清官方查禁次数最频繁、查禁地域最广泛的戏曲艺术,如花鼓戏、宁波串客、髦儿戏、采茶戏、蹦蹦戏、莲花落、东乡调、滩簧、香火戏、黄梅调等,都被官方和道德之士贴上"淫戏"标签,频繁禁止。以下以张天星《晚清报载小说戏曲禁毁史料汇编》所收官方禁令为基础文献,以花鼓戏、宁波串客、采茶戏为例,从禁令所涉关键词入手,分析晚清查禁小戏的原因。宁波串客乃花鼓戏之别称,"串客者即花鼓戏之流。"②采茶戏一般认为是花鼓戏在江西、湖南等地流播过程中结合当地方言、小曲及表演形式发展而成,"江西的采茶戏,也就是花鼓戏,各县皆有。"③可见宁波串客、采茶戏也是花鼓戏,它们具有共同的艺术特质,能够作为一个代表性整体考察。《晚清报载小说戏曲禁毁史料汇编》共收录官方颁布的涉及查禁花鼓、串客和采茶戏的禁令分别有 28 则、28 则、6 则,共计 62 则。这些禁令分布于安徽、湖北、浙江、江苏、江西、湖南、福建等省份,占《晚清报载小说戏曲禁毁史料汇编》所收录官方 219 则禁戏禁令的 28.3%,可见花鼓戏查禁之频繁、查禁地域之广阔,其查禁原因可以说明查禁小戏的原因。关键词是为了文献标引工作从报告、论文中选取出来,以表示全文主题内容信息款目的单词或术语④。本章拟用关键词选取、分类的方法,从《晚清报载小说戏曲禁毁史料

---

① 李玫《中国民间小戏史论》,中国社会科学出版社 2016 年版,第 37 页。
② 《串客宜禁》,《晚清报载小说戏曲禁毁史料汇编》(下),第 723 页。
③ 周贻白《中国戏曲发展史纲要》,上海古籍出版社 1979 年版,第 528 页。
④ 《GB/T7713—1987 关键词》,《安徽农学通报》2014 年第 8 期。

汇编》所收查禁花鼓、串客、采茶的 62 则禁令中,选取指责民间小戏罪责的关键词,参见下表:

表 2—1　《晚清报载小说戏曲禁毁史料汇编》所收官方
禁令查禁小戏罪责关键词统计表

原因关键词	次数	原因关键词	次数
有伤风化	88	妨碍治安	51
淫　戏	37	聚　赌	19
诱惑男女①	14	游　民	12
表演丑态	12	夜　演	9
诲　淫②	11	引窃招匪	9
女伶登场	6	斗　殴	2
男女混杂	5	有害民生	5
演唱淫词	1	敛　钱	4
邪词野曲	1	废　业	1
男女私情	1		

表中注释:①包括观演导致寡妇失节、闺女败检、引诱男妇、图奸失节、引诱子弟、男女被惑、私奔苟合等。②包括所演内容资淫、启淫、诲淫、导人淫靡、导淫、导人邪僻等。

　　由上表可见,官方查禁小戏原因的关键词可归为有伤风化、妨碍治安和有害民生三大类,又以有伤风化的指责为大宗。说明妨害传统伦理道德秩序是小戏遭到责难的首要原因,其次才是治安、民生等原因。查禁原因多属于观念上的问题,观念问题难以绝对地泾渭分明、判然有别,以上原因关键词分类是就其主要趋向而言。有的关键词内涵有相互包含之处,则观其主流。如禁止夜演,夜演除了夜晚治安之虞外,还有夜戏违反日出而作日入而息的生产生活秩序,荒废正业。而且,官方和道德之士认为夜戏剧场男女混杂,冲击男女之防,道德风化之虞甚于白昼,将夜演归于治安原因是就其主要考量而言,此类情况我们在分析时需要兼顾主次、综合权衡,结论也需要在各有侧重的基础上通而观之。

一、有伤风化

　　道德风化原因涉及表演内容、表演形式、观看方式、接受效果这样一个完整的戏曲传播过程。诲淫是官方和道德之士对小戏接受效果的整体评价,被诲淫的主要对象是少年子弟、青年女子、寡妇,即诱惑男女的原因。

男女混杂是对小戏观演方式的常见指责。涉及内容形式的指责则有表演男女私情、表演丑态、演唱淫词和邪词野曲，现分析如下：

（一）淫戏标签的责难

民间小戏一般被统称为"淫戏"，如花鼓淫戏、串客淫戏、采茶淫戏、黄梅淫戏等，这其中包括了官方和正统文化崇雅抑俗的文化规制政策。从声腔上，官方和道德之士把戏剧分为雅、俗的二元格局，用地方俗腔演唱的戏曲，"未必皆其词之鄙悖亵狎而谓之淫也"，只要俗腔演唱，"则演者其形淫，唱者其声淫。"[1]崇雅抑俗的正统观念和文化政策是查禁小戏的大前提，原因较间接，小戏搬演内容和方式的独特性则是查禁小戏较直接的原因。男欢女爱是小戏表演的主要内容，所谓"无郎无妹不成歌。"与大戏搬演才子佳人诗笺传情、私定终身、金榜题名、奉旨完婚的雅化爱情不同，小戏表现的男欢女爱尤属意于三大端：一是下层社会男女泼辣直率的爱情，二是偷情、通奸等男女暧昧关系，三是性挑逗、性暗示为话题的科诨逗乐。前者在表现劳动民众的爱情上，较少男女之防、授受不亲的礼教禁锢，如贵州花鼓戏《上茶山》，女青年接连回答七个"妹不怕"，一个"管不了"和"又何妨"，说服情郎大胆接受没有父母之命媒妁之言的爱情，如："爹爹晓得妹不怕，老刀不砍嫩芽芽"，"妈妈晓得妹不怕，妈爱妹妹象爱花"，"闲言闲语随他讲，邻居知道又何妨。"[2]爱情表达泼辣直率。此类爱情主题的小戏表现了下层民众对爱情婚姻的歌颂、向往，情感火辣，今天看来，仍不失艺术价值。但许多小戏在表现男女暧昧关系和性挑逗上，露骨肉麻，流入低级下流，如二人转有"四大粉唱"即《上北楼》《借情》《思悄》《十八摸》，以及《摘黄瓜》《拔白菜》《揉旗杆》《荼蘼架下》等，都有不少色情下流的段子。客家采茶戏原汁原味的《钓拐》《盘花生》《补皮鞋》《十八摸》等剧目，"是用客家采茶戏的形式还原客家性文化的原生态。"[3]颠覆了日常性规范、性禁忌。放纵性欲是小戏的共有特征，"调查中发现，丑角对性的表现、对性禁忌的颠覆以及对身体下部的插科打诨的戏谑性表演，是祁太秧歌制造噱头的常见素

---

①丁淑梅《中国古代禁毁戏剧编年史》，重庆大学出版社 2014 年版，第 262 页。

②张紫晨编《中国民间小戏选》，上海文艺出版社 1982 年版，第 608—609 页。

③阳春《原生态的客家采茶戏——客家性文化的载体》，见《第六届海峡两岸客家高峰论坛论文集》，2013 年 8 月，第 356 页。

材,……这种现象也并非祁太秧歌独有,而是民间小戏的共同特点。"①循此规律,不论是元宵、社火等节令自娱自乐的小戏扮演,还是小戏艺人行走江湖的卖艺谋生,都大胆地表现性、谐谑性。据艺人回忆,演唱时,不同的段子给不同的钱,如果是荤段子,给钱要多②。这意味着,挣钱既快且多能激发小戏艺人表演荤段子的激情。结果是,小戏演出,几乎离不开男女性事。内容没有性事和色情的,也强行加上。采茶戏为了生存需要,在表演爱情题材的内容时,会"加入一些色情的台词和表演,如《十八摸》等。"③官方和道德之士批评小戏是淫戏、伤风败俗,虽有以偏概全之弊,但具体指那些低级趣味的演出内容形式,不无道理。这一点,包括小戏艺人也有所认同,豫南地灯戏老艺人冯益昌、罗春江曾说:"俺们的《地灯子》把人都教坏了,演到哪儿,哪儿的人都搞男女关系。""把风俗教坏了。"④倒是有些自责之意。

对于小戏"表演丑态"的指责则要一分为二地看:一者,表演男欢女爱或打情骂俏的做丁,如拥抱、亲吻、捏臀、宽衣、入帐等。此类做工有的与演出内容有关,有的则纯粹是性挑逗、性暗示的科诨,豫南花鼓灯,"每场演出退下去时,牵手扶腰进场,总有个'回家做爱(性交)'的含义。"⑤从严肃的道德立场上看,此类关目科诨就是丑态。二者,小戏程式化程度较低,舞台表演随意性较大。程式化较低虽说是小戏在下层社会传播的一大优势,即易学易演易接受。但如果戴着雅文化的有色眼镜看,其扮相与舞台动作鄙陋,粗服乱头,也是丑态。

清代小戏多是口耳相传、质朴原生态,大多没有写定的抄本或刊本,官方对有剧本之戏剧的禁毁方式有三:其一,删改内容、重编戏本;其二,开列单目、禁止演出;其三,收缴剧本、予以焚毁。这三种方式都是建立在戏有定本、有据可查的基础上,但是民间小戏一般没有剧本形式,关目可以自由增减、随意性强,演员可以根据观众反映加减关目。官吏和道德之士如果不亲临剧场,无法进行剧目检查,这也令他们难以放心。表现和谐谑性事

---

① 黄旭涛《民间小戏表演传统的田野考察——以祁太秧歌为个案》,知识产权出版社 2013 年版,第 242 页。
② 夏玉润主编《凤阳花鼓全书》(史论卷上),黄山书社 2016 年版,第 114 页。
③ 范晓君《中国采茶音乐文化研究》,暨南大学出版社 2014 年版,第 74—75 页。
④ 赵向欣《淮上豫南花鼓灯研究》,河南大学出版社 2012 年版,第 155 页。
⑤ 赵向欣《淮上豫南花鼓灯研究》,河南大学出版社 2012 年版,第 155 页。

是传统俗文学最普遍的娱乐手段,为了增加娱乐效果,伶人演出时纷纷增加秽亵关目、做工、唱词或道白,使原本较干净的小戏变得"十分淫秽。"①官方对小戏内容难以监管,基本上人云亦云地全盘接受了道德之士对小戏海淫的意见,这也是禁令众口一词地指责小戏海淫的重要原因。

(二)诱惑男女的抨击

清代禁毁小说戏曲的禁令和舆论提及被引诱最多的是少年子弟和女性,后者主要指闺女和年轻寡妇,所谓"花鼓串客做十出,十个寡妇九改节;少年子弟看了误终身,甚至害其性命。"②即概括了小戏带来的诱惑危机。

1.少年子弟。禁止少年子弟观看小戏的要因包括两个方面:

其一,开启情欲。古代养生学、中医学一致认为,欲不可早、欲不可长。古人修身养生把"少之时,血气未定,戒之在色"③奉为圭臬。小戏表演充斥男女情爱、打情骂俏、性暗示性挑逗,少年子弟不宜观看,"少年情窦初开,操持未定,凿开混沌,一决难防,从此斫丧真元,沉酣欲海,背其父母,狎及奴婢,病从此生,身从此殒,为害已不可问矣。"④青春期教育是古今难题,传统教育主要采取堵截的方式阻隔青春期男女接触性知识,禁止少年子弟观看小戏主要是防止他们开启情欲,一发不可收拾,"少年人看了多学坏,斫丧精神暗受了伤。"⑤

其二,游荡废业。"业精于勤荒于嬉。"⑥青少年是树立人生观、学文习艺的重要时期。青少年时期模仿能力强,可塑性大,长辈担忧少年子弟因观看小戏,染上好逸恶劳的习惯,荒废正业。现实中,的确有不少青少年观看小戏染上了游荡之习。由于小戏"最易学习,地方男妇,耳濡目染,皆能摹仿声容,互相传习,一人唱出,合巷皆闻。"⑦一些青少年或请教或自学或相互学习,"把一种小本唱片买来,你唱我和。"学会了小戏,甚至登场搬演:

---

① 夏玉润主编《凤阳花鼓全书》(史论卷上),黄山书社2016年版,第216页。

② 《第六条又是小戏点不得》,见《三茅真君宣化度世宝卷》(下卷),清光绪三十三年(1907)李登鳌刻本,第16页。

③ 李学勤主编《十三经注疏·论语注疏》,北京大学出版社1999年版,第227页。

④ 王利器辑录《元明清三代禁毁小说戏曲史料(增订本)》,上海古籍出版社1981年版,第314页。

⑤ 《第七条滩簧做不得》,见《三茅真君宣化度世宝卷》(下卷),清光绪三十三年(1907)李登鳌刻本,第16页。

⑥ (唐)韩愈著,阎琦校注《韩昌黎文集注释》(上),三秦出版社2004年版,第66页。

⑦ 王利器辑录《元明清三代禁毁小说戏曲史料(增订本)》,上海古籍出版社1981年版,第315页。

"及至上台,一花面,一旦脚,扮做男女。"①不但江浙花鼓戏多有少年子弟扮演,赣南采茶戏亦然:"复有少年子弟,结束登场,妖娆便嬛,手戏目挑,口唱淫词,谓之采茶。"②在视优伶为贱业的时代,青少年化身优伶,不啻荡逸典型。小戏剧场还流行聚赌,一些青少年借看戏之名混入赌场:"少年子弟对其父兄名为看戏,其实藉便以入赌场。"③清代家长一般都把禁止少年子弟出入剧场作为家庭或学校教育的重要规诫。

2.青年女性或寡妇。官方和道德之士一致认为小戏是引诱闺女失节、寡妇改节的罪魁祸首。"花鼓滩簧唱十日,十个寡妇九改节","唱了花鼓十八夜,走了寡妇十七人"都是清代中后期流行甚广的戒语,它们集中体现了官方和道德之士对小戏诱人失节的指责和担忧。小戏引诱女子、寡妇失节观念形成的主要因素有:

其一,小戏受到下层妇女的普遍欢迎。下层女性基本为文盲,文化程度低,不喜欢看内容偏重历史、程式化较高的大戏,"大班演戏,妇女看的还少。"④小戏则不然,像花鼓戏"妇女喜听者尤占多数。"⑤像蹦蹦戏"乃无知之妇女反乐听之,大有不能禁阻之势。"⑥

其二,女性易被诱惑的偏见根深蒂固。中西文明都曾有过长期歧视女性的历史。在西方,从柏拉图、亚里士多德到霍布斯、洛克、卢梭都认为女性是非理性的,男性才是理性的。柏拉图认为宇宙的主导性物质是理性的男性物质统治着女性的非理性物质⑦。中国传统文化在认为女性具有非理性特性方面不遑多让,所谓"唯女子与小人为难养也。"⑧"妇人者,伏于人者也。"⑨在男性拥有绝对话语权的社会,女性被认为是非理性的、感性的、主观性的,她们缺少是非判断能力,最易受到引诱和蛊惑。女性对爱情

①王利器辑录《元明清三代禁毁小说戏曲史料(增订本)》,上海古籍出版社1981年版,第318页。

②(清)汪宝树修,胡友梅等纂《(同治)崇义县志》,同治六年刻本,卷四第八页上。

③余晋芳纂《麻城县志续编》,台北成文出版社1975年版,第33页。

④王利器辑录《元明清三代禁毁小说戏曲史料(增订本)》,上海古籍出版社1981年版,第318页。

⑤《淫词安康宜禁》,《晚清报载小说戏曲禁毁史料汇编》(下),第793页。

⑥《妇女听崩崩戏者宜鉴》,《晚清报载小说戏曲禁毁史料汇编》(下),第802页。

⑦史巍《现代性批判的别样曲——从〈资本主义的终结〉看西方马克思主义女性主义的资本主义观》,东北师范大学出版社2011年版,第28页。

⑧李学勤主编《十三经注疏·论语注疏》,北京大学出版社1999年版,第245页。

⑨张福清编注《女诫——女性的枷锁》,中央民族大学出版社1996年版,第65页。

剧更感兴趣,时人记载"目挑心招、钻穴踰墙诸剧"最受女性欢迎①。女性在观看小戏男欢女爱的表演之时,激发了情欲本能。"妇女看演淫戏,易动邪心。"②女性观看"少儿不宜"的表演,易被引诱,"(妇女)未有听淫词而心志不荡者。"③这些观念几乎是清人的思维定式。兹举一个典型例子:晚清常熟昭文县东南乡一带,凡有寡妇再嫁之前必先告知地保,有了地保撑腰,寡妇的亲族就不敢再有后言,地保则将欲再嫁之寡妇居为奇货,根据其年龄老少和容貌妍媸向男方索取酬金,俗曰巢囤米。寡妇再嫁寥寥之年,地保们计无所出,就密召嘉兴花鼓伶人,一叶扁舟,往来各村,开台搬演,男妇聚观,数以千计,"而孤衾独宿者流逗动春心,不禁起有狐绥绥之咏,而囤米之巢,遂无日无之。"④这则史料除了说明地保是晚清乡村禁戏活动中的带头违禁者之外,还说明两点:一是花鼓戏可以挑逗女性春心,这在晚清属于一般知识,人多认同;二是妇女观剧,特别是乡村看戏,的确增加了她们直接或间接与男子交往的机会,寡妇或是因为看戏激发了人性欲望而放弃守节,或是在他人劝说或胁迫下改嫁。但是在官方和道德之士看来,都是小戏引诱惹的祸,"今观于某乡因演摊簧数日,两月内屈指其地寡妇改醮者十四人,多系守节有年。"⑤

其三,清代下层社会寡妇改嫁现象较普遍。由于溺女风气、一夫一妻多妾制、女子守节等原因,清代婚龄以上男子无法找到对象成为突出的社会问题,此问题在下层社会更加严重,抢寡成风。浙江长兴县,即男人刚死一二周,就有人"以尊酒三牲置其家,谓之'抛酒瓶',甚有一寡而数家抛瓶者。"⑥受主客观条件影响,清代下层社会寡妇再嫁现象普遍,像"夫死鲜守节"竟成了清代四川地区下层妇女的一种风俗⑦。士绅代表的中上阶层由于礼教严格、经济条件较优越,妇女再嫁者甚少。郭松义通过考察50余部族谱,发现妇女再嫁多发生在一般家庭中,有功名的绅宦家庭,竟无一例再

①傅谨主编《京剧历史文献汇编》(捌),凤凰出版社2011年版,第212页。

②《论禁台基宜治其本》,《申报》1896年4月22日,第1版。

③(清)陈廷钧纂《(同治)安陆县志补正》,台北成文出版有限公司1975年版,第322页。

④《巢囤米》,《申报》1877年10月16日,第3版。

⑤王利器辑录《元明清三代禁毁小说戏曲史料(增订本)》,上海古籍出版社1981年版,第315页。

⑥(清)赵定邦修,周学濬、丁宝书纂《(同治)长兴县志》,光绪刻本,卷十六第三页上。

⑦杨毅丰《巴县档案所见清代四川妇女改嫁判例》,《历史档案》2014年第3期。

嫁者①。道光《璜泾志稿》也记载"乡间贫妇,守志者绝少。"②但是基层社会的教化权和话语权掌握在士绅和地方官吏手中,下层社会寡妇再嫁成风,给官方和士绅倡导的贞节价值观造成冲击。下层女性喜观小戏,小戏的内容形式又多"诲淫",于是士绅和官员纷纷把女性丧贞失节的"祸根"归诸小戏,"以故乡村之中,一有花鼓淫戏,其妇女未有不犯奸者,嫠妇因之而失节,少女因之而私奔。"③小戏俨然成为败坏女性贞节的祸根。

　　下层社会女性日常以家庭为中心纺绩劳作,外出休闲娱乐机会甚少,乡里村邻演戏,是她们一年中为数不多的娱乐机会,地方上一旦演戏,"哄动远近男妇,群聚往观。举国如狂。"④看戏之际,也是男女交往的难得机会。男女之间,或目成心许,或一时冲动,或被胁迫引诱,往往发生一些男女情事。这种现象在礼教禁锢相对宽松的乡村并不罕见。明末太仓一带每当四五月间二麦登场时,醵资扮演台戏,"男女纷杂,方三四里内多淫奔。"⑤其中,最让宗族和家长颜面扫地的莫过于女子逐优伶而去。有少妇嗜观采茶戏,神魂飘荡,"由是戏者渐与苟合",深夜拐逃⑥。在豫南地灯戏流行的河南省潢川县仁和乡,常常发生良家闺女跟地灯艺人私奔情事⑦。晚清报刊对此也偶有报道。1882 年 5 月,河北大城县王家口镇王姓寡妇与演戏的恒庆班旦角密订鸳盟、相约罢台后携之而去,可叹天不作美,事迹败露,女子母族不愿认领该女,戏班再也无人雇请,伶人遂即星散⑧。1892 年 4 月,芜湖曾家塘有黄姓少妇二人,系妯娌,喜听花鼓,看戏之后,双双遁去,渺无踪迹⑨。1893 年 10 月,上海北桥曾发生观看花鼓戏的女性遭人强暴的刑案⑩。此类事件的原因是多重的,有的女性是抱着对爱情婚姻的向

---

①郭松义《清代人口问题与婚姻状况的考察》,《中国史研究》1987 年第 3 期。
②(清)施若霖《璜泾志稿·风俗·流习》,《中国地方志集成·乡镇志专辑》(第 9 册:第 1 卷).江苏古籍出版社 1992 年版,第 89 页。
③《论海滨恶俗》,《晚清报载小说戏曲禁毁史料汇编》(下),第 586 页。
④(清)陈宏谋辑《五种遗规》,线装书局 2015 年版,第 252 页。
⑤王利器辑录《元明清三代禁毁小说戏曲史料(增订本)》,上海古籍出版社 1981 年版,第 94 页。
⑥丁淑梅《中国古代禁毁戏剧编年史》,重庆大学出版社 2014 年版,第 481 页。
⑦赵向欣《淮上豫南花鼓灯研究》,第 155 页。按,笔者故乡为豫南花鼓戏盛行之区,村邻一位张姓地灯艺人之妻杨氏是不顾家人阻拦,私奔至该伶之家。此 1980 年代初之事。
⑧《淫戏为害》,《晚清报载小说戏曲禁毁史料汇编》(下),第 711 页。
⑨《花鼓及演剧聚赌宜禁》,《晚清报载小说戏曲禁毁史料汇编》(下),第 739 页。
⑩《上海县严禁花鼓戏示》,《晚清报载小说戏曲禁毁史料汇编》(上),第 47 页。

往、与人私奔，有的是因入戏而"追星"伶人，有的是被引诱，有的则是被胁迫，其责任不全在女性，且是小概率的情事，"因观戏而为淫恶者不过偶尔之事。"①但在倡导女贵贞节、好女不看灯的年代，她们被认为"然亦自取侮辱。"②是妇女观剧看灯之殷鉴，舆论随之大加指责，并强化了女性不宜观看小戏的观念和认识。

(三)女伶登场的指责

为整顿风化、挽救人心，清代前中期实行较严厉的禁娼政策。自顺治三年开始，顺康雍乾嘉五朝持续推行禁娼政策，主要有：顺治三年颁布清朝第一部成文法典《大清律集解附例》中规定禁卖良为娼，顺治八年停京师女乐，康熙十二年将禁止开设娼业列入法典，雍正元年禁除乐籍，乾隆元年禁止女伶以清妓源等。禁开娼业，私妓成为非法；乐籍制度解体，官妓不复存在；禁止卖良为娼，阻断私妓和官妓的来源。在乐籍制度存在的社会，大多数女伶声色兼营，禁娼和禁除乐籍的结果是，清代中期以后，女伶在城市戏园中绝迹，"各城市商业戏园中的公开表演，也清一色是男性演员的天下。"③晚清官方和道德之士禁抑小戏女伶，有禁令惯性的原因，也有女伶兴起、对小戏的偏见、小戏女伶自身等原因。

其一，女伶禁令的延续。清代前中期官方查禁小戏女伶的原因，主要包括三个方面：一是男权社会对女性身体空间的限制，礼教要求女性不得抛头露面，更不得公开展示躯体姿容。二是女性主内的社会分工秩序。小戏女伶不事耕耘纺绩，不守本业，危害了家庭和社会稳定，长游惰之风，理应禁止。三是禁娼政策的具体实施。官方认为小戏女伶就是流娼土妓。康熙十年(1671)禁秧歌妇女及堕民婆，将她们从京师尽行驱逐回籍，就是"将秧歌妇女看作流妓土娼加以整顿。"④清中叶以降，女伶先后在上海、天津、营口、沈阳、汉口、厦门、济南等城镇再度兴起，但女伶禁令和措施仍在许多地区延续，即禁止女伶登台或男女合演。这是晚清查禁小戏女伶思想文化和政策的背景。

---

①《书本报寺内成奸看台挤倒两则后》，《申报》1876年3月31日，第1版。　·
②《风俗攸关》，《晚清报载小说戏曲禁毁史料汇编》(下)，第781—782页。
③张远《近代平津沪的城市京剧女演员：1900—1937》，山西教育出版社2011年版，第4页。
④丁淑梅《中国古代禁毁戏剧编年史》，重庆大学出版社2014年版，第307页。

其二，小戏班男女混杂。清末民初城市女伶兴起之时，为避免男女混杂的禁忌，她们尽量独立成班。但小戏女伶从一开始走的就是男女合班的路子。清初一男一女、男敲锣女打鼓是花鼓戏常见的演出方式，男女花鼓伶人之间的关系一般是夫妇、亲戚或村邻。由于官方严禁，花鼓等小戏女伶在许多地区一度绝迹。清中叶以后，花鼓女伶再度崛起，"嘉、道间，江、浙始有花鼓戏，传未三十年，而变迁者屡，始以男，继以女。"①花鼓女伶兴起之始，男女同班亦随之，嘉庆七年刻本《太仓州志》载：近有无耻棍徒纠率少妇，演习花鼓戏②。说明至迟嘉庆年间，花鼓戏班又开始了男女同班。花鼓戏等小戏班女伶来源有三：一是亲友戚邻。在安徽凤阳、寿州、安庆等地，一些乡村妇女熟习花鼓，于农闲或荒年，阖家外出，"以花鼓歌唱为取讨钱米之谋。"③竟成习俗。湖州德清县管白表一带，每遇新年各家男女均出外演唱蚕花戏，"或夫妇或兄妹或翁媳，均可串演。"④这些由父兄夫男率领的女伶基本与同班男性属亲缘或邻里关系。二是买卖而来。旧时有不少人从事抢拐、贩卖女性为优为娼的非法生意。李星沅在江苏巡抚任上（1825—1827）所具折子曾提及判罚"孙唐氏价买良家之女教演花鼓戏"的案件⑤，说明至迟道光年间，已有购买良家女子教演花鼓戏的现象。三是自愿加入。一些女性或为生计或为爱好，自愿演习，"无业流民，及梨园子弟之失业者，纠土娼数辈，薄施脂粉，装束登场。"⑥在道德之士眼中演唱花鼓的"土娼"，就不乏为谋生计而主动加入小戏班的。小戏本属于严禁的淫戏，戏班里又男女混杂，直接冲击了男女大防的伦理道德规范。同治六年（1867）苏松道通饬颁发永禁碑式，其中就指斥花鼓班内男女混杂，难免有苟且暧昧之行，自应一体严加禁止⑦。

其三，不少小戏女伶亦娼亦优。女伶卖艺兼卖身的现象在近现代中国并不少见，"北方的女伶，居多兼做娼妓。"⑧女伶或被班主、鸨母逼迫身不

---

①熊月之主编《稀见上海史志资料丛书》（1），上海书店出版社 2012 年版，第 523 页。

②（清）王昶等纂《（嘉庆）直隶太仓州志》，嘉庆七年刻本，卷十六第五页上。

③夏玉润主编《凤阳花鼓全书》（史论卷上），黄山书社 2016 年版，第 66 页。

④《示禁蚕花戏》，《晚清报载小说戏曲禁毁史料汇编》（上），第 457 页。

⑤（清）李星沅撰，王继平校点《李星沅集》（1），岳麓书社 2013 年版，第 215 页。

⑥王利器辑录《元明清三代禁毁小说戏曲史料（增订本）》，上海古籍出版社 1981 年版，第 157 页。

⑦王利器辑录《元明清三代禁毁小说戏曲史料（增订本）》，上海古籍出版社 1981 年版，第 140 页。

⑧王无为《上海淫业问题》，福建教育出版社 2016 年版，第 61 页。

由己，或为营生而主动兼营皮肉生意。小戏女伶兼营卖身亦所在多有，像打花鼓的女伶所使用鼓条穗子(俗称"鼓须子")用线包扎，仅卖艺的女伶会用纯蓝和纯黑的线包扎。外出卖艺时，人家会扒开鼓须子看里面的颜色。如果里面有红线、绿线或五颜六色的线，则表明该女伶是卖艺兼卖身，到了晚上，就有人将其接走过夜①。花鼓女伶卖艺兼卖身属人多知之的行情，"否则就不必要在鼓条穗子的颜色上大做文章。"②给人以暗示了。1869年9月，《上海新报》曾报道在大马路福仙园花鼓戏馆演唱花鼓的女伶徐秀宝优而兼娟，惹得众恩客争风吃醋③。可见不论是行走江湖的花鼓女伶，还是坐园演唱的花鼓女伶，有不少兼营卖身。部分声色兼营的小戏女伶加深了人们对整个群体的污名化，在官方和道德之士眼中，她们都是"流娟"，④小戏班藏污纳垢，所经之地，贻害无穷。

其四，小戏女伶扮演淫戏。分析这个问题需要基于三个前提：1. 清代淫戏观念宽泛，只要涉及情爱即多被指斥为淫戏。2. 小戏内容丰富，以反映爱情生活和劳动生活居多，但清代主流文化指斥所有的小戏皆为"淫戏"。3. 在把女性的身体空间与社会分工限制于闺阃和家庭的男权社会，女性冲州撞府、以色相示人，就是冶容诲淫，且不论她如何扮演和扮演何种内容。在承认小戏女伶扮演淫戏有性别歧视、文化偏见的前提下，我们还要看到，小戏女伶的确存在搬演淫戏现象：一者，习演庸俗段子是小戏女伶行走江湖之必须。遇见观众点演荤段子，她们有时必须表演。在号称"光棍堂"的兵营、大车店、缸窑、煤窑等都是男性之地演出，荤段子是非演不可，否则难以脱身⑤。据京剧艺术家刘斌昆(1902—1990)言，民国期间《打花鼓》十分淫秽，尤其到了夜深人静之时，看戏的都是一些精力充沛的男子汉，要求"带彩。"⑥刘斌昆所言虽是民国情形，揆诸剧场流行情色的晚清，相去不远。小戏女伶冲州撞府，不习演一些荤段子几乎是不可能的事。二者，为了迎合观众增加收入，小戏女伶也会主动搬演黄色下流段子。花鼓

① 夏玉润主编《凤阳花鼓全书》(史论卷上)，黄山书社2016年版，第112、115页。
② 夏玉润主编《凤阳花鼓全书》(史论卷上)，黄山书社2016年版，第116页。
③ 《中外新闻》，《上海新报》1869年9月7日，第2版。
④ 《淫戏盛行》，《晚清报载小说戏曲禁毁史料汇编》(下)，第720页。
⑤ 王木箫编选《吉林二人转集成·论文卷》(1)，时代文艺出版社2014年版，第385页。
⑥ 夏玉润主编《凤阳花鼓全书》(史论卷上)，黄山书社2016年版，第216页。

女艺人王夕英、邓青兰回忆说,唱荤段子、给钱要多①。所以"花鼓戏以妇人说土话,当场演出,淫词秽语"②的现象是存在的,且并不少见,但指斥她们搬演的都是淫戏,则属偏见。

(四)男女杂观的批评

男女之防是古代基本伦理道德准则,它要求非夫妻之间的男女不能有任何身体上的接触,不但不能有接触,而且还要禁止任何交往,即"男女授受不亲"。先秦时期,"男女授受不亲"已经被具体要求为男女之间不能坐在一起,不能共用衣架、手巾和梳子,叔嫂之间也不能问话,遑论家庭之外的男女交往了。"男女授受不亲"的礼法在宋代以后趋于严格,而以明清为甚,特别是单向地要求把女性与外界和异性隔离开来。从男女之间交往应保持一定距离上看,男女之防有一定合理性,毕竟人的社会属性决定着人应该遵守基本的伦理道德规范。但男女之防教条化之后,成为隔绝男女人际接触的绝对准则。为了遵奉男女之防的礼教规范,古代剧场常采用男左女右、男前女后、女看楼、女看台、垂帘等方式隔开男女观众。在执行隔离男女观剧方面,小戏剧场与神庙剧场、戏园有所不同。神庙剧场和戏园通过看楼、看台、男左女右等方式将男女观众隔开。小戏有时搭台,往往也仅是简便的临时性戏台,没有神庙剧场和戏园看楼、看台等固定隔离设施。其最简便最常见的方式是"拉围子",即观众围成一圈,自然形成一个演出区域。地点可以是街头巷尾、村头场边、庭院场屋,只要一块场地,"随地皆可演出。"③所以,从剧场构建上看,小戏观演男女分隔一般不如神庙和戏园剧场严格。从民俗民风上看,乡村民风朴实率真,男女之防远没有士绅以上的中上层社会严格,小戏上演之时"附近村庄男的女的,老的少的,蠢的俏的,群聚观看,几如堵墙。"④从演出时间上看,为逃避查禁或满足夜间娱乐之需,小戏常选择夜演。1906 年 8 月,上海西乡安国寺附近,"夜则演唱花鼓淫戏,男女混杂。"⑤同月闸北旧港地方,连日开演花鼓戏"日夜男女

---

①夏玉润主编《凤阳花鼓全书》(史论卷上),黄山书社 2016 年版,第 114 页。
②《丁中丞禁花鼓戏花烟馆(节录)》,《晚清报载小说戏曲禁毁史料汇编》(下),第 685 页。
③周贻白《中国戏曲发展史纲要》,上海古籍出版社 1979 年版,第 433 页。
④《禁止影戏》,《晚清报载小说戏曲禁毁史料汇编》(上),第 230 页。
⑤《学堂教员请禁花鼓淫戏》,《晚清报载小说戏曲禁毁史料汇编》(上),第 365 页。

混杂,喧闹不堪。"①从语气上看,此类记载和描述都有对小戏剧场男女混杂、不堪闻问的批判口吻。夜间男女聚集,分隔不严,不免令人遐想非非。小戏在观演秩序上冲决男女之防的礼教规范,这是官方和道德之士难以接受的。

二、妨碍治安

清代前中期与民间小戏相关的禁令基本是中央发布、地方跟进。晚清查禁小戏的禁令基本是地方官、特别是州县官颁布,中央几乎不再颁布查禁小戏禁令。维护治安乃地方行政之基,是地方官的首要职责。伴随晚清地方官主导查禁小戏的权势转移,与小戏相关的治安问题备受关注,主要指聚赌、游民、夜演、引窃招匪四大问题。

(一)小戏聚赌

赌博是清代严重的社会问题,官方对赌博处罚甚严,雍正三年规定,对赌博之人、开场赌博之人、家留存赌博之人、将自己银钱放头抽头之人,"各枷号三个月。系旗下人,鞭一百;系民,责四十板。"②但严酷的刑罚未能阻遏赌风蔓延之势,嘉道之时"上自公卿大夫,下至编氓徒隶,以及绣房闺阁之人,莫不好赌者。"③降至晚清,赌风更盛。在赌博昌盛的世风中,演戏与赌博形成共生互济的关系:一者,演戏可以招人聚赌。赌徒都明白一个道理:演戏乃聚赌之捷径。在人喜热闹、众皆嗜剧的城乡,锣鼓一响,远近来观,聚赌便利,"乡村僻壤,每假戏场号召赌徒,故欲图聚赌,必先谋演戏。"④演戏与赌博形成共生关系:"赌以戏为端。"⑤二者,聚赌可以支持演戏。在演戏聚赌中,组织者和赌徒向赌摊抽头,支付戏资,"甚至敛钱演戏,藉作聚赌之场,开赌抽头,又为演戏之费。"⑥与大戏聚赌相较,小戏聚赌有四大优势:

①《查拿花鼓淫戏未果》,《晚清报载小说戏曲禁毁史料汇编》(上),第365页。
②马建石、杨育棠主编《大清律例通考校注》,中国政法大学出版社1992年版,第967页。
③(清)钱泳撰,张伟点校《履园丛话》,中华书局1979年版,第578页。
④请弛青浦县属朱家角镇戏禁意见书》,《晚清报载小说戏曲禁毁史料汇编》(下),第682页。
⑤(清)饶应祺修,马先登纂《(光绪)同州府续志》,光绪七年刻本,卷九第五页上。
⑥《示端风化》,《晚清报载小说戏曲禁毁史料汇编》(上),第78页。

其一，戏资较廉。小戏班戏资可以是钱，也可以是米面油盐等物，所费不多，甚至仅设酒食招待即可、无需另付戏资，"不受戏资，但备盛筵以款之，登台演唱时，不许人摆酒。"①这是小戏深受赌戏组织者和民众欢迎的关键所在："且戏资甚贱，肯舍青蚨二千头，便可尽一日之乐，以故此处尚未演竣，彼处又欲登场。"②这则史料的记录时间是 1885 年，其时黄梅小戏班一天的戏资约为 2000 文。据当时粮食价格，2000 文买不到 100 斤普通大米③。清末民初长沙等地大班演戏一本（半天）约为 3600 文④。相同的演出时间，大戏戏价要比小戏高出数倍。

其二，场地简易。小戏可以搭台，也可以不搭台，空旷之地或一两间场屋皆可搬演。赌戏组织者在剧场周围摆设赌摊这种聚赌方式，大戏与小戏相同。所不同的是，茶肆等狭小之区也是演戏聚赌的频繁之地。茶肆主或赌徒在茶肆演戏聚赌，或按照赌摊抽头渔利，或促销茶水，按照售茶碗数提取戏资，茶肆内聚赌演戏，基本皆为花鼓、滩簧等小戏，"开设茶馆，聚赌抽头，并唱花鼓淫戏"⑤这种现象在晚清上海、宁波等城镇较常见。茶肆内搬演小戏聚赌，茶馆主、赌棍和伶人正是利用了小戏对场地要求不高的优势。

其三，百姓乐观。小戏所演内容多源于百姓日常生活，倾向于家长里短，打情骂俏，使用方言，对于文化水平较低的百姓而言，既能听懂还能记得，甚至还会做的，相对于大戏而言，小戏对文化水平不高者吸引力更大，"巴人下里听者众。"⑥俗云"锣鼓一响，脚板发痒。"一旦听闻某处开演小戏，男妇往观，瞬间人聚，"村落冬冬花鼓戏，千人万人杂沓至。"⑦小戏成为棍徒"聚赌引诱愚民"⑧的手段。

其四，聚散方便。小戏一般无需搭台，演员多为业余，二三人即可开

①《儒家班宜禁》，《晚清报载小说戏曲禁毁史料汇编》（下），第 738 页。

②《淫戏宜禁》，《晚清报载小说戏曲禁毁史料汇编》（下），第 719 页。

③1884 年，在九江，每担稻谷需八九百文，每担大米需两千六七百文（《九江琐录》，《申报》1884 年 6月 9 日，第 2 版）。1886 年，在九江，新米每担约三千文，陈米每担约三千五六百文（《浔阳米贵》，《申报》1886 年 8 月 20 日，第 2 版）。

④湖南省文化厅编《湖南戏曲志（简编）》，湖南文艺出版社 2013 年版，第 385 页。

⑤《无赖宜惩》，《晚清报载小说戏曲禁毁史料汇编》（下），第 786 页。

⑥《花鼓戏》，《晚清报载小说戏曲禁毁史料汇编》（下），第 834 页。

⑦天津市社会科学院文学研究所古代室编《古典诗词百科描写辞典》，百花文艺出版社 1987 年版，第 281 页。

⑧《示禁赌戏》，《晚清报载小说戏曲禁毁史料汇编》（上），第 33 页。

演,行头简单,目标较小,官方捕拿,或闻风逃逸①;或仅获个别,余俱逃散②。

因为有以上四大优势,小戏聚赌在晚清十分普遍,赌博会招致一系列社会问题,造成种种罪恶,诸如打架斗殴、倾家荡产、家破人亡、偷盗抢劫、杀人放火。小戏因"与赌徒尤有连带关系"③而加上方便聚赌的罪名,频遭查禁。

(二)游民赶唱

游民一般与地方治安事故成正比例,管理游手闲民是地方官的主要职责之一,乾隆三十九年(1774)、嘉庆十六年(1611)清廷谕令对秧歌、女戏、游唱等失察、容留的地方官处以罚俸。嘉庆末年,兖州知府徐宗干(1796—1866)颁布《逐游民示》,把打鼓说书、打花鼓、小说书贩、卖唱、杂耍卖艺等都归于游民,勿许容留④,其中驱逐的优伶主要是小戏伶人。小戏之所以能在官方禁抑中生生不息,与游民把它作为讨生活的手段关系莫大。从游荡时间上看,演唱小戏的游民可分为两类:一类是无产无业、靠小戏表演四处谋食,此类属真正的游民。一类是有产有业、藉小戏表演度过荒年或当作副业,此类属于临时性游民或季节性游民。晚清演唱小戏的游民以后一类居多,每逢秋收之后至次年春耕,许多农民化身为花鼓伶人外出乞讨,冬出春返,补贴家用。整个清代,官方都在试图禁止小戏游民,其原因并不复杂,即农民安土重迁,困守乡土,则社会稳定,利于统治:"惟民必安土然后乐业,乐业然后重出其乡,安土乐业而重出乡,然后彼此各居其疆域,而有司易以为治。"⑤官方一般把演唱小戏的游民归于"游民匪类""游民闲手""游惰之民",他们是地方治安的重点治理对象。道光年间王凤生(1776—1834)颁布《弭盗条约告示》,首条即为"禁游惰之民,各安生理。"⑥小戏游民也是清代保甲制度重点禁抑对象,官方要求地方上对冲州撞府的艺人尽行驱逐:"戏子、男当、女当、花鼓戏、道情、走索等项","不分何等人家,俱不

---

① 《流氓难办》,《晚清报载小说戏曲禁毁史料汇编》(上),第335页。
② 《拘惩串客》,《晚清报载小说戏曲禁毁史料汇编》(上),第210页。
③ 余晋芳纂《麻城县志续编》卷一·《风俗》,1935年汉口中亚印书馆承印,第33页。
④ 《清代诗文集汇编》编纂委员会编《清代诗文集汇编》(593),上海古籍出版社2010年版,第104页。
⑤ 《中华舞蹈志》编辑委员会编《中华舞蹈志·安徽卷》,学林出版社2000年版,第230—231页。
⑥ 杨一凡、王旭编《古代榜文告示汇存》(第八册),社会科学文献出版社2006年版,第461页。

许容留,如违将四邻乡集甲耆分别究处。"①驱逐是禁止演唱小戏游民的主要方式,但由于各地政令不一、差保容隐、乡村幅员辽阔,加上小戏游民不畏艰难的谋生欲望,"逐去又来,畏法不至者,不过十分之一而已。"②禁止效果整体不佳,"但地方辽阔,此逐彼窜,终难尽绝根株。"③但在传统农本社会,又不得不禁。

(三)夜演违禁

清代禁演夜戏属全国性法令,雍正十三年(1735),朝廷首次颁布夜戏禁令。乾隆二十七年、嘉庆七年、嘉庆十六年,清廷先后重颁夜戏禁令。清代禁演夜戏的要因有二:一是道德风化之忧。夜晚观剧,男女混淆,危及男女之防的伦理道德秩序。二是社会治安之虞,"恐致生斗殴、赌博、奸窃等事。"④清代地方官把禁止夜戏作为基层社会治理的重要举措:"果能禁止夜戏,地方可省无数事端也。"⑤由于搬演方便、喜观者众,乡村监管力量相对较弱,小戏经常突破夜戏禁令,在花鼓戏兴起的嘉道年间,夜演就已流行起来,"始以日,继以夜。"⑥在预防治安之虞方面,官方禁止大戏、小戏夜演的原因相同,在道德风化之忧方面,小戏则比大戏更严重一些。如上文言,小戏剧场男女分隔不严格,夜演黑灯瞎火,其对男女之防的冲决更甚白昼,这是官方和道德之士批评小戏"黈夜扮演,最易伤风败俗"⑦之关键。

(四)引窃招匪

晚清社会治安状况整体不佳,民变、匪患、盗窃、抢夺等治安事故不断恶化社会治安状况。演戏引发治安之虞的首要问题是盗贼,所谓"王者之政莫急于盗贼。"⑧在古代,"贼"指人身伤害罪,"盗"指侵犯财产罪。演戏

---

①杨一凡、王旭编《古代榜文告示汇存》(第八册),社会科学文献出版社 2006 年版,第 456 页。
②(清)纳兰常安《受宜堂宦游笔记》,转自夏玉润主编《凤阳花鼓全书》(史论卷上),黄山书社 2016 年版,第 101 页。
③《花鼓宜禁》,《晚清报载小说戏曲禁毁史料汇编》(下),第 739 页。
④王利器辑录《元明清三代禁毁小说戏曲史料(增订本)》,上海古籍出版社 1981 年版,第 20 页。
⑤王利器辑录《元明清三代禁毁小说戏曲史料(增订本)》,上海古籍出版社 1981 年版,第 111 页。
⑥熊月之主编《稀见上海史志资料丛书》(1),上海书店出版社 2012 年版,第 523 页。
⑦《汉镇花鼓戏禁革案》,《晚清报载小说戏曲禁毁史料汇编》(上),第 156 页。
⑧詹子庆主编《中国古代史参考资料》,高等教育出版社 1987 年版,第 39 页。

之际,不法分子经常乘人多混杂或民众键户观剧之机进行盗窃、诱拐、抢夺、调戏妇女等勾当,治安案件频发,"凡唱戏之处,无有不以失盗告者。"[1]据报道,清末长春每届元宵,灯彩、爆竹、花鼓喧阗,男女塞途,纷纷若狂,"往往被劫强奸、遗童失女,出种种要案。"[2]官方一般无心无力维护乡间演戏治安,特别是许多演剧为躲避禁令是在朦蔽地方官的情况下进行,地方官为防止发生治安事故,一般选择"一刀切"的办法,禁止演戏。有时禁止小戏之后,治安状况的确有所好转。应城每于跑龙灯、端午竞渡龙舟、演出花鼓戏之际,也是邻村恶少相互寻衅酿成巨祸之时,"其仇择肥而噬,良懦受累,而凶徒或倖逃法外。"官方把花鼓、龙舟、龙灯一律示禁之后,"地方始靖。"[3]

三、有害民生

传统社会以农为本,劝导农桑和征收赋税是地方官的重要职责,特别是后者,在地方行政中占据举足轻重的地位。没有农桑,何来赋税? 但是百姓耽于看戏可能染上游惰之习、耽误农桑;敛钱演戏会侵占百姓纳税之资和生活开销,扰乱基层社会经济秩序,甚至逼良入邪。官员多从体恤民生,尤其是从利于征缴钱粮的立场出发禁止民间演剧,也包括禁止小戏。

(一)敛钱强索

根据征集方式,小戏敛钱可分为两种情况:

(1)分摊。从组织形式上看,清代基层社会分摊戏资可分为固定性分摊和临时性分摊。村社、宗族或行业定期举行的酬神演戏属于固定性分摊,如村社定期举办的赛会演戏、宗族举办的祭祖演戏等,其戏资往往和看青支更、修理庙工、村庄团练等费用一起征收。分摊戏资是民众融入村社集体或行业组织,享受权利和履行义务的重要途径,作为惯例,无人例外,纵然贫困有衣食之忧的孤寡之人,"也不得不勉强筹措。"[4]临时性分摊是

---

[1]丁淑梅《中国古代禁毁戏剧编年史》,重庆大学出版社 2014 年版,第 328 页。
[2]《元宵闹花灯之禁令》,《顺天时报》1908 年 2 月 26 日,第 4 版。
[3](清)罗绣主修,王承禧总修《(光绪)应城志》,光绪八年蒲阳书院刻本,卷一第四十一页上。
[4][日]滨岛敦俊著,朱海滨译《明清江南农村社会与民间信仰》,厦门大学出版社 2008 年版,第 9 页。

固定性分摊之外,寻找借口向民众征收戏资,其真实意图或是演戏聚赌,或是敛钱肥己。固定性演戏一般聘请较正规的戏班,即大班。贝青乔《演春台》:"前村佛会歇还未,后村又唱春台戏。敛钱里正先订期,邀得梨园自城至。"①该诗描述的就是里正为春祈演戏邀请城里大班赴乡演出。临时性摊派的组织者为节省成本,往往雇演小戏,甚至是亲自扮演。清末扬州新正,好事之辈"每以舞龙灯并演扮花鼓淫剧为生计,先期向各铺户、茶灶、烟室、娼寮、赌局强勒钱文,积数多至千有余串。"②因为演戏敛钱可以中饱私囊、有利可图,差保、地痞、无赖尤热衷其事,他们往往以流氓手段收取:"苛派出资,稍不遂意,则群殴之,必输助而后已,名曰敛头。"③在地方熟人社会,民众因好面子或迫于压力,纵然家无余资,往往也"打肿脸充胖子",纷纷捐献,"有平时悭吝不舍一文,而演戏则倾囊以助者。"④甚至典当、借贷而不辞,"小民终岁勤动,所得除上供外,不足以给朝夕之需,而一闻演戏,即典质称贷,有所不辞,宁受他日冻饿之苦,以博目前无益之欢。"⑤演戏期间,还可能产生亲朋造访的接待费用,"贫家留客尽有典质以供应者。"⑥狂欢之后,落得个"明朝灶突寒无烟"⑦的结局。在极度贫困的社会,摊派戏资的确加重贫民生活负担,否则晚清不少贫民就不会为逃避社钱而入教,"繁富之区每岁有鸠集六七次者,沃厚之壤每亩有摊派三四百者……近且天主教民免出社钱,愚民吝此微利,辄为所诱。"⑧

(2)强索。"唱门头"是小戏的一种重要演出方式,笔者故乡豫南的花灯戏把这种演出方式叫作"拜门头",就是在挨家挨户的大门外演唱,向户主讨取钱米烟酒等物⑨。晚清不少土棍无赖借"唱门头"这种演出方式,强行勒索。如"扬州每有青皮地痞,乘新正无所事事,即纠集恶少土豪,装扮

---

① 张秉成、萧哲庵主编《清诗鉴赏辞典》,重庆出版社 1992 年版,第 1009 页。
② 《新正禁扮花鼓》,《晚清报载小说戏曲禁毁史料汇编》(上),第 359 页。
③ (清)王昶等纂修《(嘉庆)直隶太仓州志》,嘉庆七年刻本,卷十六第五页上。
④ (清)周钟瑄修,陈梦林纂《(康熙)诸罗县志》,康熙五十六年序刊本,卷八第十九页上。
⑤ (清)葛振元修,杨钜纂《(光绪)沔阳州志》,光绪二十年本衙藏板,卷十一第四十一页上。
⑥ 《双林镇志》卷十五《风俗》,上海商务印书馆 1917 年承印本,第 281 页。
⑦ 张秉成、萧哲庵主编《清诗鉴赏辞典》,重庆出版社 1992 年版,第 1009 页。
⑧ (清)王仁堪《王苏州遗书》卷三《咨山西巡抚商定章程六条文》,沈云龙《近代中国史料丛刊》(第138 册),文海出版社 1969 年版,第 393 页。
⑨ 笔者小时候所在的豫南农村普遍贫困,家乡正二月间流行耍狮子、跑旱船、花鼓灯等拜门头活动,有时今天来一波,明天来一波,甚至一日两三波,贫困之家无力准备打发拜门头的礼品,往往借故将大门扃锁,外出暂避。此为 1980 年前后之事,揆诸晚清,情形可推而知。

花鼓淫戏,挨户演唱,硬行索钱,稍不遂意,即起衅端。"①1904 年初,天津游手好闲之徒聚集多人,排演秧歌,挨户敛钱,"稍拂其意,轻则狂舞喧闹,重则恶言恫喝,凶悍逼人,使该铺户不敢不给钱文。"②这种方式是打着演戏祈福和娱乐的幌子行强盗式索取之实。官方禁止敛钱演戏的重点是临时性敛钱演戏和演戏强索,这笔开支对于百姓而言属于计划外支出,增加了他们的生活负担,也扰乱了基层经济秩序。1906 年新正,扬州警察禁止藉花鼓龙灯勒索钱文,"被强勒者无不称快。"③民众有时也主动禀请官方禁止无赖敛钱演戏,1893 年 3 月,宝山县高桥镇民众向分防厅联名禀请禁止无赖藉出灯为名,敛钱需索、践踏麦苗④。说明官方禁止敛钱演剧、特别是勒索式敛钱演剧,确有必要,符合普通百姓的利益,为他们所拥护。

(二)废时误业

在传统农本社会,国家治理的理想状态是让百姓少思寡欲,日出而作日入而息,一年四季,周而复始,各勤本业。《圣谕广训》第十条云:"务本业以定民志。"⑤要求士农工商各守乃业、勤勉以求,"宁习于勤劬,勿贪夫逸乐;宁安于朴守,勿事乎纷华。"⑥但观剧娱乐、尤其是频繁地演剧看戏,与官方提倡"各守本分,谋图正业"⑦的要求背道而驰。百姓喜看小戏,误时废业之事一定程度上也的确存在,谚云"花鼓一响,锅饼子贴到门框上","听了花鼓戏,荒了二亩地。"⑧各村在演戏期内,"全村停止工作,一面招待宾客,一面抽暇观剧。"⑨如果无人制止,往往是没完没了。光绪《续高平县志》载:"春初,演唱秧歌,每至耕耘收获时犹不止,知县龙汝霖严禁之。"⑩

①《整顿风化》,《晚清报载小说戏曲禁毁史料汇编》(下),第 768 页。

②《天津县示》,《晚清报载小说戏曲禁毁史料汇编》(上),第 92 页。

③《新正禁扮花鼓》,《晚清报载小说戏曲禁毁史料汇编》(上),第 359 页。

④《拟请禁灯》,《新闻报》1893 年 3 月 28 日,第 6 版。

⑤牛铭实编著《中国历代乡规民约》,中国社会出版社 2014 年版,第 192 页。

⑥冯尔康主编《清代宗族史料选辑》(上),天津古籍出版社 2014 年版,第 11 页。

⑦《申禁淫戏》,《晚清报载小说戏曲禁毁史料汇编》(上),第 25 页。

⑧《中国戏曲音乐集成·安徽卷》编辑委员会编《中国戏曲音乐集成·安徽卷》(下),中国 ISBN 中心 1994 印,第 1491 页。

⑨上海书店出版社编《中国地方志集成·河北府县志辑》(第 15 册),上海书店出版社 2006 年版,第 353 页。

⑩凤凰出版社编《中国地方志集成·山西府县志辑》(第 36 册),凤凰出版社 2005 年版,第 579 页。

为预防观演小戏而耽误生产、荒废农事,地方官往往会采取约束行动。

关键词可以帮助我们直观地获取考察对象的主题和要点,以上通过分析晚清禁令中查禁民间小戏原因的关键词,提供了一个检视和分析清代查禁民间小戏原因的视角。从对这些关键词的分析可见,晚清查禁民间小戏的原因具体涉及崇雅抑俗、表演内容、观演方式、伶人性别、观众身份、接受效果、社会治安、经济秩序、守业非乐等诸多方面。从传统社会治理上看,禁止小戏的原因囊括了传统社会基层治理的主要方面;从戏曲史上看,禁止小戏的原因包含了古代指责戏曲的所有罪名。禁止小戏原因在社会史、戏曲史上极具认识价值。今天看来,官方从维护统治的角度,用崇雅抑俗观念禁抑民间娱乐,放弃对民间小戏的引导,一刀切地禁止,这些都体现了传统文艺管理制度保守、落后的特征。但禁止小戏的原因也包含一些合理因素,如禁止色情表演、预防演戏引发治安案件、禁止赌戏、防止敛钱和强索有害民生等。民间小戏因扎根于普通民众日常,满足他们娱乐、信仰、交际等需求,官方屡禁,"其调终不能止,亦一时习尚然也。"[1]说明法律在与习俗、娱乐的直接对抗中往往呈败北之势。今天,传统民间小戏在现代娱乐的冲击下,已经呈现衰落之势,小戏传承面临严峻挑战。传统小戏精粹和糟粕俱存,如何在传承小戏消遣娱情、诙谐逗趣、粗朴直露等浅俗品格的基础上,兼顾民间小戏的思想性、艺术性和趣味性,结合当下,创新发展,已经成为摆在小戏爱好者、传承人和有关部门面前亟需思考和解决的问题。

---

[1]（清）昭梿《啸亭杂录》,中华书局 1980 年版,第 236 页。

第九章　治安问题对演戏禁忌和管理的推动

演戏治安问题,是指在演戏过程中,发生对观众、优伶人身和财产造成伤害或损失的行为、事故和事件,演戏治安事故多数发生于剧场之中,主要包括火灾、挤压、倒塌、抢劫、诱拐、盗窃、斗殴、赌博等,少数也可能发生于剧场之外,主要指以观众为对象的抢劫、诱拐、盗窃以及乘船倾覆等。治安问题是禁戏原因的老话题,南宋陈淳列举八大禁戏理由,其中抢夺、斗殴、狱讼等即是从社会治安考虑。清代江阴秀才李见田曾列举赛会十弊[1],其中煽火烛、兴赌博、聚打降、招盗贼等皆涉及演戏治安问题。同治《鄠县志》也总结了演戏六弊,其中开场聚赌、寻衅斗殴、奸盗因之属于治安问题[2]。可见,演戏治安问题一直是官方和民间禁戏的重要原因。清代官方禁令、禁毁舆论对演戏滋生事端的指责指不胜屈、触目可见。目前,学界尚缺少对清代演戏治安问题的专门梳理。晚清社会治安状况相较清代前中期,有江河日下之势,演戏治安问题突出。晚清演戏治安问题主要表现在哪些方面? 程度如何? 对戏曲观演产生哪些影响? 本章主要根据报刊史料,对晚清演戏治安问题予以梳理,并探讨这些问题对戏曲观演禁忌以及禁戏政策产生的影响,冀以获得对晚清禁戏原因较全面的"了解之同情"。

一、演戏与治安事故

晚清演戏治安问题主要包括火灾、倒塌、沉船、抢劫、赌博等,现依据其对生命财产危害程度,分述如下:

(一)剧场火灾

剧场火灾,宋元以来历代皆有,但都不及晚清为祸惨烈。晚清剧场火

---

①(清)钱泳撰,张伟点校《履园丛话》,中华书局 1979 年版,第 575—578 页。
②周新发点注《鄠县志》,西安出版社 2010 年版,第 202 页。

灾伤亡总人数名列所有剧场治安事故之首,下表是笔者所见晚清死亡百人以上的特大剧场火灾统计表:

表 2—2　晚清死亡百人以上的剧场火灾统计表

时间	地点	死亡人数
1845 年 5 月 25 日	广州学署前街	燔死一千四百余人①
1852 年 9 月 29 日	广东新会礼义都帝临堂庙	焚死男妇二百余人②
1846 年 4 月	东莞石龙乡新街	焚死男女四百余人③
1863 年 11 月 11 日	四川隆昌东关外戏台	烧死踏死数百人,伤者无数④
1880 年 11 月	广东南海县俞村	焚毙男女共八百五十人,其中妇女幼孩共六百二十名,身焦不辨面目者约二百五十人⑤
1885 年 10 月 7 日	广东清远县	男女老幼死者一百七十三人,受伤者更难数计⑥
1892 年 11 月 29 日	广东高要县金利墟神庙	惨毙约二千余人,焚毁房屋两百余间⑦
1893 年 12 月 8 日	宁波江北岸佘使君庙	葬身火窟者约计数百余人,初二日至初四日,在灰烬中共拔出尸首二百余具⑧
1894 年 11 月 2 日	广东高要县白土乡华光庙	男女焚毙者约有百余人⑨
1896 年 12 月 10 日	福州琯头乡三官庙	火起逃生时跌毙二三十人,类皆血肉模糊。至初八日共从灰烬中检出尸身三百二十八具,其余零星骸骨积有两缸⑩
1907 年 5 月 20 日	广东新会三江	葬身火中者约五百人,负伤者亦有数百人⑪

资料来源:①《清同治十年番禺县志点注本》,广东人民出版社 1998 年版,第 840 页。②(清)彭君毅修,钟应元纂《(同治)新会县续志》,同治九年刻本,卷十第十三页上。③(清)戴肇辰修,史澄纂《(光绪)广州府志》,光绪五年刊本,卷八二一第四十三页下。④李采芹主编《中国消防通史》,群众出版社 2002 年版,第 924 页。⑤《焚毙多命》,《申报》1880 年 12 月 4 日,第 2 版。⑥《芦棚肇祸》,《申报》1885 年 10 月 29 日,第 1—2 版。⑦《佗城道听》,《申报》1893 年 1 月 26 日,第 2 版。⑧《宁波火灾汇纪》《再述宁波火警》,《申报》1893 年 12 月 11、14 日,第 2 版。⑨《剧场遭劫》,《申报》1894 年 11 月 16 日,第 2 版。⑩《剧场浩劫》,《申报》1896 年 12 月 24 日,第 1 版。⑪《广东新会戏园大火》,《中外日报》1907 年 5 月 31 日,第 3 版。

表 2—2 统计了晚清 11 起死亡百人以上的特大剧场火灾,累计死亡近

6000 人。其中 1892 年广东高要县金利墟剧场火灾死亡 2000 余人,创下了中国乃至世界剧场火灾死亡人数记录之最①。晚清剧场火灾伤亡人数和爆发次数较多,我们可以从火灾事故的直接原因和灾害成因两个方面洞悉晚清剧场火灾伤亡人数和爆发次数居高不下的原因。

1. 剧场火灾事故直接原因。包括剧场用火不慎和人为纵火。

（1）剧场用火不慎。

①生活、照明等用火不慎。剧场生活照明用火不慎包括烤火、炊事用火、明火照明等,尤以明火照明易肇火灾。1890 年 2 月 22 日夜,汉口通齐门地方筑台演唱花鼓,"灯烛辉煌,朗若白昼",五更时忽起西北风,风吹灯火将台上帐幔燃着,风助火势,木板篾片,"顿成燎原",锣鼓戏台付诸一炬②。1894 年 2 月 7 日,广东花县某村落岁首演剧报赛,半夜发生火灾,原因是"戏台前食物棚中火油灯失慎,致兆焚如。"③1894 年 11 月 2 日,广东高要县白土墟华光庙剧场火灾,原因是"司理人抹牌为消遣计,偶遗星火渐致燎原。"④1897 年 3 月 25 日,上海英界天仪戏园付诸一炬、烧毙一人,起火原因是司事人持火照明时将灯彩燃着,遂一发难收⑤。1898 年 12 月 5 日,杭州乐园庄农民秋收后雇请梨园演剧,台上洋油灯忽然炸裂,引发火灾⑥。这些剧场火灾表明,在剧场多易燃物的情况下,搬演夜戏时,明火照明要慎之又慎。另外,剧场人群聚集,蕴含商机,"小本贸易者设摊求售,莫不利市三倍。"⑦往往一处演剧,商贩蜂拥而至,围绕剧场,煎炸烹煮,冀图微利,炊事用火不慎,也易酿火灾。1907 年 5 月 20 日,广东新会三江发生烧死 500 多人的特大剧场火灾,就起因于戏园旁边卖粥人将火药引着⑧。香火处置不慎,也可能引发剧场火灾,1893 年 4 月 16 日,通州城北十八里

---

① 据《世界纪录全书》《吉尼斯世界纪录大全》,1845 年 5 月 25 日广州学署辕门剧场火灾死亡 1670 人是"世界上最严重的火灾"（李采芹《中国历朝火灾考略》,上海科学技术出版社 2010 年版,第 308 页）。目前看来,这个记录并不准确,1892 年广东高要县金利墟剧场火灾死亡人数超过 2000 人。

② 《剧场被焚》,《字林沪报》1890 年 3 月 12 日,第 4 版。

③ 《祝融观剧》,《申报》1894 年 2 月 20 日,第 2 版。

④ 《火灾两志》,《申报》1894 年 11 月 15 日,第 9 版。

⑤ 《火灾详纪》,《申报》1897 年 3 月 26 日,第 3 版。

⑥ 《杭州火警》,《申报》1898 年 12 月 11 日,第 2 版。

⑦ 《农业演戏》,《申报》1894 年 2 月 23 日,第 3 版。

⑧ 《广东新会戏园大火》,《中外日报》1907 年 5 月 31 日,第 3 版。

平家疃娘娘庙殿前搭台演剧,庙内老道收藏香火,余烬未灭,导致火灾①。一些剧场火灾起因不明,如 1893 年 12 月 8 日宁波江北岸余使君庙剧场火灾②,1894 年 3 月广东新宁县狄海剧场火灾③,1896 年 12 月 10 日福州琯头乡三官庙剧场火灾④等,都是鸣金击鼓之际突然起火。这些剧场火灾新闻不见关于雷电之类的报道,可以推断,突然起火、原因不明的剧场火灾也多是由于生活用火不慎引发。

②燃放鞭炮和焚烧纸钱。晚清酬神演戏,名目繁多,像北方之山西"演剧酬神,岁无虚日。"⑤南方之温州"祈禳演剧酬神之举,终年不绝。"⑥但凡演剧酬神,燃放爆竹和焚烧纸钱是必备程序。由于剧场搭建多用易燃物,在剧场周围燃放爆竹和焚烧纸钱,如果不慎,易招火灾。1863 年 11 月 11 日,四川隆昌县东关外演目莲戏燃放鞭炮,致戏台起火,引起四周戏棚同时起火,烧死踏毙数百人,伤者无数⑦。其余 1875 年 12 月 7 日北京米市胡同演剧发生火灾⑧,1887 年 4 月 29 日北通州城南张家湾广福寺剧场火灾⑨,1893 年 12 月广东花县某乡落剧场火灾⑩,1896 年 12 月杭州钱塘县定南乡农民报赛剧场火灾⑪等,皆是由于燃放鞭炮不慎所致。

③剧场中吸烟。烟草自明代末年传入中国,虽然吸烟引发剧场火灾在晚清并不多见,但教训惨痛。1845 年 5 月 25 日,广东学署前特大剧场火灾就因为有人看戏时吸烟,风将火种扬起点着戏场席棚,酿成火灾,致 1400 余人葬身火海。剧场及其周围吸鸦片也可能引发火灾,1877 年 3 月 4 日上海天仙戏园演剧发生火灾⑫,1900 年 8 月杭州东街萧王庙剧场火灾等⑬,皆是由于烟灯将床帐燃着所致。

---

①《火焚祆庙》,《申报》1893 年 5 月 1 日,第 2 版。

②《宁波火灾汇纪》,《申报》1893 年 12 月 11 日,第 2 版。

③《戏台劫火》,《申报》1894 年 4 月 12 日,第 2 版。

④《剧场浩劫》,《申报》1896 年 12 月 24 日,第 1—2 版。

⑤(清)王轩等纂修,单仁点校《山西通志》(13),中华书局 1990 年版,第 7077 页。

⑥徐宏图《浙江戏曲史》,杭州出版社 2010 年版,第 15 页。

⑦李采芹主编《中国消防通史》,群众出版社 2002 年版,第 924 页。

⑧《演剧失火》,《申报》1876 年 1 月 7 日,第 3 版。

⑨《潞河风信》,《申报》1887 年 5 月 12 日,第 2 版。

⑩《火神观剧》,《申报》1894 年 1 月 1 日,第 3 版。

⑪《杭垣火警》,《申报》1896 年 12 月 8 日,第 2 版。

⑫《看戏吃惊》,《申报》1877 年 3 月 6 日,第 3 版。

⑬《观剧遭灾》,《申报》1900 年 8 月 21 日,第 3 版。

（2）人为纵火。晚清治安状况整体不佳,种火打劫、因衅纵火之案在刑事案件中占居相当比例,"清朝末年,宵小之徒纵火引发的火灾层出不穷。"①剧场也是纵火打劫或发泄私愤之所。1892年11月29日,广东高要县金利墟戏剧演出时,有匪徒潜入戏台纵火,目的之一就是乘混乱之际抢掠妇女、卖良为娼②。这场特大剧场纵火案造成2000余无辜生命死亡。1894年3月,广东番禺县谭三乡演剧,乡勇拿获几名窃匪,"重笞之后更啖以粪而释之。"窃匪怀恨报复,29日夜,他们在女看棚下潜置引火物,一时火焰上炽,观众奔逃,大火烧死一名女孩,"其余践踏跌伤者不知凡几。"窃匪乘混乱之际肆掠乡中潘某家并掳掠两位女郎而去③。1897年8月6日,广东从化县高塘墟小塘乡酬神演戏,因乡勇曾捉获窃贼数人,严惩不贷,窃贼心存怨恨,遂于演戏之夜在看台纵火,"由子台起火,延烧戏台,不一时之久,即已同归灰烬。当起火时,匪徒肆行抢掠,妇女之被攫钗珥者不知凡几。"④1903年11月12日,广东德庆州城大开剧场,演至夜晚三鼓时,匪徒纵火,戏台悉化劫灰,"观剧之人大半焦头烂额,焚毙压毙者几不能以数计。"混乱中匪徒掳去少妇幼女20余人⑤。晚清剧场纵火的匪徒罪恶深重,令人发指。

2.剧场火灾事故灾害成因。晚清剧场火灾具有突发性强、火势猛烈、蔓延迅速、易燃易爆、伤亡巨大等特点,这些特点反映了晚清剧场普遍存在安全隐患、管理隐患和观众缺少逃生常识等事实。

（1）剧场建材易燃。晚清剧场、尤其是临时性剧场中的戏台、看楼之用材皆为木材、竹子、芦苇、草席之类捆扎搭建而成。1882年6月,北京崇文门外三条胡同败垣中新建戏园"以木为台,以席为棚,颇甚草草。"⑥为方便观剧、隔开男女或卖座盈利,戏台两侧往往用芦席、竹帘搭建简易看棚,"好事者就戏台两旁用芦席支搭看台,障以虾须帘,俾闺中人得以寓目。"⑦草

①李采芹主编《中国消防通史》,群众出版社2002年版,第1026页。
②《佗城道听》,《申报》1893年1月26日,第2版。《点石斋画报》的报道与《申报》有出入,《点石斋画报》云:十月十一日夜,有歹徒要强行登台看戏,被人阻拦,怀恨在心,就约贼党四下施射火箭,戏棚是竹篾所搭,极易着火,顿时烈焰飞腾(《点石斋画报》大可堂版第9册,第302页)。
③《戏场火劫》,《申报》1894年4月14日,第2—3版。
④《戏场火灾》,《申报》1897年8月24日,第2版。
⑤《剧场纵火》,《申报》1903年12月2日,第2版。
⑥《戏园即闭》,《申报》1882年6月29日,第2版。
⑦《潞河消息》,《申报》1890年3月21日,第2版。

席、芦苇等材料经日晒风干、含水率低,遇火易燃,火势蔓延迅速。1894 年11 月 2 日,广东高要县白土墟华光庙演剧,"场中一切器具皆系引火之物,且又遍缀火油灯,故一经燃着,遂至不可收拾,顷刻之间,顿成灰烬。"①同年 11 月,广州德庆州也发生了一场特大剧场火灾,"人海人山,极形热闹。讵演至深夜时,突兆焚如","顷刻之间,戏棚全座,顿成灰烬,并延烧民房十余间。"②以易燃物搭建戏台、看楼,一旦失火,火势迅疾燎原,难以扑救,加上观者麇集,逃生困难,难免酿成重大伤亡。1892 年 11 月 29 日,广东高要县金利墟发生特大剧场火灾,"戏场上下皆用葵篷结构而成,而一经燃着,遂致不可收拾。四面火光熊熊,场中人等无路逃生。"③丧命者达 2000余人。

　　神庙是演剧的重要场所,戏多择庙,以求神庥。数据显示,晚清剧场火灾特大伤亡多发生于神庙剧场,主要原因是由于神庙木材,经过多年烟熏风吹,含水率极低,又因常年风雨侵蚀,木材表面疏松,更兼以木材表面常涂有油漆、彩绘等易燃物,遇火易燃。1893 年 12 月 8 日,宁波余使君庙演剧时,"大殿之上忽然火起",观众竞相奔逃之时,"火已逼近",结果数百人葬身火海④。1896 年 12 月 10 日,福州琯头乡三官庙演剧,至晚九点钟,戏台上突然火起,火势迅速蔓延至大殿,300 多人丧生火海⑤。

　　(2)剧场疏于管理。民间演剧,往往重于发起,缺少演剧过程中的秩序管理,剧场观众商贩麇集、万头攒动之际,剧场秩序一般处于自发状态,集中表现在发生火灾时剧场通道不畅和缺乏逃生引导。

　　①通道不畅。剧场是人员大量聚集之所,一旦发生火警,如不迅速疏散,就会导致较大伤亡。剧场出口不畅、难以疏散是造成晚清剧场火灾伤亡的主要原因之一。1845 年广州学署辕门剧场火灾,"官至点验尸骸,见皆层累积沓,各以手相挽,若不使其得逸者,亦异事也。"之所以发生死者尸身层沓累积,"各以手相挽"的奇异死状,显然是剧场出口狭小,观众竞相奔赴攀爬逃命造成的死亡惨状。另外,此次火灾"由考舍扒墙逃避者,尚千余

①《剧场遭劫》,《申报》1894 年 11 月 16 日,第 2 版。

②《粤东火警》,《申报》1894 年 12 月 3 日,第 2 版。

③《戏场大火续述》,《申报》1892 年 12 月 13 日,第 2 版。

④《宁波火灾汇纪》,《申报》1893 年 12 月 11 日,第 2 版。

⑤《剧场浩劫》,《申报》1896 年 12 月 24 日,第 1—2 版。

人"①,也说明该剧场通道狭小不畅、难以逃生。搭台演剧,围绕戏台往往用苇席搭建简易看楼。1894 年 3 月,通州北街演剧,戏台"两旁看台百余间。"②武汉"凡平地演戏,左右必有看台高耸如城,兼之高凳纵横,几无隙处,逼使入其台立其凳而后可观。"③戏台两旁看楼密布,场中观众密集、坐凳纵横,致使通道不畅,一旦发生火警,后果不堪设想。1863 年 11 月 11日,四川隆昌东关外剧场火灾,由燃放鞭炮引起,戏台"四周女棚、官棚一起起火,人群拥挤不通,烧死踏死数百人,伤者无数。"④另外民间演剧,观者遐迩来观,带来商机,神庙演剧往往因香客结队还愿进香,与观众一起形成贸易繁荣的香市,"山门内外摆设首饰、零剪绒花以及孩童玩艺、食物各摊,星罗棋布,无容足之地。"⑤小商小贩摊点云集给剧场消防带来安全隐患,一者剧场周围布满火源;二者摊点密布妨碍通道畅通。特别是剧场通道因为是观众必经之地,摊点较他处更加密布,发生火灾,竞相逃命之际,因物什羁绊,前赴后踏,造成伤亡。1894 年 3 月,宁波财神庙剧场观众因怀疑火起,"争相奔避不遑,拥至庙门,撞倒食物等摊,抛残满路,前者既已踣地,后者更难免颠蹶之虞,以致手足踏伤,帽履遗弃。"⑥结果火未伤人,反而是观众自相践踏,伤者不少。神庙演戏,管理者出于防盗或限制人流考虑,常关闭大门,唯留小门进出,发生火警时观者拥挤,难以逃生。1896 年 12 月10 日,福建连江县琯头乡三官庙演戏,"观剧之人以千百计,一见火起,争先捷足奔逃,无奈庙祝坚锁大门,不容走出,不得已群向角门拥挤,人多门窄,几如潮涌。"观众难以逃出,"男女成群,皆在浓烟烈火之中东躲西闪"⑦,结果造成 300 多人葬身火海。其余 1893 年 4 月通州城北十八里平家疃娘娘庙剧场火灾⑧,1893 年 12 月 8 日宁波江北岸余使君庙剧场火灾⑨,都是由于出口狭小,或拥挤践踏、或葬身火库,造成较大伤亡。

---

①邓光礼、贾永康点注《清·同治十年番禺县志点注本》,广东人民出版社 1998 年版,第 840—841 页。
②《里河淤浅》,《申报》1894 年 3 月 13 日,第 2 版。
③《观剧殒命》,《申报》1879 年 5 月 8 日,第 2 版。
④李采芹主编《中国消防通史》,群众出版社 2002 年版,第 924 页。
⑤《火焚祆庙》,《申报》1893 年 5 月 1 日,第 2 版。
⑥《宁波火警》,《申报》1894 年 3 月 28 日,第 2 版。
⑦《剧场浩劫》,《申报》1896 年 12 月 24 日,第 1—2 版。
⑧《火焚祆庙》,《申报》1893 年 5 月 1 日,第 2 版。
⑨《宁波火灾汇纪》,《申报》1893 年 12 月 11 日,第 2 版。

②缺乏逃生引导。剧场等人员集中之地发生火灾,由于人们惊慌恐惧、急于逃生的心理作用,他们的第一反应多是拥向出口,造成拥挤混乱场面。此时,合理引导和安全疏散尤其重要。从文献可见,晚清剧场一旦发生火灾,不见有效的疏散引导措施,观众完全出于本能地竞相逃命、毫无秩序的混乱状态,跌伤踏毙,在所难免。1894 年广东花县某村元旦后一夕演戏酬神,"祝融氏忽命驾而至,观剧之人东奔西窜,所伤甚多。"①由于演戏过程中,组织者往往沉浸观剧,剧场缺少照料管理,一遇火警,观众往往大呼一声,争先奔出,各逃性命,剧场发生火灾,观众逃命之际自相践踏引起的伤亡往往大于火烧导致的伤亡。又因剧场火灾危害巨大、令人恐怖,观众草木皆兵,一见烟雾,辄一哄逃命,造成践踏伤亡。1894 年 3 月 7 日,广东新宁县狄海剧场火灾,观众一见起火,"诸人皆惊骇欲绝,夺路狂奔。"②结果火未伤人,许多观众因相互践踏而受伤。说明晚清乡镇开场演剧,组织者和观众缺少戏场紧急疏散等消防知识。

(3)观众缺少消防逃生常识。晚清上海、宁波等城镇曾有组织消防演习之举,但演习主要科目是演练水龙等救火械具的使用,而于娱乐场所组织民众进行火灾逃生和普及消防常识等仍罕有施行。观众火灾逃生知识极度匮乏,主要表现为一旦遭遇戏场起火,辄陷于惊慌失措、竞相逃生的恐慌之中。所以关于晚清剧场火灾的报道常用"奔而若狂""东奔西突""仓皇奔避""狼奔虎突""惊骇失措,奔窜不遑"等词语描写观众逃生状态。1876年 6 月 4 日,宁波月湖陆殿演戏庆祝关帝诞辰,宵小诡称庙内失火,"人皆向外奔出,两廊妇女群相逃窜,嘈杂中或拔去簪珥,或扯碎衣衫者不计其数。后见一妇遍体受伤,裸身僵卧,气已将绝。"③1890 年 12 月 7 日,嘉兴天后宫正在演剧之际,左近雕花作厨房失慎,"各看客大呼一声,争先奔出,各逃性命,真有狼突豕奔之势,将庙前各食摊及馄饨摊等尽行踏毁,更有自相践踏因而跌仆大呼救命者,几于鬼哭神嚎,天翻地覆。"④此次火灾虽未造成较大伤亡,但剧场火灾逃生混乱场面于此可见。1896 年 10 月 20 日,广东西樵麦村演剧发生火灾,"男女奔而若狂,有破头者、有伤足者、有仆而

---

①《祝融观剧》,《申报》1894 年 2 月 20 日,第 2 版。
②《戏台劫火》,《申报》1894 年 4 月 12 日,第 2 版。
③《观戏滋事》,《申报》1876 年 6 月 9 日,第 3 版。
④《看戏受惊》,《申报》1890 年 12 月 20 日,第 9 版。

即起者、有起而复仆者,其余堕簪丧履、衣弃物遗者不可枚举,亦惨矣哉!"①1900 年 8 月,杭州东城萧王庙剧场火灾发生时,火势尚未烧及剧场,但是"戏场上骤闻警锣,诸人仓皇奔避,致被轧颠仆者多至二十余人,内有四人受伤甚重。"②观众没有火场逃生知识,再加上发生火警时,"少年无赖,游手好闲,遇事生风","突报火起,不觉心花大放"③,从中鼓噪,使局势更加混乱。晚清剧场火灾跌仆踏毙的伤亡人数往往大于火势烧毙的人数,说明剧场等大众娱乐场所的文化消费者具备一定的消防逃生常识是十分必要的。

(二)剧场倒塌

剧场倒塌事故是晚清最常见的剧场伤亡事故,伤亡人数仅次于剧场火灾伤亡人数。剧场倒塌可分为看台(楼)倒塌和戏台倒塌。表 2—3 和表 2—4 是根据晚清《申报》所载看台倒塌和戏台倒塌新闻制作的统计表,可见一斑:

表 2—3　晚清《申报》所载剧场看台(楼)倒塌事故统计表

时间	地点	倒塌原因	伤亡情况	有否妇女伤亡	资料来源
1876 年 3 月 18 日	汉口大火路	不堪重负、人多拥挤	一名少年跌毙,其余失衣饰伤肢体者,莫能悉数	有	《看台挤倒》,《申报》1876 年 3 月 30 日,第 3—4 版
1876 年 10 月	宁波天后宫	看楼栏杆不堪重负	受伤五六十人,有数人伤重,未知能治否	不详	《看戏坠楼》,《申报》1876 年 10 月 11 日,第 1—2 版
1877 年	广东之河南鳌洲	不堪重负	台坍,致人落水中,死者达八十余人	不详	《戏台踏坍》,《申报》1877 年 5 月 17 日,第 1 版

①《粤东火警》,《申报》1896 年 11 月 1 日,第 2 版。
②《观剧遭灾》,《申报》1900 年 8 月 21 日,第 3 版。
③《戏园防患说》,《申报》1903 年 12 月 18 日,第 1 版。

续表

时间	地点	倒塌原因	伤亡情况	有否妇女伤亡	资料来源
1879年4月18日	汉口后湖岳庙	不堪重负	东首看台坍塌,一切摊担立成齑粉,伤者不计其数,伤重不能行走者六人,负归者有五人,存亡未卜。当场毙命者一人	不详	《观剧殒命》,《申报》1879年5月8日,第2版
1880年2月24日	苏州普安桥京班戏园	不堪重负	倾覆者约有百余人,受伤性命难保者五人	有	《戏楼坍塌》,《申报》1880年3月4日,第2版
1880年4月13日	杭州玉桥二圣庙	不堪重负	诸女眷无不作绿珠坠楼,伤头损臂者不可胜计,一名老妪和一名女孩受伤甚重	有	《看戏滋祸》,《申报》1880年4月23日,第2版
1881年1月5日	汉口小新码头	不堪重负	呼儿觅女,脱履遗簪,不一而足。一位卖麦花者压伤,一位卖花生者压毙	有	《坍台毙命》,《申报》1881年1月26日,第1版
1882年9月10日	苏州普安桥天仙戏园	人多拥挤	楼上厢房挤塌,当即压死一人,伤四人	有	《苏城碎录》,《申报》1882年9月15日,第2版
1882年9月10日	苏州山塘金桂轩	原因不明	压伤数人	不详	《苏城碎录》,《申报》1882年9月15日,第2版
1882年9月28日	苏州昆腔戏园	不堪重负	观者云集,将厢楼压塌,受伤数人	不详	《戏楼坍塌》,《申报》1882年10月6日,第2版

续表

时间	地点	倒塌原因	伤亡情况	有否妇女伤亡	资料来源
1885 年 5 月	襄阳西瓜墩	不堪重负	看台倒塌,老少男女搅成一团,堕珥遗簪	有	《襄垣业话》,《申报》1885 年 6 月 1 日,第 3 版
1885 年 6 月 2 日	泰州樊汊镇火星庙	不堪重负	正殿大楼压塌,当日压毙二十一人,受伤百余人,仍有陆续毙命者	有	《看戏伤人》,《申报》1885 年 7 月 6 日,第 9 版
1885 年 6 月	扬州樊叉镇	人多拥挤	看台挤倒,当场压毙一名,伤及男女十多名,其中二人伤重	有	《竹西近事》,《申报》1885 年 6 月 13 日,第 2 版
1885 年 6 月	扬州樊叉镇	人多拥挤	看台挤倒,压毙一名	不详	《竹西鱼素》,《申报》1885 年 6 月 27 日,第 2 版
1886 年 4 月 27 日	九江小校场	不堪重负	左边看台倒塌,压伤撞伤者甚众,各妇女经人舁回	有	《戏台忽倒》,《申报》1886 年 5 月 3 日,第 2 版
1886 年 10 月 17 日	镇江城隍庙	不堪重负	东首看楼忽圮,跌伤三人,楼下压伤六人	不详	《京江谈屑》,《申报》1886 年 10 月 26 日,第 2 版
1886 年 11 月	松江校场	人多拥挤,不堪重负	左侧看台五六座倒塌,二名幼孩压伤,一名署役背折,坠珥遗簪,纷纷遍地	有	《泖滨问棹》,《申报》1886 年 11 月 12 日,第 2 版
1886 年 11 月	九江小池口丁字坝	人多拥挤	西边看台挤倒,妇女鬓乱钗横	有	《九江小志》,《申报》1886 年 12 月 2 日,第 3 版

时间	地点	倒塌原因	伤亡情况	有否妇女伤亡	资料来源
1888 年 5 月	武昌城外筷子街	不堪重负	看台压折,当场压毙、溺毙二十四人,戏场变为尸场	否	《观剧毙命》,《申报》1888 年 6 月 4 日,第 2 版
1888 年 6 月 23 日	松江西关秀野桥北	恶少将看台绳索割断	压伤妇女一人,一名十多岁小孩腿被压折	有	《云间新语》,《申报》1888 年 6 月 29 日,第 3 版
1888 年 7 月 5 日	松江娄县黑鱼弄	人多拥挤	西北角看台忽倒,压伤一名八九岁女孩,口流鲜血	有	《茸城道听》,《申报》1888 年 7 月 11 日,第 2 版
1888 年 10 月 13 日	上海荷化池会馆	人多拥挤,栏杆失修	数百人一齐滚下尘埃,呼痛之声,远闻数里,一名男孩和一名老者受伤最重	有	《大坍台》,《申报》1888 年 10 月 14 日,第 3 版
1890 年 4 月 9 日	芜湖长乐戏园	不堪重负	官座看客纷纷坠下,一名官员骨折仅存一息,一名武弁小腿被压成齑粉,坠珥遗簪,不可胜计	有	《戏楼坍倒》,《申报》1890 年 4 月 15 日,第 2 版
1891 年 5 月	江西上高县某村神庙	人多拥挤	庙宇倒塌,压死者及伤者不下数百人	有	《家人卦兆》,《申报》1891 年 6 月 1 日,第 2 版
1891 年 5 月 29 日	松江西郊钱泾桥庙台	人多拥挤	看台撑木中断,六七人跌入波心,幸无较重伤亡	不详	《九峰岚影》,《申报》1891 年 6 月 5 日,第 2 版
1892 年 3 月 24 日	芜湖北门外丁桥	不堪重负	坠楼者不可胜数,堕珥遗簪,遍地狼藉	有	《螺矶春柳》,《申报》1892 年 4 月 5 日,第 9 版

续表

时间	地点	倒塌原因	伤亡情况	有否妇女伤亡	资料来源
1892 年 4 月	福州春育亭天后庙	人多拥挤	楼上坠下者已有十余人受伤	不详	《三山迎夏》,《申报》1892 年 4 月 30 日,第 2 版
1892 年 10 月	番禺县深井乡	人多拥挤	突见戏台顶上火光,妇女惊慌奔逃,挤倒看棚,坠于河中,溺毙三四十人,受伤者无算	有	《观剧遭祸》,《申报》1892 年 10 月 16 日,第 2 版
1892 年 11 月 2 日	宁波五显官庙	黑暗中无赖将看台板抽脱	观者纷纷堕下,男女莫辨,有少年妇女上下衣裙,条条粉碎	有	《甬东琐缀》,《申报》1892 年 11 月 11 日,第 2 版
1893 年 6 月 12 日	金陵聚宝门外东岳庙	不堪重负	妇女重伤者十余人,用板舁去;轻伤者二十余人。楼下压成重伤者一人	有	《戏场滋事》,《申报》1893 年 6 月 24 日,第 3 版
1893 年 7 月 17 日	河北承德兵营后	人多拥挤	看台挤倒,压死豆腐匠一名,伤者不计其数	不详	《滦阳消夏录》,《申报》1893 年 8 月 3 日,第 1 版
1894 年 5 月 2 日	镇江宁波会馆	人多拥挤	看台栏杆挤倒,有两人身受重伤	不详	《观剧酿祸》,《申报》1894 年 5 月 10 日,第 2 版
1894 年 6 月 20 日	营口老爷庙	有人斗殴,挤倒看台	台上一二百人,多有受伤	不详	《营口琐谈》,《申报》1894 年 7 月 1 日,第 2 版
1895 年 7 月 27 日	安庆八卦门外禹王宫	人多拥挤	看台忽然倒塌,一名中年妇女凭空跌下,擦伤小腹	有	《戏场肇祸》,《申报》1895 年 8 月 14 日,第 9 版

续表

时间	地点	倒塌原因	伤亡情况	有否妇女伤亡	资料来源
1896 年 6 月 17 日	杭州联桥庆福庙	人多拥挤	左角看台挤倒,妇女失簪堕珥,不知凡几	有	《西湖竞渡》,《申报》1896 年 6 月 24 日,第 2 版
1896 年 6 月 23 日	松江武圣宫前校场	或支撑不稳,或绳索被剪	看台倾倒前后多四五起,每有妇女遗簪坠珥,甚至被脱去小鞋	有	《云间午景》,《申报》1896 年 6 月 30 日,第 2 版
1896 年 8 月 19 日	扬州仙女镇宁波会馆	不堪重负	看台倾倒,压伤数人,有二人骨肉如泥,恐不能保全性命	不详	《小秦淮打鱼歌》,《申报》1896 年 8 月 29 日,第 2 版
1897 年 4 月 24 日	嘉兴广东会馆	无赖故意挤坍看台	诸妇女咸如绿珠之坠楼,匪徒顺势攫取簪珥各珍物	有	《禾中人语》,《申报》1897 年 5 月 1 日,第 3 版
1897 年 6 月 26 日	嘉兴南门外	不堪重负	看客咸坠自空中,未伤及性命	不详	《绣州夏绿》,《申报》1897 年 7 月 6 日,第 2 版
1898 年 6 月 13 日	镇江东码头奶奶庙	不堪重负	人山人海,东看楼倒塌,妇女重伤者数人,用板舁去,轻伤者十余人	有	《观剧肇祸》,《申报》1898 年 6 月 23 日,第 9 版
1907 年 4 月	重庆城内雷祖庙	不堪重负	压塌书楼,折足断手者十余人,二人受伤尤重,有性命之虞	不详	《演剧肇祸》,《申报》1907 年 4 月 17 日,第 12 版
1909 年 2 月 15 日	镇江玉仙戏园	原因不明	当场压伤看客数人	不详	《镇郡戏楼坍倒》,《申报》1909 年 2 月 22 日,第 2 张第 4 版

表 2—4　晚清《申报》所载戏台倒塌事故统计表

时间	地点	倒塌原因	伤亡情况	有否妇女伤亡	资料来源
1873 年 9 月 3 日	宁波水弄口	人多拥挤	三人跌下受伤，幸而轻伤，台下呼救命者不知凡几	不详	《当街戏台挤坍》，《申报》1873 年 9 月 11 日，第 2 版
1873 年 12 月	广州广东戏园	年久失修、人多拥挤	看客夺门而出，如潮趋巨壑，遗簪坠珥者，不胜枚举	有	《广东戏园戏台坍塌》，《申报》1873 年 12 月 17 日，第 1 版
1877 年 5 月	广州钦州会馆	人多拥挤	台上之人遮蔽视线，台下之人以石相击，台上之人拥挤躲避，压塌戏台，压者纷纷，第未闻有殒命者	不详	《戏台踏坍》，《申报》1877 年 5 月 17 日，第 1 版
1877 年 10 月	杭州三墩新桥	桥与戏台不堪重负	压毙者或云十九人，或云二十六人，伤者实不可查	有	《桥塌伤人》，《申报》1877 年 10 月 25 日，第 2 版
1878 年 1 月	无锡县城隍庙	台柱枯朽	压伤者共十余人，观众居多	不详	《戏台坍塌》，《申报》1878 年 1 月 23 日，第 2 版
1879 年 6 月	上海岳王庙	年久失修	无故自行倒塌、未伤人	无	《戏台坍塌》，《申报》1879 年 6 月 28 日，第 3 版
1879 年 8 月 16 日	安徽休宁县光里	不堪重负加狂风骤起	压毙二人，妇女数人，或伤手足，或伤头面	有	《台塌伤人》，《申报》1879 年 9 月 3 日，第 2 版
1883 年 4 月	沙市三义殿	年久失修	压毙童子一名，伶人亦伤数人	不详	《荆沙近信》，《申报》1883 年 5 月 10 日，第 2 版

续表

时间	地点	倒塌原因	伤亡情况	有否妇女伤亡	资料来源
1883年8月19日	广州	戏棚被风吹倒	共毙伶人及观剧者约有二十余人	不详	《穗垣近信》,《申报》1883年8月29日,第2版
1884年5月9日	南海县雅猺乡	风狂雨骤	戏棚倾倒,伶人皆压毙,看戏者十死其七,浮尸海面,惨不忍睹	不详	《粤省杂闻》,《申报》1884年5月23日,第2版
1885年6月	广州石井乡	河水冲塌	优伶及看戏者皆与鱼鳖为俦,尸流满河,惨不忍睹	不详	《粤水纪余》,《申报》1885年7月7日,第2版
1888年8月9日	南汇县思义堂	人多拥挤	受伤颇众,男啼女哭,呼痛连连	有	《笋乡近事》,《申报》1888年8月12日,第2版
1889年4月14日	温州华盖山元坛庙	人多拥挤	压伤三人	不详	《东瓯琐志》,《申报》1889年5月2日,第2版
1890年11月21日	温州七圣殿	年久失修	压毙二名小孩	不详	《瓯海鲸涛》,《申报》1890年11月27日,第2版
1891年3月	扬州	人多拥挤	将戏台旁危墙挤倒,压伤甚多,其中一名女孩被踩踏至血肉模糊	有	《芜苑春痕》,《申报》1891年3月20日,第2版
1893年12月13日	宜昌东岳庙	人多拥挤	将两廊栏杆挤坏,两人身受重伤	不详	《观剧伤人》,《申报》1893年12月30日,第2版
1893年	营口双庙子	人多拥挤	戏台倒压死多人	不详	《梨园声价》,《申报》1894年9月22日,第2版

续表

时间	地点	倒塌原因	伤亡情况	有否妇女伤亡	资料来源
1896 年 7 月 28 日	杭州西城广福营	人多拥挤	台板断裂,压伤十余人,不省人事者三人即用门板舁归	不详	《西湖佳话》,《申报》1896 年 8 月 6 日,第 2 版
1896 年 8 月	营口	人多拥挤	台上横梁摧折,诸伶滚落尘埃,幸未受伤	不详	《襄平佚事》,《申报》1896 年 9 月 4 日,第 2 版
1897 年 4 月 21 日	北通州城西双树关帝庙	大风摧折台柱	观众纷纷逃避,喧嚷啼哭,人声嘈杂	不详	《潞河锦缆》,《申报》1897 年 5 月 13 日,第 2 版
1898 年 4 月	海盐沈荡镇	不堪重负	压毙三人,其余受伤或因致吓致病者不计其数	不详	《烟雨楼题壁》,《申报》1898 年 4 月 15 日,第 2 版

因为戏台、看台倒塌伤人皆为地方上轰动一时的新闻,所以《申报》等报刊对此类事件多有报道。据表 2—3 和表 2—4 可见,1873—1909 年,《申报》共刊载了 63 起剧场倒塌事故,平均每年刊登超过 2 起,一定程度上可见晚清剧场倒塌事故之频繁。从新闻报道字面上看,人多拥挤、不堪重负、缺乏检修、搭建简易是剧场倒塌事故的主要原因:

1. 人多拥挤。这是晚清剧场倒塌事故的要因,晚清《申报》所载 63 起倒塌事故中,直接提及人多拥挤、不堪重负导致倒塌事故的计 35 起。剧场观剧是清代城乡民众喜爱的主要娱乐活动,晚清报刊报道民众观剧时,常用"蚁聚蜂屯""人山人海""嘘气成云,挥汗如雨""万人空巷,相率来观""红男绿女,塞海堆山""万头攒动"等词语描写观剧盛况。在人为剧狂、看台林立、拥挤异常、管理无序的剧场,发生倒塌事故不足为奇。分言之,人多拥挤导致的倒塌事故又可分为挤倒和压塌两种情况:

其一,挤倒。观剧者人多拥挤,将剧场看台等设施挤倒,造成人员伤亡。由表 2—3 可见,人多挤倒看台是晚清最常见的剧场倒塌事故。一者,将戏台、看楼挤倒。1876 年 3 月 18 日,汉口大火路一带街邻醵金演戏,戏台左右搭建看台,"俾人坐视其上,而藉以敛钱",是日男女纷纭,极形拥挤,台上台下几无容足之地，"台柱忽被挤断。"一名少年当即压毙，其余"失衣饰、伤肢体者，亦莫能悉数。"①1893 年，营口双庙子曾开演《杀子报》，观众人多挤倒戏台，压死多人②。二者，将剧场周围其他设施挤倒或挤折。1876 年 6 月，贵阳西门外紫林庵敬神演剧，地方狭窄，观众拥挤不开，竟将铁铸香炉挤倒，轧死老妪和小女各一人，并伤及数人③。1876 年 10 月，宁波天后宫演剧，两旁看楼观者密集，其中一间看楼 20 余人倚看楼栏杆而观，栏杆不堪压力，"忽一声响亮，连人带栏一同落下"，看楼下观众避之不及，"顷刻间头上加头，脚上加脚"，跌伤、压伤五六十人，其中重伤数人④。1910 年 3 月 9 日，嘉兴江西会馆酬神演剧，剧场逼窄，"一时顿集数千人，拥挤异常"，致将三四千斤重的铁香炉挤倒，跌成三段，压伤四五人⑤。

　　其二，压塌。观众人多，忽视了看台、戏楼的承载能力，将戏楼或看台压塌。1880 年 3 月 28 日夜，上海英租界志远街口之庆兴阁老虎灶茶馆演唱花鼓戏，"人数众多，竟踏断楼板三块。"伤者五六人，重伤一人⑥。1888 年夏，武昌城外筷子街地方演剧，戏台"两旁高搭看台，任人凭眺。"按人收取钱文，其中一个看台搭在壕沟之上，百余名男子站于该看台观剧，"戏正热闹时，忽闻豁喇一声，台木尽断，观戏者悉倒入沟内。"24 人当即身亡，"戏场变为尸场。"⑦神庙演剧之际，观众竞相挤上看台或庙宇周围的建筑物，抢占有利位置，却忽视它们的承载能力，致使看台和庙宇等建筑物被压塌，造成人员伤亡。1879 年 4 月 18 日汉口后湖岳庙剧场倒塌事故⑧，1880 年 4 月 13 日杭州竹竿巷二圣庙剧场倒塌事故⑨，1885 年 6 月 2 日泰州樊汉镇剧场特大倒塌事故⑩，1907 年 4 月重庆城内雷祖庙剧场倒塌事故⑪，皆是观众忽视看台和剧场周围建筑物的承载力，将其压塌，造成人员伤亡。

①《看台挤倒》，《申报》1876 年 3 月 30 日，第 3—4 版。
②《梨园声价》，《申报》1894 年 5 月 10 日，第 2—3 版。
③《演戏送命》，《申报》1876 年 8 月 12 日，第 2 版。
④《看戏坠楼》，《申报》1876 年 10 月 11 日，第 1—2 版。
⑤《观剧挤倒铁香炉》，《新闻报》1910 年 3 月 15 日，第 13 版。
⑥《听曲伤人》，《申报》1880 年 3 月 30 日，第 3 版。
⑦《观剧毙命》，《申报》1888 年 6 月 4 日，第 2 版。
⑧《观剧殒命》，《申报》1879 年 5 月 8 日，第 2 版。
⑨《看戏滋祸》，《申报》1880 年 4 月 23 日，第 2 版。
⑩《看戏伤人》，《申报》1885 年 7 月 6 日，第 9 版。
⑪《演剧肇祸》，《申报》1907 年 4 月 17 日，第 12 版。

2.搭建简易。剧场戏台、看楼一般用木材、竹子、芦苇、草席之类捆扎搭建而成,搭建之初,对观剧人流缺乏预料,结果貌似坚固的戏台、看楼,在人流拥挤之下,顿显单薄。晚清剧场倒塌最频繁的是看台被挤倒,这就与看台搭建简易关系甚大。1879 年 12 月,南昌广润门外赛会演剧看台倒塌,与看台是以"门版树竹架棚"搭建有关①。另外,晚清戏剧演出商业化步伐迅速,各大城镇竞造戏园,戏园主要建材为木材,甚至亦如临时性剧场一样用苇席、木材捆扎而成。1879 年,苏州天桂戏园用芦席和木材建成,因遇大风,"竟致因风掀动台顶芦席数十张吹入空中,恍若断线风筝。维时园中看楼墙柱,亦时闻瑟瑟有声,摇摇欲坠。"②1882 年,北京崇文门外三条胡同败垣中新建戏园"以木为台,以席为棚,颇甚草草。"③此类剧场,一旦人多拥挤,难免倒塌之虞。更有甚者,一些戏园主为射利计,偷工减料,营建戏园。截至 1880 年 3 月,苏州阊门外普安桥京班戏园看楼已坍塌多次、伤人酿命,原因是"(园主)惟知省费匠作,但冀赚钱,而戏园中人,贪图生意,亦不暇料理。"④这种俭省建材、缺少管理的现象并非个别。1880 年 12 月,苏州新开金桂轩戏园本不坚固,观众观剧,"楼板摇动,簌簌有声。"⑤安全隐患可见一斑。

3.缺少检修。民间和神庙露天剧场中的戏台和看楼因日光曝晒、风吹雨打,木材腐朽,如不及时检修,一旦遭受外力,难免倒塌。1878 年 1 月,无锡县城隍庙演剧,正演《赵家楼》一剧,"一优人跃上铁条,不料台柱业已枯朽,柱折台塌,当时压伤者共有十数人。"⑥仅一伶人即将台柱压折,戏台疏于维护可想而知。固定戏园因长期承受压力、虫蛀雨蚀,不定期检修,演剧之际不堪承载也可能倒塌。1885 年 9 月 4 日,安徽南陵县西门城内江口义和戏园演剧,讵料房屋年久,柱梁腐朽,包厢房两间坍塌,当即压毙一名老者,其余受伤者不知其数⑦。剧场周围的建筑缺少检修也可能导致挤到或压塌。1888 年 5 月 27 日,奉贤高桥镇城隍庙演剧,观众登上与之比邻的

①《看会倾跌》,《申报》1879 年 12 月 23 日,第 3 版。
②《观剧宜慎》,《申报》1879 年 12 月 12 日,第 3 版。
③《戏园即闭》,《申报》1882 年 6 月 29 日,第 2 版。
④《戏楼坍塌》,《申报》1880 年 3 月 4 日,第 2 版。
⑤《戏园新开》,《申报》1880 年 12 月 27 日,第 2 版。
⑥《戏台坍塌》,《申报》1878 年 1 月 23 日,第 2 版。
⑦《芜事汇述》,《申报》1885 年 9 月 14 日,第 2 版。

三官堂顶俯观,不料堂屋年久失修,骤然倒塌,百余人纷纷坠入瓦砾之中,其中五人肝脑涂地,受伤甚重[①]。

4.人为破坏。晚清匪患严重,流氓地痞横行,剧场汇聚众人,亦是匪类宵小、流氓无赖汇集之地,他们或恶作剧或打劫,在剧场进行破坏活动,倒塌事故因之而起。1892年11月2日,宁波湖西五显官庙雇京班演剧,戏台两旁凭栏观者不下千余人,演至夜半,有无赖将看台木板抽脱,观者纷纷坠下,男女莫辨。混乱中,有"少年妇女簪珥尽失,发乱如麻,上下衣裙,条条粉碎。"[②]故意破坏之外,有时故意恶作剧,将看台弄倒以供戏谑。1879年12月,南昌广润门外赛会演剧,附近居民有以门板树竹架棚供人坐视,以博微利,有和尚数十人亦来观剧,有好事者以脚勾拽其凳,不意戏棚所有高凳皆用绳索缀连,遂倒塌一片,所幸受伤虽多,未有殒命者[③]。晚清剧场启衅之事时有发生,发生打斗之际,也可能将看台挤倒。1877年5月,广州钦州会馆前因天后圣诞搭台演戏,看台下观众因台上观者遮蔽视线,掷石相击,台上观众相互躲避,异形拥挤,"台竟为之坍塌",伤者纷纷[④]。

戏台和看台(楼)倒塌造成人员伤亡仅是就大而著而言,剧场拥挤,观众安全意识薄弱,剧场还发生了不少挤倒墙体、香炉、桌椅、雕塑、谷袋等导致的伤亡。倒塌事故频发,观众如惊弓之鸟、草木皆兵,对剧场中物什折断之声倍觉敏感,有时看客压折一只座椅,观众闻声辄竞相奔逃[⑤],有时偶闻声响,"观剧者群惊楼塌,争相奔避,霎时之间如山崩潮涌。"[⑥]结果遗物挤伤不可避免。剧场发生倒塌事故之时,观众多在凝神观剧,毫无防备,常常造成人员伤亡。

(三)观剧沉船

观剧沉船事故,晚清之前已偶有记载,乾隆五十五年(1790),舒城县城东下七里河于天中节演剧,女性观众和恶少争渡,舟覆溺毙者达90余人[⑦]。

---

①《演戏伤人》,《申报》1888年6月14日,第2版。
②《甬东琐缀》,《申报》1892年11月11日,第2版。
③《看会倾跌》,《申报》1879年12月23日,第3版。
④《戏台踏坍》,《申报》1877年5月17日,第1版。
⑤《看戏虚惊》,《申报》1879年12月1日,第3版。
⑥《看戏受惊》,《申报》1880年4月29日,第2版。
⑦(清)熊载陞修,孔继序纂《(嘉庆)舒城县志》,嘉庆十一年刻本,卷三十二第十页上。

但观剧沉船记载之多，也以晚清为最，多集中在南方，参见下表统计：

表 2—5　晚清《申报》所载观剧沉船事故统计表

时间	地点	沉船原因	伤亡情况	有否妇女	资料来源
1879 年 5 月 21 日	汉口	天色混黑、水流湍急	观剧者六名全部溺毙	不详	《覆舟汇列》，《申报》1879 年 6 月 4 日,第 2 版
1880 年 9 月	汉口	风暴突起	昏黑不知淹毙多少	不详	《驱逐女伶》，《申报》1880 年 9 月 16 日,第 2 版
1883 年 5 月 18 日	松江李塔汇	船只超载	共五十二人落水，救起十五人，溺毙三十七人	不详	《看戏溺毙》，《申报》1883 年 5 月 23 日,第 2 版
1884 年 5 月 1 日	广州白鹅潭	被风吹沉	十余人,仅船家三人逃脱，余皆溺毙	不详	《粤省近事》，《申报》1884 年 5 月 12 日,第 2 版
1885 年 11 月 3 日	营口	被风吹翻	伶人七八名,全部溺毙	不详	《营口琐纪》，《申报》1885 年 11 月 24 日,第 2 版
1886 年 6 月 21 日	嘉兴西门外	船只超载	溺毙十余人	有	《禾中近事》，《申报》1886 年 6 月 26 日,第 2 版
1887 年 3 月 17 日	镇江大溜	被风吹沉	溺毙二人	不详	《京口琐谈》，《申报》1887 年 4 月 1 日,第 2 版
1887 年 7 月	玉田县雅凤桥	河水暴涨，船只超载	舟子七人、男女观众一百三十余人,仅舟子一人幸免,其余全部溺毙	有	《京师纪事》，《申报》1887 年 8 月 14 日,第 2 版
约在 1887 年	松江金山泖港	船只超载	溺毙二三十人	不详	《观剧溺毙》，《申报》1890 年 4 月 28 日,第 2 版
1888 年 5 月 12 日	九江龙开河	船只超载	救起多人,三名小孩溺毙	不详	《水厄类志》，《申报》1888 年 5 月 20 日,第 2 版

时间	地点	沉船原因	伤亡情况	有否妇女	资料来源
1890 年 4 月 20 日	松江金山泖港	船只超载	共二十九人,七人获救,其余皆溺毙	有	《观剧溺毙续述》,《申报》1890 年 5 月 3 日,第 2 版
1891 年 4 月	苏州娄门	失足落水	老妪一名,救起昏迷不醒、手足冰凉,生死未卜	有	《吴中近事》,《申报》1891 年 4 月 16 日,第 2 版
1892 年 5 月	宁波铜盆浦	忽起旋风	溺毙二名妇女	有	《祸由串客》,《申报》1892 年 5 月 11 日,第 2 版
1893 年 10 月 1 日	广东新会某乡	飓风大作	两艘戏船覆没,一百余人溺毙	不详	《穗垣杂录》,《申报》1893 年 10 月 17 日,第 3 版
1894 年 10 月	松江横潦泾	旋风骤起	十七八人,仅五人幸免	不详	《唳鹤滩问俗记》,《申报》1894 年 11 月 1 日,第 3 版
1895 年 10 月	广州海珠炮台	船只超载,水流湍急	十余人,仅六人获救,其余溺毙	不详	《羊城双鲤》,《申报》1895 年 10 月 28 日,第 2—3 版

　　由表 2—5 可见,晚清《申报》所载观剧沉船事故 16 起,累计溺亡 300 余人,船只超载为沉船事故之要因,这主要是由于观众奔赴剧场或观剧回家之时,心情急迫、疏于安全。兹举一例,以概其余:1890 年 4 月 20 日,松江泖港发生观剧沉船事件,"观剧者争上渡船,载至二十九人之多",行至中流,船底脱落,溺毙二十二人①。也是在该渡口,在该次沉船事故两三年前就曾发生过一起观剧之人争搭渡船溺毙二三十人的事故②,说明该地摆渡人和观众没有吸取前车之鉴,安全意识淡薄。

(四)演戏聚赌

　　赌博是清代严重的社会问题,尽管《大清律例》对赌博处罚甚严,对造卖赌具的旗人、民人处以充军、杖、徒、流等刑,对参与赌博之人处以枷号、

---

① 《观剧溺毙续述》,《申报》1890 年 5 月 3 日,第 2 版。
② 《观剧溺毙》,《申报》1890 年 4 月 28 日,第 2 版。

笞责等刑①。但是严酷的禁赌刑罚未能阻遏清代赌风蔓延之势，乾隆之际"闾巷小人无论已；衣冠之族，以之破产失业，其甚至于丧身者，指不胜屈。"②嘉道之时"上自公卿大夫，下至编氓徒隶，以及绣房闺阁之人，莫不好赌者。"③降至晚清，赌风之盛，"超过了历史上任何一个朝代。"④主要表现为：赌博形式多样、中西合璧；有组织、大规模赌博形式出现，赌博呈社会化、职业化趋势；赌博中的"赌"（投机）色彩愈来愈浓。在晚清赌博昌盛的世风中，演戏与赌博形成共生互济的关系：一者，民间某处但凡演戏，赌徒如水赴壑，借剧场开赌，如宁波"各社演戏热闹之处，无不呼么喝六。"⑤二者，赌徒与不法分子借演戏招赌。晚清赌博从业者都明白一个道理，聚赌最佳方式莫如演戏"赌以戏为端。"⑥"乡村僻壤，每假戏场号召赌徒，故欲图聚赌，必先谋演戏。"⑦晚清演戏聚赌已经成为严重的社会治安问题。因赌启衅，在剧场"打架之事，无日无之，宵小亦乘机窃发。"⑧输者或自寻短见，或铤而走险，流为匪类，一些地方演戏聚赌还操纵于黑恶势力之手，所以赌博与匪患关系密切，"欲弭匪患，必先严禁赌博。"⑨晚清演戏聚赌之所以难以遏制，要因有二：

1. 乡村演戏聚赌之区为官方行政力量薄弱之地。清代官吏集中在城镇，乡村监管较城镇乏力，乡村剧场是赌博集中之地。1879 年 2 月的苏州，"日来乡间到处有春台之戏，因此赌风大盛，或聚于陆，或集于舟，乡人趋之如鹜，盖以官宪耳目较远，故益无忌惮也。"⑩赌徒也常利用乡村官方耳目难周，演戏招赌。1893 年 8 月，松江西南乡李塔汇相近定家港地方赌徒大阿弟搭盖席厂，开演花鼓戏以为赌局，"各赌徒闻风而来者，踵趾相接，花骨头之声与锣鼓之声相应，卜昼继以卜夜，殊觉热闹异常。"⑪省县交界

① 马建石，杨育棠主编《大清律例通考校注》，中国政法大学出版社 1992 年版，第 967 页。
② （清）龚炜撰，钱炳寰点校《巢林笔谈》，中华书局 1981 年版，第 107—108 页。
③ （清）钱泳撰，张伟点校《履园丛话》，中华书局 1979 年版，第 578 页。
④ 涂文学《赌博的历史》，中国文史出版社 2006 年版，第 23 页。
⑤ 《四明琐纪》，《申报》1886 年 10 月 15 日，第 2 版。
⑥ （清）饶应祺修，马先登纂《（光绪）同州府续志》，光绪七年刻本，卷九第五页上。
⑦ 《请弛青浦县属朱家角镇戏禁意见书》，《晚清报载小说戏曲禁毁史料汇编》（下），第 682 页。
⑧ 《四明琐纪》，《申报》1886 年 10 月 15 日，第 2 版。
⑨ 哈恩忠《乾隆初年整饬民俗民风史料》（上），《历史档案》2001 年第 1 期。
⑩ 《苏台杂志》，《申报》1879 年 3 月 5 日，第 3 版。
⑪ 《风俗攸关》，《字林沪报》1893 年 8 月年 28 日，第 3 版。

的僻远之地,演戏聚赌之兴旺,自不待言,江浙交界的南浔、石门、乌镇等地方,皆是演戏聚赌的繁盛之区①。

2.演戏聚赌形成的利益共同体一起消解官方禁令。演戏聚赌最活跃的组织者和参与者当然是赌徒和地方无赖,但绅士、差役、地保、农民、商贩等也常不甘人后,他们或本身即为赌棍,或藉演戏聚赌谋利,绅士、差役、地保等可以从中抽头分肥,农民出租田地房屋和享受观剧之乐,商贩销售商品,利市三倍。清人任启运记载了宜兴酬神设场演剧聚赌之盛况云:"先期一月,环戏所辟地数十亩,设棚百十间,名曰接场。列市肆,陈博具,设酒食,广召异方之众,使相角而取其赢。"②清代苏州地区演剧,"方其锣鼓开场,连村哄动,茶篷酒幔、食肆饼炉、赌博压摊,喧聚成市,必两三日而罢。"③1887年12月,江西燕子湖演戏,"赌博竟有四十起,每日可收地资钱陆十串。"④这些兴盛的剧场聚赌背后,是错综复杂的利益关系,共同对抗禁戏法令,鼓噪之下,甚至群起抗争:"直待搭台演戏,搭棚聚赌,千百人合群之日,始行拿办,徒酿殴差抗官之祸。"⑤晚清不少差役、绅士乃至官员因执行演戏聚赌禁令而在剧场遭到围攻,可见禁止演戏聚赌难度之大。赌博是一种投机冒险精神的体现,赌博耗财亡家、助长见利忘义之风气,赌徒铤而走险,乃滋生犯罪之温床,其害无需赘言。因此古往今来,官方禁赌不遗余力。戏能聚赌、赌能养戏,清代禁赌,殃及禁戏,颇有些"我不杀伯仁,伯仁因我而死"之意。

(五)引盗招窃

盗窃也是晚清严重的社会治安问题,如上海"剪绺极多",香市会期赛马等热闹之区,"稍一疏忽,佩挂等件即被窃去。"⑥北京"剪绺之害,最甚于京都,其手段亦神出鬼没,令人防不胜防。"⑦赛会、演剧之际,是偷窃理想

---

① 《赌风渐肆》,《申报》1881年8月8日,第2版。
② (清)魏源《魏源全集》(第14册),岳麓书社2004年版,第411页。
③ 袁景澜《吴郡岁华纪丽》,江苏古籍出版社1998年版,第74页。
④ 《章门杂志》,《申报》1887年12月30日,第2版。
⑤ 《道札严禁演戏赌博》,《晚清报载小说戏曲禁毁史料汇编》(上),第108页。
⑥ (清)葛元煦著,郑祖安标点《沪游杂记》,上海古籍出版社1989年版,第25页。
⑦ 《谨防剪绺》,《申报》1877年1月23日,第3版。

作案之时："无赖者故挤之以为戏,而剪绺小窃之乘间取物者,亦不一而足。"①与演戏相关的盗窃据其地点可分为两种情况:其一,剧场中小偷窃取观众财物。剧场观众麇集,宵小厕身其中,易于掩护,是理想的偷窃之所。宵小或潜伏其中,伺机作案;或"故作挤排,以肆其探囊之志。"一场下来,"或有男子而失银钱者,有妇女而失簪环者,有孩童而失衣履者,诸如此类,不可胜数。"②其二,剧场之外小偷乘民众外出观剧之际入室盗窃。民间夜戏,鲜有不发生窃案。1896 年 8 月 29 日,杭州清泰门外温元帅庙搬演夜戏,匪徒混迹其中,有颇有积储的王姓举家观剧,窃贼从其房屋后壁掘洞入室,窃去物品约值三十余千;有陈姓果农园中瓜果亦被窃去不少,剧场中"被人挖包剪绺,呼喊之声,络绎不绝。"③一次夜戏,窃案频发,此乃常情。

伶人成分复杂、品类不一,一些原非良善之人以演戏为掩护,伺机从事盗窃之事,"有戏则群聚而演唱,无戏则四散而行窃。"④这种现象在晚清也时有所闻。截至 1880 年代,苏州仍在施行非土著者不准近城开设戏园的惯例,原因是从前苏州发生盗窃巨案,而赃物皆在来苏演戏的江湖戏班的戏箱中发现,于是"破案后勒石永禁在案",不许外来戏班在苏州近城设园演剧⑤。1884 年 4 月,扬州发生一起十余人藉演花鼓戏,"奸淫拐盗,靡所不为"的案件⑥。1884 年 10 月,芜湖城厢就出现一种匪徒,夜晚在僻静处演戏,举国若狂之际,"若辈即令党类潜入人家鼠偷狗盗,或混至戏场,乘间攫取簪珥。"⑦此类伶人从事盗窃勾当,加深了人们对伶人不端及演戏贻害的成见。

(六)抢物劫人

包括劫财和劫人。其一,匪徒在剧场和途中抢劫观众财物。匪徒剧场抢劫时往往通过纵火、鸣枪、故意拥挤和起哄,制造混乱,乘机抢劫。1897 年 8 月 6 日夜,从化县高塘墟小塘乡演剧酬神,匪人为报复乡勇捕捉同伙,

①《续记水龙会热闹》,《申报》1875 年 4 月 29 日,第 2 版。
②《金阊杂志》,《申报》1878 年 5 月 17 日,第 2 版。
③《三竺钟声》,《申报》1896 年 9 月 3 日,第 2—3 版。
④王利器辑录《元明清三代禁毁小说戏曲史料(增订本)》,上海古籍出版社 1981 年版,第 106 页。
⑤《封禁戏园》,《申报》1880 年 9 月 18 日,第 2 版。
⑥《奸盗宜防》,《申报》1884 年 4 月 16 日,第 2 版。
⑦《芜湖杂录》,《申报》1884 年 10 月 30 日,第 2 版。

于剧场纵火,并肆行抢劫,"妇女之被攫钗珥者不知凡几。"①其二,不法之徒藉妇女观剧之际抢劫妇女。藉妇女观剧之际抢劫妇女根据目的可为两种情况:一是抢劫妇女贩卖或玩弄。晚清一些地区匪患不靖,匪徒把魔爪伸向观剧妇女。1892年11月29日,广东高要县金利墟神庙剧场火灾,系匪徒故意纵火,混乱中"(匪徒)乘机掳掠妇女不知多少,事后查有匪船装载妇女出海。"②二是抢亲逼醮。晚清不少地区流行抢亲习俗,如"吴中风俗,竞尚抢亲。"③抢亲之举一般被认为属合法习俗"非礼也而达乎权,亦为顺人情之窦者。"④抢亲原因主要包括:(1)没有婚约,男方将看中的女子强行抢来,作为妻妾。(2)已有婚约,因家境变故或彩礼分歧或其他原因赖婚,男方将女子抢来强行成婚、生米做成熟饭。女子外出烧香、观剧之时,士女骈阗,攘往熙来,是抢亲的绝佳时机⑤。有无赖乘垂涎已久、下手殊难的女子观剧之际,纠众不逞之徒,"即将此女蜂拥而去,不知所之。"⑥

(七)调戏妇女

作为弱势群体,妇女外出观剧需要较文明的社会环境,晚清流氓无赖横行,调戏妇女案件亦不绝如缕。观剧妇女遭遇的调戏方式有二:其一,评头品足。清代流行"看妇女"的风气,当年青妇女出游之际,闲杂人等以观看妇女、评论妍媸为乐⑦。在晚清相对文明的上海戏园,"无赖少年一见有粉白黛绿之流,即肆意讥评,任情讪笑。甚且照以双眼千里镜,使之毫发无遗。"⑧其二,动手动脚。即流氓无赖在剧场和观剧途中遇见妇女,不再停留在口头讥评上,而是动手非礼。1893年10月,上海县十八保十二图地方搬演花鼓戏,"有流氓徐全和等成群结队在戏场调戏妇女,以致互相聚殴。"⑨1899年3月20日,镇江旗营德星宫演剧,观者人山人海,流氓无赖

---

①《戏场纵火》,《申报》1897年8月24日,第2版。

②《佗城道听》,《申报》1893年1月26日,第2版。

③《娶亲抢亲》,《申报》1876年10月25日,第2版。

④《记抢亲犯重功事》,《申报》1873年10月3日,第3版。

⑤《烧香抢亲》,《申报》1875年6月30日,第3版;《香会抢亲》,《申报》1876年4月13日,第2版。

⑥《戏场抢女子》,《申报》1874年1月21日,第2版。

⑦(清)金福曾修,张文虎纂《(光绪)南汇县志》,民国十六年重印本,卷二十第二页上。

⑧《妇女不宜轻出闺门说》,《申报》1893年8月21日,第1版。

⑨《上海县严禁花鼓戏示》,《晚清报载小说戏曲禁毁史料汇编》(上),第47页。

将一名观剧女子，"围在垓心，肆意轻狂，甚至衫裙撕碎。"①甚至观剧、看灯的女性还可能遭受强奸等人身伤害②。这些都给原本浓郁的女子不看戏的观念和舆论起到了"火上浇油"的作用，也给官方和民间禁戏以口实。

(八)诱拐妇幼

晚清拐匪横行，防不胜防，各地拐案，层见叠出，"拐风日炽，家有子女者，咸岌岌乎有朝不保暮之势。"③民间演剧，举邑若狂，人员聚集，流动频繁，一者妇女儿童，喜好观剧，二者亲友聚神观剧，疏于防范，不法之徒把演戏看作实施诱拐的绝佳时机。参见表2—6举例：

表 2—6　晚清《申报》所载观剧走失妇女儿童统计表

时间	走失地点	走失方式	人数	结果	资料来源
1884 年 2 月	扬州	观灯看戏时走失	婢女和少妇各一名	杳无踪影	《看灯失婢》，《申报》1884 年 2 月 25 日，第 2 版
1884 年 6 月 9 日	杭州下城	散戏行至多人处，忽然相失	女子一名	杳无踪迹	《看戏失女》，《申报》1884 年 6 月 23 日，第 2 版
1888 年 5 月 3 日	上海南会馆	李金荣领沈云山之女至会馆观剧	十五岁女子一名	李金荣及其家属潜避，女孩不知所踪	《招寻失女》，1888 年 5 月 9 日，第 3 版
1888 年 7 月 5 日	娄县西门外	剧场走失	七八岁男孩一名	不详	《茸城道听》，《申报》1888 年 7 月 11 日，第 2 版
1888 年 10 月	松江	观剧为伶人所诱	少女一名	遍觅无踪	《云间耳食》，《申报》1888 年 11 月 12 日，第 2 版

①《京江春浪》，《申报》1899 年 3 月 29 日，第 3 版。
②《太平鼓》，《申报》1876 年 1 月 24 日，第 2 版；《江省杂闻》，《申报》1884 年 9 月 13 日，第 2 版。
③《论严惩拐匪》，《申报》1894 年 5 月 18 日，第 1 版。

时间	走失地点	走失方式	人数	结果	资料来源
约 1893 年 10 月	厦门	嫌犯偕往，以观剧亲戚请小孩送物品至剧场为借口	儿童一名	诱拐被获	《拐孩破获》，《申报》1893 年 10 月 16 日第 9 版
1894 年 1 月	杭州	嫌犯偕往以看戏为名	青年女子三名	诱拐，被亲人撞见救下	《断桥残雪》，《申报》1894 年 1 月 30 日，第 2 版
1895 年 4 月 6 日	苏州	嫌犯偕往以看戏为名	男孩一名	诱拐，被人识破救下	《吴宫吊古》，《申报》1895 年 5 月 1 日，第 3 版
1895 年 6 月	上海	嫌犯偕往看戏为名	青年女子一名	诱拐被告发	《上海县案》，《申报》1895 年 6 月 19 日，第 3 版
1895 年 7 月	杭州	剧场走失	儿童三名	寻获二名，一名则不知所踪	《看戏失孩》，《申报》1895 年 7 月 16 日，第 2 版
1896 年 6 月 24 日	上海	观剧归途走失	妇女一名	不知所踪	《看戏失妻》，《申报》1896 年 6 月 25 日，第 3 版
1896 年 8 月 21、22 日	杭州贡院	剧场走失	六岁小孩一名，十二岁女孩一名	不知所踪	《吴山秋眺》，《申报》1896 年 9 月 8 日，第 2 版
1897 年 7 月	牛庄	剧场走失	十二岁男孩一名	不知所踪	《牛庄志略》，《申报》1897 年 7 月 22 日，第 2 版
1897 年 10 月 30 日	镇江	观剧归来，途中被两名无赖掣至上海	十八岁女子张阿三一名	张伺机逃出报警被救	《女郎诉苦》，《申报》1897 年 11 月 8 日，第 3 版

续表

时间	走失地点	走失方式	人数	结果	资料来源
1898 年 6 月	杭州	陈洪卿偕往以看戏为名，拐至上海	女子王爱宝一名	诱拐发卖时被人窥破	《上海县署琐案》，《申报》1898 年 6 月 6 日，第 9 版
不详	湖北	剧场被拐匪拐走	六岁男孩一名	六岁在剧场被拐匪拐走，卖到湖州，已长大成人	《再续讯盗案》，《申报》1895 年 9 月 9 日，第 3 版

由表 2—6 可见，观剧之际遭到诱拐的基本为妇女和儿童，这主要是因为他们自主防范能力较弱。另外，那些借演艺为幌子的拐匪，加重演艺业的污名化，对戏曲发展造成一定伤害，给一些地方驱逐优伶和落实禁戏政策以口实。1880 年冬，苏州阊门外普安桥京班戏园，"各色人等，良莠不齐"，班中无赖之徒，将入园看戏之幼童和店作学徒"或潜藏污辱""或远飏拐卖"，最后被失童之家告发①。四川也有无业棍痞以唱道琴等为名，从事不法活动：以卖唱为由，常闯杂院，名曰游园采花；诱拐妇女，名曰邀高脚骡子；勾引青年子弟，名曰关幺子②。此类艺人，成为戏曲行业的害群之马，与上文提及的伶人涉嫌盗窃一样，强化了人们对伶人和演戏无益的偏见。

以上是分而述之，实际上，演剧治安事故往往是复合的。1896 年 3 月 11 日起，镇江湖南会馆演剧，发生的治安事故有：剧场两廊栏杆挤断，两人被压成重伤，生死未卜；两位观剧女子途中被三个流氓拦住调戏，幸亏女子母亲赶到救下；一位女子途中被匪人抢去头上钗环③。1887 年 7 月 12 日起，松江北郊演剧酬神四天，事端接踵而至：剧场几无插足之地，受暑晕倒者实繁有徒；看台人多拥挤，折足伤肱、遗簪堕珥者时有所闻；某妇扃门往观，待归家时室内所有物品被匪人席卷一空，该妇恐夫责备，投缳自尽；当演剧集资之始，某生曾以演戏易滋事端，出面阻止，并请有司出示禁止。15 日夜，该生家突入手持利刃匪人五六人，该生父亲一只手臂和该生妻子四

---

① 《查缉戏园》，《申报》1880 年 12 月 26 日，第 3 版。
② 《巡警道传知严禁卖唱文》，《晚清报载小说戏曲禁毁史料汇编》（上），第 142—143 页。
③ 《金山晚钟》，《申报》1896 年 3 月 22 日，第 3 版。

只手指被砍断,邻妪闻声来救,亦被斫伤背部,"虽有号呼之声,然无敢出而救者,遂任盗之饱掠而去。"①演戏之际,事故频发,难怪官方和民间呼吁禁戏人士认为,演戏百无一益。

晚清剧场伤亡事故的后果基本由受害者及其家属承担,较大伤亡可能会有善会善堂组织善后事宜,广东高要县金利墟神庙等剧场火灾之后,当地善会善堂组织清理掩埋尸骨。1887 年 7 月,玉田县雅风桥观剧沉船事件由善会出面仅打捞出尸体 79 具,其余五六十具尸首杳无踪影②。1873 年 8 月 29 日,宁波水彳㣀口街酬神时戏台被挤倒,跌伤、压伤不知凡几,最后公议受伤者由会首"各给洋四元医资,舁之回。"③但这只是特例,可能戏台薄削,且伤人过多,惹动众议,才有赔偿药费之举,这也是笔者所见唯一一例剧场伤亡事故之后,演剧组织者向受害者支付一定赔偿。晚清民间演剧组织者重于发起,缺于过程管理,人多麋集、举国若狂的观剧场面,更非一般民间力量所能掌控,加上民众安全意识薄弱,宵小匪徒、流氓赌徒混迹其间,剧场事故居高不下,观众自发观剧,遭受伤害只能认命倒霉。晚清剧场治安事故给数以万计的家庭带来巨大创伤,于今重温,令人痛心,教训深刻。

二、强化观念性禁戏

观念性禁戏是从思想认识上展开的查禁活动,即从思想上认为戏曲无益有害,应予以禁止编撰、传播和观看,刊本亦应销毁。历史上,观念性禁戏与中国戏曲的萌芽、发展相始终,该观念着眼点主要有二:一是礼俗考虑,如乱礼法、隳人伦、误本业等;二是治安考量,如火灾、赌博、斗殴、倒塌事故等。

(一)强化了演戏无益观念

晚清频繁的剧场治安事故强化演戏无益观念,演戏无益的舆论增多,表现方式有两种,一是专题论说和新闻,以《戏无益说》《戏无益》《凡戏无

---

①《演剧肇祸》,《申报》1887 年 7 月 20 日,第 2 版。
②《京师纪事》,《申报》1887 年 8 月 14 日,第 2 版。
③《当街戏台挤坍》,《申报》1873 年 9 月 11 日,第 2 版。

益》为标题的论说和新闻甚夥,如《申报》刊载《戏无益说》批评演戏导致无
赖调戏或强奸妇女、开场聚赌、诱拐妇女小孩、盗窃等诸多祸事,有害无
益①。《字林沪报》报道高要县金利墟剧场大火的新闻题目名曰《戏无
益》②,《益闻录》报道太原文殊寺剧场倒塌伤亡事故亦名曰《戏无益》等③。
二是附带论及,即出现在戏曲评论、新闻报道、官方禁令之中,如"观剧者人
山人海,拥挤异常,有被挤伤者,有跌破面皮者,有折断脚骨者,笑语未终,
杂以号哭。其他呼男寻女者,更不一而足,然则戏之无益亦可见矣。"④由
于剧场肇祸太多,"戏无益"成为一个流行诫语⑤。

(二)形成了戏场勿入规诫

晚清流行"三场勿入"的诫语,所谓"三场",一说是指戏场、会场、赌
场⑥,一说是指尸场、戏场、校场⑦。不能哪种说法,皆包括戏场。"戏场勿
入"是指因为戏场是治安事故高发之地,进入戏场往往招致人身伤亡和财
产损失:"三场莫入。……所以戒人莫入者,正以热闹之区,易致肇祸
也。"⑧晚清许多剧场治安事故报道之结尾,常用"三场勿入"来劝诫人们不
要开场演戏,也不要前往观剧,如"语云三场勿入,于此益信。"⑨"语云三场
勿入,信然。"⑩"语云三场勿入,睹此不益信哉!"⑪不一而足。"戏场勿入"
的禁忌是希望家长能劝诫家庭成员和子弟不要涉足剧场、以免遭受意外,
"凡遇迎神赛会、观灯演剧一切热闹之场,为父师者首禁之勿出。"⑫剧场事
故成为家长劝阻和禁止子弟、女性观剧的有力佐证。

---

①《戏无益说》,《晚清报载小说戏曲禁毁史料汇编》(下),第553—555页。
②《戏无益》,《字林沪报》1892年12月9日,第3版。
③《戏无益》,《益闻录》第1024期,1890年。
④《芜湖春景》,《申报》1887年2月11日,第2版。
⑤《申报》一则题为《戏无益》报道剧场打架事故的新闻云:"噫,演戏以敬神也,乃神未必果有灵感,
　而戏场祸事几于罄竹难书。然则敬神果何为也哉? 是故君子曰:戏无益。"(《戏无益》,《申报》
　1894年1月5日,第3版)
⑥《热闹伤人说》,《申报》1890年9月23日,第1版。
⑦《会场宜慎》,《申报》1886年5月30日,第2版。
⑧《热闹伤人说》,《申报》1890年9月23日,第1版。
⑨《看戏遭厄》,《申报》1887年7月10日,第9版。
⑩《观剧毙命》,《申报》1888年6月4日,第2版。
⑪《观剧受伤》,《申报》1894年3月18日,第3版。
⑫《看戏辄伤》,《申报》1884年6月12日,第2版。

(三)增强了戏剧观演禁忌

观演禁忌即观剧禁忌和演剧禁忌,二者名目繁多、琐碎苛刻,仅演出禁忌就是"旧时中国行业禁忌中的一个最有特色、最为繁复而神秘的行业禁忌体系。"①观剧禁忌有神鬼禁忌、性别禁忌、位置禁忌、场地禁忌、礼仪禁忌等,演剧禁忌则有时间禁忌、空间禁忌、剧目禁忌、演出禁忌等,每类禁忌都包含繁冗的条目规定。观演禁忌的形成主要源于神灵崇拜、道德规范、经验总结、礼仪习俗等,剧场治安事故则强化了人们对观演禁忌的信仰和实践。

旧时演剧从信仰、装扮到观看上,都有神灵的影子,如戏曲行业有神仙信仰、舞台装扮多是神灵,神灵也是演戏酬神的主要观众。剧场伤亡事故常与灵异现象相联系,多被认为是神灵冥冥中的安排,是亵渎冒犯神灵,神灵警示和报复的结果。1845 年广州学署前街剧场火灾前一天,据说孝廉吴炳南等登白云山望见城中隐隐有怪云升起,推知城中翌日当有火灾②。戏将开演时,掌鼓者假寐时梦见场上有红须赤面数人、无数披头折胫人、手持铁索差役三千余人,及金鼓大作时大鼓忽然震裂等③。周馥任两广总督时,某县妇女观剧,剧场失慎烧死一百余人,周馥认为这是妇女出门看戏,违礼悖律,神灵报应的结果④。几乎每次伤亡事故,都会伴随神秘奇异的传言,"殆有数存乎其间。"⑤在迷信浓郁的社会,这些"存乎其间"的传言形成或强化了观演禁忌。为趋吉避凶,许多观演禁忌被苛刻地要求演员和观众遵守。由于人们普遍认为戏曲观演过程中发生伤亡事故,是触犯神灵、神灵报复之结果,剧场伤亡事故之后,戏班一般要举办"破台"仪式。1886 年 10 月 15 日,镇江城隍庙演剧六天,巷女村童,闻风麇集,拥挤异常,第二天,有两位伶人生病,第三天午后,东首看楼忽然倒塌,跌伤三人,压伤六人,优伶以为不祥之兆,第六日,伶人涂面装须、扮作五瘟,名曰"送草盖",亦厌胜之意⑥。

---

① 宋希芝《戏曲行业民俗研究》,山东人民出版社 2015 年版,第 121 页。
② 周之贞修,周朝槐纂《(民国)顺德县志》,民国十八年刻本,卷二十四第十八页下。
③ (清)李福泰修,史澄纂《(同治)番禺县志》,同治十年刊本,卷五十三第三十八页上。
④ 楼含松主编《中国历代家训集成》(12),浙江古籍出版社 2017 年版,第 7091 页。
⑤《桥塌伤人》,《申报》1877 年 10 月 25 日,第 2 版。
⑥《京江谈屑》,《申报》1886 年 10 月 26 日,第 2 版。

　　性别禁忌方面,禁止妇女观剧禁忌是清代普遍流行的观念,表面上,此观念风行的借口有二:一是道德风化之虞,即严男女之大防,包括妇女抛头露面"冶容诲淫"、妇女易受淫戏诱惑失德丧节、男女混杂冲击男女之大防;二是妇女是剧场治安事故的主要受害者和伤亡者。在晚清《申报》所载 63起剧场倒塌事故的新闻报道中,直接提及有女性伤亡的计 31 起,占 49%,可以肯定的是,其余没有直接提及伤亡者性别的 32 起倒塌事故中,有女性伤亡的肯定不少。在 14 起观剧沉船事故的报道中,直接提及有女性溺亡的计 5 起。无论是剧场火灾、倒塌、诱拐、调戏,还是观剧沉船,女性皆惨遭其害,这主要是因为:其一,晚清女性基本为小脚,跑动不便,遭遇火灾、挤压、坍塌等事故,逃避困难,易被践踏伤亡;旧时女性会游泳者少,沉船之后溺亡在所难免。其二,观剧男女分区,女性多于看楼或看台观看,距离地面有一定高度,看楼和看台因拥挤或负重倒塌,不被倾轧即被践踏,伤亡率较高。1892 年 10 月,番禺县属深井乡演剧酬神,戏台火起,观众竞相奔逃,看棚被挤倒,倾覆河中,"诸妇女不毙于水,即被人踩蹦,哭声载道,惨不忍闻,事后查悉溺毙者三四十人,受伤者无算。"①1893 年 12 月宁波江北岸余使君庙剧场火灾,葬身火窟者数百人,"老幼妇女居多。"②女性既是晚清戏剧主要观众,也是观剧易受伤害的弱势群体。因此,在相当多人的意识里,禁止妇女观剧,不仅仅是伦理道德的考量,还有防止女性观剧可能遭受人身伤害的考虑。结合观剧伤亡事故,大量舆论认为妇女不应观剧,如"自来欢乐之场,最易招灾惹祸,彼荏弱小女子尚谨守红闺,切勿轻易出门,致罹不测哉。"③"女子不出闺门,古有明训,寄语画中人,慎毋贪看热闹,自贻伊戚也"等④。频繁的剧场治安事故一定程度上给禁止妇女观剧以现实的镜鉴和诠释,晚清一些地区正是从治安考虑禁止妇女观剧。光绪三十二年(1906)成都开始有戏园之设,观众甚多,"原有女座,因本地风气未开,人多以妇女为奇事,屡滋事端,因官局禁革。"⑤尽管对妇女观剧问题的看法如同一个参照物,反映出不同历史时期中国男女社会文化地位的变化。但是

---

①《观剧遭祸》,《申报》1892 年 10 月 16 日,第 2 版。
②《宁波火灾汇纪》,《申报》1893 年 12 月 11 日,第 2 版。
③《瓮城兰讯》,《申报》1885 年 11 月 20 日,第 2—3 版。
④《浔江杂录》,《申报》1892 年 5 月 18 日,第 2 版。
⑤傅崇矩编《成都通览》,成都时代出版社 2005 年版,第 132 页。

除了礼教、伦理等因素的制约外,妇女外出观剧还受到社会治安环境的影响,说明实现妇女自由观剧,既需要伦理思想的进步,也需要社会治安状况的全面提升。

三、推动制度性禁戏

制度性禁戏是以国家法律、谕令为指导开展的查禁活动,即依靠国家权力,统治阶级制定颁布禁毁法令,动用国家机器查禁、销毁、处罚戏曲违禁行为。

社会治安是实现社会安宁有序的社会状态,维护社会治安是统治阶级实现根本利益和长治久安的基本保证,当然也是清代官员,尤其是地方官的首要职责。清代禁戏原因主要有清除异端、崇雅抑俗、关碍本朝、伤风败俗、妨碍治安、有害民生、丧戏违礼等。由于剧场治安事故频繁,危害治安,整体上看,治安因素在所有禁戏原因中居于突出地位,《晚清报载小说戏曲禁毁史料汇编》共收录禁戏法令 246 则,现将这 246 则禁令涉及治安的关键词统计见表 2—7:

表 2—7　《晚清报载小说戏曲禁毁史料汇编》所收禁戏法令有关治安关键词统计表

关键词	赌	匪	盗	拐	窃	火灾
出现则数	65	36	22	20	16	6
百分比	26%	15%	9%	8%	7%	2%

由表 2—7 可见,这 246 则禁戏法令,提及"赌""匪""盗""拐""窃""火灾"等关键词的禁令分别是 65 则、36 则、22 则、20 则、16 则、6 则,占比分别为 26%、15%、9%、8%、7%、2%,可见官方对演戏治安问题关注的重点。与治安问题相关的制度性禁戏可分为常规性禁戏和补牢式禁戏。

(一)巩固了常规性禁戏

常规性禁戏指有清一代保持不变的禁戏政策,如禁止夜戏、禁止演戏聚赌、禁止城内开设戏园等,它们主要是从维护治安着眼。清代禁演夜戏属全国性法令,雍正十三年(1735),朝廷首次颁布夜戏禁令。乾隆二十七年(1762)、嘉庆七年(1802)、嘉庆十六年(1811),清廷又先后重颁夜戏禁令。清代禁演夜戏尽管有夜晚观剧、男女混淆，危及男女之防的伦理道德秩序的考量，但主要是社会治安之虞，《钦定吏部处分则例》规定："城市乡村，于当街搭台酬神者，止许白昼演戏，如深夜悬灯唱戏，男女拥挤，混杂喧哗，恐致生斗殴、赌博、奸窃等事。责成该地方文武各官严禁，将为首之人，照律治罪。倘该地方文武各官不实力奉行，罚俸一年。"①到了把维护治安作为首要责任的地方官那里，禁止夜戏是他们基层社会治理的重要举措："果能禁止夜戏，地方可省无数事端也。"②晚清社会治安日趋恶化，坚持禁止夜戏得到了地方官较普遍的执行，《晚清报载小说戏曲禁毁史料汇编》所收涉及禁夜戏的法令有 28 则，占所收禁令的 11%，可见晚清严格执行夜戏禁令之一斑。19 世纪中后期，商业演剧加速，许多城镇开设戏园，但直到清末，一些城镇才陆续弛禁夜戏，苏州戏园夜戏弛禁是在 1902 年 10 月③，宁波也是直到 1902 年 10 月方弛禁夜戏④，镇江戏园直到 1903 年 12 月才弛禁夜戏⑤。在京畿地区的北京、天津戏园，直至清朝覆灭，也未能弛禁夜戏。齐如山曾询问过清末京师巡城御史为何禁止夜戏，得到的回答是："没什么别的意思，就怕宵小闹事。"⑥这个回答基本符合有清一代禁止夜戏以维护治安的历史实际。有清一代禁止演戏聚赌亦作如是观，即目的是维护治安。晚清南京、杭州、宁波、扬州、南昌等城镇戏园难开，主要就是因为地方官"视戏园为滋事渊薮。"⑦扬州曾是清代南方演剧中心，全盛时期曾有戏园四座，自两淮盐运改制和太平天国战争之后，戏园消失。自 1884 年起，不断有人尝试在扬开设戏园，直到 1911 年才有人尝试成功，重要原因就是地方官恐戏园滋事，开设戏园，碍难准行⑧。治安之虞一直是有清一代常规性禁戏的重要考量。

---

① 王利器辑录《元明清三代禁毁小说戏曲史料（增订本）》，上海古籍出版社 1981 年版，第 20 页。
② 王利器辑录《元明清三代禁毁小说戏曲史料（增订本）》，上海古籍出版社 1981 年版，第 111 页。
③《准演夜戏》，《晚清报载小说戏曲禁毁史料汇编》（上），第 323 页。
④《夜戏弛禁》，《晚清报载小说戏曲禁毁史料汇编》（上），第 325 页。
⑤《演唱夜戏》，《晚清报载小说戏曲禁毁史料汇编》（上），第 335 页。
⑥ 齐如山著，梁燕主编《齐如山文集》（第六卷），河北教育出版社 2010 年版，第 222 页。
⑦《大闹仪凤园》，《申报》1889 年 1 月 10 日，第 2 版。
⑧ 张天星《晚清〈申报〉所载扬州禁戏史料的文献价值》，《扬州大学学报》（人文社会科学版）2016 年第 4 期。

(二)增加了补牢式禁戏

补牢式禁戏是指在剧场治安事故之后禁止演戏,所谓亡羊补牢、为时未晚。几乎每一次重大剧场治安事故之后,地方官一般都要颁布禁戏法令。1881 年 3 月,扬州徐凝门内江西会馆演剧酬神,观者如堵,连续三天发生剧场倒塌、拥挤等导致的伤亡事件,甘泉知县当即示禁停演,并禀明知府,所有各庙各会馆一概不准演戏①。1893 年新正,鉴于金利墟剧场火灾,广东巡抚禁止"高搭彩棚,建醮演剧","如有火患伤人,以主会值理者拟罪赔修。"②补牢式禁戏一般只能维持一段时间,一定时期之后,随着主事官员的离任或地方势力的推动,禁令被打破。1876 年 12 月 23 日,杭州阔板桥演戏,发生剧场斗殴,浙江巡抚杨昌濬遂禁止在杭州城演戏;1878 年 5 月 16 日,绅耆等假酬神之名,雇班在龙吟庵、东岳庙演戏,官方未再制止,于是各庙宇竞相开演,杭城延续近两年的禁戏局面遂被打破③。补牢式禁戏的法令和措施,常与频繁的剧场事故相伴随,构成"事故—禁戏—弛禁—事故—再禁"这样一个循环往复的戏曲禁演过程。

以上梳理的晚清演戏治安问题仅是根据人身伤亡数目和社会危害,措其大端,依据史料主要是晚清《申报》,一叶知秋,从中可见晚清演剧繁盛之际,也是剧场治安问题严峻之时。晚清演戏治安问题给人们带来了恐惧,主要表现在观念上认为演戏无益、剧场勿入和禁止女性观剧,制度上禁止夜戏、演戏聚赌、事故之后补牢式禁戏等方面。

四、倒逼剧场治安管理

整体上看,演戏治安问题给戏曲发展带来的主要是消极作用,人们一般认为只要不演剧、不看戏,就可以避免治安事故。"支配着禁忌体系的正是恐惧,而恐惧唯一知道的只是如何去禁止,而不是如何去指导。"④以今人的后见之明观之,清代官方民间演戏管理基本是保守、落后的,即表现为

---

① 《演戏伤人》,《晚清报载小说戏曲禁毁史料汇编》(上),第 180 页。
② 《示谕照登》,《晚清报载小说戏曲禁毁史料汇编》(上),第 46—47 页。
③ 《台戏弛禁》,《晚清报载小说戏曲禁毁史料汇编》(上),第 169—170 页。
④ [德]卡西尔著,甘阳译《人论》,西苑出版社 2003 年版,第 151 页。

多一事不如少一事的禁抑态度,缺少保护和引导性监管。官方因为害怕演戏导致治安问题,对戏园和民间演戏一般采取反对态度,"以致男女杂沓,观者如堵,奸盗诈骗,弊端百出,小则斗殴生事,大则酿成人命,且招火灾。"①除非有达官显贵观剧的剧场一般派兵维护治安,官方缺少对民间剧场治安的制度性管理,这也是剧场治安事故居高不下的重要原因。

人是善于学习的高等动物,面对风行城乡的演剧盛况、严峻的剧场治安问题以及域外剧场管理先进经验的输入,晚清国人的剧场治安管理意识和举措也在发生转变。

(一)呼吁加强剧场治安管理的舆论增多

晚清城镇戏园呈增多之势,戏园最突出的治安隐患是火灾,晚清加强剧场治安管理的呼声也是从加强戏园消防管理开始的。早在 1877 年初,鉴于国内外较频繁的剧场火灾,《申报》刊登了《论各处戏园被焚事》,其中提到了日本戏园火灾、旧金山华人戏园火灾、美国辅林戏园火灾、广东衙署土地庙剧场火灾等特大剧场火灾,呼吁人们应高度重视剧场消防②。《申报》刊载这方面的论说还有《戏馆宜多设便门说》(1881 年 7 月 3 日)、《论戏馆亟多辟门户以防意外》(1886 年 2 月 20 日)、《戏馆宜禁放烟火说》(1890 年 8 月 16 日)、《译西报工部局会议租界戏馆事系之以论》(1894 年 1 月 13 日)、《戏园防火说》(1897 年 3 月 29 日)、《戏园防患说》(1903 年 12 月 18 日)等。《字林沪报》也刊登有《沪北戏园宜各增开门户说》(1885 年 5 月 23 日)、《论戏园肆行无忌》(1893 年 10 月 5 日)、《论戏园宜防火患》(1893 年 10 月 6 日)等。这些舆论多是就新近的剧场火灾有感而发,具有较强的新闻性和针对性。例如,1906 年末某戏园曾因门少,发生火灾时"焚毙数十人",而不少戏园如天仙戏园仍仅开设一门。1907 年 3 月 7 日,《津报》特刊登来函《广劝戏馆多开便门》,呼吁警醒。这些报刊舆论提高了时人和官方的戏园消防意识,对加强戏园消防等治安管理有一定的促进作用。1877 年 2 月,《申报》报导了国内外剧场火灾,并刊登《论各处戏园被焚事》之后,3 月,工部局通过决议,派员对各戏园出口进行测量调查;6 月,上海租界当

_____

① 王利器辑录《元明清三代禁毁小说戏曲史料(增订本)》,上海古籍出版社 1981 年版,第 110 页。
② 《论各处戏园被焚事》,《申报》1877 年 2 月 1 日,第 1 版。

局颁布了《勘定戏园防火章程》。申报馆曾不无自负地说:中西官谕令各戏馆多辟旁门,就是出自《申报》的宣传[1]。1897 年 4 月,上海某善堂董事们向英租界会审谳员屠作伦具禀请求下令各戏园多开门户并设立自来水龙头以防火患,禀文中说:"迭阅各报章登有广东、宁波等处戏场失火伤至数百人情形,实为惨酷。"[2]说明报载新闻和舆论普及提高了人们的剧场消防管理意识。

(二)剧场治安管理成为制度性行政行为

如上文言,因治安事故频繁,清代官员一般对城镇戏园和民间演剧持谨慎或反对的态度,剧场治安管理也缺少制度性保障。伴随演剧可以活跃市面、增加就业、提高税收、开启民智等认识的增强,晚清官方开始把维护演戏治安管理作为行政行为。

1.颁布法规,规范剧场。晚清官方有关演剧治安管理的专门性法规主要表现为戏园章程,该章程较早始于上海租界戏园消防章程。1877 年 6 月,在日本戏园火灾、旧金山华人戏园火灾、美国辅林戏园火灾等特大戏园火灾之后,上海租界当局颁布《勘定戏园防火章程》,对戏园大门与旁门、楼板与楼梯、自来火之安放、戏园周边环境、墙体厚度、戏园栏杆等一一作了规定[3]。1893 年 12 月 28 日,鉴于宁波佘使君庙剧场特大火灾,上海租界工部局规定戏园应将原有 8—12 寸的墙体改薄,以备发生火灾时观众可破墙而出[4]。1900 年 4 月 7 日,鉴于 4 月 5 日天宝戏园发生火灾,英美租界会审谳员翁延年颁布谕令,要求各戏园"刻速雇匠添开宽大后门两道,自开演至停演不得落锁,以备不虞。倘敢不遵,一经查知,定即发封。"[5]可见,剧场火灾等残酷的伤亡事故警醒了官方,将戏园等剧场消防管理制度化。晚清所有的戏园或剧场章程,基本把消防管理作为重点,内容涉及戏园选址、建筑用材质量、开门大小多少、楼梯和通道畅通、剧场灯火装置、消防储水等,如《江南巡警局酌定管理戏园规则》(1907)、直隶警务处颁布《戏场章

---

①《戏园防患说》,《申报》1903 年 12 月 18 日,第 1 版。
②《戏园防患》,《申报》1897 年 4 月 15 日,第 3 版。
③《勘定戏园防火章程》,《申报》1877 年 6 月 16 日,第 2 版。
④《译西报工部局会议租界戏馆事系之以论》,《申报》1894 年 1 月 13 日,第 1 版。
⑤《防患未然》,《申报》1900 年 4 月 9 日,第 3 版。

程》(1909)、浙江省《戏园取缔规则》(1909)、吉林巡警总局颁布《戏园章程八条》(1910)、浙江巡警道杨颁行《戏园取缔规则》(1910)等。此外,章程对观众在剧场中不得喧哗、妨碍他人视线、拥挤、攀登戏台、私进后台等有害治安的行为也多有禁止[1]。可注意的是,伴随清末警政的社会化,一些地区警方的剧场治安管理开始由城镇戏园拓展到民间酬神剧场。直隶警务处所颁《戏场章程》就把民间迎神赛会等演戏剧场纳入管理范围,规定演戏之前必须将首事人、演戏事由、地址、时间期限等提前报备,事前警方要对戏台、戏楼等"查看有无危险。"[2]此类举措对预防剧场事故无疑具有积极意义。

2.派驻警察,监临演剧。晚清剧场监临始于戏园监临,即在戏园演出时,官方向戏园派驻负责监督的官吏或警察。晚清上海租界较早施行戏园监临制度[3],租界巡捕房在戏园演出时向戏园派驻维持治安的巡捕,由戏园出资,"此捕专司剧场,诸事不理。"[4]清末警政建立后,戏园监临制度开始在城镇普及。1907年9月,天津巡警五分局颁布《警察监临处八条》,监督戏园风化和治安。南京警方则向每个戏园派出常驻警员六名,薪水由戏园支付,戏园监临具有"调查戏园并保护之职务。"[5]集服务、管理、保护等职能于一身,具体维护和监督戏园治安、消防、卫生、优伶、演出时间、演出内容等,是落实警方剧目检查、维护剧场治安的重要措施。晚清国弱民困,戏捐成为官方一笔可观的财政收入。1906年,北京戏园捐费标准是每园每月60元,另外再缴纳派驻警察岗津贴每月30元[6]。1910年,浙江省规定,全省戏园每年警捐分为1000、1500元和2000元三个等级缴纳[7]。戏园捐费在促使官方和戏园形成相互支持利益共同体的同时,也明确了双方的权利与义务,官方开始主动承担起维护戏园演出秩序的责任,维持剧场良

---

①《巡警道杨颁行戏园取缔规则》,《浙江官报》1910年第4期。

②第一历史档案馆《清末直隶警务处拟定客店戏场及预防传染病章程》,《历史档案》1998年第4期。

③上海租界戏园监临制度应该是对西方戏园监临制度的效仿。光绪三年(1877),郭嵩焘在伦敦晤见戏剧检查官毕噶得时获知,英国的戏剧检查制度包括检察官亲临戏园查察是否有淫媒表演、消防隐患、超过规定的演出时间等。参见:郭嵩焘著,钟叔河、杨坚整理《伦敦与巴黎日记》,岳麓书社1984年版,第425页。

④海上漱石生《上海戏园变迁志》(六),《戏剧月刊》1928年第6期。

⑤《江南巡警局酌定管理戏园规则详江督禀文》,《南洋官报》1907年第73期。

⑥《北京外城卫生局颁布〈戏园章程〉》,《晚清报载小说戏曲禁毁史料汇编》(上),第105页。

⑦《巡警道杨颁行戏园取缔规则》,《浙江官报》1910年第4期。

好的治安环境自是题中之义。到了清末,城镇戏园普遍实施了剧场监临制度。在清末一些地区,官方也开始向民间剧场派驻警察,主要职责是维持治安。直隶警务处颁布《戏场章程》规定,监临的巡警或官吏对在演戏酬神等民间剧场中争吵斗殴、偷窃剪绺、肆意喧哗、滥登戏台、故意拥挤、酗酒滋扰、陈列物品妨碍通行等有害治安者,"得禁止之,或使之退场。"①整体上看,晚清民间剧场监临制度远不如城镇戏园监临制度普及,但可以看出一种新观念和新趋势——官方的演剧管理理念和制度正由保守、被动向积极、主动的方向转变。剧场监临制度有益于维护剧场良好的治安秩序,这在社会治安整体状况不佳的晚清社会,尤其如此。

晚清是中西文化碰撞融合、承古萌新的变革期,晚清频繁的剧场治安事故警示和教育了国人:一方面,频繁的剧场治安事故一定程度上强化了戏剧观演禁忌、增加了官方禁戏频率;另一方面,频繁的剧场治安事故又相当程度上倒逼了国人演剧治安管理意识的提高,官方开始把剧场治安管理作为制度性行政行为。从宏观上讲,该行为是官方基层社会治理近代化的标志之一;自微观上看,该行为是官方对民间演剧由以禁抑为主的传统戏剧管理理念向禁止、保护、扶持等相结合的现代戏剧管理理念转型的重要标志。

---

① 第一历史档案馆《清末直隶警务处拟定客店戏场及预防传染病章程》,《历史档案》1998 年第 4 期。

第十章 从戏曲案件被
禁剧目看禁毁原因

案件是指对有关诉讼和违法事件作出的法律判断。戏曲案件是指官方依法对涉嫌违禁的戏曲事件予以查处的司法行为。只有进入官方拘捕、起诉、审理、判处等司法程序的戏曲违禁事件才能称作戏曲案件。需要明确的是,在现代司法制度确立之前,对待小说戏曲违禁之类的轻微案件并不一定需要经过拘捕、起诉、审理等完整的司法环节,官吏往往随见随罚,甚至判罚之中夹杂敲诈勒索者抑或有之。因此,只有查处的戏曲违禁事件才叫戏曲案件,那些颁布禁令、给价收买板片等没有涉及查处的查禁事件则不属于查禁案件。戏曲违禁案件的查处方式包括惩罚和勒令停止不予惩罚两种。晚清禁戏活动频繁,戏曲案件时有发生,目前尚缺少晚清戏曲案件的专题研究。梳理晚清戏曲案件审理和判处的特点、已见案件涉及的剧目、所涉剧目与官方禁毁单目之间的关系、涉案剧目的查禁原因等,可以深入认识晚清戏曲案件的司法特点、官方执行禁令的方式和过程、官方指控剧目的具体原因。

一、主要特点

与小说案件相比,晚清戏曲案件数量较多,此原因有二:其一,晚清剧场流行情色搬演和被官方视为淫戏的地方戏勃兴,违禁案件自然较多;其二,演戏属群众性娱乐活动,所谓的违禁搬演易被发现和指控。下表是笔者所见晚清戏曲案件涉案剧目统计表。

表2—8　晚清戏曲案件所见剧目统计表

剧目	列入禁单情况①	时间	地点	查禁官员或部门	查禁原因	查处方式	资料来源
《迷人馆》《画春园》	沈秉成单、陈福勋单,1906年9月京师外城总厅禁淫戏迷单	1880年9月	上海公共租界	谳员陈福勋	装扮男女、作跳台状,极其淫恶,较之他戏格外秽亵	具以后不再演淫戏切结存查	《查办淫戏》,《晚清报载小说戏曲禁毁史料汇编》(上),第177页
		1898年8—9月	杭州拱宸桥阳春戏园	租界会审谳员陈懋采	雨意云情、描摹尽致	谕令停止,照会日领事官示禁	《禁演淫戏》,《晚清报载小说戏曲禁毁史料汇编》(上),第280页
		1881年3月	苏州戏园	苏州地方官	引人入胜、观者拥挤不开,恐致酿事	出示禁演	《演戏干禁》,《晚清报载小说戏曲禁毁史料汇编》(上),第181页
《三上吊》	黄彭年单	1885年7月	苏州天仙戏园	保甲巡局官员	观者乐观、优伶张恩祥欲他往、流氓勒令续演,诸伶禀官禁止	出差谕令此后不准再演	《禁止上吊》,《晚清报载小说戏曲禁毁史料汇编》(上),第202页
		1900年4月	上海英美租界各戏园	谳员翁延年	淫凶戏	传谕各园主,三天内所有淫凶各戏永远停演	《厉禁重申》,《晚清报载小说戏曲禁毁史料汇编》(上),第295—296页

续表

剧目	列入禁单情况	时间	地点	查禁官员或部门	查禁原因	查处方式	资料来源
《翠屏山》	沈秉成单，黄承乙单，罗嘉杰单，1906年9月京师外城总厅禁淫戏单	不详	杭州	杭州某署地方官	赛会时高跷扮演呈出、穷形尽相	判将各人重加笞责，然后开释	《禁扮淫戏》，《晚清报载小说戏曲禁毁史料汇编》（上），第198—199页
		1899年1月	上海租界咏仙茶园	代理谳员郑汝成暨陪审官梅尔思	五月仙扮潘巧云，浪态淫声，描摹尽致	罚洋银二百元	《演〈翠屏山〉判罚》，《晚清报载小说戏曲禁毁史料汇编》（上），第282—283页
		1906年4月	天津大王庄全乐茶园	俄国巡捕房	违犯禁章	将园主逮捕	《演唱淫戏被拘》，《晚清报载小说戏曲禁毁史料汇编》（上），第360页
		1909年7月	北京春仙茶园	外城巡警总厅	装点未免太过	罚该园向后不准于夜间开演	《春仙茶园停演夜戏》，《晚清禁毁小说戏曲史料汇编》（上），第438页
		1910年12月	上海英租界丹桂鬈儿戏园	谳员宝颐与陪审官康荫定	陆菊芬演潘巧云与海实利相会时过于淫亵	罚洋三十元充公	《再记女伶扮演淫妇之话剧》，《晚清戏曲小说史料汇编》（上），第473页

续表

剧目	列入禁单情况	时间	地点	查禁官员或部门	查禁原因	查处方式	资料来源
《杀子报》《善恶报》《清廉访案》《和尚不守清规》《错杀子》	罗嘉杰单、黄彭年单，张辰单，1905年5月天津县示禁淫戏单，1906年5月天津巡警总厅禁淫戏单	1885年5月	上海公共租界咏霓戏园	谳员黄承乙	开单禁演之淫戏，改名《善报》，仍旧搬演	将戏园司帐人押候发落	《违禁被拘》，《晚清报载小说戏曲禁毁史料汇编》（上），第201页
		1887年6月	京师山陕各班	都察院等衙门	世道人心大有关碍	饬差传谕各园嗣后不准唱此戏	《京师禁唱〈杀子报〉》，《晚清报载小说戏曲禁毁史料汇编》（上），第211页
		1890年3月	上海公共租界某戏园	谳员蔡汇沧	淫亵兼甚	传谕园主不得再演	《谕禁淫戏》，《晚清报载小说戏曲禁毁史料汇编》（上），第222页
		1900年4月	上海英美租界各戏园	谳员翁延年	淫凶戏，极意形容，不堪入目，实为风俗人心之害。	传谕各园主，限三天内所有凶戏永远停演	《历禁重申》，《晚清小说戏曲禁毁史料汇编》（上），第296页
		1900年12月	上海英租界宝仙茶园	谳员张长辰与陪审官梅尔思	淫戏，恶其伤风败俗	罚洋银一百元	《严禁淫戏》，《晚清报载小说戏曲禁毁史料汇编》（上），第303页

续表

剧目	列入禁单情况	时间	地点	查禁官员或部门	查禁原因	查处方式	资料来源
		1910年10月	台南乐天茶园	临场警官	树云与王徐氏丑态淫状,过于猥亵	监督官乃为谕止	《戏园状况》《晚清报载小说戏曲禁毁史料汇编》(上),第469页
		1911年1月	上海法租界新剧场和歌舞台	谳员聂宗羲	淫戏	姑念无知误违,从宽免罚,不准再演淫戏	《法界戏园亦不准演唱淫戏矣》《晚清报载小说戏曲禁毁史料汇编》(上),第474—475页
《火烧第一楼》		1887年7月	上海公共租界老丹桂戏园	谳员蔡汇沧	第一楼股东等以其有心侮辱,欲纠人与戏园为难	谕以不准演此新戏	《停演新戏》《晚清报载小说戏曲禁毁史料汇编》(上),第212页
《水火报》		1888年4月	上海公共租界新丹桂戏园	上海道台饬谳员蔡汇沧查禁	扮演巡抚及上海道台等现任大员	提园主想九霄到案,具结遵行	《优孟衣冠》《晚清报载小说戏曲禁毁史料汇编》(上),第214页
《斗牛宫》《善游斗牛宫》	1906年9月京师城外总厅禁淫迷戏单	1888年6月	上海公共租界新丹桂戏园	谳员蔡汇沧	内有同学一节,秽亵不堪	严加申斥	《演〈斗牛宫〉之诘讯》《晚清报载小说戏曲禁毁史料汇编》(上),第215页

续表

剧目	列入禁单情况	时间	地点	查禁官员或部门	查禁原因	查处方式	资料来源
《十美图》	丁日昌单	1889年3月	上海公共租界九香园	谳员蔡汇沧据工部局禀请传禁	花鼓淫戏	具不再干犯切结存案	《传禁淫戏》,《晚清报载小说戏曲禁毁史料汇编》(上),第218页
《十打朴》	丁日昌单	1890年7月	上海致远街菜市场	谳员蔡汇沧	花鼓淫戏,穷形尽相,淫荡不堪	演者各责一百板枷十四天,发犯事地示众	《演唱花鼓判罚》,《晚清报载小说戏曲禁毁史料汇编》(上),第224页
《汤河船》	丁日昌单	1892年7月	杭州涌金门金华庙	某署	云情雨意,极意描摹,大涉淫乱	伶人被责二百板,严加申乐	《演〈汤河船〉判词》,《晚清报载小说戏曲禁毁史料汇编》(上),第229页
《双沙河》	黄承乙单、罗嘉杰单	1894年4月	上海公共租界天仪戏园	谳员宋莘乐	淫声浪态,刻意描摹	园主罚洋十元,园主伶人同具不演淫戏切结	《演〈双沙河〉判词》,《晚清报载小说戏曲禁毁史料汇编》(上),第239页
《三世奇冤》(《奇中奇》《奇奇奇》)		1895年6月	上海法租界丹桂茶园	谳员宋莘乐	近事编作戏曲,查禁之后改名《奇中奇》《奇奇奇》继续搬演	法界谳员郑清廉移请英界藏员宋莘乐查禁,传谕不得再演	《防禁淫戏》,《晚清报载小说戏曲禁毁史料汇编》(上),第245页

续表

剧目	列入禁单情况	时间	地点	查禁官员或部门	查禁原因	查处方式	资料来源
《难中福》《《旗开得胜》》		1896 年	京师玉成班	中城侍御	演曾国藩克服金陵事	出示禁止	《改名开演》、《晚清报载小说戏曲禁毁史料汇编》（上），第251—252 页
《巧姻缘》	沈秉成单、黄承乙单	1896 年 6 月	上海英租界天福戏园	谳员屠作伦	淫戏	罚洋二十元	《演唱〈巧姻缘〉判词》《晚清报载小说戏曲禁毁史料汇编》（上），第 252—253 页
《狼心狗肺》		1896 年 8 月	上海租界天福戏园	谳员屠作伦	有《上台基》《吊膀子》诸名目，淫亵不堪	罚洋银一百元	《演唱淫戏判词》、《晚清报载小说戏曲禁毁史料汇编》（上），第 256 页
《左公平西》（《扫尽叛逆》）	屠作伦单	1897 年 6 月	上海租界天福戏园	谳员屠作伦	禁后改名《扫尽叛逆》，演本朝事迹，以优孟而亵名臣	罚洋银二十元	《演唱〈左公平西〉判词》《晚清报载小说戏曲禁毁史料汇编》（上），第 266 页

续表

剧目	列入禁单情况	时间	地点	查禁官员或部门	查禁原因	查处方式	资料来源
《送灰面》《三只手》	陈福助单、黄承乙单、罗彭年杰单、黄辰单、1906年9月京师外城总厅禁单	1897年7月	上海租界丹桂戏园	谳员屠作伦与德国领事单维廉翻译馆译单	关目淫秽殊甚	罚洋银二十元	《演唱〈送灰面〉判罚》,《晚清报载小说戏曲禁毁史料汇编》(上),第268页
		1901年12月	上海英租界桂仙戏园	谳员张辰	该园前曾演唱该剧,判令已录不俊,貌玩已极	罚洋银一百元	《演唱〈送灰面〉判罚》,《晚清报载小说戏曲禁毁史料汇编》(上),第318页
《梵王宫》	沈秉成单	1898年8—9月	杭州拱宸桥阳春戏园	租界会审谳员陈懃采	雨意云情,描摹尽致	谕令不得再演,照会日领官事示禁	《禁演淫戏》,《晚清小说戏曲报载史料汇编》(上),第280页
《打斋饭》	陈福助单、黄承乙单、罗彭年杰单、黄辰单、张辰单	1898年11月	上海租界天仙戏园	谳员郑汝骙与陪审官梅尔思	淫亵之状,足令见之者心荡神移	罚洋一百元	《戏园受罚》,《晚清小说戏曲报载史料汇编》(上),第281页

续表

剧目	列入禁单情况	时间	地点	查禁官员或部门	查禁原因	查处方式	资料来源
《珍珠衫》	陈福勋单、罗嘉杰单、黄彭年单、张辰单，1905年5月天津县禁单	1898年12月	上海租界庆乐戏园	代理谳员郑汝骙	尤云殢雨，极意描摹	罚洋一百元	《演唱〈珍珠衫〉判词》，《晚清禁载小说戏曲禁毁史料汇编》(上)，第282页
	1906年5月天津巡警总厅禁单，1906年9月京师外城巡警总厅禁单	1901年3月	上海英租界宝仙髦儿戏园	谳员张辰	淫戏	判罚洋银一百元、拨充善举	《演唱〈珍珠衫〉判词》，《晚清禁载小说戏曲禁毁史料汇编》(上)，第307页
《捉拿张桂卿》		1900年10月	上海英租界桂仙戏园	谳员翁延年与美国领事罗馆翻译白保罗	淫秽不堪	罚洋银二百元	《海谳罚词》，《晚清报载小说戏曲禁毁史料汇编》(上)，第301页
《卖胭脂》《月华缘》	丁日昌单、沈秉成单、陈福勋单、黄承乙单、罗嘉杰单、黄彭年单、张辰单，1906年5月天津巡警总厅禁单	1900年	上海英租界春仙戏园	谳员张辰与陪审官梅尔思	违禁私演淫戏	罚罚洋五十元充公	《淫戏罚词》，《晚清报载小说戏曲禁毁史料汇编》(上)，第304页
		1901年9月	上海英租界群仙女戏园	谳员张辰	淫戏	罚洋五十元	《演唱〈卖胭脂〉判词》，《晚清禁载小说戏曲禁毁史料汇编》(上)，第315页

续表

剧目	列入禁单情况	时间	地点	查禁官员或部门	查禁原因	查处方式	资料来源
《小上坟》《小荣归》	陈福勋单、黄承乙单、罗彭年杰单、黄嘉单、张辰单	1910年10月	台南永庆茶园	监临警官	淫戏	当场制止罢演，改换他剧	《禁止淫戏》，《晚清报载小说戏曲禁毁史料汇编》（上），第469页
		1902年1月	上海英界会仙鬘儿戏馆	谳员张辰与陪审官伟晋颂	易其名曰《小荣归》，雨意云情，描摹尽致	判词洋银一百元	《海淫重罚》，《晚清报载小说戏曲禁毁史料汇编》（上），第319页
《大少拉东洋车叫出局》		1902年11月	上海英界丹桂茶园	谳员张辰	淫戏，描摹尽致，有违禁令	判词洋银一百元	《扮演淫戏判罚》，《晚清报载小说戏曲禁毁史料汇编》（上），第326页
《张桂卿吊膀子》		1903年9月	上海英租界玉仙戏园	谳员孙建臣	通奸等情，备极淫秽	罚洋银五百元，违则枷号三月，游街示众，然后收禁西狱二年	《海淫宣判》，《晚清报载小说戏曲禁毁史料汇编》（上），第334页
《大闹灵鹫寺》		1905年4月	苏州大观戏园	工程局会审委员洪雨振	皮市街某纱缎庄以皮市戏系伊家丑事，请官禁止	知照戏园停演	《求禁淫戏》，《晚清报载小说戏曲禁毁史料汇编》（上），第350—351页

续表

剧目	列入禁单情况	时间	地点	查禁官员或部门	查禁原因	查处方式	资料来源
《美利坚虐制华人抵制美货》		1905年9月	松江府中学堂	松江知府田庚	原因未说明。当为担心激起排外活动	为学务处所知，致电禁田庚以做	《电禁学堂演戏》，《晚清报载戏曲史料汇编》(上)，第356页
《芬兰国被俄所灭》		1905年9月	松江府中学堂	松江知府田庚	原因未说明。当为担心激起排外活动	为学务处所知，致电禁田庚以做	《电禁学堂演戏》，《晚清报载戏曲史料汇编》(上)，第356页
《杀皮》	黄承乙单、罗嘉杰单	1906年7月	北京宝胜和班	京师外城警厅	淫戏	罚洋三十元	《演唱淫戏被罚》，《晚清报载戏曲史料汇编》(上)，第364页
《五百银》		1907年6月	天津河北天桂茶园	巡警二局一区	淫戏	议讯外，票明总局重申前禁	《演唱淫剧被罚》，《晚清报载戏曲史料汇编》(上)，第389页
《旧金山虐待华工》		1907年底至1908初	福州	某国领事照会洋务局查禁	最易激动下等社会	不准搬演	《禁演新剧》，《晚清戏曲禁毁史料汇编》(上)，第397页

续表

剧目	列入禁单情况	时间	地点	查禁官员或部门	查禁原因	查处方式	资料来源
《马叻加招工情形》		1907年底—1908年初	福州	某国领事照会洋务局查禁	最易激动下等社会	不准搬演	《禁演新剧》,《晚清报载小说戏曲禁毁史料汇编》(上),第397页
《苦越南》		1907年	云南丽江	法国领事向清朝地方官施压	激发民众爱国热情	禁演	《中国戏曲志·云南卷》,第27页
《新安驿》		1909年7月	上海英租界桂戏园	老闸捕房	情状淫亵	派探查究	《查禁淫戏》,《晚清报载小说戏曲禁毁史料汇编》(上),第438页
《尼姑养儿子》(《卖草囤》)	丁日昌单	1909年8月	上海英租界高升戏园	会审公廨	因事涉淫亵	捕头禀请公廨传究	《演淫戏》,《晚清报载小说戏曲禁毁史料汇编》(上),第440页
《越南亡国惨》		1909年	北京	警厅	触及法国利益	尚未演唱,被法人探悉,商警厅请为禁止	《法畏中国民气发涨》《晚清报载小说戏曲史料汇编》(上),第452页
《遗翠花》	1906年5月天津巡警总厅禁单	1910年1月	上海英租界	谳员宝颐与陪审官	表演淫态	戏不在禁例,姑宽免查究,谕以后留意	《原非淫戏》,《晚清报载小说戏曲禁毁史料汇编》(上),第454页

续表

剧目	列入禁单情况	时间	地点	查禁官员或部门	查禁原因	查处方式	资料来源
《四老爷打面缸》（《打面缸》）		1910年2月	上海县叉袋角一带	黄正巡官	奇形丑态，不堪名状	为首三人各责手心一百下，具结交保	《违禁赛打干当》，《晚清报载戏小说史料汇编》（上），第456—457页
《拾玉镯》		约1910年初	依兰县城利和茶园	不详	淫戏	罚洋银三十元充公	《禁演淫戏》，《晚清报载小说戏曲史料汇编》（上），第458页
《瑞云庵锄女僧》（《白衣救难》《瑞云庵》）		1910年3月	哈尔滨会仙茶园	警务公所	淫戏	传令改演他戏	《禁演淫戏》，《晚清报载戏曲小说史料汇编》（上），第460页
《国会血》		1910年5月	奉天鸣盛、天仙茶园	日本领事向奉天警察局抗议	爱国新剧	警察局下令取缔，茶园被迫停业	《中国戏曲志·辽宁卷》，第23页
《哀湖南》		1910年5月	奉天鸣盛、天仙茶园	日本领事向奉天警察局抗议	爱国新剧	日本领事向奉天警察局抗议，警察局下令取缔，茶园被迫停业	《中国戏曲志·辽宁卷》，第23页

续表

剧目	列入禁单情况	时间	地点	查禁官员或部门	查禁原因	查处方式	资料来源
《卖油郎独占花魁》《卖油郎》《占花魁》	丁日昌单	1910年10月	哈尔滨傅家店庆丰茶园	警务局	淫戏	罚洋十四元	《演淫戏被罚》,《晚清报载小说戏曲禁毁史料汇编》(上),第469页
《打扛子》《双脱衣》		1910年11月	铁岭茶园	巡警二区田巡官	及至《脱库》一场,程土大备着秽亵情态	立逐该伶下台,并责备园主不准再用该伶	《驱逐淫伶》,《晚清报载小说戏曲禁毁史料汇编》(上),第470页
《皖北水灾》		1911年5月	芜湖大马路文明舞台	巡警总办丁翰年	原因不详	因有日本领事照会,照常开演	《芜湖警务总办严禁演剧风潮》《芜湖演剧续志》,《晚清报载小说戏曲禁毁史料汇编》(上),第480页

注释:①列入禁单情况:"丁日昌单"指同治七年(1868)丁日昌开列应禁淫词小说单目。"沈秉成单"指同治十三年(1874)上海道台沈秉成禁淫戏单目。"陈福勋单"指光绪八年(1882)上海公共租界会审谳员陈福勋禁淫戏单目。"黄承乙单"是指光绪十一年(1885)上海公共租界会审谳员黄承乙禁淫戏单目。"罗嘉杰单"指光绪十一年(1885)上海公共租界会审谳员罗嘉杰禁淫戏单目。"黄彭年单"指光绪十六年(1890)江苏布政使黄彭年禁淫戏、强梁戏单目。"屠作伦单"指光绪二十一年(1895)上海公共租界会审谳员屠作伦禁演新戏单目。"张辰单"指光绪二十七年(1901)上海公共租界会审谳员张辰禁淫戏单目。

上表是据已见史料统计出的 62 桩晚清戏曲案件,涉案剧目 45 种,从地区、剧种和司法等角度看,主要特点如下:

(一)案件集中于上海租界

从案发地点看,有 35 桩案件发生于上海租界,占戏曲案件之多数。此主要原因有三:其一,上海为晚清演剧中心,租界戏园林立,竞争激烈,违禁剧目搬演频繁、名目较多,当时租界各戏园"但广招徕,不知顾忌,于是竞演淫戏,浪词亵态,摹绘尽情。"[①]其二,晚清报刊集中在上海等城镇,戏曲案件属社会新闻,被报刊采编入报得以保存。与之对应,其他衙门档案或因戏曲案件轻小而不载,或因档案遗失,以致晚清衙门有关戏曲案件的档案今天很难见到。其三,会审公堂禁止淫戏活动得到了工部局和巡捕房一定程度的支持和配合,查获违禁较多。租界章程有禁止扮演"淫戏"的规定,上海租界警察制度建立较早,租界警察是缉获违禁剧目的主要力量。其余京师、天津、杭州、苏州、福州、哈尔滨等地也有戏曲案件发生,说明戏剧管理是晚清地方行政事务之一,其中 8 起案件由清朝警察查处,说明清末警察已经成为戏曲管理力量。戏曲案件基本发生在城镇,这是因为官方权力集中在城镇、耳目易周。

(二)禁单指导了具体查禁

从禁单与涉案剧目的关系上看,有两个特点:其一,共有 21 种曾被列入禁单的剧目遭到查禁,可见禁单对查禁活动有一定的指导作用,晚清官吏一定程度上依据禁单执行了禁戏政策。案件对禁单也有一定的丰富作用,例如《三上吊》最早于 1881、1885 年在苏州查禁,1890 年进入黄彭年禁单。其二,共有 24 种未列入禁单的剧目遭到查禁,说明在禁毁管理政策的背景下,执行者享有一定的主动权,他们可以根据演出实际情况或个人意愿采取查禁行动。晚清中央政府虽未颁布全国性禁戏单目,但一些剧目如《翠屏山》《斗牛宫》《杀皮》等在上海、北京甚至在日本殖民的台南都曾发生查禁案件,说明官方对"淫戏"的认定和管理上有一定共识。

---

① 《禁止演唱淫戏说》,《晚清报载小说戏曲禁毁史料汇编》(下),第 630 页。

（三）涉案剧目以京剧为多

从剧种上看，案件所涉剧目多是京剧剧目，这与时人记载基本吻合。当时有舆论指责京剧多是违禁剧目："识者谓京班中所演之戏，无非海盗海淫，本在可禁之列。"①孙家振《昔年之禁戏十八出》记载上海租界查禁淫戏十八出，"属于京徽者十五，属于乱弹者二，昆戏者一，秦腔戏则独无。"②孙家振所说 15 种被禁京剧剧目，与上表重合者有《卖胭脂》《小上坟》《送灰面》《杀皮》《打杠子》等 5 种，加上他还提及的《珍珠衫》《遗翠花》，实际有 7 种。1874 年 1 月，上海道台沈秉成开单查禁京剧淫戏 12 种，上表涉案剧目与之重合者有《翠屏山》《梵王宫》《送灰面》《巧姻缘》等 4 种。其余新戏如《难中福》《左公平西》等也是京班排演的时事剧。在商业竞演中迎合观众、媚俗市场是晚清京剧多违禁剧目的关键原因。晚清京剧南下上海，迅速压倒其他剧种："自有京班百不如，昆徽杂剧概删除。"③至 1870 年代初，沪上租界"大小戏园开满路，笙歌夜夜似元宵。"④戏园商业竞演激烈。在商业竞演中，戏园主和优伶为迎合沪人喜新厌旧心理，竞相编演淫戏、新戏，"非装点邪淫、目为新戏不足新人耳目，而广招看客，大获看资，此则京班、徽班、广班比比皆然。"⑤至 1880 年代，"京班戏几于通行各省"，⑥搬演所谓违禁之风，亦传至各处，在苏州，"京班淫戏狎亵之态，穷形尽相，几于不堪注目。"⑦上海租界频繁查禁淫戏，"各戏园营业不无清淡，相率排演新戏，以资号召座客。"⑧于是又有《水火报》《左公平西》等涉嫌有损名臣和官员尊严的时事新剧被勒令停演。

（四）案件判罚多处以罚金

从量刑上看，主要有罚金、笞刑、枷示，其中判处罚金最多，共计 21 个

---

①《伶人逮案》，《晚清报载小说戏曲禁毁史料汇编》（上），第 202 页。

②熊月之主编《稀见上海史志资料丛书》（2），上海书店出版社 2012 年版，第 263 页。

③忏情生《续沪北竹枝词》，《申报》1872 年 5 月 18 日，第 4—5 版。

④晟溪养浩主人《戏园竹枝词》，《申报》1872 年 7 月 9 日，第 2 版。

⑤《请禁邪戏女伶议》，《晚清报载小说戏曲禁毁史料汇编》（下），第 521 页。

⑥《伶人逮案》，《晚清报载小说戏曲禁毁史料汇编》（上），第 202 页。

⑦《禁妇女观剧》，《晚清报载小说戏曲禁毁史料汇编》（上），第 195 页。

⑧熊月之主编《稀见上海史志资料丛书》（2），上海书店出版社 2012 年版，第 264 页。

案件被判处罚金,说明移植的罚金刑已经成为晚清戏曲案件量刑的主要刑种;没有予以判罚的案件也较突出,共计 21 个违禁剧目仅要求停演、未作判罚。从量刑上看,晚清戏曲案件量刑已经抛弃了《大清律例》规定的杖、徒、流等刑,实现了轻刑化,但任意判罚、标准不一的现象突出,表现在:罚金数量自十元至数百元不等;同属违禁,勒令停演、不作判罚的案件所在多有,还有处以刑律无载的笞手心、掌颊等惩罚。可见,尽管晚清戏曲案件量刑已经实现了轻刑化,但在审判中普遍存在近似的违禁不作近似判罚的现象。换言之,晚清戏曲管理法制虽已开始了近代化变革,但人治现象仍旧突出。

二、涉案原因

从案件指控来看,涉案剧目被禁原因可分为以下四种类型:

(一)情色表演诲淫

涉案的 45 种剧目中,有 30 个剧目被指责为诲淫,占 67%。造成此现象的根本原因是:其一,清中叶以后剧场流行情色剧目甚至是色情表演,呈愈禁愈盛之势;其二,地方官和绅士主导了晚清禁毁活动之后,把戏曲是否有益基层社会教化作为首要标准,伤风败俗的"淫戏"成为重点禁抑对象。结合判罚和戏剧内容,涉案剧目被控"淫戏"的原因又可分为如下四种情况:

1. 背弃父母之命等礼教规范的爱情剧。如《梵王宫》《卖胭脂》《拾玉镯》《遗翠花》等。《梵王宫》中的花云与耶律含嫣、《卖胭脂》中的郭怀与王月英、《拾玉镯》中的傅朋与孙玉娇,《遗翠花》中的翠香主婢与书生秋珊,都是背着家长私订终身、自由相爱。在官方和道德之士或家长看来,搬演此类暗约偷期的戏剧不啻是鼓励背越礼教和倡导大逆不道。

2. 有嫖、强奸、通奸、诱奸、偷情等关目的戏剧。如《翠屏山》《杀皮》《珍珠衫》《杀子报》《狼心狗肺》有通奸关目,《卖油郎》《大少拉东洋车叫出局》有嫖娼关目,《打斋饭》《张桂卿吊膀子》《捉拿张桂卿》有强奸关目,《卖草囤》《双沙河》则有偷情关目。传统伦理道德忌讳公开谈性,许做不许说,所谓"中冓之言,不可道也。"[①]这些剧目搬演的不仅是中冓之言,而且把有悖

[①]赵逵夫注评《诗经》,凤凰出版社 2011 年版,第 51 页。

人伦的强奸、通奸或偷情公开扮演、伤风败俗。官方指责有和尚试图强奸妇女关目的《打斋饭》"淫亵之状,足令见之者心荡神移。"①指责有调情(吊膀子)、偷情(上台基)关目的《狼心狗肺》"情节淫亵不堪"②,都是从这些剧目足以败坏风俗方面考虑。例如,《捉拿张桂卿》(《张桂卿强奸乡妇》《张桂卿吊膀子》)所演的张桂卿,是晚清沪上著名流氓头目,手下有流氓80余名,专做抢劫妇女、勒索钱财、劫持人质等勾当。《捉拿张桂卿》中有张桂卿向湖丝阿姐吊膀子、诱至庙中逼奸等情节,据目击的包探说,表演时"备极淫秽"③。

3. 穿插打情骂俏、性暗示、性挑逗等科诨逗乐。由于性"和每个人息息相关,从表达内容上看最具有通俗性,从传播对象上看最具有普泛性。"④性遂被戏剧编撰者和表演者当作提高娱乐效果最常用的手段。如《荡湖船》《打面缸》《打杠子》《送灰面》《小上坟》等剧目,为增加娱乐、迎合观众,或多或少都包含性暗示、性挑逗。演出时,伶人为迎合观众,还会增添与剧情无关的、指涉性挑逗的关目、唱词或道白。道白常见的方式是用双关语,表达性暗示,如"一个在上头,一个在下头。""我与你插上啦,再与你拔出来"等。⑤ 唱词多是低俗的调情挑逗,清代以来流播甚广的《打花鼓》中的一段唱词:"南方人儿太猖狂,姐儿搽粉巧梳装,床前抱著情哥睡,下面伸手扯裤裆。"⑥广东汉剧《打花鼓》有这样一段唱词:"姐在房中睡沉沉。双手推开姐房门,双膝跪在尘埃地。搭救搭救小残生。搭救搭救小残生。"⑦此类游离剧情之外、表现偷情调情的唱词,目的是用性来增加、宣泄娱乐快感。由于优伶把增添低级庸俗的关目或道白、唱词作为取悦观众的绝招,不少本来并不庸俗下流的剧目,如《小逛庙》《小上坟》等,也成为被禁的淫戏,陈鸣山演《十三妹》等剧"满口秽言,不堪入耳。"⑧营口桂仙落子园表演《双锁山》《绣汗衫》等剧,"说白备极淫浪,其揣摩丑态,不啻一幅活春

<hr>

① 《戏园受罚》,《晚清报载小说戏曲禁毁史料汇编》(上),第281页。
② 《淫戏宜禁》,《晚清报载小说戏曲禁毁史料汇编》(上),第301页。
③ 《严惩海淫》,《晚清报载小说戏曲禁毁史料汇编》(上),第333页。
④ 杨柳《性的消费主义现象研究》,上海大学出版社2010年版,第101页。
⑤ 余余《关于京戏里面性的表演》,《戏剧半月刊》1937年第1卷第1期。
⑥ 黄婉仪编注《汇编校注〈缀白裘〉》,台湾学生书局2017年版,第1264页。
⑦ 夏玉润主编《凤阳花鼓全书·文集卷》,黄山书社2016年版,第414页。
⑧ 《陈鸣山之下流》,《晚清报载小说戏曲禁毁史料汇编》(下),第812页。

宫。"①甚至低俗到观众难以接受的地步，优伶李宗亮与女伶一起表演时，"淫语丑态，竟有越乎规矩之外者，观者无不唾骂于风化大有妨碍，计惟有驱逐该伶出境而已。"②晚清剧场低级庸俗的表演于此可见一斑。

4.刻意进行露骨的色情表演。此类表演比性暗示、性挑逗等科诨逗乐更加露骨。从官方指控上看，露骨描摹两性关系是打击海淫剧目的重点。如《翠屏山》"装点未免太过。"③"潘巧云与僧人海实利相会时过于淫亵。"④《双沙河》"淫声浪态，刻意描摹。"⑤对于色情表演的标准，古今差异较大，且主观性强。整体上看，古代标准保守、严格，舞台上接吻拥抱即被视为刻意描摹丑态；现代标准开放、宽容，床笫之私在影视中早已大行其道。时人说《珍珠衫》《遗翠花》《小上坟》等剧表演时"多淫秽不堪寓目。"⑥即使有诱奸、偷情、通奸等关目，只要处理得当，并非不可搬演。从表中查禁原因可以看出，官员屡屡指责这些剧目"极意描摹""描摹尽致""不可言状"，说明这些剧目关目上的问题仅是查禁的部分原因，优伶表演方式是查禁的另一部分原因。清人一般认为清代剧场色情表演的始作俑者是魏长生，"厥后人人效之，遂开风气。"⑦实际上，古代不少神庙剧场一直存在着男女交合情状的直观性表演，它是上古社祭风俗的遗存，魏长生是否受到这种风俗的启发不得而知。魏长生以降，色情扮演风气流行，部分优伶专攻亵态，以悦观众，京师名伶一汪水"扮戏专重淫荡一流，如《卖胭脂》《战宛城》，以色身示人，备诸亵状，做工唱工，举所不讲。"⑧晚清剧场继承了清代中叶色情扮演风气，势炎愈炽："嘉道咸同以来，梨园中淫戏杂出，秽亵之状，竟有不堪寓目者。"⑨根据官方指责与时人记载，伶人表演的海淫亵状主要包括以下两种类型：

（1）描摹男女交合情状。涉及男女风情的剧目大多或显或暗地存在交

①《再志淫戏宜禁》，《晚清报载小说戏曲禁毁史料汇编》（下），第794页。

②《淫伶急宜驱逐》，《晚清报载小说戏曲禁毁史料汇编》（下），第799页。

③《春仙茶园停演夜戏》，《晚清报载小说戏曲禁毁史料汇编》（上），第438页。

④《女伶扮演淫妇之活剧》，《晚清报载小说戏曲禁毁史料汇编》（上），第472页。

⑤《演唱〈双沙河〉判罚》，《晚清报载小说戏曲禁毁史料汇编》（上），第239页。

⑥熊月之主编《稀见上海史志资料丛书》（2），上海书店出版社2012年版，第264页。

⑦《论官长示禁淫戏凶戏宜摘其关目》，《晚清报载小说戏曲禁毁史料汇编》（下），第612页。

⑧傅谨主编《京剧历史文献汇编》（捌），凤凰出版社2010年版，第246页。

⑨《请禁邪戏女伶议》，《晚清报载小说戏曲禁毁史料汇编》（下），第521页。

合关目,舞台表现时一般有委婉含蓄和直观露骨两种方式。清代中期以后,许多优伶和戏班为吸引观众,选择直观露骨的表现方式,"生旦诨谑,搂抱亲嘴,以博时好"①,犹属小巫,大巫者直接表演大体双。为逼真再现男女交合情状,有的优伶将床帐等道具搬上舞台,王德官演《狐狸偷情》一出,"场上预设纱幕,至其中以锦衾覆半体,假出玉笋双峰,蠢然特立。"②《战宛城》表演张绣婶娘与曹操同宿账内时,"两只三寸金莲露了出来。"③有的优伶则逼真再现性交动作,《大闹葡萄架》是《金瓶梅》中淫秽描写代表之一,清代中期以后被搬上舞台,据载白二常演此剧,观者俱眉飞色舞,具体表演时怎么个"娇媚"④法不得而知。成书于乾隆年间的《妖狐艳史》描写《大闹葡萄架》的演出情形,有助于我们遥想当年该剧的火辣表演:"两边的小生小旦,俱是穿的靠身白亮纱裤,做的贴皮贴肉,下半截如赤条条的身子一般,两下的小生阳物高耸,二下里的小旦,金莲高吊放在唱生的肩头,相搂相抱,阳物对着阴户,如鸡食碎米,杵确捣蒜一般。"⑤这种露骨表演,的确不堪入目。除了大体双之类的露骨表演,清末民初的优伶在表演《珍珠衫》《关王庙》时,还用手势模拟表演性交动作,"辄以手作苟合状,俗不可耐。"⑥

　　时人记载,晚清伶人在表演男女交合之状时,常用脱衣、咬手巾、晃动帐子、系裤子等动作,几近程式,"手提着裤子,口咬着手巾,哼哼唧唧……甚至帐子动弹,解怀露胸。"⑦剧场色情表演风行,每有"这儿脱衣,那儿解带;对面拉扯,当面拥抱。"⑧《九尾龟》第一百四十七回《演活剧刻意绘春情 傲淫风当场飞黑索》,对晚清优伶表演此类淫亵关目有过描写。该回叙写名伶冯月娥表演官方屡禁剧目《卖胭脂》,观众甫见冯月娥出场,"齐齐的喝一声彩,轰然震耳。"冯月娥表演"买胭脂调戏"一场时,与小生捻手捻脚,滚作一团,眉目间做出种种荡态,又把纱衫卸下,只扎着一个粉霞色西纱抹胸,衬着高高的两个鸡头。她装扮欲火满足之态:口中咬着一方手帕,歪着

①中国戏曲志编辑委员会《中国戏曲志·北京卷》(上),中国 ISBN 中心 2000 年版,第 138 页。

②傅谨主编《京剧历史文献汇编》(壹),凤凰出版社 2010 年版,第 141 页。

③黄裳《旧戏新谈》,开明出版社 1994 年版,第 20 页。

④张次溪编纂《清代燕都梨园史料》(上),中国戏剧出版社 1988 年版,第 25 页。

⑤齐文斌主编《明清艳情禁毁小说精粹卷 3·妖狐艳史》,延边出版社 1999 年版,第 187 页。

⑥冠吾《梨园杂记》,《小说新报》第 5 期,第 5 页。

⑦《妇女不可听戏》,《晚清报载小说戏曲禁毁史料汇编》(下),第 678 页。

⑧《蹦蹦戏亟宜严禁》,《晚清报载小说戏曲禁毁史料汇编》(下),第 679 页。

个头,斜着个身体,软软绵绵地倚在小生肩上,好似没有一丝力气。① 冯月娥装扮脱衣、滚抱、露胸、口咬手巾等性爱关目,与时人所载剧场常见淫秽关目一致,既可证时人所载不虚,也可说明淫亵类关目在晚清剧场流行和受到热捧。除了把床、帐子等道具表演性爱之外,有的伶人还突发奇想,使用紧身衣、鸡蛋清等道具,甚至脱衣露体地表演。1904 年,镇江西城外宝丰戏园,男女伶合演时,"裸身露体,备极丑态。"②描摹男女交合之状风行剧场,1908 年 4 月,上海法租界会审公堂谳员聂宗羲微服私访界内各花鼓戏园,查见多家戏园"扮演男女交合状,淫亵殊难目睹。"③晚清上海法租界戏园数量远比英租界少,从此次聂宗羲处罚戏园共计 9 家可见,晚清剧场流行描摹男女交合情形的确大行其道。

(2)生旦搂抱亲吻、手足勾挑、目成眉语等表演。解衣露胸和表演交合之外,优伶还表演男女接吻、搂抱等亲昵动作,这在男女授受不亲的年代,为正统礼法所不容,如表演接吻:"笑咪咪的眼,红敷敷的脸,嘴对嘴儿,手拉手儿。"④表演性暗示的拥抱、亲吻等下场动作,许多剧目皆有,生旦下场时,或生抱旦下,如"贴作不肯,付抱下。"⑤或亲嘴下,如"亲嘴浑下";⑥或搂下,如"搂贴下。"⑦《翠屏山》中表演潘巧云和海阇黎幽会时,下场时即用此类动作⑧。此外,一些剧目如《打扛子》《新安驿》等,有宽衣解带关目,把握尺度在露与不露之间,如果选择性诱惑或庸俗的露体表演,遭受有伤风化的指控也属正常。

民国以后,男女关系有了较大解放,有人主张在舞台上大设床帐、袒裼裸裎,方称之淫戏;其他男女手足勾引、合抱抚肩下场的表演都不能谓之淫戏。⑨ 但在男女授受不亲等礼教规范依然强大的晚清,舞台表演男女手足勾引、打情骂俏就已经超越了当时的道德规范,更遑论裸体露裎、两性交合

---

① 张春帆著《九尾龟》(下),中国戏剧出版社 2003 年版,第 877 页。
② 《严禁戏园演唱淫戏》,《晚清报载小说戏曲禁毁史料汇编》(上),第 95—96 页。
③ 《扮演淫戏罚锾》,《晚清报载小说戏曲禁毁史料汇编》(上),第 401 页。
④ 《妇女不可听戏》,《晚清报载小说戏曲禁毁史料汇编》(下),第 678 页。
⑤ 《义侠记·做衣》,见黄婉仪编注《汇编校注〈缀白裘〉》,台湾学生书局 2017 年版,第 968 页。
⑥ 《孽海记·下山》,见黄婉仪编注《汇编校注〈缀白裘〉》,台湾学生书局 2017 年版,第 1605 页。
⑦ 《梆子腔·戏凤》,见黄婉仪编注《汇编校注〈缀白裘〉》,台湾学生书局 2017 年版,第 2267 页。
⑧ 苏少卿《苏少卿戏曲春秋》,上海书店出版社 2015 年版,第 97 页。
⑨ 苏少卿《苏少卿戏曲春秋》,上海书店出版社 2015 年版,第 362 页。

之类了。寻根溯源,性和色情对读者或观众具有较大吸引力的要因有三:

其一,追求性满足是色情吸引力的根本原因。经过进化,人类成为高度性感的动物,人类已不需要动物的发情期,语言、文字、图像、声音等作用于人的视觉、听觉、触觉、嗅觉都可以激发性欲,获得一定程度的性满足。并且人类具有感受和体验性快乐的中枢神经系统,对性欲的追求和满足超越了动物的生殖本能,成为快乐享受,"人类的性活动,恰恰是以快乐为其直接的客观目的,而生殖却是追求快乐中的副产品,或者说是性活动的间接客观目的。"①但是受伦理道德、法律制度、风俗习惯、生产劳动、生理机能等限制,人类的性满足一直处于压抑状态,小说戏曲的色情描写或表演,可以直接激起读者和观众的性兴奋点,既部分获得了性满足,也代偿了性压抑,这是色情描写与表演刺激人吸引人的源泉。

其二,偷窥性隐秘是色情吸引力的重要原因。受伦理道德、法律制度、风俗习惯的制约,人类性行为要求在隐秘空间进行。小说戏剧的性描写和表演却将这种隐秘行为公诸于众,小说中的色情描写往往具有画面感,戏剧中的色情表演更是直观形象,二者异曲同工,皆颠覆了人类性行为要保持秘密性的禁忌,读者和观众是以旁观偷窥者的身份观赏这种颠覆。颠覆伦理道德、风俗习惯、法律制度不仅本身就能获得快感,而且偷窥还可以获得性满足。偷窥欲一般人人皆有,偷窥不仅满足了好奇心,而且满足了视听刺激和大脑对性的想象,这也是古代闹洞房、听房风俗流行的心理原因。此方面男性偷窥欲又强于女性,"因为男性大多视觉体验发达,他们仅凭视觉刺激就可迅速调动性欲望,并达到某种程度上的性满足。"②观赏小说戏曲中的色情描写或展演,可以释放日常欲看不得的压抑和痛苦,获得快感、满足感等情感体验。

其三,观者较低的审美趣味也不容忽视。审美趣味有高尚与鄙下、健康与粗俗之别,粗鄙审美趣味的人爱好低俗和粗俗。整体上看,晚清小说戏曲受众以文化程度不高的市民、商人、农民、工匠居多,他们审美趣味相对低下,情色、凶杀等关目更能刺激他们的力比多(libido)。时人看到,剧场搬演《荆钗记》《琵琶记》等教化剧,观众皆意兴索然,倦而思卧,如果搬演

---

①潘绥铭《神秘的圣火——性的社会史》,河南人民出版社 1988 年版,第 174 页。
②肖雪萍《人人都有偷窥欲》,《百科知识》2015 年第 2 期。

《葡萄架》《烤火》《滚楼》等情色剧，"观者俱眉飞色舞，津津乎有余味焉。"①"演忠孝节义故事，而人皆望望然去之，惟演《杀子报》《南楼传》《双摇会》《翠屏山》等剧，虽丑态毕露，而台下喝采之声且不绝于耳。"②大多数观众偏好情色的趣味左右了演出内容和形式："如今戏园子里你听罢，拍案惊奇，大声疾呼，叫好的，拍掌的，不用问，必是淫戏。"③伶人欲站稳舞台，必须迎合大多数观众的趣味："旧剧花旦戏不问情节之如何，惟以诲淫为唯一之目的，手挥目送、撩衣咬巾、接吻描淫态、交指作哑谜、刻意摹绘丑态以敷衍时间，迷惑座客。"④于是并非淫戏的，扮成淫戏，"《斗牛宫》本非淫戏，而男女优人亦故作出一种淫亵状态。"⑤《送灯》也本是一整本极好的剧本，清末北京戏园优伶表演该剧时，"一生一旦在帐子内坐着，打开帐子，二人都像完全赤体一样，盖各用极薄粉色绸子，做了一身裹在身上的衣服。"⑥剧场流行情色是观众、演员和戏班"合谋"的结果，观众鼓掌、哄堂，优伶则"自鸣得意，更加宣淫，狂荡笑骂，毫无顾忌。"⑦为招徕观众，一些戏园甚至强迫优伶在演出中必须脱衣露体⑧，低俗表演遂风行不止。

在舞台色情表演流行的演艺风气下，优伶、戏班为迎合观众、竞相媚俗。如同当今国内外许多影视明星成名之前有过一段艳星的演艺经历一样，晚清许多优伶在没有身价之前，为迎合观众，也会在诲淫关目或剧目上下功夫。时人总结云："庸劣旦角至名旦之过渡：唱淫戏。"⑨演唱淫戏，既扩大了受众，也提高了优伶的名气，表演色情剧目是许多优伶养家糊口、吸引观众的必由之路。

（二）担忧触犯列强

计8个剧目。晚清中国屡挫于列强，内忧外患，危若累卵。一批志士

---

① 王利器辑录《元明清三代禁毁小说戏曲史料（增订本）》，上海古籍出版社 1981 年版，第 225 页。
② 《观天娥旦演〈烧骨记〉有感而书》，《新闻报》1896 年 12 月 18 日，第 1 版。
③ 《妇女不可听戏》，《晚清报载小说戏曲禁毁史料汇编》（下），第 678 页。
④ 玄郎《论改良旧剧》，《申报》1913 年 1 月 7 日，第 10 版。
⑤ 《淫戏宜禁》，《晚清报载小说戏曲禁毁史料汇编》（下），第 789 页。
⑥ 齐如山著，梁燕主编《齐如山文集》（第五卷），河北教育出版社 2010 年版，第 164 页。
⑦ 《淫戏宜禁》，《晚清报载小说戏曲禁毁史料汇编》（下），第 812 页。
⑧ 《中国戏曲志》编辑委员会《中国戏曲志·黑龙江卷》，中国 ISBN 中心 1994 年版，第 24 页。
⑨ 奇想客《过渡》，《自由杂志》1913 年第 1 期，第 12 页。

编演呼吁爱国保种的戏剧,希望能唤起民众的民族主义感情,参与救国运动。因害怕这些宣泄反帝情绪的戏剧激起民众排外运动,清朝官员或主动查禁,或在外国势力的压迫下查禁,《芬兰国被俄所灭》《美利坚虐待华人抵制美货》《旧金山虐待华工》《马叻加招工情形》《越南亡国惨》《苦越南》等即为其中代表。这 6 个剧目的内容可分为两类,《美利坚虐待华人抵制美货》《旧金山虐待华工》《马叻加招工情形》是演华人在国外遭受歧视和虐待事,以唤醒国人团结自强;《芬兰国被俄所灭》《越南亡国惨》《苦越南》则是演他国亡国事,以警醒国人爱国救国。《美利坚虐待华人抵制美货》《芬兰国被俄所灭》是清朝官员主动查禁,《越南亡国惨》是法人商请京师警厅查禁,《苦越南》在昆明也为"法使所綦"①而遭到禁演。《旧金山虐待华工》《马叻加招工情形》则是某国领事照会福建洋务局查禁,因为此类剧目"最易激动下等社会。"②《国会血》《哀湖南》是同盟会会员刘艺舟编排的话剧,主旨为抨击封建专制、鼓吹爱国思想。1910 年 5 月,刘艺舟在奉天会同秦腔女伶丁香花、杜云卿等在鸣盛、天仙茶园演出时,日本领事向奉天警察局提出抗议,警察局迫于日方压力,"下令取缔,茶园被迫停业。"③因害怕殖民地人民觉醒而施压查禁爱国戏剧,殖民者色厉内荏的本质可见一斑。这些剧目的上演和被禁都发生在清末,可见其时反帝救亡运动正在深入开展,此类剧目被禁一定程度上可见晚清禁戏的半封建半殖民地色彩。至于 1911 年五六月间芜湖大马路文明舞台依仗日人势力,无视清朝官方禁阻上演《皖北水灾》,亦是晚清禁戏半殖民色彩的一个显例。

(三)有损尊严名誉

即涉嫌个人、团体、家族、官员等名誉尊严的原因,计 5 个剧目。《水火报》《左公平西》(《扫尽叛逆》)《难中福》由于扮演晚清近事,官方认为亵渎大臣而遭禁。《水火报》是老丹桂于 1887 年排演的新戏,"其中关目大概劝人为善,而以果报之说动人听闻。"④剧中有伶人扮演巡抚及上海道等官员

---

①赵式铭《弢父六十自述》,转自:郑卫东《文明交往视角下纳西族文化的发展》,云南民族出版社 2011 年版,第 470 页。

②《禁演新剧》,《晚清报载小说戏曲禁毁史料汇编》(上),第 397 页。

③《中国戏曲志》编辑委员会《中国戏曲志·辽宁卷》,中国 ISNB 中心 1994 年版,第 23 页。

④《俭啬辨》,《申报》1889 年 2 月 12 日,第 1 版。

登台劝捐的关目，上海道台龚照瑗认为优伶以低贱的身份扮演现任大员，亵渎尊严，饬令谳员蔡汇沧查禁。蔡遂拘提新丹桂园主想九霄到案，具结不准再演①。1890年代沪上戏园竞争激烈，各戏园竞排新戏以资招揽，《左公平西》《铁公鸡》《鲍公十三公》都是在此背景下排演、反映晚清近事的剧目。《左公平西》演左宗棠平定西北事。1895年3月，天仪茶园率先创演，同年7月，谳员屠作伦以任情捏造、有亵前代名臣等为由禁演，该年12月，天仙茶园将其改名《扫尽叛逆》，继续搬演②。1897年6月，天福戏园搬演《扫尽叛逆》，被包探黄四福侦获，谳员屠作伦以"演本朝事迹，优孟而亵名臣"，判罚该园主武春山二十元③。此后，搬演《扫尽叛逆》的广告未再在晚清《申报》等报刊上刊载。《难中福》演曾国藩兄弟克服金陵事，1894年北京禁演是剧，原因与禁演《左公平西》等基本相同。古代戏曲有忌讳搬演本朝实事的传统，以避免触犯时忌，"戏扮故事，戏而正也，故演本朝事者，例所必禁。"④编演者为规避朝廷或权贵往往假托前朝。自金元以降，各朝帝王皆曾下旨或颁布律令，禁扮帝王圣贤。此方面，清代统治者要求更苛刻，不仅《大清律例》开列有禁扮历代帝王后妃及先圣先贤、忠臣烈士的规条，而且乾隆朝扬州设局查办违碍戏剧时，连装扮清朝服色及情节的戏剧，也均在删禁之列⑤。《红门寺》即因扮演本朝服色而被禁毁。晚清官方禁演时事剧，正是这种禁制传统的延续，其根本目的是维护统治集团的权威和尊严：一者，优伶乃四民之外的贱民，装扮帝王、官员，轻侮犯上；二者，优伶装扮装扮帝王、官员，供人娱乐，有损帝王和官员尊严；三者，专制社会，钳制言论，扮演本朝时事，可能涉嫌议论朝政官员，触犯时忌。

《火烧第一楼》《大闹灵鹫寺》则是涉嫌本事之当事人名誉，受到阻扰，由官立案禁演。《火烧第一楼》演繁华富丽甲于申江的阆苑第一楼被焚事。1886年2月12日，阆苑第一楼发生火灾，化为灰烬。其时沪上流行灯彩戏，老丹桂即以第一楼被焚事加以装点、出以科诨，排成《火烧第一楼》等新戏，第一楼股东认为这是把他们受灾情形当作娱乐佐料，"以其有心侮弄，

①《优孟衣冠》，《晚清报载小说戏曲禁毁史料汇编》（上），第214页。
②"天仙茶园"广告，《申报》1895年12月21日，第6版。
③《演唱〈左公平西〉判罚》，《晚清报载小说戏曲禁毁史料汇编》（上），第266—267页。
④《戏园扫兴》，《申报》1875年12月10日，第2版。
⑤丁淑梅《清代演剧禁治与禁戏制度化研究》，中国社会科学出版社2020年版，第19—20页。

情有不甘,欲纠人与该戏园为难。"①巡捕房恐酿事端,禀请谳员蔡汇沧传谕园主,不准演此新戏。《大闹灵鹫寺》演苏州灵鹫寺主持僧铭洲不守清规、窝藏妇女事。铭洲与巨商汪姓家黄汪氏和汪熊氏姑嫂二人在寺奸宿,隆庆寺主持炯庵闻之,唆使寺僧于1904年正月二十四日夜带同流氓捉奸,将铭洲当场捆缚,搜出女郎二人。炯庵佯为之劝解,让铭洲出五百元始释其缚。事后流氓人等拥至寺中,尽情毁物,炯庵也乘机侵夺、把持灵鹫寺产业。铭洲后被官府收禁于流氓公所,其艳事哄动一时,远近播扬②。《大闹灵鹫寺》一剧即以该实事为蓝本,"皮市街某纱缎庄以是戏系伊家丑事,请官禁止。"所谓的"某纱缎庄"即为"巨商汪姓"。据言苏州大观戏园的《大闹灵鹫寺》头两本已经编成,"某纱缎庄"送银元200枚至巡捕房禀充善举,并求工程局会审委员洪雨振设法禁止,洪遂知照该戏园停演③。《大闹灵鹫寺》被禁以后,在清末一度罢演,民国年间,经顾醒愚改编,该剧又重返苏、申等地戏园④。

(四)引发治安之虞

计1个剧目,即《三上吊》。《三上吊》大致剧情是:泼悍的婆婆虐待儿媳,媳不堪忍受,夜晚悲愤投缳,一吊死鬼正待向儿媳讨替身,恰遇入室行窃的窃贼,贼见而救之。儿媳投缳三次皆被窃贼救下,吊死鬼得不到替身,怒扑窃贼,窃贼飞奔逃窜,吊死鬼紧追不舍。因窃贼身手矫捷,吊死鬼始终不能将其捉住,天明时分,吊死鬼只得放弃逃走。窃贼于是叫醒婆婆,告知其儿媳意欲寻死之事,嘱咐以后要家庭和好,婆婆致谢,剧乃毕⑤。《三上吊》的武技在于吊死鬼追逐窃贼,窃贼飞奔逃窜,饰窃贼的演员在戏台上表演筋斗跳跃跌仆、攀爬铁杆和屋柱功夫,以惊险的身段动作取胜。1880年代以后,演员舍去戏台,在绳索上表演特技,简短的剧情也被弱化。甚至竞出新奇,植入各种特技表演。1894年10月,丹桂茶园的《三上吊》"今加添各样技艺,众鬼惊,贼急跳登绳,空中舞刀,仙人走线,悬空吊辫,鲤鱼翻身,

---

① 《停演新戏》,《晚清报载小说戏曲禁毁史料汇编》(上),第212页。

② 《金闾小志》,《申报》1904年3月18日,第3版;《淫僧入狱》,《申报》1904年4月4日,第9版;《淫僧禀请缴银赎罪》,《申报》1906年3月25日,第17版。

③ 《求禁淫戏》,《晚清报载小说戏曲禁毁史料汇编》(上),第350—351页。

④ "《大闹灵鹫寺》"广告,《申报》1916年7月10日,第16版。

⑤ 海上漱石生《梨园旧事鳞爪录:云里飞刀头觅睡》,《戏剧月刊》1928年第1卷第3期。

精练技艺,另出新奇。"①到了清末,《三上吊》剧中婆媳吵架、媳妇含愤自缢等情节甚至也被删去,"所演者仅系缢鬼追贼,以致情节毫无。"②至此,《三上吊》已演变为纯粹的杂技表演。1880—1900 年,《三上吊》演变为惊险的杂技表演,也是在这 20 年中,发生了多起搬演《三上吊》导致伶人和观众伤亡的事故。1884 年 3 月,《三上吊》传到北京,"都下喧传,当场出彩",西班在戏园搬演该剧时,伶人自空中跌下,砸伤观众数人,伶人生死未卜③;1887 年春,张恩祥在镇江庆乐戏园扮演《三上吊》,在离地四余丈的绳索上倒栽跌于椅背之上,旋即殒命④;有少年因观看《三上吊》,相与效仿,自缢身亡⑤。还有两顽童一个学窃贼,一个扮演吊死鬼,爬上搬演《三上吊》的铁杆,皆失手坠下,一跌毙,一摔成重伤⑥。由于扮演时伤亡事故频发,时人认为《三上吊》是最危险的戏剧,"戏剧中最危险者,莫如《三上吊》一出。"⑦"戏剧中《三上吊》一出,最属危险,令人心惊胆裂,不敢逼视。"⑧舆论也批评伶人自夸技艺、不惜性命:"何苦自夸武技,视性命如鸿毛乎? 若此伶者,虽可怜,而亦无足惜已。"⑨官方为避免伤生,遂禁演《三上吊》。1884 年 3 月,京师戏园搬演《三上吊》发生伶人跌落砸伤观众事故之后,官方遂于各戏园门首张贴告示,不准再演该剧⑩。1887 年春,张恩祥在镇江庆乐戏园跌落毙命后,该剧遂被丹徒县严禁,"此后无论何园,不准再演此剧。"⑪晚清官方从防止伤亡事故的角度,对《三上吊》进行禁演管理确有必要,值得肯定。

另外,在《三上吊》演出中,吊死鬼追逐窃贼,窃贼展示种种绝技,令人惊心骇目,尽显窃贼技艺高超之能事,并且剧终之际,窃贼也未受到惩戒,有诲盗之嫌。而且剧中窃贼完全是舍己救人的正面形象,丹桂戏园广告就

---

①"双三上吊"广告,《申报》1894 年 10 月 17 日,第 5 版。
②漱《云里飞之三上吊》,《图画日报》第 269 号(1909 年)。
③《京师近事》,《申报》1884 年 4 月 22 日,第 2—3 版。
④《镇江杂摭》,《申报》1887 年 4 月 5 日,第 14 版。
⑤《虎林近事》,《申报》1888 年 7 月 25 日,第 2 版。
⑥《儿戏酿命》,《申报》1895 年 6 月 8 日,第 2 版。
⑦《演剧遭惊》,《申报》1894 年 11 月 12 日,第 4 版。
⑧《一落千丈》,《申报》1895 年 3 月 31 日,第 3 版。
⑨《茂苑春游》,《申报》1889 年 4 月 17 日,第 2 版。
⑩《京师近事》,《申报》1884 年 4 月 22 日,第 3 版。
⑪《大舞台之险艺》,《申报》1914 年 4 月 5 日,第 6 版。

把《三上吊》中的窃贼称作"义贼"①。从剧情上看,这位不顾自身安危,激怒吊死鬼、冒险解救妇女之窃贼的确配得上"义贼"之名。当时有舆论认为:"(京剧)所演之戏如《三上吊》《九更天》《小上坟》《打斋饭》等类,将一切奸盗情形,描摹于光天化日之下,风俗人心安得而不坏?"②这里"奸盗情形"中的"盗",指的就是《三上吊》表演时窃贼的高超武技。《三上吊》所表演的武技,钦羡者有之,模仿者有之,前文所列一些晚清青少年模仿《三上吊》发生伤亡事故即为明证。钦羡和模仿的言辞与行为很易成为海盗之口实。

晚清扮演《三上吊》的伶人,专业戏剧演员较少、闯江湖的杂耍艺人居多,他们挟武艺和杂技之长,为生计不惜以性命相搏,而且还多有混号,活跃的《三上吊》演员之艺名有盖云飞、天上飞、云里飞、草上飞、马如飞、赛燕飞、双轮飞、双飞蝶、云中飘等,这些艺名,不乏绿林草莽意味,给官方以遐想,1893年2月,太仓州捕获的盗犯张幅忠混名"云里飞"③。1885年7月,苏州官府穷半日之力捕获积匪张景山。张景山武艺不凡,能"在屋上纵跳,亦能一跃数丈。"当时张恩祥正在苏州戏园专演《三上吊》,"矫捷如鸟"。张景山捕获之后,苏州官方追虑张恩祥等终非善类,将其驱逐出境④。说明《三上吊》主演伶人的武艺和行藏让官府对其不无警惕之心。晚清最早将《三上吊》作为强梁戏查禁的是江苏布政使黄彭年,1890年5月,黄彭年开单禁毁戏剧,强梁戏中开列有《三上吊》⑤。1900年4月,叙乐茶园特邀飞永飞、飞飞飞、天外飞、草上飞等搬演《三上吊》,4月16日,上海英美租界公廨谳员翁延年以《三上吊》海盗,派差至天仙、丹桂、桂仙、叙乐等园传谕各伶,以后不准再演《三上吊》,如违定干提究⑥。至少至1909年3月为止,上海公共租界仍在禁止戏园搬演《三上吊》⑦。

戏曲案件案发之后,涉案剧目一般会停演一段时间。1880年9月上

①"全本双三上吊"广告,《申报》1894年11月25日,第6版。
②《移风易俗莫善于戏说》,《晚清报载小说戏曲禁毁史料汇编》(下),第557页。
③《盗犯翻供》,《申报》1893年2月10日,第3版。
④《苏台碎录》,《申报》1885年7月19日,第10版。
⑤《示禁淫戏》,《晚清报载小说戏曲禁毁史料汇编》(上),第38—39页。
⑥《禁约伶人》,《晚清报载小说戏曲禁毁史料汇编》,第295—296页。笔者推测翁延年以海盗为因查禁《三上吊》可能与当时的义和团运动有一定关系,只是凿实为难。
⑦《戏园请演〈三上吊〉》,《晚清报载小说戏曲禁毁史料汇编》(上),第429页。

海租界戏园具结不演《迷人馆》之后,该剧广告在《申报》等报刊上消失了一年半①;1898 年 11 月上海租界天仙戏园搬演《打斋饭》结案之后,《打斋饭》广告在《申报》等报刊上消失了 10 个月②。可见,晚清戏曲案件对遏制违禁有一定震慑作用,但从长时段来看并不理想。从晚清戏曲案件涉及的 45 个剧目可见,多数被控诲淫,说明诲淫原因是晚清戏曲案件的首要原因。因涉嫌激发民众反帝情绪而被禁的 8 个剧目,一定程度上体现了晚清禁戏的半封建半殖民地色彩。《左公平西》等时事剧因有损名臣和官员尊严而被禁,说明禁扮帝王先贤和禁演时事的禁制传统在晚清仍牢不可破。《火烧第一楼》等因涉嫌个人、团体、家族等名誉的原因而被禁,可见官方在禁戏活动中对民情民意有所俯从。《三上吊》是晚清屈指可数的、因伤生和诲盗原因而被禁演的剧目,上海、苏州、镇江、北京等地从预防伤生的角度禁演《三上吊》,说明晚清各地禁演这出凶戏不是一个孤立事件,官方对演剧治安管理的积极意义应予肯定。戏曲案件涉案剧目在常见的诲盗诲淫指责之外,可以丰富我们对晚清禁戏原因的认识。今天看来,查禁装扮圣贤名臣和呼吁爱国保种剧目属于保守落后意识,理应批判。其余官方从规范和净化演出市场出发,禁止色情搬演;从保护个人名誉和生命财产安全出发,对涉嫌有损个人和团体名誉剧目以及伤生剧目予以查禁,皆相当程度上说明晚清禁戏案件具有一定合理性,其积极意义应予肯定。

---

① "金桂戏园广告",《申报》1882 年 2 月 11 日,第 4 版。
② "胡家宅新开众乐茶园"广告,1899 年 9 月 3 日,第 6 版。

第十一章　从小说、弹词案件被禁名目
看禁毁原因

　　小说案件是指官方依法对涉嫌违禁的小说予以查处的事件。与戏曲案件一样，只有进入官方拘捕、起诉、审理、判处等司法程序的小说违禁事件才能称作小说案件。在现代司法制度确立之前，对待小说戏曲违禁之类的轻微案件并不需要经过拘捕、起诉、审理等各司法环节，官吏往往随见随罚。因此，只有官方查明并予以惩处的小说违禁事件才叫小说案件，那些颁布禁令、给价收买板片等没有涉及查处的查禁行为不能叫作查禁案件。就判处而言，小说案件的查处方式也包括惩罚和不予惩罚两种。清代小说案件属于刑事案件，《大清律例》规定对小说违禁者立案处理、追究刑责，判处杖、徒、流等刑罚。清代禁毁小说活动频繁，但有关小说案件的研究甚少，造成这种现象的关键原因是史料匮乏，主要表现是：有关清代小说查禁法令、舆论等史料丰富，有关小说案件的档案记录很少，关于清代小说案件的卷宗类档案发现更少。稍欣慰的是，晚清报刊报道一些小说案件，它们是了解晚清官方侦缉、审理、判罚违禁小说不可多得的史料。本章拟根据此类史料，梳理晚清小说案件所涉被禁名目、审判特点和查禁原因，冀以从司法角度丰富对晚清禁毁小说名目、审理、查禁原因等相关问题的认识。晚清还发生了不少弹词案件，这些涉案弹词在近代都曾以场上演出的曲艺形式和供阅读的文本形式流传，后者常被称作弹词小说，故本章探讨对象也包括弹词案件①。

一、小说案件特点

　　编撰和阅读违禁小说一般在私人空间进行，所谓"互相传钞，私自观

---

① 个别涉案名目不能确定体裁的不在本研究之内，如 1886 年，溧阳知县李超琼禁毁《倭袍记》时，在刻字匠华竹甫家连带搜出《何文秀》板片 15 块，当堂劈毁。晚清《何文秀》以弹词、唱本、戏剧等形式流传，因史料记载简略，不能确定李超琼禁毁的《何文秀》属于哪种艺术形式，故不作探讨。

表 2—9　晚清小说案件所见被禁小说统计表

小说名称	曾否入应禁单目①	时间	地点	查禁官员或部门	查禁起因	查禁原因	查处方式	资料来源
《金瓶梅》	裕谦单、吴钟骏单、丁日昌单、戴运单、翁延年单、张辰单、黄昌运单	1889年8月	福州白鹭棋	保甲局官员	绅士禀请	出租淫书	出租者被罚荷枷发交本铺地保看管	《惩办出租淫书》,《晚清报载戏曲禁毁史料汇编》(上),第221页
		1902年3月	武昌蔡院坡一带	武昌知府梁鼎芬	微服私访	售卖淫书	肆主营责荷枷,搜获之书类毁。饬县出示严禁	《严禁淫书示》,《晚清报载小说戏曲禁毁史料汇编》(上),第321页
		1907年4月	上海英租界	谳员关炯之	包探查获	售卖淫书	判罚洋十元,书销毁	《售卖〈金瓶梅〉判罚》,《晚清报载小说戏曲禁毁史料汇编》(上),第384页
		1909年11月	上海英租界	谳员宝颐与陪审官	捕房查获	售卖淫书	女流无知,姑宽交保,候查明有无别项淫书再核	《不堪言状》,《晚清报载戏曲禁毁史料汇编》(上),第448页

续表

小说名称	曾否入应禁单目	时间	地点	查禁官员或部门	查禁起因	查禁原因	查处方式	资料来源
《肉蒲团》(《觉后传》)	裕谦单、吴钟骏单、丁日昌单、戴运单、翁延年单、张辰单	1889年8月	福州白鹭棋	保甲局官员	绅士禀请	出租淫书	出租者被荷枷发交本铺地保看管	《惩办出租淫书》,《晚清报载小说戏曲禁毁史料汇编》(上),第221页
		1895年11月	苏州	吴县知县崔焕	绅士禀请	贩卖淫书②	饬差提郡秋庭一面出示禁止淫书10部	《开单示禁书》,《晚清报载小说戏曲禁毁史料汇编》(上),第249页
		1896年4月	上海英租界	谳员屠作伦与德国领事馆翻译单维廉	包探查获	印售淫书	觅人保释,谕以不得再犯,起案各种书检齐焚毁	《刊售淫书判词》,《晚清报载小说戏曲禁毁史料汇编》(上),第251页
		1902年3月	武昌察院坡一带	武昌知府梁鼎芬	微服私访	售卖淫书	肆主责责枷示,搜获之书悉数焚毁。一面饬县出示严禁	《严禁淫书》,《晚清报载小说戏曲禁毁史料汇编》(上),第321页

续表

小说名称	曾否入应禁单目	时间	地点	查禁官员或部门	查禁起因	查禁原因	查处方式	资料来源
《隋炀艳史》(《风流天子传》)	裕谦单、吴钟骏单、丁日昌单	1895年11月	苏州	吴县知县凌焯	绅士禀请	贩卖淫书②	饬差提郡庭,一面出示禁止淫书10部	《开单示禁淫书》,《晚清报载小说戏曲禁毁史料汇编》(上),第249页
《桃花梦》		1895年11月	苏州	吴县知县凌焯	绅士禀请	贩卖淫书②	饬差提郡庭,一面出示禁止淫书10部	《开单示禁淫书》,《晚清报载小说戏曲禁毁史料汇编》(上),第249页
《杀子报》	戴运黄单、翁延年单、张辰单	1895年11月	苏州	吴县知县凌焯	绅士禀请	贩卖淫书②	饬差提郡庭,一面出示禁止淫书10部	《开单示禁淫书》,《晚清报载小说戏曲禁毁史料汇编》(上),第249页
《意外缘》	戴运黄单、张辰单	1895年11月	苏州	吴县知县凌焯	绅士禀请	贩卖淫书②	饬差提郡庭,一面出示禁止淫书10部	《开单示禁淫书》,《晚清报载小说戏曲禁毁史料汇编》(上),第249页

续表

小说名称	曾否人应禁单目	时间	地点	查禁官员或部门	查禁起因	查禁原因	查处方式	资料来源
《贪欢报》	裕谦单、吴钟骏单、丁日昌单、戴翁单、张辰单、黄运延年单	1895年11月	苏州	吴县知县凌焊	绅士禀请	贩卖淫书②	饬差提部秋庭,一面出示禁止淫书10部	《开单示禁淫书》,《晚清报载小说戏曲禁毁史料汇编》(上),第249页
		1902年3月	武昌蔡院坡一带	武昌知府梁鼎芬	微服私访	售卖淫书	肆主答责枷示,搜获之书悉数焚毁。一面饬县出示严禁	《严禁淫书》,《晚清报载小说戏曲禁毁史料汇编》(上),第321页
《红楼梦》(《石头记》)	裕谦单、吴钟骏单、丁日昌单	1895年11月	苏州	吴县知县凌焊	绅士禀请	贩卖淫书②	饬差提部秋庭,一面出示禁止淫书10部	《开单示禁淫书》,《晚清报载小说戏曲禁毁史料汇编》(上),第249页
		1902年1月	上海英租界	谳员张辰	差役查获	印售淫书	管押,旋被保释	《拘获出版〈石头记〉》,《晚清戏曲禁毁史料汇编》(上),第320页
《日月环》(《碧玉环》)	裕谦单、丁日昌单	1896年6月	上海英租界	谳员屠作伦与德国领事馆翻译单维廉	包探查获	印售淫书	觅人保释,谕以不得再犯,起案各种书检齐焚毁	《刊售淫书判词》,《晚清报载小说戏曲禁毁史料汇编》(上),第251页

续表

小说名称	曾否入人应禁单目	时间	地点	查禁官员或部门	查禁起因	查禁原因	查处方式	资料来源
《桃花影》《牡丹奇缘》	裕谦单，吴钟骏单，丁日昌单，戴运单，翁延年单，张辰单	1896年9月	上海英租界	谳员屠作伦	包探查获	印售淫书	书摊主夏仁忠，罚洋20元，代售之王昌单、张阿荣各押3天，书候焚毁	《抄获淫书判词》，《晚清报载小说戏曲禁毁史料汇编》（上），第257页
《野叟曝言》	裕谦单，戴运单，黄单，翁延年单，张辰单	1896年10月	上海英租界嘉记书店	谳员屠作伦	包探查获	印售淫书	书局主蒋午庄罚洋200元，书作主张阿双罚洋50元，书籍板片焚毁	《刊售〈野叟曝言〉判罚》，《晚清戏曲禁毁史料汇编》（上），第258页
		1907年2月	上海英租界	谳员关炯之	包探查获	印售淫书	罚洋30元公	《印刷〈野叟曝言〉判罚》，《晚清戏曲禁毁史料汇编》（上），第379页
《杏花天》	裕谦单，吴钟骏单，丁日昌单，戴运单，张辰单	1900年2月	上海英租界	谳员翁延年	包探查获	售卖淫书	售卖者金春林枷号半月	《售卖〈杏花天〉判词》，《晚清报载小说戏曲禁毁史料汇编》（上），第291页

续表

小说名称	曾否入应禁单目	时间	地点	查禁官员或部门	查禁起因	查禁原因	查处方式	资料来源
《今古奇观》	裕谦单、吴钟骏单、丁日昌单、翁延年单、张辰单、戴运黄单	1901年8—9月	上海英租界	谳员张辰	上海道袁树勋札饬谳员张辰	售卖淫书	文宜、理文轩书局主各罚洋20元,售卖书摊罚洋10元,同善社具结充举,具改过结	《淫书判词》,《晚清报载小说戏曲禁毁史料汇编》（上）,第314—315页
《袁世凯》		1910年6—7月	天津	天津巡警道	袁世凯之子袁树勋赴天津总商直表袁大燮龙,请饬巡警道面商本领事	皮书袁大保之名,中多诋词,词中毁之词,并直指御名,实属荒谬	以1000元将抵偿,将书焚毁	《袁世凯》之价值》,《晚清报载小说戏曲禁毁史料汇编》（上）,第465页
《邹生》		1910年11—12月	上海英租界	襄理谳员孙羹梅	工部局控其为淫词小说	淫词小说	罚洋15元充公	《国华报》被控之结果》《晚清报载小说戏曲禁毁史料汇编》（上）,第471页

续表

小说名称	曾否入应禁单目	时间	地点	查禁官员或部门	查禁起因	查禁原因	查处方式	资料来源
《瑞青天》(《瑞大人私访》)		1910年11月	武昌	湖广总督瑞澂	为瑞澂所见	全属讹言	将编造之人俞上林拿解巡警总局,由司法科长讯究	《〈瑞青天〉小说被禁》,《晚清报载小说戏曲禁毁史料汇编》(上),第470页
《断肠草》		1910年2月	上海	广东巡警道移知上海道蔡乃煌	小说牵涉上海竞业学会女会员李运贞,具控广东巡警审判所	损害个人名誉	谕饬上海各书肆禁售	《禁售〈断肠草〉小说》,《晚清报载小说戏曲禁毁史料汇编》(上),第131—132页

注释:①曾否入应禁单目栏:"裕谦单"指道光十八年(1838)江苏按察使裕谦开列应禁书单。"丁日昌单"指同治七年(1868)江苏巡抚丁日昌开列应禁淫词小说单。"翁延年单"指光绪二十六年(1900)上海英美租界工部局翁延年开列应禁淫书单。"戴运年单"指光绪二十六年(1900)上海英美租界员戴运年准上海英美租界戴运年案发,查获淫书案卷,查获淫书案卷。②此次郡杭县家贩卖淫书案发,查获淫书案卷,从开单示禁10部淫书,推测起案之书应包括灵书。

览。"①印售违禁小说亦多隐蔽进行,所谓"坊间肆里,私自刊印出售。"②一言蔽之,违禁小说的编创、传播和接受不易被官方发现,所以晚清查禁小说活动尽管频繁,但小说案件并不多见。

表2—9列举了笔者所见26起晚清小说案件,涉及小说17种。其中1895年11月苏州邵秋庭贩卖淫书案涉及小说最多,计7种。从地区、案发原因、名目和司法等角度看,案件主要特点如下:

(一)案件分布较广

从地域上看,案件分布于上海、苏州、福州、武昌等地,尤以上海租界较集中。此现象既可见晚清查禁小说活动的地域较广,也可见上海租界是晚清小说编创和出版中心,小说案件相对集中。发生在上海租界的11起小说案件皆由上海租界会审公廨审理。这一定程度上可以修正对上海租界属于"飞地"、租界当局和清朝官方对租界小说管理听之任之的既有认识。

(二)缉查人员众多

从侦缉人员上看,参与侦缉人员及其方式主要包括四类:其一,士绅禀请。1889年8月福州白鹭棋高水水出租淫书案是众士绅禀请保甲局,保甲局拘捕判罚;1895年11月苏州邵秋庭贩卖淫书案也是吴县士绅访闻之后,联名禀请吴县知县凌焯,凌焯派差役侦破。其二,包探缉获。上海租界的违禁小说案件基本皆由包探查获。其三,官员微服私访。1902年3月,武昌知府梁鼎芬访闻司门口察院坡一带有人设肆售淫书,遂不动声色,亲诣书肆,查获《金瓶梅》《贪欢报》《肉蒲团》等书。其四,小说本事当事人查禁或申诉查禁。有《瑞青天》《袁项城》《断肠草》,前二者涉嫌有损瑞澂和袁世凯两位大员名誉尊严,二人遂亲自布置查禁;后者涉及普通民众个人名誉,由家属禀官查禁。从参与侦缉人员上看,晚清禁毁小说活动是在民间和官方协同下进行,民间的主要力量是士绅,官方则是地方官和差役(包探)。

(三)禁单指导查禁

从涉案名目上看,共计10种涉案小说先前曾被列入禁毁单目,占涉案

---

①《论淫书愈出愈多亟当严禁》,《晚清报载小说戏曲禁毁史料汇编》(下),第614页。
②《与客谈禁淫书》,《晚清报载小说戏曲禁毁史料汇编》(下),第617页。

小说的 59%，说明禁毁单目一定程度上指导了禁毁活动，这也可以部分修正时人、也包括今人对晚清禁毁小说禁令形同具文的评价。

(四)判罚实现轻刑

从量刑上看，主要处罚方式有笞刑、管押、罚金，此外还包括不作处罚的斥释和没收刊本予以焚毁。罚金集中在上海租界，共有 8 起，金额从十元至二百元不等，说明上海租界虽然最早引入罚金刑判处小说案件，但标准不一、判罚尺度较随意；罚金之外，上海租界审理的小说案件还判处了笞刑、管押以及不作处罚的斥释，说明上海租界审理小说案件量刑混合中西，既移植了罚金型，也仍在采用中国法律规定的笞刑等刑罚。整体上看，晚清小说案件量刑已经抛弃了《大清律例》所规定的杖、徒、流等刑，小说案件审判实现了轻刑化。

二、小说涉案原因

根据小说内容和简单指控，17 种涉案小说被控原因可分为诲淫和有损个人名誉尊严两大类：

(一)被控诲淫

诲淫是官方指控涉案小说的要因。《金瓶梅》《肉蒲团》《隋炀艳史》《桃花梦》《杀子报》《贪欢报》《意外缘》《红楼梦》《桃花影》《野叟曝言》《杏花天》《日月环》《今古奇观》《邬生》等 14 种小说皆被指责为淫书，占涉案小说的 82%。这 14 种小说，今天仍被新闻出版总署管制出版的有《金瓶梅》《倭袍记》《肉蒲团》《隋炀艳史》《贪欢报》《桃花影》《野叟曝言》《杏花天》等 8 种，管制的原因是："均属有淫秽、色情内容或夹杂淫秽色情。"[1]说明古今人们的情爱观虽已发生较大变化，但在性描写应遵从基本伦理道德规范的认识上有一致之处，在净化文化市场和关心青少年健康成长的认识上也有相通处。其余《今古奇观》《意外缘》《杀子报》也都是因有偷情、通奸、同性恋等色情描写而涉案查处。

《今古奇观》于道光二十四年(1844)被列入浙江学政吴钟骏禁单，至同治七年(1868)丁日昌禁单，都是抽毁，罪名都是"淫词小说"，原因是其中"存在

---

[1]新闻出版总署图书出版管理司编《图书出版管理手册》，中国法制出版社 2006 年版，第 373 页。

某些色情文字。"①但抽毁篇目不详,推测应该包括《蒋兴哥重回珍珠衫》《乔太守乱点鸳鸯谱》等有一定色情描写的篇目。在 1900 年至 1901 年的庚辛禁毁小说运动中,上海知县戴运寅、上海英租界会审谳员翁延年和张辰所开单目中,《今古奇观》皆名列其中。1901 年 8 月,文宜书局、理文轩书局因印售《今古奇观》等,被控印售"淫书",会审公廨判各罚洋 20 元,售卖书摊也被判罚洋 10 元,并具改过结②。在 1900 年 6 月浙江书业禁售淫书单目中,《今古奇观》标明"抽毁五回",具体是哪五回,不得而知,推测应是性描写较多的篇目。总之,晚清查禁《今古奇观》的指控是诲淫。时至当代,有的出版机构出版《今古奇观》时,删改色情文字仍是编辑整理方法之一,广东人民文学出版社 1981 年版《今古奇观·校点记》:"对色情描绘的字句,则给予适当的删节。"

　　《意外缘》即《载阳堂意外缘》,十八回,著者周竹安,成书嘉庆二十五年(1820),叙缙绅子弟周树业(玉坛)不务正业,四处猎艳,因慕商人邝史堂之妻尤环环、也就是玉坛的从表姑,遂自鬻为奴进入邝家载阳堂,与尤氏及其婢女悦来私通,小说的主要篇幅叙玉坛与尤氏、悦来调情欢会,有不少性行为及性心理的直白描写,属于艳情小说。有光绪二十一年(1895)、二十五年上海书局石印本等。为了给描写淫乱开脱,周竹安还撰写了一篇《载阳堂意外缘辩》,其中说:"况天下之淫事何日无之,亦何处无之?人非贤圣,何能免此。"③公然为淫秽描写辩护,禁之宜也。晚清最早查禁《意外缘》的是吴县知县凌焯,他于 1895 年 11 月侦破邵秋庭贩卖淫书案之后,开单示禁淫书,其中包括《意外缘》。随后,《意外缘》还被列入 1900—1901 年庚辛禁毁小说运动的单目之中。《意外缘》的查禁过程还可见晚清违禁小说出版和传播速度迅捷,上海书局出版《意外缘》不迟于 1895 年 8 月,该年 8 月,《意外缘》销售广告见于天津《直报》④,同年 11 月,邵秋庭将该小说从上海贩卖至苏州批发销售案发;1899 年,上海书局又将其再版,说明销路颇畅。

　　《杀子报》又名《清廉访案》《杀子报全传》,成书于光绪二十三年(1897),叙王世成死后,其妻徐氏与和尚纳云通奸,被徐氏之子有仁窥破,徐氏竟杀子

①程国赋《论清代的小说戏曲禁毁运动对三言二拍传播的影响》,见张玉春主编《中国古文献与传统文化学术研讨会论文集》,华文出版社 2005 年版,第 292 页。

②《淫书判罚》,《晚清报载小说戏曲禁毁史料汇编》(上),第 314—315 页。

③(清)周竹安《绣像意外缘辩》,见《绣像载阳堂意外缘》,光绪二十五年上海书局石印本。

④李云《传承与突破:近代天津小说发展综论》,天津社会科学院出版社 2018 年版,第 140 页。

灭口,分尸藏于油坛之中,后来案情大白,徐氏被判极刑。在小说成书之前,《杀子报》戏剧已在沪上各大戏园搬演,是靠既搬演色情也强调"分尸七块,当场出彩"①的凶杀表演吸人眼球,当然也被作为淫凶戏的代表屡遭查禁:"其中淫恶更足以丧天理而坏人心。"②《杀子报》小说则主要是因为描绘调情、通奸,即淫亵原因被禁。时至今日,一些出版机构在整理出版《杀子报》小说时,对其中的淫秽文字仍作了程度不一的删节。侯会教授整理出版的《杀子报》,就对涉嫌淫亵之处,"作了适量删节,并于删节处标明删节字数。"③

《红楼梦》列入官方禁令最早是在道光十八年(1838),吴县士绅陈龙甲等禀请江苏按察使裕谦设局吴县惜字局、收缴淫书,《红楼梦》及其续书《续红楼梦》等7种皆被列入禁毁单目。以往,学界一般认为晚清官方查禁《红楼梦》的原因有多种,主要包括:揭露封建统治者的腐朽、揭露封建贵族的没落、同情和赞扬封建思想的叛逆者、赞美被统治者极口称赞"无才便是德"的女性、揭露清平盛世的黑暗④,诲淫、污蔑满人之嫌、扰动兵戈之祸等⑤。《红楼梦》内涵丰富,加上禁毁动机在意念之间、缺少文字记录,管窥晚清查禁《红楼梦》的原因的确不易,但也不必深文周纳。笔者认为,晚清查禁《红楼梦》最明显的原因是诲淫,理由有二:其一,今见晚清把《红楼梦》列入应禁单目最初皆出自士绅之手。道光十八年江苏禁毁淫书单目出自陈龙甲等士绅之手,陈龙甲等赴试金陵期间,见书铺淫书甚多,遂联名禀请江宁府刊碑严禁。返乡之后,陈龙甲等议定章程,集资在吴县惜字局内备价收买淫书,为了加大收缴力度,遂拟定单目,禀请江苏按察使裕谦等颁示支持。该禁毁单目的产生是"兹特将收过各种书目开后。"⑥这份禁单是在收缴过程中积累并统计出来的单目,而不是在设局收缴之前所拟定的单目。换言之,这份包含《红楼梦》等"淫书"的禁单是出自陈龙甲等人之手,而非出自官方。明晰这一点对理解晚清查禁《红楼梦》的原因至关重要,因为清代中叶以后,士绅作为基层禁毁小说戏曲活动的重要主持人,他们基本是从社会教化的动机发起查禁活动,遏制诲淫是他们的首要目标,也是

①"天仙茶园"广告,《申报》1885年5月5日,第4版。
②《严禁淫戏示》,《晚清报载小说戏曲禁毁史料汇编》(上),第23—24页。
③(清)佚名编撰,侯会校《清风闸 杀子报》,群众出版社2003年版,第309页。
④安平秋、章培恒主编《中国禁书大观》,上海文化出版社1990年版,第528—529页。
⑤古亦冬编著《禁书详解·中国古代小说卷》,天津社会科学院出版社1993年版,第110—111页。
⑥王利器辑录《元明清三代禁毁小说戏曲史料(增订本)》,上海古籍出版社1981年版,第134页。

最重要目标,这从陈龙甲等人所统计的书目绝大多数都是涉及两性两情的所谓"淫书"也可以看出。陈龙甲等统计的禁毁单目影响颇大,道光二十四年杭州士绅张鉴等人禀请浙江学政吴钟骏设局收缴淫书,同治七年余治禀请丁日昌开单查禁淫词小说①,皆以陈龙甲等统计的单目为底本,《红楼梦》当然也皆列入其中。其二,晚清禁毁舆论指责《红楼梦》都是批评其为海淫之尤,并且常将其与《西厢记》相提并论。陈其元、梁辰恭都认为《红楼梦》为"海淫之甚者也。"②晚清官员和道德之士之所以一面嗜读《红楼梦》,一面又指责它是淫书之最,其原因是因为《红楼梦》描写青年男女恋情真实细腻、生动感人:"淫书以《红楼梦》为最,盖描摩痴男女情性,其字面绝不露一淫字,令人目想神游,而意为之移。所谓'大盗不操干矛'也。"③这种观点在晚清道德之士中流传较广,1887 年 5 月 1 日《字林沪报》所载《论淫书之害》,1893 年 10 月 20 日《字林沪报》所载《劝沪上各书坊勿排印淫书说》等,都有如下一段文字:

> 至于《西厢记》《红楼梦》等书,以极灵极巧之文心,写至微至渺之春思,只因淡淡写来,曲曲引进,目数行下,便觉恋恋,机械渐生,习惯自然,情不自禁,纯谨者暗中斫丧,放肆者另觅邪缘,其味愈甘,其毒愈厚,则《西厢》等书,实为淫书之尤者矣。④

晚清道德之士认为,"淫书"所海淫对象有层次之别,《金瓶梅》《肉蒲团》等因淫秽描写较直白露骨,对庸夫俗子和少年子弟为害较大;《红楼梦》《西厢记》等因男女之情刻画细腻生动,对文人雅士、少年子弟和闺中女子为害较大⑤。道德之士对《红楼梦》爱情描写的担忧和恐惧,实际上是从反面承认了《红楼梦》的艺术感染力,因为富有感染力而遭禁,根本原因是害怕作者描写和歌颂有悖礼教的自由爱情,感人至深,会启发青年效仿。清代呼吁

---

① (清)吴师澄《余孝惠先生年谱》,《北京图书馆藏珍本年谱丛刊》(第 156 册),北京图书馆出版社 1999 年版,第 332—333 页。按,丁日昌查禁淫词小说所开单基本依据余治等人禀呈,余治所辑《各种小本淫亵摊头唱片名目单》共开列应禁摊头唱片单目 59 种,其中 41 种出现在丁日昌所禁淫词唱片单目中,此即为明证。

② 王利器辑录《元明清三代禁毁小说戏曲史料(增订本)》,上海古籍出版社 1981 年版,第 376 页。

③ (清)陈其元《庸闲斋笔记》,中华书局 1989 年版,第 200 页。

④《论淫书之害》《劝沪上各书坊勿排印淫书说》,《晚清报载小说戏曲禁毁史料汇编》(下),第 549、584—585 页。

⑤《论淫书愈出愈多亟当严禁》《论淫戏之禁宜严于淫书》,《晚清报载小说戏曲禁毁史料汇编》(下),第 612、615 页。

查禁《红楼梦》的舆论较多，但查处案件不多见，晚清发生的两起《红楼梦》案件在"红学"传播史上有一定认识价值。

(二)有损名誉

有《瑞青天》《袁世凯》《断肠草》等三种。

《瑞青天》为宣统朝新撰小说，又名《瑞大人私访》，一册，作者俞上林，1910年由汉口五峰堂出版。小说叙汉口缉捕房劣弁徐升、徐盛父子兄弟被湖广总督瑞澂镇压的故事。因内容涉及瑞澂，瑞澂特饬巡警搜获该书板及书籍数百部，并将作者俞上林解送巡警局惩处①。樽本照雄、石昌渝、陈大康、刘永文等诸家所编小说目录皆未著录《瑞青天》，该小说是否存世，尚待访寻。

《袁世凯》也是光绪朝新撰小说。据报道，这部小说于1909年由天津河北路大胡同振华书局印售，"其中所载各事均系抄录上海某报无根之言而成"，因"皮书袁太保之名，词中并直指御名，实属荒谬"②，指责"直指御名"是虚，有损袁世凯尊严是实，所以袁世凯之子袁克定亲赴天津与直隶总督陈夔龙面商禁毁之策，将振华书局查禁罚办，并照会各国领事一体严禁书肆售卖③。因为此书是日人所著，为了以绝根株，天津巡警道与日领事交涉，以千元之价将该书全部购入焚化④。清末以袁世凯为主人公的小说还有黄小配《宦海升沉录》(一名《袁世凯》)，但《袁世凯》比《宦海升沉录》略早，因《宦海升沉录》于1909年由香港实报馆排印，卷首有宣统己酉季冬黄伯耀所写的序。"季冬"为农历十二月。换言之，《宦海升沉录》最早于宣统己酉(1909年)年末出版，比天津河北大胡同振华书局印售的《袁世凯》至少晚了半年。1913年，天新书局出版《袁世凯》，秋史氏原编、春觉生阅订，标"政治小说"，这本小说编于民国以后，也非1909年被禁的《袁世凯》。振华书局印售的《袁世凯》诸家小说目录也未著录，是否存世，尚待发现。

《断肠草》属宣统朝新撰小说。该小说原载宣统元年己酉三月二十六日(1909年5月15日)《民呼日报》之"丛录之部"，至二十九日毕，标"短篇实事"，作者署名"非非"。大意是：上海卫国女学堂学生吴琪德，广东人，聪慧异

---

① 《瑞青天小说被禁》，《晚清报载小说戏曲禁毁史料汇编》(上)，第470—471页。
② 《严禁售卖〈袁项城〉之小说》，《晚清报载小说戏曲禁毁史料汇编》(上)，第436页。
③ 《严禁售卖〈袁项城〉之小说》，《晚清报载小说戏曲禁毁史料汇编》(上)，第436页。
④ 《〈袁世凯〉之价值》，《晚清报载小说戏曲禁毁史料汇编》(上)，第465页。

常,与尧苟大订婚,既而尧与"性冶荡,工机变"的同乡李素阴臭味相投,遂诋毁吴琪德,致吴悲愤自尽。据言该小说是以事实为蓝本,铺叙点染而成。由于小说牵涉上海竞业学会女会员李运贞个人名誉,李具控广东巡警审判所,审判所呈请转禀两广总督袁树勋裁夺,袁树勋谕令广东巡警道移知上海道查禁《断肠草》。1910 年 2 月,上海道台蔡乃煌颁布谕令,查禁该小说①。《断肠草》属短篇小说,无单独成书之可能,该谕令应是预防有人将该小说选入小说集出版。

　　晚清小说案件中涉案小说除《瑞青天》《袁世凯》两部待考之外,还有《日月环》也有待寻觅。《日月环》见于 1838 年裕谦单和 1868 年丁日昌单。据报道,1896 年 4 月,苏州书贾张根堂将《日月环》改名《碧玉环》,捆载来沪销售,被包探赵银河查获,连人带书解送公堂惩办,张根堂被保释,所有书籍检齐焚毁②。樽本照雄、石昌渝、刘永文等诸家所编小说书目皆未著录《日月环》,这部小说是否存世也待考。这三部待考的晚清涉案小说说明,小说案件对小说编撰和传播有一定的阻碍作用,部分涉案小说自涉案惩处后,便销声匿迹。晚清还发生了一些小说名目缺载的小说案件,如 1900 年 4 月李金荣和尤文元售卖淫书案③、1900 年 4 月杭州清河坊岑整记书摊贩卖淫书案④、1907 年 4 月上海美租界蓬路龙文印书局私印淫书案⑤等,涉案小说名目皆不详,说明仍有一定数量的小说案件因史料简单或失载而不得其详。

三、弹词案件特点

　　弹词是由说、唱、表、弹等组成的一种说唱艺术,说即模仿故事人物的音容笑貌;唱即以七言韵文为主、间以杂言的唱词,这是弹词的主体;表即第三人称叙述和评论;弹即用琵琶、三弦等伴奏。清代弹词主要流行于江苏、浙江、湖南、广东等省。从传播方式上看,晚清弹词分为场上曲艺和阅读文本两种传播形式,后者一般称作弹词小说。今见晚清弹词案件集中在苏州和上海,作品有四部,参见下表:

---

①《禁售〈断肠草〉小说》,《晚清报载小说戏曲禁毁史料汇编》(上),第 131—132 页。
②《刊售淫书判罚》,《晚清报载小说戏曲禁毁史料汇编》(上),第 251 页。
③《售卖淫书判罚》,《晚清报载小说戏曲禁毁史料汇编》(上),第 296 页。
④《查获淫书》,《晚清报载小说戏曲禁毁史料汇编》(上),第 296 页。
⑤《私印淫书押候》,《晚清报载小说戏曲禁毁史料汇编》(上),第 385 页。

表2—10 晚清弹词案件所见被禁弹词名目统计表

弹词名称	曾否入应禁单目①	时间	地点	查禁官员或部门	案件起因	查禁原因	判处方式	资料来源
《玉蜻蜓》（《芙蓉洞》）	裕谦单、吴钟骏单、丁日昌单、戴运单、张辰单	1877年2月	苏州	长洲知县	申时行后代票请查禁	触犯申氏家族	弹词者与地保一并枷号于狮子林门首	《弹词枷锁》、《晚清报载小说戏曲禁毁史料汇编》（上），第165—166页
		1895年11—12月	苏州	吴县知县凌焕	绅士票请	贩卖淫书②	饬差提郡秋庭，一面出示禁止淫书10部	《开单示禁淫书》、《晚清报载小说戏曲禁毁史料汇编》（上），第249页
		1898年2月	苏州三多桥晚锦昌茶室	长洲知县汪懋琨	申时行后代票请查禁	《玉蜻蜓》在苏已被禁绝。无锡某甲将《玉蜻蜓》易名《芙蓉洞》弹唱	评书人某甲被殴辱管押，店主被差役勒索某甲管押，判词不得而知	《拿获弹唱〈玉蜻蜓〉》、《晚清戏曲小说载史料汇编》（上），第273—274页

续表

弹词名称	曾否入应禁单目	时间	地点	查禁官员或部门	案件起因	查禁原因	判处方式	资料来源
		1899年6月	上海英租界名玉楼书场	谳员翁延年与陪审官白保罗	包探冠银河、朱阿高侦知，传案请究	淫词亵语，鼓惑少年。系禁彭示人之书。男女混杂，殊违租界定章	书场主罚20元，艺人谢少泉、丁少坡各罚10元	《弹唱〈玉蜻蜓〉判词》，《晚清报载戏曲小说史料汇编》（上），第286页
《倭袍记》（《果报录》《南楼传》）	裕谦单、吴钟骏单、丁日昌单、黄运辰单、戴运辰单、张辰单	1886年	溧阳	李超琼	获知刻字匠华竹甫家藏有《倭袍传》板片	海淫殊甚，有害于人心风俗	搜得《倭袍传》89块，《何文秀》板片15块，当堂劈毁	黄霖《萧条异代》，东方出版社2018年版，第232—234页
		1889年8月	上海豫园	巡防东局委员	访知	古意淫思，听者忘倦	判将地甲防臂40下	《禁唱淫词》，《晚清报载戏曲小说史料汇编》（上），第220页
		1895年11—12月	苏州	吴县知县凌焯	绅士禀请	贩卖淫书②	饬差提部秋庭，一面出示禁止淫书10部	《开单示禁淫书》，《晚清报载小说戏曲禁毁史料汇编》（上），第249页

续表

弹词名称	曾否入应禁单目	时间	地点	查禁官员或部门	案件起因	查禁原因	判处方式	资料来源
		1899年3月	上海英租界	代理谳员郑汝骥与陪审官梅尔思	包探查获	售卖淫书	代售潘春林判责200板,押3个月,书主夏琴山罚50元,书版禁毁	《禁卖淫书》《晚清报载小说禁毁史料汇编》(上),第283—284页
		1899年8月	上海英租界	谳员翁延年	包探查获	售卖淫书	姑念余培元贫民,将书充公,从宽斥释	《售卖〈楼袍记〉判词》,《晚清曲报载小说禁毁史料汇编》(上),第289页
		1900年9月	上海英租界明玉楼	谳员翁延年	捕头查知	弹唱淫词	罚洋20元	《弹唱〈倭袍〉判词》,《晚清戏曲报载禁毁史料汇编》(上),第300页
		1907年4月	上海英租界蓬路	中西官	包探石金荣	龙文书局伙浦财泉、朱林祥私印《果报录》	各罚洋50元,将书销毁	《私印淫书》1907年4月20日,第3版
		1907年7月	上海赖义码头凤仪楼茶馆	南区张巡长	查知	弹唱淫书	将店主及唱书人一并拘留,分别判词	《开唱〈倭袍〉判词》,《晚清戏曲报载禁毁史料汇编》(上),第391页

续表

弹词名称	曾否入应禁单目	时间	地点	查禁官员或部门	案件起因	查禁原因	判处方式	资料来源
		1909年3月	上海县福园茶肆	南区巡警	访知	淫书	店东罚洋4元、说书人罚洋2元,具结开释	《演唱淫词》,《晚清报载小说戏曲禁毁史料汇编》(上),第425页
		1909年10—11月	上海豫园船舫得月楼茶肆	巡警一路分局	访知	淫词	饬传馆主到局,勒令停唱	《禁止弹唱淫词》,《晚清报载小说戏曲禁毁史料汇编》(上),第446页
		1895年11—12月	苏州	吴县知县凌焯	绅士禀请	贩卖淫书②	饬差提郡秋庭,一面出示禁止淫书10部	《开单示禁淫书》,《晚清报载小说戏曲禁毁史料汇编》(上),第249页
《双珠凤》	裕谦单、吴钟单、丁日昌单、骏单	1901年8—9月	上海英租界	谳员张辰	上海道袁树勋札饬谳员张辰	售卖淫书	文官、理文各罚书局主洋20元、书摊罚洋10元,具改过结	《淫书判词》,《晚清报载小说戏曲禁毁史料汇编》(上),第314—315页

续表

弹词名称	曾否入应禁单目	时间	地点	查禁官员或部门	案件起因	查禁原因	判处方式	资料来源
		1909年10—11月	上海豫园船舫得月楼茶肆	巡警一路分局	访知	淫词	饬传馆主到局，勒令停唱	《禁止弹唱淫词》,《晚清报载戏曲小说史料汇编》(上),第446页
		1910年8月	上海集水街文交楼小茶肆	总工程局二级巡长	查悉	淫词	词洋3元充公，并责令捐领执照，惟不得再唱淫书	《开唱淫词》,《晚清报载戏曲小说史料汇编》(上),第467页
《奇冤录》		1910年12月	上海邑庙德意楼茶馆	巡警二区钱副巡官	查悉	淫词	判李文彬词洋6元，逐出邑庙	《弹唱淫词》《驱逐开唱淫书》,《晚清报载戏曲小说史料汇编》(上),第471,472页

注释：①"曾否入应禁单目"注释参见表2—9注释①。②"贩卖淫书"注释参见表2—9注释②。

上表共统计了今见晚清弹词案件 17 起,涉及弹词 4 种,从地区、案发原因、司法等角度看,有如下特点:

(一)地点:苏州上海

从地域上看,弹词案发地集中在苏州和上海,这一是由于表格史料来源基本是上海报刊,本埠和长三角地区是上海报载新闻的重要来源地,违禁案件易被采编入报。二是由于苏州是弹词发源地,上海则是近代弹词演出中心,易发生违禁案件。查获弹词案件的具体地点主要是茶馆,其次是书场,这是由弹词商业演出对场地的特殊要求决定的,茶馆和书场是晚清弹词演出的主要场所。

(二)案发:警察缉获

从案发原因上看,除苏州查获《玉蜻蜓》案件是由申时行后裔禀请之外,上海租界是由包探查获,租界之外则是警察查获,说明清末警方开始成为文艺管理的执法力量。

(三)量刑:罚款居多

从量刑上看,主要是罚款,计 8 起,其次是笞刑、枷示、驱逐、警告等,与小说案件判处一样,所有弹词案件量刑都没有采用《大清律例》规定的违禁小说处以杖、徒、流等刑罚。在查案中,差役借查禁之名勒索、动用私刑等现象也有发生,1898 年 2 月,吴县差役在查处《玉蜻蜓》案件中,就对弹词艺人肆意殴辱、对店主人勒索甚夥。

四、弹词涉案原因

从指控上看,这 4 部弹词皆被官方指控为"淫词",根据指控和弹词内容,其查禁原因可分为如下四个方面:

(一)被控诲淫

有《倭袍记》《双珠凤》。《倭袍记》所讲故事发生在明代正德年间,该弹词实际由两个故事组成,一个是唐家倭袍的故事,一个是刁刘氏与王文通奸的故事。前者讲西宫张妃之父国丈安东王张彪欲谋夺文华殿大学士唐上杰的祖传御赐倭袍，陷害唐上杰，致唐家抄斩，仅三人获免，后来终报大仇。后者讲刁南楼之妻刘氏私通王文，误毒死刁南楼，后来南楼结义兄弟毛龙侦破此案，将王、刘二人判处极刑①。《倭袍记》是晚清查禁次数最多的弹词，历次大规模禁毁运动皆名列其中。关于《倭袍记》被禁原因，有学者认为是因为《倭袍记》集"淫""盗""乱"三毒俱全："首先刘氏和王文的不义私通，再者是唐云卿等击退朝廷追兵，纠合山贼固守山寨。"②但从查禁实情来看，《倭袍记》是因为有大量淫亵描绘而遭到禁毁，理由有三：

其一，官方是从淫亵角度查禁《倭袍记》。诲淫是晚清查禁小说戏曲的首要原因，如上文言，造成此种态势的重要原因是士绅积极参与禁毁活动，他们相当程度上让禁毁原因发生了倾移，即晚清士绅基本是从戒淫的角度倡导禁毁。道光十八年（1838）江苏按察使裕谦所开《计毁淫书单》收录《倭袍》《摘锦倭袍》，这个毁淫单目是士绅陈龙甲等人拟定的。该单目奠定了晚清历次官方查禁单目的基础，此后1844年、1868年、1890年、1900年江浙地区四次大规模开单查禁小说活动，《倭袍记》皆名列其中，《倭袍记》被视为诲淫的"淫书"是屡次遭禁的关键原因。例如，1900—1901年的庚辛禁毁运动所开单目是由杭州协德善堂绅士拟定的，共计开列小说39种，从内容上看，所开应禁小说的罪名可分为诲淫和迷信，《倭袍记》应该归于诲淫一类。从具体查禁活动上看，1875年春，上海县乡约局致函上海县，声称县署之照墙后茶馆内每夜于二鼓后弹唱《倭袍》，"描摹淫亵，殊属妄为。"③请求严禁，这次查禁活动的出发点是从诲淫角度而不是从诲盗悖乱的角度。1887年9月，上海知县颙光华出示查禁《倭袍记》，罪名是"有少年子弟见之，适启其淫荡之心，实为世风之害。"④也是指责其诲淫。1896年11月，上海英美租界谳员屠作伦接受书业禀请，开单查禁淫书，包括《倭袍记》⑤。除《倭袍记》之外，其余10种皆属于常被指责的诲淫小说，《倭袍记》名列其中，显然也是因为所谓的诲淫原因。

①赵景深《弹词考证》，商务印书馆1938年版，第77—78页。

②〔日〕福满正博、冈崎由美著《海内外中国戏剧史家自选集·福满正博 冈崎由美卷》，大象出版社2018年版，第258页。

③《上海县水利厅赵示》，《晚清报载小说戏曲禁毁史料汇编》（上），第6页。

④《禁售淫书》，《晚清报载小说戏曲禁毁史料汇编》（上），第31页。

⑤《严禁淫书》，《晚清报载小说戏曲禁毁史料汇编》（上），第58页。

其二,官方查禁《倭袍记》相关戏曲也是从诲淫着眼。《倭袍记》还被改编成戏剧,在晚清剧场盛演,官方都是从诲淫的角度查禁。1874 年,上海道台沈秉成开列"淫秽剧目",《倭袍》列入昆腔淫戏之中①。1890 年 5 月,江苏布政使黄彭年开列淫戏和强梁戏单目,《倭袍》被置于淫戏单目之列②。当时的舆论也批评搬演《倭袍》等剧"百般秽亵,万种淫污。"③

其三,晚清舆论亦是从淫亵角度评价《倭袍记》弹词。上海报刊舆论批评上海邑庙茶肆书场演唱《倭袍记》"淫词亵语,入耳难堪,贻害诚非浅鲜。"④该弹词所描绘内容"情词淫亵。"⑤淫亵的意思是指淫荡猥亵,与诲盗、悖乱所指含义不同。

综合以上三点,说明晚清查禁《倭袍》弹词是诲淫原因,而不是从诲盗、悖乱上着眼。申言之,一者,唐云卿等与官军对抗不是反抗朝廷,而是被奸臣迫害,属忠臣后代保种复仇,也是故事情节发展不得不如此。故事结局是唐云卿等边疆却敌立功、冤情昭雪、奸臣伏法。这种忠奸斗争、褒善贬恶的情节模式为《杨家将》《薛刚反唐》《后宋慈云走国全传》《说呼全传》《粉妆楼》等英雄传奇小说所共有,创作义旨宣扬纲常名教的思想倾向较强,从创作义旨到情节发展都与反抗朝廷的诲盗悖乱不可同日而语。二者,也是更关键的,《倭袍记》的确包含有较多露骨的性描写,其中不少是用低俗的性挑逗迎合听众或读者。《倭袍记》的性描写主要特点有二:其一,但凡性描写,都采用铺陈方式。主要有:第十回《落院》唐云卿与李飞龙新婚、第十四回《通情》王文与刁刘氏通奸、第十六回《夜合》王文与刁刘氏通奸、第十七回《窥浴》王文偷看刁刘氏沐浴进而通奸、第八十七回《佳期》毛龙与薛翠昭新婚之夜等。其二,经常在文本中穿插性描写、性挑逗来逗乐。此方面反映了作者的低级趣味以及用该趣味增加娱乐效果的旨趣。如卷之四开篇韵语吟诵佳人沐浴,描写女性生殖器官;卷之九开篇韵语吟咏妓女既享受性快乐又能赚钱等,都低俗下流;其余在文本中穿插性挑逗内容的所在多有。较多性描写和性挑逗也是《倭袍记》时至今日仍被管制出版的原因

①道宪查禁淫戏》,《晚清报载小说戏曲禁毁史料汇编》(上),第 5—6 页。
②《示禁淫戏》,《晚清报载小说戏曲禁毁史料汇编》(上),第 38—39 页。
③《劝戒点演淫戏说》,《晚清报载小说戏曲禁毁史料汇编》(下),第 821 页。
④《禁唱淫书》,《晚清报载小说戏曲禁毁史料汇编》(上),第 238 页。
⑤《售卖〈倭袍记〉判罚》,《晚清报载小说戏曲禁毁史料汇编》(上),第 289 页。

所在。

《双珠凤》叙洛阳才子文必正与霍家小姐霍定金私订终身、历尽曲折最终团圆的故事。被禁原因也是诲淫,即有文必正与霍定金私订终身、仆人来福与主妇徐氏通奸等有悖礼法的淫秽描写。在文必正与霍定金私订终身过程的描写中,贵族小姐霍定金已然是位"欲女",她意欲与文必正幽会的唱词有"意欲偷赴高唐乐境""成其好事"①之类,完全是淫邀艳约的姿态,有失情理,可见作者娱乐、媚俗的创作心理。主仆通奸描写在《双珠凤》中占据相当篇幅,主要有《唱歌》《通奸》《露奸》《捉奸》等回,叙演仆人来福与主妇刘氏通奸,并打死主人文平章。其中有不少铺陈的性描写,如《唱歌》又名《来唱》《来福唱山歌》《来富唱山歌》,内容是来福在花园歌唱吟咏男女私情的山歌时,徐氏偷听忘情,遂有后来与来福通奸之行。其中对刘氏偷听山歌时的心理活动刻画细腻。《来福唱山歌》还被改编为昆剧、滩簧、花鼓等剧目,因涉嫌淫荡而屡遭禁毁,"摹色绘声,丑态百出。"②

(二)触犯权贵

触犯权贵为主因,诲淫之嫌为次因,即《玉蜻蜓》,又名《芙蓉洞》《节义缘》。《玉蜻蜓》尽管有"诲淫"的指责,但不是遭禁的主要原因。《玉蜻蜓》弹词于乾隆年间即有平湖艺人弹唱,后由嘉庆年间苏州艺人陈遇乾改定。故事叙明代苏州秀才申贵升因与原配张秀英不和,一日出游法华庵,与众尼淫乱,女尼志贞因而怀孕。贵升因纵欲过度病亡,临死前以玉蜻蜓为信物,嘱托志贞将与其所生之子送至申家。后几经周折,志贞之子徐元宰高中解元,至尼庵认母,复归宗姓申。自申时行发迹之后,苏州申氏成为苏州四大家族之首,直至清末民国时期,申时行的后裔申丕铨、申璜等仍是当地名绅,"往来吴中名流之间,颇有声望。"③因苏州申氏祖先徐士章、申时行父子与《玉蜻蜓》的主角申贵升、徐元宰父子的出身行状颇多近似,世间流传《玉蜻蜓》本事即申时行家事。自嘉庆十四年(1809)起,申时行后裔屡屡禀官查禁《玉蜻蜓》,对此,吴仁安《明代"状元宰相"申时行其人其事与弹词〈玉蜻蜓〉禁演的前前后后》曾做过研究,吴教授梳理认为:"长篇弹词《玉蜻

---

①《绣像双珠凤全传》,净雅书屋刊本。

②《戏园违禁》,《晚清报载小说戏曲禁毁史料汇编》(下),第701页。

③李嘉球《申时行家族与光福》,《苏州日报》2016年5月13日,第B02版。

蜓》自清朝嘉庆十四年（公元 1809 年）至民国二十年（1931 年），前后遭受禁演多达五次，这实乃评弹历史上所罕见之事。"①实际上，仅晚清，《玉蜻蜓》至少被禁 10 次，分别是：1. 1844 浙江学政吴钟骏禁毁单目；2. 1868 年江苏巡抚丁日昌禁毁单目；3. 1890 年江苏布政使黄彭年禁毁单目；4. 1900 年署理上海知县戴运寅禁毁单目；5. 1900 年上海英美租界会审谳员翁延年禁毁单目；6. 1901 年上海英美租界会审谳员张辰禁毁单目，再加表 2—10 所列的 4 次案件。晚清江浙官方历次开单查禁淫词小说，列入《玉蜻蜓》已为成例，这个成例是从 1838 年江苏按察使裕谦颁布禁毁单目奠定的，后来江浙官方开单查禁淫词小说都是以"裕谦单"为参照。"裕谦单"包括《玉蜻蜓》，而"裕谦单"是吴中绅士潘遵祁、潘曾绶等人禀呈的。与申氏家族一样，潘氏家族也是明清苏州申、彭、潘、顾四大家族之一，至于申氏后裔是否参与此次禀官查禁活动，或是潘氏等人主动照顾申氏家族对《玉蜻蜓》的关切，皆有可能，尤以后者可能性最大，因为潘家与申家有累世联姻关系②，在声誉和利益上相互扶持，合情合理。由表 2—10 可见，由于苏州申氏的推动，晚清在苏州公开弹唱《玉蜻蜓》几乎是不可能的事，"苏城则早已禁绝。"③

　　苏州申氏从维护家族荣誉出发，不断推动官方查禁《玉蜻蜓》，相当程度上还给晚清官吏查禁该弹词造成思维定式，即不少官吏并非是受申家请托或照顾申家名誉而发起查禁，而是根据禁毁单目的成例发起查禁。特别是，《玉蜻蜓》有描摹尼庵淫乱、尼姑不守清规的内容，也给查禁该弹词以口实。1899 年 6 月，上海英租界查禁群玉楼书场弹唱《玉蜻蜓》，指责该弹词的罪名就是"淫词亵语，鼓惑人心。"④所以，《玉蜻蜓》弹词屡遭查禁的原因，主要是由于苏州申氏接力推动使之进入官禁系统，成为禁毁成例。又因《玉蜻蜓》的确有一定的淫亵描绘，弹唱时"游词狎亵，戏语轻浮。"⑤有诲淫之嫌，给上海等地官吏执行查禁成例以口实。至 1906 年 11 月，上海县还在查禁邑庙弹唱《玉蜻蜓》《双珠凤》《倭袍记》等弹词⑥。

---

①吴仁安《明清江南望族与社会经济文化》，上海人民出版社 2001 年版，第 11 页。
②徐茂明《清代徽苏两地的家族迁徙与文化互动——以苏州大阜潘氏为例》，《史林》2004 年第 2 期。
③《弹词肇衅》，《晚清报载小说戏曲禁毁史料汇编》（上），第 272 页。
④《禁唱淫词》，《晚清报载小说戏曲禁毁史料汇编》（上），第 285—286 页。
⑤陈无我《老上海三十年见闻录》，上海书店出版社 1997 年版，第 47 页。
⑥《密查弹唱淫书》，《晚清报载小说戏曲禁毁史料汇编》（上），第 370 页。

(三)治安风化

弹词涉嫌治安是指聚集多人、易滋事端;风化则指妇女出入茶馆、书场,享受弹词观听和品茗之乐。与戏曲观演一样,弹词观听属于集体性娱乐活动。茶馆主招雇弹词艺人演出,冀以引人品茗,甚至聚赌抽头,这是晚清城镇茶馆较流行的营生策略,地方官则从维护治安、防止人杂滋事的角度,屡屡查禁①。伴随晚清上海、苏州、南京、杭州等城市大众休闲娱乐场所的增多,原先主要由男性光顾的茶馆等娱乐场所,女性渐渐开始出入其间。在上海,至十九世纪六七十年代,"妇女外出游观,出入于以往只有男子才能光顾的茶馆、戏园、烟馆等公共消闲娱乐场所的风气越来越盛。"②于是,妇女出入茶馆,观听弹词,有悖妇道、男女混杂等指责因之而起。晚清杭州、苏州、上海、宁波等地皆频颁禁令,禁止茶馆弹唱和妇女出入其间,"哄动多人,男女杂坐,不但风化攸关,抑且易滋事端。"③在表2—10中,1899年6月上海英租界名玉楼弹唱《玉蜻蜓》案就有"男女混杂,殊违租界定章"的指控。

(四)原因难判

有《奇冤录》。《奇冤录》是宣统朝新编长篇弹词小说,即《杨乃武与小白菜》,亦称《余杭奇案》《杨乃武》,为清末民初弹词名家李文彬(1874—1929)据晚清四大奇案之一"杨乃武与小白菜案"编成。1910年12月21日,李文彬在上海邑庙豫园得意楼茶馆弹唱《奇冤录》时,被东二区钱副巡官视作弹唱淫词,遭到查禁④。李文彬最终被钱副巡官"判令罚洋六元,人则逐出邑庙,不准再唱,如违拿办。"⑤李文彬此次弹唱《奇冤录》被罚案,报道简单,也无旁证,原因难以判定,推测起来,不外三种:1.涉及官员昏聩受贿触犯时忌的原因;2.钱副巡官个人好恶的原因;3.李文彬弹唱时描绘男

---

①《禁止茶肆弹唱淫词》,《晚清报载小说戏曲禁毁史料汇编》(上),第51页。

②李长莉《晚清上海社会风习与近代观念》,天津人民出版社2010年版,第316页。

③《严禁茶馆弹唱淫词》,《晚清报载小说戏曲禁毁史料汇编》(上),第50—51页。

④《弹唱淫词》,《晚清报载小说戏曲禁毁史料汇编》(上),第471页。

⑤《驱逐开唱淫书》,《晚清报载小说戏曲禁毁史料汇编》(上),第472页。又据《驱逐开唱淫书》云,李文彬本次演唱《奇冤录》被禁,是因为"听者颇众,为庙中同业中人所妒忌,于前日暗使各流氓与李为难,互扭至一路二区分局。"(《新闻报》1910年12月22日,第18版。)可备一说。

女私情的原因。此三者皆有可能,以涉及男女私情为例。李文彬在编写《奇冤录》时,继承了此前听雨楼主人所编弹词《绘图杨乃武奇案》对男女私情的虚构和张扬。在《绘图杨乃武奇案》中,杨荣贵死,子杨乃武正在苏州读书,奔丧回家。乃武已结婚,妻赵氏。乃武回家未办正事,即和豆腐西施毕兰英幽会,又勾搭葛三姑成奸。乃武回苏州后,毕氏又和余杭知县郑光祖之子郑仁贵私通①。尽管杨乃武、毕兰英等人错杂、放荡的私情不符合史实,但作为文艺作品,则是艺人和听众津津乐道的话题。杨文彬在《奇冤录》中,也把杨乃武、毕秀英、知县之子刘子和三人处理成三角情人关系。所以不能排除杨文彬弹唱时描绘有悖伦理的私情而被指责为弹唱淫词的可能性。

由晚清这几桩弹词案件可见,除《玉蜻蜓》涉嫌申家声誉而被申家接力禀禁之外,描摹男女情色、涉嫌诲淫是官方查禁弹词的主要原因。这只是就文本内容而言,现实中,还不能排除评弹艺人演出时为迎合和吸引观众,在文本之外添加描摹情色的内容和表演。晚清弹词艺人往往专攻一书,即使是同一部书,有时也会临场发挥,针对不同听众采用不同的弹唱内容和方式②。为迎合观众,评弹艺人可能添加一些色情内容,像《双珠凤》"旧时演出并有色情内容。"③《玉蜻蜓》《果报录》弹唱时"游词狎亵,戏语轻浮。"④那些色情内容、狎亵戏语,可能是文本原有,也可能是艺人临时添加的"佐料"。

综合晚清小说案件和弹词案件的指控可见,晚清官方把诲淫作为禁毁小说首要原因,造成这种禁毁态势的原因主要有二:

其一,地方官与绅士主导了禁毁小说活动。清代前中期,中央是禁毁小说政策的主导者,据统计,晚清以前,清代中央颁布禁毁小说谕令 12 次,罚则著在法典;晚清中央颁布禁毁小说谕令仅 2 次⑤。禁毁主导权的权势

①周良、朱禧编著《弹词目录汇抄　弹词经眼录》,古吴轩出版社 2006 年版,第 114 页。
②潘讯《听声　耳畔苏州　评弹》,古吴轩出版社 2016 年版,第 132 页。
③吴宗锡主编《评弹文化词典》,汉语大词典出版社 1996 年版,第 83 页。
④陈无我《老上海三十年见闻录》,上海书店出版社 1997 年版,第 47 页。
⑤这 2 次分别是同治十年(1871)六月初九日,上谕批准御史刘瑞祺奏请饬销毁小说书版一折。着各直省督抚、府尹饬属查明应禁各书,严切晓示,将书版全行收毁,不准再行编造刊印,亦不得任听吏胥借端搜查,致涉骚扰;光绪三十年(1904)四月,军机处札饬南中各省严禁《新小说》等悖逆书报。

转移,禁毁小说关注的动机也有所不同,前中期中央禁毁小说谕令基本是由皇帝发起,维护满族统治备受关切,尽管也包含有阻遏海淫的动机,但"违碍"小说戏曲才是真心禁毁的题中之义。晚清地方官和绅士主导了禁毁活动,有伤风化的小说戏曲受到关注。特别是晚清绅权大张,士绅们以家长、族长、乡约、图董、善堂善会董事等身份角色参与基层社会治理,主导了基层社会教化的话语权,所谓的淫书淫戏被视为教化大敌、必欲除之而后快,"近世竟有坏法乱纪,敢与教化为大敌,可为痛哭流涕长太息者,厥有两端,一曰淫书,一曰淫戏。"①士绅通过直接查禁、禀官查禁、制定规约、捐助经费、组织团体、制造舆论等方式参与查禁活动,试图遏止"海淫浊流"。表现在禁毁单目的编选和禀官查禁方面,遏止海淫是第一目的,如道光十八年(1838)吴县士绅陈龙甲、潘遵祁等人编制禁毁单目与苏郡设局收毁淫书,道光二十四年仁和士绅张鉴等编制禁毁单目与浙省查禁淫词小说,这两个单目奠定了晚清查禁小说的基本单目,所列约 120 种"淫词小说",除《水浒传》等少数几部可归于"海盗"之外,其余基本可归于"海淫"一类。

其二,"海淫"小说的出版与流播日趋泛滥。19 世纪中后期,铅石技术在上海等口岸城市普及之时,也是书贾纷纷用之于出版违禁小说之际:

> 沪上石印各书局林立,凡有新出之淫书及人家所藏秘本,一得其稿,便发书手,膳真照印,其便捷较诸聚珍板尤易告成,况缩印小本,既省工料,又便贩往他埠,此卖淫书者所以又日见其多也。②

由于这些出版机构"皆托足租界之中。"③尽管官方多次严令会审谳员实力查禁,会审公廨也的确查处了不少违禁案件,无奈各书贾、书贩潜印暗售,愈禁愈多,至 1890 年代,"除早经绝迹之《如意君传》《痴婆子传》等难以访寻外,其余几乎无奇蒐有。"④并且,违禁小说通过代销、批发、邮寄等方式从上海向全国扩散,1900 年 4 月,杭州"清河坊岑整记书摊前日向上海某书局批寄淫书四十余部到杭。"⑤所谓"批寄",就是书局将书籍以批发价邮寄给代销点销售。"淫词小说"数量激增、愈禁愈多,让官方和以教化为己

---

① 王利器辑录《元明清三代禁毁小说戏曲史料(增订本)》,上海古籍出版社 1981 年版,第 311 页。
② 《论淫书愈出愈多亟当严禁》,《晚清报载小说戏曲禁毁史料汇编》(下),第 613 页。
③ 《论淫书翻刻之盛》,《晚清报载小说戏曲禁毁史料汇编》(下),第 604 页。
④ 《与客谈禁淫书》,《晚清报载小说戏曲禁毁史料汇编》(下),第 618 页。
⑤ 《查获淫书》,《晚清报载小说戏曲禁毁史料汇编》(上),第 296 页。

任的士绅阶层焦虑不安,"是贤父师训迪十年,不及淫书一览之变化为尤速也,是圣贤千言万语,引之而不足者,淫书一二部败之而有余也,此固教化之大敌。"①"淫词小说"出版流播日多,这是晚清官方把海淫作为禁毁小说首要因素的客观因素。

查禁活动一般会提高人们对查禁对象的注意力,导致禁果效应,对禁书往往会产生促销作用。在 18 世纪法国大革命前,法国警察宁愿收缴禁书、监禁书商,希望把动静尽量搞得小一些,也不愿随意举行公开焚毁禁书活动,"因为明白一把大火只会促进销量。"②晚清小说和弹词案件在一时一地曾引起轰动,不少还作为报载新闻传播四方,是否也会产生禁果效应?笔者认为因禁促销在一定程度上是客观存在的,但属于隐秘行为,即案件会导致涉案小说或弹词的印售更加隐蔽。从公开层面上看,案件至少导致涉案小说在一定时期内减少了公开营销。在 1896 年 10 月上海嘉记书局出版《野叟曝言》案发之前的 15 年里,《野叟曝言》销售广告在《申报》上几乎无月无之,在案件判罚之后,《野叟曝言》销售广告从《申报》上消失,直至清末,《野叟曝言》销售广告不再在《申报》上出现,申报馆定期发布的"新印铅板各种书籍出售"广告中的"野叟曝言一元"也被删除③。1890 年代,《今古奇观》销售广告多见于《申报》《新闻报》等报刊④,自 1901 年 9 月文宜等书局印售《今古奇观》案发判罚之后,直到 1908 年 12 月才有出版机构在《申报》等报刊刊登销售《今古奇观》广告⑤。说明这些小说因涉案一度从公开营销转入地下销售,小说案件对涉案小说的印售起到一定的震慑作用。

从上文涉案小说查禁原因分析可见,海淫是晚清涉案小说的主要罪名,这些被指责海淫的小说,除《红楼梦》因歌颂有悖礼教的自由恋情之外,其余都是由于小说涉及较露骨的性描写。时至今日,部分小说仍被管制出版或删节出版,说明从维护风俗、净化文化市场的角度看,晚清小说、弹词

---

①王利器辑录《元明清三代禁毁小说戏曲史料(增订本)》,上海古籍出版社 1981 年版,第 312 页。
②[美]罗伯特·达恩顿著,郑国强译《法国大革命前的畅销禁书》,华东师范大学出版社 2012 年版,第 9 页。
③张天星《晚清官方禁毁〈野叟曝言〉考述》,《无锡商业职业技术学院学报》2018 年第 1 期。
④"新出石印花边绣像全图施公案等"广告,《新闻报》1894 年 11 月 5 日,第 13 版;《新闻报》1895 年 1 月 19 日,第 18 版。
⑤《集成图书公司广告》,《申报》1908 年 12 月 11 日,第 14 版。

案件相当程度上有合理之处。《玉蜻蜓》《袁世凯》《瑞青天》《断肠草》等涉嫌个人或家族名誉尊严的小说案件，从积极意义上看，反映了人们希望名誉权受到法律保护的诉求，也有一定的合理性。至于从小说中过分解读、罗织罪名而打击作者和传播者，则是其消极意义，理应受到批评。晚清小说、弹词案件对认识官方小说禁令的执行、小说案件的司法特点、禁毁原因的时势变迁、查禁原因的丰富性以及搜寻《袁世凯》等几部因禁而佚小说的线索都有一定价值。

第十二章　清代小说戏曲接受中的患痨现象

　　肺痨,中医称痨瘵,亦称劳瘵,类似于西医的肺结核,是具有传染性的慢性虚弱疾病,以痰咳、咯血、潮热、盗汗、消瘦为主证[①]。考古发现,人类痨病史至少可以上溯到新石器时代。在 1943 年链霉素发现之前,人类一直没有找到能抑制肺痨的有效药物,即便进入 20 世纪,仍大约有 1 亿人死于肺痨[②]。作为一种古老、分布广、危害人类历史较长的慢性传染病,肺痨不仅是明清小说戏曲疾病描写的常见疾病之一,也是用来试图阻遏小说戏曲传播的“细菌武器”。阅读淫书或观看淫戏患肺痨,这是清代十分流行的观念,像“海淫之书,其害及聪俊子弟,痨瘵夭亡者,不知凡几。”[③]“(点演淫戏)试思少年子弟情窦初开,一经寓目,魂销魄夺,因之堕入狭邪,渐成痨瘵。”[④]这类的舆论和记载甚多,现实中确有不少家长因担忧子女患肺痨而禁止他们阅读“淫书”或观看“淫戏”。需要说明的是,清代所谓的淫书淫戏指涉范围宽泛,正统观念把涉及情爱描写的小说戏曲基本都看作淫书淫戏,本章提及的小说戏曲的范畴皆指此类而言。把阅读、观看、编撰、收藏小说戏曲与可怕的肺痨联系起来,是否仅仅只是为了恐吓?将二者联系起来的根源何在?有没有医学依据?其中反映了什么样的文化现象?这些皆是清代小说戏曲禁毁相关研究尚未深入探讨的问题,值得我们寻根溯源。

一、古代中医对肺痨病因的认识

　　在古代,肺痨是死亡率高的慢性病,对于绝大多数肺痨患者而言,除了在日益虚弱消瘦中等待死神降临,别无他路。人们谈痨色变,医家一般视

---

①蔡春锡主编《中国医学百科全书 朝医学》,上海科学技术出版社 1992 年版,第 27 页。
②刘虹《诺贝尔医学奖传奇》,东南大学出版社 2012 年版,第 160—161 页。
③(清)陈廷钧纂《(同治)安陆县志补正》,同治十一年刻本,卷下《风俗》第四十四页上。
④(清)余治《得一录》,台北华文书局 1969 年影印本,第 804 页。

肺痨为不治之症,"万病莫若痨症最为难治。"①"诸病莫难于劳症,言其真脏病也。"②所以旧时有"十痨九死"之说。在病因上,古代中医认为肺痨致病的原因不外内外两种:

(一)内因:体质虚损致痨

中医认为患痨的根本原因是身体衰弱。医家认为元气亏损,精血不足,外邪入侵,体内郁热,日久成痨,"凡人内伤元气者,无非虚损之症。至于虚损之深,即成痨瘵。"③身体虚损原因不一,导致患痨病因多样,清代医家郑树珪曾列出多种虚损致痨的原因:"所谓抑郁成劳,多气成劳,积热成劳,久疟成劳,久病日远成劳,伤风不苏成劳,产怯成劳,过欲成劳……"④在所有因体弱致痨的原因中,医家一般把色欲过度作为身体虚损的首要原因,色欲伤肾也被看作患痨的重要病因。据中医五行配五脏之说,肾属水,肺属金,心属火,欲多则精亏,精亏则火热,上蒸心火和肺金,引发咳嗽、吐痰,"痨瘵之症,皆由恣情纵欲……盖精气有伤,肾水不足,相火上炎,薰克肺金。"⑤中医还认为肺体娇嫩,性喜清润而恶温燥,阴虚火旺,则金被火克,纵欲则阴虚火旺,"以心主血,肾主精,精竭血燥,气衰火旺,蒸痊日久,则痨生焉。"⑥色欲过度导致阴虚火旺致痨是古代医家的一般知识,甚至是不少医家的唯一认识,明代医家汪机认为嗜欲过度、劳伤心肾乃致痨根由:"痨瘵之症尽由嗜欲过度,劳伤心肾所致。盖心主血,肾主精,精竭血燥,相火滋蔓,熏蒸藏府,煎熬津液。"⑦清代医家陈士铎也认为纵欲伤精,"不知节便即成痨矣。"⑧从这些观点可以看出,古代医家对肺痨病因的解释都是建立在中医保养理论、特别是固精保元理论的基础之上,所谓"善养生者,必宝其精,精盈则气盛,气盛则神全,神全则身健,身健则病少,神气坚强,

①黄自立编著《中医古籍医论荟萃》(2),汕头大学出版社 2003 年版,第 713 页。

②(明)方谷著、(清)周京辑;刘时觉、林士毅、周坚校注《医林绳墨大全》,中国中医药出版社 2015 年版,第 129 页。

③(清)梁廉夫撰,黄鑫校注《不知医必要》,中医古籍出版社 2012 年版,第 49 页。

④(清)郑树珪著,王满城、陈孟恒编校《七松岩集》,河北人民出版 1980 年版,第 158 页。

⑤李应存、王兰桂编著《刘一明医书释要》,甘肃文化出版社 2001 年版,第 199 页。

⑥(清)李用粹编著,吴唯校注《证治汇补》,中国中医药出版社 1999 年版,第 102 页。

⑦(明)汪机撰,储全根、万四妹校注《医学原理》(上),中国中医药出版社 2009 年版,第 178 页。

⑧(清)陈士铎著,司银楚、谢春娥整理《辨证录》,山西科学技术出版社 2013 年版,第 388 页。

老而益壮,皆本乎精也。"①固精是古代中医养生的基本途径之一,失精过度,等同斫丧、百病毕至,严重者非肺痨莫属,故旧有"好色者必以瘵死"之戒。明清小说家塑造了不少色欲患痨的人物形象,如《金瓶梅》中的庞玉梅、《玉闺红》中的张泰、《野叟曝言》中的安丙、《姑妄言》中的宝儿和昌氏等。所谓玩剑者死于剑,小说家之所将这些纵欲形象处理成死于肺痨,除了蕴含劝诫之意外,还说明色欲成痨在明清时期属于医学常识,人多知之。

身体虚损还包括情志失调而耗损元气。中医认为人的情志活动以五脏精气为物质基础,五情怒、喜、思、忧、恐是肝、心、脾、肺、肾五脏功能的表现,情志反作用于五脏,情志过度会伤及五脏。积思穷想和色欲过度一样,都会伤肾。明代医家张景岳认为,心脏沉沦于欲念,肾脏就会产生呼应,心火启动乎上,肾火呼应于下,如果不能抑制,则肾精遗漏,精少则阴虚火盛,上蒸肺金,导致虚损,这种现象在僧道尼姑、少女鳏寡中较常见,主要因为他们好积思穷想、神志失调,"凡师尼室女、失偶之辈,虽非房室之劳,而私情系恋,思想无穷,或对面千里,所愿不得,则欲火摇心,真阴日削,遂致虚损不救。凡五劳之中,莫此为甚,苟知重命,慎毋蹈之。"②日本江户时代汉方医学考证学派创始人丹波元坚、清代医家顾靖远和刘默等皆把不生欢笑的童子室女及鳏寡僧尼作为肺痨的高发群体,刘默认为童稚、壮年、鳏寡、僧尼精神气血较旺,如果心里长期抑郁、外感风寒,郁蒸生热,郁热形成痨虫,他们的病根"实病于情志抑郁,积想而成。"③神志失调患痨强调的是长期有欲不遂,忧思抑郁过度,伤及肾肺,虚损成痨。明清小说家也塑造了一些神志失调患痨的人物形象,如《警世通言》卷二十二《宋小官团圆破毡笠》,宋金幼女夭折,"宋金痛念爱女,哭泣过哀,七情所伤,遂得了个痨瘵之疾。"④因爱欲不遂,情志失调而患痨这样的人物形象,现代作家也多有刻画,郁达夫《过去》的主人公李白时、丁玲《莎菲女子日记》的主人公莎菲皆因情不能遂而患痨,说明因情志失调而患痨在古代、现代中国,皆属医学常识。

---

① (明)张景岳著,范志霞校注《类经》,中国医药科技出版社 2011 年版,第 1 页。
② (明)张介宾《景岳全书》,中国中医药出版社 1994 年版,第 194 页。
③ 周德生、陈新宇总主编《〈杂病广要〉释义》,山西科学技术出版社 2010 年版,第 141 页。
④ (明)冯梦龙《警世通言》,中国画报出版社 2014 年版,第 182 页。

(二)外因:感染痨虫致痨

中医至迟自晋代起即认识到肺痨具有传染性,葛洪《肘后备急方·治尸注鬼注方》提到肺痨患者死后,会把疾病传染给身边人,"死后复传旁人,乃至灭门。"[①]唐代以后,医家对传播肺痨的"痨虫"多有论及,且极言其可怖,"初起于一人不谨,而后传注数十百人,甚而至于灭族灭门者,诚有之矣。然此病最为可恶,其热毒郁积之久,则生异物恶虫,食人脏腑精华,变生诸般奇状,诚可惊骇。"[②]在没有显微镜的时代,肉眼不能识别结核杆菌,"痨虫"是人们想象中传播肺痨的媒介,说明古代中医对肺痨的传染性有一定认识。但受制于技术手段观察微生物,古代中医对肺痨病因的认识侧重于内因。

1882 年,德国生物学家罗伯特·科赫(Robert Koch)在显微镜下首次发现结核杆菌。结核杆菌的发现不但确定了肺痨的病因,也更正了肺痨是由于体质和遗传所致的观念。现代医学认为,肺痨有四种类型,主要是继发性肺结核具有传染性,原发性和血行播散型很少有传染性,结核性胸膜炎则无传染性。肺痨主要通过肺痨病者大声讲话、打喷嚏和咳嗽时向空气中释放携带结核杆菌的飞沫传染,感染结核杆菌是发生肺痨的根本原因,但发病者只占极少数。在我国,约有 45%(5.5 亿)的成年人曾感染过结核杆菌,其中 10% 可能会发病[③]。人体抵抗力强弱是患肺痨不容忽视的因素,如果抵抗力较强,吸入的结核杆菌不多,人体中的中性白细胞、大单核细胞和巨噬细胞等能抑制或消灭结核杆菌,肺部仅发生轻微感染,并无临床症状。反之,如果抵抗力较差,又吸入了较多的结核杆菌,结核杆菌在肺部生长繁殖、范围扩大,形成临床症状[④]。可见,是否感染结核杆菌是肺痨致病的根本原因,身体抵抗力强弱则是肺痨致病不可忽视的因素。在这两个方面,古代中医都有一定认识。但古代中医没有细菌学、化验、显微镜、X 射线等医学知识或技术,古人对肺痨病因的认识与现代医学相比,仍有较大差距。例如,现代医学认为肺痨致病的根本原因是感染了结核杆菌,

---

①郑艺文编《金匮要略浅释》,湖南科学技术出版社 1983 年版,第 102 页。
②黄自立编著《中医百家医论荟萃》,重庆出版社 1988 年版,第 315 页。
③曾璇、黄宙辉《警惕"潜伏"多年的肺结核卷土重来》,《羊城晚报》2015 年 3 月 30 日第 A07G 版。
④汪钟贤《肺结核》,上海科学技术出版社 2001 年版,第 26 页。

如果人体的免疫力弱,且感染了较多结核杆菌,则易患肺痨。古代中医虽然也认识到有一种传染肺痨的痨虫,但一般认为肺痨致病的根本原因是体质虚损,而造成体质虚损的原因有多种多样,这样古代中医有可能把诸多导致身体虚弱的慢性病都归于肺痨,也可能把诸多导致身体虚损的生活习惯和行为当作肺痨病因。明代医家方谷、虞抟等论及致痨根由云:

> 大抵劳病根因各自不同。酒伤肺,色伤肾,思虑伤心,劳倦饮食伤脾,忿怒伤肝。此五者皆能致劳也,大约酒色成劳者多耳。[①]

这五种患痨根由,实际上是导致身体亏损的五种行为,以今人的后见之明观之,这五种根由距离肺痨致病的病理仍有较大差距,但这是历史的局限。

二、小说戏曲为何成为肺痨诱因

古代中医一般认为身体虚损是患痨的根本原因,色欲过度和情志失调则被认为是肺痨的常见病因。基于这样的医学认识,读小说看戏曲可以诱发色欲和情志失调,小说戏曲与肺痨遂被联系起来。

(一)激发性欲,失精伤肾而致痨

现代医学认为,健全之人在观看涉性书刊、影视、图画时,大脑性中枢会受到刺激,引起性冲动,这是一种正常的生理和心理现象。明清小说家对小说戏曲能激发读者性冲动也多有描写,如《肉蒲团》第七回,未央生购买《绣榻野史》《如意君传》《痴婆子传》等小说让其妻翻阅,以激发她的性欲;《蜃楼志》第三回,笑官用《西厢记》《娇红传》《灯月缘》《昭阳趣史》《浓情快史》等小说戏曲来打动素馨的情欲,素馨阅读《西厢记·酬简》《灯月缘》之后,"心摇神荡,春上眉梢";[②]《金石缘》第七回,苏州林员外之女爱珠阅读《浓情快史》时,"不觉两朵桃花上脸,满身欲火如焚,口中枯渴难当。"[③]这些描写虽为小说家言,但也是来自作者的阅读体验或生活闻见,是对描写情爱的小说戏曲激起读者性冲动的现实反映。青少年时期,伴随生殖器

---

① (明)虞抟撰,王道瑞、申好真校注《苍生司命》,中国中医药出版社 2004 年版,第 154 页。
② (清)庾岭劳人《蜃楼志》,华夏出版社 2013 年版,第 19 页。
③ 肖枫、李建儒主编《中国古代禁毁名著》(2),中国戏剧出版社 2002 年版,第 742 页。

官的快速发育和渐渐成熟,他们开始出现性冲动和性欲求,由于青少年的自控能力和分辨能力较弱,阅读涉及两性描写的小说戏曲极易激发他们的性欲求,他们可能会遗精或尝试自慰等性行为,导致中医所说的失精虚损而患痨。清代医家何贵孚云:

> 虽有五劳之名,其实色劳居多,先吐血而后成血痹者更多。贫家劳力之子从无此病。患此病者皆缙绅富室,聪明子弟也,多在初婚一二年内,读书作文,攻苦者为甚。未婚之前,私看淫书小说,心荡神弛,精离本位,昼有所见,夜必遗精者为更甚。初而咳嗽,视为风寒,继而痰中带血,继而大口吐血矣。①

据何贵孚的临床经验,患色痨者皆为缙绅富室子弟,因为他们不事体力劳动,体质本来较弱,新婚之前,因偷看淫书小说,导致频繁遗精。新婚之后,性生活加上刻苦攻读②,劳神劳力倍增,身体对疾病的抵抗力更差,一经感冒咳嗽,很易发展成痨病。如何贵孚言,淫词小说虽不是痨病的直接病因,却是诱发青少年遗精进而导致身体虚损的重要原因。现实中也的确有喜读淫词小说而患痨的病人,说明医家对阅读淫词小说导致失精而患痨的认识并非空穴来风。1895 年 10 月 16 日《申报》报道:

> 售卖淫书,本干例禁,探悉城内老学前木器店内及鄞人某甲专刻《金瓶梅》《肉蒲团》等淫书,藉以获利。现有住居张家弄某乙年未弱冠,观看此书,竟患痨疾,被父查知,在箱箧内搜出《果报录》三本,立命当场焚化,痛戒不许再阅,并拟具词赴县请为禁绝云。③

《果报录》即《倭袍传》弹词,因包含有较多露骨的性描写,其中不少是用低俗的性挑逗迎合听众或读者,自道光十八年(1838)江苏按察使裕谦宪示查禁后,该弹词一直被晚清官方查禁。据这则报道,未成年的"某乙"阅读《金瓶梅》《肉蒲团》《倭袍传》等书患痨,应该与这几部小说的情色描写关系莫大。据中医纵欲患痨知识来解释,"某乙"是在阅读情色描写之后,不能自

---

① (清)何贵孚著,曲丽芳等校注《伤寒论大方图解》,中国中药出版社 2016 年版,第 155 页。
② 缙绅之家对青年子弟出仕往往寄予厚望,一般课教严格,学业较重,甚至有劳累身亡者。如光绪时都察院笔帖式炳半聋为让其子出仕,严格教育,其子 15 岁即攻读《十三经》《国语》《国策》《史记》等书,竟至劳累吐血身亡(徐珂《清稗类钞》,中华书局 1984 年版,第 579 页)。
③《淫书害人》,《晚清报载小说戏曲禁毁史料汇编》(上),第 247 页。

已,遗精或手淫过度,伤肾致痨。中医认为,遗精、手淫和房事过度一样,都会造成肾气虚损、肾水枯竭、阴虚火旺。明清社会上流播着大量可以刺激情欲的小说戏曲,观览这些小说戏曲能诱发手淫或遗精,导致失精、虚损身体。正是基于这种医学认识,人们有了小说戏曲刺激失精、虚损致痨的观念。黄正元《子弟禁看淫书小说》云:

> 每见人家子弟,年方龀稚,情窦初开,或偷看淫书小说,或同学戏语亵秽,妄生相火,寻求丧命之路,或有婢仆之事,而斫丧真元,或无男女之欲,而暗泄至宝,渐渐肢体羸弱,饮食减少,内热、咳嗽、咯血、梦遗、虚痨等症叠现。①

上引"或无男女之欲,而暗泄至宝",即指手淫或遗精,而"渐渐肢体羸弱,饮食减少,内热、咳嗽、咯血、梦遗、虚痨等症"是中医认为纵欲伤肾致痨的典型症状。明代医家汪机列举男子嗜欲无节致痨的症状主要有:或咳、或咯、或遗精盗汗、或心神恍惚,日渐羸瘦。清代医家齐秉慧开列色欲过度致痨症状:"睡中盗汗,午后发热,哈哈咳嗽,倦怠无力,饮食少进,甚则痰涎带出,咯血,咳血,衄血,吐血。"②如此看来,清代关于小说戏曲可以诱发失精致痨的观点并非杜撰,其依据的正是中医色欲致痨的临床知识。

(二)摇动情志,思虑过度而致病

心理学把 11—18 岁这个年龄阶段称为青春期,青少年进入青春期之后,性意识逐步强化,爱慕异性、情绪活跃而不稳定,他们在看言情小说戏曲时,常产生性幻想和移情,性幻想和移情最常见的表现就是把小说戏曲中的人物形象当作自己的意中人,把自己的感情转移到人物形象上,入戏其中,"性幻想是较普遍存在的,移情则大多为单纯而又自我封闭,交际不广之青少年女子所常有。"③性幻想和移情会随着心理成熟和阅历丰富而渐渐消除,但如果不能疏导排遣,则会陷于抑郁忧愁的心理状态之中,虚损身体。此方面较著名的例子是陈其元的一则记载:

> 余弱冠时,读书杭州,闻有某贾人女明艳,工诗,以酷嗜《红楼梦》

①王利器辑录《元明清三代禁毁小说戏曲史料(增订本)》,上海古籍出版社 1981 年版,第 239 页。
②(清)齐秉慧撰,姜兴俊、毕学琦校注《齐氏医案》,中国中医药出版社 1997 年版,第 124 页。
③何裕民、柴可夫、张玉清《中医性别差异病理学》,上海科学普及出版社 1997 年版,第 237 页。

致成瘵疾。当绵缀〔惙〕时，父母以是书贻祸，取投之火，女在床乃大哭曰："奈何烧杀我宝玉！"遂死。[①]

中医认为，抑郁悲伤耗伤肺气，《素问·举痛论》："悲则心气急，肺布叶举，而上焦不通，荣卫不散，热气在中，故气消矣。"[②]《灵枢·本神》"愁忧者，气闭塞而不行。"[③]抑郁悲伤可致肺气发热，集中于肺部，引起病变。据中医情志失调致病知识，"贾人女"是由于移情于宝玉，思而不得，情感处于长期抑郁和悲伤之中，伤及肾肺而成瘵。现实中，也的确有读《红楼梦》抑郁悲伤患肺疾的例子，晚清报人作家邹弢曾夫子自道，说他十四岁时读《红楼梦》"心追意仿""泪与情多"，最后也"以此得肺疾。"[④]邹弢把他患肺疾归根于读《红楼梦》悲伤用情所致，他这种认识来自何处不得而知，可以肯定的是与中医有关抑郁悲苦伤肺的认识是完全一致的，说明读小说戏曲忧思悲苦伤肺是颇具代表性的观点。另外，青年优伶一般相貌英俊、身段矫健，剧场扮相英气飒爽、人见犹怜，古代青年男女因观剧而迷恋优伶的例子不在少数。如果这种迷恋不能排遣，按照中医所说，也会抑郁成瘵。吴趼人就塑造了一位因观剧迷恋优伶而患瘵的人物形象。龙中丞之女骊珠养在深闺，中丞生日时家中演剧，骊珠隔帘观剧，迷上花旦喜蛛儿，思虑过度，抑郁成疾，竟成瘵症。吴趼人对骊珠的病情发展、症状、心理以及脉象、用药进行了较详细的描写，如医生薇园诊脉之后向中丞解释云：

> 小姐这个病，起初是思虑过度，忧郁伤肝所致。那时候如果投以顺气疏肝之品，不难痊愈的；此时病根已深，肝木侵脾，不思饮食；阴火烁金，夜见咳嗽，神志不定，时见潮热，虚损之象已见，恐成思劳。

中丞不懂何谓思劳，薇园又解释道："劳伤之症，有五劳七伤。那五劳是：志劳、思劳、心劳、忧劳、瘵劳，这思劳是由思想抑郁所致。"[⑤]所谓思劳，就是中医所云抑郁致瘵。吴趼人还提及石斛、蒺藜等中药药性以及叶天士《叶天士全书》、费伯雄《医醇剩义》等名医著作。在吴趼人看来，其对骊珠患思

---

① （清）陈其元《庸闲斋笔记》，中华书局 1989 年版，第 200 页。
② 李心天主编《医学心理学》，北京医科大学、中国协和医科大学联合出版社 1998 年版，第 17 页。
③ 南京中医学院中医系编著《黄帝内经灵枢译释》，上海科学技术出版社 1986 年版，第 77 页。
④ 一粟《红楼梦资料汇编》（下册），中华书局 1964 年版，第 388 页。
⑤ （清）吴趼人《近十年之怪现状》，天津古籍出版社 1986 年版，第 138 页。

痨煞有其事的描写皆有所本,并非妄词。的确,如果我们把骊珠病理与中医所言情志失调患痨相比较,大致榫合,如"肝木侵脾"说的是"痨瘵而多起于脾肾之劳,忧思之过者也。"①"阴火烁金"讲的是思虑过度导致阴虚火旺,上蒸肺金。吴趼人笔下骊珠虽为小说人物,但其病理可作医案观之。所以吴趼人对这段医学写实非常自信,他特别提示说:"论药一节,愿阅者勿作小说看。"②说明吴趼人与许多医家一样,认为读小说看戏曲引起无法排遣的抑郁悲伤会致痨。清代还有不少读小说看戏引起情志失调患痨的记载,兹举一例:

> 雏伶阿元,丰姿如好女子,一日演《金山寺》中蚌精,淫声浪态,出色描抚,某姓女惑之,致情不能遂,痨瘵而亡。③

这则记载真假莫辨,不过据中医"惟过于思者,寝成痨瘵"④的解释,"某姓女"与骊珠一样,也是思而不得、情不能遂,忧思悲伤而致痨。

(三)青年患痨,高死亡率的强化

只要把清代有关看小说戏曲患痨的记载或舆论稍作梳理,即可发现一个奇怪的现象:为何这些记载和舆论基本针对青年?其中原因较多,诸如青年是家族未来因而备受关注、青春期因性格叛逆心灵闭塞而成为教育难题等。但有两个因素也值得特别注意:一是青年多是小说戏曲爱好者。二是旧时青年患痨比例和致死率较高。前者毋庸说明,这里重点谈谈后者。

中外抗痨史表明,在不同年龄阶段的肺痨患者中,青年患者的死亡率较高。欧洲肺痨流行的历史表明,肺痨整体死亡率高,而婴幼儿和青春期的青少年肺痨患者死亡率更高,在死亡率年龄组曲线上这两个高峰呈驼峰状。1949 年以前,中国肺痨死亡者中,婴幼儿和青少年占较大比例⑤。青年肺痨患者中,女性患者的死亡率又高于男性患者,旧有"女儿痨"难治之说。据统计,1949 年,女性青年肺痨死亡率比男性青年高二至三倍⑥。古

---

①(明)徐春甫原著,余瀛鳌等编选《古今医统大全集要》,辽宁科学技术出版社 2007 年版,第 470 页。
②(清)吴趼人《近十年之怪现状》,天津古籍出版社 1986 年版,第 147 页。
③《淫戏难禁说》,《晚清报载小说戏曲禁毁史料汇编》(下),第 535 页。
④(明)徐春甫原著,余瀛鳌等编选《古今医统大全集要》,辽宁科学技术出版社 2007 年版,第 470 页。
⑤汪钟贤等编《肺结核知识》,上海科学技术出版社 1988 年版,第 7、11 页。
⑥王曾礼编著《肺结核防治》,天地出版社 2000 年版,第 115 页。

代中医临床也证实了幼儿和青年痨病患者多、死亡率高的特点："凡生劳病,皆在四旬之内,及童稚之年。"①现代临床也表明:"本病多见于少儿、青少年。"②婴幼儿抵抗力弱,在没有抗生素抑制结核杆菌的情况下,易被传染、死亡率高容易理解。但是为何古代青年肺痨患者比例和致死率高?归纳起来,要因有五:

其一,青年接触外界的机会增多,被感染的几率也增多;而且青春期心理尚不成熟,敏感易受刺激,容易产生生理或心理健康问题,如果不能排释,久则伤及身心,免疫力降低,容易染病。

其二,古代青年男女早婚早育现象普遍,房事、苦读、家务、生育等体力和精神压力,进一步降低了身体免疫力,也容易染病。此现象在优裕之家会更突出一些,所以医家云:"每见生劳病也,多属壮年无病之人,富贵安逸之家。"③

其三,青春期女性患者即"女儿痨"的患病率和死亡率高于男性主要是因为旧时青春女子,尤其是富贵之家囿于闺阁的女子缺少身体锻炼,体质本来较弱,加上每月经血流失,易成阴虚、贫血之症,身体免疫力低,患病几率自然也高。而且旧时青春女子因囿于家庭、生活圈狭窄,易患心理和生理慢性疾病,在当时的医疗条件下,往往被当作痨症,正如潘光旦所说:"所云瘵疾,就是近人所称的痨症,从前的闺秀死于这种痨症的很多,名为痨症,其实不是痨症,或不止是痨症,其间往往有因抑制而发生的性心理的变态或病态,不过当时的人不了解罢了。"④这种认识较符合历史实际。

其四,研究发现,肺痨与智力、性格、性欲有一定关系。20世纪以来,西方有些学者进一步从心理素质方面深入研究,发现肺痨患者大多智力聪慧,才华横溢,而且往往多情善感,尤其是感情特别强烈且纤细,甚至到了过度敏感、过度脆弱的地步,他们还发现肺痨患者还有一个共性就是有强烈的性欲⑤。此方面的研究既对中医色欲过度和情志失调致痨有一定呼应,对我们理解为何古代青年肺痨患者比例较高也有一定的参考价值,比

---

① (清)郑树珪著,王满城、陈孟恒编校《七松岩集》,河北人民出版社1980年版,第159页。
② [韩]金南洙、何天有著,尹明锡译《灸治百病:百岁医生讲述无极保美灸》,中国中医药出版社2014年版,第92页。
③ (清)郑树珪著,王满城、陈孟恒编校《七松岩集》,河北人民出版社1980年版,第159页。
④ [英]霭理士著,潘光旦译注《性心理学》,商务印书馆2009年版,第184页。
⑤ 余凤高《飘零的秋叶——肺结核文化史》,山东画报出版社2004年版,第128、138页。

如爱好读小说看戏曲的青年一般较聪明,因读小说看戏曲而抑郁忧思的青年多感情纤细、性格敏感脆弱,青年又处于一生中性欲旺盛的年龄。

其五,现代临床表明,青年肺痨患者临床表现开始不明显,有时有发烧、咳嗽等,常被患者拖延就医,以后病情进展迅速,故确诊时多为中、重症肺痨①。揆诸古代,情形相去不远,在没有抗痨特效药的年代,等到中、重症肺痨方确诊医治,基本为时已晚,致死率自然较高。

当然,古代青年肺痨者比例和致死率高的原因非尽上述,每个人染上肺痨内外因素也不一,诸如生活条件落后、营养不良、居住拥挤、青春期内分泌变化等可能皆为原因。受医学知识和技术条件的制约,古人对青年为何易患肺痨且死亡率高缺乏科学而全面认识。特别是青年一般皆是小说戏曲爱好者,而小说戏曲几乎没有不涉及男女之情的;加上受中医固精理论的影响,小说戏曲被认为是挑逗青年情志和激发情欲的罪魁祸首,而失精伤肾和情志失调又被认为是肺痨的常见病因,为防痨着想,有禁止青少年读小说看戏曲的必要。据记载,清代青年肺痨患者有的爱诵《梦中缘》②、有的爱看《红楼梦》③、有的爱看《西厢记》且慕崔莺莺成病④、有的在其箱箧中搜出《果报录》⑤等,此类记录或传言似乎可作小说戏曲是青年患痨祸根之佐证,针对青年读小说看戏曲的禁止行动和舆论自然也就多了起来,清代不少家训族规禁止家藏淫词小说唱本或告诫见即焚之,或多或少就有避免子女阅读患痨的考虑,舆论类像闺阁女儿阅读淫书"春情逗动,独宿冥思""或成痨疾矣"⑥;少年子弟"大喜翻阅"《国色天香》《绿野仙踪》《品花宝鉴》等"淫书","隐则有积瘵成痨之祸"⑦等,不一而足。

(四)劝人禁毁,肺痨被当作果报

明清时期中国人口激增,像小说戏曲繁荣之区的苏州府人口宋元丰三年(1080)是 100 万、明洪武九年(1376)为 216 万、清嘉庆二十三年(1818)

---

①唐神结、张青主编《肺结核》,同济大学出版社 2013 年版,第 42—43 页。
②蒋瑞藻编《小说考证附续编拾遗》,古典文学出版社 1957 年版,第 182 页。
③一粟《红楼梦资料汇编》(下册),中华书局 1964 年版,第 382 页。
④《淫书害人》,《晚清报载小说戏曲禁毁史料汇编》(下),第 718 页。
⑤《请禁淫书》,《晚清报载小说戏曲禁毁史料汇编》(上),第 247 页。
⑥《劝毁淫书启》,《晚清报载小说戏曲禁毁史料汇编》(下),第 821 页。
⑦《淫书宜禁》,《晚清报载小说戏曲禁毁史料汇编》(下),第 691—692 页。

达590万[1]，人口增多也加速了肺痨的发病和流行，清代地方志对肺痨记载甚夥，可见该病的肆虐情形之一斑[2]，而且明清医学著作、包括小说也对肺痨涉及较多，说明肺痨已成为人们普遍关切的疾病。清代是小说戏曲的繁荣期，读小说看戏曲能诱发色欲或情志失调，有中医理论依据，小说戏曲遂被视作肺痨的诱因。由于青年患肺痨比例和致死率较高且青年基本皆为小说戏曲的爱好者，因此，为抗痨而禁止人们，尤其是禁止青年看小说戏曲的行为和舆论增多。同时，我们还要看到清代劝善运动把肺痨作为重要果报也起着推波助澜的作用。劝孝和戒淫是清代劝善运动的两大主题，果报在劝善运动中起到教化和行善积德的双重功能，而禁毁所谓的淫书淫戏又是戒淫的主要内容。于是果报也是禁毁淫书淫戏的重要精神武器。据三世报理论，编撰和看小说戏曲患肺痨属于现世报，报应之所以选择肺痨，一是有医学依据，二是因为肺痨是令人恐怖的疾病：致死率高，所谓"十痨九死"；是慢性不治之症、受尽折磨，眼睁睁地等待死亡；有的肺痨具有传染性，甚者灭门。正是报应不酷不足以警醒人心的心理，让道德之士制造和传播了许多编撰、收藏和读小说看戏曲患肺痨的舆论，如收藏淫书，秉性幽贞的妇女取而阅之"或以痨瘵死"，点演淫戏，年少男女观之，"暗中斫丧痨瘵夭亡"[3]，家藏淫书，聪俊子弟"取淫书观之，从此缠绵思想，斫丧真元，患痨瘵卒。"[4]晚清小说家俞达[5]和李伯元也被附会为撰写淫书得痨瘵之报等[6]。此类言论在医学上虽的确能找到依据，但也不乏附会张皇之词——非如此恶报，不足以警戒人心，毕竟那是一个谈痨色变的年代。另外，我们从阅读、创作小说戏曲患肺痨的舆论多来自善书，也可以看出该舆论与清

①陈文华、张忠宽编写《中国古代农业科学技术成就展览资料汇编》，江西科协、江西历史博物馆1980年编印，第120页。

②例如，清代地方志记录了大量被肺痨所困的贞妇，可见肺痨对清代家庭造成灾难之一斑，这些为痨所困的贞妇的遭遇大致可分为四种类型：其一，丈夫患痨而亡，妇持家守节。其二，丈夫死后，公公或婆婆患痨，妇尽孝守节。其三，丈夫患痨，妇不但尽心护养，而且刲股和药以进。其四，贞妇最终患痨而亡。兹举一例，以概其余：章世岱妻许氏，"夫患痨疾，氏扶持五载不息。夫亡，养老抚孤，克全妇道。"（［清］李应泰修，章绶纂《（光绪）宣城县志》，光绪十四年刻本，卷二十一第九十二页下。）

③《山阴金兰生先生劝毁淫书说》，《晚清报载小说戏曲禁毁史料汇编》（下），第828页。

④王利器辑录《元明清三代禁毁小说戏曲史料（增订本）》，上海古籍出版社1981年版，第381页。

⑤《谆禁淫书》，《晚清报载小说戏曲禁毁史料汇编》（上），第27—28页。

⑥《论近人编辑无益小说有害卫生卒致自戕生命事》，《晚清报载小说戏曲禁毁史料汇编》（下），第664—665页。

代劝善运动中的戒淫主题属主从关系。《劝孝戒淫录》《劝戒录类编》《文昌帝天戒录》《居官日省录》等清代善书,都收录这样的果报舆论:编撰、阅读、观看淫书淫戏会患痨而死。如某生创作淫书数篇,"现世痨瘵呕血死,仍受报地狱。"①茹菜《果报四咏》劝人勿读言情小说,"失尽灵机成瘵疾,何如经史步云程。"②这些果报显然皆是用肺痨这样令人生畏的疾病来警醒世人远离所谓的淫书淫戏。

　　总之,清人不但从预防患痨的目的出发要求禁毁所谓的淫书淫戏,而且还把肺痨作为果报手段来警醒人们禁撰、禁藏、禁阅淫书或禁观、禁点演淫戏。对肺痨与小说戏曲传播与接受这段特殊历史的探讨,可以丰富我们对清代小说戏曲传播和接受状态的认识,也有助于我们了解清代医家、家长、老师和道德之士对青少年接受小说戏曲效果的关切。在医学已取得巨大进步的今天,如果再把读小说看戏曲与肺痨联系起来,似乎贻笑大方。但清人对小说戏曲与患痨关系的关切,仍启示着我们关注和引导青少年阅读健康有益的文艺作品。毕竟,为下一代创造优秀的精神食粮和良好的成长环境是人类永恒的使命。

---

① 元周主编《政训实录》(第十一册),中国戏剧出版社 2001 年版,第 4012 页。
② 王利器辑录《元明清三代禁毁小说戏曲史料(增订本)》,上海古籍出版社 1981 年版,第 234 页。

第十三章　庚辛禁毁运动与小说界革命的前兆

　　清代是禁毁小说活动观念化和制度化的朝代,禁毁活动几乎贯穿有清一代。一般认为,清代最后一次大规模禁毁小说活动是同治七年(1868)江苏巡抚丁日昌禁毁淫词小说运动①。实际上,在梁启超竖起小说界革命大旗前夜的1900—1901年,江浙地区还发生了一场大规模禁毁小说运动,可简称为庚辛禁毁运动②,从缘起、经过和禁毁名目上看,该禁毁运动主要特点有三:其一,官方民间协同。官场方面,浙江学政、江苏布政使和江苏按察使、上海道台、浙江仁和和钱塘两县知县、上海知县、上海英租界会审谳员、扬州地方官等都参与其事;民间方面,杭州协德善堂、浙江书业行会、扬州同善社以及江浙部分士绅积极参与。其二,开单禁毁小说名目较多,共计40余种,是清代官方最后一次所开小说名目超过个位数的禁毁小说运动,可谓清代大规模禁毁小说之绝唱。其三,应禁小说名目有所变化。与之前禁毁小说单目相比,新增了应禁名目,晚清新编撰的小说《四大金刚》等遭到查禁,晚清以前编撰的小说《三遂平妖传》《飞跎子传》也遭到禁毁。目前,学界对庚辛禁毁运动的起因、过程以及新增禁毁小说名目缺少探讨,基本史实尚湮没无闻。本章拟对庚辛禁毁运动的缘起、经过予以钩沉,并从小说史的角度审视该次禁毁运动蕴含的认识价值。

---

①学界一般认为同治七年丁日昌禁毁淫词小说是清朝最后一次大规模禁毁小说活动。目前看来,这种说法可以修正,因为:光绪十六年(1890),江苏布政使黄彭年依据丁日昌所颁单目,也发起了一场大规模禁毁小说戏曲运动(《清江南苏州等处承宣布政使黄彭年颁发禁止淫词小说示又朱醉竹过录本》,见严宝善《贩书经眼录》,浙江古籍出版社1994年版,第579—580页;《严禁淫词小说示》《示禁淫戏》《禁止淫词小说示》,见张天星《晚清报载小说戏曲禁毁史料汇编》[上],北京大学出版社2015年版,第37—40页)。加上本文探讨的庚辛禁毁运动也是一场跨越两省的大规模禁毁小说活动。

②将1900年(庚子)和1901年(辛丑)合称庚辛的习惯,不仅清末即已有之,如柴萼《庚辛纪事》、吴昌硕《庚辛纪事》等,而且亦为当今学界所通用,如庚辛新政、庚辛议和、庚辛之变、庚辛乱局等。

一、运动钩沉

但凡阅读 1900—1901 年间《申报》《新闻报》等报载新闻、论说、善堂广告,就会发现一个奇怪的现象:此期间报刊上有关禁毁小说活动的新闻较多、时间较集中。这些信息大致包括:协德善堂在报刊上登载收毁淫书广告;江苏官方查禁小说单目是杭州协德善堂提供的;杭州书业所存淫书交由协德善堂给价焚毁;杭州士绅樊达璋、许之荣等禀请浙江学政文治通饬禁毁淫书并移咨江苏布政使陆元鼎和按察使朱之榛一体查禁;署理上海县知县戴运寅和上海英租界会审谳员翁延年接札之后,依据协德善堂所拟应禁名目开单查禁;协德善堂之后,同善社募资收毁淫书并继续推动官方查禁,将该禁毁运动持续到 1901 年;1901 年 9 月,上海英租界谳员张辰还在根据协德善堂所拟单目查禁小说。后来,即 1904 年 6 月,协德善堂和扬州同善社共同刊登的广告提及是它们发起了庚辛禁毁运动①。这些信息犹如一堆散落的铜钱,需要我们梳理,并用线索串联起来,明其所以。

(一)协德堂策动在先

首先,我们要从认识杭州协德善堂入手。协德善堂设址西湖夕照峰下,具体成立时间不详,推测是在 1898 年。这个时间是基于以下三点推知的:其一,协德善堂经常在《申报》《新闻报》上刊登启事,但 1898 年以前,在这两份报纸上不见关于协德善堂的任何信息。其二,光绪二十五年(1899),江苏布政使陆元鼎奏请朝廷,认为协德善堂符合在杭州原籍自行建坊条件,请旨批准②。说明此前官方还未正式批准协德善堂自行建坊。其三,1898 年 9 月,协德善堂仍在募集经费,以便建造一座惜字炉和数间屋宇用于储存字纸③,说明当时善堂配套设施尚不完备。协德善堂主要创办人潘炳南,字赤文,浙江上虞人,太平天国战争之后,在杭州开设鼎记钱庄,他是近代江南著名商人兼善士,有"潘善士"之称,在协德善堂创建之前,他已在杭州创立绍属暂厝公所、保沙会等慈善组织。成立两年之后,协

---

① "淫书又见"广告,《时报》1904 年 6 月 19、20、21、22、25 日,第 1 版。
② 上海书店出版社编《中国地方志集成·寺观志专辑》(10),上海书店出版社 2016 年版,第 523 页。
③《西湖协德堂见心惜字会募捐启》,《新闻报》1898 年 9 月 17 日,第 9 版。

德善堂就能够发起跨越江浙两省的大规模禁毁小说运动,这是晚清绝大多数善堂难以企及的,足见该善堂在江浙官场享有较大影响力。该影响力的获得主要来自三个方面:

第一,因为积极行善获得官方褒奖。晚清国势衰微,灾难频仍,清廷疲于应对,善堂善会赈灾济困,维护了社会稳定,有利于清廷统治。清廷则通过赏赐官衔、匾额等方式予以鼓励,晚清许多善士和善堂就是在积极行善中赢得官方的支持和尊重,进而在政界享有一定的影响力,协德善堂即为其中代表。除潘炳南本人数次受到官方褒奖之外,官员还多次请旨颁赐协德善堂匾额,以资鼓励。1898年,江苏丹徒等县遭受风潮之灾,协德善堂捐银一千两,送交镇江筹赈公所。为此,1899年,江苏布政使陆元鼎奏请朝廷,请准予协德善堂在原籍自行建坊,并颁给"乐善好施"匾额。该奏折于光绪二十五年(1899)八月二十五日奉硃批:"著照所请,礼部知道,钦此。"①协德善堂筹赈款项,数额较大,1901年皖浙水灾集洋五万四千元,驰付灾区。1902年,浙江巡抚任道镕奏请朝廷,请赏给匾额一方,以昭激励。该奏奉旨准行,御书"义敷振赡"匾额由兵部火票送至杭州②。协德善堂的善举为朝廷和江浙两省官长所重视,在江浙官场较有影响,为善堂发起跨省禁毁小说运动创造了条件。

第二,有官宦背景士绅的参与。潘炳南身份是钱庄执事,是商人,直接上书建言江浙省级大员较有难度。1899年秋冬,潘炳南倡修上虞县境沿江塘堤,其向浙江布政使恽祖翼所上条陈是请上虞县知县吴世钦代陈③。可见,仅靠潘炳南等商人身份推动江浙两省官长一体禁毁难度较大。1900年3月18日《申报》的一则报道云:

> 杭州访事友来函云,售卖淫书,本干例禁,而无赖之徒往往于烟室茶楼到处求售,伤风败俗,莫此为尤。月前郡绅樊彭伯孝廉纠约同志,具呈学宪,请通饬各属严查书肆,不准销售淫书,并移知江苏抚宪,转饬苏松太道照会领事,查禁石印翻刻,以绝根株。刻下学宪已命书吏缮文,分别移咨办理矣。④

①上海书店出版社编《中国地方志集成·寺观志专辑》(10),上海书店出版社2016年版,第523页。
②上海书店出版社编《中国地方志集成·寺观志专辑》(10),上海书店出版社2016年版,第524页。
③《照录杭垣潘君赤文致余上乞振公所书》,《申报》1899年12月7日,第3版。
④《请禁淫书》,《晚清报载小说戏曲禁毁史料汇编》(上),第292—293页。

樊彭伯,即樊达璋,字彭伯,光绪十四年(1888)举人,浙江仁和(今杭州)人。根据此则报道,文治接受樊达璋等人的禀请,通饬各属查禁,并移知江苏官长转饬上海道照会租界查禁。同年 5 月 10 日,《新闻报》刊登了一则署理上海知县戴运寅再次颁布禁毁小说告示,其中云:

> 奉署按察司朱札奉护抚部院陆札准浙江提督学院文咨据仁和县职员许之荣等禀称,坊肆私售淫书,请通饬严行查究,并恳移咨江苏抚院转饬查究上海租界各书局不准违例私印等情到县。①

这则告示进一步说明了 1900 年上半年上海地区查禁小说运动的缘起:浙江仁和县职员许之荣等向浙江学政文治禀请查禁,文治准如所请,并移咨江苏省官长查禁,江苏省布政使陆元鼎和按察使朱之榛接到文治的移咨之后,通饬上海县和上海租界一体严禁。

　　由以上可知,庚辛禁毁运动开始之际,杭州方面出面禀请的士绅是许之荣、樊达璋等。从出身背景上看,许、樊二人有两个共同特点:一是出身官宦门第,较具社会影响力。二是热心慈善,与协德善堂关系密切。许之荣,字春卿,他是前兵部尚书、军机大臣许庚身(1825—1893)之长子,官内阁中书,特赏郎中。许家与当时不少显宦有交往,许庚身去世时,李鸿章致电悼唁,尊许之荣为兄,说许、李两家"论交累世。"②据协德善堂刊印的征信录,许之荣多次向协德善堂捐款,1901 年夏,他向协德善堂发起的皖浙义赈捐款二百元③,说明他给予协德善堂较大支持。樊达璋也是晚清杭州活跃的善士,协德善堂所刊征信录上多次见到他的捐款。1900 年,樊达璋还代表家庭向协德善堂禁毁淫书专项开支捐款一元④。更关键的是,樊达璋之父樊恭煦曾是晚清政要,与协德善堂和潘炳南关系密切。樊恭煦(1843—1914),字觉先,号介轩,同治十年(1871)进士,1895 年 5 月,樊恭煦因父亲年迈,奏请开缺,回籍养亲,上谕准奏。此前,他已历任翰林院侍讲学士、陕西学政、广东学政等。他回杭之后,先是出任学海堂山长,并热心慈善,1899 年 9 月,他接受浙江布政使恽祖翼的请求,与高云麟管理官

---

①《严禁淫书》,《晚清报载小说戏曲禁毁史料汇编》(上),第 75 页。
②顾廷龙、戴逸主编《李鸿章全集》(35),安徽教育出版社 2008 年版,第 590 页。
③《杭州协德善堂樊恭煦、潘炳南等经收皖浙赈捐六月初一至初十日第二次清单》,《申报》1901 年 8 月 15 日,第 9 版。
④《杭州协德堂庚子年禀禁收毁淫书收支征信录呈众览》,《申报》1901 年 3 月 12 日,第 4 版。

办各善堂,"一切事宜统归高、樊二君办理。"①当时杭州官办善堂有同善堂、普济堂、育婴堂,合称三善堂。至迟在此期间,樊恭煦与同样热衷慈善的绅商潘炳南有了较多交集,并全力支持潘炳南和协德善堂。1899年7月,协德善堂经收绍兴水灾赈捐第一次清单排在第一位的就是樊恭煦,此次他代表家庭捐款四十元②。樊恭煦与协德善堂非同一般的关系还表现在两个方面:其一,协德善堂屡办灾赈以及1900年潘炳南发起京津救济会,樊恭煦的全力支持是其成功的重要保证。对此,潘炳南资助编修的《虎跑佛祖藏殿志》评价说:"(樊恭煦)每资臂助,竭力劝募,故能奏此殊勋。"③用"鼎力"二字来描述樊恭煦对协德善堂和潘炳南的支持,庶几近之。其二,樊恭煦还出任了杭州协德善堂董事之类的职务,具体时间不详,从协德善堂的报载启事推测不晚于1901年7月。1901年七八月间,协德善堂在《申报》刊登的启事,或署"仁和樊恭煦、上虞潘炳南等同启"④,或署"杭州协德善堂樊恭煦、潘炳南等经收皖浙赈捐。"⑤明晰了樊恭煦与潘炳南以及协德善堂的密切关系,我们就可明白报刊报道所言许之荣、樊达璋等具禀学宪云云,实际上就是协德善堂请许之荣、樊达璋等较有影响力的绅士联名出面呈请文治,毕竟潘炳南的身份是商人,对文治等大员的影响力不如许、樊等显赫的官宦子弟,所以上海英美租界讞员翁延年在告示中说是江苏省官长批准协德善堂禀呈的禁毁请求,要求查禁,"并准杭州协德善堂绅董开单,函请禁办各等因到廨。"⑥至于樊恭煦是否参与其事,可确定的是,即便樊恭煦不是此次禁毁运动的始作俑者之一,从其子禀官查禁以及其本人与协德善堂的密切关系来看,他是支持发起禁毁运动的。

　　第三,现任官员的大力支持。在庚辛禁毁运动中,绅宦之间的乡谊、亲朋等关系起着重要作用,主要表现在江浙两省几位现任大员与协德善堂关系密切、支持有加。如樊恭煦开缺回杭之前曾任陕西和广东学政,杭州方

①《鹭岭秋云》,《申报》1899年9月22日,第2版。

②《杭州六官巷西湖协德堂筹振公所经收绍郡水灾振捐六月廿五至廿九日第一次清单》,《申报》1899年10月6日,第10版。

③上海书店出版社编《中国地方志集成·寺观志专辑》(10),上海书店出版社2016年版,第538页。

④《劝募浙江振捐启》,《申报》1901年7月12日,第3版。

⑤《杭州协德善堂樊恭煦、潘炳南等经收皖浙赈捐六月初一日至初十日第二次清单》,《申报》1901年8月15日,第9版。

⑥《示禁淫书》,《晚清报载小说戏曲禁毁史料汇编》(上),第74—75页。

面接受禀请查禁的文治时任浙江学政，不能不给人遐想。特别是，江苏方面通饬查禁的布政使陆元鼎是浙江仁和人、按察使朱之榛是浙江平湖人。陆元鼎与樊恭煦、许之荣有乡谊之情，陆元鼎、朱之榛与出面禀禁的许之荣家族也关系匪浅。从朱之榛写给许之荣之父许庚身的书信看，朱之榛把许庚身视作上级和可推心置腹之人，情谊不浅①。许之荣之叔许子原是俞樾之次婿，俞樾与陆元鼎、朱之榛都是至交②。俞樾也支持过协德善堂的善举，1900 年夏他还向协德善堂皖浙义赈助洋四十元。陆、朱等官员与支持协德善堂士绅们之间的细微关系虽已被历史的尘埃遮蔽，但可以肯定的是，乡谊、亲朋等关联在他们之间形成了盘根错节的关系，正是这些非同一般之关系，相当程度上促使陆、朱等人给予协德善堂莫大支持。如上文言，1899 年，时任江苏布政使的陆元鼎奏请朝廷，请旨准予协德善堂在杭州原籍自行建坊，并赏给"乐善好施"匾额，奉旨准行。此举如同给协德善堂颁发了"金字招牌"，协德善堂可以获得更多资源、扩大慈善业务。后来正是如此，1900—1901 年，潘炳南和协德善堂发起影响颇大的京津救济会和皖浙义赈，尤其是前者，追溯中国红十字会的起源，人多乐道。从 1901 年协德善堂刊印的《皖浙义赈征信录》上，可见陆、朱对协德善堂支持力度之大。在该征信录上，江苏藩库公款、江苏善后局公款、江苏丝绢局公款各捐一千元，陆、朱各捐五百元。个人捐款之外，他俩还代募共计七千八百十一元一角五分③。陆、朱是仅有的进入该征信录的现任省级大员。不但个人捐款，还动用公款，而且亲自代募，数额巨大，当时筹办皖浙义赈的并非协德一家。说明 1901 年前后，杭州协德善堂与江苏省主要官长陆元鼎和朱之榛的关系非同小可。1900 年初江苏方面接受协德善堂禁毁单目、通饬上海县和上海租界开展禁毁运动的正是陆元鼎和朱之榛。

　　据《杭州协德善堂庚子年禀禁收毁淫书收支征信录》（以下简称《收毁淫书征信录》）④，协德堂曾"邀集书坊阛业议禁"，为此，协德堂还请书坊阛业吃了酒饭，开支二十二元八角五分。由此可知，1900 年 6 月，《申报》等

---

① 朱之榛《上许星叔宫保书》，见《常慊慊斋文集二卷》卷下，东湖草堂庚申（1920）刻本。
② 俞樾著，张燕婴整理《俞樾函札辑证》，凤凰出版社 2014 年版，第 208—209、662—687 页。
③ 李文海、夏明方、朱浒主编《中国荒政书集成》（第 10 册），天津古籍出版社 2010 年版，第 7322、7332 页。
④ 《杭州协德堂庚子年禀禁收毁淫书收支征信录呈众览》，《申报》1901 年 3 月 12 日，第 4 版。

报刊上刊登的《浙省阖业禁售淫书单目》是在协德善堂主持下,由善堂绅董和书业共同议定,该单目的基础就是 1900 年初协德堂向江浙官方禀呈的单目,因为晚出和重新议定,该单目比 1900 年初协德善堂禀呈官方的单目多出了 10 余种。据《收毁淫书征信录》,协德善堂 1900 年刊印劝毁册启登报等费用支出二十七元一角五分,说明包含《浙省阖业禁售淫书单目》的"浙省阖业禁售淫书"的登报广告费也是协德善堂支付的。又据《收毁淫书征信录》,杭州士绅禀请浙江学政文治通饬仁和、钱塘两县知县一体查禁并移札江苏省官长照会租界查禁,虽然由樊达璋、许之荣等人出面,但费用则是协德善堂开支出的。为此,协德善堂向学院衙门书房支付了规费,"学院通饬,移咨仁、钱按铺示禁,房书纸笔办费二十六元。"这是因为清代惯例,请衙门吏房办事,书吏要向呈请人收取文具费或纸笔费,该规费一般认为是合法的,是被允许的。

综合以上,我们可以梳理出协德善堂策动庚辛禁毁运动的大致过程:1899 年初,杭州协德善堂开始用"淫书,每张三文""淫书,全部另议"①的优惠价格收毁小说,约在秋冬,拟定了禁毁小说单目、酝酿禀禁;1900 年初,由樊达璋、许之荣等背景显赫的官宦子弟出面禀呈浙江学政文治通饬查禁,并移咨江苏省官长一体查禁,文治准如所请。由于协德善堂绅董和出面禀请的士绅与江苏省官长陆元鼎、朱之榛关系非同一般,陆、朱接到文治移咨之后,迅速行动,通饬上海道照会租界领事,并札饬上海县和上海租界查禁。协德善堂绅董所拟禁毁单目转到上海代理知县戴运寅手中之后,他于 1900 年 3 月 14 日,开单查禁②;戴运寅又移知上海英租界会审谳员翁延年,翁延年于 4 月开单查禁③。许之荣等还续禀钱塘知县吴佑孙、仁和知县陈希贤查禁,两位知县随即批准示禁④。该年 5 月,戴运寅再次出示查禁,示谕中重申了《大清律例》对违禁小说的处罚规定⑤。浙江方面,文治接受樊达璋等人的禀呈之后,因公赶往处州,暂未开展禁毁运动,该年 5 月,他从处州发来文书,札饬仁和、钱塘两首县遵照办理。仁和、钱塘两县立即传

①《杭州协德堂惜字见心集收买章程》,《甬报》1899 年 3 月 15 日,第 2 版。
②《示禁淫书》,《晚清报载小说戏曲禁毁史料汇编》(上),第 73—74 页。
③《示禁淫书》,《晚清报载小说戏曲禁毁史料汇编》(上),第 74—75 页。
④《批准示禁》,《晚清报载小说戏曲禁毁史料汇编》(上),第 294 页。
⑤《严禁淫书》,《晚清报载小说戏曲禁毁史料汇编》(上),第 75 页。

谕各书坊并石印各局铺,一律销毁,并令各具不再售卖淫书甘结;其街坊摆设摊场售卖小唱者,责成地保,随时查察,倘有混卖淫词艳曲者,即行拘拿到案,从重究办,如有得贿容隐及藉辞索诈者,一并治罪①。颁示之外,官方还在落实查禁行动,该年4月,上海知县戴运寅派人秘密访查曾售卖过《金瓶梅》等小说的周月记书作是否印售淫书、重蹈故辙②;同月中旬,杭州清河坊岑整记书摊向上海某书局批寄淫书40部,被县差侦知,将书焚毁,并酌行示罚③;同月下旬,在上海新闸售卖淫书之李金荣、尤文元被包探拘获,英租界谳员翁延年判罚各枷示五天,淫书焚化④。说明庚辛禁毁运动启动之后,一度执行严格,有风声鹤唳之势。协德善堂方面,该年6月,协德善堂绅董招集杭州书业议定罚规,共拟定应禁小说39种,由协德善堂给价收毁,不得再售。协德善堂还在《申报》等报刊上刊登"浙省阃业禁售淫书"启事,公布了这39种应毁小说名目⑤。从接受捐款和销毁小说数量上看,1900年,协德善堂共接收禁毁小说专项捐款197.9元,收毁淫书726部共花费125.091元⑥,这726部应该不包括杭州书坊阃业交给协德善堂照七折购毁的淫书。1900年5月,杭州书铺第一次缴出留存之书500余部⑦;6月,第二次杭州书坊阃业一天之内就缴出不下千余部⑧。换言之,在庚辛禁毁运动中,协德善堂收毁淫书至少在两千部以上。正当协德善堂禁毁活动大张旗鼓之时,1900年6月以后,潘炳南和协德善堂把主要精力转移到成立救济会上,对禁毁运动的关注度迅速减弱。弥补协德善堂禁毁缺憾的是继起的同善社。

(二)同善堂继起在后

1900年五六月,杭州地区禁毁活动在如火如荼地展开,上海地区也禁令大张,令人意想不到的是,就在上海地区尚未完全展开禁毁之际,主持基

①《学政饬禁淫书》,《晚清报载小说戏曲禁毁史料汇编》(上),第297页。
②《严禁淫书》,《晚清报载小说戏曲禁毁史料汇编》(上),第295页。
③《查获淫书》,《晚清报载小说戏曲禁毁史料汇编》(上),第296页。
④《售卖淫书判罚》,《晚清报载小说戏曲禁毁史料汇编》(上),第296页。
⑤《浙省阃业禁售淫书》,《晚清报载小说戏曲禁毁史料汇编》(下),第830—831页。
⑥《杭州协德堂庚子年禀禁收毁淫书收支征信录呈众览》,《申报》1901年3月12日,第4版。
⑦《书业禁毁淫书》,《晚清报载小说戏曲禁毁史料汇编》(上),第298页。
⑧《众怒难犯》,《晚清报载小说戏曲禁毁史料汇编》(上),第297页。

层禁毁的官员离任。署理上海县知县戴运寅于 1900 年 3 月 14 日和 5 月上旬两次开单查禁后,5 月下旬即卸署,知县由汪懋琨接任[①]。英租界会审谳员翁延年 4 月上旬开单查禁之后,11 月上旬也赴任阳湖[②],谳员由张辰接任。人去政息,查禁亦止,这是清代禁毁活动屡禁不止的常见原因。亦是当此际,协德善堂绅董潘炳南等人把慈善注意力转移到成立救济会上,拟筹措经费,北上京津,救助义和团运动中遭难的官民。协德善堂绅董策动的禁毁运动眼看就要虎头蛇尾,恰在此时,同善社横空出世,接过了禁毁"接力棒",试图把禁毁运动坚持到底。

　　同善社在扬州设同善总社,上海设立分社。总社和分社皆成立于 1900 年 12 月,总社设址扬州太傅街西王宅,分社址设上海庆顺里内。创办人沈宗畴(1857—1926),字太侔,号南雅、孝耕、繁霜阁主,广东番禺(今广州市)人,年十四,捐光禄寺署正。沈宗畴创办的同善社是今见把禁毁淫书作为唯一善举的晚清善堂。之所以把总社设在扬州,是因为沈宗畴之父沈锡晋时任扬州知府,宗畴随父在扬州已生活了近八年,有地利人和之便;之所以在上海设立分社,是因为近代出版中心上海乃淫书小说之源,址设扬州属暂时的权宜之计,"俟集资稍多,即在上海设立总社。"[③]沈宗畴创立同善社的动因,主要来自两个方面:

　　其一,其本人阅读小说的体验。据沈宗畴言,他在一次下乡途中,"舟中苦无排遣,借得坊友说部数种,中有淫书,翻阅之余,怦然欲动。"因念及少年子弟、血气未定,阅读此等小说,将伤及身心,"是用创立此社。"[④]

　　其二,协德善堂禁毁运动的影响。1904 年 6 月,同善社与协德善堂联合登载呼吁禁毁淫书广告,据其中所说"乙亥庚子年间先后经本社敝堂禀请各宪示禁,并禀明李工部局董,蒙公堂严查罚办各在案"[⑤]等语可见,同善社与协德善堂之间有联系,有默契。在同善社成立之前,沈宗畴等是否参与协德善堂策动的禁毁活动? 答案是极有可能。1900 年初,潘炳南发起禁毁运动之后,七八月份以后,潘炳南把慈善重心转移到成立救济会上。

---

①《上海官场纪事》,《申报》1900 年 5 月 25 日,第 3 版。
②《颂扬德政》,《申报》1900 年 11 月 13 日,第 3 版。
③《同善社募资启》,《新闻报》1900 年 12 月 18 日,第 4 版。
④《同善社募资启》,《新闻报》1900 年 12 月 18 日,第 4 版。
⑤"淫书又见"广告,《时报》1904 年 6 月 19、20、21、22、25 日,第 1 版。

潘炳南等成立的救济会设址上海庆顺里,这个地址也是同善社上海分社所在地,如果说这两个关注禁毁小说的善堂董事们曾有交往、互通声气,当非虚言,所以他们才有共同刊登呼吁禁毁广告之举。总之,同善社是协德善堂发起禁毁运动的继承者,它试图提振协德善堂因注意力转移和上海县以及租界官员离任而形成的禁毁颓势。同善社采取三种方式接力禁毁:

第一,禀官查禁。与潘炳南的商人身份不同,沈宗畴为官宦子弟,其父沈锡晋是同治十三年(1874)甲戌科进士,入翰林院,期满散馆后任吏部主事,不久升郎中,1893 年 9 月至 1901 年 9 月任扬州知府。沈宗畴是光绪己丑(1889)科举人,有光禄寺署正的官衔,便于直接与官员打交道。1901 年2 月,沈宗畴及同善社绅董联名禀英租界公廨据情函致工部局并移会上海县、法公堂、上海南市马路工程局,一体出示严禁,限令一月为限,将淫书及板片送同善社焚毁,由社酌给价值,倘逾限查出,由社禀请提究,以期尽绝。接受禀请之后,1901 年 2 月,英租界会审谳员张辰函饬捕房饬差查禁,并出示查禁①;同月,上海南市马路工程局总办叶孟纪颁布章程,规定淫书淫画不得沿途售卖②。4 月,上海知县汪懋琨通饬主簿林珍虞出示禁止书坊私印淫书③;同月,上海城厢保甲总巡朱森庭出示禁止淫书④。仅从颁布禁令的频率上看,上海地区基层官员对同善社的禀请十分重视,上海地区禁毁运动将要熄灭的火焰复燃起来。沈宗畴还利用与扬州官员之间的熟稔关系,禀请扬州江都、甘泉两县知县一体查禁。接到沈宗畴的禀请之后,扬州甘泉、江都两县知县分别颁示查禁淫书⑤。

第二,募集禁毁资金。同善社成立后,自 1900 年 12 月中旬至 1901年 4 月,沈宗畴在《新闻报》《申报》《中外日报》《同文沪报》等报刊连续刊登《同善社募资启》《同善社收毁淫书》,说明其家世寒俭,本无恒产,其父凤号清廉,自己勉筹 500 元为倡,仰祈海内同志量力助捐。截至 1901 年11 月,即同善社成立后的 10 个月里,共收到捐款 787 元,除支外,实存271.53 元⑥。

---

① 《请禁淫书》,《晚清报载小说戏曲禁毁史料汇编》(上),第 305 页。
② 《谕示章程》,《晚清报载小说戏曲禁毁史料汇编》(上),第 80 页。
③ 《整顿风化》,《晚清报载小说戏曲禁毁史料汇编》(上),第 308 页。
④ 《查禁淫书淫画》,《晚清报载小说戏曲禁毁史料汇编》(上),第 308 页。
⑤ 《同善社收毁淫书募资启》,《新闻报》1901 年 3 月 21 日,第 4 版。
⑥ 《扬州上海同善总分社辛丑三月分至十月底止收支清单》,《新闻报》1901 年 12 月 14 日,第 4 版。

第三,收毁书籍板片。在《同善社募资启》里,沈宗畴说明该社宗旨"专收坊间刊售之淫书及刊而未印之板片,均送文昌宫焚毁,以期净绝根株。"除托友人在外收买外,还号召坊友、书友、善士将淫书送社"照数购买,不减分文。"①在 10 个月的时间里,同善社共收毁《金瓶梅》《意外缘》《耶浦缘》《杏花天》《贪欢报》《果报录》《灯草和尚》《续野叟曝言》《红楼梦》《第二奇书》《三续今古奇观》《牡丹缘》《牡丹奇缘》《品花宝鉴》《四大金刚》《贞淫果报录》等 16 种小说共计 2533 部。另收毁《果报录》《金瓶梅》书底各一副。其中,一次性收到百部以上小说的有:扬州总社收到赵名山经手的《耶浦缘》《杏花天》等共计 800 部;上海分社收到俞子卿经手《杏花天》200 部、《牡丹奇缘》350 部,又收到石召南经手《灯草和尚》307 部、《牡丹缘》130 部,又收到赵润之经手《四大金刚》190 部②。从这些数目可以想见当时情色小说翻刻之盛、流播之广。

同善社绅董人数有限,上海分社似乎仅由姚砚耕一人负责,因为 1901年 4 月以后姚因事回籍和外出公干期间,连原定按月登报一次的计划也不得不衍期。尽管如此,从获得捐款数目和销毁小说数量上看,同善社的禁毁效果比协德善堂稍有胜出。其中原因有协德善堂精力转移的因素,同善社分社设址上海和沈宗畴获得官方支持则是关键原因。同善社所接受的捐款和应毁小说,大部分都是上海分社经手的。上海县和租界等基层官员对沈宗畴的禁毁活动也给予一定支持,1901 年 9 月,文宜书局、理文轩等三家售卖《续今古奇观》等小说被罚洋五十元,英美租界会审谳员张辰将其全部拨付给同善社,作为经费,同善社收款之后,当即登报致谢③。1901 年10 月,沈宗畴之父调任江宁知府,沈宗畴将同善社总社迁至金陵,设址府署内。1902 年 3 月,沈总畴将同善社改名挈善社,照旧收毁淫书,并增加对搜获淫书的差役和知风报信者予以奖励的条款④。但从晚清报载信息看,沈宗畴及挈善社的禁毁小说活动不如同善社时期活跃,甚至报刊上再也找不到挈善社启事之类的信息。截至 1901 年 11 月,同善社还实存 270

①《同善社募资启》,《新闻报》1901 年 1 月 3 日,第 4 版。

②《扬州上海同善总分社正月、二月、三月分至十月底止收支清单》,《新闻报》1901 年 3 月 22 日、5
　月 8 日、12 月 14 日,第 4 版。

③《惠款志谢》,《新闻报》1901 年 9 月 19 日,第 9 版。

④《挈善社收毁淫书启》,《晚清报载小说戏曲禁毁史料汇编》(下),第 831 页。

余元①,孳善社禁毁活动的黯然无闻显然不是经费问题造成的,可能与沈宗畴注意力和生活地点迁移有关,清末沈宗畴在北京做官,并淹留北方,最终也无力返回南方,同善社的禁毁小说活动就像其时的清廷一样迅速没落下去。庚辛禁毁运动堪称清代大规模禁毁小说运动的"渔舟唱晚。"

二、禁毁要因

一般说来,教化和行善积德可以把晚清绅商、士绅、官吏三者开展禁毁小说活动的动机涵括在内。教化就是禁毁所谓有害人心的小说,正风美俗;行善积德是把禁毁淫词小说当作善举,通过参与禁毁积累阴德,实现善有善报,以改善自身及子孙的命运。但教化和行善积德不免宽泛笼统,难以考察庚辛禁毁运动直接或细微原因。为此,我们有必要分析一下庚辛禁毁运动中所开小说名目的类型和变化。

表 2—11　庚辛禁毁单目统计表

颁布者	时间	所开单目	备注
上海知县戴运寅(31种,简称戴运寅单)	1900年3月	《金瓶梅》,《倭袍》又名《果报录》《三杰传》,《奇僧传》化名《灯草和尚》,《蝴蝶缘》,《肉蒲团》化名《觉后禅》及《耶浦缘》,《贪欢报》化名《欢喜冤家》及《三续今古奇观》,《品花宝鉴》化名《群花鉴》,《风流案》,《桃花影》化名《牡丹缘》,《隔帘花影》,《绿野仙踪》化名《仙踪缘》,《百花台》,《平妖传》,《痴婆子》,《杏花天》,《意外缘》,《笑话新里新》,《青铜镜》化名《如意君》,《拍案惊奇》,《后笑中缘》,《今古奇观》,《杀子报》,《玉蜻蜓》化名《蜻蜓缘》及《芙蓉洞》,《赛桃源》,《三笑姻缘》,《野叟曝言》,《国色天香》,《花天酒地》,《正续四大金刚》,《金如意》,《换空箱》	最接近协德善堂禀单

①《扬州上海同善总分社辛丑三月分至十月底止收支清单》,《新闻报》1901年12月14日,第4版。

续表

颁布者	时间	所开单目	备注
英美租界会审谳员翁延年（25 种，简称翁延年单）	1900 年 4 月	《金瓶梅》,《倭袍记》化名《果报录》《三杰传》,《梅花影》化名《牡丹缘》,《三笑姻缘》,《笑话新里新》,《隔帘花影》化名《影奇传》,《青铜镜》化名《如意君》,《野叟曝言》,《奇僧传》化名《灯草和尚》,《绿野仙踪》化名《仙踪缘》,《拍案惊奇》化名《续今古奇观》,《百花台》,《国色天香》,《蝴蝶缘》,《后笑中缘》,《花天酒地传》,《肉蒲团》化名《觉后禅》《耶蒲缘》,《奇妖传》化名《荡平奇妖》,《今古奇观》,《正续四金刚》,《贪欢报》化名《欢喜冤家》《三续今古奇观》,《痴婆子》,《杀子报》化名《清廉访案》,《品花宝鉴》化名《群花录》,《金如意》	比戴运寅单少 6 种:《风流案》《杏花天》《意外缘》《玉蜻蜓》《赛桃源》《换空箱》
浙省阛业禁售淫书单（39 种，简称浙省阛业单）	1900 年 6 月	《金瓶梅》《肉蒲团》《杀子报》《杏花天》《意外缘》《牡丹缘》《贪欢报》《果报录》《玉蜻蜓》《金如意》《换空箱》《双珠球》《风流天子》《蜃楼志》《痴婆子传》《三笑姻缘》《野叟曝言》《隔帘花影》《绿野仙踪》《灯草和尚》《品花宝鉴》《拍案惊奇》《如意君传》"各色小调"《花天酒地》《国色天香》《红杏情史》《名妓时调》《禅真逸史》《禅真后史》《名妓争风》《小南楼传》《续金瓶梅》《无稽谰语》《梼杌闲评》《四大金刚》《浓情快史》《飞跎子传》《今古奇观（抽毁五回）》	比戴运寅单多 16 种:《双珠球》《风流天子》《蜃楼志》"各色小调"《红杏情史》《名妓时调》《禅真逸史》《禅真后史》《名妓争风》《小南楼传》《续金瓶梅》《无稽谰语》《梼杌闲评》《浓情快史》《飞跎子传》《四大金刚》;少了 8 种:《风流案》《蝴蝶缘》《正续四大金刚》《平妖传》《百花台》《笑话新里新》《赛桃源》《后笑中缘》

续表

颁布者	时间	所开单目	备注
英美租界会审谳员张辰（42种，简称张辰单）	1901年9月	《金瓶梅第一奇书》《灯草和尚》《奇僧传》《杏花天》《红杏情史》《绿野仙踪》《隔帘花影》《牡丹缘》《玉蜻蜓》《换空箱》《风流天子》《痴婆子传》《遇仙奇缘》《野叟曝言》《如意君传》《青铜镜》《花天酒地》《名妓时调》《禅真逸史》《小南楼传》《无稽谰语》《四大金刚》《飞跎子传》《续今古奇观》《拍案惊奇》《肉蒲团》《耶浦缘》《觉后禅》《倭袍》《果报录》《品花宝鉴》《意外缘》《杀子报》《贪欢报》《金如意》《双珠球》《蜃楼志》《三笑姻缘》"各色小调"《国色天香》《禅真后史》《名妓争风》《风流案》（即《高彩云》）《续金瓶梅》《梼杌闲评》《浓情快史》《今古奇观》《则天外传》	比浙省阖业单目多3种：《遇仙奇缘》《赛桃源》，《风流案》即《高彩云》，《则天外传》

首先，我们比较一下表2—11四种小说单目之间的关系，戴运寅单较早出现，最接近协德善堂向浙江学政文治禀呈的单目，据戴运寅所颁告示，他接奉朱之榛和陆元鼎的札文，准浙江学政文治咨据许之荣等禀请。据公文常例，文治在送交陆、朱的咨文中会附上许之荣等禀呈的禁毁单目，这个单目也会随札文送至戴运寅的手上。戴运寅又把该札文和单目移知英美租界会审谳员翁延年，所以翁延年告示说："兹准上海县移开，……并准杭州协德善堂绅董开单，函请禁办各等因到廨。准此。"①但翁延年单比戴运寅单所开名目少了6种，因为目前仅能见到报载禁令，推测造成单目出入的可能原因有二：一是源于翁延年的删改；二是由于记者抄录遗漏或报刊编辑删改。协德善堂禁毁单目最全的是浙省书业阖业禁毁单目，这是在协德善堂主持下议定的单目，与最初禀官查禁单目相隔时间约3个月，名目也多了10多种。1901年9月，"苏州大宪复札饬"②英美租界会审谳员张辰，这个"大宪"应该还是仍在任的陆元鼎或朱之榛。张辰所颁应禁名目以

_____

① 《示禁淫书》，《晚清报载小说戏曲禁毁史料汇编》（上），第74—75页。
② 《开单传禁》，《晚清报载小说戏曲禁毁史料汇编》（上），第83页。

浙省阖业单为基础,多出《遇仙奇缘》《赛桃源》《风流案》《高彩云》《则天外传》等三种,实际是两种,因为《风流案》已经出现在戴运寅单目中。同善社没有新开应禁单目,它公布的《淫书目略》10 种皆在协德善堂所拟单目之内,它收毁的 16 种小说,除《红楼梦》《第二奇书》之外,其余 14 种也在协德善堂所拟单目之内,说明作为协德善堂禁毁运动的继承者,同善社禁毁活动依据的是协德善堂主持议定的应禁单目。综合这四种禁毁单目的变化,可见庚辛禁毁单目最齐全的是张辰单,除掉同书异名者,共计 42 种,其中小说 38 种,弹词种 3 种,小调则包括所有刊本"各色小调"。

庚辛禁毁运动之前,晚清还有四大禁毁小说单目,分别是 1838 年江苏按察使裕谦单、1844 年浙江学政吴钟骏单、1868 年江苏巡抚丁日昌单、1890 年江苏布政使黄彭年单,其中黄彭年单待考,据目见者言,黄彭年所开应禁小说 120 种,书名与丁日昌单雷同①,这四大禁毁单目实际为三种。庚辛禁毁单目与这三大禁毁单目比较,与时间较近的丁日昌单出入最小,戴运寅单、翁延年单、浙省阖业单和张辰单与丁日昌单重复者和占比分别是 19 种(61%)、17 种(68%)、23 种(59%)、26 种(62%)。但黄彭年禁毁单目刊于江苏则例中,据说"班班可考。"且时间较近,推测协德善堂发起禁毁运动时依据的也可能是黄彭年单目。黄彭年单开列应禁小说 120 种,协德善堂禀呈单目仅 30 余种,此为何故?一位癖嗜小说的《申报》主笔解释说,因为黄彭年所开单目中的小说当时大多已难以见到,"繁其名而徒托空言,转不若简其数而得归实在。"②这种解释是合理的。而且,庚辛禁毁单目中大多数小说的销售广告见于当时报刊,也证实了该解释③。换言之,协德善堂禀呈单目是根据当时小说传播态势认真挑选议定的。将庚辛禁毁单目与之前的三大禁毁单目比较,可见庚辛禁毁单目新增名目 14 种,胪列如下:

《花天酒地》《海上花天酒地传》),《四大金刚》,《飞跎子传》,《蝴蝶缘》《蝴蝶媒》),《平妖传》,《意外缘》《再求凰传》),《笑话新里新》,《风流案》《高彩云小说》《采采词》,弹词),《杀子报》,《赛桃源》《遇仙奇缘》),《金如意》(弹词),《双珠球》(弹词),《名妓争风》《风月梦》),

①严宝善《贩书经眼录》,浙江古籍出版社 1994 年版,第 579 页。
②《禁淫书说》,《晚清报载小说戏曲禁毁史料汇编》(下),第 636 页。
③如 1895 年 11 月 14 日天津《直报》所载紫光堂小说广告,涉及庚辛禁毁单目的有《隋炀艳史》《风流天子》)《百花台》《遇仙奇缘》)《意外缘》《花天酒地》《酒地花天》)《国色天香》等 6 种。

《则天外传》。

这 14 种新增名目包括小说 11 种、弹词 3 种。增加的一是光绪朝编撰之作，如《花天酒地》《四大金刚》《意外缘》《笑话新里新》《风流案》《杀子报》等 6 种，都是光绪朝编撰和出版的；二是编撰于晚清之前、在光绪朝被沪上书坊用铅石技术出版的，如《平妖传》《名妓争风》《飞跎子传》《赛桃源》《蝴蝶缘》《金如意》《则天外传》《双珠球》等 8 种。新增名目可以证实申报馆主笔所说，协德善堂所拟禁毁单目不是照搬向例，而是根据当时小说传播情况拟定"归于实在"的判断。就查禁原因而言，《笑话新里新》这部"时下最新极好之笑话"①原书今天是否存世尚待访求，故其查禁原因不明。《风流案》为弹词，亦名《高伶彩云小说》《高彩云》，又名《采采词》，该书以轰动一时的伶人高彩云奸占金芹生之妾顾彩林案为内容。据陈伯熙载："高初犯事时，有好事者将其颠末编成弹词，名《采采词》，金芹生逆料有人编述，恐彰其丑，特求捕房严禁。"②据此，《风流案》是因有损主人公名誉而遭禁，它可能不在协德善堂议定单目之内，而是上海地方官加入的。《笑话新里新》《风流案》之外，根据小说内容，其他小说禁毁原因可归作两类：

(一)诲淫

即有叙写情色的内容，导人淫邪。清代对诲淫小说的指责十分宽泛，只要涉及描写男女性事、私定终身、同性恋等被即官方和道德之士视作诲淫的"淫书"。在庚辛禁毁运动中，绝大多数小说名目都与"诲淫"的考量有关。此类小说可分两种类型：(1)有较露骨的性描写。有《耶浦缘》(《肉蒲团》《觉后传》)《痴婆子传》《禅真后史》《风流天子传》《如意君传》《金瓶梅》《杏花天》《灯草和尚》《牡丹奇缘》(《桃花影》)《野叟曝言》《果报录》《贪欢报》(欢喜冤家)《隔帘花影》《续金瓶梅》《今古奇观》(抽毁五回)《梼杌闲评》《浓情快史》《蜃楼志》《意外缘》《品花宝鉴》《杀子报》等 30 余种，这些小说对性交、偷情、乱交、性变态、同性恋等方面，有不少露骨的描写。其中前 10 种，时至今日，仍属国家新闻出版署管制的对象③。(2)没有露骨性描

---

①"石印新出笑话新里新"广告，《新闻报》1896 年 3 月 21 日，第 6 版。
②陈伯熙编著《上海轶事大观》，上海书店出版社 2000 年版，第 470 页。
③新闻出版总署图书出版管理司编《图书出版管理手册》，中国法制出版社 2006 年版，第 373—
　　373 页。

写,以妓女生涯为题材。有《四大金刚》一种。该小说又名《海上名妓四大金刚奇书》等,一百回,叙晚清沪上名妓林黛玉、陆兰芬、金小宝、张书玉四人的故事,其中性描写甚少,仅有的个别处也是"玉茎无踪,桃源已辟"[①]这样含蓄简洁的表达,谈不上露骨,以妓女冶游为题材是其遭禁的根本原因。

弹词《金如意》《双珠球》在男女私定终身、历尽曲折、最终团圆的主线之中,穿插不少情色描绘。《金如意》叙唐伯虎追求陆昭容等八位美女、先后成婚,猎艳渔色,格调低俗,其中私定终身、双栖同宿的情节描写,在在多有。唐伯虎访艳求美为题材的弹词《三笑姻缘》(《笑中缘》《三笑》)、《换空箱》(《后笑中缘》)都列入庚辛禁单,《金如意》列入其中,有一体查禁的意味。至 1906 年 11 月,上海县还在查禁弹唱《三笑》等弹词[②]。《双珠球》叙书生朱求与都察院陈建之女美云私下拟订终身、历尽曲折、最终团圆,二美共一夫。《双珠球》在情节上与弹词《倭袍记》多有近似。《倭袍记》中唐家为奸臣谋害,满门抄斩,惟逃脱唐云卿兄妹,唐云卿被迫落草;《双珠球》有曹家满门抄斩,逃脱曹龙兄妹;唐云卿被迫落草后大败官军;曹龙兄妹被迫落草后也大败官军;两部弹词结局都是奸臣伏法、忠良之后复仇,报效朝廷。但笔者认为《倭袍记》《双珠球》被禁的原因都不是海盗。因为唐云卿、曹龙等与官军对抗不是反抗朝廷,是被奸臣迫害,又被奸臣诬奏缉拿、征讨,属忠臣后代保种复仇,也是故事情节发展不得不如此。这种忠奸斗争、褒善贬恶的情节模式为《杨家将》《薛刚反唐》《后宋慈云走国全传》《说呼全传》《粉妆楼》等英雄传奇小说所共有,创作义旨有较强的宣扬忠孝倾向。有较多露骨色情描写是查禁《倭袍记》的要因,时至今日,《倭袍记》仍被国家新闻出版署以"有淫秽、色情内容或夹杂淫秽色情"[③]管制出版即为明证。《双珠球》情节中的情色描写较少,也不如《倭袍记》露骨,可注意的是,《双珠球》每回"开篇韵语"对私情和性快乐的张扬。据统计,《双珠球》49回,共有 29 回的开篇韵语以弹唱两性关系为主题,且大多是歌咏私情,或弹说婆婆白昼撞见儿媳房事(第二回)、或吟咏闺女偷情怀孕(第八回、第三十八回、第四十七回)、或吟唱寡妇偷情(第二十四回)、或吟咏私情之后被

①《中国近代小说大系:海上名妓四大金刚奇书·碧海珠·碎琴楼》,百花洲文艺出版社 1996 年版,第 18 页。
②《密查弹唱淫书》,《晚清报载小说戏曲禁毁史料汇编》(上),第 370 页。
③新闻出版总署图书出版管理司编《图书出版管理手册》,中国法制出版社 2006 年版,第 373 页。

抛弃(第二十三回)、或吟唱因丈夫嗜酒或木讷妻子得不到性满足的苦闷和无奈(第三十回、第三十二回、第四十回、第四十一回、第四十四回),作者对两性或偷情的快乐都持张扬、宣泄的赞赏态度,如第三十五回开篇韵语描绘大病初愈的男子来到相恋姑娘的闺中幽会:"叙一叙,效于飞,胜过服药请名医。"第四十八回开篇韵语吟咏一位母亲避着女儿与人偷情:"怎能暗地成美事,千称心来万称心。云情雨意无穷乐,谢天谢地谢神明。"①这些都反映出俗文学多以男女性事宣泄性幻想和提高娱乐效果的特点,但从传统伦理道德的角度看,如此张扬性事,就是宣淫。此外,《双珠球》还有不少叙述神怪符咒的内容,《双珠球》第三回曹虎关王庙向周仓借刀、曹虎之父曹季皋显灵放差官、曹季皋显灵阻挡曹虎进京杀金王,第七回观音命善财童子暗中帮助苗赛娥比武时战胜曹虎,第二十六回曹龙运用其师一枝梅传授的开门咒、开箱咒,第二十九回观音大士差伽蓝驮保护银瓶小姐免遭淫僧侮辱等,都语涉神鬼法术。神鬼法术正是庚辛禁毁运动发起时南方舆论界和知识界对义和团运动批评和反思的焦点,换言之,涉及神鬼法术可能也是《双珠球》遭禁的原因,对此下文将有分析。总之,从数量上看,庚辛禁毁所禁名目中,包含性交、偷情、乱交、性变态、同性恋等性描写的小说占禁毁单目的90%以上。遏止诲淫是庚辛禁毁运动的重中之重,也是首要原因。

(二)迷信

即描写神怪法术,蛊惑民众,有《禅真逸史》《禅真后史》《绿野仙踪》《双珠球》《平妖传》《飞跎子传》等6种。通观这6种小说(弹词),有两个共同点,其一,在庚辛禁毁运动前的同光年间出版过;其二,侈谈神仙法术,参见下表:

表2—12 庚辛禁毁单目较多神仙法术描写的6种小说(弹词)统计表

小说名称	神仙法术的主要内容	距离庚辛禁毁运动最近的刊本
《禅真后史》	仙人降世、平盗除妖;朱砂符咒、祛除毒疫;奇方荷叶、逢凶化吉;修成正果、驾云升天	同治年间重刻本
《绿野仙踪》	腾云驾雾、呼风唤雨,画符念咒、土遁缩地	光绪十二年(1886)、二十二年(1896)上海书局石印本

---

① (清)黄子贞撰《增像绘图双珠球》,光绪三年(1877)刻本。

续表

小说名称	神仙法术的主要内容	距离庚辛禁毁运动最近的刊本
《双珠球》	神鬼显灵、成全忠义，观音相助、逃劫脱难、念动咒语、开门开箱	光绪二十一（1895）、二十五（1899）年上海书局石印本
《飞跎子传》	神砂、云旦、遁术、葫芦套、歪嘴经、绕门经、簸箕阵等	光绪二十一年（1895）上海书局石印本
《平妖传》	剪纸为马、撒豆成兵、指凳成虎、化泥成烛等	光绪二十二年（1896）上海书局石印本（又改名《荡平奇妖》刊印）
《禅真逸史》	侈谈法术、撒豆成兵，法宝符咒、变化多端、呼风唤雨、役神驱鬼	光绪二十三年（1897）上海书局石印本（又改名《妙相寺全传》刊印）

由上表可见，这 6 种涉及神怪法术的小说（弹词），在庚辛禁毁运动之前的晚清都有刊本行世，其中出版时间距离庚辛禁毁运动在 6 年之内的有5 种。上文曾提及，申报馆主笔说协德善堂禀呈单目是根据当时小说传播态势认真挑选议定，而不是照搬向例。这 5 种涉及神怪法术描写小说的石印出版时间再次印证申报馆主笔所言不虚，即协德善堂主持议定的单目是根据当时市面上正在流通的小说议定的。换言之，禁毁单目中的小说基本当时可以买到或看到。在这 6 种被禁小说（弹词）中，《禅真逸史》《禅真后史》最初见于 1838 年裕谦禁单，《绿野仙踪》最初见于 1868 年丁日昌查禁淫词小说单目；《双珠球》《平妖传》《飞跎子传》则是庚辛禁毁运动新增名目。《禅真逸史》《禅真后史》《绿野仙踪》三种小说都有一定数量的淫亵描写，属于淫秽描写和神怪法术描绘兼备，不易推论出列入禁单的直接原因。新增的《双珠球》《平妖传》《飞跎子传》三种则是解析把神怪法术描写列入禁单之重点，三者中，《双珠球》也属淫亵描写和神怪法术描写兼备。因此，《平妖传》《飞跎子传》就成了理解庚辛禁毁为何把神怪法术描写的小说增入禁单之关键。

在庚辛禁毁单目中，《三遂平妖传》和《飞跎子传》属于异类。《三遂平妖传》仅有一处性描写："（王则）当夜正放心和胡永儿在床上快活行云雨之事，蓦听得堂里喊杀连天，惊得魂不赴体。"[①]这种一笔带过、含蓄的性描写

①（明）罗贯中著《三遂平妖传》，华夏出版社 2013 年版，第 106 页。

与禁单中其余《金瓶梅》等 30 余种小说的性描写不可同日而语,可以肯定的是,海淫不是禁毁《平妖传》的原因。如果说《平妖传》多少还有一句含蓄的性描写,《飞跎子传》则连"云雨"之类的含蓄之词也没有。海淫也不是禁毁《飞跎子传》的原因。上文曾言,协德善堂禀呈应禁单目是"根据当时小说传播态势认真挑选议定的。"申言之,庚辛禁毁运动禁毁《三遂平妖传》《飞跎子传》这两部小说不是随意为之,乃是有意味存焉。所有禁令都没有说明查禁这两部小说的原因,我们只能根据这两部小说的内容来推测其被禁原因。笔者认为,这两部小说被禁与小说侈谈神怪法术颇有关系,也与当时义和团运动这个背景密切相关。

《平妖传》即《三遂平妖传》,明代罗贯中著,又名《北宋三遂平妖传》《新平妖传》《荡平奇妖传》《奇妖传》。叙北宋仁宗时,贝州王则、胡永儿夫妇以妖术变乱,文彦博得马遂、李遂和由弹子和尚化身的诸葛遂之助,将其荡平,故名《三遂平妖传》。今见最早的刊本为万历年间刻本《三遂平妖传》,清代刻本较多。在庚辛禁毁运动前 4 年,石印本《绘图平妖传》开始在上海棋盘街十万楼及各书坊出售①。《飞跎子传》又名《飞跎全传》,四卷三十二回,乾隆嘉庆扬州评书艺人邹必显评说、趣斋主人整理。叙飞跎子(原名石信)历经劫难,学得异术,御敌扬名的故事。有嘉庆二十二年一笑轩刊本、同治十一年扬州醉经堂刊本等。在庚辛禁毁运动前 5 年,上海博文书局的《绣像飞跎子传》广告见于《新闻报》等报刊②。可见,由于铅石技术在小说出版上的应用和普及,在庚辛禁毁运动前四五年间,新版《平妖传》《飞跎子传》开始流传,这是它们引起道德之士注意的客观条件。

比较这两部小说,突出的共同之处是法术描写甚多,且津津乐道:其一,法术神授。胡永儿法术是圣姑所传九天玄女法,张屠、吴三郎、任迁等法术亦为圣姑传授。飞跎子的法术则为悬天上帝所授。其二,法术类型的民间化色彩浓郁。《平妖传》中有剪纸为马、撒豆成兵、指凳成虎、化泥成烛、葫芦收放水火等;《飞跎子传》中有神砂、云旦、遁术等神术,荒诞无稽,属于正统儒者所不道者的内容。其三,侈谈法术。两部小说皆描写了不少人与人斗或两军对垒,但作者着笔处不在招式、阵法、谋略、勇武,而在施展

①"新出石印绘图平妖传"广告,《新闻报》1896 年 6 月 13 日,第 8 版。
②"新出绣像《七美图》《桃花扇》《飞跎子》"广告,《新闻报》1895 年 3 月 12 日,第 4 版。

法术。"在段落性的情节组合当中,《三遂平妖传》对人物的描绘远不及对法术的津津乐道。"①二十回本《三遂平妖传》的前十三回,是以法术展示为线索,犹如描绘"法术博览会":张鸾图画显灵、焚画产女、剪纸成月;胡永儿变幻钱粮、剪草为马、撒豆成兵、逗戏浮浪、化泥成烛;左瘸师买饼戏人、钻入佛肚、传授法术;弹子和尚善摄王钱、斗法杜七圣、跌死李二等。后七回,王则起事,全恃法术,抵御官军靠胡永儿剪草为马、撒豆成兵以及弹子和尚等人叩齿作法念咒招致的乌云猛雨、雷声闪电、神鬼猛兽,官军则用厌胜之法反制,以猪羊血、马尿、大粪、大蒜破解之。阅之不禁令人联想起在鸦片战争和义和团运动中用污秽之物"以邪制邪"的观念和信仰来。《飞跎子传》敌方使用的法术有葫芦套、歪嘴经、绕门经、簸箕阵,飞跎子则凭借云旦、神砂、飞翅、屁遁术与之相攻相克。结合庚辛禁毁运动的时代背景,我们几乎不假思索地就能把这两部小说的法术描写与义和团运动对法术的依赖和信仰联系起来。义和团临战之前的普遍现象是:"如欲赴某村讹抢,则送分传单,先期征召。迨齐集后,逐一吞符诵咒,焚香降神,杂遝跳舞。为首者指挥部署,附会神语,以诳其众。临阵对敌,各插一小黄旗,又以红黄巾带,裹头束腰,胸际佩黄纸符;其头目手执黄旗,或身著黄袍,背负神像;其徒众分持枪刀及鸟枪抬炮;群向东南叩头,喃喃作法,起而赴斗,自谓无前。"②义和团的画符念咒、神灵附体、圣母仙姑、作法却敌等,与《平妖传》《飞跎子传》描写的法术同源,皆来自对民间巫术、法术崇拜与信仰。

　　1899 年至 1900 年初,协德善堂收毁小说并酝酿禀官禁毁小说之际,正是义和团运动由兴起而高潮之时。沪上《申报》《新闻报》《万国公报》《同文沪报》等报刊刊载了大量关于义和团的论说和新闻。如 1900 年初,《申报》刊载有《详述山东义和团闹教事》(1 月 21 日)、《匪乱已平》(2 月 11 日)、《解散拳匪》(2 月 19 日)、《述拳匪起事缘由》(2 月 21 日)、《论遏乱萌宜严查盟会》(2 月 24 日)、《论山东义和拳匪徒肇乱事》(2 月 28 日)、《匪焰蔓延》(3 月 9 日)等。众口一词的是,这些论说或新闻都是用批判的口吻评价义和团运动。其中,神怪、法术是批判重点,如"其诱人也,每谓会中符咒,种种灵验,可避刀枪。久之,愈传愈远,愈远愈妄,谓并炮火而亦不畏

---

①苏焘《英雄传奇与妖术小说——论〈三遂平妖传〉在长篇小说类型演变中的重要作用》,《西南交通大学学报》(社会科学版),2008 年第 2 期。
②故宫博物院明清档案部编《义和团档案史料》(上),中华书局 1959 年版,第 93 页。

矣,愚者信之,智者笑之。"①"(义和拳)诡称符咒,谬托神灵,以为血肉之躯,可避枪炮之害,种种荒诞,无非蛊惑人心。"②在这种对义和团迷信信仰的批判的声浪中,可以肯定的是,潘炳南等协德善堂绅董有所耳闻目染,因为他们熟悉报刊媒介,自1898年起,潘炳南等就开始频繁地利用《申报》《新闻报》等报刊刊登启事,推广慈善事业。潘炳南等人对义和团运动是保持高度关注的,这从1900年七八月间潘炳南发愿成立救济会,以救济义和团运动中被难的北方官民可见。至于江浙官方对义和团的批判态度,1900年6月达成的"东南互保"协议足可说明一切,无需费词。

义和团运动是清末小说戏曲变革的转捩点,从此,越来越多的有识之士意识到利用小说戏曲开启民智的重要性,传统小说戏曲则是窒碍民智的祸害。改良小说戏曲的共识和呼声日趋增长,最终汇集成轰轰烈烈的小说界革命浪潮。从这个历史过程看,较早把义和团运动与旧小说关联起来的观点或行为,其价值和意义是值得重视的。目前,除域外因素外,学界对小说界革命的本土资源,特别是与义和团运动的关联认识日渐深入③。义和团对神怪小说戏曲的崇信,直接引发有识之士对小说戏曲与民智关系的思考,进而有了改良旧小说的主张和呼声。在义和团运动中对神怪类小说戏曲的禁抑观念和行动的萌发,让我们看到了一种思潮从小到大、从个别到一般、从局部到全域的发展过程,这正是文学思潮形成的历史实际。从这个角度看,庚辛禁毁运动对神怪类小说《平妖传》《飞跎子传》等的禁毁,一定程度上已初现清末反对迷信题材思潮之端倪,对认识清末小说改良思潮萌发、积累的过程较有启发。

清末人士谈及义和团受到古代小说毒害时,常提及的小说是《西游记》《封神演义》,"拳匪附身神号,多出封神、西游诸书,或寻常寺院塑像。"④如果庚辛禁毁运动发起者意识到义和团与神怪类小说的关联,为何这两部小说未被列入禁单?由于无文献记载可据,只能依据小说内容推论出较合理的解释:其一,内容方面。这四部神魔小说,《西游记》《封神演义》对义和团影响更大,孙悟空、猪八戒、二郎神、哪吒等都是义和团信仰的神灵,这主要

---

① 《详述山东义和团闹教事》,《申报》1900年1月21日,第1版。
② 《论山东义和拳匪徒肇乱事》,《申报》1900年2月28日,第1版。
③ 姜荣刚《义和团事件:晚清"小说界革命"的触发点》,《文学遗产》2010年第4期。
④ 中国史学会主编《义和团》(一),上海人民出版社1957年版,第468页。

是因为这些神话为下层民众所熟知。比较而言,《平妖传》《飞跎子传》主要人物或情节更接近义和团运动。义和团假借神术符咒起事与王则假借妖术起事接近。《飞跎子传》题材涉及中外战争,侵犯中原的大西洋红毛国更直接让人联想起与义和团作战的西方列强。在义和团运动之前,因担忧引起中外冲突,一些涉及外国的小说戏曲已为官方所忌讳,颁示禁止①。其二,传播方面。虽然时人主张《西游记》《封神演义》等书,"拉杂而摧烧之,搜其板片而毁之。"②但《西游记》《封神演义》传播之广、布在人口,妇孺皆知,禁毁难度太大,难以操作。比较而言,《平妖传》《飞跎子》等传播范围较小,还没有达到妇孺皆知的程度,查禁相对较易执行,这就是上文提及《申报》主笔所说:切合实际、便于执行是协德善堂议定单目时的重要考量。就共性而言,这两点应该是禁毁单目议定者商讨时考虑的要素。

三、互动与转换

　　庚辛禁毁运动是 1900 年至 1901 年在杭州协德善堂和同善社相继推动下的一次大规模禁毁小说运动,这场运动既可以认识晚清善堂在禁毁活动中起着议定禁目、收毁刊本、筹措经费和禀官查禁等作用,也有助于认识清末小说禁毁活动与小说改良运动之间的关系,主要表现在反对迷信和诲淫两个方面。

(一)庚辛禁毁运动之际禁止迷信小说的舆论正在积累

　　晚清小说与戏曲同科,禁止迷信的小说戏曲以开民智的认识从 1900 年开始不断增多、累积。在义和团运动中,1900 年 7 月 15 日《中外日报》刊登《论义和拳与新旧两党之相关》,认为义和团运动发生的根源是旧小说浸染的结果:"以故人人有一太白金星、九天玄女,呼风唤雨、撒豆成兵之说在其意中,平时将信将疑,一遇可以附会之端,登时确信以为实然。凡支那之

---

① 例如,1895 年 8 月,英国驻汉领事官霍必兰照会湖北巡抚谭继洵出示禁止《图绘台湾战事》《平倭战记》等书,以免"煽惑愚民,致生衅故。"(《示禁书目》,《晚清报载小说戏曲禁毁史料汇编》[上],第 245 页);1899 年,上宪札饬川东道严禁将大足教案演作传奇(《禁演传奇》,《晚清报载小说戏曲禁毁史料汇编》[上],第 287 页。)
② 《开民智法》,《大公报》1902 年 7 月 21 日,第 1 版。

平民皆属此派。"①该论说还被《选报》等报刊转载②。1900 年 9 月 4 日,《申报》刊登《续务实说》认为比起淫书来,神鬼之说流毒更甚,义和团"假托神鬼附体,枪炮不入,书符诵咒,如醉如狂","此皆中毒于演义小说诸书,故深信不疑,一成不易也。"③1901 年 7 月 12 日,《申报》刊载《迪民智以弭北乱论》,直接把民智不开与"鬼神荒谬之谈,豪猾嚣张之概"的小说戏曲联系起来,呼吁禁止此类小说戏曲,以启民智:"如欲化其气质,惟有在上者严申禁令,自今以后,凡书肆中不准售一切奇衺诲淫之书,戏园中不准演一切妖邪导乱之剧,务使庸耳俗目见闻所及,不复有鬼神荒渺之谈与豪猾嚣张之概,则自能嚣心稍戢,而薄俗可渐底于纯。"④这些小说界革命兴起之前的舆论和主张,可见抨击旧小说、改良小说的意见正在积累、发展。换言之,在义和团运动之际,知识界已经开始思考迷信与民智之间的关系。如此看来,庚辛禁毁运动中对部分迷信小说的查禁,不是孤立事件,它属于义和团运动之际知识界对迷信与民智关系思考的组成部分。

(二)清末民间和官方禁抑诲淫与迷信小说的努力合流

禁止诲淫和迷信是清末禁毁小说戏曲活动中最突出的两大原因。呼吁、主持禁毁活动的主体可分为民间与官方两种力量。就民间主体而言,又大致分为三种类型:

其一,小说戏曲改良理论的倡导者。有严复、夏曾佑、梁启超、陈独秀、狄楚青、李伯元、金松岑、黄伯耀等。为了给提倡的新小说清除路障,小说戏曲改良倡导者将矛头对准了旧小说旧戏曲,目之为"吾中国群治腐败之总根原。"⑤开启民智、除旧布新,必须除掉对民众有害无益的思想观念,树立科学、平等、自由、独立等近代思想观念:"于除旧,宜去其害民之智、德、力者;于布新,宜立其益民之智、德、力者。"⑥导致群治腐败的因素众多,诲淫有损民德、民气,导致"我国民轻薄无行,沉溺声色","儿女情多,风云气

①中国史学会主编《义和团》(四),上海人民出版社 1957 年版,第 180 页。

②《论义和拳与新旧两党之相关》(集录),《选报》1901 年第 3 期,第 2—3 页。

③《续务实说》,《晚清报载小说戏曲禁毁史料汇编》(下),第 637 页。

④《迪民智以弭北乱论》,《晚清报载小说戏曲禁毁史料汇编》(下),第 642 页。

⑤陈平原、夏晓虹编《二十世纪中国小说理论资料·第一卷(1897—1916)》,北京大学出版社 1989 年版,第 36 页。

⑥王栻主编《严复集》(第三册),中华书局 1986 年版,第 514 页,

少,甚者为伤风败俗之行,毒遍社会。"迷信则窒碍民智民力、养成依赖人格,"惑堪舆,惑相命,惑卜筮,惑祈禳。"①诲淫和迷信成为小说戏曲改良倡导者呼吁剔除旧小说旧戏曲的重点内容,或主张一律禁止:"欲祛除迷信、正人心术,非将旧有之淫秽戏、鬼怪戏一律禁止不可。"②或呼吁尽快改良,"奈我国旧日之戏剧与小说,以迷信淫词者为最多,不独无益民智,而反有害民智。当此宪政将行之时代,是非急于改良不可。"③

其二,民间戏曲改良团体。响应小说戏曲改良的呼声,清末民间还成立了一些戏曲改良团体。在编创新剧的同时,这些团体也主张改良旧剧,旧剧所包含淫秽、迷信的内容和表演是重点剔除对象。1904 年成立的新曲会,以改良社会、鼓吹文明为宗旨,改良戏剧的重点包括"删除鬼怪"和"禁演淫秽"④。1904 年,程子仪等在广州创办的采南歌剧团,是一个倡导革命的戏剧改良团体,破除迷信为其宗旨之一⑤。整个二十世纪,"戏改"运动潮起潮落,迷信、鬼怪、色情都是戏改剔除和禁止的重点对象⑥,清末小说戏曲改良理论和戏曲改良团体的戏改尝试,开启了二十世纪中国戏改运动之先声。

其三,小说戏曲作家、艺人。清末许多小说作家和戏曲艺人在实践中自觉禁抑诲淫和迷信。吴趼人等社会言情小说作家主张言情关乎国家社会,拒绝情欲描写,社会言情小说有情无欲,结果是:"(清末)'纯正'的言情小说多像《恨海》和《禽海石》那样,几乎没有'肉欲',有的只是儿女的'苦恋'。"⑦清末小说作家还普遍自觉抵制迷信描写,一方面,他们创作了大量反迷信题材的小说如《黄绣球》《反聊斋》《瞎骗奇闻》《扫迷帚》《文明小史》《月球殖民地小说》《痴人说梦记》等;另一方面,他们主动规避迷信题材,由此也导致清末民初神怪小说创作进入低谷。不少戏班、艺人在排演时也自觉禁抑诲淫和迷信。义顺和班"要把妖鬼的戏,慢慢删除。"⑧女伶金月梅

---

① 陈平原、夏晓虹编《二十世纪中国小说理论资料·第一卷(1897—1916)》,北京大学出版社 1989 年版,第 36 页。

②《论戏界改良(节录)》,《晚清报载小说戏曲禁毁史料汇编》(下),第 673 页。

③《论改良戏剧与小说之必要(节录)》,《晚清报载小说戏曲禁毁史料汇编》(下),第 675 页。

④《新曲会章程(节录)》,《晚清报载小说戏曲禁毁史料汇编》(上),第 151 页。

⑤ 冯自由著《冯自由回忆录:革命逸史》(上),东方出版社 2011 年版,第 298 页。

⑥ 中国戏曲志编辑委员会《中国戏曲志·河北卷》,中国 ISBN 中心 2000 年版,第 708—711 页。

⑦ 陈平原《前言》,见吴趼人《情变》,华东师范大学出版社 1993 年版,第 3 页。

⑧《梨园进步真快》,《京话日报》1906 年 6 月 7 日。

拒绝扮演违禁剧目,所演剧目把所有形容过当处一律删去,"无论那出戏,处处都设法改良,很有进步。"①

　　就官方而言,义和团运动之后,官方也痛定思痛,查禁迷信,官方颁布了不少查禁迷信戏的禁令,如《查禁淫戏及迷信戏》《外城总厅谕禁淫迷各戏》《示禁迷信》等②。清末警察检查小说戏曲的重点之一就是破除迷信,工巡总局告示云:"迷信误人,最阻进化……以故京津一带自设巡警以来,所有迷信之曲词戏本以及小说等书,凡托鬼神以演义者,一概出示禁止,戏本勿得开演,小说不准售卖。"③海淫是清代中后期官方禁毁小说戏曲的首要原因,迷信和海淫遂成为清末官方查禁小说戏曲两大重点,许多地方官或要求:"所有鬼神怪诞、男女淫秽之戏尽数删除。"④或规定:"凡淫邪迷信、有伤风俗各剧,不准演唱。"⑤在禁止海淫和迷信上,清末民间小说戏曲改良倡导者与官方意见趋同。

　　小说改良倡导者呼吁禁止海淫和迷信小说,是为了给新小说清理场地,因为承担新民使命的"新小说"是"以文学的而兼科学的","以常理的而兼哲理的。"⑥官方查禁海淫和迷信小说既是对整顿风化政策的一贯坚持,也有提高民众素质的考量。二者在小说戏曲优劣与民众素养高低上意见达成一致,所以小说改良理论者呼吁和支持官方查禁旧小说。"(他们)也认同清朝政府对戏曲小说的禁毁,只要它们不是正在改良的新小说、新戏曲。甚至于这种禁毁还可以帮助改良的新小说、新戏曲占领旧市场。"⑦改良小说倡导者和清末官方禁毁保持高度一致的就是禁止海淫和迷信。由此,清末小说改良运动和清末官方禁毁小说活动实现了互动与转换,即小说改良运动也包括对海淫、迷信的禁抑,官方对海淫、迷信的禁抑也符合小说改良运动的要求。

　　总之,庚辛禁毁单目是协德善堂绅董主持下认真议定、并经官方认定

①《女伶进步》,《晚清报载小说戏曲禁毁史料汇编》(上),第459页。

②《晚清报载小说戏曲禁毁史料汇编》(上),第106、111页。

③《禁止妇女入庙烧香》,《晚清报载小说戏曲禁毁史料汇编》(上),第110页。

④《添开戏园批词》,《晚清报载小说戏曲禁毁史料汇编》(上),第103页。

⑤《取缔戏园条规(节录)》,《晚清报载小说戏曲禁毁史料汇编》(上),第142页。

⑥陈平原、夏晓虹编《二十世纪中国小说理论资料·第一卷(1897—1916)》,北京大学出版社1989年版,第278页。

⑦袁进《一部极为重要的史料汇编——评〈晚清报载小说戏曲禁毁史料汇编〉》,《中国文学研究》2016年第3期。

执行,单目的生成不是个人行为,说明已经有部分士绅和官吏同时认识到涉及诲淫和迷信的小说与民众素养之间的关系。风起于青蘋之末,庚辛禁毁运动试图禁抑诲淫和迷信,一定程度上有助于认识小说界革命主张的本土资源,正是愈来愈多的国人意识到小说对民众素养的不利影响并试图改变这种状况,才会出现小说界革命理论一出,"群山响应"的盛况①。清末官方和民间禁抑诲淫和迷信小说、倡导小说改良,其动机都或多或少包含有塑造有品德、讲理性、懂科学的近代国民的考量。庚辛禁毁小说运动对全面认识清末禁毁小说活动的转向、清末禁毁小说活动与小说改良活动之间的互动和转换都有一定的启发意义。

---

① 包天笑著,刘幼生点校《钏影楼回忆录　钏影楼回忆录续编》,三晋出版社 2014 年版,第 260 页。

第十四章　清代前中期与晚清禁毁原因之比较

禁毁小说戏曲是有清一代之禁制。自顺治九年（1652）通令禁刻琐语淫词，直至清朝覆灭，举国上下查禁活动从未停歇。查禁小说戏曲活动是一种综合性社会现象，表面上看它是权力对文艺的规制，深层次上看则是政治、思想、法律、经济、文化、道德等综合因素在文艺上的折射。禁毁原因多属于意识形态问题，各种原因之间相互融合、影响、转移，反映了政治、法律、文化、道德等对文艺发展的要求。清代中叶以后，国势江河日下，政治昏聩、吏治腐败、民变蜂起等开始撼动清朝统治根基。降及晚清，国门洞开，中西文明激烈碰撞，在冲突与融合中，晚清政治、思想、经济、文化等各方面与清代前中期相比已经发生巨变，时人谓之曰"三千年未有之大变局。"禁毁原因在因袭既往之际，也在发生变革。本章在上文和前人研究的基础上，对清代前中期与晚清查禁小说戏曲的原因予以梳理和比较，冀以深入理解禁毁原因在晚清的传承和新变。

一、清前中期禁毁小说戏曲的共因

古代小说戏曲同生共长、彼此依托，直到清末，小说概念仍包括戏剧。因此，二者遭禁原因亦大多雷同，可谓难兄难弟。

（一）清除异端

异端是指与主流思想文化、意识形态相左相异的思想、理论。中外古代禁书历史源远流长，通观其突出的共性是：禁锢思想、清除异端，试图实现一元主义文化制度。持这种文化政策的可谓一元主义文化规制观，即"只承认某种文化是'先进'或'正确'的文化，其他的文化都是落后、腐朽甚至邪恶的，因此，对异端文化的规制就具有了所谓的'天然合法性'。"[1]在

---

[1]马健《文化规制论》，上海交通大学出版社 2016 年版，第 67 页。

欧洲天主教统治的漫长中世纪,任何有违天主教信仰和教会教义的言行都被斥为异端,被异端裁判所判处的异端遭到革除教籍、没收财产、罚款、监禁、拷打、流放、断手、拔舌、火刑等严厉惩罚,"对异端的限制和镇压,构成了教会禁书的主要内容。"①无论是把中国古代禁书的历史溯源至公元前356年商鞅变法燔《诗》《书》而明法令,还是追溯到公元前213年秦始皇焚书以息众议,禁书目的都是试图达到单一的政治文化。商鞅是要排除其他思想杂音,通过刑赏,"实现'人'的绝对单一化,即使所有的人都成为农民和战士。"②秦始皇焚书则是试图达到钳制天下思想而无异议的目标。西汉罢黜百家、独尊儒术虽非直接禁书,但客观上造成儒家成为主流,其他诸家或逐渐衰落或后继乏人的发展态势,以后历朝把儒学作为主流思想也自西汉始。宋元以降,程朱理学成为官学,思想钳制更趋严格。一元主义文化规制观一般采用"一刀切"地禁抑其他文化,只要有一种文化足以平治天下,其他文化都可以弃之不足惜,清代典型的例子是前期禁教闭关的文化政策:"以后不必西洋人在中国行教,禁止可也。免得多事。钦此。"③清代前期查禁小说戏曲也是这种"禁止可也,免得多事"文化政策的体现。

　　清朝入关之后,顺治九年(1652)颁布了第一则有关禁毁小说戏曲的谕旨,该谕令属于顺治推崇儒学、抑制异端系列统治措施的组成部分。顺治亲政之后的第二个月,即顺治八年四月,派官至曲阜阙里祭孔。九年三月八日,会试第一名举人程可则因文章悖戾经注被革,并治考试官胡统虞等人之罪④。三月二十日,准房可壮奏请博观经史、亲近儒臣,以"尊崇圣道。"⑤四月二十四日,又准杨黄奏请春秋各举办经筵一次。九月二十二日,顺治亲率诸王大臣赴太学以隆重礼节祭孔,行两跪六叩之礼,并勉励太学师生曰:"圣人之道,如日中天,讲究服膺,用资治理,尔师生其勉之。"⑥十月二十二日,翰林院编修曹本荣应诏奏请开讲圣学,以振"圣学未讲而纪纲未张"⑦之弊。禁锢思想、清除异端常见手段有四:推崇,如把儒学奉为

①沈固朝《欧洲书报检查制度的兴衰》,南京大学出版社1999年版,第52页。
②乔健《中国古代思想研究》,民族出版社2008年版,第139页。
③郑天挺主编《明清史资料》(下),天津人民出版社1981年版,第384页。
④清实录馆纂修《清实录》(第三册),中华书局1985年版,第492页。
⑤清实录馆纂修《清实录》(第三册),中华书局1985年版,第494页。
⑥清实录馆纂修《清实录》(第三册),中华书局1985年版,第539页。
⑦清实录馆纂修《清实录》(第三册),中华书局1985年版,第546页。

正学;笼络,如科举取士为我所用;限制,如规定科举教材、规定出版和演出内容;压制,如禁书和文字狱。顺治九年所颁禁琐语淫词的谕令就属于在推崇、笼络、限制的同时,压制儒家正学之外的"邪门歪道",谕令云:"坊间书贾,止许刊行理学政治有益文业诸书",其他琐语淫词等,通行严禁①。"琐语淫词"含义模糊,只要不符合朝廷提倡的儒学、圣道之内容都可以视作琐语淫词,其中包括小说戏曲。但"琐语淫词"打击对象宽泛而不确定,执行困难,它的真正意义是吹响了清朝抑制小说戏曲等异端文化以加强思想统治的号角。

　　清朝禁毁小说戏曲成为一代之法律制度确立于康熙朝,该制度是康熙推崇程朱理学、抑制异端的产物。康熙是有清一代推崇程朱理学最用力的皇帝。康熙二十五年,为武夷精舍御书匾额;二十九年,谕旨朱子十八世孙承袭五经博士、主持福建祭祀;四十四年,为建阳朱子祠御题匾额和对联;五十一年,诏朱熹从配祀孔子的诸儒中升至大成殿配享,位居十哲之次,同年,还为御敕李光地所纂《朱子全书》等书作序,称朱熹之学:"集大成而绪千百年绝传之学,开愚蒙而立亿万世一定之规。"②把程朱理学确定为统治纲领:"以此为化民之方,用期夫一道同风之治。"③在推崇程朱正学的同时,康熙还不断地谕令严禁淫词小说:康熙二年、二十六年、四十年、四十八年、五十三年,康熙都重申或题准查禁小说。康熙君臣还发明了"淫词小说"一词。该词首次出现在康熙二十六年刑科给事中刘楷请禁淫书的奏疏中,这篇奏疏是在康熙大力昌隆正学、严诛邪教、屏息异端的背景下建议的,这个词语得到了康熙的认可和推广,用来概括所有的小说:"朕见乐观小说者,多不成材,是不惟无益而且有害。"④后来四十年、四十八年议准的查禁谕令都沿用了"淫词小说"的概念。五十三年,康熙谕旨礼部制定禁毁小说淫词的法规,其中云:"朕惟治天下,以人心风俗为本,欲正人心,厚风俗,必崇尚经学,而严绝非圣之书,此不易之理也。"⑤领旨之后,礼部制定了刊刻、售卖淫词小说的法则,对作者、刊刻者、销售者与读者都规定了惩

①王利器辑录《元明清三代禁毁小说戏曲史料(增订本)》,上海古籍出版社1981年版,第23页。
②杨峰、张伟《清代经学学术编年》(上),凤凰出版社2015年版,第212页。
③杨峰、张伟《清代经学学术编年》(上),凤凰出版社2015年版,第96页。
④王利器辑录《元明清三代禁毁小说戏曲史料(增订本)》,上海古籍出版社1981年版,第25页。
⑤王利器辑录《元明清三代禁毁小说戏曲史料(增订本)》,上海古籍出版社1981年版,第27页。

处办法。康熙谕令礼部制定禁毁小说法规的初衷是要形成制度性禁毁,主要目标是杜绝淫词小说这些与经学、圣人之道相左的异端邪说。雍正继位之后,继续推崇儒学,甚至制造文字狱以捍卫程朱正学。雍正七年(1729),谢济世注疏《大学》《中庸》,不从朱注,雍正指责其毁谤程朱、谤讪皇帝,判斩立决(后未执行)。雍正二年,雍正重申了康熙谕令礼部制定的禁毁法规,三年,该法规被载入《大清律·刑律》,成为一代之法律制度。整体上看,推崇儒学、抑制异端是清代前中期禁毁小说戏曲的主要目标。

(二)关碍本朝

即违碍的原因,所谓违碍是指涉嫌"非清""反清"、抵触清朝的字句。清代前中期的小说戏曲禁毁活动还与满族统治者打击汉人民族意识颇有关系。统治者在推崇儒学、统一思想的同时,频频锻炼文字狱,钳制思想和压制反抗意识。据统计,顺康雍乾四朝文字狱数量分别是:顺治朝 17 年,6起;康熙朝 61 年,11 起;雍正朝 13 年,25 起;乾隆朝 60 年,135 起[①]。怀念明朝、反清复明、诋讥清朝等思想意识是文字狱重点打击对象,特别是在乾隆朝禁书运动中,关涉清朝早期历史以及"汉满"关系的著述成为查禁重点,主要包括记录明末清初之事,关涉清朝以及南宋与金朝的字句。伴随禁书运动的深入和扩大,乾隆君臣逐步意识到小说戏曲中亦有违碍字句,乾隆四十年,江西巡抚海成奏折提及:"曲本小说一项,亦不可忽。"[②]已经注意到小说戏曲的违碍字句问题。四十五年(1780)十一月,乾隆明确指示检查违碍戏曲,"因思演戏曲本内,亦未必无违碍之处。"[③]四十五年末,乾隆指示伊龄阿、全德等在扬州设局审查、删改、抽毁曲本。在乾隆施压和大臣迎合的双向作用下,一批违碍小说戏曲被禁毁,其内容主要包括两方面:

其一,由禁毁明清之际的历史记载、野史稗乘扩大到查禁反映明末清初时事的小说戏曲。小说如《辽海丹忠录》《镇海春秋》《退房公案》《樵史通俗演义》《剿闯小说》《定鼎奇闻》《魏忠贤斥奸书》等,戏剧如明末时事剧《喜逢春传奇》《广爱书传奇》等。这些小说戏曲或诋毁后金、敌视侮慢满人,如

---

①张兵、张毓洲《清代文字狱的整体状况与清人的载述》,《西北师大学报》(社会科学版)2008 年第 6 期;朱竑、安宁《清代顺、康、雍、乾时期文字狱的地域分异研究》,《地理科学》2011 年第 1 期。
②中国第一历史档案馆编《纂修四库全书档案》(上),上海古籍出版社 1997 年版,第 482 页。
③中国第一历史档案馆编《纂修四库全书档案》(上),上海古籍出版社 1997 年版,第 1228 页。

《辽海丹忠录》《镇海春秋》《退虏公案》用"胡""狄""虏""夷""酋"等字句称呼满族、《喜逢春传奇》第十七出《封爵》叙努尔哈赤因兵败背疽发作而死；或记录了清兵的暴行，如《樵史演义》"（清兵）先破了遵化，次屠了固安，再焚了良乡。"因扬州城闭关坚守，清兵攻破之后，"遂屠其兵民"①；或有反清意识，如《广爰书传奇》部分篇幅有反清字句，或身处清朝仍用明朝帝号，如《定鼎奇闻》有"大明神宗皇帝"等②，这些都是清廷不能容忍的，被视为违碍不法。

其二，由禁毁"南宋人书之斥金"和"明初人书之斥元"③扩展到查禁反映"宋金"和"汉蒙"的小说戏曲。小说如《说岳全传》因"内有指斥金人语，且词句多涉荒诞，应请销毁"④，戏剧如《乾坤鞘》戏剧因演宋朝故事语涉违碍而被禁、《精忠传》因演岳飞抗金事而被禁。

中国传统文化华夷之辩、正统观念根深蒂固，所谓"严夷夏之防""名不正则言不顺"。夷夏之辩等让顺康雍乾四朝统治者颇伤脑筋。为了确立清朝统治的正统性，雍正甚至亲自编著《大义觉迷录》颁行天下，希望人手一册，用以消除汉人的夷夏之辩。从心理动机上看，确立正统和合法是清朝前中期禁毁违碍小说戏曲的出发点。因为称呼满族为夷虏，是"对他们的'正统性'根本不予承认。"真实地记录清王朝建立过程中的种种暴行，是"对这个政权的合法性，也从根本提出了指责。"⑤所谓的违碍字句有可能唤起汉族士民的反清意识，是清廷无法接受和忍受的。

官方查禁违碍，对清代前中期小说戏曲的创作、传播都产生了实质性影响，主要表现有：其一，题材上规避清朝事。如明末清初一度兴盛的以时事为题材的小说戏曲入清以后迅速停歇。其二，在创作、编辑和出版上或自我禁抑，或抽删违碍字句。乾隆三十九年，乾隆征修《四库全书》，开始查缴违碍悖逆书籍，乾隆四十一年，宝仁堂在出版《缀白裘》时，赶紧删改，"今本堂细加校订，凡原本曲文宾白内，偶有字样违碍者，悉皆删去。另将稿内

---

①（清）江左樵子编《樵史通俗演义》，中国书店 1988 年版，第 281、441 页。

②齐豫生、夏于全主编《中国古典文学宝库·第 122 辑·时事小说》，延边人民出版社 1999 年版，第 132 页。

③中国第一历史档案馆编《纂修四库全书档案》（上），上海古籍出版社 1997 年版，第 554 页。

④中国第一历史档案馆编《纂修四库全书档案》（下），上海古籍出版社 1997 年版，第 1593 页。

⑤欧阳健《古代小说禁书漫话》，辽宁教育出版社 1992 年版，第 46 页。

别出补入。"①经宝仁堂抽弃的选出是描述宋金交战、金人落败的《倒精忠》之《草地》《败金》《献金桥》，以及抨击时事的《清忠谱》之《访文》《骂祠》②。乾隆四十六年四教堂本《缀白裘》也把"虏""胡骑""腥膻""金人"等违碍字句尽数删改③。小说家也忌谈本朝开国之事，小说编辑出版中对可能触犯时忌的词语也予以修改④。个别涉嫌违碍的小说戏曲或被销毁或因惧祸而减少了传播，如《辽海丹忠录》海内外唯日本内阁文库存有孤本。

(三)教唆强梁

即诲盗的原因，指教唆被统治者奋起反抗。统治者害怕所谓的诲盗小说戏曲之原因不难理解——它们给被压迫者提供了反抗斗争的教科书。分而言之，主要包括四个方面：其一，以武犯禁、引人效仿。崇尚武力、以暴抗暴的小说戏曲之所以流行，从人性的角度看，此类小说戏曲表达了生活在尘世礼法羁绊中的人们对人性舒张的渴望；从被压迫者的角度看，此类小说戏曲反映了被压迫者颠覆暴力压迫、伸张公平正义的愿望。但从统治者的角度看，患莫大于以武犯禁、造反有理。乾隆十九年(1754)三月，福建道监察御史胡定奏请禁阅刻扮演《水浒传》："阅坊刻《水浒传》，以凶猛为好汉，以悖逆为奇能，跳梁漏网，惩创蔑如。……市井无赖见之，辄慕好汉之名，启效尤之志，爰以聚党逞凶为美事，则《水浒》实为教诱犯法之书也。……将《水浒传》毁其书板，禁其扮演，庶乱言不接，而悍俗还淳。"⑤诲盗的小说戏曲倡导以暴抗暴、引人效法，政权有被推翻的危险，该奏奉旨依议。其二，图谶方术、足资利用。在迷信天命鬼神的时代，为团结人心，利用天文谶纬、阴阳方术寻找造反起事合法性的花招曾被屡试不爽，从陈胜、吴广"大楚兴、陈胜王"的狐鸣，到清代中期白莲教"换乾坤，换世界"的劫年预言，代不乏书，几乎成为套路定式。图谶方术等也是古代小说戏曲津津乐道的内容，如《残唐五代史演义》中黄气冲入田氏怀而生黄巢，赵匡胤降生赤光满室、营中异香经月不散，《水浒传》中的九天玄女颁赐天书、天降石

---

① 黄婉仪编注《汇编校注〈缀白裘〉》，台湾学生书局 2017 年版，第 113 页。
② 黄婉仪编注《汇编校注〈缀白裘〉》，台湾学生书局 2017 年版，第 30—31 页。
③ 黄婉仪编注《汇编校注〈缀白裘〉》，台湾学生书局 2017 年版，第 46—47 页。
④ 陈才训《论清代文字狱对小说文本形态的影响》，《求是学刊》2017 年第 4 期。
⑤ 王利器辑录《元明清三代禁毁小说戏曲史料(增订本)》，上海古籍出版社 1981 年版，第 44 页。

碣等。统治者对这些利用图谶方术描述天命所归的小说戏曲充满警惕,担忧别有用心之人仿效而行,推翻政权。清代前期统治者屡屡把淫词小说和神会巫术相提并论、一起严禁,其重要原因就在于此。康熙二十六年、四十年、四十八年都题准把方书、扶鸾书符及淫词小说永行禁止①。其三,斗争策略、可以凭借。不少英雄、历史题材的小说戏曲以鲜明的人物形象和生动的故事情节总结了政治、外交、军事斗争经验,诸如纵横捭阖的政治手腕、排兵布阵的军事谋略,普及了受众的政治、军事知识。明朝末年,不少起义军就以《水浒传》等小说为效法对象。李青山率众取法宋江,啸聚梁山,破城焚漕,伺机招安;张献忠"日使人说《三国》、《水浒传》诸书,凡埋伏攻击咸效之。"②清代草泽豪强的"奇谋秘策",也"全以《水浒传》为师资。"③明清官方指责《水浒传》是教育民众造反的教科书,"如何聚众竖旗,如何破城劫狱,如何杀人放火,如何讲招安,明明开载,且预为逆贼策算矣。"④统治者对《水浒传》"水浒戏"等讲求斗争策略的小说戏曲之忌惮于此可见。清朝统治者对小说可以裨益政治策略和军事知识也颇有心得体会,不少不识汉字的满族将领通过满文《三国演义》熟悉了兵法,清朝统治者还援引《三国演义》中关羽服事刘备唯谨的事例羁縻蒙古、忠义于清朝⑤。清代中期以后,人口膨胀,土地兼并,官吏腐败,流民日增,秘密社会在民间流播。"自乾隆末年以来,官吏士民,狼艰狈蹶,不士、不农、不工、不商之人,十将五六;又或餐烟草,习邪教,取诛戮,或冻馁以死。"⑥社会不稳定因素激增,刺激了官方对诲盗小说戏曲的查禁。乾隆十八年(1753)七月,上谕查禁《水浒传》等小说戏曲"使人阅看,诱以为恶。""愚民之惑于邪教,亲近匪人者,概由看此恶书所致。"⑦此后,清廷每有邪教或民变之虞,多下令查禁《水浒传》等诲盗小说戏曲,嘉庆十八年,清廷镇压天理教起义之后,禁开设小说坊肆及扮演好勇斗狠各杂剧;咸丰元年,湖南长沙府等地有红薄等教频繁活动,所居之处有忠义堂名号,并用《水浒传》等书传教,清廷谕旨督抚

---

① 王利器辑录《元明清三代禁毁小说戏曲史料(增订本)》,上海古籍出版社1981年版,第25—27页。
② 朱一玄、刘毓忱编《水浒传资料汇编》,南开大学出版社2002年版,第452页。
③ 朱一玄、刘毓忱编《水浒传资料汇编》,南开大学出版社2002年版,第482页。
④ 朱一玄、刘毓忱编《水浒传资料汇编》,南开大学出版社2002年版,第449页。
⑤ 朱一玄、刘毓忱编《三国演义资料汇编》,南开大学出版社2003年版,第616、647页。
⑥ 龚自珍《龚自珍全集》,上海人民出版社1975年版,第106页。
⑦ 王利器辑录《元明清三代禁毁小说戏曲史料(增订本)》,上海古籍出版社1981年版,第43页。

严饬地方官将《水浒传》书板尽行销毁。但统治者为稳固统治而严禁所谓诲盗的小说戏曲之举都是舍本求末，所谓"民不畏死，奈何以死惧之？"[①]只有不断地改善民生、提高民生才是长治久安之本。

（四）诱人邪淫

即诲淫的原因，指引诱人发生性行为。明末清初是中国古代艳情小说创作和出版的高峰期，"传世的清代艳情小说，约近六十种。其中明崇祯至清顺治时约十多种，康熙时近二十种。"[②]清朝中叶开始，剧场流行情色表演，各地方剧种纷纷"把性和色情作为演剧的重要内容来表现，也因此而赢得了巨大的市场。"[③]遏止诲淫也是清代前中期历次查禁小说戏曲的重点之一，康熙二十四年江苏巡抚汤斌严禁淫邪小说戏文告谕指责小说传奇："宣淫诲诈，备极秽亵，污人耳目。"[④]打击对象就是诲淫的小说戏曲。康熙二十六年刑科给事中刘楷疏请除淫词小说也包括"诲淫之书。"[⑤]在清代前中期禁毁小说戏曲清除异端、违碍、诲盗、诲淫四大原因中，前三者基本属于政治角度，后者属于道德风化角度。伴随清廷统治的稳固和最高权力的交接，自嘉庆朝开始，从政治角度发起禁毁的强烈意识有所弱化，从道德风化角度发起禁毁的意识则明显上升。这种趋势的标志性事件有二：其一，嘉庆四年（1799）二月，嘉庆宣布停止文字狱，此后文网渐弛，清除异端、违碍的因素趋于弱化；其二，嘉庆十五年（1810）六月，上谕准御史伯依保奏禁"好勇斗狠、秽亵不端"[⑥]小说。"好勇斗狠"指诲盗小说，此不难理解，当时正值民变多事之秋，嘉庆九年，历时9年的川楚白莲教起义才被镇压下去，即将于嘉庆十八年爆发的天理教起义正在酝酿。"淫秽不端"指诲淫小说，所奏《灯草和尚》《如意君传》《浓情快史》《株林野史》《肉蒲团》等，都是名副其实的诲淫小说。换言之，嘉庆十五年六月禁毁诲盗诲淫小说，标志着清代中叶禁毁目标的转向，即清除异端和违碍的原因减弱、诲盗诲淫的原因增强。特别是诲淫的原因，伴随地方官和士绅主导禁毁，诲淫逐渐成为清

①陈鼓应《老子注释及评介》，中华书局2003年版，第337页。
②张俊《清代小说史》，浙江古籍出版社1997年版，第166页。
③彭恒礼《元宵演剧习俗研究》，广东高等教育出版社2011年版，第208—209页。
④王利器辑录《元明清三代禁毁小说戏曲史料（增订本）》，上海古籍出版社1981年版，第99—100页。
⑤王利器辑录《元明清三代禁毁小说戏曲史料（增订本）》，上海古籍出版社1981年版，第24—25页。
⑥王利器辑录《元明清三代禁毁小说戏曲史料（增订本）》，上海古籍出版社1981年版，第63页。

代后期禁毁活动的首要原因,直到清末,历次大规模开单禁毁运动,所开名目中皆以"诲淫"为绝大多数。

二、清前中期禁毁戏曲的独特要因

小说戏曲同属叙事文体、关系密切,但彼此传播和接受方式有所不同,戏曲除供案头阅读的刊本形式传播之外,多以集体性观演的方式传播。戏曲观演属集体性休闲娱乐活动,又常与祈愿酬神、社交合群等习俗密切联系,禁戏原因也就具有了不同于禁毁小说的独特原因,措其大端,有如下五点:

(一)妨碍治安

"治安"一词古今含义有大小之别,古代一般指政治清明,国家和社会安定。现代意义的"治安"有广义和狭义之分,广义指维持社会秩序的稳定安宁,狭义指警察部门依法实施的治安管理①。此处用现代治安的广义含义观照演戏与社会秩序安定之间的关系。因治安之虞而倡导禁戏之举在中国戏剧成熟的宋元时期即已出现,并伴随明清演艺业的繁荣而增多。演戏妨碍治安主要指因演戏引起赌博、盗窃、打架等治安事故,"以致男女杂沓,观者如堵,奸盗诈骗,弊端百出,小则斗殴生事,大则酿成人命,且招火灾。"②之所以妨碍治安成为禁戏的要因之一,与社会治安的重要性和前现代社会管理防控理念有莫大关系:一者,治安良好是社会安宁和政权稳固的基础,任何统治者对此都心知肚明;二者,前现代社会有限的经济、技术条件促使治安主体采用堵和禁的理念维护治安。中国前现代社会没有统一的、全国性的治安管理机构,自宋代以后形成官治(以官治民)和民治(以民治民)相结合而以官治为主导治安管理模式。国家幅员辽阔、乡村人口聚居分散,国家基层行政机构设置较少或根本就不设置,所谓"王权止于县政。"在通讯和交通条件落后的情况下,国家对基层治安突发事件的反应十分滞后。因为力所不逮、反应滞后,治安主体一般从实用角度出发,采取消

①江波《道光时期广州社会治安研究》,中山大学出版社 2015 年版,第 13—14 页。
②王利器辑录《元明清三代禁毁小说戏曲史料(增订本)》,上海古籍出版社 1981 年版,第 110 页。

极防范措施禁止演戏,以免滋生事端。换言之,因为担心演戏易滋事端,就减少做戏乃至禁止演戏,尤以禁夜戏为典型。受科技和照明条件落后的制约,夜晚治安管理是古代社会治理的薄弱环节,除元宵节等个别节庆弛禁外,古代社会一般都执行较严格的夜禁政策。夜戏直接打破夜禁政策,民治方面,不少族规家训、乡规民约规定禁止夜戏:"夜间做戏,纵赌诲淫生盗,莫此为甚,戒之戒之。违者公罚。"①官治方面,禁演夜戏为有清一代之禁令。雍正十三年,朝廷首次颁布夜戏禁令,乾隆二十年、嘉庆七年、嘉庆十六年,朝廷都重颁夜戏禁令,对不实力执行的官员罚俸一年。相对于违反出作入息、明动晦休的生产生活秩序和夜晚男女混杂的风化之虞而言,治安之虞是禁止夜戏的主要原因。雍正六年,河南总督田文镜禁夜戏时,对百姓秋冬报赛的酬神演戏网开一面"情亦宜通",但要求酬神演戏"至晚即止,例各散归,管守门户。"②可见,地方官严禁夜戏的目标明确,就是加强夜间治安管理的需要。其余因赌博、盗窃、斗殴而禁戏皆可作如是观。因治安原因而禁戏不能简单地归咎于治安主体的不作为,禁止了事,一定程度上讲,它是前现代社会治安主体防范性治安管理理念的实施和体现。

(二)有害民生

主要包括废时失业和耗费钱财。中国古代社会以农为本,农业生产靠天吃饭,百姓终岁劬劳,赋税之外,所剩无多。勤俭是传统治生的核心理念,也是古代族规家训的必备内容:"勤与俭,治生之道也。不勤则寡入,不俭则妄费。"③在农本社会,勤俭治生的立足点不外力耕织、尚节俭、求朴素。但演戏一定程度上与勤俭治生理念背道而驰,"谋生之道,莫善于勤,节用之方,惟有一俭,勤则有功,戏最无益。"④官方和民间指责演戏有害民生主要表现在两个方面:

其一,演戏频繁或持续时间长,致使商民废业。清代民间演戏繁盛,超过前代,主要表现为:名目繁多、持续时间长。平定州俗多淫祀,虽孤村僻

---

① 《(光绪)连城新泉张氏族谱》卷首《族规条款》。转自:杨榕《福建戏曲文献研究》,中国戏剧出版社 2007 年版,第 363 页。

② 丁淑梅《中国古代禁毁戏剧编年史》,重庆大学出版社 2014 年版,第 353 页。

③ 楼含松主编《中国历代家训集成》(6),浙江古籍出版社 2017 年版,第 3876 页。

④ 王利器辑录《元明清三代禁毁小说戏曲史料(增订本)》,上海古籍出版社 1981 年版,第 108 页。

野,赛神演戏,无岁无之,"其村落大者无月无之。"①归安县习俗,立冬至岁末数月间,乡村皆演戏酬神,谓之社戏②。衡阳习俗,每岁自五月朔、七月中,必崇台演戏,浃旬不休,观者如堵③。经常演戏观剧违背了以勤为本的治生理念,诚语云:"看了花鼓戏,荒了二亩地。"此之谓也。

其二,演戏开销,或加重生活负担或助长铺张浪费。对寻常百姓而言,演戏开销可分为两部分:(1)戏资或赛会开支,这部分一般由村社宗族统一征收,所谓逐户醵资。分摊戏资是百姓融入村社宗族所应尽之义务,拒绝缴纳意味着自绝于村社宗族之外,所以即使"平时悭吝不舍一文,而演戏则倾囊以助者。"④(2)接待演戏期间造访亲友的开支,这部分要靠日常节省甚至是赊销典当而来,"贫家留客尽有典质以供应者。"⑤由于醵资演剧可以从中获利,差役、地保、棍徒、戏班等经常相互勾结,借演戏之名、逐户敛钱,"有不愿者,强派恶取。"⑥这种强索式演戏敛钱加重了百姓生活负担,需要官方管控。百姓日常生活俭朴,"宫室少雕绘,衣服多布素。"但赛会演戏之时,"虽浩费不辞。"⑦"醵钱唱戏,虽费不吝。"⑧村社、宗族、庙观为争荣光,赛会演戏,竞相攀比。乾隆年间,广德州二月八日祠山会,城中宗氏一姓,曾排酒宴八百余席,定埠吕氏一族,宰鹅两千余只,"岁岁传为盛举。"⑨如此铺张,的确助长了奢靡之风。

官方禁止民间无节制地演戏,有时能在短期内收到一定效果。海城县习俗,岁时祈报,演戏酬神,花费巨资而不惜,"近因严谕禁止,此风尽息。"⑩但清代统治者对民间演戏废时耗财、妨碍民生的指责属于典型的"只许州官放火,不许百姓点灯"。清代上至帝后、下至官吏每年演戏耗财何止万计。清代中期开始,吏治渐弛,享乐风行,各省督抚宴会演戏之费,

①(清)张彬纂修,徐鉴协修《(光绪)平定州志》,光绪八年刻本,卷五第四十九页上。

②(清)李昱修,陆心源纂《(光绪)归安县志》,光绪八年刊本,卷十二第十三页上。

③(清)张奇勋修,周士仪纂《(康熙)衡州府志》,康熙十年刻本,卷八第十页上。

④(清)周钟瑄修,陈梦林纂《(康熙)诸罗县志》,康熙五十六年序刊本,卷八第十九页上。

⑤《双林镇志》卷十五《风俗》,1917年上海商务印书馆承印本,第281页。

⑥丁淑梅《中国古代禁毁戏剧编年史》,重庆大学出版社2014年版,第378页。

⑦(清)杨学颜修,杨秀拔纂《(道光)恩平县志》,道光五年刻本,卷十五第一页下。

⑧赵东阶等纂修《重修汜水县志》,台北成文出版社1968年版,第55页。

⑨(清)胡文铨修,周广业纂《(乾隆)广德直隶州志》乾隆五十九年刊本,卷四十三第二十七页上。

⑩(清)杨金庚纂修《(光绪)海城县志》不分卷,宣统元年铅印本,第九十二页下。

多系首县承办,首县复敛之于各州县,"率皆朘小民之膏脂,供大吏之娱乐。"①更不用说后来慈禧 60 寿辰,搭建龙棚、戏台等物耗银 240 余万两,演戏耗银 52 万余两,加上其他花费,整个寿典费银相当于清政府全年财政收入的 17%②。清代官方因民间演剧妨碍民生而予以禁抑具有一定合理性,应予肯定,但这种禁他人而不禁自身的管理方式则是专制社会文化规制制度的典型表现。

(三)花部乱雅

雅部指昆腔,花部指昆腔之外各种地方戏,"雅部即昆山腔,花部为京腔、秦腔、弋阳腔、梆子腔、罗罗腔、二簧调,统谓之乱弹。"③自明代万历至康熙前期,为昆曲兴盛时期。昆曲因优雅细腻,不仅备乐内廷、供帝后妃嫔娱乐之需,而且为官员和文人所偏好,上行下效,昆曲主导剧坛,号称盛世元音。在昆曲高度艺术化的同时,也导致普通民众不易接受的窘况:"盖吴音繁缛,其曲虽极谐于律,而听者使未睹本文,无不茫然不知所谓。"与之相反,花部词意浅显,用本地声腔演唱,凡夫俗子易于接受:"其词直质,虽妇孺亦能解;其音慷慨,血气为之动荡。"④昆曲之外,弋阳腔进入北京演变为高腔,康熙年间,宫廷演出常用高腔,乾隆初年,高腔在京师盛况空前,形成"六大名班,九门轮转"⑤的局面。由于进入宫廷、王府等上层社会,高腔在剧本、曲牌、演出形式等方面比其他地方戏更加规范,被上层社会认可。清代中期开始,伴随花部兴起,和昆腔一样,高腔在全国大多数地区已呈衰落之势。从乾隆末年至道光末年,花雅之争最为突出,官方扶持昆、弋,禁抑花部。乾隆五十年,乾隆谕旨禁演秦腔,嘉庆三年、四年,清廷颁令禁演花部诸腔,嘉庆十八年、道光三年,又两次颁令禁演秦腔。官方禁抑花部的主要原因有二:其一,崇雅抑俗、厘正人心。从一元文化规制观的角度看,被官方认可的文化是正宗、获得提倡;被官方否定的文化是左道,遭到压制,禁抑花部是官方崇雅抑俗文化政策的具体实施。从戏曲审美接受的角度

---

①赵之恒等主编《清宣宗圣训·清文宗圣训》,北京燕山出版社 1998 年版,第 5921 页。
②邓忠先、王益志主编《紫禁城档案》,红旗出版社 1998 年版,第 1870 页。
③(清)李斗著,许建中注评《扬州画舫录》,凤凰出版社 2013 年版,第 109 页。
④黄霖、蒋凡主编《中国历代文论选新编(明清卷)》,上海教育出版社 2007 年版,第 406 页。
⑤周明泰《都门纪略中之戏曲史料》,光明印刷局 1932 年初版,第 9 页。

看,在清代前中叶戏曲审美由雅趋俗的转向中,低俗、媚俗扮演的确流行起
来。清人多认为魏长生开清代中后期剧场情色扮演之风气,就是因为魏长
生改编并善演《滚楼》《葡萄架》《卖胭脂》《送灯》《别妻》等情色剧目,"演诸
淫亵之状,皆人所罕见者,故名动京师。"①遂"开淫冶之风。"他的传人陈银
官演《双麒麟》"裸裎揭帐,令人如观大体双也。"②禁令指斥花部地方戏"其
所扮演者。非狭邪媟亵。即怪诞悖乱之事。于风俗人心。殊有关系。"③
至少部分符合事实。其二,昆曲同业和官绅的推动。乾隆年间,花部盛行
之后,不仅市井细民喜观,即文人学士中也乐听者日众,至乾隆四十九年,
北京的戏曲搬演已发展到了"丝弦竞发杂敲梆,西曲二黄纷乱嗹。酒馆旗
亭都走遍,更无人肯听昆腔"④的地步。昆腔戏班演出市场的日益萎缩,促
使昆腔戏班或单独或联合起来,禀请官绅,试图用行政手段抑制其他地方
戏的发展。乾嘉之际,苏州昆曲同业和地方"挺昆"人士曾向地方官府呈请
弘扬雅部,禁演花部,"表面上是为纯净戏曲内容整肃视觉氛围,实则是为
维护演出市场挽留票房收入。"⑤禁抑花部是正统的崇雅抑俗文化政策为
主导的戏曲规制活动,其中也有昆曲同业等民间力量挽救昆曲颓势的推
动。尽管如此,审美风尚一旦流行、势不可挡,禁令只能阻遏一时,禁抑花
部最终以花部兴盛而结束。

(四)女伶败俗

　　清代前中期禁止女伶属于禁娼政策和革除乐籍制度的组成部分。为
整顿风化、除贱为良,"所以励廉耻而广风化也。"⑥清代前中期实施一系列
严厉的禁娼和禁除乐籍政策。

　　顺治三年,清廷颁布清朝第一部完整的成文法典《大清律集解附例》,
其中沿袭了《大明律》禁止卖良为娼的规定。顺治九年,为挽回人心、恢复

---

①(清)昭梿撰,冬青校点《啸亭杂录续录》,上海古籍出版社 2012 年版,第 169 页。

②陕西戏剧志编委会编辑部编《陕西戏剧史料丛刊》(第 1 辑),陕西戏剧志编委会编辑部 1983 年,
　第 250 页。

③《中国戏曲志》编辑委员会编《中国戏曲志·江苏卷》,中国 ISBN 中心 1992 年版,第 999—1000 页。

④顾峰编著《云南歌舞戏曲史料辑注》,云南省民族艺术研究所戏剧研究室 1986 年编印,第 221—
　222 页。

⑤范金民、张彭欣《花雅之争:清代中后期江南昆曲与其他地方戏曲的竞争与消长》,见《传统中国
　研究集刊》第二十辑,上海社会科学院出版社 2019 年版,第 1 页。

⑥清实录馆纂修《清实录》(第七册),中华书局 1985 年版,第 863 页。

丧乱后的社会秩序,清廷又重申了禁良为娼的律令,许误落娼家和乐籍的良家女子平价赎归,"都下甚快之。"①以后康雍乾嘉四朝,都不断加大禁娼力度。康熙二十一年现行例:"凡伙众开窑,诱取妇人子女,藏匿勒卖事发者,不分良人奴婢,已卖未卖,审系开窑情实,为首,照光棍例,拟斩立决;为从,发黑龙江给披甲人为奴。"②开窑即开妓院,开办娼业首犯处以极刑,可谓严厉之极。乾隆把娼妓与盗贼、赌博、打架并称为四恶,谕令严禁③。概言之,清代前中期禁娼从三个层面展开:其一,禁止官员以及子孙、八旗子弟、监生和生员等宿娼。其二,禁止卖良为娼。其三,禁止开办娼业。禁娼法律著在《钦定大清会典则例》,违者处以鞭、杖、枷、罚俸、徒等刑。嘉庆十六年(1811)又增加了没收财产和株连之法:"其租给房屋之房主,初犯杖八十、徒二年;再犯杖一百、徒三年;知情容留之邻保,杖八十。房屋入官。"④清代前中期严厉的禁娼政策虽未能将娼业扫地以尽,但从法律制度上把女伶定性为非法,因为"在阶级社会,特别是中国传统社会,歌舞女艺人身份低贱,多声色兼营,真正只卖艺不卖身的'女伶'少之又少。"⑤乾隆元年,严禁女戏,以端风化,以清妓源:"此等女戏,日则卖弄优场,冀人欢笑;夜则艳妆陪饮,不避嫌疑,名系梨园,实为娼妓。虽若辈以此营生,似可宽其一线,不知诲淫败俗,莫此为最。"⑥说明官方认为女伶都是卖身的娼妓,不禁绝女伶,禁娼政策就无从谈起。

乐籍制度是将罪犯、战俘的妻女后代籍没于从乐的专业户口,构成乐户,由官方乐部统一管制其名籍——乐籍,迫使其世袭音乐、同色为婚的惩罚性专业制度⑦。乐籍制度始于北魏,成熟于隋唐,解体于雍正朝。清代前中期,禁除乐籍从属于禁娼政策,因为乐籍制度中的女乐,名曰官妓,也大多声色兼营。清初革除乐籍制度,大致可分为两个阶段:第一个阶段是顺康时期,屡革女乐,几经反复。清初沿袭明制,设教坊司,从各省乐户挑选女乐进京轮值。顺治八年、十六年两次革除教坊女乐,康熙十二年又重

①(元)龙辅撰,(清)陈尚古撰《女红余志 簪云楼杂说》,浙江古籍出版社2014年版,第73页。
②(清)薛允升著,胡星桥、邓又天主编《读例存疑点注》,中国人民大学出版社1994年版,第514页。
③哈恩忠选编《乾隆初年整饬民风民俗史料》(上),《历史档案》2001年第1期。
④(清)薛允升著,胡星桥、邓又天主编《读例存疑点注》,中国人民大学出版社1994年版,第750页。
⑤程晖晖《"女乐"概念厘定:娼妓、女乐、女伶》,《中国音乐学》2017年第4期。
⑥丁淑梅《中国古代禁毁戏剧编年史》,重庆大学出版社2014年版,第367页。
⑦程晖晖《秦淮乐籍研究·绪论》,上海音乐出版社2019年版,第1页。

申裁革女乐法令。在这个阶段,京师教坊女乐辍而复备、几经反复。第二阶段是雍时期,乐籍解体。比较起来,雍正革除乐籍制度力度最大,雍正元年(1723)三月,雍正批准了监察御史年熙削除山西、陕西乐籍的奏请,颁布御令:"各省乐户皆令确查削籍,改业为良。若土豪地棍仍前逼勒凌辱及自甘污贱者,依律治罪。其地方官奉行不力者,该督抚查参,照例议处。"①雍正元年、五年、七年、八年,清廷先后革除绍兴惰民丐籍,开豁安徽伴当世仆为良,列广东蜑户为编民,除江苏常熟县和昭文县丐籍。以后乾嘉时期,朝廷仍不断下令革除贱民,巩固该政策。乐户世代沦为贱民,遭受歧视,除贱为良本是惠民政策,否则乐户也不会"一旦去籍为良民,命下之日,人皆流涕。"②但革除乐籍制度对女伶和中国戏曲的发展而言,俨然是"一道分水岭。"乐籍制度的核心是女乐,"乐籍制度从女乐始,亦以女乐终。"③该制度解体影响最大就是女伶,因为恢复了乐户的民籍之后,男伶可以由官养转为官民共养,但严禁女乐,女伶也就被禁止登场,她们只能回归到治女红、主中馈的家庭生活,"禁除乐籍,真正受影响的是乐籍中女乐的音声技艺承载,大有将洗澡水与孩子一起泼掉的意味。"④

不论是举国禁娼,还是禁革乐籍制度,女伶都是禁止对象。由此,清代中期开始,城镇戏园等公开演出遂男伶一统天下,男扮女装、男唱女声成为流行的扮演程式。

(五)丧戏违礼

丧戏又称闹丧演戏、丧俗演戏等。丧戏习俗历史久远,祭奠亡灵的场合俳优伎戏、娱悦众宾,汉以来已浸淫成俗⑤。戏剧艺术成熟之后,演剧也自然而然被用于治丧。至晚明朝初年即已有了丧葬演戏的明确记载⑥。入清以后,伴随社会稳定和演剧繁荣,各地闹丧演戏日盛,竟成积习流俗。

---

①(清)高宗敕撰《清朝文献通考》(二),浙江古籍出版社1988年版,第6375页。张荣铮等点校《大清律例》,天津古籍出版社1993年版,第190页。
②(清)高宗敕撰《清朝文献通考》(二),浙江古籍出版社1988年版,第6168—6169页。
③程晖晖《秦淮乐籍研究》,上海音乐出版社2019年版,第50页。
④项阳《雍、乾禁乐籍与女伶:中国戏曲发展的分水岭》,《戏曲艺术》2013年第1期。
⑤丁淑梅《中国古代的丧葬演剧与禁戏》,《戏曲研究》第86辑。
⑥孔美艳《民间丧葬演戏略考》,《民俗研究》2009年第1期。

乾隆间安远县习俗,亲丧演剧灵前,名曰餕丧①。嘉道年间,武陟县闹丧演戏"乡之无识者多用之。"②道光十年《厦门志》载:"初丧置酒召客,演剧喧哗,以为送死之礼。"③不少地区把高寿长者寿终正寝看作白喜事,丧事喜办,也非演戏不能增其喜庆气氛④。丧戏忘哀逐乐,与儒家文化临丧哀戚、丧期禁乐的要求大相径庭,宋元以来,官方屡禁。清代前中期,禁止丧戏属于全国性法令。雍正二年和十三年、乾隆五年、嘉庆十六年《大清律例》都重申了丧葬禁搬演杂剧的禁令,违者按律究处。各地亦颁布了许多禁止丧戏的禁令。1694 年湖北郧县知县郑晃禁出殡演戏,1725 年广西巡抚严禁居丧听乐,1737 年河南巡抚尹会禁演戏闹丧,1745 年陕西巡抚陈宏谋禁止丧戏等,不一而足。禁止丧戏原因有四:其一,有悖孝道。清朝入主中原之后,像以前的王朝一样,标举"孝治天下。""平治天下,莫大乎孝。"⑤丧戏忘哀娱生,非孝非礼,"以悲哀之地,竟为欢乐之场。"⑥"名为敬死,其实忘亲。"⑦直接挑战官方提倡的儒家孝礼,这是禁止丧戏的关键原因。其二,耗财靡费。丧礼强调事死如事生,治丧是为死者举办离开阳世的盛大仪式,丧戏不仅仅是祭奠、娱乐,也是丧家孝敬和门面的表现:"丧家以为体面,亲友反加称羡。"⑧为了追求排场风光,丧家往往倾其所有,"竭借钱财。"⑨大操大办"至出殡之日,幡幢遍野,百戏俱陈,力不能备则以为耻,宁停枢焉。"⑩"聚集亲朋,广招邻族,开张筵宴,陈设酒肴,醋饮放饭、自朝及夕。"⑪丧戏铺张浪费,甚至形成攀比之风,与勤俭持家的治生理念相背离。其三,男女混杂。民间白事习俗,亲朋邻族毕至,送礼馈物,出力帮忙,俗云"人死众人埋",丧戏搬演之际、远近来观,男女混杂,直接冲击男女之防的

①(清)沈葆桢修,何绍基等纂《(光绪)重修安徽通志》,光绪四年刻本,卷一百八十一第八页上。
②(清)王荣陛修,方履篯纂《(道光)武陟县志》,道光九年刊本,卷十第八页上。
③(清)周凯修,凌翰纂《(道光)厦门志》,道光十九年刊本,卷十五第六页上至第六页下。
④邓同德主编《商丘市戏曲志》(下),中国戏剧出版社 2008 年版,第 662 页。
⑤清实录馆纂修《清实录》(第三册),中华书局 1985 年版,第 755—756 页。
⑥王利器辑录《元明清三代禁毁小说戏曲史料(增订本)》,上海古籍出版社 1981 年版,第 105 页。
⑦王利器辑录《元明清三代禁毁小说戏曲史料(增订本)》,上海古籍出版社 1981 年版,第 110 页。
⑧(清)周凯修,凌翰纂《(道光)厦门志》,道光十九年刊本,卷十五第七页上。
⑨(清)汤斌著,范志亭、范哲辑校《汤斌集》,中州古籍出版社 2003 年版,第 381 页。
⑩丁淑梅《中国古代禁毁戏剧编年史》,重庆大学出版社 2014 年版,第 341 页。
⑪丁淑梅《中国古代禁毁戏剧编年史》,重庆大学出版社 2014 年版,第 373 页。

道德人伦秩序,"男女聚观,悖理伤化。"①对限制丧事男女混杂等,清承明制,《大清律·礼律·仪制》规定:"其居丧之家,修斋设醮,若男女混杂,饮酒食肉者,家长杖八十。僧道同罪,还俗。"②其四,妨碍治安。演剧人众杂沓,有奸盗窃发之虞,这是官方戒惕演剧的重要原因,特别是闹丧演剧往往夤夜搬演,"宾朋满座,女眷盈庭,其门若市,欢呼达旦。"③直接破坏夜戏禁令。清代前中期严禁丧戏,收到一定效果,晚清有关丧戏的记录明显减少。但丧戏因与灵魂度脱、慰安亡灵、娱神娱人、展示家势等信仰习俗或处世需要相绾结,终清一代未能禁绝,至今在不少地区仍有遗存。

清代前中期禁戏的原因非尽上述,清廷还屡次颁令禁止八旗子弟入园看戏和学习弹唱以防止奢靡沉沦和满染汉俗,禁止官吏蓄养优伶以整饬吏治,官方和民间禁止妇女观剧以整顿风化的行动和舆论也所在多有,此三者都是禁止特定的戏曲受众,其原因亦容易理解,兹不赘。

三、前中期禁毁原因在晚清的变迁

晚清七十年,清朝政治思想、社会文化和小说戏曲本身都发生了巨变。晚清禁毁小说戏曲原因既承袭以往,也发生了变迁。承袭方面,就查禁戏曲而言,伴随晚清治安状况日渐恶化,演戏妨害治安仍是查禁重点;孝礼一直是中国传统伦理道德的核心内容,禁止丧戏在晚清仍一以贯之。变迁方面,整体上看,清代前中期的禁毁原因在晚清基本都发生或大或小的变化。

(一)清除异端:日薄西山

乾隆五十九年(1794)十月初八日,乾隆朱批了两广总督长麟关于抽改《通鉴纲目续编》的奏折:"妥实为之,莫过急。"④这是所见档案中"最后一次关于禁书的朱批。"⑤乾隆朝历时二十年的修书、禁书运动终于走向尾声。五年后,即嘉庆四年(1799)二月,在乾隆去世一个多月之后,嘉庆宣布

①王利器辑录《元明清三代禁毁小说戏曲史料(增订本)》,上海古籍出版社1981年版,第110页。
②(清)沈之奇撰,怀效锋、李俊点校《大清律辑注》,法律出版社2000年版,第418页。
③(清)张道南纂修《(乾隆)郧西县志》,乾隆四十二年刻本,卷二十第七页下。
④中国第一历史档案馆编《纂修四库全书档案》(下),上海古籍出版社1997年版,第2371页。
⑤宁侠《四库禁书研究》,商务印书馆2018年版,第161页。

终止文字狱。清代前中期禁书运动和文字狱的终结预示:自清朝入关以来一直保持的、高压的钳制思想言论的文化政策趋于松弛。此后,清朝国运日蹙,文网渐弛,禁锢思想亦有心无力。其中一大标志是:道咸以降禁书纷纷复出①。鸦片战争以后,国门洞开,欧风美雨,从器物到制度逐渐渗入到中国社会的方方面面。特别是近代报刊的兴起和新闻自由思想的输入,开始冲决清代专制文化政策给知识界造成的"万马齐喑"局面,庶人横议之风日盛。到了十九世纪末二十世纪初,许多报纸把"监督政府,向导国民"②作为宗旨。1903年前后,上海报界纠弹时政、抨击时弊的激烈报刊舆论开始形成新闻舆论监督的空间,"不断对政府和一切社会恶现象抨击"③的谴责小说亦乘势而起。从发展趋势上看,自嘉道之际文网渐弛之后,伴随国事日艰,清廷再也无力落实以钳制思想、清除异端为主要目标的全国性禁书运动了,禁锢思想、压制异端不再是晚清禁毁小说戏曲的主要原因。

(二)关碍本朝:已趋式微

清朝入关以后,采用刚柔并济的手段打压汉人的民族意识。柔手段主要表现为制度上延续明制,思想文化上尊孔崇儒、加强教化,教育上科举取士、设博学宏词,重用汉臣。刚手段主要有血腥镇压反清斗争,推行剃发易服,大兴文字狱。经过近百年的笼络、教化和压制,至清朝中叶,汉人对清朝统治基本认同,清廷民族压迫政策虽仍然存在,但满汉畛域、趋于融合,满族贵族敏感的种族意识渐渐平和。降级晚清,内忧外患,迫于政治、军事、财政颓势,清廷主动采取了一系列"平满汉畛域"的政策。例如,咸丰十年(1860),开始部分调整封禁东北政策,允许汉人向满族"龙兴之地"东北迁移,到了清末,封禁东北政策已全面开禁;以太平天国运动为标志,清廷开始取消官缺满汉之别,而在乾嘉时期,胆敢建言请用人不分满汉者,"俱遭严谴,后遂结舌,引为大戒"④;晚清满族统治者满汉畛域意识的渐趋消弭,导致借"违碍字句"加强专制统治的意识减弱。清末种族革命的号召高

①相关研究参见:王汎森《道、咸以降思想界的新现象——禁书复出及其意义》,见王汎森《权力的毛细管作用:清代的思想、学术与心态(修订版)》,北京大学出版社2015年版,第534—571页。
②梁启超《敬告我同业诸君》,《新民丛报》第17号,1902年10月2日。
③阿英《晚清小说史》,东方出版社1996年版,第4页。
④胡思敬《国闻备乘》,上海书店出版社1997年版,第52页。

涨,彼时清廷已经沦落到无力掌控全局的境地,悖逆书报是愈查愈多,抨击、讥讽、诋毁清廷的文字连篇累牍,清廷也在对其顾及不暇之中走向覆灭。晚清因种族意识而查禁小说戏曲已趋式微的主要表现有三:

其一,晚清禁毁小说戏曲书目中涉及政治敏感问题的小说戏曲甚少。道光十八年苏州设局收缴淫书单目计 116 种,其中有乾隆年间涉嫌违碍的《梼杌闲评》;道光二十四年浙省设局收缴淫书单目计 119 种,其中有《梼杌闲评》《北史演义》;同治七年丁日昌禁毁书目也有《北史演义》。《梼杌闲评》涉及明末历史,《北史演义》有“胡人”等字句。但这两种涉嫌违碍的小说在整个书目中占比太少,而且它们极可能是沿袭向例,因为这两份禁毁单目都不是清廷拟定的,道光十八年苏州设局收缴淫书单目是陈龙甲等士绅拟定的,道光二十四年浙省设局收缴淫书单目是张鉴等士绅参照陈龙甲等所拟单目议定的。清末排满革命风起云涌,种族意识高涨,清廷也攻击倡言维新和革命的书报“悖逆”“远近煽惑”“大逆不道”①,但除上海道查禁有种族意识的《洗耻记》之外,清廷既没有精力也没有时间开列违碍小说戏曲,予以查禁。

其二,一些曾被视为违碍剧目如《杨家将》等在晚清宫廷频繁搬演,说明最高统治者种族意识不如以前强烈。

其三,道咸以后,清代前中期禁书大量复出,说明政治忌讳相对减少,政治禁抑逐渐松弛。影响到小说戏曲领域,因政治敏感问题而禁毁小说戏曲的意识在晚清已经难觅其踪。

(三)教唆强梁:呼声渐弱

诲盗仍是晚清禁毁小说戏曲的主要原因,但在倡导崇侠尚武、强国保种、平等民权等思潮涌动的清末,对旧小说诲盗的批评也渐趋式微。晚清官方禁毁小说戏曲运动涉及诲盗缘由的主要有:道光二十四年浙江设局禁毁淫词小说,同治七年江苏巡抚丁日昌禁毁淫词小说,光绪十六年江苏布政使黄彭年禁毁淫词小说和强梁戏,光绪二十年南昌知府倪恩龄查禁诲盗诲淫小说,光绪二十九年山西巡抚赵尔巽戒民间禁演诲淫诲盗戏剧等。在晚清历次包含诲盗因素禁毁活动中,被视为诲盗之尤的《水浒传》和“水浒

---

① 《札饬禁书公文》,《晚清报载小说戏曲禁毁史料汇编》(上),第 93 页。

戏"皆首当其冲,以下就以《水浒传》为例,梳理一下诲盗缘由在晚清的变迁。晚清批评《水浒传》诲盗的舆论仍较流行,王韬批评《水浒传》乃犯上作乱的祸根,"实阶之厉。"①严复、夏曾佑说《水浒传》为如何作盗贼提供了学习榜样"往往标之以为宗旨。"②与严、夏一脉相承,梁启超说《水浒》乃诲盗小说之尤,"处处为梁山之盟,……遂成为哥老、大刀等会,卒至有如义和拳者起,沦陷京国,启召外戎。"③义和团运动期间,《申报》舆论也认为北方民众所展现出的性格强悍、豪猾嚣张气概,是《水浒传》等影响所致④。但与这些批评舆论相比,清末褒扬和提倡《水浒传》的舆论更具声势,定一、侠人、狄平子、王钟麒、黄人等褒赞《水浒传》倡言民权、平等、武德,批评把《水浒传》当作诲盗之书属于谬论,是"不善读小说之过也。"⑤他们把施耐庵抬至崇高地步,狄平子甚至认为中国文学界出现一百个司马迁,也不如出现一个施耐庵。1908 年保定直隶官书局出版燕南尚生《新评水浒传》,集清末褒扬《水浒传》舆论之大成。燕南尚生认为狄平子等人对《水浒传》的称赞皆不充分,《水浒传》实开近代政治学之先声"讲公德之权舆也,谈宪政之滥觞也。"是中国第一小说,施耐庵则是世界小说家鼻祖⑥。今天看来,清末对《水浒传》独立、民主、平权的赞美显然是"六经注我",属于误读,"多半是为资产阶级改良或民主革命做宣传而已。"⑦即便梁启超抨击《水浒传》诲盗,也是义和团运动刺激人们寻找祸根时归罪《水浒传》的产物,只能作一时宣传策略来看,他并不是真心否定《水浒传》,他曾赞美施耐庵:"呜呼!吾安所得如施耐庵其人者,日夕促膝对坐,相与指天画地,雌黄今古,吐纳欧亚,出其胸中所怀块垒磅礴,错综繁杂者,而一一镕铸之,以质于天下健者哉。"⑧总之,清末对《水浒传》诲盗的指责虽有,但较之赞美拔高的呼声

---

① 朱一玄、刘毓忱《水浒传资料汇编》,南开大学出版社 2002 年版,第 328 页。

② 陈平原、夏晓虹编《二十世纪中国小说理论资料·第一卷(1897—1916)》,北京大学出版社 1989 年版,第 12 页。

③ 陈平原、夏晓虹编《二十世纪中国小说理论资料·第一卷(1897—1916)》,北京大学出版社 1989 年版,第 36 页。

④《迪民智以弭北乱论》,《晚清报载小说戏曲禁毁史料汇编》(下),第 641 页。

⑤ 陈平原、夏晓虹编《二十世纪中国小说理论资料·第一卷(1897—1916)》,北京大学出版社 1989 年版,第 263 页。

⑥ 朱一玄、刘毓忱编《水浒传资料汇编》,南开大学出版社 2002 年版,第 343 页。

⑦ 黄霖主编,黄霖、许建平等著《20 世纪中国古代文学研究史·小说卷》,东方出版中心 2006 年版,第 241 页。

⑧ 梁启超《饮冰室自由书》,《清议报》第 26 册(1899 年 9 月 5 日)。

而言,已趋式微。说明在人心思变、振兴国民精神、呼吁尚武保种的时势下,小说诲盗的问题在清末已经不再是官方和民间关注的重点问题。

(四)诱人淫邪:成为要因

诲淫的指责构成了晚清查禁小说戏曲原因的主体,换言之,诲淫原因占晚清禁毁小说戏曲原因的主要比重。从内容上看,被指责诲淫的小说戏曲主要包括三个方面:其一,冲击封建礼教,主张恋爱自由、婚姻自主。其二,有淫秽描写的作品,可分为两种情形:一是有露骨、铺陈的色情描绘;二是虽无露骨、铺陈的色情描绘,但有嫖、强奸、通奸、诱奸、偷情、同性恋等有悖传统伦理道德的情节,此类情节即使无露骨描绘,但它们都属于有悖伦常礼法的内容。其三,以性挑逗、性暗示等作为娱乐之资。从成因上看,诲淫原因的形成十分复杂,它与传统养生观、情欲观、道德观、伦理观等密切相关。例如,传统养生观的核心是固精保元,戒淫是养生基本方法,诲淫的小说戏曲诱人淫邪失精,被指责是戕人性命。传统性道德忌讳谈性,只要公开谈"性",即被道德之士视为诲淫,遑论著成文字或公开搬演。造成晚清禁毁小说戏曲以遏止诲淫为首要目标的原因主要有四:

其一,清代中期开始禁毁小说戏曲原因转向的积淀。清代前期到中期,由禁止民间一切小说戏曲,到主要查禁违碍小说戏曲,再到主要查禁诲淫诲盗小说戏曲,这种趋势反映了清代前中期禁毁小说戏曲政策的调整,这种调整为晚清禁毁小说戏曲以遏止诲淫为主要目的奠定了基础,自嘉庆十五年以迄清末,历次大规模开单禁毁小说戏曲运动,诲淫名目皆占绝大多数。

其二,地方官和士绅主导晚清禁毁活动的结果。从禁毁主体上看,同样是禁毁小说戏曲以正人心,最高统治者优先考虑到的是江山稳固、清除图谋不轨。地方官优先考虑的是至少任期之内地方风俗整齐、治安良好;士绅则考虑的重点是家族村邻风淳俗美、子弟健康成长、里社治安良好。士绅和地方官身处基层,禁毁目标基本一致。所以,最高统治者主导的禁毁多从禁锢思想、违碍、诲盗等政治目标出发;士绅和地方官主导禁毁多是从道德风化和治安着想。换言之,当士绅和地方官主导禁毁之后,直接导致禁毁目标向维护道德风化倾斜,抑制诲淫成为重点。

其三,晚清小说戏曲发展形势所迫的体现。一者,清代中期开始的剧场情色流行扮演，"嘉道咸同以来，梨园中淫戏杂出，秽亵之状，竟有不堪寓目者。"①晚清剧场竞相把搬演情色剧目或关目作为招揽观者之不二法门，"演忠孝节义故事，而人皆望望然去之，惟演《杀子报》《南楼传》《双摇会》《翠屏山》等剧，虽丑态毕露，而台下喝采之声且不绝于耳。"②二者，花雅之争以雅部衰落、花部胜出之后，原属花部中的二黄、徽调、梆子诸腔获得了包括社会上层的广泛接受。而花鼓、采茶、蹦蹦戏等民间小戏在下层社会愈来愈流行，官方和道德之士沿袭崇雅抑俗的文化规制惯性转而竭力禁抑民间小戏，把所有民间小戏视作淫戏，乃诲淫之尤，"（花鼓戏）专以男女私情，编成演唱，导淫害俗，流毒无穷。"③"摊簧小戏演十曲，十个寡妇九改节。"晚清民间小戏的流行与查禁活动和舆论成正比例关系。三者，晚清出版技术的更新换代以及出版机构托足上海租界的凭借，被视作诲淫的违禁小说层出不穷，沪上"各书坊多用活字版排印各种淫书，以广销售之路，以为获利之源。"④所谓诲淫的小说戏曲日见其多的形势，提高了地方官和道德之士抑制诲淫的愿望，要求教化必去其敌："是故不毁淫书，不禁淫戏，则虽有千百明师，随方教戒，其势总不相敌。"⑤禁令和舆论也就日见其多。

其四，自明末清初开始的民间劝善运动的推动。明末清初以降，社会兴起劝善运动，国家层面有宣讲圣谕广训、乡约等，民间层面有善士宣讲行善积德、刊布善书。民间劝善运动在清代中后期达到高潮。劝孝和戒淫是劝善运动的两大主题，戒淫的目标之一就是禁除所谓诲淫的淫书淫戏。由是，清代中后期禁毁舆论风起云涌，主要表现为家规族训、民间约章、校规学则、报载论说、新闻报道等，繁盛的禁毁舆论反过来又助推了官方和民间禁毁活动的此起彼伏。

（五）有害民生：由禁趋用

晚清官方和民间把演戏看作废时耗财之举的观点仍较普遍，强索式敛钱演戏和长时段演戏仍是官方管控、查禁对象。同时，越来越多的人开始

①《请禁邪戏女伶议》，《晚清报载小说戏曲禁毁史料汇编》（下），第521页。
②《观天娥旦演〈烧骨记〉有感而书》，《新闻报》1896年12月18日，第1版。
③《申禁敝俗示（节录）》，《晚清报载小说戏曲禁毁史料汇编》（上），第19页。
④《劝沪上各书坊勿排印淫书说》，《晚清报载小说戏曲禁毁史料汇编》（下），584页。
⑤王利器辑录《元明清三代禁毁小说戏曲史料（增订本）》，上海古籍出版社1981年版，第305页。

认识到演戏可以促进民生、裨助解决贫困问题。其实,早在明代,何良俊曾批评禁戏导致百姓愈加贫困:"今处处禁戏乐,百姓贫困日甚。"①乾隆年间,胡文伯任江苏布政使时禁闭戏馆,怨声载道,有人批评此举是驱民为恶:苏州商贾云集,戏馆数十,每日演剧宴会,养活百姓不下数万人,禁闭戏馆阻断了这些百姓的生计,是驱民为游棍,为乞丐,为盗贼,"害无底止矣。"②比较而言,此类认识比因有滋生事端、废财耗时、伤风败俗之虞而"一刀切"地禁断演戏更合理、更实际。晚清国力衰弱、民生凋敝,而演剧繁荣,从官方到民间,认为演戏可以促进商业、有益民生和裨补财政的观念、政策明显增多。

其一,创造就业、活跃商业。演戏养活了数量巨大的优伶群体,"一省之赖此以活命者不下数万人,一旦绝其生路,懦弱者必成饿殍,强悍者必尽为盗贼,岂不更致多事哉?"③演戏还解决了为优伶和观众服务之人的生计问题,"试观沪上之戏院,其余均不必言,仅小车一项,每日观者二次,往返四回,而小车之送往迎来,其获利已不可胜计,是贫民之赖以养家糊口者不下万户。"④演戏聚集人流,带来商机,剧场周围,摊点林立。乡村旷野剧场,"小本营生者密布如林"⑤形成商品交易会,"百货星罗,棚摊林立。"⑥"各种买卖无不齐备。"⑦正是看到演戏对商业、民生的促进作用,晚清出现了许多反对武断禁戏的呼声。不少务实的官员认识到演戏促进商业的积极作用,利用演戏活跃经济。曾国藩攻克金陵、出任两江总督期间,为恢复民生,对赛会演戏"听民自便,从未禁止。"曾离任后,地方官恐赛会演戏滋事,迭次出示严禁,"小民之藉赶会糊口者,莫不大失所望。"待左宗棠任两江总督,以江宁遭战争疮痍最深、元气未复,对赛会演戏"亦俱听民自便。"曾、左对赛会演戏听民自便的管理策略得到了民间和报刊舆论的颂扬:"事虽细微,然即此一端,亦足见左侯相之于地方百姓无微不至,固与曾文正后

---

①(明)何良俊撰,李剑雄校点《四友斋丛说》,上海古籍出版社 2012 年版,第 81 页。
②王利器辑录《元明清三代禁毁小说戏曲史料(增订本)》,上海古籍出版社 1981 年版,第 115 页。
③《论禁戏》,《晚清报载小说戏曲禁毁史料汇编》(下),第 498 页。
④《论戏园》,《晚清报载小说戏曲禁毁史料汇编》(下),第 493—494 页。
⑤《演剧余闻》,《申报》1894 年 3 月 12 日,第 3 版。
⑥《潞河风信》,《申报》1887 年 5 月 12 日,第 2 版。
⑦《北通州近闻》,《申报》1896 年 6 月 22 日,第 2 版。

先辉映,同此襟怀,所谓君子乐其乐而利其利者矣。"①曾国荃批示下属请禁赛会演戏也说:"赛会演戏糜费者皆富民之财,于贫民无损,贫民且得于戏场小作贸易借以谋生,故演戏赛神最为艰苦小民之利。"②曾国藩、左宗棠、曾国荃等是晚清弛禁赛会演戏以利民生官员的代表。

晚清社会重商、商战意识逐渐增强,认识到演戏可以振兴商业者日众,"从来梨园所在,市面为之一兴。"③因害怕滋事败俗而阻开戏园者被认为:"是犹因噎废食,坐以待毙,似此见解,既不知兴利,更不知去弊。"④为繁荣新辟马路、新建街区等,官方也尝试允许在该地段开设戏园。1902 年,苏州盘门马路建成之后,为了振兴该地商业,官方允开髦儿戏馆。由于该地新辟,人气不旺,该女戏园多次禀请迁往阊门。但遭到官方拒绝:"嗣后髦儿戏园仍只准在盘门演唱,永不准迁往阊门,以维市面。"⑤1909 年春,吏部员外郎黄允中奏请禁止京师戏园售卖女座等,遭到了民政部的否决:"臣等伏查东西各国,凡通都大邑,无不有宏敞之公园,繁盛之市场,以活泼国民之精神,奖励商业之发达,要在维以秩序,弗越范围,有益社会而不害于风俗……原呈各节,自应勿庸置议。"⑥批词认为,只要演戏无碍风化治安,演戏于国于民有益无害,民政部是清末新政之后设置的统筹管理全国民政事务的专门机构,换言之,民政部认为演戏有益商业民生的意见代表了当时中央行政机关对演戏娱乐的基本态度。1910 年南洋劝业会开办期间,两江总督、南洋大臣兼劝业会会长张人骏把开设戏园作为"振兴市面之要点。"⑦劝令商界在三牌楼新辟马路开设新舞台、两座髦儿戏园等,"以兴市面,舞馆歌楼,十分热闹,其路即名为劝业路。"⑧可见,晚清许多官员不但认识到演戏的商业价值,而且利用其商业价值,甚至还突破禁止女伶、禁妇女观剧等禁令,鼓励开设女戏园,不禁妇女观剧以振兴商业。另外,对演戏

①《乐利同沾》,《申报》1882 年 6 月 21 日,第 1 版。
②(清)曾国荃撰,梁小进主编《曾国荃集》(六),岳麓书社 2008 年版,第 87 页。
③《抵制城内开设戏馆》,《晚清报载小说戏曲禁毁史料汇编》(上),第 415 页。
④《抵制城内开设戏馆》,《晚清报载小说戏曲禁毁史料汇编》(上),第 415 页。
⑤《局宪□示》,《晚清报载小说戏曲禁毁史料汇编》(上),第 87 页。
⑥《民部议覆黄允中查禁游观条陈》,《晚清报载小说戏曲禁毁史料汇编》(上),第 431 页。
⑦来蝶轩主《请弛青浦县属朱家角镇戏禁意见书》,《晚清报载小说戏曲禁毁史料汇编》(下),第 682 页。
⑧《髦儿戏忽准忽禁》,《晚清报载小说戏曲禁毁史料汇编》(上),第 472 页。

耗财靡费也有较客观的认识。1911 年春,针对官方拟禁止朱家角赛会演戏,有人撰文禀呈地方官,对演戏靡费巨款、殃民敛钱等指责逐条辩驳,其中认为:演戏期间,商家利市三倍,平时市场萧条,正好可以通过演戏来补救,官方和集体花费的钱少,但地方上收入的钱多,如此看来,“则靡费之说不足云也。”①最后地方官综合权衡,弛禁了朱家角赛会演戏。晚清许多地方官开始放弃民间演戏有害无益的思维定式,清廷上层也开始采取实用主义方式处理禁戏,这种趋势愈到清末愈加明显。

其二,收缴捐费、增加税收。晚清向戏园征缴税收的制度始于上海租界,为了保障税款顺利缴纳,租界当局负有管理戏园消防、治安等责任,诸如出台戏园消防管理章程、向戏园派驻维护治安的警察。清代官方对城内开设戏园基本持反对态度,像南京、南昌、杭州、安庆、宁波、扬州等城市,戏园开设维艰,或认为“开设戏园败坏风俗之事。”②或认为“创设戏园,耗财费日,无益有损。”③但在演戏有益民生、租界以及国外戏园管理经验的启发下,晚清许多官员开始弛禁开设戏园,他们的一大动机就是可以向戏园征收税费、增加财政收入。在清末,戏园向官方申请执照、缴纳戏捐,已经成为全国性制度。为增加财政收入,甚至禁止女伶、禁止夜戏等向例也被废除。苏州戏园向例禁演夜戏,1902 年 10 月,为振兴市面,各戏园主愿每月缴纳警捐一千元,准演夜戏,江苏按察使朱之榛和工程局委员戴运寅等协商之后,所请准行④。官方对戏园由拒绝、禁止到利用、管理,促进了清末各地戏园的兴盛。

直至清末,演戏有益民生的主张虽然还不足以全面压倒演戏无益的观念,民间对演戏“于市面虽可日望其兴,而于人心则必日见其坏”⑤的批评,官方对戏园“本属地方一大消耗,于民间资财、地方治安均有关碍”⑥的指责,仍不绝如缕。但整体上看,利用演戏活跃商业、裨助民生、教育国民的认识逐渐呈上升之势,官方保护、扶持演戏的政策和行动亦明显增多。这

---

①来蝶轩主《请弛青浦县属朱家角镇戏禁意见书》,《晚清报载小说戏曲禁毁史料汇编》(下),第
　　682 页。
②《严斥请开戏园》,《晚清报载小说戏曲禁毁史料汇编》(上),第 101—102 页。
③《不准开设戏园》,《晚清报载小说戏曲禁毁史料汇编》(上),第 114 页。
④《准演夜戏》,《晚清报载小说戏曲禁毁史料汇编》(上),第 323 页。
⑤《女戏将盛行于沪上说》,《晚清报载小说戏曲禁毁史料汇编》(下),第 633 页。
⑥《注意:关于请禁戏馆之函牍》,《晚清报载小说戏曲禁毁史料汇编》(下),第 833 页。

些现象是晚清政治经济变革、戏剧观念变迁的综合体现。

(六)禁抑花部：转向小戏

晚清伊始，花雅之争早已分出胜负，在曾经"昆腔甲于天下"的苏州，至19世纪中后期，"人皆喜二黄、京调、梆子等腔，而昆腔几如广陵散矣。"[①]更遑论他处。清代前中期崇昆弋、抑花部的政策宣告失败。但传统主流文化的强大惯性仍在延续，官方和道德之士沿袭着崇雅抑俗的文化规制惯性，转而竭力禁抑民间小戏，把所有民间小戏视作淫戏，"近日民间恶俗，其最足以导淫伤化者，莫如花鼓淫戏，(吴俗名摊簧，楚中名对对戏，宁波名串客班，江西名三脚班)。"[②]可以说，由于花鼓等民间小戏遍地开花，它们也占据了清代后期查禁戏曲禁令和舆论的"半壁江山"。

(七)禁止女伶：不废而废

晚清禁止女伶的禁令以及具结、驱逐、羁押、笞责等惩处措施虽然仍在延续，但女伶兴起之势已不可阻遏，女伶禁令，不废而废。概括起来，晚清女伶兴起的合力主要有六：

其一，商业化演剧的刺激。晚清国力衰微、社会动荡，但演艺业畸形繁荣，1870年代初的上海租界，"大小戏园开满路，笙歌夜夜似元宵。"[③]清末天津"大大小小十多处戏园见天挤满了人呢！"[④]演剧业较高的经济效益，直接刺激女伶的兴起。1901年，女伶刘金珠在上海租界宝仙戏园唱戏，每月包洋二百元[⑤]，当时江苏等地的白米每石三元五角左右[⑥]。截至1904年，天津女伶之盛，"甲于各处，已登台者二百名左右，未登台者比比皆然。"其关键原因是盈利刺激的结果，"其蓄女伶之徒，一人获利，而十人效之，几至无所底止。"[⑦]在金钱的刺激下，"虽然禁止过，也禁止不住。养女戏的人

---

① 《戏楼坍塌》，《申报》1882年10月6日，第2版。
② 王利器辑录《元明清三代禁毁小说戏曲史料(增订本)》，上海古籍出版社1981年版，第314页。
③ 晟溪养浩主人《戏园竹枝词》，《申报》1872年7月9日，第2版。
④ 《说戏》，《晚清报载小说戏曲禁毁史料汇编》(下)，第656页。
⑤ 《核帐再夺》，《中外日报》1901年4月5日。
⑥ 《鸳湖春涨》，《申报》1901年3月8日，第3版。
⑦ 《女伶被拘》，《晚清报载小说戏曲禁毁史料汇编》(上)，第344页。

家,都很发财,所以干这个买卖的,非常兴旺。"①甚至良善之家羡慕女伶赚钱迅捷,置优伶贱业于不顾,主动让女儿学戏②。

其二,观众求新娱乐需求的驱动。清代官方禁止女伶,致使清中期以后女伶从城市商业性戏园的舞台上消失,人情厌故喜新,一旦有女伶登台,观众耳目一新。1867年,上海满庭芳戏园曾吸纳入髦儿班之女伶开演,受到欢迎;"其时人心寂寞已久,忽然耳目一新,故开演之后,无日不车马骈阗,士女云集。"③但是由于该女班演唱为昆曲,而昆曲与京剧竞争之下,已然衰落,该女班未能维持多久。在1890年代,沪上女伶演唱京调,观剧者"舍男而就女",女戏日盛,"闻某园新到花旦,则逐臭之夫相与麇集而观,屏息而听,几有万人空巷之势。"④女伶登台的号召力可见一斑。

其三,官吏追逐女伶的推动。清代前中期严禁官员蓄优狎优的禁令虽在,但已成具文,晚清吏治腐败,官吏私狎女优蔚然成风。19世纪中后期,福建、广东官场喜好档子班,江浙官场流行髦儿戏。1881年前后,福州有金玉堂、玉福堂、锦绣堂等档子班,班中女伶年轻貌美,会讲官话,故官员趋之若鹜,"宦场中之遣兴者多入堂中。"⑤档子班也盛行于广州官场,"凡官场人员咸于此中寻乐趣。"⑥髦儿戏在江浙地区,"值绅宦家有喜庆等事恒演之。"⑦1893年,刘彬卿观察为长子完婚,特召髦儿戏班登台演剧⑧。晚清官吏等权力阶层追逐女伶之风对女伶禁令的不废而废起着关键的推动作用。

其四,女弹词等艺人的示范效应。19世纪中叶以后,伴随上海、苏州等口岸城市娱乐业的繁荣,女弹词兴盛,女弹词符合南方人"好雌而不好雄"⑨的审美风尚,声色娱人,大受欢迎。1883年的上海,"洋场书馆甚多,皆女郎弹唱。"⑩四马路书场"二三年来渐增至一二十家,望衡对宇,无非书

①《女戏破案》,《京话日报》1904年第112号。
②《附件》,《大公报》1904年12月17日,第5版。
③《女戏将盛行于沪上说》,《晚清报载小说戏曲禁毁史料汇编》(下),第633页。
④《观剧客谭》,《申报》1896年9月27日,第1版。
⑤《闽省浇风》,《申报》1881年2月17日,第3版。
⑥《羊城纪事》,《申报》1893年9月15日,第2版。
⑦陈伯熙编著《上海轶事大观》,上海书店出版社2000年版,第485页。
⑧《前吉后凶》,《申报》1893年12月14日,第3版。
⑨《论书场不遵禁令》,《晚清报载小说戏曲禁毁史料汇编》(下),第547页。
⑩古润招隐山人《申江纪游七绝六十首》,《申报》1883年5月28日,第3—4版。

场,弦管之声,一路不绝。"①天乐窝书场,"每晚至九点钟时,座客无不密满。"②为迎合观众,女弹词还习唱戏曲。沪上女弹词起先主要弹唱小书,由于京调的盛行,迟至1880年代,沪上女弹词迎合时好,弹唱京调戏文③。当沪上戏园仍拒绝女伶登台之时,女伶率先在书场演出。时人的记载证实书场与女伶兴起的密切关系:"此项女班,大抵因缘书场而起,从前书场所唱者,无非盲词小曲而已,至于近日而竟尚京调,京调即戏文也,书场既皆尚此,则妓女犹之优伶也,特专事唱而不事演,略与今之女班不同耳。"④当弹词女艺人形成风尚、竞以戏文飨客时,其中蕴涵的娱乐商机给从业者以启示,即培养或聘请女伶,既唱且演,以飨顾客。

其五,女伶传统的延续。清代前中期严厉的女伶禁令并未禁绝女伶,女伶虽不能在城市戏园公开演出,但花鼓、秧歌等小戏女伶在清代从未间断过。清代前中期虽严厉禁娼,但妓业历久难绝,嘉庆年间的清江、淮城,"冶游最盛,殆千百人,分苏帮、扬帮。"⑤到了晚清,尽管禁娼法令犹在,但妓业繁盛、遍布华夏。妓业把戏曲、弹词等作为拓展业务的媒介,"借乐部为生涯,实勾栏之先导。"⑥晚清女伶率先在沪上登台,时人认为从事色情业的鸨母就是女伶演剧之推手,"近数年中,乃又有女伶演戏之事,其俑实作自淫鸨","班中所教,无非雏莺乳燕,既为伶又为妓,以一身充两役。"⑦女伶声色娱人的传统在晚清再度高扬。

其六,女伶本身的优势。女伶一般嗓音清脆、容貌姣好、身段曼妙、情感细腻,无需刻意修饰,即能贴近女性角色,"女子性柔,属之天赋,其演女剧,纯任自然,已足取胜,决非男伶扎扮从事者所能强致。"⑧与生俱来的天赋让女伶站稳舞台,并在商业竞演中胜出,像清末哈尔滨各戏园,"各班皆以坤角竞争。"⑨女伶最终在民国成为舞台的半壁河山。

---

①《论书场之弊》,《晚清报载小说戏曲禁毁史料汇编》(下),第560页。
②陈无我《老上海三十年见闻录》,上海书店出版社1997年版,第46页。
③《沪北书场记》,《申报》1886年10月28日,第1版。
④《论蔡太守谕禁女伶演戏事》,《晚清报载小说戏曲禁毁史料汇编》(下),第561页。
⑤(清)欧阳兆熊、金安清,谢兴尧点校《水窗春呓》,中华书局1984年版,第37页。
⑥《髦儿戏馆不准开演》,《晚清报载小说戏曲禁毁史料汇编》(上),第373页。
⑦《论蔡太守谕禁女伶演戏事》,《晚清报载小说戏曲禁毁史料汇编》(下),第561页。
⑧菊屏《二十年前沪上坤班之概况》(一),《申报》1925年3月4日,第7版。
⑨《坤角之竞争》,《远东报》1912年1月16日。

为什么查禁小说戏曲？历史本身是极其丰富和复杂的，特别是在专制社会，制度的制定并不需要科学的实验和论证，个人意志往往就左右了制度、法规的确立和实施，所谓"朕即天下、天下即朕"，"有治人，无治法"。因此，任何简单的判断，都难以洞悉禁毁原因丰富与复杂的历史内涵。整体上看，晚清时期的禁毁原因对清代前中期沿袭者少、变迁者多。就禁毁小说戏曲的共因而言，清代前中期清除异端、违碍、海盗等政治方面的原因在晚清趋于式微，海淫成为首要原因。就禁戏的独特原因而言，除了妨碍治安的考量仍在延续之外，其余有害民生、禁止女伶、花部乱雅等原因在晚清都发生了较大变化。不仅如此，清末小说戏曲改良倡导者将矛头对准了旧小说旧戏曲，试图通过禁抑传统小说戏曲中落后的思想内容，除旧布新、开启民智。禁毁小说戏曲活动多是政治、思想、文化等意识形态变动的直接折射，与小说戏曲作品本身相比，更能体现"文变染乎世情"。清代前中期禁毁原因在晚清的变迁是清朝政治思想文化、社会经济结构、小说戏曲本身等发生较大变化的体现。

本编结语

清代禁毁活动可分为制度性禁毁和观念性禁毁,考察清代禁毁制度生成和演变的原因,要兼顾这两个层面。

就制度性禁毁的动机而言,清代前中期,清除异端、违碍、海盗、海淫是查禁小说戏曲的四大原因,此四大原因之外,禁戏原因还包括妨碍治安、有害民生、丧戏违礼等因素。嘉庆四年二月廿四日(1799年3月29日),在乾隆去世一个半月之后,嘉庆帝终止了清代持续百余年的文字狱,上谕指出:"殊不知文字诗句,原可意为轩轾,况此等人犯,生长本朝,自其祖父高曾,仰沐深仁厚泽,已百数十余年,岂复系怀胜国?而挟仇抵隙者,遂不免借词挟制,指摘疵瑕,是偶以笔墨之不检,至与叛逆同科。既开告讦之端,复失情法之当。"[①]嘉庆帝对文字狱主观臆造、夸大事实、罗织罪名、开告讦之风等弊端的认识较客观。文字狱恶政的终止是清朝中期文网渐弛的标志性事件。伴随文网渐弛,晚清禁毁小说戏曲的原因也发生了转向。清代前中期,以皇权为核心的中央政府主导了全国禁毁活动,禁毁权力主要由皇帝谕旨诏令、奏折朱批,经由六部、各省督抚逐步向地方基层渗透。晚清则由地方官和士绅主导禁毁活动,他们在基层直接主持、发起、督导禁毁活动。禁毁主导权由中央层面到地方层面的转移,也造成了禁毁原因侧重点的转移,即地方官和士绅更多的是从教化角度发起禁毁,而不是从种族意识、诋毁清廷等角度着眼。这种禁毁主导权的权势转移和侧重点转向,使得海淫成为晚清禁毁小说戏曲的首要原因,也是最普遍的原因。中编对小戏查禁关键词、戏曲案件、小说案件、小说戏曲传播中患癀现象的分析,皆说明了这一点。

从传播和接受上看,戏曲属集体性娱乐活动,戏曲观演,聚集人群,关乎治安。晚清剧场火灾、戏场倒塌、观剧沉船、演戏聚赌、盗窃、抢劫、调戏妇女等演戏相关治安事故频繁,给观众和优伶的生命财产造成严重伤害和

---

① 赵之恒、牛耕、巴图主编《大清十朝圣训》,北京燕山出版社1998年版,第4897页。

巨大损失，频繁的演戏治安隐患和事故给禁戏政策以口实和镜鉴，剧场治安问题助推了禁止夜戏、禁止演戏聚赌等成为有清一代的禁戏政策；演戏治安事故也增加了禁戏频率。清末官方开始加强剧场治安管理，重点是维护城镇戏园演剧治安秩序，剧场治安问题一定程度上倒逼了演剧管理制度的近代化进程。这些问题在小戏查禁原因的关键词分析、剧场治安对戏剧观演禁忌的影响等章节中得到了证明。

就观念性禁毁而言，传统农本社会，物质资料贫乏，百姓终岁勤动，徭役赋税之外，所剩无几，生活艰辛，这是古代"非乐"传统历久不衰的根源。"非乐"观念一般敌视演戏，把演戏看作耗财废时的无益之举，由此强化了演戏无益观念。戒淫是古代养生、中医保元、家庭教育的重要传统。戒淫一靠慎独，二靠杜绝诲淫之物。后者成为清代家庭教育、道德之士和官方查禁小说戏曲观念的重要逻辑起点。正统观念一般视小说戏曲为卑体，且小说戏曲多叙男女之情，清代家庭教育、学校教育和社会教育理念中流行禁止少年子弟和女性接触小说戏曲的观念。清代中后期，观看小说戏曲患肺痨的观念和事例十分流行，即是戒淫观念的表现之一。防痨成为禁止淫书淫戏之目的，反过来，在果报信仰深厚的清代中后期，肺痨又成为警醒人们禁撰、禁看淫书淫戏的果报手段。剧场治安问题也增强了演戏无益的观念，形成了戏场勿入的规诫，强化了禁止妇女观剧的观念。

制度性禁毁和观念性禁毁属转换互补关系。观念性禁毁表现为观念、传统、惯例，常被权力部门和组织颁布为成文的法律、规范，通令社会成员遵守。表现在禁毁小说戏曲方面，禁少年子弟观看小说戏曲、演戏无益、戏场勿入、戒妇女观剧等观念被权力部门和组织吸收，既表现为官方的法令、告示，也表现为民间的族规家训、规约章程、口头规诫。深入了解禁毁小说戏曲的原因必须兼顾官方和民间、法外与法内，方能获得"理解之同情"。

晚清国运衰微、内外交困，救亡图存成为时代主旋律。由于小说戏曲具有传播快、受众广的优势，志士仁人把小说戏曲优劣与民智通塞关联起来，小说戏曲的诲淫和迷信两大问题被一些官员和士绅同时关注。禁抑诲淫和迷信成为清末禁毁活动的两大原因，禁毁活动与小说改良运动之间有了互动与转换。庚辛禁毁小说运动的考证说明，在义和团运动兴起之际暨小说界革命开启的前夜，这种互动和转换已现端倪。因担忧激发民气，官方或主动或在列强压迫下禁演了一批呼吁爱国保种的剧目，则可见晚清禁戏的半封建半殖民地色彩。整体上看,晚清时期的禁毁原因对清代前中期沿袭者少、变迁者多,这种趋势是清朝政治思想文化、社会经济结构、小说戏曲本身等发生较大变化的综合体现。

阿英谈及清代禁小说原因时说:"(所禁之书)并不止于淫词一类。大概有关于秘密结社,攻击贪官污吏,讲儿女私情,写淫秽行为,怪诞不经,以及所谓有关风化的全都在禁例之内。"[1]禁毁小说戏曲的原因复杂、隐显不一,对晚清禁毁原因的了解应本着明其主次、知其新变的原则。由晚清禁毁原因研究可见,官方和民间禁戏、禁小说、禁弹词,核心目标是遏止诲淫,禁毁活动的核心内涵是整顿和维护良好风俗,用打压民间娱乐、维护统治等阶级视角理解晚清禁毁原因无疑是片面的。对晚清禁毁原因的价值判断也应本着立足历史、实事求是的态度。官方和民间力量为净化文艺市场、维护治安、有益民生乃至开启民智而倡导和实施禁制的努力应予肯定。在批判崇雅抑俗、压制民众娱乐需求、一刀切地禁断、因担忧激怒列强而禁演爱国剧目等禁毁观念和行为的同时,我们也要看到,晚清剧场事故、色情演出、凶恶戏和迷信戏搬演、演戏聚赌、不良小说出版等层出不穷,查禁原因还萌生了开启民智、培养近代国民的因子,中国传统文艺管理制度与近现代文艺制度的分野即在此萌发。晚清禁毁小说戏曲原因一定程度上具有近现代文艺管理的性质。

---

[1] 阿英《阿英全集》(第7卷),安徽教育出版社2003年版,第344页。

第三编　禁毁效果

　　禁毁效果是禁毁主体实施禁毁制度对被禁对象乃至禁毁主体、禁毁制度所产生的结果、后果。在一二编的研究中,我们已经看到禁毁主体的变化导致禁毁原因侧重点的转移,禁毁主体对禁毁制度的维持、变革和破坏,由此导致了晚清禁毁活动因地因人因时不同而张弛相间的禁毁效果。在研究晚清禁毁活动时,论者常用"日薄西山""屡禁不止"来形容其效果。这种认识虽符合历史事实,但如果仅停留于此,就难以把禁毁问题研究引向深入。这是因为制度具有持续性、稳定性和历时性,任何禁制都存在"禁而即止""禁而不止""不禁自止"等现象,这些现象都是反思和印证制度是否合理、分析制度延续和变迁的切入口。以往有关晚清禁毁问题探讨多关注文本之外的研究,诸如淫书流行、女伶兴起、男女合演、淫戏盛行的原因等,把它们视作既成事实,较少关注禁毁政策和舆论对文本打下的烙印。晚清禁毁活动在地方官、士绅等势力的推动下,虽不如前中期严厉,但频率次数超越之。加上劝善运动盛行、报刊媒介兴起,禁毁舆论风起云涌,禁制和舆论或许在晚清小说戏曲编撰、创作和出版上留下痕迹,值得寻觅、明其所以。从一二编各专题的分析中,我们已经看到旧有的禁毁管理制度虽有一定的合理之处,但因观念和实施中的保守落后和不切实际,从执行者到被禁人员都在试图破坏或变革禁制。伴随西学东渐的逐步深入,西方警察制度、法律思想、小说戏曲观念等输入中国,以禁毁小说戏曲为中心的传统文艺管理制度变革有了模板和参照,在中外互鉴的背景下,禁毁管理制度变革加剧,近现代文艺管理制度开始萌芽。禁毁动因、对象、主体所处的社会环境纷纭复杂,禁毁效果也丰富多样。第三编七个专题可分为两个部分:果报对禁毁活动及文本的影响、晚清小说创作中的自我禁抑现象、禁毁活动对小说编辑出版的影响,这三章研究禁毁活动和舆论在文本和出版上留下的印痕;演戏酬神对清代禁戏政策的消解、清末查禁《新小说》的原因与效果、宁波查禁串客对甬剧发展的推动作用、上海租界戏园为何能遵守国忌禁戏? 此四章分析"屡禁不止""禁果效应""禁而即止"三种禁毁效果及其原因。

第十五章　果报对禁毁活动及文本的影响

　　果报即善有善报、恶有恶报。早在春秋时期,中国社会就已形成了普遍的报应观。佛教传入中国之后,佛教果报思想与中国本土报应观融合、调适,不断世俗化和民间化。唐宋以后,果报信仰深入人心,渗透到中国文化的方方面面,成为中华民族普遍认同的思维定式。果报思想与古代小说戏曲之间的关系不啻为一个悖论:一方面,在古代诸体文学中,果报在小说戏曲中表现的最普遍,并深刻地影响了古代小说戏曲的创作意图、主题思想、人物塑造和叙事模式。另一方面,明清时期,尤其是清代中后期,果报还扩展至小说戏曲禁毁观念和活动之中,成为禁毁观念、舆论和方法论的重要来源。笔者把那些包含果报的禁毁小说戏曲舆论称之为果报禁毁舆论。尽管王利器等学者早就注意到果报与小说戏曲禁毁活动之关联,并整理了不少相关资料,但目前尚缺少专题研究,果报禁毁舆论的具体表现和作用、流行的原因,对禁毁小说戏曲活动乃至小说戏曲文本形态的影响等问题,仍有待梳理。本章拟对这些问题展开探讨,以深入认识果报与清代禁毁小说戏曲活动的关系,以及对小说戏曲文本形态的影响。

一、果报禁毁舆论的主要表现

　　把果报与禁毁小说戏曲活动联系起来之现象始于明末清初,兴盛于清中后期,民国以后仍有余波。这一历程与果报信仰世俗普及化趋势、特别是明末清初官方和民间兴起的劝善运动的进程基本一致。晚明著名善士袁黄较早提出禁毁淫秽邪书可得善报:"取淫秽邪书焚化者,得子孙忠孝节义报。将此等与圣经贤传并贮者,得子孙流荡纵佚报。翻刻淫秽邪书,贩卖射利者得子孙娼优下贱报。"[①]清初善士兼大儒彭定求呼吁购买焚化淫

---

①王利器辑录《元明清三代禁毁小说戏曲史料(增订本)》,上海古籍出版社 1981 年版,第 384 页。

书，"真一举而积无量之福也。"①此类倡言已开启把果报作为提倡禁毁小说戏曲活动之先声。清中后期，包含果报思想的小说戏曲禁毁舆论、佚闻、功过格等散见于善书、笔记、官箴书、报刊等，层见叠出，撮其旨要，不外正向激励和反向惩戒两大类型。

（一）正向激励

以可延子嗣、助登科第、获意外财三事为代表。

1. 可延子嗣。在宗法社会，传宗接代是一个家族得以延续、光大的唯一途径，所谓"福莫逾于继嗣，不孝莫过于无后。"②参与禁毁活动，命中注定绝后者可延子嗣。据遂昌贡生洪自含记载，其友人夏澄乐善好施，年逾六旬仍无子嗣，向他诉说苦衷。洪自含认为，夏澄行善祈嗣不得要领，如想祈嗣，"请以重刻《劝毁淫书》祷之。"1841年元旦，洪自含焚香替夏澄祈祷，次年六月六日，夏澄果然得子③。1843年，为兑现誓言，洪自含和夏澄发起集资，将《劝毁淫书征信录》刊刻行世。果报的主要目的是迁人向善，因编写淫书得绝嗣报之人，如能痛改前非、自我救赎，积极禁毁，则能"未几生子。"④获刊刻淫书得绝嗣报者亦然，苏州书贾杨氏刊刻《金瓶梅》，为病魔所困，日夕不离汤药，娶妻多年，未能育子。杨某听从友人劝戒之后，将《金瓶梅》书板劈焚，"自此家无病累，妻即生男。"数年间，家业遂成⑤。

2. 助登科第。即参与禁毁者本人及子孙获科举及第报。在晚明民间兴起的劝善运动中，科举与阴鸷已被关联起来，袁黄《游艺塾文规》卷一即名曰《科举全凭阴德》。清代科举考试竞争残酷，"其途甚隘""其进甚难"⑥。据统计，有清一代，会试平均录取比例为 30：1⑦，远低于宋代和明代。举人录取比例更低，据统计，乾隆年间举人录取比例约为 60：1⑧，该比例在生员人数有较大增长的晚清要更低一些。在崇拜科举的社会里，庞

①（清）余治《得一录》，华文书局 1969 年影印版，第 830 页。

②罗竹风主编《宗教经籍选编》，华东师范大学出版社 1992 年版，第 191 页。

③王利器辑录《元明清三代禁毁小说戏曲史料（增订本）》，上海古籍出版社 1981 年版，第 329 页。

④王利器辑录《元明清三代禁毁小说戏曲史料（增订本）》，上海古籍出版社 1981 年版，第 415 页。

⑤王利器辑录《元明清三代禁毁小说戏曲史料（增订本）》，上海古籍出版社 1981 年版，第 418 页。

⑥王英志编纂校点《袁枚全集新编》第三册，浙江古籍出版社 2018 年版，第 329 页。

⑦陈茂同《中国历代选官制度》，昆仑出版社 2013 年版，第 292 页。

⑧白文刚《应变与困境：清末新政时期的意识形态控制》，中国传媒大学出版社 2008 年版，第 111 页。

大的生员队伍、极低的科举录取率、考场文字优良难判①等原因加剧了人们对书本之外偶然因素和神秘力量的笃信，"迷信鬼神之干涉科举，尤以言因果报应者为多。"②科举报应也尤被重视，"就报应中，又惟功名一念，大足奇之。"③时谚"一命二运三风水，四积阴德五读书"，反映的就是对广积阴德、科举及第的迷信。张孟球、谢履忠、石韫玉三人是清代中后期流传较广、参与禁毁得科举及第报的代表。张孟球，字夔石，江苏长洲人，康熙二十四年进士，官至河南按察使，孟球五子俱中乡榜，其中三人举进士，人们认为这是张孟球喜刻善书、严禁淫书淫画春方"受上赏"的结果④。谢履忠，字卤侯，云南人，康熙三十五年解元，康熙四十二年进士，官左春坊左谕。履忠见到淫书小说辄买下烧毁，他曾梦神谕："汝焚毁淫书甚夥，免使阅者生邪心、作奸事，功德不小，今当名冠多士矣。"履忠康熙丙子乡试中元，"子孙科第不绝。"⑤石韫玉，字执如，号琢堂，吴县人，乾隆五十五年一甲第一名进士，授翰林院修撰，后任山东按察使。据梁恭辰《劝戒录类编》和陈康祺《郎潜纪闻》载，韫玉为穷诸生时，痛恶淫词小说，特于家塾中造一焚字炉，题曰"孽海"，专收此种书板拉杂摧烧之，资不足则取衣物及其夫人之钗饰付诸质库，毫无所吝，"历数十年不倦。"⑥经其销毁的淫词小说和得罪名教之书有数万卷之多，韫玉遂得毁淫书科举及第报，大魁天下⑦。不收藏淫书，亦可积阴德助科举，魏裔介(1616—1686)曾请教御史伊辟升何以高中解元。伊辟升认为并无诀窍，只是他的家族做到了五世不收藏淫书，见到淫书必定烧毁而已⑧。说书人不说淫书，子孙科第。杭州评说人李某，每弹说书辞之淫亵处，必删去之，最喜弹说因果，晚年得子，少年科

---

① 对此，明清士人多有论及，归有光说："场中只是撞著法，别无贯虱穿杨之技。"（陈谷嘉、邓洪波主编《中国书院史资料》（中册），浙江教育出版社 1998 年版，第 1690 页）；薛福成说："取士者束以程式，工拙不甚相远……而黜陟益以难凭。"（陈景磐、陈学恂主编《清代后期教育论著选》[上]，人民教育出版社 1997 年版，第 443 页。）

② 王德昭《清代科举制度研究》，中华书局 1984 年版，第 153 页。

③ 徐梓编注《劝学——文明的导向　戒淫——荒淫的警钟》，中央民族大学出版社 1996 年版，第 243 页。

④ 《山阴金兰生先生劝毁淫书说》，《晚清报载小说戏曲禁毁史料汇编》（下），第 826 页。

⑤ 《戒撰淫书小说论》，《晚清报载小说戏曲禁毁史料汇编》（下），第 503 页。

⑥ 王利器辑录《元明清三代禁毁小说戏曲史料（增订本）》，上海古籍出版社 1981 年版，第 390 页。

⑦ （清）陈康祺《郎潜纪闻初笔二笔三笔》（上），中华书局 1984 年版，第 64 页。

⑧ 王利器辑录《元明清三代禁毁小说戏曲史料（增订本）》，上海古籍出版社 1981 年版，第 387 页。

第,荣历仕途①。因得淫书报而科举无成的作者,若能痛改前非,积极禁毁淫书,子孙也能获得功名②。

3.获意外财。即穷困之人参与禁毁,会获意外之财。《文昌帝君谕禁淫书天律证注》载:上洋某童子,少孤,用母亲变卖钗钏的三十金,将一个书坊的淫书全部买下焚毁,次晨于纸灰中得元宝两只③。晚清《申报》曾报道了一则毁淫书得财的新闻:扬州附生王某,"性端谨,闻人邪言,即掩耳而走,见淫书,虽他人物,必夺而毁之。"因乡试无旅资,向亲戚称贷六千文,不料归途中,钱被人窃去,只剩数百文。当他懊丧地行至城外时,遇见有人摊售《金瓶梅》,王某不禁大怒,立即倾囊购归,命其妻取火焚毁。其妻翻检该书时,于书中发现一张千元银票,遂解乡试乏资之困④。这则新闻在晚清流传颇广,俞樾《耳邮》、吴旭仲《圣谕广训集证》等皆收录。将意外之财据为己有,有损拾金不昧的美德。此类善报遂将意外之财处理为神赐或原本即为不义之财,如上洋某童子获得的两只元宝即为神赐,扬州附生王某获得的银票本是贪官污吏之物,于是都可以心安理得地据为己有。

(二)反向惩戒

与正向激励的善报相比,反向惩戒的恶报类别既多且厉,择其要者有:

1.科举蹭蹬。科举为利禄之途,"得之则荣,失之则辱。"⑤与参与禁毁得科举及第报者相反,编撰者获科举落第报。蒲松龄、曹雪芹等即是道德之士常来比拟的典型,蒲松龄入考场时,"狐鬼群集,挥之不去,竟莫能得一第。"⑥曹雪芹由于撰写《红楼梦》,"以老贡生槁死牖下。"⑦甚至编造淫书者,即便已拟录取,仍获血污闱卷斥落之报⑧。科举蹭蹬报应针对的主要是文人,警醒他们不要编撰小说戏曲。

2.子嗣断绝。由于编撰、传播小说戏曲,或点演淫戏,获绝嗣报。金圣

---

①《论淫戏淫词之害》,《晚清报载小说戏曲禁毁史料汇编》(下),第 550 页。

②王利器辑录《元明清三代禁毁小说戏曲史料(增订本)》,上海古籍出版社 1981 年版,第 415 页。

③王利器辑录《元明清三代禁毁小说戏曲史料(增订本)》,上海古籍出版社 1981 年版,第 416 页。

④《买书得财》,《晚清报载小说戏曲禁毁史料汇编》(下),第 693 页。

⑤周德昌编《康南海教育文选》,广东高等教育出版社 1989 年版,第 61 页。

⑥王利器辑录《元明清三代禁毁小说戏曲史料(增订本)》,上海古籍出版社 1981 年版,第 379 页。

⑦王利器辑录《元明清三代禁毁小说戏曲史料(增订本)》,上海古籍出版社 1981 年版,第 376 页。

⑧王利器辑录《元明清三代禁毁小说戏曲史料(增订本)》,上海古籍出版社 1981 年版,第 406 页。

叹评刻小说得绝嗣报，"身陷大辟，且绝嗣。"①宿松某巨绅，依势淫荡，家蓄小班，喜演淫戏，后来家业凋零，"三子皆卒，竟绝。"②石门某生刊刻《如意君传》，"诸子继殁，后遂绝。"③道德之士还臆造了曹雪芹因著《红楼梦》获绝嗣报，子孙陷于逆案，伏法无后④。

3. 不得善终。主要包括三种类型：

（1）死于非命。编撰、传播者，获得火烧、雷劈、水溺、气死等报应。咸丰二年刊刻的《居官日省录》载，明代万历进士张某，酷好编造小说，刊刻行世，被冥司削尽前程和寿算，赴任途中，全家溺毙⑤。有开演花鼓滩簧聚赌者，儿子脱阳而死、女儿白昼行奸，本人则被活活气死⑥；有点淫戏者被神殛死，妻女俱因奸逃逸；有刻淫书唱本者，被火烧死等⑦。

（2）死于恶疾。撰写、收藏、阅读淫书得患恶疾之报，其中以肺痨居首。肺痨亦称痨瘵、劳瘵，相当于西医中的肺结核。肺痨在古代死亡率高，是令人恐惧的传染病。撰写、收藏、阅读淫书得痨瘵报应，属于三世报观念中的现世报。如桐乡某士好读淫书，子每伺父出，取而观之，缠绵思想，患痨瘵而卒，某士亦悲恸而卒⑧。该果报在《文昌帝天戒录》中则演变为：桐乡沈某好收藏阅读淫书，其子每伺父出，与表弟一起阅读，最后二人相继患痨瘵夭亡⑨，可见善书中果报相互抄袭的特点。晚清小说家俞达和李伯元也被附会为撰写淫书得痨瘵之报。俞达创作狭邪小说《青楼梦》，又在苏州胥门开书肆，"每将淫词小说租赁看阅"，结果"年未三十以瘵疾死，家业荡然。"⑩李伯元由于编撰无益小说，导人戕贼生命，反而自戕生命，患痨瘵病故，是"天道好还。"⑪报应之所以选择肺痨，一是有色欲过度和神志失调患

---

①朱一玄、刘毓忱编《水浒传资料汇编》，南开大学出版社 2002 年版，第 126 页。

②王利器辑录《元明清三代禁毁小说戏曲史料（增订本）》，上海古籍出版社 1981 年版，第 388—389 页。

③王利器辑录《元明清三代禁毁小说戏曲史料（增订本）》，上海古籍出版社 1981 年版，第 410 页。

④王利器辑录《元明清三代禁毁小说戏曲史料（增订本）》，上海古籍出版社 1981 年版，第 377 页。

⑤元周主编《政训实录》（第 11 册），中国戏剧出版社 2001 年版，第 4004 页。

⑥王利器辑录《元明清三代禁毁小说戏曲史料（增订本）》，上海古籍出版社 1981 年版，第 392 页。

⑦王利器辑录《元明清三代禁毁小说戏曲史料（增订本）》，上海古籍出版社 1981 年版，第 393 页。

⑧王利器辑录《元明清三代禁毁小说戏曲史料（增订本）》，上海古籍出版社 1981 年版，第 381 页。

⑨王利器辑录《元明清三代禁毁小说戏曲史料（增订本）》，上海古籍出版社 1981 年版，第 411 页。

⑩《谆禁淫书》，《晚清报载小说戏曲禁毁史料汇编》（上），第 27—28 页。

⑪《论近人编辑无益小说有害卫生卒致自戕生命事》，《晚清报载小说戏曲禁毁史料汇编》（下），第 665 页。

痨的中医医理根据。二是因为肺痨是令人恐怖的疾病：死亡率高，所谓"十痨九死"；是慢性不治之症、受尽折磨，眼睁睁地等待死亡；部分肺痨具有传染性，甚者灭门灭族。正是报应不酷不足以警醒人心的心理，让道德之士制造了许多编撰和传播小说戏曲患肺痨的果报舆论。

　　肺痨之外，受报者所患恶疾还指向目、手、口等身体特定部位，这是一种简单的业报关联，因为这几个部位与编撰或传播淫书淫戏有直接的关系。一者，淫书淫戏引人用眼观看，故编撰、传播者得目瞽之报。书贾稽留，刊刻小说和春宫，"双目俱瞽。"①某邑书贾好刻淫书春宫，两目旋盲②。二者，编撰、刊刻淫书要用手，故其手生恶疮或自啮其指。有的作者"手生恶疮，五指俱连而死。"③有的作者"后得奇症，自啮十指而死。"④三者，编撰或传播者以语言编造是非，故或自嚼其舌，或口咽生疮，或成痴哑。清人汪棣香言，《西厢记》作者写至"碧云天、黄叶地"时，"忽然仆地，嚼舌而死。"⑤石成金记载他的一位亲戚好编词曲，一日跌倒，家人扶起后竟成痴哑木偶，未几月，死于道路。石成金认为，读书人以言语笔墨伤害人者，都应该遭到"跌成痴哑"的报应⑥。有唱说淫词艳曲者喉生恶疮而死，人们认为也是正获诲淫之报⑦。甚者，目、手等同时遭报，扬州某生著作一部淫书，梦神呵斥，遂未付梓，后因家贫仍复付梓，"未几目瞽，手生恶疮，五指俱连而死。"⑧口、目、手等得恶疾报应无非是警醒人们对淫词小说要做到心不作、手不写、口不讲、眼不观、耳不闻。

　　（3）惨遭刑戮。在各种不得善终的死亡中，刑戮无疑是最惨的。这种报应的杜撰方式有两种，一是把遭受死刑且与小说戏曲有关的当事人附会为获刑戮之报。清代笔记、善书记载最多的是金圣叹因评点、刊刻诲盗诲淫的《水浒传》《西厢记》，阴谴难逃，终遭刑戮⑨。二是附会小说戏曲作者之子孙获刑戮之报。以曹雪芹的子孙为代表，清人或臆造曹雪芹子孙陷于

---

①王利器辑录《元明清三代禁毁小说戏曲史料（增订本）》，上海古籍出版社 1981 年版，第 253 页。

②王利器辑录《元明清三代禁毁小说戏曲史料（增订本）》，上海古籍出版社 1981 年版，第 382 页。

③王利器辑录《元明清三代禁毁小说戏曲史料（增订本）》，上海古籍出版社 1981 年版，第 383 页。

④王利器辑录《元明清三代禁毁小说戏曲史料（增订本）》，上海古籍出版社 1981 年版，第 388 页。

⑤王利器辑录《元明清三代禁毁小说戏曲史料（增订本）》，上海古籍出版社 1981 年版，第 404 页。

⑥（清）石成金《传家宝全集》，北京师范大学出版社 1992 年，第 445 页。

⑦《导淫惨死》，《晚清报载小说戏曲禁毁史料汇编》（下），第 696 页。

⑧王利器辑录《元明清三代禁毁小说戏曲史料（增订本）》，上海古籍出版社 1981 年版，第 383 页。

⑨王利器辑录《元明清三代禁毁小说戏曲史料（增订本）》，上海古籍出版社 1981 年版，第 379 页。

王伦逆案,"伏法无后。"①或杜撰曹雪芹曾孙入林清天理教,被诛绝后,"世以为撰是书之果报焉。"②

4.地狱受罚。地狱本为佛教六道轮回之最底层,梵文作 naraka 或 niraya,意为地下众生受磨难之所。地狱观念随佛教传入中国后,与中国道教、儒家和民间信仰的冥界观念逐渐融合,演变为人死之后接受阎王审判、罪恶者接受惩罚的场所。据地狱信仰,人死之后,勿论生前贵贱,都要接受阎王的公平审判,根据生前善恶予以奖惩,善者升天,恶者则依据罪孽轻重与类别,分别投放到惩罚程度与方式不同的地狱。地狱是人死之后果报兑现之所,不少禁毁舆论借能入冥者的所谓亲历见闻,杜撰了一批作者因撰写淫书在地狱受罚。汤显祖在地狱"身荷铁枷,人间演《牡丹亭》一日,则笞二十。"③曹雪芹"地狱治雪芹甚苦,人亦不恤。"④在世俗地狱信仰中,地狱分类不一,有犁舌地狱,亦名拔犁舌地狱,据说是将犯者舌头拔出伸展、平铺于地,鬼卒扶犁挥鞭驱牛犁舌。生前犯作艳词、诬陷、诽谤、诳语等口业报者,死后被判入犁舌地狱。清代祁骏佳《遁翁随笔》、王宏《山志》、杨恩寿《词语丛话》、董含《三冈识略》、毛庆臻《一亭杂记》等书带着诅咒、推测的口吻,认为董解元、王实甫、关汉卿、李贽、李渔等应当投入犁舌地狱。另外,佛教六道之恶道有"八大地狱"之说,其中第八层也是最残酷的一层,名曰阿鼻地狱,梵语为 Avīcinaraka,意为无间地狱,即永受痛苦无有间断的地狱,生前犯"十不善"重罪者,要在阿鼻地狱受苦。编造淫书者还被杜撰投入阿鼻地狱,因为淫书流传于世,难以间断,所以编造者要永受苦楚。今见最早提出此说的是康熙二年刊刻的《文昌帝君天戒录》:"以其流毒无间,故得死入无间地狱报。"稍后的《远色编》云:"更有造作淫书,坏人心术,死入无间地狱,直至其书灭尽。……方得脱生鬼国。"⑤乾隆年间顾公燮记载,王实甫和汤显祖身后就被投入阿鼻地狱受苦,永不超生⑥。

5.殃及家人。在施报对象上,佛教"轮回说"强调自作自受,道教"承负说"则主张前人过失、殃及儿孙。明清果报信仰中,儿孙父母妻女等家人皆

---

①王利器辑录《元明清三代禁毁小说戏曲史料(增订本)》,上海古籍出版社 1981 年版,第 377 页。

②王利器辑录《元明清三代禁毁小说戏曲史料(增订本)》,上海古籍出版社 1981 年版,第 378 页。

③王利器辑录《元明清三代禁毁小说戏曲史料(增订本)》,上海古籍出版社 1981 年版,第 372 页。

④朱一玄编《红楼梦资料汇编》,南开大学出版社 2001 年版,第 30 页。

⑤王利器辑录《元明清三代禁毁小说戏曲史料(增订本)》,上海古籍出版社 1981 年版,第 393 页。

⑥王利器辑录《元明清三代禁毁小说戏曲史料(增订本)》,上海古籍出版社 1981 年版,第 374 页。

是受报对象。这是因为人生充满偶然性，现实生活中不一定善有善报、恶有恶报，只有将家族更多的人纳入果报体系中，果报必然性和公平性的几率才会更大。"不是不报，时候未到"这句诫语解决的就是果报的必然性和公平性问题。编撰、传播淫书淫戏者自身遭受恶报之外，妻子儿女乃至后代也遭到报应，主要有：

（1）子孙哑瘖。哑瘖属口业报应之一，亦作造口孽，乃因口上造孽之报应。口业是佛教身、口、意三业之一，分为妄言、绮语、两舌、恶口四口业。妄言即谎言，绮语指荒诞不经、繁杂淫秽的语言，两舌指不实之词，恶口乃骂人的话。对于文士而言，易犯妄言和绮语："妄言绮语，才智者多；两舌恶口，愚贱者广。"[①]口业罪孽深重，属于十恶之本，"亦是万祸之殃。"[②]报应亦酷，佛教有口哑以及地狱烙舌、钩舌、拔舌之类，受道教承负说的影响，世俗信仰的口业报有子孙哑瘖之报。明清流传最广的是罗贯中和施耐庵的子孙遭受口业报，三代皆哑。此说又以罗贯中子孙遭报为多，该说最早见明代田汝成《西湖游览志馀》：罗贯中因编撰《水浒传》等小说，坏人心术，"其子孙三代皆哑。"[③]汪道昆《水浒传序》则直接认为罗贯中三世子孙俱瘖，"当亦是口业报耳。"[④]由于明清《水浒传》作者又有施耐庵说，所以亦有"施耐庵著《水浒》行世，子孙三代皆哑"[⑤]之谈。

（2）家人沦落。道德之士认为，淫书淫戏启人淫邪，教猱升木，编撰、传播淫书淫戏，妻子儿女最先遭殃、得到报应，妻女或败坏家声，或沦落为娼妓，儿孙沦为乞丐等贱类。清代多种善书如《欲海慈航》《帝君天戒录》《寿康宝鉴》等皆引用了袁黄的这句话："好阅淫词小说与圣经贤传并藏者，得子孙淫佚报。编淫词，子孙娼优下贱报。"《收藏小说四害》说："凡好藏淫书、好唱弹词之家，妇女率多丑行。"[⑥]《重订福禄金鉴卷十一》载，常州曾某，喜作淫词艳曲，流毒闺阁，未几得奇病死，"妻女俱堕落烟花。"[⑦]《文昌

① （清）刘体恕著，姜子夫主编《吕祖全传》，大众文艺出版社 2005 年版，第 119 页。
② （唐）释道世著，周叔迦、苏晋仁校注《法苑珠林校注》，中华书局 2003 年版，第 529 页。
③ （明）田汝成著，陈志明校《西湖游览志馀》，东方出版社 2012 年版，第 477—478 页。
④ 朱一玄、刘毓忱编《水浒传资料汇编》，南开大学出版社 2002 年版，第 169 页。
⑤ 王利器辑录《元明清三代禁毁小说戏曲史料（增订本）》，上海古籍出版社 1981 年版，第 369 页。
⑥ 《山阳金兰生先生劝毁淫书说》，《晚清报载小说戏曲禁毁史料汇编》（下），第 826 页。
⑦ 王利器辑录《元明清三代禁毁小说戏曲史料（增订本）》，上海古籍出版社 1981 年版，第 387 页。

帝天戒录》载,某生好撰淫曲,妻妾读后,发生婚外情,该生也得病而死①。该书之"淫词艳曲妻女偿债之报"又载,某士人所著皆淫词艳曲,死后无子,四妾一女,倚门卖笑②。

6.家业零落。此类果报主要针对富人、作者、书贾和刻工。富人因有财力,可以蓄养家班搬演淫戏或点演淫戏,导人淫邪,获家业凋零等果报。作者、书贾和刻工编写或传播小说,可以获得钱财,但编写淫书卖钱的作者、经营淫书的书贾和刊刻淫书的刻工最终不但所得之财零落,而且家产飘零。

需要说明的是,以上是措其大端,以便了解,果报禁毁观念往往是多重的,如宿松某巨绅蓄家班、好演淫剧,得到的报应有子女淫荡、家业凋零、身生疾病、绝嗣③。朱姓书贾不听冥报之戒,刊售小曲,子死绝嗣,财散家亡,自己则惨死街头④。这两例果报禁毁观念皆把子女淫佚、家业凋零、绝嗣等报应冶于一炉,以警人心,反映了舆论制造者警醒人心、禁绝淫书淫戏的急切心理。

二、果报禁毁舆论和信仰流行的原因

清代中后期果报禁毁舆论流行的原因,是传统社会果报信仰积淀、明清官方和民间劝善提倡、所谓的违禁小说戏曲兴盛等多重合力的产物。

(一)传统果报信仰的深厚积淀

果报曾是中国人的基本信仰,属于"中国社会中根深蒂固的一种准宗教观念。"⑤如果排列传统社会流播最广的古训,非"善有善报、恶有恶报"莫属。清代是古代社会末期,果报积淀达到顶点,家庭和学校都把果报作为教育内容,像汪辉祖根据自己入幕从宦"盖得力于经义者犹鲜,而得力于

---

①王利器辑录《元明清三代禁毁小说戏曲史料(增订本)》,上海古籍出版社 1981 年版,第 400 页。
②王利器辑录《元明清三代禁毁小说戏曲史料(增订本)》,上海古籍出版社 1981 年版,第 411 页。
③王利器辑录《元明清三代禁毁小说戏曲史料(增订本)》,上海古籍出版社 1981 年版,第 388—389 页。
④王利器辑录《元明清三代禁毁小说戏曲史料(增订本)》,上海古籍出版社 1981 年版,第 382 页。
⑤葛剑雄《中国人为什么会有"因果报应"观念》,《北京日报》2010 年 2 月 1 日,第 20 版。

《感应篇》者居多"的经历,教导子孙,果报之说,断不可废①。清代童蒙教材包括《感应篇》《阴骘文》《觉世经》《文昌孝经》等善书,"可先令生徒熟读之,毕后,方令读四字书。"②即便接受近现代科学思想的理性文人,笃信果报者亦所在多有。梁启超把果报奉为自己的宗教观和人生观,1925 年 7月,他在家书中认为佛教说的"业"和"报""是宇宙间唯一真理。"并要求子女信仰果报,"我笃信佛教,就在此点。"③可见直至近现代,果报信仰在中国社会仍牢不可破。在果报信仰深厚的社会,果报被视为道德劝惩之利器,其效非凡:"善之成于圣贤之书籍者十得一二,而劝于果报之说者十有八九,虽谓其功将于经传可也。"④编撰、传播、观看所谓的淫书淫戏普遍被视为败坏人心、莫此为甚,是劝惩整顿的重点,果报思想渗入禁毁活动和观念之中,也就自然而然。

(二)清代官方提倡的火上浇油

清代上至帝王,下至官吏,皆倡导神道设教,"'神道设教',通行于古今中外。清史或近代史表明,满洲列帝,对这一点格外认真。"⑤尽管清代官员并非皆为果报信仰者,但是他们发现"然庸夫、愚妇,不畏物议,而畏报应;不惧官长,而惧鬼神。"⑥所以官员要有意提倡,培养百姓的鬼神敬畏意识,"司土者为之扩而充之,俾知迁善改过,讵非神道设教之意乎?"⑦神道设教落到实处则依赖果报,"报应信仰的心理震慑力主要是利用人们对神灵的敬畏心理,使人自我约束、抑恶扬善。"⑧圣谕宣讲是有清一代之制度,但照本宣科,难入乡民之耳,主办者遂把果报故事作为宣讲的主要内容,"圣谕继以阴骘果报各善书,庶语以浅而易入,化以渐而转深。"⑨清朝是官方把神道设教和果报信仰推到极致的朝代,官方不但对包含果报的小说戏

①楼含松主编《中国历代家训集成》(9),浙江古籍出版社 2017 年版,第 5622 页。
②璩鑫圭编《中国近代教育史资料汇编 鸦片战争时期教育》,上海教育出版社 2007 年版,第 354 页。
③丁文江、赵丰田编著《梁启超年谱长编》,上海人民出版社 2009 年版,第 674 页。
④(清)李嘉端《序》,邹祖堂辑《人生必读书十二卷》,清同治五年仁和周氏雪堂重刻本。
⑤朱维铮《重读近代史》,中西书局 2010 年版,第 180 页。
⑥(清)汪辉祖著,王宗志等注释《双节堂庸训》,天津古籍出版社 1995 年版,第 142 页。
⑦《官箴书集成》编纂委员会编《官箴书集成》(第五册),黄山书社 1997 年版,第 281 页。
⑧夏清瑕《另一种秩序——法律文化中的因果报应信仰》,《宁夏大学学报》(人文社会科学版),2006 年第 5 期。
⑨杨一凡、王旭编《古代榜文告示汇存》(第十册),社会科学文献出版社 2006 年版,第 566 页。

曲有意倡导、冀以教化："善恶感应,懔懔可畏者,编为醒世训俗之书,既可化导愚蒙,亦足检点身心,在所不禁。"①而且把果报作为激励参与禁毁重要手段:其一,用功过格、果报录来鞭策官吏,实力查禁。《当官功过格》倡导禁止台戏,"一日算十功。"②《公门果报录》中说禁止花鼓淫戏及戏班搬演小戏,"阴功极大,子孙必科甲连绵。"查禁淫书小说,亦是积德之举③。《居官日省录》则抄录多则编撰淫词小说获恶报的事例,"故不惮与天下共戒之也。"④其二,官方利用果报提倡禁毁,震慑民众。官方通过告示、宣讲、善书等方式向民众传播禁毁小说戏曲获善报、违禁则获恶报。1886 年3 月,湖南巡抚卞宝第曾接受宝善堂禀请,将六千部《得一录》中的数百部札发本省各厅州县存作官书,其余五千数百部咨送各省督抚札发所属⑤。在清代官方的大力倡导下,果报思想充斥着官方和民间禁毁活动和观念之中。

(三)民间劝善运动的推波助澜

　　善书是清代果报禁毁舆论的主要载体。自明末清初,官方与民间劝善运动形成潮流,善书大量涌现,进而出现了"善书运动",善书运动是 17 世纪前后中国社会出现的令人瞩目的文化现象,其在文化市场的占有量悄然上升,"不论是僧侣道士,还是士绅庶民,大都津津乐道于此。"⑥清人多用汗牛充栋来形容善书之多、流播之广,"善书之流传夥矣。入则充栋,出则汗牛,殆不啻恒河沙数也。"⑦谈及善书,不能不提及北宋出现的《太上感应篇》《太微仙君功过格》,这是对后世影响最大的两部善书,它们奠定了善书把果报作为基本方法论的范式,即"诸恶莫作,众善奉行,善恶之报,如影随形。"所以,研究者说:"'因果报应'或'感应'的信仰是善书观念的基础。"⑧俗云"万恶淫为首",戒淫是清代劝善运动最重要的主题,禁毁淫书淫戏又

①王利器辑录《元明清三代禁毁小说戏曲史料(增订本)》,上海古籍出版社 1981 年版,第 100 页。
②(清)陈宏谋辑《五种遗规》,线装书局 2015 年版,第 381 页。
③《官箴书集成》编纂委员会编《官箴书集成》(第九册),黄山书社 1997 年版,第 374 页。
④元周主编《政训实录》(第十一卷),中国戏剧出版社 2001 年版,第 4013 页。
⑤《禀卞中丞稿》,《申报》1886 年 3 月 20 日,第 4 版。
⑥吴震《明末清初劝善运动思想研究·导论》(修订本),上海人民出版社 2016 年版,第 5 页。
⑦(清)佚名《宣讲集要》,清咸丰二年福建吴玉田刻本。转自朱越利主编《道藏说略》(下),北京燕山出版社 2009,第 651 页。
⑧游子安《从宣讲圣谕到说善书——近代劝善方式之传承》,《文化遗产》2008 年第 2 期。

是戒淫的重中之重,因为"直贤父师教训十年不敌看淫书数日也,是直圣贤千万语引之而不足淫书一二部败之而有余也。教化之大敌,人心之大害。"①善书自然成为果报禁毁舆论之渊薮,如《远色编》《欲海慈航》、周思仁《欲海回狂》、梁恭辰《劝戒录》、余治《得一录》、《重订福寿金鉴》、吴兆元《劝孝戒淫录》等,其中以梁恭辰《劝戒录》、余治《得一录》在晚清流播最广。乾隆时期邵志琳编《戒淫文》引清初黄家舒之言,认为之所以要用果报之说戒淫,是因为王法有不到之处,清议和名节也会被人漠视,"惟有'报应'二字,庶几足以制之。"②这种意见,正好可以解释为何果报禁毁舆论流行的关键原因,因为编撰、传播、阅读小说戏曲多在私人空间里进行,要想监管私人空间,除了提高人的敬畏之心、道德之心之外,别无良策。这也是清代禁毁小说戏曲活动把果报作为"杀手锏"的根本原因。如此一来,以善书为载体、以果报为方法论的果报禁毁舆论遂层出不穷。并且,由于善书的主要内容相同,不同的善书相互模仿、摘抄,内容雷同、近似的果报禁毁舆论又反复出现在不同名目的善书之中,也增加了果报禁毁舆论流播的频率和广度。

(四)违禁小说戏曲的兴盛难止

清代小说数量空前,尤其是入清以后,被正统思想视为"诲淫"的艳情小说曾流行一时,"传世的清代艳情小说,约近六十种。其中明崇祯至清顺治时约十多种,康熙时近二十种。"③诸如笔涉淫秽的有《续金瓶梅》《肉蒲团》《灯草和尚》《浓情快史》《巫山艳史》《绣榻野史》《玉妃媚史》《桃花影》《灯月缘》《春灯迷史》等,加上坊间对前代艳情小说的暗地刊布,清代的所谓"淫书"之盛不让明代。如令官方恐惧的《水浒传》,"仍复家置一编,人怀一箧。"④戏曲方面,清代演剧繁盛,"十部传奇九相思",叙写男女之情的戏曲被官方和道德之士视为"淫戏"。花雅之争开始后,花部也被正统思想斥为"淫戏"。清代中期以后,剧场流行色情演出,言情剧目在乡间剧场搬演时,演员为迎合观众,"越演越往猥亵里变化",在城市戏园"都竞争着往猥

---

①《禁淫书原始》,《晚清报载小说戏曲禁毁史料汇编》(下),第 567 页。

②徐梓编注《劝学——文明的导向　戒淫——荒淫的警钟》,中央民族大学出版社 1996 年版,第278 页。

③张俊《清代小说史》,浙江古籍出版社 1997 年版,第 166 页。

④朱一玄、刘毓忱编《水浒传资料汇编》,南开大学出版社 2002 年版,第 328 页。

亵里演,一个比着一个粉。"①清代"诲淫诲盗"的小说戏曲编撰、传播形势严峻,加上自清初开始的思想文化保守趋势,关乎道德人心的小说戏曲的禁毁范围是愈禁愈广,数量也是愈禁愈多,令官方和道德之士扼腕浩叹之余,皆冀望于果报能遏制住违禁小说戏曲盛行这股歪风,"则必多引造作淫词及喜看淫书一切果报,使天下后世撰述小说者,皆知殷鉴,不致放言无忌。"②果报信仰充斥禁毁舆论,乃现实力量不足以遏制违禁小说戏曲蔓延的表征。果报具有威慑作用、道德导向和平衡心理三大功能。果报信仰认为,人无论独处还是群居、无论在明堂还是暗室,举念、出言、行事皆在上天监临之下,"祸福之报,各以类应。"③果报可以起到心灵威慑作用,促使小说戏曲的编撰者、传播者、观看者、点演者停止小说戏曲的编撰和传播活动,去恶从善。为了弥补现实中小说戏曲编撰和传播者并未遭受报应的缺憾,官方和道德之士还寄希望果报转移到小说戏曲编撰和传播者的灵魂、子孙和来世,既满足了心理平衡,也警醒违反者赶紧悬崖勒马。

总之,在果报信仰深厚的社会,通过宣传禁毁果报,官方和道德之士至少可以获得两个目的,一是惩恶以警策。二是扬善以效法。清代小说戏曲的兴盛,违禁小说戏曲屡禁不止,而创作、阅读小说戏曲属于私人行为,很难有效控制,道德之士只能编造了大量针对创作、阅读小说戏曲的果报,试图遏止违禁,力挽人心。

三、果报禁毁舆论对禁毁活动的浸染

作为官方和民间禁毁小说戏曲活动的主要理论武器,果报禁毁舆论渗入到有清一代禁毁观念、方法和活动的方方面面,尤其表现为它是观念性禁毁和常态化禁毁的重要思想基础。

(一)强化了观念性禁毁

清代小说戏曲禁毁活动可分为制度性禁毁和观念性禁毁两种方式。制度性禁毁(Institutional prohibition)又分为官方制度性禁毁和民间制度

---

①齐如山《齐如山回忆录》,宝文堂书店 1989 年版,第 119 页。
②王利器辑录《元明清三代禁毁小说戏曲史料(增订本)》,上海古籍出版社 1981 年版,第 194 页。
③(宋)李昌龄、郑清之等注《太上感应篇集释》,中央编译出版社 2016 年版,第 331 页。

性禁毁。官方制度性禁毁是以国家法律、谕令为指导开展的查禁活动,法律、谕令主要表现为《大清律例·刑律》《大清会典则例》《钦定吏部处分则例》《钦定台规》中有关查禁小说戏曲的则例、皇帝和各级官吏颁布的查禁小说戏曲的谕令、告示等。民间制度性禁毁是依据宗族、行会、善会善堂、自治团体等民间组织制定约章开展的查禁活动,约章主要表现为族规家训、乡规民约、学则章程等。观念性禁毁(Conceptual prohibition)是从思想认识上展开的查禁活动,即从思想上认为小说戏曲无益有害,应予以禁止编撰、传播和观看,刊本亦应销毁。观念性禁毁奖惩最重要的方式就是果报,即禁毁所谓的淫戏淫书得善报,反之,编撰、传播和观看所谓的淫戏淫书获恶报。为此,清代官方与道德之士编造了大量充斥果报的小说戏曲禁毁舆论,通过书刊或宣讲等方式广泛传播,其结果是无论官方还是民间,都有相当数量的人认为小说戏曲祸害无穷、参与查禁可积阴德获善报。例如,清代不少功过格将编撰、传播、观看小说戏曲纳入善恶考核内容,过格如"编撰一淫秽词说,百过。若以编撰射利,另论钱计过,出资刊刻者,计所费百钱一过,因而发卖取利,又计所得百钱一过。"[1]又如"习学吹弹歌唱,为一过。""看传奇小说,为五过。""看淫戏一次,为一过。""倡演者,五十过。"[2]"演淫戏一场,二十过。造淫书,千过。"[3]反过来积极禁毁则属于功格,"遇淫书屏不敢窥一功""毁一部淫书板三百功。"[4]果报信仰者认为,阴司所记功过,较上司所记功过,"效验更神。"[5]果报思想对观念性禁毁的强化主要表现为因害怕报应,不敢编撰、传播、观看小说戏曲,或编撰、传播、观看时心存顾忌,自我禁抑了涉嫌违禁的内容,甚者把小说戏曲当作善书,劝善教化。对此下文将有涉及,兹略。

(二)推动了常态化禁毁

表现在果报禁毁舆论和信仰把个人诉求与国家禁毁意志纽接起来。有清一代,官方把禁毁小说戏曲作为国家意志,著在法典。禁毁政策如何

---

[1]王利器辑录《元明清三代禁毁小说戏曲史料(增订本)》,上海古籍出版社1981年版,第252页。
[2]易木编著《野史秘闻》,延边人民出版社1993年版,第66—67页。
[3](清)彭定求编著《道藏辑要》(第10册),巴蜀书社1995年版,第40—41页。
[4]徐梓编注《劝学——文明的导向 戒淫——荒淫的警钟》,中央民族大学出版社1996年版,第291页。
[5]元周主编《政训实录》(第十一卷),中国戏剧出版社2001年版,第3825页。

落实？靠谁落实？不外乎官吏、士绅和百姓。由于禁毁淫书淫戏,属于善举,官吏、尤其是士绅和百姓往往不是直接执行国家的禁毁法令,而是通过参与查禁活动以实现个人诉求——行善积德,获得善报。这种现象在清代中后期禁毁活动中十分流行,特别是笃信科举报应的绅士阶层。同治《金溪县志》载,嘉庆年间金溪县监生姚应韶累世积善,应韶一日与其父乘舟去重庆,途遇川水暴涨,二人落水,应韶抱其父"逐浪数里,遇小艇获救。"应韶认为此乃天佑,"益行善以答天眷。"此后,应韶在重庆等地广行善事,"并买毁淫书版数十种。"①晚清笃信禁毁淫词小说得科举及第报者甚众,汪景纯、潘遵祁等即为其中代表。道光十七年(1837),汪景纯追随潘遵祁、潘曾绶等人,集资在苏州、金陵捐资收毁小说及板片,并禀官永禁,"淫词小说书板,为之一空。"潘遵祁于1843年中举,1845年进士及第;潘曾绶于1840年中举,其子潘祖荫于1852年探花及第;1853年,汪景纯长子朝棨中举、次子朝菜举秀才。汪景纯认为,潘氏昆仲、自己儿子科举有成,皆应验了禁毁淫书传奇之报,"仰见昭昭者微善必录焉。"②潘遵祁和潘曾绶等人之所以积极"奔走书肆,劝化购焚"淫词小说,行善积德得科举及第报的信仰起着重要作用。苏州彭氏、潘氏皆为吴中著名科举世家和积善之家,彭、潘两家起于师生,后来联姻,两个家族都信奉行善积德获科举果报,潘遵祁的从祖父、曾进士及第的潘奕藻(1744—1815)认为,彭定求喜刊善书行世,迄今科第连绵,"积累非一日也。"他教导子孙:"汝等既要读书,清晨须虔诵《感应篇》《阴骘文》。"③如此家教,相当程度上孕育了潘氏一门行善积德的果报信仰:"行善与积福密切相连的因果感应之理成了潘氏族人共同遵奉的信念,并切实融入到他们的日常行为中。"④积善求报已经化为潘氏家族的自觉行为,销毁淫书是潘氏家族的善举之一。上海城隍庙编辑有《潘公免灾救难宝卷》,于咸丰五年(1855)出版,假借潘曾沂(1792—1852)之口,劝告世人,买毁淫书、禁淫戏、禁摊簧花鼓是该宝卷内容之一。在潘氏家族积善求报信仰和行动践履中,时人也认为毁淫书获科举及第报是潘氏家族科第

①(清)程芳、郑浴等修纂《(同治)金溪县志》,同治九年刻本,卷二十七第十六页上。
②王利器辑录《元明清三代禁毁小说戏曲史料(增订本)》,上海古籍出版社1981年版,第398—399页。
③(清)潘遵祁等纂修《江苏苏州大阜潘氏支谱》,同治八年刻本,卷十九《志铭传述》第三十一页上。
④徐茂明《士绅的坚守与权变:清代苏州潘氏家族的家风与心态研究》,《史学月刊》2003年第10期。

不绝的要因。在果报信仰浓郁的社会,由于禁毁小说戏曲被视为大功德、大善举,一些人为行善积德而自觉参与禁毁,他们的内在动力并非执行国家禁令,但却与官方整顿风化、挽救人心的要求一致,正是从这个层面上讲,果报禁毁舆论和信仰推动了禁毁小说戏曲活动的民间化和常态化。

四、果报禁毁舆论对文本形态的渗透

在果报信仰弥漫的社会,果报禁毁舆论还深入小说戏曲作者、传播者的脑际,影响他们的思维,进而影响小说戏曲的文本形态。

(一)对教化主题的推动

果报是古代小说戏曲主题的超稳定模式,大多数古代小说戏曲以果报来揭示主旨、劝善惩恶,孙楷第言:"且藉小说以醒世诱俗,明善恶有报,天网恢恢,疏而不漏,则凡中国旧日小说,亦莫不自托于此。"[①]从创作心理上看,明清小说戏曲教化主题中果报思想的盛行,是小说戏曲教化功能的突出表现。如果从禁毁政策和禁毁舆论的背景着眼,则可见相当数量的情色小说戏曲是在用果报教化伪装成所谓的有补世教,一者可以规避查禁和舆论,遮掩淫词小说的污名,以便传播;二者可以疏解心理压力,毕竟宣淫既为伦理道德所不容,亦为果报所严惩,从而给出版者、编创者和接受者产生一种负罪感。果报惩戒对小说戏曲作者、传播者造成一定心理压力,束缚他们创作和传播的主动性,不乏例证。明末沈德符因害怕阎罗究诘、打下泥犁地狱,拒绝了冯梦龙和马仲良刊刻《金瓶梅》的请求[②],致使《金瓶梅》出版行世延宕多年。晚清小说家江阴香说他不想把妓女姘戏子的猥亵情节写得太细,是不想让小说"变成一部淫书,即使年轻的欢喜看他,岂不自己伤了阴骘吗?"[③]换言之,江阴香出于阴骘考虑,自我禁抑了淫秽描写。果报禁毁舆论对作者造成心理压力在文本上的印迹,突出地表现在小说戏曲结尾处生硬接上果报,曲终奏雅。所谓"结尾处生硬接上果报",即在结局生硬嫁接果报劝惩,与前文情节叙事及人物性格发展并无内在的逻辑联

---

①许建平选编《二十世纪中国文学史论文精粹·小说戏曲卷》,河北教育出版社 2000 年版,第 108 页。
②(明)沈德符著,侯会选注《万历野获编》,北京燕山出版社 1998 年版,第 105—106 页。
③梦花馆主江阴香撰《九尾狐》,百花洲文艺出版社 1991 年版,第 76—77 页。

系。《杏花天》主人公封悦生放纵色欲、渔猎女色，结局仅因师兄"若仍前淫媾，不知回头，则永堕地狱不超"的劝戒，则幡然悔悟，终得善果。果报思想强调有因必有果，但《杏花天》作者并未在小说中为封悦生终得善果叙述出哪怕一点儿的"因"来，结尾处所谓的劝惩不过虚张其辞，纯属生硬嫁接。《绣屏缘》作者云："男女之际，人之大欲存焉。如今做小说的，不过说些淫污之事，后来便说一个报应。欲藉此一段话文，警戒庸俗。"①这正是"结尾处生硬接上果报"模式操觚者的夫子自道。在结尾生硬嫁接果报是明清艳情小说中流行模式，他如《浪史》《绣榻野史》的果报结尾，亦作如是观。明清不少艳情小说常在结尾处生硬嫁接果报，有作者或出版者"为艳情小说在大众文化中赢得一席之地"②的考虑，但也应该看到，在编撰淫词小说获恶报舆论流行的社会，结尾"生硬嫁接果报"还是作者对"编写淫词小说获恶报"畏惧心理的产物。毕竟，通过曲终奏雅、嫁接果报，淫词小说似乎就强行拉回了教化劝惩的正途，这样"风流写尽，可称淫"之小说，即可"以明报应，警戒后人。"③作者畏惧报应的心理压力和负罪感也就有所释然。

　　伴随果报禁毁观念的流行，晚清还出现了一批宣传禁毁观念的戏剧和小说，它们宣传的是点演淫戏、阅读淫书得恶报等果报禁毁观念，反之则获善报。余治《风流鉴》以惩诲淫为主旨，该剧叙唐克昌性喜风流，好阅《金瓶梅》和点演淫戏，"小说唱本案头摆。"周文彩的蒙师陈柳亭"淫词艳曲常吟咏""《西厢》《红楼》当秘本"，周文彩耳闻目染，"少年早已动了心。"一日，唐克昌之女月娥观看其父所点淫戏，春心萌动，遂与周文彩私奔，经官判罚，闹出家丑。余治编创该剧之目的是劝诫师长勿点演淫戏、不收藏和阅读淫书，否则"害人自害眼前报，出乖露丑误儿曹。"④即以收藏和阅读淫书、点演淫戏获子女淫侠和家门多丑声的报应来劝戒诲淫。《跻春台》为清代最后一部话本小说集，所收四十篇小说皆以果报劝人。其中，《万花村》宣传妇女不要看戏观灯，《比目鱼》包含以不做优伶、不蓄养优伶为劝导。《万花村》开篇诗云"从来冶容将诲淫，何必看戏观灯。"小说叙封可亭之妻林氏因看戏，被好色的豪强单武遇见，单武遂谋夺林氏，将封可亭害得家破人亡。

①（清）雪樵主人编著《双凤奇缘》，大众文艺出版社1998年版，第574页。
②李明军《明清艳情小说因果报应观念中的性别伦理》，《唐山师范学院学报》2007年第6期。
③《杏花天·结尾评语》，东京大学东洋文化研究所藏双红堂文库全文影像资料库《杏花天》抄本。
④（清）余治《风流鉴》一卷，待鹤斋郑氏捐刻本，第八页上。

小说以善恶各有所报结束，"人巧于机谋，天巧于报应。"作者将封家肇祸之由归于林氏看戏："（林氏）只因错想看戏，惹下祸端，几乎害了丈夫。"①《万花村》的主旨之一就是以果报劝诫妇女勿观灯看戏。《比目鱼》的主人公刘藐姑被舅爷卖入戏班、学习唱戏，但藐姑誓死不甘下贱，坚守贞节，最终被皇帝封为节烈一品夫人。财主杨克明家富贪淫，逼娶藐姑，蓄养戏班，迷恋女旦颜本家，并将戏班接到家中演出，"那些戏子见他姬妾、女儿美貌轻狂，唱些淫戏引动春心，暗中遂成苟合。"最终杨克明因争抢女旦，闹出人命，家产荡尽，妻妾零落，本人沦为强盗，死于刑戮。《比目鱼》在歌颂忠孝节义的主题下，也在宣传果报禁毁观念，诸如刘藐姑不甘居贱为优终享富贵；何志雄、毛本家夫妇逼人为优，压良为贱，卒致人财两空，死于非命；杨克明不得善终则肇始于看戏好色、迷恋女旦和蓄养戏班。这篇声称"于以知天之报施于人，固无丝毫之或爽也"②的小说，包含了不为倡优贱业获善报、蓄养戏班家门率多丑声、观演淫词艳曲妻女偿债之报等常见的果报禁毁观念。宣传果报禁毁观念的文言笔记小说数量更多，如上文所引扬州附生王某毁淫书获意外之财、宿松巨绅蓄养家班妻女淫佚等皆是。兹更举一例，陆长春《香饮楼宾谈·严笛舟回生》记载这样一个故事：1854 年，严笛舟大病之时，恍惚入冥，在冥府见到自己的功过格，又看到自己胸前有两行大字："看淫书一遍，记大过十次。"昏迷中的严笛舟急呼家人将《红楼梦》《贪欢报》等书焚化。冥府中的笛舟再看自己胸前字迹已经消失。笛舟又见到已位列仙班的母亲，她劝导笛舟戒杀生、毁淫书、劝人毁淫书等，"谆谆数千言，不外《阴骘文》、《感应篇》中语。"③这篇小说的主旨简单明了：收藏、阅读淫词小说会在冥府受罚，而改过迁善，或参与禁毁则可修德免祸，这是一篇典型的以地狱判罚宣扬禁毁舆论的小说。

（二）对情色描绘的解压

如上文言，在普遍信仰果报的社会，果报禁毁舆论或多或少会给小说戏曲编创者、传播者带来一定的心理压力。如果逆向思维，在小说戏曲中嫁接上果报，拉起教化的大旗，岂不就能一定程度上疏解编创者、传播者因

①（清）刘省三著，张庆善整理《跻春台》，百花文艺出版社 1988 年版，第 246 页。
②（清）刘省三著，张庆善整理《跻春台》，百花文艺出版社 1988 年版，第 378 页。
③陆林主编，钱兴奇选注《清代笔记小说类编·神鬼卷》，黄山书社 1994 年版，第 366 页。

编写和传播淫秽而产生的心理压力？按照恶有恶报理论，为恶大者其报应亦酷，这为夸大其词、铺陈性事的露骨描写提供了借口，为了彰显报应酷烈，首先要显露地描写淫情淫态，这就是以淫止淫、借淫说法。《肉蒲团》的作者认为，如果不刻画出未央生与众女子之奇淫，则"不足起下回之惨报"，"看到玉香独擅奇淫，替丈夫还债处，始觉此前数回不妨形容太过耳。"①于是，果报禁毁舆论给明清小说戏曲编撰和传播带来一定的负面、消极影响，令果报禁毁舆论的制造者和宣传者始料不及的是，不少张扬两性描写的作品正是打着果报的幌子，以色情谈因果，果报成为作者以淫止淫的合理借口和心灵舒缓剂。此方面，《绣榻野史》的作者吕天成已启其端。《绣榻野史》为明末著名淫书，"如老淫土娟，见之欲呕。"②小说结尾却说：

> 或曰："麻、金、赵固畜道也，而传之者，不免口舌之报，则奈何？"方束又曰："其事非诬，其人则托警世戒俗，何关罪恶！"③

"麻、金、赵"分别是小说中枉顾人伦、备极淫乱的麻氏、姚同心之妻金氏、麻氏之子赵大里。撰写、传播淫词秽语获口舌之报，这是明清社会的一般认识，据言《西楼记》的作者袁于令就获口舌之报"自嚼其舌，片片而堕。"④上引某人与方束的对话，实际上既是作者铺陈性事、以淫止淫的自辩，也是作者内心畏惧果报的自我疏解——用贪淫者或幡然悔悟或获得惨报作为劝戒，淫词秽语被抬至社会教化的高度，就与宣淫和恶报无关了，作者的畏惧心理也就有了些许宽慰。《姑妄言》是一部典型的写淫描秽、宣扬果报的小说，评点者林钝翁初读时，见其中夹杂许多淫秽描写，"不胜骇异"，认为都是不经之语，"复细阅之"，当明白作者是在以淫说法之后，不但欣然接受，而且赞誉有加，"以淫为报应，具一片婆心，借种种诸事以说法耳。"⑤换言之，正是果报主旨舒缓了夸张性描写带来的心理压力。有学者说：

> 然而，在"万恶淫为首"的舆论压力下，便信手捡起"国粹"——果报思想，当作遮盖布。也许就是这种缘故形成了中国小说性描写的

①（清）李渔著《肉蒲团》，春风文艺出版社 2000 年版，第 133 页。
②黄霖、韩同文选注《中国历代小说论著选》（上册），江西人民出版社 1985 年版，第 234 页。
③（明）情颠主人《绣榻野史》，中州古籍出版社 1993 年版，第 230 页。
④王利器辑录《元明清三代禁毁小说戏曲史料（增订本）》，上海古籍出版社 1981 年版，第 380 页。
⑤（清）曹去晶《姑妄言》，中国戏剧出版社 2000 年版，第 1005 页。

"传统",描写性无往而非色情狂,倘无色情狂即无性描写,既要描写性就要顶一块果报思想的大招牌。[1]

这种认识很有道理,因为通观今天仍被禁止在中国大陆公开全本出版的数十部明清色情小说,除少数一二部外,几乎都有一个果报戒淫的幌子,这些小说的常见模式可以概括为:露骨的性描写＋果报的结尾。弗洛伊德说,违禁行为所导致的某些危险可以通过赎罪(Atonement)和净化(Purification)行为而消除[2]。明清艳情小说多以果报结尾,一定程度上是作者试图净化文本以自我赎罪的显现,不少小说性描写的夸张露骨以及剧场中的色情表演,果报禁毁舆论也起到一定的推动之功,这对于果报禁毁舆论的制造者和提倡者而言,真不啻为一大反讽。需要说明的是,"露骨的性描写＋果报的结尾"并非都是作者畏惧果报禁毁舆论自我禁抑的结果,其余伦理道德、国家法令、强调劝惩为艳情小说赢得一席之地等对作者自我禁抑的影响也不容忽视,只是这些因素在作者头脑中孰多孰少,实难臆测。

(三)副文本的强辩遮掩

果报禁毁舆论除了对明清小说戏曲文本的主题、内容、叙事模式产生一定作用外,还对小说戏曲的副文本有所影响。所谓副文本,"指围绕在作品文本周围的元素:标题、副标题、序、跋、题词、插图、图画、封面。"[3]果报禁毁舆论对小说戏曲副文本的影响主要表现在标题、序跋和凡例上。既然小说文本进行处理可以舒缓作者和传播者的部分畏惧心理,那么用类似的思路拟定标题和撰写序跋,把所谓的淫书淫戏拉回教化的正道上来,不也能纾解畏惧心理吗?其一,以"镜""鉴""醒""报"之类警戒教化的字眼给违禁的小说戏曲重新命名。如《金瓶梅》改名《多妻鉴》、《倭袍传》改名《果报录》、《杀子报》改名《第一报》《孽冤报》《报仍还报》《怨还报》《孽缘报》《善恶报》、《瞎子捉奸》改名《眼前报》等。其二,在违禁小说戏曲的序跋和凡例里大谈该小说戏曲教化淑世的特色和功效。如《新编风流和尚》的卷首序:"其中善恶相报,丝毫不紊,足令人晨钟惊醒,暮鼓唤回,亦好善之一端

---

①韩进廉《淫书界说》,中国广播电视出版社 1992 年版,第 260 页。

②[奥]西格蒙德·弗洛伊德著,赵立玮译《图腾与禁忌》,上海人民出版社 2005 年版,第 30 页。

③[法]弗兰克·埃夫拉尔著,谈佳译《杂闻与文学》,天津人民出版社 2003 年版,第 51 页。

云。"①以往研究者把造成这两种现象的原因一般归于作者或书贾规避禁毁的狡狯之举。笔者认为这两种现象的形成与作者或书贾纾解果报压力的初衷也不无关系。另外,王实甫、罗贯中、施耐庵、汤显祖、金圣叹、李渔、曹雪芹及其子孙等反复遭受报应的舆论,也教育了许多小说戏曲作者和批评者在副文本上署上别号或伪托他人,"那些有先见之明的作者反逃脱了报应的罗网。"②由此相当程度上形成了清代小说戏曲作者和批评者"不识庐山真面目"的现象。

整体上看,清代色情小说戏曲的数量远多于明代,值得注意的是,"清代色情小说中说教文字之多和观念之正统也同样比明代有过之而无不及",一般认为这"当然与清代社会风气的变化和官府经常性的'禁毁淫书'活动有密切的关系。"③这种认识符合事实。但是,我们还要看到,官禁之外,弥漫于清代社会的果报禁毁舆论对小说戏曲教化主题、色情小说戏曲流行和副文本也影响深刻。果报禁毁观念与清代小说戏曲禁毁的关系如同一把双刃剑,一方面,它逼迫作者对色情描写进行自我禁抑,导致情色描绘减少;另一方面,它又成为作者宣淫之后的舒缓剂,导致情色描绘增加。

清代官方和道德之士把果报作为禁毁小说戏曲的主要舆论武器,虽然促进了禁毁活动的常态化和民间化,但局限亦较明显,主要表现有三:其一,果报信仰难以普遍内化。果报作为一种信仰和舆论引导方式,要在日常生活中起作用,必须内化为个体的信仰自觉。但现实中,"为善的受贫穷更命短,造恶的享富贵又寿延"者比比皆是,果报并不能如影随形。果报未必爽令许多果报倡导者不胜茫然,清人觉罗·乌尔通阿云:"今人亦知忠良是好事,而到底不肯力为者,只因看得果报虚无,鬼神渺茫耳。"④作为软约束,对违禁者而言,果报禁毁舆论缺乏的是强制约束力,不少编撰和传播者对果报之说多漠然置之,"缘只知惟利是图,而一切报应之说皆不暇顾及故也。"⑤当缥缈的果报与实利发生冲突时,许多人还是会毅然选择后者。其二,概念化说教令人生厌。虽然果报是清代上自达官显贵、下至市井细民

---

①侯忠义主编《明代小说辑刊第一辑》,巴蜀书社 1993 年版,第 933 页。
②康正果《重审风月鉴:性与中国古典文学》,辽宁教育出版社 1998 年版,第 277 页。
③吴存存《晚明色情小说中说教内容之嬗变及其特征》,《明清小说研究》1998 年第 4 期。
④元周主编《政训实录》(第十一卷),中国戏剧出版社 2001 年版,第 3810 页。
⑤《论淫书翻刻之盛》,《晚清报载小说戏曲禁毁史料汇编》(下),第 604 页。

的普遍信仰，但由于果报的教条化、类型化，实质接受情况并不乐观，"虽小说中原有寓意因果报应者，但因果报应，人多略而不看，将信将疑。"①且报应一般在后部分，不但人多不阅读，即便读了，也印象不深，收效甚微："凡淫书，亦有后半言报应者。然人只喜看前半，看到后半，其心已如奔马，岂惧报应之说？"②绝大多数戏曲也都有个报应不爽的结尾，观众对果报结尾并不感冒："各戏馆近来所演淫戏往往至收场而大彰果报，未尝不触目警心，而观者则不观其后之果报，但神往于当场之浪态淫声，不啻睹隋宫秘戏。"③戏班和优伶为适应演出实际和迎合观众喜好，"演全本者少，而节取者多。"④果报劝惩的结尾因教化生硬、情节拖沓，常被略而不演，如《杀子报》"往往仅演杀子而不演报，锣鼓一煞，便尔收场焉。盖以后折袍带登场，索然无味，不及前折关目紧凑，易于揣摩尽致，体贴入微。"⑤直至民国，该剧"往往单演至杀儿为止。"⑥结果是《珍珠衫》《杀子报》等剧，"仅睹其因，未见其果，于是戏本且作导淫之媒介物矣。"⑦清代中后期淫戏流行、违禁小说翻印兴盛，相当程度上说明果报禁毁观念的普遍内化是非常艰难的。

其三，反迷信思潮抵消果报信仰。晚清以降，伴随反迷信和倡科学思潮的兴起，禁毁类果报信仰渐渐弱化，到了民初，"方今之世，此说消亡，于是秽乱之著，多所刊布。"⑧如果说果报禁毁舆论的作用完全消亡不免夸大，但说其作用不断弱化则符合实际。尽管如此，本章的探讨表明，果报禁毁舆论和信仰对晚清小说戏曲禁毁活动产生了深刻的影响，它强化了观念性禁毁，既是大多数禁毁舆论的理论灵魂，也是禁毁小说戏曲活动民间化和常态化的推手。并且，它还波及到小说戏曲编撰者、传播者的内心世界，进而对文本形态产生影响。只是，那些被果报禁毁舆论所影响的自我禁抑或宣淫之后的纾解，犹如"雪泥鸿爪"，其蛛丝马迹存在于小说戏曲的文本当中，更多更丰富的内容有待于我们研读时仔细地发现和评味。

---

① （清）陈宏谋辑《五种遗规》，线装书局 2015 年版，第 274 页。
② 楼含松主编《中国历代家训集成》（10），浙江古籍出版社 2017 年版，第 5757 页。
③《菊径新论》，《申报》1886 年 11 月 6 日，第 1 版。
④ 懒听丝竹人《荒诞戏宜禁·附识》，《晚清报载小说戏曲禁毁史料汇编》（下），第 694 页。
⑤《论丹桂茶园重演〈杀子报〉之违禁》，《晚清报载小说戏曲禁毁史料汇编》（下），第 625 页。
⑥《戏考大全》（5），上海书店出版社 1990 年版，第 240 页。
⑦ 冠吾《梨园杂记》，《小说新报》第 5 期（1915 年），第 5 页。
⑧ 黄霖编著《历代小说话》（八），凤凰出版社 2018 年版，第 3140 页。

第十六章　晚清小说创作中的自我禁抑现象

　　自我禁抑或自我压抑是清史研究者提及的一个概念,多指清代作者在文字狱的压力下避而不写或避而不刊现象①。自我禁抑现象给禁毁小说戏曲研究至少两点启示:其一,探讨禁制时,不能仅从官方禁毁政策入手,还要从作者、出版商、读者等层面着眼,才能看到权力渗入写作、出版、接受过程中的毛细管作用;其二,禁毁小说作为有清一代的政策,会不同程度地影响到小说作者和编刊者,他们可能发生自我禁抑现象。陈才训等学者曾注意到小说作者的自我禁抑现象,但他们关注时间段主要是清代前中期,关注重点是官方禁毁政策对作者、出版者造成的压制②,较少注意到民间禁毁舆论形成的压力。禁毁小说政策是官方为实现查禁小说,以权威方式规定的查禁原因、方式、步骤和措施,主要表现为禁毁法令、禁毁单目、禁毁刑罚。禁毁舆论是诋毁和呼吁查禁小说戏曲的言论意见,主要包括鄙视抨击小说戏曲的意见、呼吁查禁的言论以及编创、传播、观看获恶报的舆论等。从舆论权力来源上看,禁毁舆论可分为官方舆论和民间舆论。晚清是中国传统社会之末世,禁毁舆论的累积和传播达到了传统社会的巅峰,它们通过宣讲、善书、报刊等载体,四处播扬。禁毁政策之外,作者还面临禁毁舆论的压力,诸如预想文本传播之后会招致社会批评,担忧本人、家人或子孙遭受恶报,这些因素也潜在地影响着作者的创作心态,进而发生自我禁抑现象。造成小说创作中的自我禁抑现象原因复杂,禁毁小说政策、禁毁舆论、作家修养、创作目的、审美追求等因素都会导致自我禁抑,而且这些因素常常纠缠一起,从深层次反映了小说家创作的心路历程。通观晚清小说,作者在创作中自觉遏止诲淫和迷信的现象十分普遍,本章拟探讨晚清小说家自我禁抑诲淫和迷信这种文学现象的表现方式及其成因,分析禁毁小说活动、禁毁舆论、作家创作目的等因素在晚清小说创作中规律性的

①王汎森《权力的毛细管作用:清代的思想、学术与心态(修订版)》,北京大学出版社 2015 年版,第
　379 页。
②陈才训《论清代文字狱对小说文本形态的影响》,《求是学刊》2017 年第 4 期。

隐蔽呈现,以深入了解晚清小说创作与晚清社会风气之间的互动关系。

一、对色情描写的自我禁抑

清代禁毁小说的法律制度发端于顺治朝、确立于康熙朝、严厉于文字狱运动兴盛的乾隆朝,在此背景下,清代前中期的小说戏曲创作中的自我禁抑现象数见不鲜。例如,由于清初推崇程朱理学、实行较严厉的禁毁小说等文化政策,晚明至清初将男女私情,"敷为才子佳人"[①]小说的潮流在康熙年间发生转向,"过去文坛的艳情风气一时之间急剧收敛,一大批不涉淫滥的正宗才子佳人小说在这种现实土壤上应运而生。"[②]清代才子佳人小说的这种转向,一定程度上就是作者在禁毁语境下,以礼规情、自我禁抑创作心理的表现。清代前中期,禁毁活动的主要推动者是皇帝,据统计,清代皇帝共颁发禁毁小说谕旨 24 次,其中 18 次集中在康雍乾嘉四朝,占75.5%;又以乾隆时期为最多,计 8 次。晚清推动禁毁活动的主要是地方官和士绅,这种权势转移,也造成了禁毁原因侧重的转移,即地方官和士绅更多的是从教化角度发起禁毁,而不是从种族意识、民族情感等政治因素着眼。循此,诲淫成为晚清禁毁小说的首要原因,禁毁舆论指责最多的是所谓的淫书淫戏。

晚清内忧外患,文网渐弛,官方对社会以及思想的控制力逐渐减弱,小说出版与传播在近代出版技术和报刊媒介等物质技术的推动下日渐兴盛。晚清城市经济畸形繁荣,色情业异常发达,租界成为清政府权力不易触及的"飞地"。但纵观晚清小说创作,并未出现多少露骨的色情描写,晚清历次禁毁小说单目上开列的诲淫小说基本创作于晚清之前,1993 年 5 月 20日,国家新闻出版总署出台《关于部分古旧小说出版的管理规定》,所管制出版的 50 种古旧小说[③],没有一部创作于晚清。说明尽管晚清具备比前代更容易产生色情小说的时势、地域和出版条件,但晚清小说家似乎有拒绝创作色情小说的集体意识,这种文学现象引人深思。以下我们以晚清最易出现色情描写的两大小说类型——狭邪小说和社会言情小说着手,分析晚

---

① 王利器辑录《元明清三代禁毁小说戏曲史料(增订本)》,上海古籍出版社 1981 年版,第 234 页。
② 宋子俊主编《中国古代小说戏剧研究丛刊》(第 5 辑),甘肃教育出版社 2008 年版,第 31 页。
③ 法律出版社法规中心编《中华人民共和国传媒法典》,法律出版社 2008 年版,第 217 页。

清小说家拒绝色情描写的表现及原因。

(一)狭邪小说作家淡化性描写的方式和原因

据常理,晚清各类小说中最易涉及露骨性描写的当属狭邪小说,此类小说以青楼娼妓或优伶为主要叙写对象,作品众多,如《风月梦》《花月痕》《青楼梦》《海上花列传》《海上繁华梦》《九尾龟》《海天雪鸿记》《嫖赌现形记》《最近女界现形记》《女界乱污记》《海上风流现形记》《女子骗术奇谈》《最近嫖界秘密史》《猾头吊膀子》等。狭邪小说的作者邗上蒙人、魏秀仁、俞达、韩邦庆、孙家振、张春帆等皆为冶游老手,情色体验丰富,如邗上蒙人,"常恋烟花场中,几陷迷魂阵里。"①孙家振:"情场历劫,垂二十年,个中况味,一一备尝。"②但通观这些小说,说它们格调不高、趣味庸俗或有之,但指责它们包含露骨性描写或较多性描写,则不符实。狭邪小说性描写的总体特点是不事铺排,处理方式可分为避而不写和简洁含蓄两种。

1.避而不写。即描写男女情爱及至叙及性事时,不作描绘,或就此中止,或转叙他事。《海上繁华梦》倍写妓女和恩客相互提防、算计之能事,小说不涉及淫秽描写,叙及妓女与恩客同宿,都是简单一笔带过,如第八回,杜少牧在妓女楚云处留宿,只有一句:"少牧这夜竟又没有回去。"③第十三回,楚云设计让少牧放弃回家念头,并留他同宿,也仅一句:"楚云见少牧主意已定,瞧瞧自鸣钟,不知不觉已三点半了,把牙牌与牌课书收拾停当,笑微微与少牧登床睡觉。"④孙家振用一笔带过的方式描写妓女和恩客共度良宵,显然是无意叙写妓家的床笫风情。《九尾狐》以晚清沪上妓女胡宝玉一生经历为题材,小说充满性欲描写,据统计,小说叙写与胡宝玉直接发生性关系的男性有19位,性描写亦有十多处。但作者江阴香明确拒绝用暴露、挑逗的性描写来取悦读者。他对性欲描写采取自我禁抑态度。第十六回,胡宝玉观看赛马,遇见阔别已久的郭绥之,遂携其归家以填夜来欲壑,"宝玉同绥之吃毕,各自宽衣解带,同上牙床。不必细表。"⑤作者就此打

---

①(清)邗上蒙人《风月梦·序》,见邗上蒙人著,刘明今点校《风月梦》,山西人民出版社1993年版。
②古皖拜颠生《〈海上繁华梦〉新书初集序》,见孙家振《海上繁华梦》,百花洲文艺出版社2011年版。
③孙家振《海上繁华梦》,百花洲文艺出版社2011年版,第57页。
④孙家振《海上繁华梦》,百花洲文艺出版社2011年版,第97页。
⑤(清)评花主人著,古生校点《九尾狐》,百花文艺出版社2002年版,第133页。

住,认为没有必要予以详写。

2.简洁含蓄。使用云雨、于飞、蓝桥、刘郎、檀奴等意象含蓄地叙写性事,或一笔带过,或用韵语。《风月梦》以扬州嫖客妓女生涯为题材,是晚清较早的狭邪小说,性描写都是不事渲染,除了"那被窝里事不消细说"这种避而不写的方式之外,大多采用"覆雨翻云""云收雨散"等意象一笔带过①。《九尾龟》亦然,第四回,章秋谷与金月兰同宿:"这一夜,翠倚红偎,香温玉软,颠狂凤女,春迷洞口之云,前度刘郎,夜捣蓝桥之杵,直到明日午间方起。"②采用的就是以意象叙写性描写的方式,刘郎、蓝桥等意象的使用,避免了性描写的直露,增加含蓄蕴藉之美。《九尾狐》也承袭了这种含蓄的性描写方式,第十七回,胡宝玉妍戏子十三旦:"(宝玉与十三旦)少停鸳鸯作对,蝴蝶成双,已遂于飞之愿,得联并蒂之欢。"③于飞、并蒂等意象都是描写情爱欢娱的含蓄意象。其余像《青楼梦》等,也是以简洁含蓄的方式处理数量可观的性描写。要之,狭邪小说虽以娼妓嫖客为主要题材,但性描写普遍表现出克制、收敛的特点。归纳其原因,主要有三:

其一,露骨的性描写违背了醒世的创作目的。狭邪小说作者言及创作目的时,皆众口一词地宣称用小说劝戒世人。晚清实写妓家的狭邪小说始于《风月梦》,作者邗上蒙人宣称创作该小说是为了"警愚醒世""留戒余后人。"④韩邦庆说《海上花列传》:"此书为劝戒而作。"⑤孙家振说《海上繁华梦》这部小说是为"警醒世人痴梦。"⑥张春帆也说《九尾龟》的宗旨是"一半原是寓言醒世""处处都隐寓着劝惩的意思。"⑦《九尾狐》作者江阴香云:"如今在下编成这部书,特地欲唤醒世人,要人惊心夺目。"⑧不一而足。所有的狭邪小说都抱着醒世这个高尚宗旨,他们虽以妓女嫖客为题材,但不屑以色情媚人。韩邦庆为《海上花列传》所作广告云:"盖作者将生平所见所闻现身说法,搬演成书,以为冶游者戒,故绝无半个淫亵秽污字样。"⑨就

①(清)邗上蒙人著,刘明今点校《风月梦》,山西人民出版社1993年版,第10、100、119页。

②(清)漱六山房《九尾龟》,百花洲文艺出版社2011年版,第23页。

③(清)评花主人著,古生校点《九尾狐》,百花文艺出版社2002年版,第148页。

④(清)邗上蒙人《风月梦自序》,见邗上蒙人著,刘明今点校《风月梦》,山西人民出版社1993年版。

⑤(清)韩邦庆《海上花列传·例言》,见《海上花列传》,百花洲文艺出版社2011年版。

⑥孙家振《海上繁华梦·自序》,见《海上繁华梦》,百花洲文艺出版社2011年版。

⑦漱六山房《九尾龟》,百花洲文艺出版社2011年版,第175页。

⑧(清)评花主人著,古生校点《九尾狐》,百花文艺出版社2002年版,第2页。

⑨大一山人《海上奇书告白》,《申报》1892年2月4日,第6版。

是声称他的小说决不流入诲淫嫌疑。江阴香说《九尾狐》:"不过为醒世起见。借宝玉以警嫖,使失足花丛者及早猛醒,免得沉沦孽海之中。"①"特地欲唤醒世人,要人惊心夺目,故标其名曰《九尾狐》。"②所以不能笔涉淫秽,如果把小说写成"劝嫖之秘本、花径之指南",则有负创作初心③。劝世警世的创作宗旨,促使狭邪小说作家自觉禁抑了直露的性描写。

其二,露骨的性描写会有违禁令、招致查禁或批评。诲淫是晚清官方和民间舆论指责小说的主要罪名,狭邪小说作家与出版界、报界大多关系密切,对频繁的查禁活动和纷纭的禁毁舆论都有所知晓,这也相当程度上促使他们对性描写予以禁抑。晚清禁毁小说运动频繁,狭邪小说作家对禁毁风潮基本能有所感受,例如《风月梦》成书于1848年,此前的1838年、1844年,江浙官方都发起了大规模禁毁运动,如果说作为扬州人的邗上蒙人能够感受当时的禁毁风潮,当非虚言;为连载《海上花列传》,1892年初韩邦庆创办《海上奇书》,在此之前的1890年5月,江苏布政使黄彭年开单发起大规模查禁淫词小说运动,上海租界会审谳员蔡汇沧等也奉札出示严禁。韩邦庆供职的申报馆也积极参与了此次查禁运动,不仅连续刊登了各级官员所颁禁令,而且还刊载《书黄方伯〈禁止淫书小说示〉后》(1890年7月11日)、《防淫扼要说》(1890年8月9日)、《杜淫篇》(1891年4月8日)等舆论,呼吁严禁。就在韩邦庆创办《海上奇书》的1892年2月前后,上海租界、上海县还在查禁淫书小说,《申报》刊载的相关报道有《请禁淫书》(1892年1月24日),《字林沪报》刊载的相关报道有《查案申禁》(1892年3月19日)。这是韩邦庆创作、连载《海上花列传》时的文化规制背景。明乎此,我们不难理解为何韩邦庆为《海上花列传》所作广告中说该小说"以为冶游者戒,故绝无半个淫亵秽污字样。"④这种声明不涉嫌淫秽,实际上是对当时官方禁令和舆论的一种规避性回应,这也是当时的戏园广告和书局的小说广告经常采用的方式;《海上繁华梦》开始报刊连载的1898年,是清末上海地区查禁小说活动最频繁的时期。据统计,1890—1901年,上海县和上海租界官员颁发小说禁令16批次,判罚小说案件12件,所有这些禁

---

① (清)评花主人著,古生校点《九尾狐》,百花文艺出版社2002年版,第306页。
② (清)评花主人著,古生校点《九尾狐》,百花文艺出版社2002年版,第2页。
③ (清)评花主人著,古生校点《九尾狐》,百花文艺出版社2002年版,第306页。
④ 大一山人《海上奇书告白》,《申报》1892年2月4日,第6页。

令和案件直指一个目标——禁止海淫小说,其时孙家振正在上海报界供事,也能感受到这些查禁风气。晚清频繁的禁毁小说活动从禁令到舆论给狭邪小说作家造成了一定程度的自我禁抑。《九尾狐》第十回,黛玉与月山"春风一度,同上阳台",江阴香认为,此等龌龊之事,不必细表,污染笔墨,让好端端的一部小说成为淫书,"有干禁令,故我把这段情节略表几句,就算交待了。"可见,官方禁令是江阴香禁抑性描写的原因之一。江阴香还认为,性描写如果细加描摹,将"有关风化,势必受人指摘。"①即因担忧舆论批评,也促使他禁抑了性描写。

不仅如此,一些狭邪小说作者还借小说文本明确表达对淫词小说的反对和对禁毁政策的支持。《风月梦》是模仿《红楼梦》之作,《风月梦》第一回,邗上蒙人对才子佳人、千部一腔的小说传奇提出批评,认为那些描写"不是公子偷情,就是小姐养汉,丫环勾引,私定终身"的艳曲淫词,"最易坏人心术,殊于世道大为有损。"②尽管这段议论是对曹雪芹反对"淫邀艳约"意见的沿袭,但说明邗上蒙人对私定终身、越伦悖礼的描写持反对态度。《九尾狐》第二十三回开头有一段大谈"淫书之害"的文字,其中还举了一位富家子弟阅读《西厢记》患痨病和一个人阅读《红楼梦》临终大叫黛玉的两则传闻,然后说:"《西厢记》、《红楼梦》两部书尚且看不得,而况《金瓶梅》、《觉后传》、《杏花天》等各书,岂可入少年之目? 宜乎在上者悬为历禁,好善者劈版焚书,以免贻害世人。"③说明江阴香对官方和善士禁毁淫书活动是赞成和支持的,他熟知禁毁政策和舆论,甚至借小说文本宣传支持禁毁活动。

其三,露骨的性描写会有损阴德获恶报。果报曾是中国人的基本信仰,属于"中国社会中根深蒂固的一种准宗教观念。"④清代中后期,果报禁毁舆论在社会上十分流行,所谓果报禁毁舆论,即认为创作、出版、阅读淫书和点演淫戏,本人、家人和后代获恶报的观念和舆论。如"作淫词小说之人,俱有非常恶报,历历不爽。"⑤果报禁毁舆论会警策信仰果报的作家在创作中自觉禁抑诲淫,以免有损阴德。因果报应既是《海上四大金刚奇书》

---

①(清)评花主人著,古生校点《九尾狐》,百花文艺出版社 2002 年版,第 76 页。
②(清)邗上蒙人著,刘明今点校《风月梦》,山西人民出版社 1993 年版,第 10 页。
③(清)评花主人著,古生校点《九尾狐》,百花文艺出版社 2002 年版,第 209 页。
④葛剑雄《中国人为什么会有"因果报应"观念》,《北京日报》2010 年 2 月 1 日,第 20 版。
⑤(清)石成金编著《传家宝全集》(3),线装书局 2008 年版,第 3 页。

的主题:"因而暗暗想起天理循环,报应不爽的缘故,所以撰出了这海上四大金刚奇书一部。"①也是该小说叙事建构的基础:"起伏线索之中,暗隐报施因果之理。"②该小说尽管多次被官方列入禁单,但其中性描写甚少,仅有的个别性描写也是"玉茎无踪,桃源已辟"③这样含蓄简洁的表达,更无铺陈露骨之处,以妓女为题材是其遭到禁毁的根本原因。作者抽丝主人在小说第一回议论道:"却说评话家每每捕风捉影造些空中楼阁出来,只图悦人耳目,不顾自己将来要堕泥犁地狱的呢。……此书中的来踪去迹总要有几分影子,并要暗寓劝惩,措词又须雅驯,不要落了淫词小说的套,方能自成一家之言。"④泥犁,梵语音译,无喜乐之意。泥犁地狱是十八层地狱的第一层,笔墨海淫堕入泥犁地狱的果报舆论由来已久。据载,北宋时法秀曾用堕泥犁地狱劝黄庭坚勿作淫艳小词⑤。从抽丝主人这段议论可见,他不愿将小说写成淫词小说,除劝惩主旨起指导作用之外,果报信仰一定程度上也影响他自我禁抑了秽亵描写。江阴香在《九尾狐》中多次提及创作淫书会有损阴德。第十一回,胡宝玉妹结杨月楼,江阴香说他不愿把妓女妍识戏子详细描写,有违醒世初衷,"不然,变成一部淫书,即使年轻的欢喜看他,岂不自己伤了阴骘吗?"⑥第二十一回,写至胡宝玉留宿仲玉,共效于飞,江阴香就此止笔,并说道:"其中秽亵情形笔难尽述,不如删去,以存阴德。"⑦造刻淫书伤阴骘是清代流行颇广的果报禁毁舆论,阴骘即阴德,指在人世间所做的而在阴间可以记功的好事。在江阴香看来,把小说写成张扬淫秽的色情小说,会伤及作者阴德,应当删除勿写。

　　以上可见,狭邪小说家自我禁抑性描写主要原因包括醒世的创作宗旨、有违禁令的考虑、招致舆论批评的担忧、获恶报的顾虑等。创作淫词小说获恶报属于果报禁毁舆论,这四种要因实际是三类,即小说教化的审美追求、严禁淫词小说的官方禁令、禁止淫词小说的社会舆论。当然,不同作家创作时自我禁抑的原因各有侧重,乃至兼而有之,分开来看,也是便于

①(清)吴趼人《吴趼人全集·社会小说》(上),北方文艺出版社 2019 年版,第 67 页。
②(清)吴趼人《吴趼人全集·社会小说》(上),北方文艺出版社 2019 年版,第 52 页。
③(清)吴趼人《吴趼人全集·社会小说》(上),北方文艺出版社 2019 年版,第 70 页。
④(清)吴趼人《吴趼人全集·社会小说》(上),北方文艺出版社 2019 年版,第 67 页。
⑤(清)潘永因编《宋稗类钞》(下),书目文献出版社 1985 年版,第 491 页。
⑥(清)评花主人著,古生校点《九尾狐》,百花文艺出版社 2002 年版,第 88 页。
⑦(清)评花主人著,古生校点《九尾狐》,百花文艺出版社 2002 年版,第 196 页。

理解。

（二）社会言情小说拒绝性描写的方式和原因

社会言情小说是指在小说界革命理论影响下主张言情关乎国家社会的一类小说，其作者基本为小说改良作家。清末社会言情小说兴起的一个标志是 1906 年吴趼人《恨海》的出版，此后，清末兴起了一个言情小说高潮。从吸引读者和利用爱情教育读者出发，清末改良小说家提倡言情，但不是男欢女爱、两情相悦的纯粹恋情。《新小说》征求写情小说，"本社所最欲得者为写情小说"，但要求"惟必须写儿女之情而寓爱国之意者，乃为有益时局。"①就是要求小说描写男女之情时，要把儿女私情上升到与国家命运、救亡图存紧密关联的高度。《新小说》还对写情小说提出明确要求："本报窃附'国风'之义，不废'关雎'之乱，但意必蕴藉，言必雅驯。"②即要求小说叙写男女之情不能涉及直露的性欲描写、流入诲淫之途，而应该符合"发乎情、止乎礼仪"的审美要求，写情而不逾礼。小说改良理论者和作家倡导写情但不许涉及性欲的创作追求在清末造成这样的文学现象："（晚清）'纯正'的言情小说多像《恨海》和《禽海石》那样，几乎没有'肉欲'，有的只是小儿女的'苦恋'。"③社会言情小说家自我禁抑性描写的主要方式是采用有情无欲的方式摒弃性欲描写。

吴趼人是改良小说运动中最重要的言情小说家，他坚决反对言情小说的淫秽描写。《劫余灰》第十一回，吴趼人借妙悟之口批评那些叙写性欲的文人：

> 世人动辄以淫欲二字，作为情字解，还要拿他的见解，发为议论，著书立说，这种人是要落拔舌地狱的！

吴趼人给这段文字眉批道："一切著写情小说诸君听者！"④这句话通俗地讲，就是告诫所有的言情小说家，不可在小说中宣扬性欲。《恨海》是吴趼人写情小说代表作之一，该小说开头即亮明观点，把超越伦理道德的用情

---

①《新小说社征文启》，《新民丛报》第 19 号（1902 年 10 月 31 日）。
②《中国唯一之文学报〈新小说〉》，《新民丛报》第 14 号（1902 年 8 月 18 日）。
③陈平原《前言》，见吴趼人《情变》，华东师范大学出版社 1993 年版，第 3 页。
④（清）吴趼人《恨海·劫余灰·情变》，百花洲文艺出版社 2011 年版，第 121 页。

叫作"魔",写情小说如果不是写情而是写"魔","真是笔端罪过。"①吴趼人要提倡和表彰的是不带自然人欲的纯情。该小说讲述的是自小青梅竹马的陈伯和与张棣华、陈仲蔼与王娟娟两对青年的爱情悲剧,伯和放荡而亡,张棣华在未婚夫伯和病故之后出家为尼;娟娟沦落为妓,仲蔼见到未婚妻娟娟甘愿为妓之后万念俱灰、披发入山。写到这里,吴趼人自我眉批道:

> 一部书中,伯和浪荡,娟娟卖淫,岂无可写之处? 观其只用虚写,不着一字而文自明,作者非不能实写之,不欲以此等猥屑污其笔墨也。其视专模写狎亵之小说相去为何如也?!②

吴趼人混迹洋场数十年,乃花场行家,有记载上海各路妓女色艺品行、逸闻韵事的《上海三十年艳迹》行世。在吴趼人看来,他对伯和之辈狂嫖乱赌、吸食鸦片的浪荡生活了如指掌,对娟娟之流迎来送往、纸醉金迷的卖笑生涯也一清二楚,但他不想如实描述,否则沦为狭邪一路。这段文字可以说明两点:一者,吴趼人鄙视以妓女嫖客为题材的狭邪小说;二者,吴趼人在写情小说创作中有自觉禁抑性欲描写的强烈意识。

　　清末改良小说作家反对和自我禁抑小说性描写的首要原因是小说改良群治宗旨的要求。小说改良之目的是要新政治、新道德、新人格,私情、性欲、才子佳人之类的描写与之背道而驰。梁启超认为中国民众"轻薄无行,沉溺声色,绻恋床笫,缠绵歌泣于春花秋月","儿女情多,风云气少"③,就是因为小说描写才子佳人、情意缠绵、伤风败俗、毒遍社会、陷溺人群所致,他声明《新小说》决不会刊载低俗之作:"一切淫猥鄙野之言,有伤德育者,在所必摈。"④李伯元留恋花丛、指点妍媸,有"花间提督"称号,在反对小说淫邪上也不遑多让,"支那建国最古,作者如林,然非怪谬荒诞之言,即记污秽邪淫之事,求其稍裨于国,稍利于民者,几几百不获一。"⑤李伯元认为旧小说中的污秽之作几乎过半,无益民众。

　　改良小说理论及作家对言情小说的认识有同有异。(1)其相同点是主

---

①(清)吴趼人《恨海·劫余灰·情变》,百花洲文艺出版社 2011 年版,第 3 页。

②(清)吴趼人《恨海·劫余灰·情变》,百花洲文艺出版社 2011 年版,第 60 页。

③陈平原、夏晓虹编《二十世纪中国小说理论资料:第一卷(1897—1916)》,北京大学出版社 1989 年版,第 36 页。

④梁启超《中国唯一之文学报〈新小说〉》,《新民丛报》第 14 号(1902 年 8 月 18 日)。

⑤商务印书馆主人《本馆编印绣像小说缘起》,《绣像小说》第 1 号(1903 年)。

张言情关乎社会国家,反对一味地叙写儿女私情。夏存佑和严复主张写男女之情:"非有男女之性不能传种也。"但写男女之情的目的是能够开启民智:"宗旨所存,则在乎使民开化。"①这种主张启发了梁启超,他要求言情小说与政治、军事等小说一样,承担起新民的使命,激励人们将儿女私爱升华为爱国情操。吴趼人主张言情小说关乎改良社会,反对把"情"仅仅局限于男欢女爱:"自从世风不古以来,一般佻达少年,只知道男女相悦独谓之情,并把'情'字的范围弄得狭隘了,并且把'情'字也污蔑了,也算得是'情'字的劫运。"②(2)其不同点是所言之"情"的内涵侧重不同。夏存佑、梁启超等主张言情有助于"新民",强调的是"新",即有助于把旧式臣民教育成近代国家公民。吴趼人则认为当国运衰微、文化凋零之际,惟有守住传统伦理道德底线,国家和民族才不至于豆剖瓜分,即便被豆剖瓜分,因为人人都有共同的道德文化背景,重新团结聚集也有希望,他认为当务之急,"固非急图恢复我固有之道德,不足以维持之。"③所以吴趼人所言的"情",就是道德:"要知俗人说的情,单知道儿女私情是情;我说那与生俱来的情,是说先天种在心里,将来长大,没有一处用不着这个情字,但看他如何施展罢了:对于君国施展起来便是忠,对于父母施展起来便是孝,对于子女施展起来便是慈,对于朋友施展起来便是义。可见忠孝大节无不是从情字生出来的。"④在吴趼人看来,在国家和道德秩序危急存亡之秋,"情"只有与国家、民族和社会密切关联,"把个人的私情转化为爱民忧国之思。"⑤写情才有意义。改良小说理论者及作家主张言情小说要承担起改造民众、改造社会的重任,他们笔下描写的儿女之情婚前决不涉及亲昵和性欲,即有情无欲。

　　清末小说改良主要实践者梁启超、吴趼人、李伯元、黄伯耀等,都是反对小说诲淫舆论的制造者,他们的意见,用金松岑的话概括之,就是把"旖旎妖艳之文章,摧陷廓清,以新吾国民之脑界。"⑥从理论主张到创作实践,小说改良作家在强调教化、反对诲淫上表现出高度一致。

---

①郭绍虞主编《中国历代文论选》(第4册),上海古籍出版社2000年版,第203—205页。

②(清)吴趼人著,海风主编《吴趼人全集》(第5卷),北方文艺出版社1998年版,第83页。

③魏绍昌编《吴趼人研究资料》,上海古籍出版社1980年版,第149页。

④(清)吴趼人著《吴趼人全集·写情小说集》,北方文艺出版社2019年版,第3页。

⑤王德威著,宋伟杰译《被压抑的现代性:晚清小说新论》,台北城邦文化事业股份有限公司2003年版,第60页。

⑥金松岑《论写情小说与新社会之关系》,《新小说》1905年第2卷第5期。

二、对迷信描写的自我禁抑

在清末启蒙思潮中,破除迷信是"最重要最常见的一个题旨。"①清末小说家们从理论主张到创作实践都普遍地表现出对迷信描写的反思。理论上,他们一致指责叙写迷信的旧小说戏曲是中国腐败的根源,不宣扬迷信,既是衡量"新民"的重要标尺,也是新旧小说家的重要分野。创作上,反迷信是众多清末小说的一大主题:一是反迷信题材的小说成为晚清小说的一大门类,各报纸期刊竞相登载。《新小说》刊载涉及反迷信的小说有《黄绣球》《反聊斋》《九命奇冤》《电术奇谈》等,《绣像小说》刊载内容涉及反迷信的小说有《瞎骗奇闻》《扫迷帚》《文明小史》《月球殖民地小说》《痴人说梦记》等,这些小说主要内容或是揭露和讽刺迷信的愚昧可笑,或是用科学原理破除迷信谬说。二是清末小说家在创作中自觉禁抑迷信描写,这种自我禁抑主要表现为避而不写和解释说明两种方式:

(一)迷信素材,主动规避

即不选择迷信素材,或对迷信素材予以删去和改写。吴趼人《剖心记》以嘉庆十三年山东即墨知县李荣轩奉命巡查江苏山阳赈务被毒杀,后被昭雪的历史为题材。李次青《国朝先正事略·循良传》载:李荣轩死后为栖霞城隍神,并托言荆某开棺昭雪②。吴趼人认为此类荒诞之事不宜作为新小说的素材:"《先正事略·循良传》载有李明府死为栖霞城隍之说,此为旧日小说家之绝好材料。兹以语近神怪,不合于近时社会,故略去。"③确如吴趼人所言,像李荣轩这样清廉忠直的官员死后位列仙班、享受祭祀乃古代小说戏曲教化的常见模式。但吴趼人认为描写神怪荒诞内容既与除旧布新的时代需要不相合,也与小说启牖民智的要求相悖离,应该删除。吴趼人《中国侦探案》是取材于中国历史上的奇案演述而成,在素材取舍上,吴趼人对鬼神破案素材也有一定的摒弃,他在《凡例》中说:"我国迷信之习既深,借鬼神之说以破案者,盖有之矣,采辑或不免及此。然过于怪诞者,概

---

①李孝悌《清末的下层社会启蒙运动:1901—1911》,河北教育出版社 2001 年版,第 32 页。

②(清)李元度纂,易孟醇校点《国朝先正事略》,岳麓书社 2008 年版,第 1373 页。

③(清)吴趼人《法律小说剖心记凡例》,《竞立社小说月报》第 2 期(1907)。

不采录。"①可见,以吴趼人为代表的改良小说家,对迷信素材采取了自觉抵制的态度。

(二)涉及迷信,解释避嫌

如果不是反迷信的创作需要,清末小说家普遍忌讳迷信素材,如有涉及,常中断叙事,插入议论,予以解释。吴趼人《九命奇冤》第七回,贵兴递给天来假票,天来之弟君来要求到大王庙当着菩萨的面,如数交还借款。接下来作者插入一段解释,说明之所以写到菩萨,是因为故事发生的年代,人们迷信鬼神,"大有如在其上、如在其左右的神情。"②不比近来风气渐开,迷信鬼神的人少了。《痛史》第十七回,吴趼人描写一种广东产的山桔,"然而除了这座庙后的,别处所生一律都是光身,没有斑节的,岂不是一件奇事么?"对于自己写到这种奇特的现象,吴趼人赶紧插入一段解释:

> 唉! 此时是讲究文明进化、破除迷信的时候,任凭你说穿了嘴,写秃了笔,要破除愚人的迷信,还怕来不及,我却无端的引入这么一件无稽之事,不经之谈,不怕被人笑话么? 不是这等说。因为此时新会果然有这种山桔,果然是别处地方所无的,故老相传都是如此说,所以我引了出来。正见得我中国人心不忘故主的意思,并不是迷信的话。③

通过这段说明文字,吴趼人一是说明他是在写实,并非在宣传不经之谈;二是把自己写山桔是表明"不忘故主"的本意和盘托出。吴趼人之所以要插入这段说明,是担心读者阅读庙后山桔的叙写之后,联想到迷信神异,曲解作者本意。革命小说《仇史》第一回,在叙写范文程父子议定投奔满洲之后,穿插一段狂风突作、黄沙蔽日、黑日落向东北的灾异描写。写到此处,作者赶紧打住,插入声明道:

> 且慢,如今正是二十世纪科学时代,这些天文地理的讲究,都已一一发明,怎么我做书的又说起什么灾异来? 须知这部书,是表的明末清初事迹,那时节的野蛮气习,腐败情形,自不可抹杀。便是看官们见

---

① (清)吴趼人《吴趼人全集·短篇小说集》,北方文艺出版社 2019 年版,第 3 页。
② (清)吴趼人《吴趼人全集·社会小说集》(下),北方文艺出版社 2019 年版,第 32 页。
③ (清)吴趼人《吴趼人全集·历史小说集》,北方文艺出版社 2019 年版,第 281 页。

　　　　了，也知道野蛮腐败，为害不浅呢①。

也就是说，作者所描写的灾异现象，从科学上讲皆不可信，但之所以如此写，是暴露处于野蛮腐败时代的人们对灾异的迷信，今天的读者要相信科学、不可迷信灾异。除了中断小说叙事插入议论、对笔下涉及的迷信言行予以解释说明外，改良小说家还通过评点的方式解释描写迷信的目的。《文明小史》第二回，童生们听说柳知府将山卖给洋人开矿，因危及房屋坟墓，遂准备聚众反对。李伯元评点道："至风水则荒谬无稽矣，而必于此斤斤者，正见中国牢不可破之积习。"②这些皆可见改良小说作家忌谈迷信的自觉心态。

　　对迷信描写的禁抑还波及到翻译文学领域。域外也有不少涉及鬼神叙事的小说戏曲，如何处理这些内容，成为清末译者必须思考的问题。神怪小说是林译小说的重要类型之一，"（其译东西小说）神怪十四。"③1904年，林纾翻译《吟边燕语》（今译《莎士比亚戏剧故事集》），莎士比亚戏剧里有不少鬼魂叙事，是删改还是保留，曾让林纾颇费踌躇。林纾最终选择保留这些鬼魂情节，并用《英国诗人吟边燕语序》的大半篇幅解释文明的欧洲人批评中国人思想守旧、好言鬼神，像哈葛德、莎士比亚这样比肩杜甫的伟大作家遣词立义，往往托象于鬼神，欧洲并无人斥其思想守旧、怒其好言鬼神。这是文学与政教无涉，欧洲诸国已臻文明境界、国力强大，不妨用鬼神描写的文学作品遣心娱怀④。换言之，在林纾看来，中国国赢民弱，民智不开，不宜向民众传播鬼神描写的小说戏曲。1905年，林纾翻译《埃及金塔剖尸记》时，又遭遇了该小说好言鬼神的难题，林纾害怕读者因此责备他"作野蛮语。"解释说："不知野蛮之反面，即为文明；知野蛮流弊之所及，即知文明程度之所及。虽然，神怪亦何害于文明耶！"⑤也就是说迷信野蛮有助于认识文明程度。林纾在翻译时遇见鬼神叙事，颇费周章地解释说明，实际上既是他害怕招致读者批评其传播迷信心态的流露，也是他翻译时自

①中国近代小说大系编委会《中国近代小说大系　仇史　狮子吼　如此京华》，百花洲文艺出版社1991年版，第11页。

②《文明小史》第二回回末评语，见《绣像小说》第2期，第11页。

③朱羲胄述编《春觉斋著述记卷一》，见《民国丛书第四编94·综合类》，上海书店出版社1992年版，第17页。

④林琴南著，吴俊标校《林琴南书话》，浙江人民出版社1999年版，第20页。

⑤林琴南著，吴俊标校《林琴南书话》，浙江人民出版社1999年版，第22页。

觉禁抑迷信意识的表现。饶是如此,因译作中包含鬼神情节,林纾还是遭到了时人的批评:"所译诸书,半涉于牛鬼蛇神,于社会毫无裨益。"①可见清末社会舆论对小说描写鬼神的敏感和批判态度。

(三)破除迷信,以启民智

清末小说家对迷信描写的自我禁抑的原因,归纳起来,主要来自两个方面:

其一,近代科学理性精神传播的影响,迷信渐被视为愚昧落后。中国传统鬼神信仰深厚,鸦片战争之后,西学东渐,从器物到制度、文化,日渐深入,部分国人在对声光电化等科学知识的接触和学习中,提高了科学理性精神,他们开始怀疑或反对神仙鬼怪等迷信。这种趋势最初在欧风美雨竞繁的口岸城市表现明显。笔者曾对晚清《申报》所载狐妖鬼怪新闻的消失过程作过考察,研究发现:自1872年创刊始,《申报》就开始刊登大量以妖狐鬼怪为内容的社会新闻,但是到了1889年至1892年间,申报馆及其新闻采编人员不但自觉地摒弃曾津津乐道的鬼狐迷信,而且开始通过报刊进行反迷信宣传,据统计,1889年6月至1892年12月,《申报》刊登以近代科学知识解释迷信或反对迷信的论说25篇。说明伴随近代科学器物及知识的渐次输入、传播,近代科学理性精神在接触西学的国人中日渐增长,并成为他们自觉反迷信的理论武器②。

其二,清末启蒙运动的兴起,反对迷信成为潮流。清朝提倡神道设教,多神崇拜遍及华夏,上至朝廷下至市井,迷信泛滥远迈前代,从细民耽于鬼神、将领以压胜之术御敌、官场循例祈雨到军国大事祈谕于堂子,整个清代社会都弥漫在迷信风气之中,"贯串满清一代的'神道设教',闹得中国遍布鬼神。"③清末以前,虽然不乏有对迷信风气的批评和反思,但都没有形成反迷信思潮,晚清迷信泛滥对政界、文化界的刺激之强烈之深刻莫甚于义和团运动。对于这一点,不论是时人,还是当今学界,认识一致:"正是由于义和团迷信误国的教训惨痛,才引发了知识界对各种迷信现

①薛绥之、张俊才编《林纾研究资料》,知识产权出版社2010年版,第118页。
②张天星《1890年前后〈申报〉反迷信活动与中国传统新闻观念的近现代转型》,《东南传播》2010年第6期。
③朱维铮《重读近代史》,中西书局2010年版,第197页。

象的揭露和批判。"①清末反迷信浪潮的兴起是 1840 年以来国人对中国传统文化弊端和缺陷的反思、检讨和批判的集中表现。清末知识界反迷信的倡导，不仅是因为迷信鬼神所代表的知识体系相对于声光电化等近代科学而言属于愚昧落后，还因为迷信鬼神、迷信崇拜妨碍了自由、独立等思想和人格的养成，"其于灾祸也，中国委天数，而西人恃人力。"②反迷信就是要把中国民众从愚昧、麻木的非理性状态中解救出来，养成独立、民主、科学的人格。

在反迷信潮流中，禁止迷信的舆论兴盛，禁止迷信的措施得到官方和民间较普遍的执行。禁止迷信的舆论近乎一致认为，民众迷信鬼神符咒是中了旧小说戏曲的毒，主张把《西游记》《封神演义》等小说，"及言鬼神祸福之堪舆符咒籤卦等书，及凡牵涉仙佛神怪之等等一切之书，拉杂而摧烧之，搜其板片而毁之。"③在近代出版技术的支撑下，书报出版和传播周期大大缩短，作者和编辑的读者市场意识增强，对于反迷信舆论和理想读者的反迷信意见，他们不能无动于衷。《情变》第四回，寇四娘说要为女儿的婚事去求签问卦。写到这里，吴趼人插入一段解释：

> 嗳，诸公，想来又要讨厌我了。现在文明时代，一切迷信都要破除，还说什么求签咧，算命咧，岂不是讨人厌么？不知现在虽是文明时代，寇四娘他那时代并非文明时代。他当日是这么说，我说书的今日是这么述，这是我职务，该当如此的啊。④

显然，吴趼人担忧被理想读者指责为落后、宣扬迷信，即便是如实叙写，也有必要向读者澄清不是在宣讲迷信。如果的确像林纾那样笔涉神怪，则通过序跋、识语、评点转移读者可能的批评视线，引导读者用别样眼光阅读。苏曼殊翻译有鬼怪叙事的《俄皇宫中之人鬼》、周桂笙翻译有"种种神怪不经"的《神女再世奇缘》时，前者通过识语希望读者把小说当作抨击专制君主的寓言来读，后者则通过自序拔高小说命意，希望读者看到的是小说中蕴含的科学知识⑤。晚清投稿制度初步建立，稿件在出版传播之前，还要

---

①刘宏《义和团事件：清末反迷信的原动力》，《山东师范大学学报》（人文社会科学版），2012 年第 6 期。
②严复《严复文集》，线装书局 2009 年版，第 237 页。
③津门清醒居士《开民智法》，《大公报》1902 年 7 月 21 日，第 1 版。
④（清）吴趼人《恨海·劫余灰·情变》，百花洲文艺出版社 2011 年版，第 188 页。
⑤胡翠娥《文学翻译与文化参与：晚清小说翻译的文化研究》，上海外语教育出版社 2007 年版，第 226 页。

接受书局和报馆编辑的审阅,在清末启蒙运动中,是否宣传迷信也是编辑审阅或删改的内容之一,《老残游记》第八回原回目是"桃花山月下遇狐,柏树峪雪中访贤。"《绣像小说》刊登时,为破除迷信,"不能再语怪",将其删改为"桃花山月下遇虎。"①在近代印刷技术、交通工具的推动下,晚清小说出版传播迅速,稿酬制度初立,作者的读者意识和投稿意识增强,相比以前,作者更加顾及读者意见和新闻出版机构的导向而采取自我禁抑行为。

以上以反对诲淫和迷信为中心考察晚清小说创作中的自我禁抑现象,这种现象在晚清戏剧编排和演出中也不少见。义顺和班排演《女子爱国》之后,受到警方嘉奖,该班大受鼓舞,进行改良,"要把妖鬼的戏,慢慢删除。"1906 年 6 月 5 日,义顺和班的戏报贴出《陆判》一剧,班中管理切末的人想摆出大头鬼、枉死城、油锅等,被戏班老板让其赶快撤去,并说:等一两年后,全都用不着这些切末了,快快撤去,免叫明白人笑话②。1910 年,女伶金月梅拟定宗旨,从此不演粉戏,以作女伶表率:一是拒绝扮演违禁剧目。该年 3 月中旬,天津东天后宫派她出演《关王庙》,她不肯应允,临时改演《少华山》;二是即使出演涉嫌违禁剧目,也把所有形容过当处一律删去,无论那出戏,处处都设法改良③。可见,不少晚清演艺人员也在响应官方禁令或社会舆论,自觉禁抑诲淫和迷信。

清除异端、违碍、诲盗、诲淫曾是清代前中期禁毁小说的四大原因,晚清禁毁活动的首要原因是诲淫,诲盗虽偶有提及,但声音渐弱,甚至曾被视为诲盗之尤的《水浒传》被解读为尚武、民权等而得到提倡;违碍即贬低、抨击、鄙夷满族统治者的因素在清末则再次凸显。伴随晚清报刊数量的增长和新闻自由思想的发展,朝廷和官场的权威受到前所未有的挑战。以 1903 年为标志,上海报界发展形成一股以暴露官场、抨击时弊的潮流。晚清谴责小说在这股潮流中应运而生,朝廷和官方的尊严被撕裂地体无完肤,《官场现形记》甚至将官吏乃至皇帝、太后所代表的官场全面否定、斥为"畜生的世界。"④同时还涌现了一批訾议朝政、讽刺或抨击慈禧的小说诸

---

① 刘德隆等编《刘鹗及〈老残游记〉资料》,四川人民出版社 1985 年版,第 26 页。
②《梨园进步真快》,《京话日报》1906 年 6 月 7 日。
③《女伶进步》,《晚清报载小说戏曲禁毁史料汇编》(上),第 459 页。
④(清)李宝嘉《官场现形记》,北方文艺出版社 2013 年版,第 654 页。又,相关研究参见:张天星《新闻舆论——晚清谴责小说兴起的重要动力》,《明清小说研究》2012 年第 4 期。

如《绣像捉拿康梁二逆演义》《五使瀛寰略》《死中求活》《大马扁》《宦海升沉录》等。在这种潮流和风气中,清末官方并没有把谴责小说和那些訾议朝政的小说纳入查禁范围,而是把诲淫和迷信作为重点查禁对象。就诲淫而言,据《晚清报载小说戏曲禁毁史料汇编》统计,1900—1911 年官方查禁小说戏曲禁令 167 则,其中提及诲盗的仅 3 则,提及狂悖、悖逆、诋毁政治、大逆不道等危及清廷统治的计 8 则,合之共计 11 则,仅占 6%。

伴随清廷统治的稳固和最高权力的交接,自嘉庆朝开始,文网渐弛,从政治角度发起禁毁的强烈意识趋于弱化,而从道德风化角度发起禁毁的动机明显上升。同时,禁毁主导权也由中央层面向地方层面转移,地方官和士绅成为晚清禁毁活动的主导者,他们基本从道德风化角度发起禁毁,而不是从种族意识、诋毁清廷等政治角度着眼。禁毁主导权的转移和禁毁侧重点的转向,导致遏止诲淫成为晚清禁毁小说的首要原因,也是最普遍原因。清末启蒙思潮兴起,小说关乎民智,开启民智、除旧布新,必须除掉对民众有害无益的思想观念,树立科学、平等、自由、独立等近代思想观念。诲淫有损民气、民德,既能导致民气不振,所谓儿女情多,风云气少。也会妨碍私德,即人人独善其身的自处之道和人与人之间相处的伦理准则①。迷信窒碍民智民力、养成依赖人格。义和团运动之后,官方也痛定思痛,开始禁抑叙写迷信的小说戏曲。于是,降及清末,从改良风气、提高国民素养的角度出发,在遏止诲淫和迷信上,民间的小说改良者和官方意见趋同。这些就是晚清小说家生长的时势。"文变染乎世情",本章的研究表明,造成晚清小说对诲淫和迷信书写淡化和减少的文学现象,相当程度上是小说家"染乎世情"之际自我禁抑的结果。在反对小说诲淫以及清末反迷信潮流中,遏止诲淫和迷信渗入作家的创作目的、审美追求,与官方禁令、禁毁舆论相互混溶。狭邪小说家不事铺排、简洁含蓄地处理性描写,既是他们利用小说教化醒世创作目标的要求,也是对官方禁令和民间禁毁舆论的遵奉。社会言情小说家则从改良社会群治的角度采用有情无欲的方式摒弃性欲描写,同时,清末小说家普遍采取避而不写和解释说明这两种方式禁抑迷信描写。可见,晚清小说家自我禁抑淫秽和迷信书写是作家的创作目

---

① 吴宁宁《梁启超道德本体论及道德革命思想探微》,《南昌大学学报》(人文社会科学版),2019 年第 1 期。

的、审美追求、官方禁令、禁毁舆论等交织作用的产物,这种自我禁抑现象从深层次折射出晚清小说与时代风气、官方和民间规诫碰撞和融合的发展轨迹。

第十七章　禁毁小说活动对小说编刊的影响

　　清代禁毁小说制度确立于康熙朝,康熙五十三年(1714),康熙谕令礼部制定禁毁小说法律细则,雍正三年(1725)该细则被载入《大清律例·刑律》。降及晚清,尽管"三千年未有之大变局"的急剧社会变迁导致政治思想、社会文化、小说观念等都发生较大变化,但禁毁活动十分频繁,主要表现在禁令频出、查禁活动频仍、禁毁舆论风起云涌①。禁毁活动会给小说编刊者之思想产生一定冲击,进而影响小说编辑出版活动。学界对清代前中期文字狱背景下禁毁活动对小说编刊的影响有过研究②,目前尚缺少对晚清禁毁活动对小说编刊影响之研究。本章以清代前中期禁毁活动对小说编刊的影响为参照,探讨禁毁活动对晚清时期小说编刊产生的主要影响及表现,冀以深入认识禁毁活动与晚清时期小说文本形态、小说编辑出版之间的关系。

一、对清代前中期规避禁毁方式的承袭

　　清代前中期、特别是在文字狱阴影下,小说编创者采取删改违碍语、避谈本朝开国之事、改换名目、隐匿或托名出版、标举教化宗旨等方式规避禁毁。这几种方式中,前两种在晚清已渐归沉寂,后三种则被晚清小说编刊者继承。

(一)改换小说名目

　　小说的题目一般最先进入读者或检查者眼帘,改换名目,冀以蒙混,是编刊者试图规避查禁和舆论的惯用策略,此种现象自明代即已有之,如崇祯年间赏心亭刊本《欢喜冤家》改名《贪欢报》,入清以后又被改为《欢喜奇

①晚清查禁小说禁令、舆论、活动等之频繁可参见张天星编著《晚清报载小说戏曲禁毁史料汇编》(上、下),北京大学出版社 2015 年版。
②此方面的研究参见:胡海义、程国赋《论乾隆朝小说禁毁的种族主义倾向》,《明清小说研究》2006年第 2 期;陈才训《论清代文字狱对小说文本形态的影响》,《求是学刊》2017 年第 4 期;代智敏《论禁毁政策对明清小说选本的影响》,《兰州教育学院学报》2018 年第 1 期。

观》《艳镜》等名目。晚清时期,伴随铅石技术在小说出版中的应用,改换名目现象风行、超越以往,当时沪上书局"遂不恤阴取先时悬为厉禁者,别取新名,一一石印。"①与清代前中期小说编刊者采用的思路大致雷同,晚清时期小说编刊者改换名目的办法,一般遵循如下规律:

1.改换成劝戒的命名。其一,改为鉴戒意图的名称。常用词汇有"醒节""警世""觉世""镜""鉴""禅"等。如《石点头》改名《醒世第二奇书》,《肉蒲团》改名《觉后传》《觉后禅》《觉后集》《浦缘觉后禅》《觉复禅》等,《如意君》改为《青铜镜》,《贪欢报》改名《醒世第一书》等。其二,改为宣扬因果报应、劝人为善的名称,常用的词汇有"报""果报"等。如《倭袍》被晚清小说编刊者改名《果报录》,"印至万数千部,一时购阅者纷至沓来,几于不胫而走,获利不资。"②今见晚清石印本《果报录》有不下六种之多③。古代小说几乎皆有劝戒之旨,违禁小说概莫能外,编刊者将违禁小说改换成劝戒名称时,一般抓住的正是这些小说中包含的教化主题。如《石点头》书名来自"生公说话,顽石点头"的传说,目的是讽世说教,将其改名《醒世第二奇书》,"醒世"二字,仍有所本。即便"专在性交,又越常情,如有狂疾"④之类的《肉蒲团》,也美其名曰以艳情寓劝惩、肉欲上参禅,所以被改为《觉后禅》等名称。

2.改为预示有男女遇合内容的"缘"。如《绿野仙踪》改《仙踪缘》、《桃花影》改《牡丹奇缘》、《清风闸》改《得意缘》、《倭袍传》改《双梦缘》、《玉蜻蜓》改《蜻蜓缘》、《肉蒲团》改《耶蒲缘》《巧姻缘》《奇巧缘》、《无稽谰语》改《欢喜奇缘》、《红楼梦》改《金玉缘》、《浪史》改《巧姻缘》《梅花缘》(《梅梦缘》)等。小说命名"缘",意味叙写有男女相悦遇合之事,"夫缘也,合之端也。"⑤而且明清艳情小说有命名"缘"的传统。编刊者把违禁小说改名"缘",既是试图规避查禁和舆论,也是在为改换新名的小说作广告,男欢女爱本来就是人们津津乐道的话题,"缘"意味着该小说以男女关系为主题,也就更易吸人眼球。

3.用小说中的事件、地点、人物等置换原名。兹各举一例:事件置换,如《杀子报》中有官员微服私访勘破案情的情节,编刊者将其易名为《清廉

①《阅初九日本报载有饬毁淫书事喜而书此》,《晚清报载小说戏曲禁毁史料汇编》(下),第621页。

②《劝毁淫书》,《晚清报载小说戏曲禁毁史料汇编》(下),第829页。

③[日]福满正博《海内外中国戏剧史家自选集·福满正博、冈崎由美卷》,大象出版社2018年版,第260页。

④鲁迅《中国小说史略》,广西人民出版社2017年版,第201页。

⑤秋斋《绣像意外缘辩》,《意外缘》清末石印本。

访案》,有歌颂官员的意味。1896 年,上海租界嘉记书局将《杀子报》易名《清廉访案》,印刷出版①。地点置换,如《玉蜻蜓》中有沈君卿在芙蓉洞发现藏银的事件,《玉蜻蜓》遭禁之后,被改名《芙蓉洞》行世。人物置换,如《倭袍传》主要人物之一为刁南楼,被禁之后易名《南楼传》②;刁南楼与唐云卿、毛龙三人结为兄弟,《倭袍传》又被改名为《三杰传》③。

改换名目,既能以新著欺骗读者,也能以新名蒙混查禁和舆论,一定程度上的确规避了禁毁,"淫书小说,例禁綦严,无如各书贾往往改换名目,阳奉阴违。"④但名目一般只能蒙混于一时,时间久了人多知之,于是再次易名,在"禁—改名—再禁—再改名"的往复中,一些违禁小说(包括戏曲)同书(剧)异名象比较突出,如《肉蒲团》至少有《觉后传》《觉后禅》《耶浦缘》《觉后集》《玉蒲团》《浦缘觉后禅》《觉复禅》等 7 种名目。编刊者还通过封面、内封和目录署名不一的方式,借以蒙混。清代屡遭查禁的《欢喜冤家》有诸如《贪欢报》《艳镜》《欢喜奇观》《三续今古奇观》《醒世第一书》《四续今古奇观》等名目,光绪甲辰(1904)孟秋上海书局石印本《欢喜奇观》,封面题名"绘图野草花丛传",内封题名"绘图今古艳情奇观",目录页题曰"欢喜奇观目录",读者和查禁者如果不翻阅内容或听人介绍,对这种同一部书封面、内封、目录等各自不同署名的小说,难免莫名其妙,不知内容所指。联系自 1896 年 11 月至 1900 年 4 月,上海租界会审公廨谳员、上海知县曾三次开单查禁《欢喜冤家》,如"《贪欢报》改名《三续今古奇观》又名《醒世第一书》。"⑤就不难理解,这种同部小说封面、内封、目录署名不一的方式正是书贾逃避查禁和舆论的狡狯之举。

(二)隐匿伪托出版

书籍署上出版机构名称的惯例至迟在宋代即已出现,出版涉嫌违禁的小说可能招致官方查禁或舆论指责,不少编刊者遂在封面、内封、牌记等本应刊刻出版机构名称的页面采用"遮眼法",一般分为两种情况:其一,在封面、内封、牌记等副文本上不标明出版机构的任何信息,让人查无根据。如清刊本

①《淫书案结》,《晚清报载小说戏曲禁毁史料汇编》(上),第 258 页。
②《售卖〈倭袍记〉判罚》,《晚清报载小说戏曲禁毁史料汇编》(上),第 289 页。
③《示禁淫书》,《晚清报载小说戏曲禁毁史料汇编》(上),第 73 页。
④《查禁淫书》,《晚清报载小说戏曲禁毁史料汇编》(上),第 311 页。
⑤《严禁淫书》,《晚清报载小说戏曲禁毁史料汇编》(上),第 58 页。

《欢喜浪史》《春灯迷史》《载花船》等，都没有题署书坊信息。晚清时期的小说编刊者继承了这种方法，如晚清石印本《株林野史》、光绪石印本《肉蒲团》等，就未题署出版机构名称。这种做法，有小说版权意识本来较淡薄因素的影响，但更多的应该是避祸心理所致。其二，在封面、扉页等处或印上书坊别名，或伪托其他书坊名称，让人不知真假。清代违禁小说署名"本衙藏板"者不在少数，如《林兰香》《隔帘花影》《空空幻》《杏花天》《蜃楼志》《闹花丛》等，这些"本衙"究竟在何处，是官板还是私印？让人不得而知。用这种伪托方式编刊违禁小说的办法在晚清时有发生。1898年，有书贾冒名上海鸿宝斋石印淫书，鸿宝斋被迫在《申报》上间歇性地刊登了两个月的广告，警告冒名者："如再不除去此书封面，当登该徒名号送官究办私印淫书、冒印招牌之罪，决不干休，特行预白。"①这种转祸他人的办法的确有失道德。附带一提的是，除了在副文本上隐匿、伪托出版机构，晚清书贾还经常在销售违禁小说的广告词中省略出版机构名称。上海某书局将《隔帘花影》改名为《花影奇情传》，广告并不署出版机构，"本埠外埠各书坊均有发售。"②某书局将《欢喜冤家》改名《三续今古奇观》，也不署出版机构，"托上海各书坊售。"③可见，隐匿和伪托出版单位信息以出版违禁小说，乃有清一代小说编刊者之惯技。

（三）标举教化宗旨

即试图以文本蕴含的教化作用为小说赢得生存空间。常见做法是通过识语、凡例、题记、内封、序跋、评点等方式在小说文本中附上并非淫书、有补世教之类的文字，这也是清代小说编刊者出版违禁小说之惯例。清刻本《肉蒲团》内封书名右署"天道祸淫，此说原为淫者戒"，左署"吾心本善，斯书传与善人看"，光绪十五年（1889）冬镜海道人作序的小铅字本《倭袍传》内封也有这两句雷同文字④。俨然是说《肉蒲团》《倭袍传》的创作和刊行之目的是发自善心、为世人说法。1881年汇珍楼本《野叟曝言·凡例》云："然统前后以观，而秽亵之中仍归劝戒，故亦存而不论。"⑤这段文字也

---

①"声明假冒鸿宝斋石印书籍"广告，《申报》1898年6月9日，第4版。
②"新出石印花影奇情传"广告，《申报》1899年7月11日，第7版。
③"奇书出世，三续今古奇观"广告，《申报》1894年8月5日，第6版。
④周越然《情性故事集》，北方文艺出版社2017年版，第252页。
⑤（清）夏敬渠《第一奇书野叟曝言》，光绪七年毗陵汇珍楼活字本，《凡例》第二页。

为 1882 年申报馆壬午本《野叟曝言·凡例》沿袭,仿佛是说因为有劝戒的尾巴,秽亵文字不妨保留。最常见的是通过序言标举教化。序言是放在正文前对创作缘由、经过、旨趣和特点予以简要介绍的文字,序跋一般位于书籍开头,较先进入理想读者或检查者的视野,遂成为标举教化的重要区域,其常见措辞是:极言小说寓劝惩之意、不得以淫书目之,可称之为"教化拔高式"。《芙蓉洞》自嘉庆十四年(1809)始即在江苏地区遭到禁毁,道光丙申(1836)孟秋重刊《芙蓉洞》,惜阴居士所作的序云:"若《芙蓉洞》一书虽为小说,而实寓创惩之意,其中英雄儿女,缕缕言之,阅之未尝不懔然也。大旨在于悲欢离合,戒人之堕落迷津,岂得概以淫书目之哉?"①极可能刊刻于 19 世纪后期的《欢喜浪史》,故事系多部小说拼凑、草率编辑而成,序也抄自《换夫妻》,其中指责其他小说类皆淫词、陈说风月,说该小说"善恶相报,丝毫不紊,足令人晨钟惊心,暮鼓唤回,亦好善之一端云。"②但是这个抄来的序与小说内容"无甚关联。"③这种不动脑子的"拿来主义"可见书贾用教化拔高小说地位和作用的思维定式。序言规避禁令和舆论常见措辞方式还有"谈情说爱符合天理人情"的抬高式和"淫者见之谓之淫"的堵嘴式,如汇珍楼本《野叟曝言·序》,光绪己亥(1899)季春上海书局石印本《意外缘》卷首的《绣像载阳堂意外缘辩》,清末民初《欢喜缘·序》等。用教化来拔高涉嫌违禁的小说地位,乃明清禁毁小说编辑出版中的陈词滥调:"把淫秽的内容装进供众人引以为戒的道德外壳,以便抵挡责难者的唇枪舌剑。"④总之,利用副文本为涉嫌违禁的小说辩解、标举教化一直是明清小说编刊者之常用手段。

二、对清代前中期规避禁毁方式的通变

以嘉庆四年(1799)二月上谕宣布停止文字狱为标志,清代文网渐弛,清除异端、违碍等禁毁动因日趋弱化,清代前中期小说编刊中删改违碍字句以规避禁毁的方式渐稀;道光十八年(1838),中国本土出现了近代中文报刊,至 19 世纪中叶以后,近代报刊逐渐成为小说编刊、传播的重要媒介。

---

① 惜阴居士《芙蓉洞序》,《绣像芙蓉洞全传》,道光十六年重刻本。
② 《新刻欢喜浪史·序》,清刊本,东京大学东洋文化研究所藏双红堂文库本。
③ 石昌渝主编《中国古代小说总目(白话卷)》,山西教育出版社 2004 年版,第 135 页。
④ 朱子仪《禁书记》,金城出版社 2013 年版,第 12 页。

晚清小说编刊者不仅在删改重点上发生转向,而且在利用报刊媒介规避禁毁上也有了新手段。

(一)重点删改性描写

对禁书进行删改,是古今中外常见的查禁方法和自我禁抑方式。清代官方禁毁删改之法源自文字狱,乾隆四十三年(1778),乾隆谕令四库馆臣拟定"查办违碍书籍条例",该条例规定了"全毁"和"删改"两种查禁之法。乾隆四十五年(1780),乾隆授意在扬州设局删改古今杂剧传奇,贯彻的即是以删改为主的禁毁政策。清代前中期,统治者以较强的种族意识禁毁小说戏曲,导致编刊者重点删改违碍字句。具体到小说戏曲中的违碍字句,主要指易于触发汉族民族感情、敌视或鄙视满族及其统治者,"如明季国初之事,有关涉本朝字句""南宋与金朝关涉词曲。"①入清以后出版的《别本二刻拍案惊奇》《西湖拾遗》《初刻拍案惊奇》《今古传奇》《虞初新志》等小说选本,对"鞑子""金虏"、尊明朝及其帝号等所谓违碍字句,都予以修改②。清中叶以降,伴随政权稳固、文网渐弛,违碍不再是禁毁小说的主要动机;晚清禁毁小说戏曲的主导权下移,地方官和士绅成为禁毁小说的主导力量,他们基本是从社会教化的动机查禁小说,海淫遂成为晚清查禁小说的首要原因。于是,小说中的性描写成为官方禁令和禁毁舆论关注之重点,小说中的性描写也成为晚清时期小说编刊者、作家删改或自我禁抑之重点③。以下以《二奇合传》④《续今古奇观》⑤《野叟曝言》⑥等小说的编刊为

①王利器辑录《元明清三代禁毁小说戏曲史料(增订本)》,上海古籍出版社1981年版,第49页。

②参见:陈才训《明清小说文本形态生成与演变研究》,上海古籍出版社2018年版,第307—308页。

③关于晚清小说作者对性描写的自我禁抑可参见本书第三编第十六章《晚清小说创作中的自我禁抑现象》。

④《二奇合传》初刊于咸丰年间,全书40篇小说有24篇选自《今古奇观》、14篇选自《拍案惊奇》,另有2篇系《聊斋志异》之《曾友于》《姊妹易嫁》改编,但来源待考。《二奇合传》有咸丰十一年(1861)成都守经堂刊本、光绪四年(1878)渝城二胜会刊本。本章《二奇合传》版本据《古本小说集成》影印渝城二胜会刊本,《今古奇观》据《古本小说集成》影印上海图书馆明刻本。

⑤《续今古奇观》是《拍案惊奇》被查禁后,书贾牟利拼凑而成。其选录内容是将明代抱瓮老人编《今古奇观》所选剩的二十九回《初刻拍案惊奇》作品,加上清代玉山草亭老人编次《娱目醒心编》卷九《赔遗金暗中获隽　拒美色眼下登科》一篇,凑成三十篇之数,今见最早的刊本是光绪二十年(1894)上海书局石印本。笔者以明代尚友堂刊本《拍案惊奇》与上海书局石印本对勘。

⑥《野叟曝言》在晚清最早的刊本是光绪七年(1881)毗陵汇珍楼活字本,其次有《沪报》连载本、光绪八年申报馆排印本等。

例,说明晚清编刊者的具体删改方式。

1.保留轻描淡写的性描写。《二奇合传》所选篇目涉及性描写者均来自《今古奇观》,即《刘刺史大德回天》《裴晋公雅度还原配》《滕大尹捣鬼断家私》《十三郎五岁朝帝阙》《富家翁痴念困丹炉》《乔太守乱点鸳鸯谱》《吴宣教情魔投幻网》等7篇,共计13处。《二奇合传》编刊时,书贾将简略的性描写文字皆予以保留,共计4处,如《富家翁痴念困丹炉》选自《今古奇观》卷三十九《夸妙术丹客提金》,对"两下云雨已毕,整了衣服"①,"接至(进)书房,极尽枕衾之乐"②这样含蓄的描写,《二奇合传》予以保留。《续今古奇观》选取《拍案惊奇》的篇目中,共有12篇计44处性描写。这44处性描写可以分为轻描淡写和稍有铺陈两种方式,其中27处为轻描淡写的性描写,它们的共同特点是言辞简略、不作渲染,如第十九回《姚滴珠避羞惹羞 郑月娥将错就错》:"两人说得有兴,甚觉快活,又弄了一火,搂抱了睡到天明。"③第二十九回《通闺闼坚心灯火 闹图圄捷报旗铃》:"于时月光入室,两人厮偎厮抱,竟到卧床上云雨起来"④等。《续今古奇观》保留了这27处轻描淡写的性描写。

2.删改稍有铺陈的性描写。方法有三:

(1)直接删除。一是将性描写的诗词韵语直接删除。《续今古奇观》选取《拍案惊奇》篇目时,删除了6处性描写韵语,如《大姊魂游完宿愿 小姨病起续前缘》中描述崔生与兴娘同寝的《西江月》(旅馆羁身孤客)和描写崔生与庆娘定情之夕的一段韵语(一个闺中弱质)等。《续今古奇观》选取《拍案惊奇》时,共删去诗词韵语87处,除每回小说开头结尾的韵语保留外,文中韵语删除并没有固定规律。再联系《续今古奇观》还删掉了部分性描写的非韵语文字,可以说,将6处性描写韵语悉数删去,显然有避免诲淫嫌疑的考虑。二是直接将性描写的散句挖去。毗陵汇珍楼本《野叟曝言》出版时对性描写也作了较大挖削。第二十九回下半"老夫妻吃热药"一段,"在

---

① 《古本小说集成》编委会编《今古奇观》(四),上海古籍出版社1994年版,第1593页;《古本小说集成》编委会编《二奇合传》(中),上海古籍出版社1994年版,第835页。

② 《古本小说集成》编委会编《今古奇观》(四),上海古籍出版社1994年版,第1594页;《古本小说集成》编委会编《二奇合传》(中),上海古籍出版社1994年版,第836页。

③ 《绘图续今古奇观》,光绪二十年上海书局石印本,卷四第十九回第三十三页上。

④ 《绘图续今古奇观》,光绪二十年上海书局石印本,卷六第二十九回第二十五页上。

全书里是最猥亵的一段。"①该本全缺。第六十七回第十页以下文素臣抵抗李又全的十多位美貌妖娆姬妾各种淫邪手段的引诱，"淫秽极矣"（第六十九回回末评），这部分也缺佚。这些缺佚有共通性，应该是有意删削的结果。

（2）改繁为简。《二奇合传》共计 9 处。如第二十四回《富家翁痴念困丹炉》一篇，富家翁在丹炉房向小娘子求欢，《今古奇观》所述"富家翁此时兴已勃发，那里还顾什么丹炉不丹炉"以下有 126 字的性描写②，包括一段64 字的性描写韵语，《二奇合传》将这 126 字改为："小娘子半推半就，遂成苟合之事"③，计 13 字。《乔太守乱点鸳鸯谱》一篇，"养娘便去旁边打个铺儿睡下"以下，有一段玉郎和慧娘的对话和床上性描写，约计 1600 字，《二奇合传》将其改为："玉郎便与慧娘同寝，他两个少年男女，情欲方动，如何禁持，枕边已将上项事件彼此一一说明了。"④计 36 字。类似的还有《十三郎五岁朝帝阙》《吴宣教情魔投幻网》两篇稍显露的 6 处性描写，也进行以删为主的改写。《续今古奇观》选取《拍案惊奇》时，但凡稍露骨的性描写，都进行简洁化处理，可分为改为简洁描写和改为简单文字两种方式。其一，改为简洁描写，即把性描写的形容性或直观性词语删掉或作模糊化处理。如《闻人生野战翠浮庵 静观尼昼锦黄沙弄》中闻人生与化装为和尚的静观舟中共寝一段，把"不想正摸着他一件跷尖尖、硬笃笃的东西，捏了一把"⑤改为"不想正摸著他的下部，竟是男子的器具，便捏了一把。"⑥将"才下手，却摸着前面高耸耸似馒头般一团肉，却无阳物"⑦改为"才下手，却摸前面竟像是女子生的器具了。"⑧把"挨开两股，径将阳物直捣"⑨改为"趁势任意轻薄。"⑩前两处把男女生殖器的形容修饰描写改称"器具"，一定程度上减少了读者性想象的空间。后一处交媾描写用"任意轻薄"模糊化，避免露骨。其二，改为简单文字。《夺风情村妇捐躯 假天语幕僚断狱》是《初刻

①胡适《〈野叟曝言〉的版本》，《文献》1994 年第 3 期。
②《古本小说集成》编委会编《今古奇观》（四），上海古籍出版社 1994 年版，第 1592—1593 页。
③《古本小说集成》编委会编《二奇合传》（中），上海古籍出版社 1994 年版，第 835 页。
④《古本小说集成》编委会编《二奇合传》（中），上海古籍出版社 1994 年版，第 562 页。
⑤（明）凌濛初《拍案惊奇》，尚友堂刊本，卷三十四第十五页下。
⑥《绘图续今古奇观》，光绪二十年上海书局石印本，卷三第十一回第五页下。
⑦（明）凌濛初《拍案惊奇》，尚友堂刊本，卷三十四第十六页上。
⑧《绘图续今古奇观》，光绪二十年上海书局石印本，卷三第十一回第五页下。
⑨（明）凌濛初《拍案惊奇》，尚友堂刊本，卷三十四第十六页下。
⑩《绘图续今古奇观》，光绪二十年上海书局石印本，卷三第十一回第五页下。

拍案惊奇》中性描写字数最多最露骨的一篇,《续今古奇观》对其中多处性描写作了删改,如老和尚、智圆和杜氏三人同床淫乱,老和尚一旁观看智圆和杜氏交欢那段描写,堪称是全书淫秽文字之最,《续今古奇观》将其简略处理为:"这种形相,就是十八个画师也画他不像的。"①文字十分简单。壬午本《野叟曝言》第二十八回《一股麻绳廊下牵来偷寨贼 两丸弹药灯前扫却妒花风》结尾有描述公子与春红的性描写,共约 600 字。《沪报》连载时,与之不同,这段描写仅有 144 字,其中淫秽对话及动作全无,直接性描写仅剩 14 个字:"照着那道士所传采战之法,比至三更向尽。"②也十分简略。

(3)改为劝戒文字。《续今古奇观》共计两处,《西山观设箓度亡魂 开封府备棺追活命》写吴氏与知观在魂床上淫乱,《拍案惊奇》原文有一段性描写韵语,描写吴氏和知观放纵淫乐,《续今古奇观》将这段韵语改为劝戒文字:

> 一个元门罪种,乖能惹草拈花;一个世间荡妇,最难守身如玉。悲泣之地,强做了欢喜之场;贪色之徒,易酿成杀身之祸。满堂神像,视若虚无,一脉亡魂,置诸冥漠。也不顾天理昭彰,再妄想王法宽和,手段最高,谋占了人家孀妇;心计甚工,却送了自己性命。此等事必须要远之又远,这种人极应该杀之再杀。③

上引这段诫语置于吴氏与知观恣意交欢"真正弄得心满意足"之前,文意突兀,很不协调,可见删改时并未润色妥帖。《初刻拍案惊奇》之《夺风情村妇捐躯 假天语幕僚断狱》中杜氏与老和尚初次行淫时,也有一段性描写韵语,《续今古奇观》将其删去,改为一段劝戒文字:"那老贼秃虽淫恶性成,以致酿成凌迟之死,要亦天道不爽,足为淫恶者儆。"④此类教化文字,突兀而来,割断文意,编辑时避免诲淫、增加教化意味显而易见。壬午本《野叟曝言》第三十一回《小姑嫂看淫书津津讲学 老夫妻吃热药狠狠团春》结尾记述石氏和璇姑听见隔墙的张老实夫妻的性爱动作和言语,共约 700 字,十分淫秽。《沪报》连载时,与之迥异,性描写文字被删掉,改为璇姑劝诫石氏

---

①《绘图续今古奇观》,光绪二十年上海书局石印本,卷六第二十六回第四页上。
②《野叟曝言》(第二十八回),《沪报》1882 年 10 月 3 日,第 10 版。
③《绘图续今古奇观》,光绪二十年上海书局石印本,卷四第十七回第十一页上。
④《绘图续今古奇观》,光绪二十年上海书局石印本,卷六第二十六回第三页上。

的对话：

> 听了片刻，石氏觉得不堪入耳，继而愈闹愈凶，石氏不觉怒发上冲，悄悄的对璇姑道："这真是非人所为的事了。"璇姑叹道："天下熙熙，皆为利来，天下攘攘，皆为利往，彼傀儡登场，毫无知识，亦且为蝇头微利，升降拜跪，强效人形。矧张老妻俨然负血气心知，列于人类，而又厚利歆〔欲〕于前，隐祸怵于后，有不着优孟之衣冠而甘为兽禽之居处乎？天下之汩没廉耻而惟利是图者，皆此类也。只觉可怜，何须动怒？"石氏听了，细想一番，大是有理，便觉心地清凉，再听他们时，却渐渐的平静下去。①

璇姑规劝石氏是从戒利而不是戒欲着眼，不免牵强，石氏听毕，能够立即心地清凉，转折太快，缺少铺垫，情理上缺少说服力，亦可见编辑删改时润色妥帖不够。

编刊者采用直接删除、改繁为简、改为劝戒文字这三种方式在晚清时期小说编辑出版中较普遍，尤其是前两种方式。由于晚清书贾出版《野叟曝言》，一般对性描写都进行了删削，结果坊间"大量出现删除艳情内容的'净本'"②晚清出版的《意外缘》有 6 回、12 回、18 回本，其中 6 回和 12 回本对淫秽描写都进行了删改。说明编刊者出版性描写较露骨的小说时，或多或少心存顾虑，把删改作为一种常用的规避手段。邓之诚《小说禁例》言："唯小说为道咸后重刻者，略删猥亵过甚语而已。"③该判断基本符合史实。即便如此，不少删改之后的小说仍难逃禁毁，《续今古奇观》即是如此。1896 年 11 月，上海共公共租界会审谳员屠作伦，开单查禁淫书，"《拍案惊奇》改名《续今古奇观》"位居所开淫书名目第二位④。1900 年初，杭州协德善堂议定单目、发起跨越江浙两省的庚辛禁毁小说运动，《续今古奇观》也名列其中。这种现象说明：晚清查禁小说活动往往循例查禁，并不对小说内容进行翻检审查。尽管《续今古奇观》对《拍案惊奇》所包含的稍有铺陈的性描写进行删减、教化色彩更浓，仍在被禁之列。

---

①《野叟曝言》（第三十一回），《沪报》1882 年 10 月 17 日，第 10 版。
②王琼玲《从余波汇成汪洋—〈野叟曝言〉的流传与改编》，《明清小说研究》2006 年第 3 期。
③邓之诚著，邓珂增订点校《骨董琐记》，中国书店 1991 年版，第 201 页。
④《严禁淫书》，《晚清报载小说戏曲禁毁史料汇编》（上），第 58 页。

(二)用广告申明纯正

从传播媒介上看,晚清时期的小说出版与此前的小说出版最大的不同是晚清时期的小说编刊、传播开始有了近代报刊的参入,自 1870 年代开始,报载小说广告日渐繁盛,出版商遂开始尝试用报刊广告规避禁令和舆论。他们通常的做法有二:

1.声明书局宗旨正大,不出淫书。表现为利用报刊广告申明出版机构宗旨纯正、决不刊售淫亵书籍。1877 年,有读者来信指责申报馆出版禁书《倭袍记》,《申报》在头版右侧刊登回信云:

> 本馆历年所印之书籍,业已汗牛充栋,顾从未敢以淫亵之书印行牟利,此诸君子所共见共闻者也。昨蒙执事来函,责以印售《倭袍》,有关风俗,劝弗再印等语。查《倭袍》一书,久经宪禁,且词句鄙俚,微特本馆之所不敢印,且更不屑印者也。执事过听人言,为此忠告,本馆感其意而不欲受其诬,用敢布覆数行,唯希洞鉴不宣。本馆谨启。①

在回信中,申报馆表明两个基本态度:其一,报馆谨遵官方禁令,从不印刷违禁之书牟利。其二,报馆关心风化,即便没有官禁,类似《倭袍》这样的"淫亵之书",报馆也不屑印售。申报馆将此回信刊载于头版,其表态如同公开信,它是向社会宣布:报馆对违禁小说持反对和批判的基本态度。1887 年 8 月,美查发现有人怀疑点石斋书局刊售淫书,立即刊登《禁印淫书声明》,表明决不刊售淫书的坚决态度和恪遵官方禁令的一贯作风:

> 本斋自沪上首创石印以来,所印诸书更仆难数,虽不足上媲石渠之精,亦庶几无愧曹仓之富,存心惟在济世利人,颇欲彰明至教,甄综体裁,以仰副圣朝陶镕人才之至意于万一。用是广征秘籍,力辟幽光,凡见有裨生民利病、足资经生考订之书,不惜重资购求,维精维备,以广流传而期实用。此外无关体要、坏人心术之邪说,虽市利百倍,誓不刊印。去年奉遵宪谕,剀切严明,本斋恪守功令,愈加谨慎。近闻外间有违谕冒禁私印淫书,首页未标明某局所印,以冀鱼目混珠,故不得不明白剖示,以释群疑。须知本斋所印及为友人代印者皆属经史子集正

书,其次亦不过备文人之揣摩、助韵士之吟咏。此后倘有集淫词艳体以取悦庸俗之耳目者,尽可向别局印行,幸勿过问,以冀免戾寡过。特此声明。点石斋主人启①。

声明中"去年奉遵宪谕",指 1886 年 5 月,江苏布政使李嘉乐和按察使朱之榛会衔札饬上海公共租界会审谳员罗嘉杰颁布《禁刊印淫书示》,张贴于各书局书肆门首,严禁刊印淫书②。当然,美查及其主办的出版机构真的如其所说不刊售官方查禁的"淫书",这是可以怀疑的。美查自 1877 年 7 月 18 日在《申报》刊登广告访求《野叟曝言》,历时 6 年终于将其出版,《野叟曝言》就曾是官方明令查禁的淫词小说。从此类广告可以看出,晚清禁毁政策和舆论对出版商形成一定的心理压力,即便像美查这样身处租界、有洋商背景的书贾,对被怀疑刊售违禁小说的舆论仍有所忌惮,从维护营业形象和避免舆论批评着想,他们一般选择撇开违禁嫌疑。

2.声明小说内容纯正,不涉淫邪。此例也是由申报馆开创。1870 年代初,申报馆利用现有铅印技术设备出版小说时,不但在觅书广告中声明不接受违禁之书,而且还在销售广告中屡屡声明所售决非诲盗诲淫之书。1875 年,申报馆出版的《快心编》,开创了晚清报载销售小说广告声明"无淫乱等词"③的先例,此后,"无淫乱之词"的声明是晚清报载小说广告强调的要点之一。理文轩声称其出版的《听月楼》:"此书虽谈始终奇情,情中无淫乱之词。"④文宜书局声称其出版的《遇仙奇缘》"无奸淫之事。"⑤博文书局为《忠烈姻缘奇传》所作广告云:"言忠孝节义,无半句淫词秽语"⑥等。在晚清上海小说禁令和案件频繁、禁毁舆论兴盛、小说竞售激烈的背景下,小说销售广告中声明不涉及淫亵成为晚清小说广告词强调的要点之一。书局之所以在小说销售广告中竞相把"无淫秽之词"作为广而告之的要点,目的有二:其一,树立书局出版小说内容纯正的印象,规避查禁或舆论批评。其二,扩大理想读者对象群体以促销,即男女老少皆宜读宜购,就像东

---

①《禁印淫书声明》,《字林沪报》1887 年 8 月 22 日,第 1 版。
②《禁刊印淫书示》,《晚清报载小说戏曲禁毁史料汇编》(上),第 26—27 页。
③"新印快心编出售"广告,《申报》1875 年 12 月 10 日,第 1 版。
④"新出石印绘图听月楼"广告,《申报》1893 年 8 月 3 日,第 6 版。
⑤"石印绘图遇仙奇缘"广告,《申报》1894 年 9 月 6 日,第 6 版。
⑥"新出绣像忠烈姻缘奇传"广告,《申报》1895 年 9 月 5 日,第 6 版。

壁山房为《今古奇闻》所作广告云："无艳丽淫邪之说,非但雅俗共赏,即妇孺亦能寓目。"①附带提及,晚清沪上戏园广告声明不涉海淫的现象也很突出(见表3—1),其目的与书局声明小说无涉海淫并无二致,即规避查禁和舆论并扩大受众,如天仙戏园《野叟曝言》新戏广告:"至于原书稍有淫亵之处,戏中一一删除,俾白袷名流,绿窗静女,咸堪寓目。"②但书贾和戏园广告不涉淫亵的声明,一般不过是障眼法,不可全信。1895年10月,署"长白散人君启"在《新闻报》为其出版的《隋炀艳史》广告云:"炀帝一生繁华,凡一举一动,无不悦人耳目,为后人艳羡,故名曰《艳史》,非淫亵之词。"③然而《隋炀艳史》因有较露骨的性描写,晚清屡遭官禁,就在该年12月,吴县知县还开单禁毁该小说④。新闻报馆广告为《隋炀艳史》"非淫亵之词"的辩解和声明,是其刊售该小说时理不直气不壮心态的流露。

表3—1　晚清上海戏园广告声明剧目不涉淫秽举例表

戏园名称	戏剧名称	摘录	资料来源
老丹桂茶园	蝴蝶杯	尤最恶淫乱之戏,一则显违禁令,一则暗坏人心	"新排新戏蝴蝶杯",《申报》1886年12月26日,第5版
新丹桂茶园	忠相一梦	并无淫亵,又不支离	"新丹桂新排新戏新彩忠相一梦",《申报》1888年7月11日,第6版
天成茶园	心平气和	无丝毫淫亵等词,劝人忠孝为先	"新排大明古典新时海外奇彩心平气和",《申报》1890年7月20日,第6版
关水台	清唱影戏	并无奸盗邪淫,男女可观	"三茅阁桥东首关水台启",《申报》1890年10月19日,第5版
丹桂茶园	文武香球	并不淫亵伤雅	"文武香球",《申报》1891年12月1日,第5版
天仙茶园	野叟曝言	原书稍有淫亵之处,戏中一一删除	"新创野叟曝言",《申报》1891年12月2日,第6版

①"新出今古奇闻"广告,《申报》1888年5月27日,第6版。
②"新创野叟曝言"广告,《申报》1891年12月2日,第6版。
③"绘图石印隋炀艳史"广告,《新闻报》1895年10月4日,第6版。
④《开单示禁淫书》,《晚清报载小说戏曲禁毁史料汇编》(上),第249页。

续表

戏园名称	戏剧名称	摘录	资料来源
天仪茶园	假好心	并无奸盗邪淫等情	"新戏",《申报》1893 年 5 月 27 日,第 6 版
丹桂茶园	三世奇冤	并无奸盗邪淫,无非劝人归正	"丹桂茶园新戏告白",《申报》1895 年 5 月 16 日,第 6 版
丹桂茶园	南瓜报	的确实事,毫无淫亵	"丹桂戏园新戏告白",《申报》1896 年 9 月 6 日,第 6 版
咏仙茶园	四大金刚	内中淫亵者删之,侠义者加之	"新创新排电光灯彩新戏新书四大金刚"《申报》1898 年 9 月 10 日,第 6 版

晚清报刊兴起、善书流行,禁毁舆论繁盛,禁毁舆论给编刊者产生了一定的心理压力。从内容上看,禁毁舆论可分为果报舆论和大众舆论。果报舆论是指编撰、出版、收藏淫词小说获恶报的观念和意见。1896 年,某位书贾无意印刷了《意外缘》,在立即把书底等送至广益善堂全部焚毁之后,他还在《申报》上刊登广告,奉劝同业诸公"切勿翻印,致伤阴德也。"①可见果报仍是晚清部分书贾激励自己和奉劝他人不刊售淫书的精神武器。大众性禁毁舆论是人们对编撰、出版淫词小说提出的批评意见。1901 年 9 月,上海理文轩书局刊售《续今古奇观》等小说被租界公堂判罚之后,局主戎文彬接连在《申报》等报刊上刊登广告,向来信质问的亲戚故旧以及舆论界解释说明此类小说是书局在他出国期间刊印,本人并不知情,其本人断不至于自暴自弃到售卖淫书的地步,"谅知我者,当亦鉴及所犯之案原矣。"②戎文彬是否真如他所说对书局刊售禁书并不知情,值得怀疑。可确定的是,他是在试图通过报刊广告减少因刊售禁书被罚事件给书局生意和本人声誉带来的不利影响。相比他们前辈,晚清小说编刊者在规避禁毁方式上有了报刊广告这个新的媒介手段。可见,相比他们前辈,晚清小说编刊者不但拥有报刊这种新的小说传播媒介,而且还尝试使用它规避禁毁带来的不利影响。

---

①《声明》,《申报》1896 年 10 月 7、8 日,第 6、8 版。
②《知我谅我》,《申报》1901 年 9 月 9、10 日,第 4、5 版。

三、对清代前中期借禁促销方式的发展

禁止会引起人们的好奇心和逆反心理,驱动人们打破禁止,现代心理学把这种现象称作禁果效应。禁果效应作用在查禁活动上,每一次查禁活动都是在给查禁内容作广告。为顺应禁果效应、追求利润,出版商千方百计地推出禁书,借禁果效应以促销的现象在中外禁书史上数见不鲜。就连乾隆皇帝本人也承认查禁会刺激禁书的编刊、传播:"闻有应毁之书,必且以为新奇可喜,妄行偷看,甚或私行抄存,辗转传写,皆所不免。"①伴随铅石技术的应用,在利用禁果效应上,晚清时期的小说编刊者也拥有较之以前更加便利的条件,在反应速度上更加快捷。

(一)竞相用铅石技术出版违禁小说

伴随近代出版技术的引入和推广,晚清书贾掀起了利用近代出版技术出版违禁小说的高潮,出版地集中在上海租界,时间是在1870年代以后。据不完全统计,晚清江苏官长发起大规模开单查禁小说运动4次,上海地方官主动和受命发起开单查禁小说运动26次,上海租界拘捕判罚违禁小说案件共计12次②。由此,也形成晚清上海地区违禁小说传播的一大趋势:禁毁小说活动频繁,违禁小说出版仍源源不断。这其中,书贾借禁果效应竞相出版属关键因素:"夫人之所以争售淫书者,以其同是一书,他书销场滞而淫书则销路广耳,他书获利微而淫书则获利厚耳。"③我们可以通过两桩违禁小说案件推想沪上书贾出版违禁小说数量之大。1892年8月,上海租界会审谳员蔡汇沧访知有某书贩与某书作合股将《红楼梦》改名《金玉缘》,刷印二千部④。1896年10月,嘉记书店嘱托张阿双订书作印刷《野叟曝言》《果报录》《清廉访案》数种违禁小说,其中《野叟曝言》嘱订二千部,尚未完工,包探搜得五百部。这些查获案件仅是冰山一角,在铅石技术推

---

① 中国第一历史档案馆《纂修四库全书档案》(上),上海古籍出版社1997年版,第446页。
② 统计依据:丁淑梅《中国古代禁毁戏剧编年史》,重庆大学出版社2014年版;张天星《晚清报载小说戏曲禁毁史料汇编》(上、下),北京大学出版社2015年版。
③ 《论淫书不宜排印》,《晚清报载小说戏曲禁毁史料汇编》(下),第553页。
④ 《查禁淫书》,《晚清报载小说戏曲禁毁史料汇编》(上),第229页。

广和普及之后,沪上"各书坊多用活字板排印各种淫书,以广销售之路。"①
1896 年,上海违禁小说出版情况是:"除早经绝迹之《如意君传》《痴婆子
传》等难以访寻外,其余几乎无奇蒇有。"②晚清上海违禁小说出版,与戏园
搬演淫戏一样,形成了频繁查禁、频繁出版(搬演)的怪象。在文化变动与
融合、权力分化与消长的末世王朝,禁毁活动的广告效应也愈加明显:"年
来书报,初出者未尽流通,及经彼辈示禁,而该书遂大扩销场,洛阳纸贵
矣。"③编刊者也就乘查禁的禁果效应和广告效应大批量出版违禁小说。

删改是禁毁活动对小说文本影响的常见形态,但删改与禁止一样,也
会产生禁果效应,反而提升了读者阅读原本的欲望。对于普通读者而言,
小说中的低俗乃至淫秽处往往最能引发他们的兴趣:"凡读淫书者,莫不全
副精神,贯注于写淫之处,此外则随手披阅,不大留意,此殆读者之普通性
矣。"④读者千方百计地想读到未删节本,书贾也会千方百计出版未删节
本,强调原汁原味,高价出售,甚至精装套印。1855 年左右的北京琉璃厂,
一套《金瓶梅》:"大版精楷,评者三家,分三色套印,为巨册八,询贾人直,皆
索取制钱五万。"⑤销路紧俏,欲购者求之而不可得,五万钱折合白银不下
三十两,价值不菲。《肉蒲团》《载花船》《株林野史》《桃花影》等违禁小说在
晚清都有石印全本。至于那些打着足本、原本、全本、古本等幌子销售的违
禁小说如《增图足本金瓶梅》《秘本杀子报全传》《原本全图果报录全传》等
书名,都是试图借未经删节来招徕读者。

(二)违禁小说戏曲相互改编以促销

即把正在查禁的戏剧改编成小说、把正在查禁的小说改编为戏剧,以
后者为著。这样做的好处,一者可以借违禁小说戏曲相互间产生广告效
应,二者也可规避官方查禁、有所托词:你们查禁的是戏剧而非小说刊本,
或你们查禁的是小说刊本而非戏剧。清代中期,屡遭查禁的《水浒传》《金
瓶梅》曾被节取改编为《戏叔》《挑帘》《捉奸》《葡萄架》等戏曲在京师舞台上

---

①《劝沪上各书坊勿排印淫书说》,《晚清报载小说戏曲禁毁史料汇编》(下),第 584 页。

②《与客谈禁淫书》,《晚清报载小说戏曲禁毁史料汇编》(下),第 618 页。

③《清廷之示禁书报》,《中国日报》1907 年 3 月 19 日,第 2 版。

④朱一玄编,朱天吉校《明清小说资料选编》(下),南开大学出版社 2012 年版,第 553—554 页。

⑤(清)李恒《宝韦斋类稿》,光绪六年武林赵宝墨斋刻本,卷八十二《甲癸梦痕记六·琐言》第四页上。

盛演一时。晚清违禁小说戏曲互相改编的现象集中在上海,其时上海既是南方演剧中心、戏园林立,也是小说出版中心、书局报馆麇集,借查禁之际把违禁小说戏曲相互改编之现象较突出。1880年代上海官方频繁查禁戏剧《杀子报》,沪江书局、敬业堂等出版机构乘机推出小说《杀子报》。1895年7月,上海会审公廨谳员罗嘉杰查禁《左公平西》新剧,同年11月,沪上书局推出《左公平西》小说①。至于把正在查禁的小说改编成戏剧,这种现象更普遍,《金瓶梅》《倭袍记》《野叟曝言》《红楼梦》等小说都被沪上戏园改编成戏剧,广而告之。当时舆论云:"或者书诲淫而戏不诲淫乎?抑或者淫书可禁而淫戏不可禁乎?"②就在质疑这种违禁小说戏曲之间相互改编的现象。

　　作为一代之制度,清代禁毁小说的管理制度确立于康熙朝、严厉于文字狱运动中。时至晚清,尽管朝廷社会控制力减弱、文网渐弛,但禁毁政策的惯性依然强大。在权势转移中,晚清地方官和士绅成为禁毁活动的主要推手,加上晚清劝善运动盛行、报刊媒介兴起等合力,晚清禁毁小说活动频繁。与清代前中期禁毁活动和舆论对小说编辑出版的影响相比,禁毁活动和舆论对晚清时期的小说编辑与出版的影响既有承袭,也有通变,承袭主要表现在改换名目、隐匿或托名出版、标举教化宗旨等规避禁毁,以及继承了清代前中期借禁果效应促销的策略。通变则主要表现在由主要删改违碍内容到主要删改性描写,利用报刊广告塑造书局以及出版小说纯正的良好形象,利用禁果效应竞相用铅石技术出版违禁小说,加快违禁小说戏曲之间的改编出版等。这些通变,是由于时势变迁、禁毁关注点转移、报刊媒介和新出版技术参与小说出版传播之后,禁毁活动和舆论作用于小说编辑出版而产生的时代新特点。大众媒介和出版的近代化从物质技术层面给清代禁毁政策带来前所未有的冲击,在社会控制日趋乏力的末世王朝,执行困难、屡禁不止的现象愈发突显。晚清时期小说编刊对禁毁活动和舆论的遵从与规避、违反与利用,对认识禁毁活动与晚清时期小说编辑出版之间的互动关系、新媒介新出版技术对出版管理制度的冲击都较有价值。

①"左公平西石印新书"广告,《申报》1895年11月29日,第6版。
②《论丹桂茶园重演〈杀子报〉之违禁》,《晚清报载小说戏曲禁毁史料汇编》(下),第625页。

第十八章　演戏酬神对清代禁戏政策的消解

清代是中国古代禁毁戏曲最频繁的朝代,清代统治者把观念性禁戏与制度性禁戏相结合,将禁戏力度和规模推至高峰。但是清代禁戏为何屡禁不止、愈禁愈演? 这是清代戏曲研究难以回避的重要问题。目前,学界认为清代禁戏屡禁不止现象的主要原因有:观众喜爱观剧[1];清朝对社会监管力度减弱、社会道德观念松动[2];作为主要消费群体的商人偏好淫戏的娱乐诉求[3];夜戏难禁是由于乡村经济的发展、商人阶层崛起、日渐奢靡的消费文化以及利益驱使的复合产物[4]。这些观点皆有根有据,丰富了对清代禁戏屡禁不止现象的认识。但综合来看,仍缺少风俗视角,特别是演戏酬神习俗的视角。有学者认为清代行政权威力量无法同约定俗成的民俗民风相对抗是迎神赛会难以禁止的根本原因[5]。该观点启示我们:清代禁戏屡禁不止与风俗习惯关系莫大,因为迎神赛会,一般皆要演戏。本乎此,本章从演戏酬神习俗着眼,考察清代演戏酬神如何能消解官方禁戏政策,以深化我们对清代禁戏屡禁不止现象的认识,并给当代文艺管理法治建设以启示。

一、习俗相沿、消解禁令

演戏酬神是通过演戏的方式祈神、敬神、酬神,根据演出场地和目的一般可分为庙会戏、还愿戏、行业戏和祠堂戏四种。演戏酬神在清代一般例所不禁,要因有四:其一,演戏酬神源于先秦已成定制的赛社习俗,风俗相沿,根深蒂固,难以革除;其二,清代统治者倡导神道设教,"'神道设教',通

---

① 张勇风《中国戏曲文化中的"禁忌"现象研究》,文化艺术出版社 2016 年版,第 264—277 页。
② 刘庆《管理与禁令:明清戏剧演出生态论》,上海古籍出版社 2014 年版,第 223—246 页;金坡《愈禁愈演:清末上海禁戏与地方社会控制》,《都市文化研究》2013 年第 2 期。
③ 魏兵兵《"风流"与"风化":"淫戏"与晚清上海公共娱乐》,《史林》2010 年第 5 期。
④ 姚春敏《控制与反控制:清代乡村社会的夜戏》,《文艺研究》2017 年第 7 期。
⑤ 荣真《中国古代民间信仰研究——以三皇和城隍为中心》,中国商务出版社 2006 年版,第 98 页。

行于古今中外。清史或近代史表明,满洲列帝,对这一点格外认真。"①清代官员发现百姓"多不畏官法,而畏神诛;且畏土神甚于畏庙祀之神。"所以要有意提倡,培养百姓的鬼神敬畏意识,"司土者为之扩而充之,俾知迁善改过,讵非神道设教之意乎?"②其三,演戏酬神的娱乐功能符合圣人一张一弛之教,有利于社会秩序稳定;其四,演戏酬神的商业功能有利民生。从这些因素出发,清代官方对演戏酬神一般采取例所不禁的管理政策。雍正四年(1726),朝廷承认民间演戏酬神的合法性:"在民间有必不容己之情,在国法无一概禁止之理。"③乾隆元年,乾隆朱批否定了广西右江总兵潘绍周请禁赛神的奏折:"民终岁勤劳无一日之乐事,岂非拂民之性哉?将此谕亦告督抚知之。"④乾隆甚至批评奏请禁迎神赛会,"原属不经之谈。"⑤在不碍农事、无妨治安、不演违禁剧目的前提下,演戏酬神"不在限禁。"⑥由于清代官方对演戏酬神采取宽禁政策,加上多神信仰遍及华夏、观剧娱乐蔚然成风,清代中后期演戏酬神相比前代,愈加繁盛,因为祀神不演戏,"无以体神心而娱神志。"⑦清代中后期也是官方禁戏最频繁的时期,令统治者始料不及的是,如火如荼的酬神演戏却成了消解官方禁戏政策的"化骨绵掌",从根本上抵消禁戏法令,造成禁令难以执行。措其大端,主要表现在搬演夜戏、喜演情色戏、妇女观剧、偏好地方戏等方面。

(一)夜间酬神习俗抵消夜戏禁令

清代禁演夜戏属全国性法令,雍正十三年(1735),朝廷首次颁布夜戏禁令。乾隆二十七年、嘉庆七年、嘉庆十六年,清廷又先后重颁夜戏禁令。清代之所以禁演夜戏,要因有二:一是道德风化之忧。夜晚观剧,男女混淆,危及男女之防的伦理道德秩序。二是社会治安之虞,"恐致生斗殴、赌

---

① 朱维铮《重读近代史》,中西书局 2010 年版,第 180 页。
② 《官箴书集成》编纂委员会编《官箴书集成》(第五册),黄山书社 1997 年版,第 281 页。
③ (清)蒋良骐撰,鲍思陶、西原点校《东华录》,齐鲁书社 2005 年版,第 447 页。
④ 哈恩忠编选《乾隆初年整饬民风民俗史料》(下),《历史档案》2001 年第 2 期。
⑤ 广西壮族自治区通志馆、广西壮族自治区图书馆编《〈清实录〉广西资料辑录》(一),广西人民出版社 1988 年版,第 303 页。
⑥ 哈恩忠编选《乾隆初年整饬民风民俗史料》(上),《历史档案》2001 年第 1 期。
⑦ 杜海军辑校《广西石刻总集辑校》(中),社会科学文献出版社 2014 年版,第 777 页。

博、奸窃等事。"①清代地方官把禁止夜戏作为基层社会治理的重要举措："果能禁止夜戏,地方可省无数事端也。"②对不实力奉行查禁夜戏的地方文武官员,《钦定吏部处分则例》规定："罚俸一年。"③但实际执行中,夜戏禁令屡被演戏酬神者违反,寻其要因,除乡村夜戏监管较城镇松懈、民众夜晚娱乐需求驱动等因素外,夜间祀神习俗与夜戏共生亦关系莫大。

　　清朝各地一般皆有夜间祀神传统,夜戏亦如影随之。元宵节一般认为源自先民岁首用火祭祀、驱邪避难的仪式,元宵习俗的基本面貌于隋代定型,唐代元宵金吾不禁成为传统："金吾不禁夜,玉漏莫相催。"④降至清代,元宵持续时间比明代更长,有的为 15 天,有的甚至达到 19 天。元宵节前后,夜戏盛行,相沿成俗,如乾隆三十五年《光州志》、乾隆《蓬溪县志》、嘉庆十五年《绩溪县志》等方志的"风俗"或"时令"卷,皆有张灯演剧的记载⑤。清朝中后期,其俗不让前代。绍兴元宵节前后,各庙皆张灯结彩,兼有演戏敬神,"通宵达旦,热闹非常。"⑥安徽祁门元宵前后"行傩演剧。"⑦南昌每届元宵前后,赌赛灯戏,更有扮演高脚戏,卜昼卜夜,举国若狂⑧。元宵之外,各地酬神夜戏名目亦复不少,嘉定县城每逢丰稔之年,必于二月中赛迎灯会,抬阁搬演杂剧⑨。温州东岳庙元帅会每于三月三日夜出庙,又须十余日方能藏事,所到之处,悬灯结彩,百戏杂陈⑩。有的地方夜戏竟持续数月之久,如崇阳县,城中城隍庙奏曲娱神,乡村市镇则时复效尤,"秋冬至春月,沿户迎傩,夜灯演剧,观者亦如堵墙。"⑪甚至官方还是夜戏酬神的组织者,在广东海阳,正月有青龙庙安济王会,迎神出巡,"大小衙门及街巷各召梨园奏乐迎神""凡三夜,四远云集。"⑫为俯顺民意,地方官还要维护治安、

①王利器辑录《元明清三代禁毁小说戏曲史料(增订本)》,上海古籍出版社 1981 年版,第 20 页。

②王利器辑录《元明清三代禁毁小说戏曲史料(增订本)》,上海古籍出版社 1981 年版,第 111 页。

③王利器辑录《元明清三代禁毁小说戏曲史料(增订本)》,上海古籍出版社 1981 年版,第 20 页。

④沈德潜编《唐诗别裁集》,吉林出版集团股份有限公司 2017 年版,第 226 页。

⑤彭恒礼《元宵演剧习俗研究》,广东高等教育出版社 2011 年版,第 5、48 页。

⑥《兰亭问俗》,《申报》1898 年 2 月 12 日,第 2 版。

⑦周巍峙主编;卞利,汤夺先本卷主编《中国节日志 春节 安徽上》,光明日报出版社 2014 年版,第 174 页。

⑧《春灯类志》,《申报》1880 年 3 月 11 日,第 2 版。

⑨《宝灯类志》,《申报》1885 年 4 月 17 日,第 3 版。

⑩《赛会纪盛》,《申报》1882 年 6 月 2 日,第 2 版。

⑪(清)高佐廷修,傅燮鼎编纂《(同治)崇阳县志》,同治五年刻本,卷一第七十九页上至第七十九页下。

⑫丁世良、赵放主编《中国地方志民俗资料汇编》(第 7 册),国家图书馆出版社 2014 年版,第 95 页。

保障夜戏秩序。厦门中元节各处盂兰盆会称为普度,每值普度,金吾不禁,道路为戏台拦阻,全街大小戏台至少十余处,举国若狂,彻夜通宵。官方派遣文武委员,按段梭巡,维持治安,并不禁止[①]。厦俗四月十五日为五殿阎王诞辰,各酒馆饭店因每年宰杀鸡鸭,深恐愆尤,每届是日,拦街搭台,搬演夜戏,"笙歌彻夜,裙屐如云。"[②]厦门官方对拦街搭台、酬神夜戏的许可,是法令对人情习俗的屈从。一旦夜戏酬神成为向例,官方禁止,则会遭到地方力量的抵制,禁令遂成具文。宁波城内,每于九月迎赛大庙菩萨,并循例搬演夜戏。1878年,宁波知府谕令只许迎神,不许夜演,当菩萨驾驻醋务桥行宫时,年例该处于九月十三、十四两日夜演。该处某巨绅并不赴府署商请,公然违令,于十三日当街搭台,雇班夜演,观者塞途。观望者闻之,十四日夜纷纷开台,城中夜戏竟达十余处[③]。"某巨绅"之所以敢公然违抗夜戏禁令,除了自恃其势力外,显然还有夜间酬神习俗的凭借,纷纷开台,则法难责众矣。1888年九月,宁波城内夜晚舁神出巡、搬演夜戏的习俗仍在循例举办[④]。演戏酬神之所以能突破夜戏禁令,民众夜间娱乐欲求虽说是违禁的动力之源,但夜间循例酬神才是合理借口。清代官方若不能革除夜间祀神习俗,则禁止夜戏不亦难哉!

(二)娱神娱人习俗消解淫戏禁令

情色戏属于所谓的淫戏。从一些禁令、日记、报刊、小说提及的演戏酬神剧目中,可知一批违禁的所谓淫戏在酬神剧场上盛演不息,如《卖胭脂》《杀子报》《翠屏山》《珍珠衫》等[⑤],它们基本属于包含情色关目的爱情剧,甚至神庙剧场,生旦"相搂相抱,阳物对着阴户,如鸡食碎米,杵臼捣蒜一般"[⑥],当众宣淫。但这仅是冰山一角,酬神剧场还上演许多今天已不知名目的荤戏和淫秽关目。清代道德之士指责酬神剧场"淫戏"风行:"闻各处

---

①《秉公无私》,《申报》1893年9月11日,第2版。
②《鹭江谈屑》,《申报》1892年5月28日,第2版。
③《违禁夜演》,《晚清报载小说戏曲禁毁史料汇编》(上),第171页。
④《甬上近闻》,《申报》1888年10月28日,第2版。
⑤《戏场肇祸》,《申报》1895年8月14日,第9版。《演戏酬神》,《申报》1896年3月26日,第3版。《潞河锦缆》,《申报》1897年5月13日,第2版。《古潞杂言》,《申报》1897年6月23日,第2版。《戏场肇事》,《申报》1898年10月31日,附张。
⑥齐文斌主编《明清艳情禁毁小说精粹卷3妖狐艳史》,延边出版社1999年版,第187页。

演戏敬神者,靡不点粗俗淫荡各剧。"[①]并痛心疾首地呼吁不要点淫戏敬神明[②]。此类指责虽不乏偏见,但许多也确属实情。

撇开情色剧目和淫秽关目娱乐性强、戏班和伶人迎合观众趣味不谈,搬演情色乃至淫秽关目还是先秦祀神娱神和婚恋礼俗的遗存,源远流长。先秦社祭除土地崇拜外,在交感巫术的启示下,还融入了生殖崇拜,先民认为社祭时男女交媾可以促进风调雨顺、土地增产。社祭中有神附体的尸,《左传·庄公二十三年》记载鲁庄公不听曹刿劝谏,到齐国观看社祭,其实是想观看尸女表演,"所谓'尸女',即女人呈裸体,献身生殖神,可与任何人进行性交祭祀。"[③]尸女献身于神,既是生殖崇拜,也是娱神方式。原始巫术认为神与人一样有癖好,有情欲,祭神要投其所好,当然需要以色相媚神娱神。春社之日是男女奔者不禁之时,燕、齐、宋、楚等国神社祭祀时,"男女之所属而观。"[④]所谓"属而观",就是男女青年集在一起观看性交表演,然后分散择偶野合[⑤]。伴随伦理道德观念渐渐加强,此类性表演在秦汉以后的社祭中慢慢淡去,但从未消失,在部分地区的演戏酬神中仍属保留节目,即神爱看戏,且喜看荤戏。山西上党奶奶庙的喜神不仅爱看戏,而且要看荤戏,即表现男女调情故事的喜剧,如《闹五更》《秀才听房》之类的剧目[⑥]。神庙在搬演荤戏时,要提前清场,不让妇女和儿童观看,因为这些荤戏多私媒之事,妇女儿童不宜观看[⑦]。潞城县贾村碧霞宫(俗称奶奶庙)演剧的习俗是先在庙内戏台开演约一个小时的队戏,然后庙外戏台的大戏才能开演。队戏表演中总要加入一些内容粗俗、表现男女性爱的荤戏,"一般不准妇女、小孩观看。"[⑧]湖南沅澧地区在求子、上锁、婚丧寿庆、禳灾祛疾、祈蚕等的仪式中,都要搬演情色内容的荤戏,以便向傩神祈求[⑨]。诸如此类说明,演戏酬神中两情相悦乃至猥亵鄙俗的表演习俗渊源有自,它是上

①《论酬神宜禁淫戏》,《晚清报载小说戏曲禁毁史料汇编》(下),第 579 页。
②鸳湖知非氏《淫戏为害》,《晚清报载小说戏曲禁毁史料汇编》(下),第 698 页。
③陈炎主编《中国风尚史·先秦卷》,山东友谊出版社 2015 年版,第 280 页。
④(清)毕沅校注,吴旭民校点《墨子》,上海古籍出版社 2014 年版,第 126 页。
⑤宋公文、张君《楚国风俗志》,湖北教育出版社 1995 年版,第 262—263 页。
⑥刘文峰《志文斋剧学考论》,中国文联出版社 2014 年版,第 208 页。
⑦曹飞《敬畏与喧闹:神庙剧场及其演剧研究》,中国戏剧出版社 2011 年版,第 140 页。
⑧段友文《黄河中下游家族村落民俗与社会现代化》,中华书局 2007 年版,第 503 页。
⑨王荫槐主编《嘉山孟姜女传说研究》(下卷),湖南师范大学出版社 2012 年版,第 201 页。

古祭祀以色娱神和生殖崇拜风俗的遗存,"当戏剧脱离祭祀仪式,走出神庙时,插科打浑、猥亵俚俗的一面依旧保留不变……荤秽表演仍然比比皆是。"①貌似庄严的酬神剧场,并不排斥情色表演,甚至色情表演还是必备节目。今天看来,清代酬神剧场流行的"淫戏",一类属于爱情戏,可以通融;一类则是低俗淫秽的荤戏,尽管有上古遗风,但大庭广众,公开搬演,的确海淫。官方和道德之士指责演戏酬神"且所演之戏,半多淫靡。"②不无道理。

(三)全民参与消解妇女观剧禁令

清代禁止妇女看戏的禁令、行动、族规、闺训和社会舆论纷纭:"清代禁毁戏剧观演活动,有一个突出的方面,就是对妇女观剧的禁阻。不但家训闺箴、女德女教中充斥着妇女勿看戏的言论,官方文告、朝廷谕旨也屡屡禁止女性观众出入戏场。"③北京、苏州、杭州等城镇戏园直至清末仍禁卖女座,上海租界戏园售卖女座还曾引发过激烈争论。但有清一代,妇女出入酬神剧场风气之兴盛,远迈前朝。清初王应奎见到的江南旷野演戏酬神"观者方数十里,男女杂沓而至。""约而计之,殆不下数千人焉。"④这种情形在清中后期愈发不可收拾,戏曲繁盛的江苏、浙江、安徽、江西等南方省份姑且不论,以京畿地区为例。京畿风气素称良谨,演戏酬神时,妇女观众如痴如狂。1891年3月,通州东海子街演戏祀神,"妇女观剧,另有看台,粉白黛绿咸得列坐其中,大家闺秀则障以虾须帘,花枝隐现。"⑤1893年3月28日,通州北街恭祀水火二神,雇京都义顺和班演戏四日,"檀板甫敲,簪裾纷至,看台三百余间,尚不能容。"⑥可以说,从北到南,由城镇到乡村,在坚持男女分区的前提下,清代妇女可以自由出入酬神剧场。孕妇不宜看戏听曲的禁忌也被一些妇女抛之脑后,如腹大如瓠、即将临盆的妇女,也不

①白秀芹《迎神赛社与民间演剧》,中国艺术研究院2004年博士论文,第34页。
②《云间雁信》,《申报》1890年9月8日,第2版。
③丁淑梅《中国古代禁毁戏剧编年史》,重庆大学出版社2014年版,第520页。
④(清)王应奎《戏场记》,见《清代诗文集汇编》(256),上海古籍出版社2010年版,第254页。
⑤《潞河鲤信》,《申报》1891年3月23日,第2版。
⑥《潞水春鳞》,《申报》1893年4月11日,第2版。

宁观剧①。更甚者,竟有观剧妇女于剧场产子②。如此风气说明:演戏酬神,妇女往观,乃清代妇女休闲生活之常态。

　　妇女参与全民酬神传统悠久,相沿成俗。上古社祭家家参与,人人踊跃,一国之人皆若狂,妇女概莫能外。春秋战国时期,燕、齐、宋、楚等国神社,每届社祭,都活跃着女性身影:"燕之有祖,当齐之社稷,宋之桑林,楚之云梦,此男女之所属而观也。"③社祭从一开始就没有排斥女性。其俗代沿,当社祭成为民俗节日之后,妇女还能偷得一日闲,外出游乐,唐代妇女每逢社祭:"今朝社日停针线,起向朱樱树下行。"④直到晚清,全民迎神赛会的传统仍盛行不辍,如1889年四月初八日,天津府县牒请城隍厉坛赦孤,神鬼出巡,"道上游人如蚁,大家闺秀,则靓妆艳服,掩映于湘竹帘前,而小家碧玉,则露面抛头,几于在坑满坑,在谷满谷。"⑤迎神赛会,倾城妇女外出游观,沿袭的正是传统习俗。

　　一般认为,迎神赛社兴起于宋代,作为集体狂欢活动,妇女不但参与其中,而且还可出入赛社剧场,刘克庄《闻祥应庙优戏甚盛》二首之一云:"游女归来寻坠珥,邻翁看罢感牵丝。"⑥《即事》三首之一云:"抽簪脱裤满城忙,大半人多在戏场。"⑦明代开始,礼教对妇女的禁锢趋于严格,尽管有文人呼吁禁止妇女看戏,但官方禁止妇女看戏的法令并不多见,明代妇女看戏所受阻力相对较小,如杭州春台戏"士女纵观,阗塞市街。"⑧苏州春台戏,"士女倾城往观,岁以为常。"⑨入清以后,演戏酬神,妇女往观,从未间断,并随着频繁的演戏酬神而观剧机会更胜前朝。妇女往观演戏酬神,一般能得到官方或家人的许可。清代北京、苏州、杭州等城镇的戏园,皆禁售女座。但这些地方,妇女偏可以观看庙社演戏,如杭州"杭垣戏园向禁妇女看戏,惟庙社演剧,则不在禁例,而妇女之伴绿携红、约群同往者,固不特小

①《平山堂茗话》,《申报》1893年7月27日,第2版。
②《戏场产子》,《申报》1874年1月27日,第3版。
③(清)毕沅校注,吴旭民校点《墨子》,上海古籍出版社2014年版,第126页。
④李冬生注《张籍集注》,黄山书社1988年版,第278页。
⑤《鬼会》,《申报》1889年5月21日,附张。
⑥(宋)刘克庄《后村先生大全集》,清抄本,卷二十一第二页下。
⑦(宋)刘克庄《后村先生大全集》,清抄本,卷二十一第十三页上。
⑧(明)田汝成著,陈志明校《西湖游览志馀》,东方出版社2012年版,第366页。
⑨(清)褚人获辑撰《坚瓠秘集》,见《清代笔记小说大观》(二),上海古籍出版社2007年版,第1945页。

家碧玉、巨室青衣等而已也。"①说明杭州地区大家闺秀、小家碧玉皆可观看庙会戏。1890年秋,黄梅县李知县先期出示,严禁妇女看会,以免滋生事端,会期已过,方准妇女入庙观剧,"连日鬓影衣香,粉白黛绿,呼姨挈妹,络绎于途。"②清代官员对妇女出入酬神剧场的允许,是对千百年来全民参与赛会习俗的遵行。

(四)偏好地方戏消解地方戏禁令

清代中期开始,伴随地方戏的兴起,出现花雅之争,官方和正统文人从坚持雅正文化政策的立场出发,对地方戏实行查禁抑制的管理政策,"直到清代后期的同光年间,执政者始终严格查禁花部乱弹、地方戏等,查禁滩簧、花鼓戏、评弹的禁令屡屡颁行。"③宁波串客、髦儿戏、花鼓戏、采茶戏、蹦蹦戏、莲花落、东乡调、滩簧、香火戏、黄梅调、七子班等地方戏既被官方频繁查禁,也被道德之士口诛笔伐。令官方和道德之士意想不到的是,由于酬神剧场是地方戏观演的重要场所,例所不禁的演戏酬神反而为花鼓、采茶等地方戏提供了大量演出机会。如官方查禁的采茶戏,南昌、新建等县属各乡,"藉口春赛秋报,或遇神诞",雇演采茶戏④。嘉道以来,福建官方严禁七子班,但在厦门等地演戏酬神的竞争中,雇七子班相对便宜,"其无力雇官音大班者,则雇傀儡戏及本地七子班以代之。"⑤七子班也从未缺席泉漳地区的演戏酬神活动。花鼓戏是清代中后期官方查禁次数最多、查禁地区最广的地方戏,也是愈禁愈演。湖北楚北、武汉各乡间如值岁收稔丰,农民每于上元节敛钱玩灯、演唱花鼓,"谓可保一方平安,此风由来久矣。"⑥江苏华亭县乡村春间迎神赛会搬演花鼓戏的传统则始于乾隆年间,光绪初年,仍盛演不衰⑦。花鼓戏等地方戏既有参与酬神的传统,又能谐于里耳,且戏价更廉,场地要求不高,"小班价廉,乡间易演。"⑧在官方禁阻

---

①《妇女观剧受辱》,《晚清报载小说戏曲禁毁史料汇编》(下),第689页。

②《柴桑秋色》,《申报》1890年10月16日,第2版。

③赵维国《教化与惩戒:中国古代戏曲小说禁毁问题研究》,上海古籍出版社2014年版,第61页。

④《移风易俗》,《申报》1899年5月12日,附张。

⑤《鹭岛纪闻》,《申报》1887年5月23日,第3版。

⑥《禁演淫戏》,《晚清报载小说戏曲禁毁史料汇编》(上),第191页。

⑦(清)杨开第修,姚光发纂《(光绪)重修华亭县志》,光绪四年刊本,卷二十三第四页上。

⑧夏东元编《郑观应集》(上册),上海人民出版社1982年版,第34页。

和舆论的打压声中,酬神演戏为地方戏提供了大量堂而皇之的演出机会。

酬神演戏偏好地方戏根源于酬神赛会的乡土情结和传统。演戏酬神的表演人员来源,不外三种:一是外聘戏班,二是本地土班;三是民众自演自娱的扮演。不论哪一种来源,都面临一个"谐于耳"即民众听得懂的检验。并且既曰演戏酬神,不仅要谐于民众之耳,而且要谐于神之耳,"凡神依人而行,人之所不欣畅者,神听亦未必其平和也。"①所以演戏酬神要尽量入乡随俗,采用地方民众皆能听懂的土音,而这正是地方戏之优长。又者,汉代以来,民间迎神赛社中社火表演传统从未间断,与社火关系密切的采茶、花鼓、秧歌等地方戏,自然而然融入到迎赛队伍之中,成为迎赛习俗,或用小童"扮演地戏,杂入会中"②,或花鼓、秧歌等竞相出会③,或唱滩簧、演傀儡相互比赛④,或敲锣前导、演唱花鼓⑤。迎神赛会有扮演地方戏传统,观众有地方戏偏好。于是,被官方查禁和舆论抨击的地方戏纷纷在演戏酬神的剧场上搬演。迎神赛社不仅是地方戏滋生、成长的温床,而且还是地方戏遭遇禁阻时的护身之符。

二、利益裹挟、对抗禁令

酬神演戏消解清代禁戏政策不仅是习俗与法律的冲突与消长,其中还裹挟着观演者、组织者乃至监管者的多种利益诉求,与禁戏政策相抗衡。在这些利益诉求的驱动下,例所不禁成为违禁观演的幌子,"闻有司官差役往查,辄托名酬神愿戏,或又称春祈秋报,农民例申虔福。"⑥法难责众,禁管困难。

(一)观剧者娱乐需求抗拒禁令

清代从官方到民间,从封疆大吏到里巷细民,从行业会首到庙祝观主,无不借故演戏酬神、享受观剧之乐。每逢官方认可的神诞乃至祈雨禳灾,

①(清)江永《律吕新论》,见吴钊等编《中国古代乐论选辑》,人民音乐出版社2011年版,第388页。
②《杨王庙会》,《申报》1876年3月14日,第2版。
③《都门纪事》,《申报》1885年7月25日,第2版。
④《芜湖琐缀》,《申报》1886年8月26日,第1版。
⑤《袁江尺素》,《申报》1885年4月20日,第2版。
⑥《违制演戏》,《晚清报载小说戏曲禁毁史料汇编》(下),第706页。

演戏酬神,官员亲自参加,奉行如常①。官员升迁、军队检阅,也多演戏酬神之举②。民间庙会戏、行业戏、祠堂戏、祈雨戏等一般按村社行业,摊派戏资,全民参与、借酬神以满足娱乐之需。摊派遵循一定标准,乾隆四十五年樊先瀛《保泰条目疏》提到,山西乡村戏会,按地亩人丁牲畜摊派戏资,"由来已久。"③芜湖中江一带渔户每届仲夏醵资演戏、以邀神贶,所费是按照春末夏初所捕鳗鱼的尾数抽厘④。清末民初河南怀庆府地方演戏酬神,敬火神按房屋多寡摊派;敬关帝、财神由店铺捐资;敬土地、龙王按地亩多少分摊;敬老君、祖师由工匠出资;奶奶会按儿女多少或向求儿求女者征收;牛王会由各饲牛户分担;马王会则为"马出钱、牛管饭"。其他逢节日演戏均按地亩、人口分担⑤。大多数演戏酬神的戏资每年皆有、形成惯例,"岁有常额,莫或废者。"⑥分摊戏资是民众融入村社或行业,履行义务和享受权利的重要方式,晚清不少教民因不摊派戏资而引发教案,说明破坏全民参与的演戏酬神习俗极可能招致严重后果⑦。清初但凡某处演戏酬神,"哄动远近男妇,群聚往观,举国如狂。"⑧清代中后期酬神观剧更加兴盛,"远近来观、万人空巷"⑨,"男女老幼、人海人山"⑩,面对这种狂热的观剧享乐场面,禁阻无异于焚琴煮鹤、大煞风景,殊招人怨。

(二)组织者各怀利益对抗禁令

集体性演戏酬神组织者主要有士绅、地保、差役、会首、执事、庙祝、棍徒、班主、商贩等,借演戏获利者不乏其人。据目的之不同,可将他们分为三类:一是清正廉明的组织者。演戏酬神是基层社会或行业生活中的公益盛事,一次成功的演戏酬神活动,既可展示族群、村落或行业的凝聚力,也

---

①《演戏酬神》,《申报》1880年10月28日,第2版。

②《茸城雁帛》,《申报》1886年11月9日,第2版。《演剧酬神》,《申报》1886年11月17日,第2版。

③丁淑梅《中国古代禁毁戏剧编年史》,重庆大学出版社2014年版,第412页。

④《渔家乐》,《申报》1894年7月15日,第3版。

⑤王建设《从豫西北遗存古戏楼看清末民初怀庆府地区戏曲活动》,《戏曲研究》2012年第3期。

⑥(清)汪荣修,张行孚纂《(同治)安吉县志》,同治十三年刻本,卷七第二十页下。

⑦需要注意的是,戏资一般并非单独收取,在农村,戏资往往和看青支更、演戏酬神、修理庙工、村庄团练等费用一起收取,如果个人不缴纳这些费用,属自绝于村落族群之举。

⑧(清)陈宏谋辑《五种遗规》,线装书局2015年版,第252页。

⑨《上海巡局琐案》,《申报》1892年4月19日,第3版。

⑩《平湖秋月》,《申报》1893年8月19日,第3版。

可彰显组织者的领导魄力,进而提高组织者在基层社会的威信和声誉。为了赢得和保持良好威望,他们会认真循例组织好每一次演戏酬神。二是从中敛钱的组织者。演戏酬神的费用或按户醵资,或从族群、村落和行业公款中拨设专款,组织者则可乘机从演戏酬神费用中敛钱肥己,“科敛民财,半充囊橐。”①他们会积极张罗、奔走前后,甚至对不愿醵资者,“逞凶吓唬。”②“苛派出资,稍不遂意,则群殴之,必输助而后已。”③借庙观演戏酬神、增加香火钱的庙祝观主也可归于此类,他们会因演戏酬神之际大获香资而欢喜无量④,从而附和。三是开场聚赌的组织者。清代赌风极盛,“上自公卿大夫,下至编氓徒隶,以及绣房闺阁之人,莫不好赌者。”⑤演戏可以招集多人,聚赌抽头,“故欲图聚赌,必先谋演戏。”⑥于是,棍徒“借各庙神诞为名,妄称酬应演戏,因而大开赌场。”⑦赌棍人等也是演戏酬神的积极组织者。当然,这三类组织者并非判然区分,现实中,组织者为敛钱、为声誉、为聚赌的目的往往兼而有之,他们或为地方实力派、或本就是不安分之徒,一旦遇禁,常会鼓动观众,与禁阻者为难。因人多势众,官府往往只得折中妥协、息事宁人⑧。

(三)监管者牟取私利违反禁令

清代基层社会禁戏的监管者主要是绅士、差役、地保等,他们借演戏酬神谋取私利属普遍现象:有的绅士和县差营役得规包庇,致使府县对违禁演戏毫无闻见⑨;有的府县差役向诸班主收取规例,预为关照⑩;有的州县衙门差役常持十禁牌下乡开展禁戏等事,实则借以敛钱,地保也从中勒索⑪。在清代禁戏告示和舆论中,对绅士徇隐、差役包庇、地保容隐之类的

①丁淑梅《中国古代禁毁戏剧编年史》,重庆大学出版社2014年版,第334页。
②丁淑梅《中国古代禁毁戏剧编年史》,重庆大学出版社2014年版,第498页。
③(清)王昶等纂修《(嘉庆)直隶太仓州志》,嘉庆七年刻本,卷十六第五页上。
④《帝京杂纪》,《申报》1886年5月4日,第2版。
⑤(清)钱泳撰,张伟点校《履园丛话》,中华书局1979年版,第578页。
⑥来蝶轩主《请弛青浦县属朱家角镇戏禁意见书》,《晚清报载小说戏曲禁毁史料汇编》(下),第682页。
⑦《道札严禁演戏赌博》,《晚清报载小说戏曲禁毁史料汇编》(上),第108页。
⑧《众怒难犯》,《申报》1878年6月1日,第2版。《穗垣琐事》,《申报》1884年9月13日,第3版。
⑨《高安赌风甚炽》,《晚清报载小说戏曲禁毁史料汇编》(下),第788页。
⑩《演戏纪始》,《晚清报载小说戏曲禁毁史料汇编》(上),191页。
⑪《地保勒索》,《晚清报载小说戏曲禁毁史料汇编》(上),第268—269页。

警告和指责不胜枚举,组织者、观演者和监管者串通姑纵、中饱隐瞒,"比比然也。"①说明从官府到民间对此现象皆心知肚明,只是力有不及而已。监管的乏力和故纵,一定程度上助推了演戏酬神成为违反官方禁戏政策的温床,禁者自禁、演者自演。

由于集体性演戏酬神一般或多或少地裹挟着娱乐、酬神、声望、敛钱、陋规、赌钱、商业等多种利益诉求,一旦开演,任何禁阻都可能致干众怒,清代中后期,禁戏活动中经常发生殴差抗官的群体事件,原因即在于此。1895年秋,袁州游桥地方借赛会演戏聚赌,差役得贿包庇,袁州知府惠格只得亲自带领亲兵数人往禁,赌徒恃众拒捕,观众一呼百应,将亲兵殴成重伤,惠格头额也被击破、血流如注②。清人认为春祈秋报、村社演戏赛会之事,有管理之责的地方官最害怕"逆民志而启争端。"③可谓一语中的。当演戏酬神成为民众堂而皇之的习俗和多种利益诉求的集合体之后,官方禁戏法令就会被消解乃至公然违反,相关禁戏政策遂大打折扣,直至屡禁不止,"乡村信神,咸矫诬其说,谓不以戏为祷,则居民难免疾病,商贾必值风涛,是以莫能禁之。"④"官下令禁革,辄曰于地方不利。"⑤官方和道德之士只能徒唤奈何。

演戏酬神对禁戏政策的消解不尽上述,还包括女伶演剧、男女合演等禁令的违禁,特别是活跃在酬神剧场上的民间小戏,在剧种、剧目、女伶登台、男女合演等方面,较全面地挑战官方禁令:"至于春秋佳日,乡间报赛,演戏酬神,所演淫戏亦时有之,甚至有一男一女扮演花鼓淫戏,万人空巷,举国若狂。"⑥违禁的花鼓戏在酬神剧场搬演,女伶登场,甚至男女合演。当然,演戏酬神也一定程上表现出向禁戏法令的遵从,如酬神剧场严格男女分区观剧,一些地方立碑禁演夜戏或花鼓戏⑦,组织者承诺不演戏聚赌和扮演淫戏⑧等,但笔者认为相比演戏酬神对禁戏政策的消解而言,此等举措收效甚微。研究者认为,古代迎神赛会具有强烈的狂欢精神,表现出

---

①王利器辑录《元明清三代禁毁小说戏曲史料(增订本)》,上海古籍出版社1981年版,第316页。

②《太守被殴》,《晚清报载小说戏曲禁毁史料汇编》(上),第248页。

③《论南昌大傩》,《申报》1879年7月9日,第1版。

④(清)汤来贺《内省斋文集》,清康熙刻本,卷七第五页下。

⑤(清)李斯佺、叶楠纂修《(康熙)高淳县志》,康熙二十二年刻本,卷四第二页下。

⑥《论淫戏之禁宜严于淫书》,《晚清报载小说戏曲禁毁史料汇编》(下),第617页。

⑦徐宏图《浙江戏曲史》,杭州出版社2010年版,第238页;周立志编著《史说益阳》,暨南大学出版社2011年版,第94页。

⑧来蝶轩主《请弛青浦县属朱家角镇戏禁意见书》,《晚清报载小说戏曲禁毁史料汇编》(下),第682页。

反规范性,对传统规范"具有一种潜在的颠覆性和破坏性。"①此有以之言。以上探讨可见,作为迎神赛会衍生节目的演戏酬神亦具有反规范性,主要表现为对官方禁戏政策的违反。更关键的是,地无论东西南北,人无论男女老少,一年之中,酬神观剧竞繁,成为戏曲观演常态,组织者、观演者和监管者的酬神、娱乐、敛钱、聚赌、陋规等诸多利益诉求又裹挟其中,法难责众。各地酬神演戏"殆无虚日""无日无之"②地搬演,意味着官方禁戏政策也被常态化地违反,国家法令的强制性、规范性、普遍性被撕裂的千疮百孔,相关禁戏法令焉能树立权威、认真执行?

　　演戏酬神对清代禁戏政策的消解,本质上是习俗与法律之间的矛盾。习俗是法律的基础,在社会秩序的维护上可以对法律起到辅助作用。习俗一旦形成,就融入人们的意识和行为之中,历久相传,具有牢固性,法律很难渗入习俗的内部、规范习俗。习俗对社会成员具强烈的行为制约作用,具有刚性,在法律实施中突显阻碍作用,特别是当习俗成为惯例后,就会"以不同意的方式来对抗偏差。"③如果立法没有考虑到习俗的牢固性和刚性,当法律与习俗发生冲突时,民众会自觉不自觉地选择习俗,由此导致执法成本提升乃至法律根本无法执行。以今日的后见之明看,清代官方对演戏酬神一般采取例所不禁的管理政策,是对习俗的尊重,却没有顾及到演戏酬神本身与搬演夜戏、喜演情色戏、妇女观剧、偏好地方戏等习俗同生共长、难以剥离,而这些习俗与官方相关禁令又是矛盾抵牾的,由是造成习俗对抗禁令,加上打着例所不禁幌子的多种利益博弈其中,更增加了禁令的执行难度。清代演戏酬神对禁戏法令的消解也启示我们,法治渗入习俗是一个长期缓慢的过程,立法和执法应充分考虑到习俗的刚性,既要看到习俗与法治存在转化互补之处,也要看到二者相互冲突的地方,实现法治与习俗的良性互动。国家法治如此,文艺管理的立法与执法亦该如此。

---

①赵世瑜《狂欢与日常——明清以来的庙会与民间社会》,生活·读书·新知三联书店 2002 年版,第 134 页。

②清人常用"殆无虚日""无日无之"来形容各地演戏酬神之频繁,如:"(嘉定)俗好佞佛,春秋二季,迎神赛会,演戏出灯,几无虚日。"([清]程其珏修,杨震福纂《(光绪)嘉定县志》,光绪七年刻本,卷八第五页上。)"浦郡自二月以来,城乡村镇演戏祀神者殆无虚日。"(《古潞近闻》,《申报》1887 年 5 月 22 日,第 11 版)"杭垣各社庙台戏,无日无之。"(《台戏弛禁》,《晚清报载小说戏曲禁毁史料汇编》(上),169 页)

③[德]韦伯著,顾忠华译《社会学的基本概念》,广西师范大学出版社 2005 年版,第 45 页。

第十九章　清末查禁《新小说》的原因与效果

　　1902 年 11 月 14 日,《新小说》创刊于日本横滨,梁启超在创刊号上发表《论小说与群治之关系》一文,正式提出"小说界革命"的号召。《新小说》是中国文学史上第一份以"小说"命名的杂志,它的刊行迅速掀起了轰轰烈烈的"小说界革命"运动,开创了中国小说发展的新纪元。目前,前辈时贤对于《新小说》之研究已十分详备。梁启超曾回忆说清政府严禁《新小说》[①],但这段查禁《新小说》的历史目前学界尚乏梳理。以下拟钩沉清政府查禁《新小说》之史迹,分析查禁原因以及查禁效果和影响。

一、禁止新思想与查禁《新小说》

　　20 世纪初的中国,人心思变,民主、革命等思想风起云涌。这些"异端"思想冲击着清政府的专制统治,也遭到清政府的极力压制。当时被清政府视为传播"悖逆"思想的主要媒介是书报,"新书报讲自由、平等者甚多,禁不胜禁。"[②]1902 年前后,梁启超是宣传自由平权等新思想的报坛盟主,"自是启超复专以宣传为业,为《新民丛报》、《新小说》等诸杂志,畅其旨义。"[③]《新小说》创刊目的是"冀以为中国国民遒铎之一助。"[④]在前期《新小说》的编辑思想上,可以清晰地看出梁启超对自由、民主、革命等新思想的鼓吹,如《新中国未来记》(第 1 号)指出民主政治的光明前景,《洪水祸》(第 1 号)对自由的呼唤,《东欧女豪杰》(第 1 号)对革命思想的鼓吹,《回天绮谈》(第 4—6 号)对改革思想的宣传等,皆可见小说新民的办刊宗旨。《新小说》对新思想的鼓吹和传播很快就引起了清政府的恐慌,只是其出版地鞭长莫及,1903 年,春清政府试图通过外交手段斩草除根:

①梁启超《清代学术概论》,上海古籍出版社 2005 年版,第 71 页。
②《外行禁书》,《觉民月刊整理重排本》,社会科学文献出版社 1996 年版,第 211 页。
③梁启超《清代学术概论》,上海古籍出版社 2005 年版,第 71—72 页。
④丁文江、赵丰田编《梁启超年谱长编》,上海人民出版社 1983 年版,第 271 页。

探悉外务部奉旨电致驻日本横滨领事封禁小说报馆以息自由平权、新世界、新国民之谬说，并云该报流毒中国有甚于《新民丛报》，《丛报》文字稍深，粗通文学者尚不易入云云。①

这则新闻一可见《新小说》在国内受欢迎之程度；二可见《新小说》以大众喜闻乐阅的小说形式灌输新民思想引起了清政府之恐慌。清政府此次试图通过外交交涉查禁《新小说》之详情不得而知，可确定的是，该次查禁并未遂愿。国内有的地区也努力禁绝《新小说》，如 1903 年 4 月 26 日《大公报》以《禁阅书报》报道："湘潭小学堂近亦禁阅《新民丛报》《新小说》，谓该报能坏人心术。"1904 年 5 月 8 日，军机处以"南中各省"为重点在全国发起一场大规模的查禁书刊运动，此次开列书目 22 种，《新民丛报》和《新小说》皆名列其中，该函令要求各省"严行查禁，但使内地无销售之路，士林无购阅之人。"②于是，该年 5 月以后，全国尤其是"南中各省"展开了清末规模最大的一次书报查禁运动，如 1904 年 6 月 8 日《警钟日报》地方纪闻栏以"闭塞民智"为题报道河南的禁书报情况：

> 此间当道接奉军机王大臣函，遵即出示禁止阅购新书新报，如《最近支那革命运动》《中国魂》《黄帝魂》《瓜分惨祸》《饮冰室自由书》《新民丛报》《新小说》等类。内云：如已购者即将其书销毁，各书坊亦不准出售，如有不遵，即行查拿不贷云云。

同年 6 月，安徽巡抚陈果泉、江西巡抚夏菽轩皆奉谕在辖区发起禁毁《新小说》等书刊运动。近代出版中心上海也发起了查禁运动③，包括地处内陆的成都，也展开了查禁活动④。1904 年 6 月 3 日《中外日报》"西报述北京近事"的报道点明了此次清政府查禁活动的初衷："售此等之书实足使人民怨望政府，并恐生出乱事。"但 1904 年 5 月清政府在国内的查禁收效甚微，《新小说》发行后迅速在国内造成"似乎登高一呼，群山响应"⑤之势，1903—1904 年间《绣像小说》《新新小说》等相继刊行，回应着《新小说》开

---

① 《拟封禁新小说报馆》，《晚清报载小说戏曲禁毁史料汇编》（上），第 329 页。
② 中国第一历史档案馆编《光绪朝上谕档》（第 30 册），广西师范大学出版社 1996 年版，第 55 页。
③ 《查禁逆书》，《申报》1904 年 6 月 22 日，第 3 版。
④ 《禁止新书》，《警钟日报》1904 年 8 月 16 日，第 3 版。
⑤ 包天笑著，刘幼生点校《钏影楼回忆录　钏影楼回忆录续编》，三晋出版社 2014 年版，第 260 页。

启民智、改良社会的呐喊。于是,1905 年 1 月清政府再次试图用外交手段根除《新小说》:

> 外部电达驻日杨星使云,《小说报》倡自由平权、新世界、新国民种种谬说,惑乱人心、流毒中国,受害匪浅,请设法查禁。不识日政府允行否也。①

具有讽刺意味的是,约在清政府的此次交涉之际,《新小说》迁至上海广智书局,并于 1905 年 3 月开始发行第二卷第一号,清政府因害怕传播新思想而在国内外禁除《新小说》的愿望最终也未能如愿。

二、禁"康党"报刊与禁《新小说》

戊戌变法失败后数年,康、梁等逃亡海外,作为"后党"政敌,清政府一直在设法捕杀康、梁,以示国威。梁启超身在海外,舆论上主要靠报刊回击清廷,"戊戌八月出亡,十月复在横滨开一《清议报》,明目张胆,以攻击政府,彼时最烈矣。"②梁启超所主办的报刊被清政府视为妄图颠覆朝廷之"逆报","刊布流言,其意在蒙惑众听,离间宫闱。"③自 1898 年始,梁启超所办报刊频遭查禁,"政府相疾亦至,严禁入口。"④1899 年 3 月,张之洞迭请日本驻上海总领事小田转请日政府禁止《清议报》⑤。1900 年 2 月 14 日,上谕命令将梁启超等"逆党"报刊严厉查禁⑥。1900 年 3 月 7 日,张之洞札饬查禁《清议报》等报刊,"其逆报大意专诋朝政,诬谤皇太后。"⑦1900 年 4 月,浙江巡抚刘景韩恭录谕旨、通饬查禁梁启超所办"逆报","如违严办。"⑧1903 年初,两江总督张之洞"严行各属,实力查访"康、梁所办报刊,罪名是"播散谣言,刊布逆报,诬谤朝廷,淆乱国是,党邪丑正,乐祸幸

①《禁止〈小说报〉》,《晚清报载小说戏曲禁毁史料汇编》(上),第 346 页。
②丁文江、赵丰田编《梁启超年谱长编》,上海人民出版社 1983 年版,第 171 页。
③《示拿逆犯》,《申报》1900 年 2 月 24 日,第 2 版。
④丁文江、赵丰田编《梁启超年谱长编》,上海人民出版社 1983 年版,第 171 页。
⑤吴铁峰《清末大事编年(1894—1911)》,湖南大学出版社 1996 年,第 90 页。
⑥《示禁邪说》,《申报》1900 年 3 月 20 日第 1—2 版。
⑦苑书义等主编《张之洞全集》(第 5 册),河北人民出版社 1998 年版,第 3972 页。
⑧《禁阅逆报》,《申报》1900 年 4 月 11 日,第 2 版。

灾。"①1903 年 4 月,上海县县令汪瑶庭接松江府知府许子原转发的两江总督谕令,查禁梁启超所办报刊,"中国士习嚣陵,人心浮动,皆由康梁逆党播散谣言,刊布逆报诬谤朝廷、淆乱国是"②等。可以说,1898—1904 年,清廷一系列查禁梁启超所办报刊的活动可以看作戊戌政变后"后党"与"康党"斗争之继续。

《新小说》是在清廷查禁"康党"逆报的声浪中创刊,尽管《新小说》编辑兼发行者署赵毓林,但《新民丛报》频繁地为《新小说》作广告和二者同署"横滨山下町百五十二番"的出版社地址,明眼人一睹而知这两份刊物的亲密关系。因此,《新小说》一经问世并被确定为"康党"报刊后,清政府就沿着 1898 年以来禁止"康党"报刊的斗争策略而查禁《新小说》。例如,1903 年春,江西鄱阳县调署德化县县令江云卿严禁淫词小说,就包括梁启超编撰的小说:"近日如康党所作各种小说,污蔑犯上,年轻恶少,无知女流,往往闻之意荡思淫。"③该禁令虽未点明《新小说》,但所谓"康党所作各种小说"实际上主要是指梁启超所办报刊传播的小说,当然也包括《新小说》。1904 年 5 月军机处函令查禁《新小说》,当时坊间传闻就肇因于有人"与著《新民丛报》《新小说》者有私怨,故有此等倾陷之举。"④"纯为个人报复私仇而发。"⑤联系此次查禁活动主要发起者是袁世凯,此类传闻也并非空穴来风。而梁启超与清政府"结下梁子"皆始于戊戌政变。因此,今天我们所见清末查禁《新小说》的禁令虽然未涉及打击"康党"的言辞,但不难看出查禁《新小说》的原因还包含着戊戌政变后清政府坚持打压"康党"的一层深意。事实亦确如此,1903—1905 年清政府查禁《新民丛报》时,多并及《新小说》,说明清政府查禁《新小说》有因其为"康党"报刊之因素。

三、清政府查禁《新小说》的效果

1902—1905 年,清政府频仍地查禁《新民丛报》《新小说》等报刊,的确

①《示禁逆报》,《申报》1903 年 4 月 4 日,第 3 版。
②《示禁逆报》,《申报》1903 年 4 月 4 日,第 3 版。
③《禁遏邪淫》,《申报》1903 年 5 月 8 日,第 2 版。
④《禁书缘起》,《晚清报载小说戏曲禁毁史料汇编》(上),第 340 页。
⑤《外论之隔膜》,《警钟日报》1904 年 6 月 7 日,第 2 版。

给该报一些地区的销售带来了影响,例如,由于 1902 年因"逮捕新党禁售新报之故",北京"自六七月后时务新书之销路顿觉阻滞,较之去年退步殊多。"①1904 年 5 月军机处开单示禁《新民丛报》《新小说》等报刊后,苏州《新民丛报》等书籍"竟无处可购矣。"②但整体看来此仅是一时一地之状况。清政府查禁《新小说》远远未达到预期效果,时人评价说:"昔张之洞之禁《新民丛报》,而该报反添销数百份;假外人之力以禁《新小说》,而《新小说》如故。"③造成如此查禁效果的主要原因有:

(一)控制《新小说》流通渠道困难

《新民丛报》与《新小说》属姊妹刊,《新民丛报》的传播渠道亦即《新小说》的传播渠道,"海内外各都会市镇凡代派《新民丛报》之处皆有本报寄售,欲阅者请各就近挂号。"④参考《新民丛报》的传播方式可知《新小说》的主要流通渠道包括:

1.《新小说》的邮递渠道。

(1)大清邮政。大清邮政网络发展十分迅速,自 1896 年创办,至 1904年,除总局、副总局外,18 个行省分布有分局 352 处,代办所 927 处,总计邮政局所 1319 处⑤。因此 1904 年 5 月军机处查禁《新小说》等书刊时,就传谕邮政局协同查禁⑥,即试图阻遏《新小说》的邮递渠道。但实际上大清邮政具有浓郁的殖民色彩,据研究者统计:"从 1896 年到清亡的 16 年中,中国人任主管仅两年,其余 14 年皆为外人控制。"⑦且 1908 年 3 月以前皆为英、比、法等国人担任。大清邮政控制于外人之手让清政府不许《新小说》等报刊邮递之命令大打折扣。早在 1896 年,大清邮政实际创办者赫德指示说:"在没有可靠的证据能证明邮件内确有邮政规则所禁寄的物品的情况下,我们是不能仅凭印象去询问邮件的来源和邮件的内容。"⑧该年颁布

---

①《中外近事》,《大公报》1903 年 1 月 30 日,第 3 版。

②《新书无售处》,《警钟日报》1904 年 7 月 13 日,第 2 版。

③《投函》,《警钟日报》1904 年 5 月 28 日,第 4 版。

④《中国唯一之文学报新小说》,《新民丛报》1902 年第 14 期。

⑤姜希河总编《中国邮政简史》,商务印书馆 1999 年版,第 50 页。

⑥《札禁书报再志》,《大公报》1904 年 5 月 26 日,第 4 版。

⑦李卫华《从邮运渠道看清末被禁报刊流通的原因》,《国际新闻界》2010 年第 2 期。

⑧仇润喜主编《天津邮政史料》(第一辑),北京航空学院出版社 1988 年版,第 326 页。

的《邮政开办章程》还规定邮政局役人员不得私拆信件。1908 年,民政部
咨请邮政部通饬各省邮政禁止寄递排外书籍,结果邮政部以"查邮局定章,
只有查验封裹是否合式之责任,并无拆视邮件内容之权柄"为由拒绝①。
说明清政府不能控制自己的邮政,其也难以通过邮政检查的方式斩断《新
小说》的邮递渠道。不仅如此,大清邮政近代化交通工具还在快速地传递
《新小说》。1902 年 11 月 14 日,《新小说》创刊于横滨,12 月 7 日,当时在
老家赋闲的黄遵宪不但阅得《新民丛报》,而且很快就读到了《新小说》,"已
见之","以此为最速,缘汕头之洋务局中每有专人飞递故也。"②

　　(2)客邮。客邮即列强在近代中国建立的邮政系统。从 1834 年英国
商务监督律劳卑设立第一个客邮始,到 19 世纪末 20 世纪初中国客邮数目
已有五六百处之多,1907 年仅上海就有客邮 67 所③。清末以日本在华设
立客邮最多,它设有邮局 55 所,附属局 28 处,邮局代办所 66 处。1858 年
《天津条约》第四款规定清政府有义务保护列强在华信件的安全自由传递。
享有特权的客邮成为走私偷运违禁品的重要渠道,"外国邮局遂为偷运违
禁品之护符。"④客邮也是梁启超所办出版物流入中国的重要渠道。从《新
小说》接受大量来自中国大陆的稿件和梁启超为它所作的广告可以看出,
《新小说》的邮传系统十分灵便,如《新小说征文启》强调"原稿限五日内珍
复,决不有误。"显然梁启超对稿件的快速收发有相当信心。该广告后还附
有:"扬州埂子街水仓巷潘第见惠乐府八首已到,谨布报谢。"⑤这位扬州读
者是见到《新小说征诗启》征求"新乐府一门"而投稿⑥。这两则征文广告
相距时间为两个月,说明中国大陆有读者较及时地阅读了《新小说征诗启》
并作出回应。另外,《新民丛报》每期目录下附有"售报价目表",其中说:
"日邮已通之地每册加邮费一分,全年二角四分,其余各外埠每册加邮费六
分,全年一元四角四分。"通过日本邮政的邮费仅是他种邮费的六分之一,
日本客邮是《新民丛报》、也是《新小说》较便宜的邮递渠道。吴趼人给横滨

①《严禁排外书报》,《申报》1908 年 12 月 27 日,第 2 张第 3 版。
②丁文江、赵丰田编《梁启超年谱长编》,上海人民出版社 1983 年版,第 300 页。
③朱邦兴等编《上海产业与上海职工》,上海人民出版社 1984 年版,第 422 页。
④[美]威罗贝著,王绍坊译《外人在华特权和利益》,生活·读书·新知三联书店 1957 年版,第
　　539 页。
⑤《新小说征文启》,《新民丛报》1902 年第 19 期。
⑥《新小说征诗启》,《新民丛报》1902 年第 15 期。

新小说社投稿"走到虹口蓬路日本邮便局,买了邮税票粘上,交代明白,翻身就走。"①吴趼人笔下的日本邮便局就是日本客邮。而且1903年前后,中国"尚无邮船来往外洋",外洋和中国之间的邮件要仰仗于外人轮船②。可见客邮尤其是日本在华客邮是《新小说》畅行无阻地流入中国大陆的重要渠道。

(3)民信局。自1872年申报馆将外埠报刊传递委托给民信局始,民信局一直是晚清报刊的重要传播渠道。清末民信局仍有相当数量,1901—1902年,上海有名可考的民信局仍有70家③。大清邮政也将一些交通不便之处的邮递业务委托民信局代办,"然遇荒僻之地,若无官局,仍赖民局转投。"④《新小说》的流播渠道就有民信局,如第24号《新民丛报》"本报各代派处"就列有温州正和信局、烟台顺泰号等民信局。上海新民丛报支店为《新小说》所作广告云:"阅者及代派者核其所定之份数如数寄交本店以资寄递为荷。"⑤这里所说的报资邮递承办者也包括民信局。民信局属于纯商业的通信组织,依靠独营、合伙、分局运转,一般在商业繁荣的城镇设立总局,然后在各地设立分局、代办所、联号、支店等形成传递一省或数省的通信网。因此,民信局邮递网络独立于政府邮政之外,可以传递违禁书报。另外,大清邮政虽也接运民信局的邮件,采用的方式是整包代运,1896年《邮政开办章程》规定,大清邮政局接运民信局信件包裹时,民信局要将信件包裹"封固装成总包",邮政局将总包邮转交该民信局之同行民局查收⑥。换言之,大清邮政局整包代运民信局信件的方式也有利于民信局传递《新小说》等违禁书报。

2.《新小说》的派报渠道。

在晚清,报馆在外埠联系、委托销售报刊的代销点一般叫派报处。派报处一般售完报刊之后定期与报馆结账,属无本生意,故从业者甚众,包天笑说派报"大概以七折或八折归账,都是卖出还钱,不须垫本的,那种生意,

①(清)吴趼人《二十年目睹之怪现状》,上海古籍出版社1997年版,第3页。

②中国近代经济史料丛刊编辑委员会编《中国海关与邮政》,科学出版社1961年版,第118页。

③徐雪筠等译,张仲礼校订《上海近代社会经济发展概况(1882—1931)》,上海社会科学院出版社1985年版,第122—137页。

④中国近代经济史料丛刊编辑委员会编《中国海关与邮政》,科学出版社1961年版,第141页。

⑤《阅新小说者鉴》,《中外日报》1904年4月26日,第1版。

⑥中国近代经济史料丛刊编辑委员会编《中国海关与邮政》,科学出版社1961年版,第83页。

大可做得"①,《新小说》的代派处"一依《新民丛报》。"②1903 年前后,国内对《新民丛报》禁令连连,但未能阻碍其快速上升的传播趋势。《新民丛报》最初期销量 2000 份,不到一年增至 9000 份,以后经常销行 1 万份左右③,如此畅销就与《新民丛报》的代派处快速扩展息息相关,1902 年 3 月,其派报处有 40 处④,同年 11 月,派报处已达 75 处⑤。为了盈利、多售多得,派报处会积极推销,如天津李茂林派报处从 1903 年 3 月 1 日至 3 月 29 日列出自己经销的《新小说》等 28 种报刊,在《大公报》上作了 25 次广告。在《新小说》的派报处中,有两类派报处值得注意:其一,报馆参与代派。第 9 号《新民丛报》派报处列有同文沪报馆、选报馆、采风报馆、中外日报馆、普通学报馆、商务日报馆、日日新闻社、大公报馆、杭州白话报馆、闽报馆、岭东日报馆,第 24 号派报处又增加有汉口日报馆。这些报刊都有自己遍布全国的派报网络,例如《大公报》创刊时派报处就达 40 个城镇计 65 处⑥,1902 年 4 月,与《新民丛报》互相推销报刊的选报馆派报处已达 38 个城镇 52 处⑦。这些报刊一是为《新小说》作广告,如《游戏报》《时报》《中外日报》《大公报》等头版都作过"《新小说》第×号已到"的广告;二是利用自己的派报网络推销。因此,报馆推销《新小说》不但用自己的版面将其广而告之,而且利用各自派报处形成一个纵横交错的《新小说》销售网络。这种纵横交错的销售网络在一个政府控制力不强的社会里是很难被斩断的。其二,外人背景的代派处。参与《新小说》代派的一些报馆有外人背景,如《中外日报》《大公报》《同文沪报》《时报》《天津日日新闻》等。晚清从业新闻出版,悬挂洋商招牌、谋求外人保护为行业常识,清政府对这些外人背景的报馆无如之何。此外,《新小说》派报处中还有一批外人后台的代派处,如第 1 号《新民丛报》代派处列有:保定中山虎九郎先生、北京东交民巷日本公使馆高德先生,此二者为日人。第 24 号《新民丛报》代派处列有:上海四马路广学会邱礼泉先生、上海樊王渡约翰书院晋尚先生、北京灯市广学会,这

①包天笑著,刘幼生点校《钏影楼回忆录 钏影楼回忆录续编》,三晋出版社 2014 年版,第 129 页。
②《新小说社广告》,《新民丛报》1902 年第 20 期。
③方汉奇主编《中国新闻事业通史》(第 1 卷),中国人民大学出版社 1992 年版,第 439—440 页。
④《本报各代派处》,《新民丛报》1902 年第 2 期。
⑤《新小说社广告》,《新民丛报》1902 年第 20 期。
⑥《本报代派处》,《大公报》1902 年 6 月 17 日,第 8 版。
⑦《本报代派处》,《选报》1902 年第 13 期。

三家为教会背景。显然,清政府在查禁各店铺售卖《新小说》时,对这些代销点也只能望洋兴叹。

由于大清邮政由外人主管,客邮又享有不可触动的特权,民信局有自己独立的邮递网络,加上纵横交错的报刊销售网络及外人背景派报处的参与营销,清政府不但根本不可能斩断《新小说》的传播渠道,而且查禁之时,上海"各书坊均有寄售",故"雷厉风行之公牍亦不过一纸空言而已。"①查禁也就收效甚微。

(二)查禁《新小说》谕令形同具文

在清末,报刊被视为传播文明之利器,"阅报愈多者,其人愈智;报馆愈多者,其国愈强。"②此类观点成为共识。因此,查禁报刊在舆论界普遍被视为阻碍民智,不得人心。特别是晚清政府对报刊这种快速兴起的出版物缺少管理应对措施,直到 1906 年才仿照日本报律草草推出《大清印刷物专律》和《报章应守规则》。朝廷和官吏既缺少管理报刊的经验,而查禁报刊受到诸多掣肘,执行不讨好、难以执行属于常识。因而在查禁《新小说》的问题上,朝廷和地方禁令皆形同具文,兹举数例,可观其概:1903—1904年,清政府查禁《新小说》甚严,但 12 岁的郭沫若远在四川乐山沙湾镇很容易地读到了《新小说》,"新学的书籍就由大哥的采集,象洪水一样,由成都流到我们家塾里来","什么《启蒙画报》、《经国美谈》、《新小说》、《浙江潮》等",都成了"我们课外的书籍。"③此时《新民丛报》在成都的代派处有三家④,在成都购买《新小说》并非难事。1903 年春,外务部试图通过与日本交涉请求协助查禁《新小说》,而《新小说》在天津的派报处从该年起一直在《大公报》上持续地为《新民丛报》《新小说》大做广告⑤,像天津乡祠南李茂林售报处 1903 年 5、6 月的广告声称,"接到《新民丛报》一至二十八册。"⑥可见,作为内陆的成都和作为京畿门户的天津,朝廷禁令皆为一纸空文。1903 年前后,张之洞是查禁梁启超所办报刊最积极的封疆大吏,黄世仲评

---

① 《政府为各书坊大登广告》,《警钟日报》1904 年 5 月 29 日,第 1 版。
② 梁启超《论报馆有益国事》,《时务报》1896 年第 1 期。
③ 阎焕东编纂《郭沫若自叙》,山西人民出版社 1986 年版,第 41 页。
④ 《本报代派处》,《新民丛报》1903 年第 24 期。
⑤ 《经售各报》,《大公报》1903 年 2 月 15 日,第 7 版。
⑥ 《李茂林广告》,《大公报》1903 年 5 月 19 日,第 5 版。

论说:"张只能禁两江之阅该报者。"①实际远非如此,例如,1903 年 1 月,在张之洞的两江总督府南京和湖广总督府武汉②,《新民丛报》的派报处从创刊时的零家分别发展到 5 家和 3 家③。我们还可以看到《新民丛报》每期堂而皇之地将北京、上海、天津、武汉、南京、杭州等代销点排列于封底,丝毫没有担忧清政府按图索骥、予以封禁之意。如此等等,都说明清政府查禁《新小说》更多的像是表明一种政治姿态,《新小说》等报刊知而不禁、禁而无果成为常态。

(三)查禁《新小说》带来广告效应

近代报刊是自由市场上的商品,买与不买的决定权是读者。读者对于《新小说》的欢迎和回响之言论不胜枚举,兹录一二,黄遵宪云:"新小说报初八日已见之,果然大佳,其感人处,竟越《新民报》而上之矣。"④蛟西颠书生在《宁波小说七日报发刊词》中说:"自横滨《新小说报》创行后,八股试贴之文豪,一变而为野史稗官之圣手,驵卒屠沽之俗子,一变而兴国家土地之感情。"⑤之所以产生如此效应,与梁启超提出小说界革命的社会背景和《新小说》内容形式紧密相关。但其中清政府一系列的查禁活动亦有所贡献。

查禁书刊、禁而不绝,反而扩大了书刊之传播和影响,在中外出版史上屡验不爽,此现象在清末表现得十分突出。清末几乎每一次报刊查禁实际上都推动了该报刊的迅速传播。1903 年秋,江浙地区查禁《国民日日报》,结果该报"自悬禁后潜行购买者较未禁以前益盛,即妇孺亦知该报之神奇,足以震顽固之耳目,皆思得一睹为快。"⑥《湖北学生界》创刊时阅者寥寥,一经张之洞和端方先后查禁,"骤销至数千份,今其后又不知增销几千份矣。"⑦湖北各学堂"人人手秘一册,递相传播。"⑧清政府查禁书报实际是在

---

①黄世仲《论张之洞之禁新民丛报》,《天南新报》1903 年 3 月 25 日。

②1902 年 10 月,两江总督刘坤一病逝,11 月 8 日,张之洞由湖广总督接署两江总督,1903 年 3 月 20 日回湖广总督任。

③《本报代派处》,《新民丛报》1903 年第 24 日。

④丁文江、赵丰田编《梁启超年谱长编》,上海人民出版社 1983 年版,第 300 页。

⑤蛟西颠书生《宁波小说七日报发刊词》,《宁波小说七日报》1909 年第 1 期。

⑥《国民日日报之发达》,《岭东日报》1903 年 11 月 10 日。

⑦《学生界之鹡雀欤》,《江苏》1903 年第 3 期。

⑧罗福惠、萧怡编《居正文集》,华中师范大学出版社 1989 年版,第 15 页。

促销书报这种观点在当时是共识,"年来书报,初出者未尽流通,及经彼辈示禁,而该书遂大扩销场,洛阳纸贵矣。"[①]欲抑反扬的查禁效果在梁启超所办报刊的传播中表现亦突出。国内对梁启超所办报刊查禁谕令频发,结果"政府尽管禁止,国内却是畅销无滞;千千万万的'士君子',从前骂康梁为离经叛道的,至此却不知不觉都受梁的笔锋驱策,作他的学舌鹦鹉了。"[②]1904 年下半年,军机处点名"南中各省"查禁《新小说》等报刊,"南中各省"的确也响应一时,但效果如何,请见表 3—2。

表 3—2　1903 年至 1905 年部分地区《新小说》和《新民丛报》销量统计表

地点	《新小说》(份)	《新民丛报》(份)	数据来源
杭州		约 200	1903 年《浙江潮》第三期"杭州报纸销数调查表"
海盐	5	30	1903 年《浙江潮》第七期"海盐报纸销数调查表"
江西某派报处	40	250	1903 年 5 月 30 日《苏报》"来函述江西报界发达之现状"
扬州	10	30	1904 年 7 月 16 日《时报》"扬州新闻杂志销数表"
常州	25	50	1904 年 8 月 25 日《时报》"常州新闻杂志销数表"
泰兴	5	20	1904 年 10 月 21 日《警钟日报》"泰兴报纸销数调查"
泰州	3	25	1904 年 11 月 17 日《警钟日报》"泰州报纸销数调查"
武汉	30	50	1904 年 11 月 31 日《警钟日报》"武汉报纸销数调查"
镇江	5	10	1904 年 12 月 8 日《警钟日报》"镇江各报销路调查表"
杭州		约 200	1904 年 12 月 10 日《警钟日报》"杭州报纸销数之调查"
埭溪	1	3	1904 年 12 月 12 日《警钟日报》"埭溪报界之切实调查"

①《清廷之示禁书报》,《中国日报》1907 年 3 月 19 日,第 2 版。
②李剑农《中国近百年政治史》,上海人民出版社 2014 年版,第 175 页。

续表

地点	《新小说》(份)	《新民丛报》(份)	数据来源
衢州	1	4	1905 年 1 月 2 日《警钟日报》"报纸销数表(衢州)"
南京	5	20	1905 年 1 月 18 日《警钟日报》"宁垣各种报纸销数表"

　　说明：当时新闻报道对于报刊销数调查的具体时限未作说明，据常识推测，当为日销量。

　　由表 3—2 可见，清政府频仍查禁《新民丛报》和《新小说》的 1903—1905 年，这两份报刊在一些南方城镇仍销行无阻。甚至一些城镇销数有攀升之势，如江西一派报处的调查表明《新民丛报》的订阅者比上一年增加了三分之一，而《新小说》的预订者在《新民丛报》销数之上①。特别是 1904 年 5 月 8 日军机处点名的"南中各省"，《新小说》在该年下半年某日在扬州、常州、泰兴、泰州、武汉、镇江都有不俗的销量。《新小说》畅销现象就与清政府的频繁查禁具有的广告效应不无关系。例如，1904 年军机处查禁《新小说》等报刊之际，对禁令或查禁活动予以报道的报刊有《游戏报》《大陆报》《警钟日报》《申报》《大公报》《京话报》《中外日报》《觉民》《天津日日新闻》等，其中进行跟踪报道或评论的有《警钟日报》《申报》《大公报》等。如此多的报刊报道传播《新民丛报》《新小说》等名目，实际上就是在为它们做广告，1904 年 5 月 29 日《警钟日报》时评栏以"政府为各书坊大登广告"为题指出士子"得此书单，必将不远千里辗转传购而去，斯政府又为内地人开一新书绍介录矣。"确如此则评论所言，在 1904 年"南中各省"查禁运动中，就发生过有人冒充官吏，手持查禁书单到书铺索取《新小说》等书报，如1904 年 6 月 16 日《警钟日报》地方纪闻报道开封有无赖之徒乘禁书之机，冒充官府中人，持书单到书店指名索取《新小说》，结果店主以孔县令就订阅了一份《新小说》为由据理力争。此则新闻一可见《新小说》受到欢迎，二可见清政府的查禁活动让更多的人知道了《新小说》、欲阅《新小说》。同日《警钟日报》还报道有无赖辈持书单冒充官府中人到商务印书馆索书。说明清廷查禁《新小说》等报刊的命令及活动报道实际上形同广告，加速并扩大了《新小说》的传播和影响。《新小说》一出现就"哄动一时，而且销数亦

---

①《来函述江西报界发达之现状》，《苏报》1903 年 5 月 30 日。

非常发达。"①迅速掀起小说界革命的高潮,这其中,清政府一系列查禁活动就起了一定的推动作用。晚清政府对《新小说》欲抑反扬的查禁效果也说明,试图遏制时代进步潮流的努力和行为不但难以得逞,反而会推动进步潮流滚滚向前。

①包天笑著,刘幼生点校《钏影楼回忆录 钏影楼回忆录续编》,三晋出版社 2014 年版,第 261 页。

第二十章　宁波查禁串客对
甬剧发展的推动作用

　　本章要讨论的串客并非指专业剧团或戏班的非专业演员，而是指宁波滩簧和甬剧的前身。串客乃宁波花鼓戏之别称，"串客者即花鼓戏之流。"①"宁郡之串客戏犹沪上所谓花鼓戏也。"②串客时期是甬剧发展史上的重要酝酿期，"串客和串客班的出现，标志着甬剧逐步完成从田头山歌、唱新闻的曲艺形式到滩簧的戏剧形式的过渡。"③串客之前，为甬剧的孕育期，表现为由"田头山歌"发展到"唱新闻"。乾嘉时期，苏滩传入宁波，宁波艺人将唱新闻、马灯调、苏滩三者结合起来，形成宁波串客。民初以后，宁波串客在上海发展成甬剧。作为民间小戏，有关串客的文献史料稀少，如研究者所言，"关于'串客'的发展历史，文献材料很少。"④因而有关宁波串客的研究也就少之又少，诸如串客的演出情况、串客向甬剧的发展轨迹等，仍留下诸多的学术空白。笔者从搜集晚清报载官方查禁宁波串客的史料入手，对晚清官方查禁宁波串客的具体情况及其影响展开探讨。

一、频繁查禁

　　清代是中国古代禁毁戏曲最频繁的朝代，清代统治者把观念性禁戏与制度性禁戏相结合，将禁毁戏曲的力度和规模推至高峰。晚清时期，官方对民间戏曲如花鼓戏、滩簧、采茶戏、黄梅调、蹦蹦戏等反复查禁。其中，用"十分频繁"来形容宁波官方对串客的查禁频率，符合历史实际。以晚清《申报》所载新闻为例，晚清《申报》共刊载宁波官员查禁串客的示谕 40 则，现将其统计如下：

①《串客宜禁》，《晚清报载小说戏曲禁毁史料汇编》（下），第 723 页。
②《淫戏宜禁》，《晚清报载小说戏曲禁毁史料汇编》（下），第 723 页。
③乐承耀著《宁波通史·清代卷》，宁波出版社 2009 年版，第 409 页。
④蒋中崎编著《甬剧发展史述》，浙江文艺出版社 1991 年版，第 35 页。

表3—3　晚清《申报》所载宁波官员颁发有关禁止串客告示统计表

姓名	职务	颁发时间	告示(则)	姓名	职务	颁发时间	告示(则)
石玉麒	鄞县知县	1879	1	宗源瀚	宁波知府	1878—1885	4
马星五	道台	1884	1	陈漱山	宁波知府	1885	1
程云俶	鄞县知县	1885	1	薛福成	道台	1885	1
胡元洁	宁波知府	1885—1892	5	朱庆镛	鄞县知县	1886	2
吴引孙	道台	1889	1	杨文斌	鄞县知县	1892—1895	5
钱溯时	宁波知府	1894—1895	5	程云俶	宁波知府	1897	2
庄人宝	宁波知府	1899	2	徐国柱	鄞县知县	1900—1901	4
黄大华	鄞县知县	1902	3	高英	宁波知府	1903	1
高庄凯	鄞县知县	1904	1				

据上表统计,从 1879 年到 1904 年 25 年间,宁波官员共颁布查禁串客谕令 40 则,平均每年 1.6 则。另外,《申报》《新闻报》《字林沪报》三种报刊还刊载了晚清宁波官方查禁串客的新闻报道 14 则。可见,晚清宁波官方对串客的查禁不可谓不频繁。

二、查禁原因

概言之,清代禁戏的主要原因可分为剧本或演出涉及种族问题、诲盗诲淫、丧戏违礼、妨碍治安、有害治生、以俗伤雅等。具体到查禁串客,其主要原因则包括三个方面:

(一)诲淫败俗

包括内容形式诲淫和妇女观看败俗两种情况。

1.演出内容形式诲淫。据说宁波串客时期时常演剧目共有七十二出,这七十二出小戏多半是爱情戏。我们从串客时期《拔兰花》《卖草囤》《绣荷包》《庵堂相会》《荡河船》《卖橄榄》《女告私情》等传统剧目上即可看出其对搬演男女之情的偏好。例如,《拔兰花》是甬剧传统小戏中最为久演不衰的经典剧目之一,亦是保留剧目,所演内容为青年男女周太保和王凤霞相爱的故事;《卖草囤》讲述的是尼姑不顾戒律,私通产子的故事;《绣荷包》歌唱的是青年妇女对情郎的思念和爱慕之情;《庵堂相会》讲述了农村青年妇女信守诺言的爱情故事,等等,不一而足。宁波串客所演内容对男女之情的偏好与官方及道德之士的指责基本一致:"宁郡花鼓戏俗名为串客,因其所演皆男女私情,屡经各宪严禁在案。"①将男女私情搬演于大庭广众之下,违背了古代床笫之私不逾阃和中冓之言不可道的道德伦理教条,易启人邪思,被视为导淫,"所谓串客者,即花鼓淫戏之类,男欢女爱,殢雨云尤,刻意描摹,最足令人荡心惑志。"②宁波串客遂被视为淫戏,"若串客之花鼓淫戏,则全是丑恶可憎之淫戏,并无一出正戏。"③"串客者即花鼓戏之流,唱演淫辞,大为风俗人心之害。"④另外,串客扎根于世俗,迎合低俗,打情骂俏在所难免,演出形式也有诲淫之嫌,"及至上台,一花面,一旦脚,扮作男女,备极丑态,装尽油腔,而其齿口油子,又都是土话。"⑤道德之士指责串客"所演者,类皆钻穴逾墙之事,言词粗秽,煽动尤多。"⑥再者,晚清宁波串客还出现男女合演的演出形式,这更是对男女有别、男女授受不亲礼教的直接冲击,"男女合演,丑词淫态,极其不堪。"因此,在官方和道德之士看来,串客成为左右社会风气的关键:"村镇中每演一次,辄有寡妇失节闺女败检诸事,伤天害理,莫此为甚。"⑦串客于是被加以败俗伤风的罪名予以查禁。

　　2.妇女观看败俗。妇女观看败俗包括妇女看戏和男女混杂。在古代以男性主导的社会里,女性的社会生活空间被局限于家庭之内,传统妇德要求妇女谨守闺门,遵守女性主内、相夫教子的生活方式。尽管这种生活方式对社会下层妇女而言勉为其难,但政府官员和道德之士所代表的主流礼俗对妇女外出观剧常难以通融,批评、谴责乃至禁止,在清代不绝如缕。因为串客用土话演唱,情节浅俗易懂,乡村妇女尤乐而观之,时人记载:"所以大班演戏,妇女看的还少,若打听得某处有串客做,则约妯娌、会姊妹、带儿女、邀邻舍,成群结队,你拉我扯,都去看。到做一日看一日,做一夜看一

①《淫曲宜禁》,《晚清报载小说戏曲禁毁史料汇编》(下),第700页。
②《串客宜禁》,《晚清报载小说戏曲禁毁史料汇编》(下),第729页。
③王利器辑录《元明清三代禁毁小说戏曲史料(增订本)》,上海古籍出版社1981年版,第318页。
④《串客宜禁》,《晚清报载小说戏曲禁毁史料汇编》(下),第723页。
⑤《劝禁清客演戏》,《晚清报载小说戏曲禁毁史料汇编》(下),第820页。
⑥王利器辑录《元明清三代禁毁小说戏曲史料(增订本)》,上海古籍出版社1981年版,第314页。
⑦《永禁淫戏串客示》,《晚清报载小说戏曲禁毁史料汇编》(上),第12页。

夜,全然不厌。"①在官员和道德之士看来,妇女外出观剧违背了妇女谨守闺门的礼俗要求。另外,古代妇女被排斥于正规教育之外,所谓"女子无才便是德",男权主导的主流意识认为妇女见识短小,意志力薄弱,观看小说戏曲,易受蛊惑而丧德失节,贻害无穷,"滩簧小戏演十出,十个寡妇九变节"是清代道德之士经常申明的诫语。乡村民风纯朴,妇女观剧,不计嫌猜,有时男女杂坐聚观。而封建礼教认为男女有别是整个人类社会伦理道德的起点,所谓"男女有别,然后父子亲;父子亲,然后义生;义生,然后礼作;礼作,然后成物安。无别无义,禽兽之道也。"②"男女之别,国之大节也,不可无也。"③男女混杂,淆乱乾坤,这是对礼教纲常的无视和挑战,孰不可忍。所以查禁舆论和禁令指责搬演串客,"一时观者如堵墙,男女杂坐其间,毫不知耻"④,"男女杂坐共听,殊属不雅。"⑤从维护男女有别的礼教秩序上看,查禁串客也就自然而然。

(二)串客聚赌

赌博本来在清代前中期厉禁綦严,尚未形成严重的社会问题。降及晚清,由于政府对社会的控制力减弱,"赌博却冲破了法律的防堤,滚滚而来。"⑥晚清赌博呈大众化趋势,即娱乐功能减退,博利功能骤增。由于演戏可以聚集多人,在许多地区,赌博遂和演戏相依共生。而意欲赌博必先演戏,这在许多地方成为惯例,"乡村僻壤,每假戏场号召赌徒,故欲图聚赌,必先谋演戏。"⑦演戏俨然成为招赌聚赌最便捷之手段,故时人认为聚赌必招人,招人则必以演戏为因⑧。

晚清宁波赌风甚炽,"宁郡赌风甲于他处,麻雀花笼其名不一。"⑨"宁

①《劝禁清客演戏》,《晚清报载小说戏曲禁毁史料汇编》(下),第 820 页。
②陈戍国校注《礼记校注》,岳麓书社 2004 年版,第 188 页。
③左丘明著、王芳、丁富生译注《国语》,三晋出版社 2008 年版,第 34 页。
④《串客宜禁》,《晚清报载小说戏曲禁毁史料汇编》(下),第 736 页。
⑤《淫戏被驱》,《晚清报载小说戏曲禁毁史料汇编》(上),第 179 页。
⑥戈春源《中国近代赌博史》,福建人民出版社 2005 年版,第 14 页。
⑦来蝶轩主《请弛青浦县属朱家角镇戏禁意见书》,《晚清报载小说戏曲禁毁史料汇编》(下),第 682 页。
⑧《论海滨恶俗》,《晚清报载小说戏曲禁毁史料汇编》(下),第 585 页。
⑨《甬东音书》,《申报》1892 年 11 月 17 日,第 2 版。

波赌风甲于浙省，马吊牌九，名目不一。"①但逢赛会演戏，赌徒则倍加活跃，"遇有社神驻扎演剧之处，或露天或搭棚，无不摆列赌桌，喝雉呼卢，日夜不休。"②1886 年新正，宁波各乡农民祀神演剧，"到处皆然，其热闹更胜于城市，赌风因而大炽，或聚于人家，或集于船上，喝六呼么，夜以继日。"③1892 年 3 月，宁波四乡赛会演戏，"其热闹转过于城市。惟赌风因之大炽，或搭棚于岸上，或聚众于舟中，远近各赌棍趋之若鹜。"④搬演串客，可以聚集多人，乘机诱赌，宁波赌棍遂常将串客作为招人聚赌之具，"赌棍租地，搭厂聚赌，花龙牌九，并招串客演剧，哄动游人。"⑤"鄞县各乡有等不法赌徒藉庙会为名，明目张胆，扮演串客，日夜纠众聚赌，花笼牌九，哄骗多端。"⑥禁赌是晚清宁波官吏社会治理的重要内容之一，只是"赌禁綦严而赌风终不能绝"⑦而已。因为搬演串客可以聚赌，于是晚清宁波官员遂将查禁串客作为清除赌源之举。又因为赌博、串客难以禁绝，它们一度被官方和道德之士视为严重的社会陋习："（宁波）四乡有恶习三端：一花会，二串客，三赶会开赌。实于风俗人心大有关系。"⑧花会是赌徒认花牌图案押赌注的一种赌博方式。如此看来，晚清宁波官方和道德之士常说的三种恶习实际为两种：串客和赌博。二者之中，串客可以聚赌，又被视为恶习之甚者："宁波恶俗莫甚于扮演串客开场聚赌。"⑨因此，官方从禁赌而清赌源的角度，亦倾向查禁串客。晚清官方亦认为海淫败俗和演戏聚赌是查禁串客之由："串客扮演淫戏，贻害地方匪浅。无非海淫聚赌，照例查办从严。"⑩

（三）崇雅抑俗

晚清宁波官方并非查禁所有戏剧，像京剧就可以在宁波公然开演。但逢庙宇新修或迎神赛会，演戏殆无虚日，地方官长逢庆贺之辰，也招雇梨园

---

①《甬东杂识》，《申报》1890 年 8 月 23 日，第 2 版。
②《赌风复炽》，《申报》1882 年 10 月 7 日，第 2 版。
③《四明琐语》，《申报》1886 年 3 月 24 日，第 3 版。
④《串客暨演剧聚赌宜禁》，《晚清报载小说戏曲禁毁史料汇编》（下），第 738 页。
⑤《串客聚赌宜禁》，《晚清报载小说戏曲禁毁史料汇编》（下），第 757 页。
⑥《整顿风俗示》，《晚清报载小说戏曲禁毁史料汇编》（上），第 53 页。
⑦《四明琐纪》，《申报》1899 年 8 月 20 日，第 2 版。
⑧《甬上近闻》，《申报》1897 年 3 月 1 日，第 2 版。
⑨《四明问俗》，《申报》1894 年 5 月 10 日，第 9 版。
⑩《严禁串客示》，《晚清报载小说戏曲禁毁史料汇编》（上），第 48 页。

演剧,如 1896 年 10 月,宁绍道台吴引孙为母贺寿,特招梨园弟子演戏三天[①];1889 年和 1890 年,道台薛福成和吴引孙还准许美商在江北岸开设戏馆,并出示保护[②]。晚清宁波官方为何歧视并查禁串客? 其根本原因与清代中后期政府对地方戏的管理政策有关。

　　作为俗文学的传奇戏曲经过明代中后期的发展繁荣,逐渐雅化,"正统文人及明清两代的执政者已经逐渐接受了传奇雅化的历史事实。"[③]随着地方戏的兴起,乾嘉年间爆发了花雅之争,清代执政者和正统文人从坚持雅正文化政策的立场出发,崇雅抑俗,对地方戏实行查禁抑制的管理政策。乾隆五十年和嘉庆三年,朝廷皆谕旨查禁昆弋两腔之外的地方戏——花部乱弹,原因是各地方戏"淫亵怪诞,最为风俗人心之害。"[④]这种戏曲管理政策在乾嘉以后得到了继承:"直到清代后期的同光年间,执政者始终严格查禁花部乱弹、地方戏等,查禁滩簧、花鼓戏、评弹的禁令屡屡颁行。"[⑤]晚清宁波官方是朝廷崇雅抑俗文化政策坚定的拥护者和执行者,像 1891 年,宁波城隍庙立勒石永禁碑,禁止串客、花鼓、昆、乱、词调进庙演唱,独尊京戏[⑥]。清代城隍庙是一个城镇代城隍行使职权、信仰、庙会、娱乐的重要公共场所,宁波城隍庙此次勒石独尊京剧、排抑他种戏曲,肯定获得了官方支持,体现了官方意志。可以说,晚清宁波官方遏止串客正是清代后期执政者对花部乱弹予以抑制文化政策的具体实施,体现了官方对戏曲艺术去其鄙俗、归于雅驯的管理要求。

　　此外,官方查禁串客还有其他因素,诸如演戏宵小窃发或匪类混迹引发治安之虞、无赖借演戏敛钱等,但皆不如以上三个方面具有代表性。

三、查禁方法

　　查禁方法是指查禁的途径、步骤和手段,对戏曲演出有实质性影响。晚清宁波官方查禁串客的主要办法有示禁、访拿、笞责、枷示四种。

---

①《四明霜雁》,《申报》1896 年 10 月 28 日,第 2 版。
②《准开戏馆示》,《申报》1890 年 12 月 22 日,第 3 版。
③赵维国《教化与惩戒:中国古代戏曲小说禁毁问题研究》,上海古籍出版社 2014 年版,第 59 页。
④丁淑梅《清代禁毁戏曲史料编年》,四川大学出版社 2010 年版,第 146 页。
⑤赵维国《教化与惩戒:中国古代戏曲小说禁毁问题研究》,上海古籍出版社 2014 年版,第 61 页。
⑥王汉民、刘玉奇编著《清代戏曲史编年》,巴蜀书社 2008 年版,第 318 页。

（一）示禁

由表 3—3 统计可见，晚清从宁关道台、宁波知府到鄞县知县，几乎都颁发了禁止串客的示谕，多者甚至高达 5 回。其方式是下车伊始，即颁发禁条，示禁串客，然后在任期内不时出示禁止。当然，表 3—3 所统计的示谕并非全部，比如 1904 年以后清末《申报》等报刊就不再刊载宁波官员查禁串客的示谕，而清末宁波改良志士仍把禁止串客作为社会改良的主要内容之一①，鉴于民国后宁波官方仍坚持查禁串客，笔者认为这是报刊版面有限和新闻关注点转移的原因，而不是弛禁的原因。

（二）访拿

包括明察暗访和悬赏捕拿。其一，明察暗访。为落实查禁，宁波官员经常饬差于城乡访拿串客。1888 年 4 月，鄞县知县徐振翰接奉浙江按察使萧韶密札后，密饬干役多名，往四乡暗访串客，下旬于南门外周港拿获雇演之周阿生到案。1900 年 9 月，鄞县知县徐柱国访悉五乡碶地方有人搭台演唱串客，立即饬差拘获数人，一一惩办②。1904 年 6 月，鄞县知县周廷祚访闻某乡有人搭台演唱串客，饬巡防营哨弁前往拘获邱顺发及忻某二人，笞责枷示③。其二，悬赏捕拿。官员一般居于城镇，耳目难周，悬赏则可获得更多违禁信息、激发更多的人参与查禁，还可制造声势，威慑人心。宁波知府宗源瀚是使用此策略的代表。据《申报》报道，宗源瀚任宁波知府期间，先后四次颁布悬赏告示，访拿串客，声称无论何人能捆获串客"有连同戏具获送府县衙门者，每获一名赏给一千文，能获十名赏十千文，以次递加。"④其后宁波知府胡元洁和钱溯时都曾悬赏捕拿串客。重赏之下，确也有人意图邀功请赏，捕拿串客。1894 年 2 月，知府钱溯时颁布悬赏告示之后，府署差役曹某希邀奖赏，急欲见功，勾结陈五宝特往乡间雇召串客艺人至宁波城演出，然后禀报知府，将三名串客拘捕，分别笞责枷示⑤。

①《鄞县组织自治会》《创设风俗改良会（节录）》，《晚清报载小说戏曲禁毁史料汇编》（上），第 152 页。
②《拿办淫戏》，《晚清报载小说戏曲禁毁史料汇编》（上），第 300 页。
③《惩办串客》，《晚清报载小说戏曲禁毁史料汇编》（上），第 341 页。
④《严拿串客》，《晚清报载小说戏曲禁毁史料汇编》（上），第 14—15 页。
⑤《诱捕串客》，《晚清报载小说戏曲禁毁史料汇编》（上），第 237—238 页。

（三）笞责

笞责即笞刑，是以板片击打犯者腿臀部的一种刑罚，为清代五刑中最轻的刑罚。晚清对被捕获的宁波串客艺人而言，笞责在劫难逃。1881 年 3 月上旬，宁波南乡拿获串客脚色虞雷云等四名，知府宗源瀚饬差各责六百板①。1887 年 4 月初，宁波江东朱桑地方当场拿获串客戎三珊、吴阿三两名到县，鄞县知县朱庆镛饬差各责数百板②。清制，笞刑分为十、二十、三十、四十、五十等五个等级，换言之，笞刑最多者不过五十下，但晚清宁波官方对违禁串客艺人处以笞刑的次数皆超定制。笞责数百板已经够严厉了，更有笞责一千板者。1888 年 4 月下旬，鄞县知县徐振翰饬差于南门外周港岸拿获雇演串客之周阿生到县，判重责一千板③。笞责一千板直至清末仍偶有所见，例如 1908 年 2 月 27 日《中外日报》以《严惩扮演串客》为题报道，鄞县傅家塔地方有串客艺人搭台演唱，鄞县知县黄羡清派勇驰往捕拿，当场拘获三名艺人到案，各责数一千板，枷号示众④。宁波官员对串客艺人惩责之严酷可见一斑。

（四）枷示

即用木架套住犯人颈部，写明罪状，于衙署或犯事地点示众，以示耻辱，使之痛苦。清代枷示属于五刑之外的附加刑或替代性。晚清被捕串客艺人被处以笞刑之后，还要枷示，时间往往长达数月，如上文提到虞雷云等四名判各笞责六百板后，枷示三个月，戎三珊和吴阿三各笞责数百板后，亦枷示三个月。清中后期法律规定，用于枷示的木枷重不超过三十五斤，而被捕宁波串客艺人枷示时选择的都是"重枷"，如戎三珊和吴阿三判荷"双连枷"，周阿生荷的是"巨枷"。为了增加耻辱感，官员判罚串客艺人枷示之时，有的还命艺人面部化妆、身着戏服，以示羞辱。如上文提到的吴阿三枷示时，"尚着红袖女衣，面上犹带粉痕。"1887 年 4 月上旬，鄞县知县朱庆镛访悉东乡邱隘地方复有串客演戏之事，立饬干役飞签驰赴该处，当场拿获

---

①《重惩串客》，《晚清报载小说戏曲禁毁史料汇编》（上），第 180 页。
②《严惩串客》，《晚清报载小说戏曲禁毁史料汇编》（上），第 210 页。
③《惩办串客》，《晚清报载小说戏曲禁毁史料汇编》（上），第 214 页。
④《严惩扮演串客》，《晚清报载小说戏曲禁毁史料汇编》（上），第 397 页。

小丑一名,花旦一名到县,判各笞责数百板,仍令穿扮做戏服色,以双联枷枷示署前,并押游六门示众①。1904 年 6 月,鄞县知县周廷祚饬巡防营哨弁拘获串客邱顺发及忻某二人,笞责后判二人荷以巨枷示众,忻某示众时还要扮演女装②。显然,官方认为,串客艺人示众时身着戏服、面涂脂粉、引人围观的滑稽像更能达到知羞改过、惩一儆百的效果。

晚清宁波官吏对串客的严厉查禁,也激起了百姓愤然抵制,《申报》和《字林沪报》就报道了三起因查禁串客而引发的暴动,但基本都以反抗者和串客艺人受到处罚而结案③。

四、查禁与推动

提及宁波串客的历史,有戏剧史家认为,"在萌芽时期,是由田头山歌、马灯调等发展成为业余的或专业的'马灯班',称为'串客',后来进入宁波,在茶馆里演唱,开始有了'宁波滩簧'的名称。"④"尤其是到了'鸦片战争'(1840 年)以后,宁波被辟为五个通商口岸之一。……城市的发展,又进一步促进了'串客班'的兴旺。""到了光绪以后,'串客班'既风行农村,也重新回到宁波城里。"⑤此类观点中不乏因串客史料匮乏造成的不实之辞。实际上,宁波作为通商口岸之后,并未促进串客在宁波的发展,其原因是晚清宁波官吏严禁串客所致。据《申报》报道,1881 年串客艺人在宁波城"不敢登场扮演。"⑥1888 年,串客艺人仍"不敢在城市中登台开演。"⑦1891 年的报道则是"郡治早经禁绝。"⑧除了官方查禁外,串客还遭到士绅的查禁,如1885 年 3 月,慈溪县生员何梅逊赴宁波府指名告发搬演串客,知府宗源瀚

①《严惩串客》,《晚清报载小说戏曲禁毁史料汇编》(上),第 210 页。

②《惩办串客》,《晚清报载小说戏曲禁毁史料汇编》(上),第 341 页。

③《违禁殴差》,《晚清报载小说戏曲禁毁史料汇编》(上),第 174—175 页;《串客滋事》,《晚清报载小说戏曲禁毁史料汇编》(上),第 208—209 页;《愚民负固》,《晚清报载小说戏曲禁毁史料汇编》(上),第 209 页。

④周妙中《清代戏曲史》,中州古籍出版社 1987 年版,第 485—486 页。

⑤蒋中崎编著《甬剧发展史述》,浙江文艺出版社 1991 年版,第 34、35 页。

⑥《淫戏被驱》,《晚清报载小说戏曲禁毁史料汇编》(上),第 179 页。

⑦《串客宜禁》,《晚清报载小说戏曲禁毁史料汇编》(上),第 729 页。

⑧《串客宜禁》,《晚清报载小说戏曲禁毁史料汇编》(上),第 736 页。

即饬该县立提地保陈尚庆、张松生及串客脚色沈阿才等到案,从重究办[1]。可以说,由于严厉查禁,整个晚清,串客除了在僻远乡村偶尔扮演外,始终未能在宁波城扎根生长。换言之,作为通商口岸的宁波,因为官方严厉的查禁而未能成为串客进一步繁荣滋长的摇篮。由于在本地遭到严禁,宁波串客艺人还曾尝试到杭州讨生活,但因为杭州地区同样的严禁态势而难以立足。1877 年岁末,有外省打花鼓等流民艺人至杭州乞食,为浙江布政使闻知,立即饬县驱逐出境,并传谕客店嗣后胆敢容留,立予枷示,取具甘结存案[2]。1896 至 1901 年每年岁末年初,杭州官员都在严禁宁波等外来花鼓艺人,不令其入城,结果是:"故街坊之上,打花鼓者绝无所见也。"[3]"故今正以此谋生者,均不敢越雷池半步也。"[4]"一时演唱者皆销声匿迹。"[5]串客之所以在宁波、杭州等城市难以立足,是因为这些传统城市有城墙和城门作为屏障,乃地区政治、军事、权力盘踞之中心,布控既易且严。查禁在遏制宁波串客在本地乃至浙江发展的同时,却将众多的串客艺人驱逐到了一个更大的演出市场——上海,从而相当程度上加速了宁波串客向成熟地方剧种的方向发展。

(一)严禁驱使大批宁波串客艺人转至上海

十九世纪中叶以后,以十里洋场为中心的上海已经发展成为集商业、金钱、欲望、时尚等特质于一身的近代化大都市。晚清宁波串客至上海演出,意义非凡,"甬剧虽发源于甬江,却发祥于沪渎。"[6]戏剧史家常把 1880 年宁波串客艺人邬拾来、杜通尧等应上海茶馆老板之邀赴上海演唱视作甬剧发展史上的拐点[7],因为正是宁波串客来到上海之后才有日后的甬剧。

---

[1]《惩究串客》,《晚清报载小说戏曲禁毁史料汇编》(上),第 200 页。

[2]《流民被逐》,《晚清报载小说戏曲禁毁史料汇编》(上),第 165 页。

[3]《新年禁花鼓》,《晚清报载小说戏曲禁毁史料汇编》(上),第 249 页。

[4]《驱逐花鼓》,《晚清报载小说戏曲禁毁史料汇编》(上),第 265 页。

[5]《禁止花鼓戏入城》,《晚清报载小说戏曲禁毁史料汇编》(上),第 274 页。《查禁花鼓淫词》,《晚清报载小说戏曲禁毁史料汇编》(上),第 291 页;《严禁淫词》,《晚清报载小说戏曲禁毁史料汇编》(上),第 294 页;《维持风化》,《晚清报载小说戏曲禁毁史料汇编》(上),第 316 页。

[6]周良材《甬剧史话·序》,上海三联书店 2011 年版,第 1 页。

[7]对于邬拾来等来到上海的时间,学界有两种说法:1.史鹤幸《甬剧史话》说是 1880 年(第 8 页);2.乐承耀《宁波通史》认为是 1890 年(《宁波通史·清代卷》,第 409 页)。不论此二说孰真,邬拾来等是在晚清宁波官方查禁串客最严厉的时期至沪则可肯定。

实际上，在邬拾来之前，不少宁波串客班已经来沪演出。例如，1878年，上海英租界致远街黄采记茶馆"于晚间特雇宁波串客班坐唱。"①同年，法租界北新楼茶馆雇"宁波人五六辈，于夜间演唱。"②1880年，英租界乐云楼茶馆"特请四明小妹先生弹唱滩簧。"③晚清宁波串客为何纷纷至沪？除了上海滩宁波人众多、有较大的演出市场外，晚清宁波官方严厉的查禁亦是重要原因。过去，研究者对后一个原因虽有提及，但语焉不详。笔者对晚清宁波官方查禁串客的频率、原因、办法的探讨说明：宁波串客艺人因逃避查禁而选择上海是宁波串客转至上海的主要原因之一。趋利避害，乃人之常情。那么，晚清有多少宁波串客艺人在上海演出呢？不得而知。但晚清报刊的报道可以给我们一个大概的认识，参见下表：

表 3—4　晚清报刊所载宁波串客艺人在上海演出报道举例

时间	演出地点	演出形式	资料来源
1878 年 10 月	致远街黄采记茶馆	雇宁波串客班坐唱	《违禁争演淫词》，《晚清报载小说戏曲禁毁史料汇编》（下），第 696 页
1878 年 11 月	法租界北新楼茶馆	宁波五六人夜演	《痛打花鼓》，《晚清报载小说戏曲禁毁史料汇编》（上），第 171 页
1880 年 3 月	英界沪北致远街口庆兴阁茶馆	雇宁波男女伶客串花鼓	《潜演花鼓》，《晚清报载小说戏曲禁毁史料汇编》（上），第 701 页
1880 年 10 月	英租界乐云楼茶馆	雇宁波女伶弹唱	《违禁当惩》，《晚清报载小说戏曲禁毁史料汇编》（下），第 703 页
1881 年 5 月	法租界小东门	宁波徐得明等三男二女在道旁搭盖布篷演出	《花鼓夫人》，《晚清报载小说戏曲禁毁史料汇编》（上），第 182—183 页
1881 年 11 月	宝善街与三马路口及珊记码头西首某茶肆	皆有宁波男女坐唱	《玩弄诲淫》，《晚清报载小说戏曲禁毁史料汇编》（上），第 708 页

①《违禁争演淫词》，《晚清报载小说戏曲禁毁史料汇编》（下），第 696 页。

②《痛打花鼓》，《晚清报载小说戏曲禁毁史料汇编》（上），第 171 页。

③《违禁当惩》，《晚清报载小说戏曲禁毁史料汇编》（下），第 703 页。

续表

时间	演出地点	演出形式	资料来源
1882 年 8 月	虹口某姓家	雇宁波串客班至家演唱	《演唱花鼓》,《晚清报载小说戏曲禁毁史料汇编》(上),第 712 页
1889 年 3 月	英租界九香园茶馆	雇宁波人演唱	《传禁淫戏》,《晚清报载小说戏曲禁毁史料汇编》(上),第 218—219 页
1890 年 12 月	虹口荒场	宁波人洪礼发、吴阿二坐唱	《演唱花鼓戏判罚》,《晚清报载小说戏曲禁毁史料汇编》(上),第 225 页
1892 年 7 月	沪南小南门某茶肆	雇宁波男女四名,晚间登台演唱花鼓	《淫戏宜禁》,《晚清报载小说戏曲禁毁史料汇编》(上),第 741 页
1893 年 7 月	虹口正丰街载春园茶馆	招雇宁波一男一女合演	《提讯馆主》,《晚清报载小说戏曲禁毁史料汇编》(上),第 234 页
1893 年 11 月	英租界	宁波人浦阿四在英租界演唱	《演唱花鼓递籍》,《晚清报载小说戏曲禁毁史料汇编》(上),第 237 页
1899 年 7 月	新马路旁	宁波人包云才在新马路旁演唱	《演唱花鼓从宽开释》,《晚清报载小说戏曲禁毁史料汇编》(上),第 287 页
1907 年 1 月	法租界某茶馆	茶馆主汪阿三往宁波雇请周阿昭来申演唱	《演唱花鼓淫戏》,《晚清报载小说戏曲禁毁史料汇编》(上),第 376 页
1909 年 2 月	法租界松鹤楼	招雇福泉楼旧唱之全班宁波周明寿等七人演唱	《惩罚花鼓摊簧淫戏》,《晚清报载小说戏曲禁毁史料汇编》(上),第 421 页

　　不难看出,上表所反映的宁波串客艺人至沪演出的文献来源有很大的片面性,因为选取的报道都是关于查禁宁波串客艺人在沪上演出的新闻。此乃不得已之举,因为只有此类报道才有新闻性,关于串客的新闻才有登报之可能。尽管如此,我们仍可看出晚清宁波串客艺人至沪演出形式多样,有招揽到茶馆中演出的,有被雇请至家中演出的,有街头巷尾打围场的,说明上海为宁波串客艺人"讨生活"提供了广阔的舞台,也说明晚清有相当数量的宁波串客艺人至沪演出。至于宁波串客至沪的原因,报刊亦有

提及,1889年3月,上海英租界九香园招雇宁波人扮演花鼓戏,该艺人就是因为"宁波扮演花鼓淫戏早经严禁",故而"潜行来沪。"①时人也认为,宁波官方严厉的查禁迫使宁波串客艺人转至上海演出:"今日又有宁人思袭故智,迫于宁地之禁令而公然乘间而至沪也。"②换言之,正是由于宁波当局查禁花鼓(串客)綦严,串客艺人遂选择来沪演出。宁波串客艺人来沪演出,虽也屡遭查禁,但相对于宁波而言,在上海遭禁倒有两大"优势":

其一,在上海即使被拘,判罚也比宁波较轻。1878年11月,宁波潘新宝、李阿毛等五人在法界北新楼演唱花鼓被拘,潘新宝是第二次被拘,第一次未予惩责,此次被判笞责六十板,李阿毛等四人判各责五十板③。1890年12月,宁波人洪礼发、吴阿二在虹口荒地坐唱被拘,公共租界会审谳员蔡汇沧判各笞一百板④。1893年,宁波人浦阿四来沪演唱花鼓被拘,第一次判处递解回籍。浦阿四又附船来沪,第二次被拘时被判笞责一百板⑤。1899年7月,宁波人包云才在新马路旁演唱花鼓被拘,认错后由郑九担保,"从宽开释。"⑥由上文宁波官员对串客的惩处可见,李阿毛、洪礼发、包云才等人如果是在宁波演出被拘,至少要被笞责数百板,甚至是一千板,然后还要判罚枷示数月不等。

其二,上海演出场所比宁波多,腾挪更便捷。整个晚清,串客无法在宁波城立足,在上海则不然。如果上海县禁,可转至公共租界演出,若公共租界禁止,又可潜至法租界照演不误。除了私人雇唱,还有街巷、茶馆、书场、戏园等演出场所。例如,晚清上海茶馆林立,为吸引茶客,各茶馆莫不以招雇艺人演花鼓、唱评弹为不二法门。甚至还发生茶馆主为争雇宁波串客艺人而对簿公堂的案件。1907年1月,法租界某茶馆主汪阿三往宁波雇周阿昭来申演唱花鼓,"被同业江阿金用重贿挖去,以致互相争论扭殴,由捕一并解至公堂。"⑦而且,上海各租界往往政令不一,对花鼓戏、摊簧的管理政策亦时有不同,且还有不少势力可以凭借:一者可以挂名洋商,华官莫如

①《传禁淫戏》,《晚清报载小说戏曲禁毁史料汇编》(上),第218—219页。

②《禁淫戏答问》,《晚清报载小说戏曲禁毁史料汇编》(下),第556页。

③《痛打花鼓》《惩责花鼓戏伶人》,《晚清报载小说戏曲禁毁史料汇编》(上),第171、172页。

④《演唱花鼓戏判罚》,《晚清报载小说戏曲禁毁史料汇编》(上),第225页。

⑤《演唱花鼓递籍》,《晚清报载小说戏曲禁毁史料汇编》(上),第237页。

⑥《演唱花鼓从宽开释》,《晚清报载小说戏曲禁毁史料汇编》(上),第287页。

⑦《禁唱花鼓淫戏》,《晚清报载小说戏曲禁毁史料汇编》(下),第376页。

之何。"（花鼓戏）今则倚仗洋商，恃居租界，目无法纪，莫敢谁何。"①二者即便是租界当局一起查禁，因捐纳税收、振兴市面等方面的考虑，租界当局也难以坚持始终。即使遭到查禁，很快就会搬演如故。1884 年 11 月，英界复兴楼等茶寮演唱花鼓，会审公堂谳员黄承乙饬地保禁止，但仅停演两夜，"复堂皇开演。"②1900 年春，法租界工部局因市面冷清，允演花鼓，以兴市面，演唱花鼓戏之风，盛行一时③。

晚清上海县禁止，租界也不时查禁，道德之士指责不休，报刊频频呼吁严禁，花鼓戏等终不可绝。不但不可禁，上海花鼓戏进驻上海后改名本滩，宁波串客则改名宁波滩簧，皆焕发活力。这其中就与上海租界演出场地丰富、判罚较轻、查禁难以持续等关系莫大。总之，来到上海的宁波串客艺人可以在一个广阔的文化市场之中施展艺术才华。在晚清宁波官方严厉的戏曲管理政策下，不仅是串客艺人转战上海，宁波其他戏剧艺人也向上海转移。例如，因为宁波严禁中宵演剧，1901 年宁波"梨园子弟遂转而至沪江，醵资就英租界中新设雅仙戏馆"，其中甬昆名伶徐云标、林如铃等皆在该园演出④。

（二）活跃的文化空间促进了串客在沪发展

其体现在两个方面：

其一，上海繁荣的娱乐业拓展了串客演出的市场。上海开埠后经过二三十年的发展，至 1870 年代，已经成为商业繁盛、娱乐业发达的大都市，时有"东方之巴黎"之誉，戏园、书场、茶馆等消闲娱乐业十分兴旺。19 世纪后期，上海已经成为南方戏曲中心，1872 年，时人咏叹上海演剧之兴盛："大小戏园开满路，笙歌夜夜似元宵。"⑤作为地方小戏，熟悉串客方言唱腔的观众是其生存的基础。1854 年上海小刀会起义失败之后，"江浙籍人取代闽粤人成为上海移民的主体。"据 1885 年统计，公共租界中国居民 10.9万，其中浙江人 4.1 万，占 37.6％，居各省之首⑥。晚清大量移住沪上的宁

---

① 河东逸史《请禁花鼓戏说》，《晚清报载小说戏曲禁毁史料汇编》（下），第 485 页。
② 《觌视禁令》，《晚清报载小说戏曲禁毁史料汇编》（下），第 717 页。
③ 《禁唱淫词》，《晚清报载小说戏曲禁毁史料汇编》（上），第 291—292 页。
④ 《严禁中宵演剧》，《晚清报载小说戏曲禁毁史料汇编》（上），第 317 页。
⑤ 晟溪养浩主人《戏园竹枝词》，《申报》1872 年 7 月 9 日，第 2 版。
⑥ 乐正《近代上海人社会心态（1860—1910）》，上海人民出版社 1991 年版，第 171 页。

波人为串客准备了坚实的观众基础。

其二,上海戏曲荟萃的环境为串客艺人提供了相互学习的平台。晚清上海是一个移民城市,伴随移民的涌入,诸多地方戏曲如广东戏、绍兴戏、常州滩簧、苏滩、昆曲、京剧、梆子、本滩等大小十数个剧种云集沪渎、百花争艳。有一种观点认为,由于宁波人在沪人多势众,宁波滩簧演出市场稳定,其既不用像其他地方戏曲为了生存,不断吸收其他剧种的优点,不断改革发展,所以"始终未见有特殊的进步。"[1]此观点不免片面。实际上同处于一个多种戏曲争奇斗艳、观众口味杂陈的文化环境里,各种戏曲的剧目、音乐、唱腔、表演、服装、化妆、舞台布景难免相互影响,互有促进。例如,串客在上海改名"宁波摊簧"就是适应在上海的发展。据沪剧老艺人回忆,上海花鼓戏之所以改名"本地摊簧",简称本滩,是生存的需要。此一是因为滩簧传入上海时间比较早,据载,流行江浙一带的滩簧约在同治年间(1862—1874)传到上海,并成为清末民初上海的流行戏曲。二是因为滩簧扎根上海后生意较好。据老艺人回忆:"花鼓戏艺人看到滩簧在上海生意好,也改叫滩簧。在农村里还是叫花鼓戏的。"[2]宁波串客与上海花鼓戏进入上海的时间大致同时,参照上海花鼓戏改名本滩之原因不难看出,宁波串客在上海改名宁波滩簧亦是适应在上海生存的需要。据研究者归纳,宁波串客来到沪上之后,发生的主要变化有:戏班扩大、演员增多;根据剧情设置道具;唱腔和伴奏发生了变化;上演剧目固定;表演风格初步形成[3]。因此,戏剧史家认为,晚清宁波串客立足上海后,改名宁波滩簧,"其整体艺术得到了改进,在表演、唱腔、化装、服装、道具等方面都得到了提高,并出现了一批较有影响的演员,可谓宁波滩簧男旦角的全盛时期。"[4]这种认识较符合历史原貌。

走笔至此,仍有一个无法回避的问题:随着1911年清朝的覆灭、中华民国的建立,宁波官方对串客的查禁是否终止了呢?因为倘若弛禁,则宁波串客似乎可以在宁波本地发展繁荣。据记载,民国以后宁波官方仍继承

①《衰落的苏滩》,《申报》1947年1月6日,第6版。
②中国戏曲志上海卷编辑部编《上海戏曲荟萃(沪剧专辑)》(第2集),上海艺术研究所1986年版,第7页。
③蒋中崎编著《甬剧发展史述》,浙江文艺出版社1991年版,第52—54页。
④夏兰编著《中国戏曲文化》,时事出版社2007年版,第147页。

了晚清官吏对串客的看法和管理办法,即同样认为串客伤风败俗、理应查禁。例如,直到1930年代,串客在宁波仍处于查禁状态。1930年4月8日,宁波天宁寺秘密搭台开演串客,男女合演,被警局派警拘获,五位演员各被处以"拘役五天。"①1931年4月4日,宁波万寿禅寺雇请张姓班底,开演串客,警局派警往拿,闻者潜逃,仅拘获演员小木匠一名,"按照违警罚法,判处罚金十元以儆云。"②1936年6月18日,宁波公安局颁布告示,以串客滩簧"海淫导奸,败坏风俗",限期将班主戏角一律驱逐出境,不得再行逗留,亦不准雇请演唱③。告示颁布后,宁波公安局又将业南词者三十六家之负责人传至局中,"具不演唱串客滩簧切结。"④等等。直到1947年,定海县政府仍以花鼓戏"内容尽属淫诲之词,有碍社会纯良风气",饬令各乡镇严加取缔⑤。可以说,自晚清至民国,宁波官方对串客的查禁坚持始终,并相当程度上阻碍了串客在宁波本地的进一步发展繁荣,而与宁波一水之隔的上海却以相对开放的文化环境和曲艺荟萃的交流态势为宁波串客的发展提供了较理想的生长环境。

目前,学界一般认为晚清宁波串客是伴随宁波人的大量移住上海而进入上海,以上通过对晚清宁波官方对串客查禁的频率、原因、方式、影响的梳理说明:晚清宁波官方查禁串客相当程度上驱使宁波串客艺人向上海迁移,严厉的查禁反而为宁波串客艺人向上海这个文化大市场进军加了一把推力,从而加速了甬剧生在宁波、长在上海这一文化现象的形成。附带一笔的是,像宁波串客这样因在诞生地遭到严禁而被迫转至外地成长的现象在近代中国并非个案。1920年代,唐山落子在关内遭到各地政府禁演,而关外不禁莲花落,由是驱使大批落子艺人转移到关外谋生,即"莲花落闯关东",莲花落也乘势发展成为一种成熟剧种——评剧,这就是所谓"评剧诞生在唐山,成长在奉天。"⑥这种因在生地遭到压制转至他地获得发展的文化现象给我们以启示:开放、包容、宽松的文艺环境是文艺繁荣和文艺创新的重要条件。

①《天宁寺大演男女串客男女戏子当场被捉》,《四明公报》1930年4月10日,第2版。
②《万寿寺开演串客》,《宁波时报》1931年4月6日,第4版。
③《甬公安局厉禁荒淫秽亵之串客滩簧》,《时事公报》1936年6月19日,第2张第2版。
④《宁波公安局取缔南词业唱演串客》,《时事公报》1936年7月2日,第2张第2版。
⑤《定海政府禁演花鼓戏》,《宁波晨报》1947年3月20日,第4版。
⑥周力主编《辽宁》,中国旅游出版社2013年版,第50页。

第二十一章　上海租界戏园
为何能遵守国忌禁戏?

一般认为,清代中期以后,礼法渐弛,政府社会控制力减弱,加上花部勃兴、戏剧商业化步伐迅速等推波助澜,清朝禁戏政策日薄西山,屡禁不止现象遂成常态。作为"飞地""国中之国"和"南方演剧中心"的上海租界,是清朝禁戏政策全面失控的"重灾区",诸如女伶登台、妇女观剧、男女合演、"淫戏"风行、夜戏兴盛等,将官方禁戏法令冲决得千疮百孔、徒余具文。令人奇怪的是,直到清末,上海租界戏园却能较严格地遵守国忌禁乐。目前,有关晚清上海租界戏园国忌禁戏的探讨尚付诸阙如。考察晚清上海租界戏园的国忌禁乐情况,不仅可以钩沉这段特殊的禁戏历史和形态,还能有助于认识社会转型时期礼法变迁的复杂历程以及清代禁戏问题的丰富性与复杂性。

一、国忌禁乐礼制

(一)国忌禁乐由来

忌辰是逝者死亡之日,最初仅指父母或其他亲属死亡之日。《礼记·祭义》:"君子有终身之丧,忌日之谓也。"郑玄注云:"忌日,亲亡之日。"[1]后来一般人死亡之日皆称作忌辰或忌日。忌日不作乐,以示对逝者哀思的礼俗由来已久,《礼记·檀弓上》:"故君子有终身之忧,而无一朝之患。故忌日不乐。"[2]忌日禁乐乃人伦之常,历代相沿,至今仍有传承。"国忌"一词最早见于唐代文献,专指本朝先帝、先后逝世之日。国忌礼俗,作为一项全国性礼仪活动,最早定于唐玄宗朝[3]。但凡国忌,皇帝不视事一天,百官废

①陈成国《礼记校注》,岳麓书社 2004 年版,第 360 页。
②陈成国《礼记校注》,岳麓书社 2004 年版,第 32 页。
③钟书林、张磊《敦煌文研究与校注》,武汉大学出版社 2014 年版,第 115 页。

务,不决狱行刑,全国禁止饮酒作乐,违者处罚,《唐律》"忌日作乐"条:"诸国忌废务日作乐者,杖一百;私忌,减二等。"①规定国忌日作乐者判责一百杖,臣民父母之忌日作乐者判责减二等,合杖八十。后代相袭,国忌禁乐成为国家礼制的重要规定。

(二)清代国忌禁乐

清代国忌,皇帝至奉先殿亲祭、不赞礼、不奏乐,举国不行刑、不作乐,职官穿素、不报祭、不还愿、不作乐、不宴会、不理刑名、照常办事,民间则禁止婚嫁作乐。为便于严格遵照,清代官方和民间采用多种方式提醒国忌日期。礼部于岁末批准钦天监印制来年祭祀、斋戒、忌辰日期清单,分行各衙门,一体遵照;时宪书(官历)上印制国忌日期表,以便对照,并于卷首载明"国家忌辰,例禁嫁娶作乐"字样;在护书(即官员用的公文夹)内印上国忌日期,以便提醒;书坊刊刻《国忌日期单》出售,便于官民购买知晓;有的报馆还免费向读者赠送忌辰单②;大小衙门则于国忌日当天请出忌辰牌,设香案供奉于衙署仪门外,牌书"忌辰"二字,昭示民众,非至此牌收入,一律不准作乐。表3—5是清代帝后忌辰统计表:

表3—5　清代帝后忌辰统计表

月份	帝、后忌辰
正月	初三(乾隆)、七(顺治)、十一(孝全成皇后)、十四(道光)、二十一(孝穆成皇后)、二十三(孝圣宪皇后)、二十九(孝仪纯皇后)
二月	初七(孝淑睿皇后)、十一(孝康章皇后)、二十(孝哲毅皇后)、二十六(孝昭仁皇后)
三月	初十(孝贞显皇后)、十一(孝贤纯皇后)
四月	十七(孝端文皇后)、二十九(孝慎成皇后)
五月	初三(孝诚仁皇后)、二十三(孝恭仁皇后)
七月	初九(孝静成皇后)、初十(孝懿仁皇后)、十七(咸丰)、二十五(嘉庆)
八月	初九(皇太极)、十一(努尔哈赤,孝烈武皇后)、二十三(雍正)
九月	二十七(孝慈高皇后)、二十九(孝敬宪皇后)

---

①(唐)长孙无忌等著,袁文兴、袁超注译《唐律疏议注译》,甘肃人民出版社2017年版,第740页。
②《分赠万寿皇陵忌辰单》,《字林沪报》1885年2月12日,第1版。

续表

月份	帝、后忌辰
十月	二十一（光绪）、二十二（慈禧太后）
十一月	十三（康熙）
十二月	初五（同治）、初六（孝惠章皇后）、十一（孝和睿皇后）、十二（孝德显皇后）、二十五（孝庄文皇后）

　　由上表可见，清代帝后国忌日为 34 天。国忌日当天，也就是大小衙署仪门外供奉的忌辰牌于下午撤去之前，严禁演剧等娱乐活动。有清一代，禁止夜戏，所以国忌禁戏，当天也就彻底禁止演戏了。遇见国忌，戏园在门上贴上一张小黄纸，上书"忌辰"字样。因为上海租界戏园于同治年间夜戏即已开禁，所以晚清上海戏园遇逢国忌，是日停夜演，"各戏馆在租界，然亦相率遵守，忌辰日不演日戏。"国忌禁戏，"犯者以违制论，惩罚甚严。"①一般认为，晚清政府对社会控制力减弱，礼法失控，加上演剧商业化浪潮冲击，国忌禁戏呈废弛之势。实际上，与晚清国丧禁戏松弛程度较严重不同，国忌禁戏，虽出现松弛迹象，个别城镇甚至一度失控，但整体上仍然被较严格地遵循。京师一向被视作王化根本，是礼法推行普及之区，也是遵循国忌禁戏严格和自觉之地。1876 年 1 月 1 日（光绪元年十二月初五日）为同治皇帝周年忌日，这一天，正在说白清唱的北京伶人，在未接到任何示禁的情况下，不约而同地全部停止说白清唱②。据记载，清代北京各戏园向来不演夜戏，"每逢国忌之日，各园一概停演，即斋戒之日亦复停演。"③说明京师首善之区，国忌禁戏已是戏剧行业的行规。清末，北京戏园仍遵奉国忌禁戏礼制，直到民国元年，北京各戏园呈请忌辰、斋戒日准其一律演戏，得到了警察厅批准，各戏园才不受国忌禁戏之限制④。1885 年的苏州，但凡国忌之辰，梨园循例停演⑤，而南京、烟台等地皆发生了戏班因国忌违禁演剧而遭到严惩的案件⑥。说明国忌禁戏在晚清基本得到了严格执行，一

①熊月之主编《稀见上海史志资料丛书》(2)，上海书店出版社 2012 年版，第 161—162 页。
②《国忌停演》，《晚清报载小说戏曲禁毁史料汇编》(上)，第 162—163 页。
③《国忌禁演戏续说》，《晚清报载小说戏曲禁毁史料汇编》(下)，第 518 页。
④齐如山《京剧之变迁》，辽宁教育出版社 2008 年版，第 43 页。
⑤《苏台杂录》，《申报》1885 年 5 月 6 日，附张。
⑥《武举招女伶演剧判罚》，《晚清报载小说戏曲禁毁史料汇编》(上)，第 206 页。《烟台琐志》，《申报》1893 年 3 月 14 日，第 9 版。

些违制者受到惩戒。

二、从违反到遵奉

国忌禁戏在晚清上海租界曾一度失控,即 1881 年以前,国忌禁乐礼制对上海租界戏园而言名存实亡,1881 年 3 月以后则得到了较严格遵循。

(一)1881 年以前:普遍违反

光绪二年(1876)是《申报》开始不间断刊载戏园演出广告的年份,该年《申报》所载戏园广告于国忌日演情况参见表 3—6:

表 3—6　光绪二年《申报》所载上海租界戏园广告于国忌日演情况统计表

帝后忌辰日期		日演戏园名单
正月	初三日乾隆	春节停刊
	初七日顺治	金桂轩戏园、三雅戏园
	十一日孝全成皇后	金桂轩戏园、三雅戏园
	十四日道光	金桂轩戏园、三雅戏园
	二十一日孝穆成皇后	金桂轩戏园
	二十三日孝圣宪皇后	金桂轩戏园
	二十九日孝仪纯皇后	金桂轩戏园、三雅戏园
二月	初七日孝淑睿皇后	金桂轩戏园、三雅戏园
	十一日孝康章皇后	金桂轩戏园、三雅戏园
	二十日孝哲毅皇后	丹桂茶园、金桂轩戏园
	二十六日孝昭仁皇后	丹桂茶园、三雅戏园
三月	十一日孝贤纯皇后	丹桂茶园、金桂轩戏园、天仙茶园
四月	十七日孝端文皇后	金桂轩戏园、丹桂茶园、天仙茶园
	二十九日孝慎成皇后	金桂轩戏园、天仙茶园、三雅戏园
五月	初三日孝诚仁皇后	天仙茶园、三雅戏园
	二十三日孝恭仁皇后	丹桂茶园、天仙茶园

续表

帝后忌辰日期		日演戏园名单
七月	初九日孝静成皇后	缺该天报纸
	初十日孝懿仁皇后	天仙茶园、丹凤戏园
	十七日咸丰	丹凤戏园、天仙茶园
	二十五日嘉庆	丹凤戏园、天仙茶园、三雅戏园
八月	初九日皇太极	丹桂茶园、同乐戏园、天仙茶园、丹凤戏园、三雅戏园
	十一日努尔哈赤、孝烈武皇后	同乐戏园、天仙茶园、丹凤戏园、三雅戏园
	二十三日雍正	丹桂茶园、天仙茶园、三雅戏园、丹凤戏园、同乐戏园
九月	二十七日孝慈高皇后	缺该天报纸
	二十九日孝敬宪皇后	丹桂茶园、同乐戏园、天仙茶园、丹凤戏园、富春茶园
十一月	十三日康熙	金桂轩戏园、天仙戏园、丰乐戏园
十二月	初五日同治	丰乐戏园、天仙戏园
	初六日孝惠章皇后	天仙戏园
	十一日孝和睿皇后	天仙戏园
	十二日孝德显皇后	天仙戏园
	二十五日孝庄文皇后	天仙戏园

由表 3—6 可见，光绪二年清代帝后国忌日共计 31 天，除正月初三日乾隆忌辰因《申报》春节停刊不得而知外，其余 30 个国忌日皆有戏园日演广告，换言之，可以说该年沪上租界戏园于国忌日演是无日无之。鉴于每天在《申报》上刊登演出广告的戏园毕竟有限，戏园从众性竞演乃商业规律，可以断言，该年沪上租界戏园国忌日演实属常态，所以时人批评租界戏园"每逢国忌，唱演不息。"[1]对于上海租界戏园的这种蔑礼弃法行为，沪上报刊曾刊载《国忌演戏说》《国忌申禁演戏说》《国忌禁演戏续说》等社论予以批评："并敢将戏目列诸日报之告白中，万目共睹，其视官长如儿戏，藐禁

---

[1]《国忌演戏说》，《晚清报载小说戏曲禁毁史料汇编》(下)，第 491 页。

令如弁髦,是诚何心哉?"①晚清上海租界戏园国忌违禁开演始于何时? 大约始于 1870 年前后,其时租界戏园兴起,竞争趋于激烈。据记载,至迟同治十一年(1872),已有租界戏园于国忌日违禁开演②。

　　租界戏园之所以国忌开演,要因有二:其一,戏园之间竞演激烈,戏园主不甘停止日演。上海租界戏园兴盛肇始于 1867 年满庭芳和丹桂茶园之开设,此后 10 余年间,租界至少有 30 余家新戏园开张。1870 年代,上海"梨园之盛,甲于天下。"③至 1872 年,已是"大小戏园开满路,笙歌夜夜似元宵。"④戏园林立,竞争趋于激烈。与北京等地戏班在各戏园轮流演出的"安转"经营方式不同,上海租界戏园采用"班园合一制",即戏园主既是戏园的经营者,又是戏班的组织者,演员受聘于戏园主,按月计薪。戏园主为追求利润,唯有多卖座。增加演出场次既能多卖座,又能获取演员更多的剩余价值。所以,在租界戏园兴起、竞争激烈之际,戏园主不惜突破国忌禁乐礼制,白昼开演。其二,清政府对租界戏园管理滞后。管理落后于发展,乃古今中外、各行各业之普遍现象。上海租界戏园于同治年间突然勃兴,上海地方政府尚缺少戏园管理经验,此情形可以从官方禁戏告示看出。据统计,1870 年代,上海道台颁发禁戏告示 1 则,上海县颁布禁戏告示 10 则,但于租界戏园有直接管理之责的会审公廨则没有颁发禁戏告示。1870 年代,上海英租界公廨主持戏园管理事件主要有二:一是 1875 年同治国丧,传谕各戏园停止演剧,以遵国制⑤。二是 1877 年 7 月,接受英国传教士慕维廉等人禀请,传谕各戏园于每夜十二点钟停演,以减喧嚣⑥。到了 1880 年代,会审公廨对租界戏园管理明显加强。1880 年 5 月,英租界会审公廨颁发了第一则禁戏告示⑦,此后的 1880 年至 1881 年,会审公廨颁发禁戏谕令共计 6 批次⑧,其主持的戏园管理工作主要有:查禁各戏园开演淫凶戏,

---

①《国忌申禁演戏说》,《晚清报载小说戏曲禁毁史料汇编》(下),第 516 页。
②海上双鸳鸯砚斋《沪上新咏 仿七笔勾体并序》(载《申报》1872 年 10 月 25 日,第 2 版),咏叹当红名优杨月楼于国忌日演出,不肯停休。
③黄式权《淞南梦影录》,上海古籍出版社 1989 年版,第 101 页。
④溪养浩主人《戏园竹枝词》,《申报》1872 年 7 月 9 日,第 2 版。
⑤《英租界一律停止唱戏》,《晚清报载小说戏曲禁毁史料汇编》(上),第 160 页。
⑥《禁止深夜演戏》,《晚清报载小说戏曲禁毁史料汇编》(上),第 166—167 页。
⑦《严禁淫戏告示》,《晚清报载小说戏曲禁毁史料汇编》(上),第 15—16 页。
⑧统计数据来源:据《晚清报载小说戏曲禁毁史料汇编》(上下)统计。

饬令各戏园搭演《庶几堂今乐》善戏、传谕各戏园国忌停演日戏、禁止各戏园国丧演剧、查禁茶馆演唱花鼓戏、禁止各戏园排演时事新剧等。可见，自1870 年代到 1880 年代，清政府派驻租界的会审公廨对租界戏园管理经历了一个逐步加强的过程。尽管 1870 年代已出现抨击戏园国忌开演的报刊舆论，但戏园对国忌禁乐的违禁并没有引起上海地方政府的重视。

（二）1881 年以后：基本遵守

上海租界戏园对国忌禁乐的违禁一直持续到光绪七年。光绪七年正月十八日（1881 年 2 月 17 日），英租界会审公廨谳员陈福勋谕令各戏园国忌停演：

> 国忌日奉禁鼓乐，著为成例，人所共知，乃本埠各戏园竟不遵禁，毫无忌惮，故陈太守于昨日晚堂传集各戏园主，嗣后凡遇国忌日期，概不准演。各园主即当堂遵谕，具结申功令也。[1]

触动陈福勋谕令国忌停演的是长叙和葆亨被参革职事件。光绪六年十一月十三日，户部右侍郎长叙之女与山西巡抚葆亨之子完婚，因是日为康熙忌日，长叙和葆亨被参革职，"此事既播，朝野肃然。"陈福勋"见及乎此，谿豁领悟"，遂于新年"开篆之日，即饬传租界各戏馆主到堂具结"[2]，谕令国忌停演。英租界戏园遵命国忌停演后，法租界禧春戏园仍然开演，法租界会审公廨谳员翁秉钧谕令遵照：

> 英租界各戏园遵公堂谕，逢国忌停演一日，而法界小东门外禧春茶园，因未奉法公堂谕禁，故照常演剧，昨翁太守传到该戏馆主孙文明，谕以国忌日一律停演，并令具结存案，孙文明遵谕当堂具结而退。[3]

这一年，《申报》所载戏园广告发生了一个显著变化：自 1881 年 3 月 29 日（二月三十日）法租界小东门外喜椿茶园谕禁具结之后，报载戏园广告显示各戏园于国忌日只演夜戏，不演日戏，参见表 3—7：

①《忌辰禁止演戏》，《晚清报载小说戏曲禁毁史料汇编》（上），第 179 页。
②《国忌申禁演戏说》，《晚清报载小说戏曲禁毁史料汇编》（下），第 515—516 页。
③《戏园奉谕》，《晚清报载小说戏曲禁毁史料汇编》（上），第 180—181 页。

表 3—7　光绪七年《申报》所载上海租界戏园广告于国忌日演情况统计表

帝后忌辰日期		日演戏园名单
正月	初三日乾隆	春节停刊
	初七日顺治	丹桂轩成记、全桂茶园、天仙茶园、大观戏园、小东门外喜椿茶园
	十一日孝全成皇后	大观茶园、丹桂轩成记、小东门外喜椿茶园、天仙茶园、全桂茶园
	十四日道光	天仙茶园、大观戏园、小东门外喜椿茶园、全桂茶园、丹桂轩成记
	二十一日孝穆成皇后	小东门外喜椿茶园
	二十三日孝圣宪皇后	小东门外喜椿茶园
	二十九日孝仪纯皇后	小东门外喜椿茶园
二月	初七日孝淑睿皇后	小东门外喜椿茶园
	十一日孝康章皇后	小东门外喜椿茶园
	二十日孝哲毅皇后	小东门外喜椿茶园
	二十六日孝昭仁皇后	小东门外喜椿茶园
三月	十一日孝贤纯皇后	是日戏园广告皆为夜演
四月	十七日孝端文皇后	孝贞显皇后国丧禁戏，是日无戏园广告
	二十九日孝慎成皇后	孝贞显皇后国丧禁戏，是日无戏园广告
五月	初三日孝诚仁皇后	孝贞显皇后国丧禁戏，是日无戏园广告
	二十三日孝恭仁皇后	孝贞显皇后国丧禁戏，是日无戏园广告
七月	初九日孝静成皇后	是日戏园广告皆为夜演
	初十日孝懿仁皇后	是日戏园广告皆为夜演
	十七日咸丰	是日戏园广告皆为夜演
	二十五日嘉庆	是日戏园广告皆为夜演
八月	初九日皇太极	是日戏园广告皆为夜演
	十一日努尔哈赤、孝烈武皇后	是日戏园广告皆为夜演
	二十三日雍正	是日戏园广告皆为夜演
九月	二十七日孝慈高皇后	是日戏园广告皆为夜演
	二十九日孝敬宪皇后	是日戏园广告皆为夜演
十一月	十三日康熙	是日戏园广告皆为夜演

续表

帝后忌辰日期		日演戏园名单
十二月	初五日同治	是日戏园广告皆为夜演
	初六日孝惠章皇后	是日戏园广告皆为夜演
	十一日孝和睿皇后	是日戏园广告皆为夜演
	十二日孝德显皇后	是日戏园广告皆为夜演
	二十五日孝庄文皇后	是日戏园广告皆为夜演

由表3—7可见,在陈福勋和翁秉钧谕禁之后,沪上戏园遵循了国忌禁乐礼制,自三月十一日孝贤纯皇后忌辰始,该年沪上戏园于清代帝后忌辰皆日停夜演。光绪八年《申报》所载戏园广告也显示,但凡国忌,沪上各戏园皆日停夜演。孙家振说上海租界戏园"忌辰日不演日戏。"[①]所言应是1881年3月以后的情况。光绪九年《申报》所载戏园广告表明,仅少数戏园曾违反国忌禁乐礼制,参见表3—8:

表3—8　光绪九年《申报》所载上海租界戏园广告于国忌日演情况统计表

帝后忌辰日期		日演戏园名单
正月	初三日乾隆	春节停刊
	初七日顺治	是日戏园广告皆为夜演
	十一日孝全成皇后	是日戏园广告皆为夜演
	十四日道光	是日戏园广告皆为夜演
	二十一日孝穆成皇后	是日戏园广告皆为夜演
	二十三日孝圣宪皇后	是日戏园广告皆为夜演
	二十九日孝仪纯皇后	老三雅园
二月	初七日孝淑睿皇后	老三雅园
	十一日孝康章皇后	是日戏园广告皆为夜演
	二十日孝哲毅皇后	老三雅园
	二十六日孝昭仁皇后	老三雅园

---

①熊月之主编《稀见上海史志资料丛书》(2),上海书店出版社2012年版,第161页。

续表

帝后忌辰日期		日演戏园名单
三月	初十日孝贞显皇后	是日戏园广告皆为夜演
	十一日孝贤纯皇后	是日戏园广告皆为夜演
四月	十七日孝端文皇后	久乐茶园
	二十九日孝慎成皇后	是日戏园广告皆为夜演
五月	初三日孝诚仁皇后	久乐茶园
	二十三日孝恭仁皇后	久乐茶园
七月	初九日孝静成皇后	是日戏园广告皆为夜演
	初十日孝懿仁皇后	久乐茶园
	十七日咸丰	是日戏园广告皆为夜演
	二十五日嘉庆	是日戏园广告皆为夜演
八月	初九日皇太极	久乐茶园
	十一日努尔哈赤、孝烈武皇后	久乐茶园
	二十三日雍正	是日戏园广告皆为夜演
九月	二十七日孝慈高皇后	是日戏园广告皆为夜演
	二十九日孝敬宪皇后	是日戏园广告皆为夜演
十一月	十三日康熙	是日戏园广告皆为夜演
十二月	初五日同治	是日戏园广告皆为夜演
	初六日孝惠章皇后	是日戏园广告皆为夜演
	十一日孝和睿皇后	是日戏园广告皆为夜演
	十二日孝德显皇后	是日戏园广告皆为夜演
	二十五日孝庄文皇后	是日戏园广告皆为夜演

　　由表 3—8 可见,光绪九年清代帝后忌辰共计 32 天,出现戏园违禁的国忌日共计 10 天,10 天之中久乐茶园和老三雅园各占去了 6 天和 4 天,说明光绪九年上海租界戏园也基本遵守了国忌禁戏。1885 年开始,许多戏园于忌辰日演出广告加上"今日忌辰,日戏停演"字样①,这种惯例一直坚持到 1910 年②。直

①"天仙茶园"广告,《字林沪报》1885 年 9 月 19 日,第 8 版。
②"新舞台礼拜三日戏忌辰礼拜四日补演"广告,《新闻报》1910 年 11 月 24 日,第 7 版。

到二十世纪初,绝大多数上海租界戏园遵守了国忌日停夜演的禁令,仅有少数戏园违禁,参见表3—9:

表3—9　光绪二十六年《申报》所载上海租界戏园广告于国忌日演情况统计表

帝后忌辰日期		日演戏园名单
正月	初三日乾隆	春节停刊
	初七日顺治	是日戏园广告皆为夜演
	十一日孝全成皇后	叙乐茶园
	十四日道光	是日戏园广告皆为夜演
	二十一日孝穆成皇后	是日戏园广告皆为夜演
	二十三日孝圣宪皇后	是日戏园广告皆为夜演
	二十九日孝仪纯皇后	是日戏园广告皆为夜演
二月	初七日孝淑睿皇后	是日戏园广告皆为夜演
	十一日孝康章皇后	是日戏园广告皆为夜演
	二十日孝哲毅皇后	是日戏园广告皆为夜演
	二十六日孝昭仁皇后	是日戏园广告皆为夜演
三月	初十日孝贞显皇后	是日戏园广告皆为夜演
	十一日孝贤纯皇后	是日戏园广告皆为夜演
四月	十七日孝端文皇后	是日戏园广告皆为夜演
	二十九日孝慎成皇后	是日戏园广告皆为夜演
五月	初三日孝诚仁皇后	是日戏园广告皆为夜演
	二十三日孝恭仁皇后	是日戏园广告皆为夜演
七月	初九日孝静成皇后	是日报纸无戏园广告
	初十日孝懿仁皇后	是日报纸无戏园广告
	十七日咸丰	是日戏园广告皆为夜演
	二十五日嘉庆	是日报纸无戏园广告
八月	初九日皇太极	是日报纸无戏园广告
	十一日努尔哈赤、孝烈武皇后	是日报纸无戏园广告
	二十三日雍正	是日报纸无戏园广告

续表

帝后忌辰日期		日演戏园名单
九月	二十七日孝慈高皇后	是日报纸无戏园广告
	二十九日孝敬宪皇后	是日报纸无戏园广告
十一月	十三日康熙	是日戏园广告皆为夜演
十二月	初五日同治	是日报纸无戏园广告
	初六日孝惠章皇后	是日报纸无戏园广告
	十一日孝和睿皇后	是日报纸无戏园广告
	十二日孝德显皇后	是日报纸无戏园广告
	二十五日孝庄文皇后	是日报纸无戏园广告

　　光绪二十六年(1900)《申报》所载戏园广告逐渐减少,由表 3—9 可见,该年清代帝后国忌日共计 32 天,《申报》于其中的 13 天未刊登广告,20 天刊登了戏园广告。在这 20 天所刊广告,只有 3 天计 4 个戏园刊登了日演广告,其余皆为夜演广告,说明直至光绪二十六年,绝大多数上海戏园仍在遵奉国忌禁戏。可见,自 1881 年 3 月以后,国忌禁乐礼制得到了晚清上海租界戏园较严格的遵守。1893 年,《申报》的一篇论说云:"惟上海戏馆尚能恪守功令,至忌辰则停演一日。"①其言不虚。

三、遵奉禁乐原因

　　晚清礼法渐弛,官民在生活中弃国忌如敝屣之事件时有发生。1874 年十二月十二日是孝德显皇后忌辰之日,杭州某知县嫁女,锣声鼎沸,音乐悠扬,开道升炮②。正月初三日为乾隆忌辰,职官要求素服、不挂朝珠、不宴会。晚清每逢是日,上海职官、绅董穿补褂外出拜年③。上海知县黄承暄甚至曾于是日设筵花厅,宴请上海道台黄祖络,群官陪坐,欢宴终日,把乾隆忌辰抛之九霄云外④。国忌日嫁娶作乐升炮在晚清上海也不稀奇⑤。

---

①《论新年景象》,《申报》1893 年 2 月 23 日,第 1 版。
②《忌辰婚嫁》,《申报》1875 年 1 月 29 日,第 2 版。
③《忌辰》,《申报》1874 年 2 月 28 日,第 2 版;《通俗谈》,《申报》1910 年 2 月 13 日,第 2 张第 4 版。
④《忌辰宴会》,《新闻报》1896 年 2 月 17 日,第 3 版。
⑤《县示照登》,《申报》1893 年 7 月 9 日,第 3 版。

晚清国忌演剧也时有发生，1894 年正月初三日为乾隆忌辰，上海静安寺有
髦儿戏登场，铜街西式酒楼则豪竹哀丝，高唱二簧①。1895 年杭州拱宸桥
日租界开辟之后，戏园渐兴，清末这些戏园"国忌如今都不禁，日间弹唱夜
开锣。"②如此看来，在戏园林立、竞争激烈的晚清上海租界，戏园能较长时
间、较严格遵守国忌禁戏，实属不易，也是咄咄怪事。要知道，晚清沪上戏
园"皆托名洋商。"③它们一直在极力抵制国丧禁戏百日的礼法规定，到了光
绪、慈禧驾崩的国丧期内，租界戏园仅停演三天。概括起来，1881 年 3 月以
后，上海租界戏园之所以能在较长时间内遵守国忌禁乐礼制，要因有四：

（一）戏园遵守国忌禁戏，容易监管

晚清上海租界戏园演出时，租界警察机关向戏园派驻维护治安的巡
捕，"以巡捕守门。"④相较淫凶戏的管理而言，国忌停演属于演出时间管
理，容易监控。国忌禁戏是日停夜演，白昼一旦开演，粉墨登场、锣鼓齐鸣、
观众出入，难逃巡捕和包探耳目，监管较易。

（二）忌辰礼俗传统深厚，便于接受

孝道既是古代家庭基本伦理道德，也是古代治国最高原则，古人于亲
属忌日追念逝去亲人的习俗既悠久又普遍，俗云："生时望生日，死去望忌
辰。"无论帝王将相，还是市井细民，一般皆遵奉忌辰习俗。与国忌相对者
是私忌，《左传·昭公三年》即有私忌的记载，清代民间亦奉行如常，康熙四
十三年刻本《蓟州志》载："至于死者之忌日，亦多于主前上供。其贡品之丰
啬，视贫富而别。"⑤忌辰习俗的普遍实践是民众认同国忌礼制的坚实基
础。自唐代把国忌作为国家礼制，行之既久，浸染成俗，国忌禁乐已成为清
代戏剧行业的演出禁忌，为伶界所遵行，不少上海租界戏园广告特别申明
国忌停演、以遵礼制，正月十一日为孝全成皇后忌辰，春桂春记茶园广告：
十一日忌辰，夜戏照常，准演好戏⑥。一仙茶园、青莲居、徐园等也多次广

①《新年沪上行乐说》，《申报》1894 年 2 月 11 日，第 1 版。
②孙忠焕主编《杭州运河文献集成》（第一册），杭州出版社 2009 年版，第 603 页。
③《禁演淫戏述闻》，《晚清报载小说戏曲禁毁史料汇编》（上），第 205 页。
④《论禁戏》，《晚清报载小说戏曲禁毁史料汇编》（下），第 500 页。
⑤丁世良、赵放主编《中国地方志民俗资料汇编》（第一册），国家图书馆出版社 2014 年版，第 64 页。
⑥"春桂春记茶园"广告，《申报》1908 年 2 月 12 日，第 6 版。

告申明国忌停演①。而且,在忌辰礼俗基础深厚的社会,许多观众也会自觉抵制国忌演剧。1894 年正月初三日为乾隆忌辰,《申报》某主笔之友人请其一起观看髦儿戏,该主笔以国忌之辰、子民例禁鼓乐为由,予以拒绝②。

(三)国忌禁戏日停夜演,无碍收入

齐如山认为晚清戏园忌辰和斋戒日停演,在一年之中,是戏园的一笔极大损失③。这是就忌辰和斋戒合计而言,且是针对北京戏园而言,但对晚清上海租界戏园来说,未必如此。清代国丧要求百日遏密八音,对盈利的戏园主和谋生的伶人来说,是长达三月余的艰难时光。上海租界国忌禁戏是日停夜演,"惟夜间听其自便。"④禁演时间较短,即便全年累积起来,也不过 30 余个白昼,"每月遇忌停演多者不过七日,少者不过一日,至六月十月两月尚无之,倘通融办理,尚可日停夜演。"⑤同光年间,上海租界繁华日盛,夜生活空前活跃,夜晚观剧为主要休闲方式,"上海一区,戏馆林立,每当白日西坠,红灯夕张,鬓影钗光,衣香人语,沓来纷至,座上客常满。"⑥晚清上海戏园除每年新正上半月、星期天、端午、中秋节等重要节日的日戏上座率与夜戏上座率基本相当外,其余时间日戏上座率很不理想,"日间则门内门外均堪罗雀。"夜戏则不然,"于夜间座上已拥挤不开,门外犹纷纭而进,几几乎有塞破屋子之患。"⑦特别是租界戏园采用烟火花灯、自来火等灯光技术之后,观众更趋向夜间观剧,一者"日间或苦无暇,至晚间则可以偷闲为乐。"二者"烟火花灯皆宜于夜而不宜于昼。"⑧因此,伶人和戏园都把夜演作为盈利黄金时间段、倾注全力,"日间所演,往往不甚出色,至晚间则格外加工。"⑨非但如此,即便开演日戏,票价也较低廉,"(大戏园及文班

①"一仙茶园上记"广告,《申报》1890 年 2 月 3 日,第 5 版。"青莲居"广告,《申报》1890 年 1 月 31 日,第 4 版;"徐园"广告,《申报》1892 年 2 月 5 日,第 4 版。"一仙茶园"广告,《申报》1893 年 2 月 27 日,第 6 版。
②《新年沪上行乐说》,《申报》1894 年 2 月 11 日,第 1 版。
③齐如山著,王晓梵整理《齐如山文论》,辽宁教育出版社 2010 年版,第 41 页。
④《国忌日谕停演戏》,《晚清报载小说戏曲禁毁史料汇编》(上),第 181 页。
⑤《国忌演戏说》,《晚清报载小说戏曲禁毁史料汇编》(下),第 491 页。
⑥《邑尊据禀严禁妇女入馆看戏告示》,《晚清报载小说戏曲禁毁史料汇编》(上),第 5 页。
⑦《国忌禁演戏续说》,《晚清报载小说戏曲禁毁史料汇编》(下),517 页。
⑧《论戏馆亟宜多辟门户以防意外》,《申报》1886 年 2 月 20 日,第 1 版。
⑨《论戏馆亟宜多辟门户以防意外》,《申报》1886 年 2 月 20 日,第 1 版。

之价目)亦俱日戏较夜戏为廉。"①总之,国忌日停夜演对戏园生意妨碍不大,甚至对繁忙的商业竞演而言,可以起到休息调节作用,"不但馆主愿停此一日之靡费,即伶人亦欲免此一日之徒劳。"②于商业于人情,戏园主和伶人较容易认同并遵守国忌日停夜演的规定。

(四)中西国忌礼制相通,得到配合

晚清上海戏园绝大多数开设在租界内,又主要集中在公共租界。列强是租界的真正主人,清朝政令在租界执行必须得到租界当局的支持,国忌禁乐礼制在上海租界即得到了租界当局的配合。一方面,国忌禁戏不影响工部局的戏园税收。1870年,工部局规定戏园捐照征税标准是每一营业夜缴纳5元税费③。1874年6月22日,工部局董事会决议,对剧场每夜5元的执照费不得作任何削减④。戏园遵守国忌禁戏是日停夜演,夜演戏园每夜仍需向工部局缴纳5元税费。另一方面,租界当局对清政府执行的国丧和国忌停演能基本配合。晚清上海租界戏园经历了同治皇帝(1874)、慈安皇后(1881)、光绪皇帝和慈禧皇太后(1908)三大国丧,除最后一次仅停演三天外,前两次都执行了停演百日,这与租界当局的配合关系莫大。相比国丧礼制而言,租界列强对清朝国忌礼制的配合更彻底,例如,直到1910年,上海英法租界会审公廨仍在执行清朝国忌停讯的礼法规定⑤。在国家领导人逝世之日举行哀悼或纪念活动,为中西方文化所共有。晚清租界列强遇到本国或中国国丧,会降半旗致哀。列强国家领导人逝世,租界还要举办隆重肃穆的追思大会,驻沪各钦差、各领事、各水师兵官、中国各宪、各西商皆邀请参加⑥。旅沪西人也有忌日纪念活动,如他们在耶稣受难日举行纪念活动,在晚清国人眼中,"如中国忌辰、斋戒之意。"⑦丧祭文化的共通性一定程度上促使租界当局对清朝国丧和国忌禁戏较少干涉。况且,相比国丧百日遏密八音而言,国忌禁戏是日停夜演,执行更简便,又

---

① 海上漱石生《上海戏园变迁志》(一),《戏剧月刊》1928年第1卷第1期,第139页。
② 《国忌禁演戏续说》,《晚清报载小说戏曲禁毁史料汇编》(下),517页。
③ 《上海租界志》编纂委员会《上海租界志》,上海社会科学院出版社2001年版,第327页。
④ 上海市档案馆编《工部局董事会会议录》(第六册),上海古籍出版社2001年版,第627页。
⑤ 《公廨停讯两天》,《申报》1910年11月22日,第2张第3版。
⑥ 《追思纪盛》,《申报》1886年1月29日,第3版。
⑦ 《西人过节》,《申报》1873年4月11日,第2版。

不影响税收,租界当局似乎就无干涉之必要。

　　清代禁戏屡禁不止、愈禁愈演现象为何在上海租界表现的最为突出?其原因得到了学界较深入的探讨,概言之,主要有:清政府政令不能通行于租界;租界戏园有外商或官员背景;礼法松弛、社会道德观念松动①;作为主要消费群体的商人、市民等偏好淫戏②。这些研究皆言之有据,对认识晚清上海租界禁戏愈禁愈演现象很有裨益。以上就晚清上海租界戏园对国忌禁戏从违禁到遵守的考察可见,租界戏园能在较长时间内遵守国忌禁乐礼制,其中原因,有易于监管的因素,有礼俗普及的作用,有对戏园生意影响不大的考虑,还有不减少租界当局税收的权衡,租界戏园遵守国忌禁戏是权力、礼俗、商业、税收等诸因素相互平衡的结果,其原因是丰富而多面的。由此可见,我们在研究清代禁戏问题时,要注意禁戏相关问题的丰富性和复杂性,以获得对禁戏问题深入而全面的认识。

---

①刘庆《管理与禁令:明清戏剧演出生态论》,上海古籍出版社 2014 年版,第 223—246 页;金坡《愈禁愈演:清末上海禁戏与地方社会控制》,《都市文化研究》2013 年第 2 期。

②魏兵兵《"风流"与"风化":"淫戏"与晚清上海公共娱乐》,《史林》2010 年第 5 期。

本编结语

一般认为,晚清内忧外患,清王朝社会控制力日薄西山,禁毁小说戏曲的管理政策趋于具文、影响力日渐衰微。本编研究可以深化或纠偏我们对晚清禁毁活动对小说戏曲、包括近代文艺发展影响微弱的认识。

在晚清禁毁活动中,对小说戏曲编撰、传播和接受产生影响的有官方禁令、查禁活动、民间约章和社会舆论。果报禁毁舆论是清代禁毁活动中十分流行的舆论,它们从正反两个方面激励和警策人们在观念和行动上参与禁毁活动。弥漫于清代社会的果报舆论对小说戏曲教化主题的繁盛、色情小说戏曲的流行都产生了一定影响,一方面,它逼迫作者对色情描绘进行自我禁抑,导致情色描绘减少;另一方面,它又成为作者宣淫之后的舒缓剂,导致情色描绘增加。果报禁毁舆论正反两个方面都给清代禁毁小说戏曲运动及文本形态打下了深深的烙印。在创作目的、审美追求、官方禁令、禁毁舆论混合作用下,狭邪小说作家采取避而不写和简洁含蓄两种方式自我禁抑性描写,改良小说作家则在创作中对性欲描写和迷信描写予以自我禁抑。禁毁政策、查禁活动、禁毁舆论乃至果报信仰对小说编辑出版也产生影响,主要表现为删改性描写、改换名目、附刊辩解文字、隐匿和伪托出版单位、声明内容纯正、借禁果效应促销。禁毁政策和舆论在新与旧、中与西、传统与现代激烈冲突与快速融合的末世王朝,对小说戏曲的编创和传播仍产生了深刻的影响,如同清代前中期文字狱背景下的禁毁政策在小说戏曲文本上打下禁治烙印一样,晚清禁毁话语在小说戏曲文本上打下的烙印同样有迹可寻、影响深远。

禁制的有效和无效问题纷繁复杂,它牵涉到制度本身的科学性、制度执行人的素养、制度是否适应时势变化、制度所处的社会环境等方面。演戏酬神对清代禁戏政策的消解说明,清代小说戏曲禁制立法伊始就欠科学和合理,禁戏政策没有顾及到演戏酬神与搬演夜戏、喜演情色戏、妇女观剧、偏好地方戏等习俗同生共长、难以剥离,造成了习俗抵消禁令、禁令难以执行的局面。晚清禁毁活动兼具阻碍和推动小说戏曲发展的双重功能。

清末查禁《新小说》的效果就是晚清禁毁活动中一个欲抑反扬的显例,由于清政府不能控制《新小说》的流通渠道、禁令形同具文以及《新小说》适合时世的内容形式,清政府查禁《新小说》之效果如抱薪救火,反而扩大了《新小说》的传播和影响,一定程度上为《新小说》的传播和小说界革命的兴起与发展加入了一把推力。晚清宁波官方查禁串客活动则说明,官方查禁阻碍了串客在宁波乃至浙江地区的发展,官方频繁的查禁活动和严厉的惩处措施驱使大批串客艺人离开宁波来到上海,反而拓展了宁波串客的生存空间和演出市场,促进了宁波串客与其他剧种的相互交流、提高,一定程度上加速了甬剧生在宁波、长在上海这一文化现象的形成。在作为“飞地”的上海租界,在权力、礼俗、商业、税收等诸因素相互平衡的条件下,租界戏园能够较长时间遵守国忌禁戏。晚清上海租界戏园于国忌禁戏从违反到遵守的过程有助于认识清代禁戏问题的丰富性与复杂性。晚清禁毁小说戏曲效果需要具体问题具体评价。

第四编　禁毁法制

　　清代是禁毁小说戏曲法制化的朝代。中国古代小说戏曲管理法制是伴随小说戏曲发展的成熟、繁荣而产生的。整体上看,古代戏曲管理法制草创于元代,成型于清代,古代小说管理法律化则确立于清朝。元代刑法规定,对妄撰词曲、诬人犯上,处以死刑;民间子弟不务正业、演唱词话、教习杂戏,集场唱淫词等,处以杖笞;《通制条格》还规定,禁止倡优应试。从量刑轻重上看,元代的戏曲管理法制包括死刑、杖刑,开启了明清两代小说戏曲法制严酷之先声。明代涉及禁戏的刑罚则主要针对禁止杂剧戏文装扮历代帝王后妃忠臣烈士先圣先贤神像(其神仙道扮及义夫节妇孝子顺孙劝人为善者除外),违者杖一百。元代及《大明律》颁布之际,为小说发展、传播尚未繁盛的时代,故皆未将禁毁小说活动法律化。清代统治者将小说戏曲禁毁刑罚同时列入法典。康熙五十三年(1714)四月,康熙谕令礼部通行严禁淫词小说,着九卿詹事科道会议制定出小说淫词具体法令。该法令规定对市卖、造作、印刷淫词小说者处以杖、流、徒等刑罚,执行不力的官员处以罚俸和降级调用的追责。雍正三年该法令被列入《大清律·刑律》之《造妖书妖言》条。《大清律例》《吏部处分则例》等对扮演历代帝王后妃及先圣先贤忠臣烈士神像、夜戏、丧戏等也规定了杖刑、枷号、革职等处罚。小说戏曲管理法制化乃有清一代之制度。所谓时势比人强,清朝统治者制定的管理小说戏曲的愿景在执行中一直遭遇社会实际、人治、时代变迁等因素的冲突和侵蚀。降及晚清,小说戏曲管理法制不切实际、执行困难、域外法律思想的输入等因素进一步加剧了清朝小说戏曲管理法制不易执行的困境,小说戏曲管理法制开始了近现代转型。本编拟从上海租界小说戏曲案件的审判和晚清禁毁刑罚的近代转型两个方面,研究晚清小说戏曲管理法制的近代变革,以及该变革之于中国现代文艺管理法制萌发的意义。

第二十二章 上海租界小说戏曲案件审判的特点与影响

案件是对事件的法律判断，所谓小说戏曲案件，是指官方依法对涉嫌违禁的小说戏曲事件予以侦查、传案、审理、判罚的司法行为。鸦片战争之后，凭借商业繁荣、人车辐辏、西学竞盛的优势，上海一举发展成为中国近代小说出版中心和演剧中心。与之对应，上海租界的小说戏曲案件亦纷纭迭出。据已见史料统计，1878—1904 年，上海公共租界会审公廨谳员审理小说戏曲案件 72 起，法租界公廨谳员审理小说戏曲案件 12 起①，小说戏曲案件审理是上海租界公廨值得关注的审判事务。遗憾的是，迄今为止，尚未发现有关晚清上海租界审判小说戏曲案件的档案卷宗。稍欣慰的是，晚清《申报》等报刊登载了不少关于租界会审公廨审判小说戏曲案件的报道，它们虽然零星、片段，但在缺乏小说戏曲案件卷宗档案的情况下，却是了解晚清上海租界文艺管理、法制变迁的珍贵史料。本章即依据这些史料，拟从查缉、审讯、辩护、量刑、刑罚等方面探讨晚清上海租界小说戏曲案件审判的主要特点，并揭橥其在中国法制史、文艺管理史上的积极意义。

一、侦缉：租界警察为专职力量

禁毁小说戏曲是有清一代之制度，清朝官方侦缉违禁小说戏曲的力量可谓人员驳杂，包括皇帝、各级文武官员、士绅、衙役、汛弁、地保等皆曾参与其中，具有传统法制责权不明的特点。晚清上海租界负责查缉违禁小说戏曲的是警察。上海租界警察制度乃英国警察制度的直接移植。1854 年 8 月 19 日，英租界成立巡捕房，法租界巡捕机构则成立于 1856 年。租界警察主要分为巡捕和包探，前者属于外勤警察，各在辖区巡逻，"昼则分段查街，夜则腰悬暗灯。"后者又叫包打听，属秘密警察，"包打听为巡捕耳目，系工部局雇用者。

---

① 数据来源：张天星《晚清报载小说戏曲禁毁史料汇编》（上下），北京大学出版社 2015 年版。

专探各事,如失窃剪绺等案,亦任查缉。"①比较而言,包探在晚清上海租界查缉小说戏曲案件中起着较大作用,他们探知小说戏曲案件后,常采取三种方式制止违禁:一是禀报捕头,二是禀告谳员请究,三是直接将违禁者拘传公廨究办。表4—1和表4—2是根据报载史料所统计的包探直接将小说戏曲违禁者拘传至公廨请究的案件,可见包探在查缉小说戏曲案件中的作用。

表 4—1　晚清上海租界包探拘传小说案件统计表

包探姓名	小说案件	《晚清报载小说戏曲禁毁史料汇编》对应内容和页码
黄四福	夏仁忠等在茶寮兜售《桃花影》	《抄获淫书判罚》,第 257 页
赵银河	嘉记书局印售《野叟曝言》	《刊售〈野叟曝言〉押候》,第 257 页
石金荣	潘春林售卖《倭袍记》	《禁卖淫书》,第 283—284 页
石金荣	余培元售卖《倭袍记》	《售卖〈倭袍记〉判罚》,第 289 页
石金荣	周顺卿等合股印售《金瓶梅》等小说	《查禁淫书》,第 290 页
窦如海	金春林售卖《杏花天》	《售卖〈杏花天〉判罚》,第 291 页
徐荣珊	李金荣、尤文元售卖淫书	《售卖淫书判罚》,第 296 页
金立生	刘小云出售淫书	《出售淫书判罚》,第 324 页
李星福	沈鹤泉装钉《野叟曝言》	《印售〈野叟曝言〉判罚》,第 379 页
某探	朱林祥石印书作翻印淫书	《翻印淫书判罚》,第 385 页
某探	龙文印书局私印淫书	《私印淫书押候》,第 385 页
某探	陈清生等 8 人贩卖淫书	《贩卖淫书判罚》,第 393 页

表 4—2　晚清上海租界包探拘传戏曲案件统计表

包探姓名	戏曲案件	《晚清报载小说戏曲禁毁史料汇编》对应内容和页码
赵银河	丹桂戏园演唱《送灰面》	《演唱〈送灰面〉判罚》,第 268 页
赵银河	丹桂戏园演唱淫戏	《演唱淫戏判罚》,第 281 页
刘森堂	天仙戏园演唱《打斋饭》	《戏园受罚》,第 281 页
朱阿高	庆乐戏园扮演《珍珠衫》	《演唱〈珍珠衫〉判罚》,第 282 页

---

①（清）葛元煦撰,郑祖安标点《沪游杂记》,上海书店出版社 2006 年版,第 84—85 页。

续表

包探姓名	戏曲案件	《晚清报载小说戏曲禁毁史料汇编》对应内容和页码
刘森堂	咏仙茶园唱演《翠屏山》	《演唱〈翠屏山〉判罚》,第282—283页
顾阿六	范丫头所开茶馆演唱花鼓戏	《演唱花鼓罚银》,第285页
赵银河	北京路三百四十二号某茶馆演唱滩簧	《惩禁滩簧》,第297页
赵银河	海天揽胜茶楼演唱滩簧	《惩禁滩簧》,第297页
某包探	春仙茶园演唱《卖胭脂》	《淫戏罚洋》,第304页
赵银河	海天览胜茶楼唱摊簧	《演唱滩簧判罚》,第305页
赵银河	宝仙髦儿戏园演唱《珍珠衫》	《演唱〈珍珠衫〉判罚》,第307页
金立生	群仙女戏园演唱《卖胭脂》	《演唱〈卖胭脂〉判罚》,第315页
张才宝	会仙髦儿戏馆搬演《小上坟》	《诲淫重罚》,第319页
方长华	丹桂茶园演唱东乡调及《大少拉东洋车叫出局》等淫戏	《扮演淫戏判罚》,第326页
顾阿六	盛阿毛演唱花鼓戏	《花鼓判罚》,第326页
窦如海	品仙髦儿戏园扮演淫戏	《讯究淫戏》,第327页
方长华	玉仙戏园演唱《张桂卿吊膀子》	《严惩诲淫》,第333页
方长华	春仙戏园开演诸淫戏	《请究淫戏及花鼓》,第344—345页

　　需要说明的是,表4—1和表4—2反映的是包探查缉的部分案件,不少小说戏曲案件中提及"捕头访知""为捕头所闻""谳员访闻",所谓捕头和谳员访闻的案件基本也多归功于包探的密查暗访。因为巡捕身着制服、佩戴徽章,引人注目,他们侦查违禁戏曲时,或脱去号衣①,或微服稽查②。而包探身着便衣,防不胜防,我们可以看到包探查缉小说戏曲案件的地点除茶园、书坊外,还有荒场③、菜市④、弄堂⑤、石路⑥、茶寮⑦等广泛区域,大有

---

① 《诲淫宜办》,《晚清报载小说戏曲禁毁史料汇编》(上),第304页。
② 《唱戏被拘》,《晚清报载小说戏曲禁毁史料汇编》(上),第197页。
③ 《演唱花鼓戏判罚》,《晚清报载小说戏曲禁毁史料汇编》(上),第225页。
④ 《驱逐花鼓》,《晚清报载小说戏曲禁毁史料汇编》(上),第233页。
⑤ 《演唱花鼓判罚》,《晚清报载小说戏曲禁毁史料汇编》(上),第236页。
⑥ 《售卖淫书判罚》,《晚清报载小说戏曲禁毁史料汇编》(上),第238页。
⑦ 《抄获淫书》,《晚清报载小说戏曲禁毁史料汇编》(上),第256页。

耳目密布、无孔不入之势。

上海租界会审公廨是设立在租界内的由中外审判官组成的中国司法机构，公共租界公廨成立于1869年4月20日，同月13日，法租界会审公廨也首次开庭。晚清江苏官长曾多次开单札饬公共租界公廨谳员查禁小说戏曲，包探对所开名目一般较熟悉。一者，租界包探查禁了不少改换名目的违禁剧目；二者，包探能根据江苏官长颁发的违禁单目查禁。像包探赵银河曾根据江苏官长颁布的应禁单目，侦获了《野叟曝言》《玉蜻蜓》《珍珠衫》等案件[①]。租界警方侦获小说戏曲案件后，案件遂进入起诉和审判阶段。

二、起诉：租界警方掌握起诉权

中国传统衙门审理的小说戏曲案件之来源有两种，一是接受士绅、地保等投禀官府的案件，二是官吏主动访查、侦获的案件。由于晚清上海租界警察是小说戏曲案件的专职查缉力量，租界警察遂成为违禁小说戏曲的主要起诉方，具体包括由包探个人起诉、由巡捕房起诉、由工部局起诉三种方式。

（一）由包探个人起诉。租界公廨审理的大多数小说戏曲案件是由包探个人起诉。即包探侦获小说戏曲案件之后，直接将违禁者拘传至公廨，禀明违禁情形或出示物证，由公廨讯究。如：

> 弹唱淫词，本干例禁，尔来宝春茶馆主顾阿金倩俞百勋每晚弹唱，极尽形容，不堪入耳，为包探赵银河查悉，将顾拘廨请办。翁直刺商之梅副领事，判顾罚洋二十元以儆。[②]

此案中的包探赵银河将违禁弹唱淫词的茶馆主顾阿金拘解公廨请办，所谓请办，即是起诉。又如：

> 包探金立生解刘小云至案禀称，小的查得刘违禁出售淫书，是以送案请究。刘供称，小的未知禁令，求恩宽宥。司马判罚洋银五元，淫

---

①《刊售〈野叟曝言〉押候》，《晚清报载小说戏曲禁毁史料汇编》（上），第257页。
②《淫词判罚》，《晚清报载小说戏曲禁毁史料汇编》（上），第299页。

书焚毁。①

包探金立生将刘小云拘送公廨请究，"送案请究"，就是金立生起诉刘小云违禁销售淫书。鉴于包探查禁小说戏曲的执法权由巡捕房和公廨直接赋予，包探将违禁者拘传公廨请究，实际上是包探代表租界警方和公廨将小说戏曲案件作为违警案件向审判机关起诉。

（二）由巡捕房起诉。即包探或巡捕将探知的小说戏曲案件禀报巡捕房，或将违禁者拘传至巡捕房，再由巡捕房将违禁人员禀报或解送公廨审判。1896 年 9 月，包探赵银河和黄四福查获肇记书局翻印《野叟曝言》，遂将局主蒋午庄和装订人张阿双拘押捕房，10 月 1 日，蒋、张被解送公廨请究②。1897 年 6 月 15 日，包探黄四福查知天福戏园演唱《左公平西》，园主武春山被传入捕房，然后解送公廨讯判③。这两个案件的起诉方皆为巡捕房。

（三）由工部局起诉。上海公共租界工部局成立于 1854 年 7 月 11 日，由万国商团、警务、卫生、财务、教育等机构组成，承担着租界市政府的角色。租界戏园、新闻出版机构由工部局颁发执照方可开设，工部局对它们有管理权。从起诉方式上看，工部局起诉小说戏曲案件一是直接起诉，即直接告知公廨具体案件，由谳员传究。1889 年 3 月，工部局查得九香园招人演唱花鼓戏，告知公廨，谳员蔡汇沧派差传园主孟七讯问④。二是委派律师起诉。1910 年 11 月，工部局指控《国华报》刊载《邹生》淫词小说，委派巡捕房侃克律师到公廨请究⑤。总体上看，由工部局直接出面起诉的小说戏曲案件不多见。

从隶属关系看，包探隶属于巡捕房或公廨，巡捕房隶属于工部局，但公廨谳员查禁小说戏曲的谕令则需要获得工部局的许可，"请值年领事加盖印信，然后关照捕房。"⑥可见，晚清上海租界小说戏曲案件的起诉权实际掌握在租界警方手中，违禁小说戏曲作为违警案件一般由警方起诉，而由

---

①《出售淫书判罚》，《晚清报载小说戏曲禁毁史料汇编》（上），第 324 页。

②《淫书案发》，《晚清报载小说戏曲禁毁史料汇编》（上），第 258 页。

③《演唱〈左公平西〉判罚》，《晚清报载小说戏曲禁毁史料汇编》（上），第 266—267 页。

④《传禁淫戏》，《晚清报载小说戏曲禁毁史料汇编》（上），第 218 页。

⑤《〈国华报〉刊载〈邹生〉小说被控》，《晚清报载小说戏曲禁毁史料汇编》（上），第 470 页。

⑥《查禁淫戏》，《晚清报载小说戏曲禁毁史料汇编》（上），第 200—201 页。

作为专门审判纯粹华人案件的司法机构——会审公廨审理。中国传统地方衙门是集侦、控、审三位一体的审判机关，"县令集警察（他要拘捕罪犯）、起诉人、辩护律师、法官、法医、陪审团的职责于一身。"[①]公廨谳员一般无需像中国县令一样对小说戏曲案件亲自侦查和起诉，租界小说戏曲案件中侦查、起诉和审判的分工，一定程度上体现了近代司法审判制度的进步。

三、审讯：陪审官逐步主导审判

据报载史料，晚清上海租界会审公廨审理的小说戏曲案件的被告基本是华人，1868 年颁布的《洋泾浜设官会审章程》（以下简称《会审章程》）确定了外国官员陪审制度，但只有牵涉洋人到案的案件时，陪审官才必须出席参与审断，纯粹华人案件则由中国官员独立审理。换言之，小说戏曲违禁被告为纯粹华人，由中方谳员独立讯断即可。晚清上海租界小说戏曲案件的审判，开始也的确遵照了该项规定。据笔者所见，上海公共租界会审公廨外国陪审官最早越权参与违禁戏曲审判的是 1894 年 4 月洪园福星楼演唱摊簧案，英国使馆助理萨允格参与该案陪审[②]，外国陪审官参与违禁小说审判始于 1899 年 3 月潘春林售卖《倭袍记》案，英国使馆参赞梅尔思参与陪审[③]。这两个案件中的被告林步清、潘春林等人皆为纯粹华人，本不在外国官员陪审之列，完全违背了《会审章程》"若案情只系中国人，并无洋人在内，即听中国委员自行讯断，各国领事官毋庸干预"[④]的规定，是外国对租界会审公廨司法审判权力侵占的结果。

按照陪审制度，判决结果应由谳员与陪审官合议裁定，但一些小说戏曲案件的审判表明，外国陪审官主导了审判结果。1896 年 9 月查获的蒋午庄和张阿双印售《野叟曝言》案，蒋、张二人皆为华人，证据确凿，中方谳员有完全审判权。但第一次审判时因陪审官缺席，谳员蔡汇沧判："一并押候，会商领事官从严惩办。"[⑤]第二次审判时蔡汇沧商之陪审官萨允格，以

①［美］兰比尔·沃拉著，廖七一等译《中国：前现代化的阵痛——1800 年至今的历史回顾》，辽宁人民出版社 1989 年版，第 26 页。
②《摊簧禁绝》，《晚清报载小说戏曲禁毁史料汇编》（上），第 240 页。
③《售卖淫书》，《晚清报载小说戏曲禁毁史料汇编》（上），第 283—284 页。
④《上海审判志》编纂委员会《上海审判志·附录》，上海社会科学出版社 2003 年版，第 520 页。
⑤《淫书案发》，《晚清报载小说戏曲禁毁史料汇编》（上），第 258 页。

罚金结案。此案说明谳员独立审判权受到掣肘,放弃了《会审章程》规定的完全审判权。1903 年 9 月,玉仙戏园演唱《张桂卿吊膀子》,公共租界谳员孙建臣和英国副领事迪比南判园主王金宝罚洋五百元,王金宝"称无力遵缴,求恩酌减。"孙建臣据情与迪比南合议,但迪比南"并无转圜之意。"孙建臣只好让王金宝选择:如无力缴洋,枷示三个月,期满押西狱两年①。此案表明,陪审官主导了该案的审判结果。

四、证据:审判中比较重视证据

晚清上海租界公廨是中外联合成立的租界审判机关,受到西方近代司法制度的影响,与中国衙门相比,在审判中出现了许多反映近代法制的新特点。其中,审判中重视证据而减少刑讯的特点得到了研究者的肯定,"会审公廨审判的确已不滥用刑讯,比较重视人证、物证的采信,往往以客观证据作为判决依据。"②此特点在小说戏曲案件审判中亦有体现。公廨审判小说戏曲案件的证据可分为物证和人证。

(一)物证。包括违禁演出的乐器和违禁小说刊本板片。包探查获花鼓戏、摊簧等案件,乐器被他们作为呈送公廨请究的重要证据。如"起到琵琶、弦子、和琴等一并送案。"③"胡琴鼓板等件呈案。"④"起案之锣鼓等物存候销毁。"⑤违禁小说案件中的所谓"淫书",也是呈案的重要物证。如"包探赵银河拘解嘉记书店主伙蒋午庄及订书之张阿双并《野叟曝言》书片数百部,印书石一块到案。"⑥英探黄四福访获专在各烟馆售卖淫书之某某等三人"并起获《桃花影》等诸书解送公堂。"⑦在租界公堂审理小说案件的报道中,多有"淫书存候焚毁"⑧"淫书当堂撕毁"⑨等交代"淫书"去向的文字,说明"淫书"是定谳的关键证据。

---

①《严惩诲淫》,《晚清报载小说戏曲禁毁史料汇编》(上),第 333 页。
②洪佳期《上海会审公廨审判研究》,上海人民出版社 2018 年版,第 136 页。
③《花鼓判罚》,《晚清报载小说戏曲禁毁史料汇编》(上),第 198 页。
④《诲淫被获》,《晚清报载小说戏曲禁毁史料汇编》(上),第 230—231 页。
⑤《演唱花鼓判罚》,《晚清报载小说戏曲禁毁史料汇编》(上),第 236 页。
⑥《刊售〈野叟曝言〉押候》,《晚清报载小说戏曲禁毁史料汇编》(上),第 257 页。
⑦《淫书难尽》,《晚清报载小说戏曲禁毁史料汇编》(下),第 758 页。
⑧《禁卖淫书》,《晚清报载小说戏曲禁毁史料汇编》(上),第 283—284 页。
⑨《售卖淫书判罚》,《晚清报载小说戏曲禁毁史料汇编》(上),第 265 页。

　　（二）人证。公廨审理小说戏曲案件的人证基本是负责侦查的包探或巡捕,其方式是包探和巡捕查获案件后,将被告拘传至公廨指控,同时作为目击证人,如:

> 包探赵银河禀称,小的查得前晚丹桂戏园演唱《三只手》一剧,实即《送灰面》。其中关目淫秽殊甚,故将园主周凤林传入捕房告知捕头,送案请判。屠别驾商诸单翻译官,然后判罚洋银二十圆。①

该案中包探赵银河既代表警方起诉,同时又作为证人举证丹桂戏园演唱的《三只手》即是违禁剧目《送灰面》。又如:

> 宝善街丹桂髦儿戏园女伶陆菊芬演唱《翠屏山》一出,扮演潘巧云过于淫亵,经老闸捕房包探刘森堂目睹,以其有伤风化,业已禀明捕头请廨饬传园主戴云舟到案讯明属实,宝谳员与英康副领事以戴故违禁令,着罚洋三十元充公。②

此案中,包探刘森堂即是起诉丹桂髦儿戏园演唱《翠屏山》的目击证人。据报载史料,晚清上海租界所有小说戏曲案件审判过程中,未见刑讯逼供,这应该与审判中较重视证据不无关系。

五、辩护:出现聘请律师的现象

　　1870年代,上海租界公廨审判开始出现辩护律师。1880年代开始,公廨审理案件中被告聘请辩护律师属常见现象,"华洋互市以来,尤多交涉事件。余观英、法二公堂中西互控之案,层见迭出。无论西人控华人,须请泰西律师以为质证,即华人控西人,亦必请泰西律师。"③由于小说戏曲违禁者多身处下层、倡优艺人的贱业身份、近代法律意识淡薄等原因,被控小说戏曲违禁者聘请辩护律师的现象出现较晚。笔者所见上海租界戏曲案件最早聘请辩护律师的是1903年1月品仙戏馆演唱《活捉乌龙院》等淫戏案,园主朱锡臣聘请哈华托律师到案申辩。哈华托(Wm. Harwood),英国人,是晚清上海资格最老、最有名的律师,他开办有哈华托律师事务所,曾

---

①《演唱〈送灰面〉判罚》,《晚清报载小说戏曲禁毁史料汇编》(上),第268页。
②《再志女伶扮演淫妇之活剧》,《晚清报载小说戏曲禁毁史料汇编》(上),第473页。
③(清)宜今室主人编《皇朝经济文新编卷一·西律》,台湾文海出版社1987年影印本,第180页。

被清政府聘请为"苏报案"的代理律师。哈华托以朱锡臣早已将戏园归并他人经手、且演唱淫戏时朱锡臣在杭不在沪为由进行辩解。该案审理时，中西各探捕和收捐人作为原告证人出庭作证，哈华托作为被告聘请律师出庭辩护，并出示戏园归并他人的字据①，审判中证据和律师作用受到重视，说明该案的审理已经属于现代法庭审案方式。1910 年 1 月，湖北路春贵戏园因演唱《遗翠花》，园主赵春庭、伶人小桃红、陈嘉祥一并被包探传至公廨请究。赵等三人聘请费信惇律师出庭辩护。费信惇（Stirling Fessenden，1875—1943），美国人，1903 年至上海任律师，1905 年与其他外籍律师组成佑尼干律师事务所。最后，公廨认定《遗翠花》原非淫戏，不在禁例②。1910 年 11 月，《国华报》主笔周心梅登载《邹生》小说被工部局认定是淫词小说，提请公廨讯究，周心梅也聘请费信惇为辩护律师③。被告聘请辩护律师，一定程度上保护了被告权益。例如，清末《遗翠花》在北京、东北等地被官方指定为应禁淫戏④，而费信惇为赵春庭等人辩护的判决结果是《遗翠花》原非淫戏。在工部局控告周心梅刊登《邹生》小说案中，费信惇以该小说并非周心梅所作，"系在《聊斋》及《秋灯录》并《丛钞》等书上剿袭而来"为辩词，并当庭出示西文《聊斋志异》呈验。最后孙羹梅和陪审官海德礼"以所登小说究属有伤雅道"为由，判周心梅罚洋 15 元⑤。考虑到该案的原告工部局是租界领导机关，且美国副领事海德礼参与陪审，判罚 15 元无疑属较轻处罚。中国古代有讼师而无律师，古人把帮人办理诉讼事务的人称为讼师。讼师为历代法律所严禁，《大清律例》规定："凡教唆词讼及为人作词状增减情罪诬告人者，与犯人同罪。"⑥晚清上海租界小说戏曲案件中出现辩护律师，说明现代律师制度正在被更多的国人所接受。

六、刑罚：率先开始近代化变革

　　刑罚是审判机关以国家的名义，依法对犯罪人实行限制或剥夺其某种

---

①《会讯演唱淫戏案》，《晚清报载小说戏曲禁毁史料汇编》（上），第 328—329 页。
②《原非淫戏》，《晚清报载小说戏曲禁毁史料汇编》（上），第 454 页。
③《〈国华报〉刊载〈邹生〉小说被控》，《晚清报载小说戏曲禁毁史料汇编》（上），第 470 页。
④《外埠总厅谕禁淫迷各戏》，《晚清报载小说戏曲禁毁史料汇编》（上），第 106—107 页。
⑤《〈国华报〉被控之结果》，《晚清报载小说戏曲禁毁史料汇编》（上），第 471 页。
⑥张荣铮等点校《大清律例》，天津古籍出版社 1995 年版，第 525 页。

权益的法律制裁方法。比较上海租界内外的违禁小说戏曲刑罚，可以看出上海租界小说戏曲案件的裁决有别于《大清律例》的相关规定，并率先开始了文艺管理法规的近代化变革。

（一）量刑比同期其他中国衙门要轻。会审公廨是设于租界之内由中外审判官组成的中国司法机构，适用法律主要包括中国法律、外国法律、租界立法和中外习惯法等。《大清律例》适用于纯粹华人被告的民刑案件，《会审章程》规定会审公廨只发落杖枷以下罪名。换言之，租界内外的小说戏曲违禁纯粹华人案件皆可判处杖、笞、枷等刑罚。但比较而言，上海租界违禁小说戏曲的量刑标准要比租界之外的中国衙门的量刑标准轻微许多。

其一，肉刑比中国衙门判罚要轻。肉刑是对犯者肉体施加的惩罚。《大清律例》规定的肉刑包括杖刑、笞刑、枷示等，晚清对小说戏曲违禁者判处的肉刑主要有笞刑、掌颊和枷示。据统计，1878 至 1902 年，上海法租界公廨和公共租界公廨共判处小说戏曲违禁者笞刑 10 起、枷示 9 起，其中笞刑最多者 300 板、计 2 起，最少者 50 板、计 2 起；枷示时间最长者 1 个月、计 4 起，最短者 5 天、计 2 起。1881 年至 1908 年，上海县、宁波、温州、北京、杭州、南京、九江等地衙门共判处小说戏曲违禁者笞刑 24 起、枷示 9 起，其中笞刑最多者达 1000 板、计 4 起，最少者 50 板、计 2 起，枷示时间最长者 3 个月、计 3 起①。整体上看，上海租界小说戏曲案件判罚从笞刑次数、枷示时间上都比租界之外的中国衙门的判罚要少。

其二，一些违禁小说戏曲案件未作处罚。据已见史料统计，1881 年至 1904 年，晚清宁波知府和鄞县知县共审判串客（花鼓戏）案件 11 起②，这 11 起案件中的违禁者皆被处以笞刑或枷示；1881 年至 1906 年，上海知县共审理小说戏曲案件 12 起③，除未作处罚和不知审判结果各 1 起外，其余 10 起皆为判处笞、掌颊或枷示。与宁波与上海县相比，上海租界公廨对违禁

---

① 数据来源：据《晚清报载小说戏曲禁毁史料汇编》（上下）统计。

② 这 11 件案件文献来源是：《重惩串客》《惩究串客》《严惩串客》《拘惩串客》《惩办串客》《惩办串客》《诱捕串客》《查处串客》《串客违禁》《拿办淫戏》《惩办串客》，《晚清报载小说戏曲禁毁史料汇编》（上），第 180、200、210、210、214、228—229、237—238、239、282、300、341 页。

③ 这 12 起案件的文献来源是：《惩办淫戏》《地保糊涂》《严惩淫戏》《影戏判罚》《地保演唱花鼓荷枷》《演唱花鼓判罚》《惩办包庇花鼓之地保》《演戏摊派判罚》《续记唱书缚差案判罚》《茶肆发封》《演戏聚赌判罚》《演唱花鼓判罚》，《晚清报载小说戏曲禁毁史料汇编》（上），第 189、200、216、219、225、287—288、289、309、317—318、329、334、361—362 页。

小说戏曲案件审判时未判刑罚的现象要突出。晚清上海公共租界公廨审判后未作处罚的小说戏曲案件,如果依据《大清律例》或由中国衙门审判,则要处以重刑。例如,1896 年 4 月,苏州书贾张根堂将《肉蒲团》改名《觉后传》,《日月环》改名《碧玉环》,捆载来沪销售,被包探赵银河连人带书解送公廨请究。按照《大清律例》,张根堂应以市卖淫词小说罪判处"杖一百,徒三年。"但公廨谳员屠作伦和陪审官单维廉协商之后,姑念无知,"判出具永不贩卖淫书切结,并具保状送查,淫书销毁完案。"①1899 年 8 月,余培元手持禁书《倭袍记》在租界逢人求售,被包探石金荣拘获请办,谳员翁延年"姑念贫民,判将书充公,人则从宽斥释。"②与张根堂一样,余培元虽因市卖淫词小说逮案,但也未判处刑罚。1900 年 6 月,海天览胜楼因违禁演唱摊簧,谳员翁延年和陪审官梅尔思协商之后,"著即具遵谕切结,然后斥释。"③据已见史料统计,1880 年至 1900 年,上海公共租界公廨审理违禁小说戏曲案件共有 8 起以具结或斥释结案④,即未判处任何刑罚,这相当程度上说明上海租界小说戏曲案件量刑较租界之外要轻。

(二)罚金刑成为判罚的主要刑种。罚金刑是强制犯者向国家缴纳一定数量金钱的刑罚。罚金刑是上海租界较早移植的刑罚。据统计,1864 年 5 月 2 日至 12 月 31 日为止,上海公共租界洋泾浜北首理事衙门定罪者 1326 人,其中罚金者 192 人⑤。早在 1870 年代,上海租界在查禁小说戏曲时,就采用了罚金刑。整体上看,上海租界小说戏曲案件审判量刑经过了笞刑、枷示与罚金混合使用时期向基本采用罚金刑时期的演变过程。大致上讲,1890 年以前,为笞刑、枷示和罚金混合使用期,1900 年以后,为基本采用罚金刑时期。据统计,1890 年代,上海公共租界会审公廨对小说戏曲案件判处罚金的共 18 起,同时期对小说戏曲案件判处笞刑或枷示的共 8 起;而 1900 年至 1911 年,对应的罚金判罚为 26 起,笞刑或枷示仅 3 起。换言之,1900 年以后,罚金刑是上海租界小说戏曲案件判罚的主要刑种。

①《刊售淫书判罚》《淫书案破》,《晚清报载小说戏曲禁毁史料汇编》(上),第 251、251 页。
②《售卖〈倭袍记〉判罚》,《晚清报载小说戏曲禁毁史料汇编》(上),第 289 页。
③《演唱摊簧判罚》,《晚清报载小说戏曲禁毁史料汇编》(上),第 298 页。
④这 8 起案件的文献来源是:《戏园具结》《忌辰禁止演戏》《申禁淫戏》《停演新戏》《谕禁淫戏》《刊售淫书判罚》《售卖〈倭袍记〉判罚》《演唱摊簧判罚》,《晚清报载小说戏曲禁毁史料汇编》(上),第 178、179、192、212、222、251、289、298 页。
⑤王立民、练育强主编《上海租界法制研究》,法律出版社 2010 年版,第 310 页。

上海租界小说戏曲案件量刑从笞刑、枷示向罚金的演变过程说明,从法律移植到法律观念的转变需要一个过程。

七、影响:启示文艺法制近代化

晚清上海租界公廨是中外法制思想直接碰撞和交汇之地,在冲突与融合中,近代法制观念逐渐渗入中国文化中,一定程度上推动了中国传统法制近代化变革的进程。具体到租界小说戏曲案件的审判上,从侦查到量刑,都相当程度上启示了中国文艺管理法规的近代化变革。

(一)租界警察对中国政府把警察作为文艺管理专职力量起到效仿作用。在租界警察制度的启示下,1898年,上海南市马路工程善后局仿效组建了第一支华界警察,一般认为这是中国创办现代警察制度之始。上海南市马路工程善后局已初步将小说戏曲纳入管理内容,其示谕的第二十款云:"凡淫书淫画,不准沿街摊卖。"[1]1901年2月,马路工程局总办叶孟纪再次重申了该示谕。这意味着,晚清中国组建较早的新型警察像上海租界警察一样,对违禁小说戏曲刊本(淫书)有稽查之责。在清末创建现代警察的活动中,小说戏曲稽查被作为警察重要职责之一。1905年,北京工巡局颁布禁止饭馆演戏招引妇女观剧的告示[2],该年8月,北京内城巡捕西局出示禁止沿街演唱淫词[3];保定工巡局也多次颁发戏曲管理谕令。北京工巡局和保定工巡局是直接仿效上海租界工部局警察设立市、政、警混合机构。1902年,善后营务大臣胡燏棻奏云:"京师地面之不靖乃因事权不一,所选巡捕不精所致⋯⋯请效仿上海工部局之例,设立工巡局。"[4]清廷采纳了胡燏棻的奏议,成立了工巡局,"工巡局是仿照上海公共租界工部局警察设立的,组织机构、运作方式及职责大都是照搬租界的模式。"[5]北京和保定工巡局将查禁戏曲作警察职责,受到了上海租界警察职责的一定影响。1905年10月8日,清廷下令成立巡警部,小说戏曲管理被明确为警察职责。

---

① 《沪南新筑马路善后章程(节录)》,《晚清报载小说戏曲禁毁史料汇编》(上),第63—64页。
② 《告示》,《晚清报载小说戏曲禁毁史料汇编》(上),第97页。
③ 《禁唱淫词》,《晚清报载小说戏曲禁毁史料汇编》(上),第99—100页。
④ 张宗平、吕永和译;吕永和、汤重南校《清末北京志资料》,北京燕山出版社1994年版,第230页。
⑤ 汪勇《略论清末警政建立对租界警察的借鉴》,《山西大学学报》(哲学社会科学版),2010年第1期。

1906 年,巡警部颁布《违警章程五条》,其中包括"唱演淫词淫戏者。""贩卖淫书淫画或以之陈列,情节较轻者。""在街市歌唱淫词戏曲有伤风化者。"①此前,1905 年 11 月,袁世凯拟定的《天津四乡巡警章程》已将歌唱淫词戏曲和售卖淫词曲本作为违警条款②。稍作说明的是,晚清官方认定的所谓"淫书",主要指违禁的小说戏曲刊本,如《违警罪章各条各节浅说》云:"淫书都是什么呢?像那什么《肉蒲团》呀,《金屏梅》呀,《灯草和尚》呀,《五美缘》呀,《水浒》呀,余外就是些个坏唱本子了,名目很多,一时也数不过来。"③由邻近租界的上海县组建的近代中国较早的警察队伍和以租界工部局为直接效仿对象组建的北京工巡局都将小说戏曲管理作为警察职责可见:上海租界警察作为小说戏曲管理专职力量,对清政府把小说戏曲管理作为警务职责起到直接效仿的作用。循此,中国文艺管理人员开始由传统权责不明向近现代专职专责(警察)的方向发展。

(二)违禁小说戏曲量刑的轻刑化开现代文艺管理法制轻刑化之先声。综合中外刑罚发展历史可见,刑罚演变的共同趋势是:1. 刑罚体系的中心由死刑、肉刑等身体刑向自由刑转化;2. 刑罚由重刑向轻刑转化;3. 刑罚由惩罚向预防转化;4. 刑罚执行由残酷向人道转化④。受明刑弼教法律观念和种族意识等影响,清代违禁小说戏曲判处的刑罚十分严酷,包括徒、流、杖等刑种,尽管晚清禁毁小说戏曲活动中官方未采用这些刑罚,而是使用笞刑、枷示乃至刑律不载的掌颊等刑种,但它们仍然具有肉刑、重刑、残酷等传统刑罚的特点。晚清上海租界对小说戏曲违禁者也曾判处笞刑和枷示等肉刑,且不少笞刑超过了《大清律例》笞不过 50 板的规定,但比同期中国衙门量刑轻微许多,并逐步弃用笞刑、枷示等肉刑,反映了传统肉刑、重刑向近现代自由刑和轻刑演变的趋势,具有历史进步性。最终,清末政府颁布的有关违禁小说戏曲管理法规,废止了肉刑,小说戏曲管理从法律层面实现了轻刑化。

(三)移植的罚金刑影响了中国法制变革并成为文艺管理法规的主要

---

① 《京师巡警部颁布违警章程》,《晚清报载小说戏曲禁毁史料汇编》(上),第 104 页。

② 《直隶总督袁奏拟定天津四乡巡警章程折(节录)》,《晚清报载小说戏曲禁毁史料汇编》(上),第 102 页。

③ 《违警罪章各条各节浅说》,《敝帚千金》1907 年第 22 期,第 33 页。按,引文中的"《金屏梅》",原文如此。

④ 张建明、吴艳华主编《社区矫正实务》,中国政法大学出版社 2021 年,第 12—13 页。

刑种。一般认为,中国古代虽有赎刑,但不属于近现代意义上的罚金刑,
"赎刑不是一个独立的刑种,因而与罚金刑不能混同。赎刑适用于疑罪,五
刑皆可以赎。""但终封建之世没有规定罚金刑。"①晚清上海租界最早对违
禁小说戏曲者判以罚金。1864 年,上海公共租界洋泾浜北首理事衙门成
立后就移植了西方的罚金刑,1868 年,《会审章程》明确将罚金刑作为租界
公廨权限之内的刑种。据笔者所见,上海租界公廨最早对违禁戏曲判处罚
金的案件发生在 1878 年 7 月,北新茶馆演唱花鼓,法租界公廨判处罚洋 10
元②;上海租界公廨最早对违禁小说判处罚金的案件发生在 1896 年 8 月,
夏仁忠在租界茶寮中销售《桃花影》,公共租界公廨谳员屠作伦判处夏仁忠
罚洋 20 元③。上海租界移植的罚金刑最先对毗邻租界的上海县产生影响,
据统计,自 1893 年至 1911 年,上海县共对小说戏曲违禁者处以罚金的案
件有 8 起。清末,在天津、北京、哈尔滨等地区,罚金刑也开始用于小说戏
曲案件的判罚④。1908 年,民政部颁布《违警罪章》,对唱演淫词淫戏者,处
十五日以下十日以上之拘留或十五元以下十元以上之罚金⑤,罚金刑在清
末开始成为小说戏曲管理法规的主要刑种。1911 年制定的《钦定大清刑
律》罚金刑作为刑罚中最轻之一种。从晚清开始,罚金刑逐渐发展成为中
国现代文艺管理法规的主要刑种。

　　客观公正地评价晚清上海租界会审公廨小说戏曲案件审判对中国文
艺管理法制近代变革的影响需要明晰两个主要问题:第一,小说戏曲案件
判罚轻刑化多大程度上是审判官主动变革的结果? 1868 年 12 月 28 日颁
布的《会审章程》规定,会审公廨只能发落杖枷以下罪名,军流徒罪以上则
由上海县审办,审判官是否是为了简便操作起见而放弃了《大清律》对违禁
小说戏曲判处徒、流、杖等刑罚的规定? 第二,审判官判处小说戏曲案件时
是否有明确的量刑标准? 因为相似的罪行得到相似的处罚既是法律的要
求,也是近代法治精神的体现。

---

① 张晋藩《中国法律的传统与近代转型》,法律出版社 1997 年版,第 144、146 页。
② 《本年六月后法公堂罚款收付清单》,《晚清报载小说戏曲禁毁史料汇编》(上),第 172 页。
③ 《演唱淫戏判罚》,《晚清报载小说戏曲禁毁史料汇编》(上),第 256 页。
④ 如北京:"外城警厅于禁演淫戏一事,不啻三令五申,而各戏园竟尔视为具文,任意演唱。日前宝
　胜和班演唱《杀皮》一出,听者颇多,事为警厅所闻,将该园主罚洋三十元,以示惩儆。"(《演唱
　淫戏被罚》,《晚清报载小说戏曲禁毁史料汇编》[上],第 364 页。)
⑤ 《大清法律汇编》,麟章书局 1910 年版,第 490 页。

　　第一个问题,由以上的梳理可见,审判官有较清楚的轻刑化意识,主要表现在两个方面,一者,晚清官员普遍放弃了《大清律》对违禁小说戏曲判处徒、流、杖等刑罚的规定,与同期中国衙门对小说戏曲案件判处笞刑等肉刑相比,租界审判官的判处要轻微许多;二者,清末租界会审公廨审判官的小说戏曲案件审判较普遍地放弃肉刑、管押,而采用罚金刑。此二者说明,审判官对小说戏曲案件量刑有明确的人道和轻刑意识,也有把罚金刑逐步引入小说戏曲案件审理的明确意识。第二个问题,由上文可见,审判官在小说戏曲案件审理时量刑随意性较大,表现在:同属违禁,量刑笞责从数十至数百不等、罚款自数元至数百元不等,不作处罚而斥释者所在多有,说明晚清上海租界会审公廨"判罚的尺度听任法官的自由裁量,并无确定的标准"①的现象在小说戏曲案件中也是普遍存在的。综合这两个问题的回答可见,晚清上海租界小说戏曲审判主要特点兼具积极和消极两方面的意义,其积极意义还不足以直接承担中国近代文艺管理法规变革的使命,它的积极作用主要是对中国传统小说戏曲管理法制的近代转型和中国现代文艺管理法制的建立以一定的参照和启示。因此,笔者认为,晚清上海租界会审公廨的设立是中国主权和司法权被侵占的结果,在承认这段屈辱历史的基础上,我们也要看到:作为一个兼具传统衙门性质和现代西方法庭色彩的司法机构,会审公廨在侦缉、慎用刑讯、注重客观证据、允许律师、量刑轻刑化、刑罚移植等方面已经糅合了西方司法审判制度,超越了中国传统司法审判制度。于是,中国近代审判制度及其实践最早在上海租界出现。以上对晚清上海租界小说戏曲案件审判主要特点的梳理说明:上海租界警察是侦查小说戏曲案件的主要力量,警方也是小说戏曲案件的主要起诉方;在小说戏曲案件审判中,比较重视证据,出现了被告聘请辩护律师的现象。从量刑标准上看,晚清上海租界小说戏曲案件判罚开始了刑罚的近代转型,量刑比中国衙门采用的刑罚要轻,并率先移植了罚金刑。更重要的是,这些审判制度开始对上海租界之外、清政府统治地区的小说戏曲案件审判的近代化变革产生一定影响。由此,我们可以说:晚清上海租界小说戏曲案件审判从侦查力量、罚金刑移植、量刑标准等方面一定程度上影响了中国传统小说戏曲管理法制的近代转型和中国现代文艺管理法制的建立。

---

①洪佳期《上海会审公廨审判研究》,上海人民出版社 2018 年版,第 129 页。

第二十三章　清代查禁小说戏曲
刑罚在晚清的近代转型

清代禁毁小说戏曲制度正式确立于康熙朝。康熙五十三年(1714)，规定了查禁小说戏曲刑罚(以下简称查禁刑罚)细则，雍正三年(1725)，该细则被列入《大清律》，成为有清一代的法律制度。小说戏曲违禁的判罚是了解以禁为主的传统文艺管理政策执行、落实以及文艺管理法制思想变迁的直接参照。过去，由于清代小说戏曲案件审判史料发现较少，有关晚清禁毁刑罚执行特点、演变的研究尚付之阙如。在上文的研究中，虽对晚清禁毁刑罚变革有所涉及，但受研究对象限制，未能深入展开。晚清是中国文化中西碰撞、承古萌新的变革时期，禁毁小说戏曲制度承袭传统之余，在禁毁目的、内容、形式、审判、处罚等方面都发生了显著变化。梳理清代查禁刑罚在晚清的具体形式、执行情况、变革原因和认识价值，既可以深入认识清代禁毁小说戏曲观念和制度的历史变迁，也可以从传统法制转型的角度钩稽中国近现代文艺管理制度萌发的轨迹。

一、晚清查禁刑罚的主要类型

刑罚是审判机关以国家名义，依法对犯罪人实行限制或剥夺其某种权益的法律制裁方法。与《大清律》规定的杖、徒、流等刑罚相比，晚清查禁刑罚已经发生了较大变化，主要有笞刑、枷示、监禁、罚金、销毁板书或乐器，以及刑律无载的掌颊等六种方式。

(一)笞刑

是以板片击打犯者腿臀部的一种刑罚，为清代五刑最轻的一种。《大清律例》规定笞刑用小竹板，"小竹板大头阔一寸五分，小头阔一寸，重不过一斤半。"①晚清许多被捕的小说戏曲违禁者被判处笞刑。参见下表：

---

① 马建石、杨育棠主编《大清律例通考校注》，中国政法大学出版社1992年版，第192页。

表4—3　晚清违禁小说戏曲判处笞刑与枷示举例表

时间	地点	主判官员	判处对象	针对行为	次数或时间	文献来源
1878年11月	上海法租界	法租界谳员	潘新邦、李阿毛等五人	演唱花鼓戏	潘新邦责六十板，李阿毛等四人各责五十板	《惩责花鼓戏伶人》，《晚清报载小说戏曲禁毁史料汇编》（上），第172页
1881年3月	宁波	宁波知府宗源翰	虞雷云等四人	演唱申曲	各责六百板，双联枷枷示三个月	《重惩申曲》，《晚清报载小说戏曲禁毁史料汇编》（上），第180页
1881年5月	上海法租界	法租界谳员	徐得明等五人	演唱花鼓	徐得明、倪和尚各责三百板，枷号两个月；裴宝生责一百板，枷号一个月	《花鼓夫人》，《晚清报载小说戏曲禁毁史料汇编》（上），第182—183页
1881年	北京	不明	说白唱艺人	因丧说白清唱添用胡琴	笞五十板	《优伶卖艺》，《晚清报载小说戏曲禁毁史料汇编》（上），第183页
1881年11月	上海县	上海知县	县差王松、地保陈庆荣	查禁花鼓不力	各责责百板	《惩办淫戏》，《晚清报载小说戏曲禁毁史料汇编》（上），第189页
1886年2月14日	南京	保甲总局官员	明月楼茶社主及戏馆班头	招女伶于国忌日演剧	班头笞责二百板；社主系武举，责成尺二百下	《武举招女伶演剧判讯》，《晚清报载小说戏曲禁毁史料汇编》（上），第206页

续表

时间	地点	主判官员	判处对象	针对行为	次数或时间	文献来源
1887年4月	宁波	鄞县知县朱庆镛	戎三珊、吴阿三	扮演串客	各责数百板,以双连枷枷号三个月	《严惩串客》,《晚清报载小说戏曲禁毁史料汇编》(上),第210页
1888年4月	宁波	鄞县知县萧韶	周阿生	雇演串客	重则一千板,荷以巨号枷号发枷号处示众	《惩办串客》,《晚清报载小说戏曲禁毁史料汇编》第214页
1889年4月	上海浦东	上海知县裴大中	蒋炳忠、蒋虎金、苏福秀	开演影戏	两蒋各笞一百五十板,苏笞一百板,一并枷号示众	《影戏受讯》,《晚清报载小说戏曲禁毁史料汇编》(上),第219页
1889年8—9月	营口	营口海防同知章橒	会首裴、黄等七人	庙成招梨园演剧	各责四十小板	《演剧受讯》,《晚清报载小说戏曲禁毁史料汇编》(上),第221页
1890年7月	上海公共租界	谳员蔡汇沧	伶人陆桂云、龚秀海	演唱花鼓戏	各责一百板,枷号十四天,发犯事地方示众	《演唱花鼓戏判词》《晚清报载小说戏曲禁毁史料汇编》第224页
1890年9月	华亭县	华亭知县葛培义	某乙	演唱花鼓戏	笞责一千下,荷以巨枷,发犯事地方游行示众	《花鼓判词》,《晚清报载小说戏曲禁毁史料汇编》(上),第224—225页

续表

时间	地点	主判官员	判处对象	针对行为	次数或时间	文献来源
1890年12月	上海公共租界	谳员蔡汇沧	洪礼发、吴阿二	坐唱花鼓	各笞一百板、押候备文递籍	《演唱花鼓戏判词》,《晚清小说戏曲禁毁史料汇编》(上),第225页
1892年7月	宁波	鄞县知县杨文斌	雇主裴钟鳌等、串客艺人邱景新等	学演串客	雇主裴钟鳌等各责数百板，串客艺人邱景新等从重笞责，发差管押	《惩办串客》,《晚清报载小说戏曲禁毁史料汇编》(上),第228—229页
1892年7月	杭州	某宪	某甲	演《荡湖船》	笞责二百板	《演〈荡湖船〉判词》,《晚清报载小说戏曲禁毁史料汇编》(上),第229页
1892年10月	上海公共租界	谳员蔡汇沧	陈桂荣及吴阿顺等	演花鼓戏	屡犯陈桂荣笞一百板、枷号一月；吴阿顺等人各枷一月	《海淫被获》,《晚清报载小说戏曲禁毁史料汇编》(上),第230—231页
1893年6月	上海公共租界	谳员蔡汇沧	张雨生、张阿方、胡阿弟	演唱花鼓	两张各笞一百板、枷号一月；胡系初犯，枷号一月，发该处示众	《演唱花鼓判词》,《晚清报载小说戏曲禁毁史料汇编》(上),第233页
1893年9月	上海公共租界	谳员蔡汇沧	方吉仁、陈华狗、陈阿炳等	演唱花鼓	方吉仁和陈华狗各枷七天、发地方示众	《演唱花鼓判词》,《晚清报载小说戏曲禁毁史料汇编》(上),第236页

续表

时间	地点	主判官员	判处对象	针对行为	次数或时间	文献来源
1894年3月	上海公共租界	谳员朱幸乐	费四宝等三人	售卖淫书	各枷号五日，发头门示众	《售卖淫书判词》，《晚清报载小说戏曲禁毁史料汇编》（上），第238页
1895年8月	上海县	保甲总巡夏芝荪	万阳楼茶馆店主	开设书场，弹唱小说	笞责一百板	《书场被禁》，《晚清报载小说戏曲禁毁史料汇编》（上），第245页
1897年5月	九江	保甲局委员蔡济良	男伶童松山	演唱采茶戏	笞责二百板	《花鼓戏》，《晚清报载小说戏曲禁毁史料汇编》（上），第266页
1897年6月	温州	永嘉知县叶昭敦	大吉昌班主	演唱夜戏	笞责三百板	《惩办夜戏》，《晚清报载小说戏曲禁毁史料汇编》（上），第267页
1897年11月	上海县	巡防中局局员蔡蓉卿	乞丐张伊兴、徐高贵	拉胡琴高唱淫词	张重责三百板、徐责三百板	《惩唱淫词》，《晚清报载小说戏曲禁毁史料汇编》（上），第269—270页
1899年3月	上海公共租界	谳员郁汝骙、陪审官梅尔思	潘春林	手持《倭袍记》销售	笞责二百板、管押三月	《禁卖淫书》，《晚清报载小说戏曲禁毁史料汇编》（上），第283—284页
1899年5月	上海公共租界	谳员翁延年	曹金生、王阿二、曹金高	茶举中弹唱摊簧	曹金生责三百板、枷号一月，曹金高与王阿二各责一百板	《演唱花鼓判词》，《晚清报载小说戏曲禁毁史料汇编》（上），第285页

续表

时间	地点	主判官员	判处对象	针对行为	次数或时间	文献来源
1899年8月	上海县	上海县署帮审委员马清渠	金茂祥、金茂舟、王丫头	演唱花鼓	各责二百板，交差看管，再行严办	《演唱花鼓判罚》，《晚清小说戏曲禁毁史料汇编》（上），第287—288页
1900年2月	上海公共租界	谳员张辰	金春林	手持《杏花天》销售	枷号半月	《售卖〈杏花天〉判罚》，《晚清报载小说戏曲禁毁史料汇编》（上），第291页
1900年4月	上海公共租界	谳员张辰	李金荣，尤文元	携淫书至新闻求售	各枷五天	《售卖淫书判罚》，《晚清报载小说戏曲禁毁史料汇编》（上），第296页
1900年11月	宝山县	宝山知县金元根	东岳庙住持僧印善	庙主敛集资演剧	枷示头门三个月	《弁髦禁令》，《晚清报载小说戏曲禁毁史料汇编》（上），第302页
1901年8月	温州	包吉甫	戏班管事人某甲	开演夜戏	笞责三百板，并令荷校示众	《伶工受责》，《晚清报载小说戏曲禁毁史料汇编》（上），第312—313页
1902年12月	上海公共租界	谳员张辰	流丐盛阿毛	沿路演唱花鼓	判责二百板，递解回籍	《花鼓判罚》，《晚清报载小说戏曲禁毁史料汇编》（上），第326页
1903年2月	宁波	鄞县知县黄大华	王顺兴	招演串客	笞责数百板，并荷巨枷示众	《惩办串客》，《晚清报载小说戏曲禁毁史料汇编》（上），第328页

续表

时间	地点	主判官员	判处对象	针对行为	次数或时间	文献来源
1903 年 12 月	上海县	保甲总巡谢岳松	潘友梅、顾连生、陆阿生	开演花鼓	判责三百板、枷号数日，发犯事处示众	《拘惩花鼓》，《晚清报载小说戏曲禁毁史料汇编》（上），第 336 页
1904 年 1 月	上海县	保甲总巡朱森庭	混名小和尚	演唱滩簧	笞责二百板、枷号以儆	《禁唱淫词》，《晚清报载小说戏曲禁毁史料汇编》（上），第 337 页
1905 年 7 月	上海县	十六铺中局巡查委员陈良玉	马俊发、唐家坤、姚生弟	演唱花鼓	马掌类二十下，余各责一百板	《演唱淫戏受惩》，《晚清报载小说戏曲禁毁史料汇编》（上），第 354 页
1906 年 6 月	上海县	上海知县汪懋琨	朱阿松	纠众演唱花鼓	责五十下	《演唱花鼓判罚》，《晚清报载小说戏曲禁毁史料汇编》（上），第 361—362 页
1906 年 6 月	上海县	上海知县汪懋琨	王裕卿	雇唱花鼓戏、勒钱肥己	责一百板	《雇唱花鼓判罚》，《晚清报载小说戏曲禁毁史料汇编》（上），第 362 页
1908 年 2 月	宁波	鄞县知县黄羹清	傅阿兰等三人	扮演申客	各笞责一千下，尚以巨枷示众	《严惩扮演申客》，《晚清报载小说戏曲禁毁史料汇编》（上），第 397 页

在表4—3统计的34起笞责案件中,超过50下的有31起,占91％;超过100下30起,占88％;其中超过1000下的有3起。《大清律例》规定笞刑分10、20、30、40、50等五个等级,笞刑最多者不过50下,但晚清官方对小说戏曲违禁者处以笞刑的次数基本超过规定,说明晚清查禁判罚中有法不依、人治现象、重刑倾向仍较突出。

(二)枷示

以木枷套在犯人颈上,书名罪状,令其在衙门口、大街、犯事地等处示众,以示羞辱,使之痛苦。枷示属于清代五刑之外的附加刑或替代刑。在清代前中期的禁毁活动中,枷示即作为一种刑罚。康熙二十四年(1685),江苏巡抚汤斌禁淫词小说戏文的禁令:"其编次者、刊刻者、发卖者一并重责,枷号通衢。"①雍正年间山西朔州正堂颁《禁夜戏示》:"锁拿管箱人,究出主使首犯,枷号戏场,满日责放。"②即要求将戏班管箱人和主事者枷示戏场。由表4—3可见,晚清官方判处小说戏曲违禁者枷示时,一是作为主刑,即直接判处枷示,此类表4—3中有5例;二是作为附加刑,即在笞责之后处以枷示,此类判罚为多数。枷示时间亦可见人治因素,主要体现在标准不一,短则数天,长则3个月。清代中后期法律规定,用于枷示的木枷重者不超过35斤,但不少违禁者被荷以"巨枷""双联枷"。为了增加犯者的耻辱感和惩一儆百的效果,官吏还常令伶人枷示时面涂粉墨、身着戏装。1878年正月二十五日夜,汉阳陈郡丞微服私访,捕获演唱花鼓戏伶人二名,重责之后,"并饬即衣女服枷示头门,以昭炯戒。"③1887年4月上旬,鄞县知县朱庆镛访悉东乡邱隘地方复有串客演戏之事,立饬干役飞签当场拿获小丑一名,花旦一名到县,判各笞责数百板,仍令穿扮做戏服色,以双联枷枷示署前,并押游六门示众。1904年6月,鄞县知县周廷祚饬巡防营哨弁拘获串客邱顺发及忻某二人,笞责后判二人荷以巨枷示众,忻某示众时被命令扮演女装④。官方认为,犯者枷示时身着戏服、面涂脂粉、引人围观的滑稽像更能达到知羞改过、惩一儆百的效果。

①(清)汤斌著,范志亭、范哲辑校《汤斌集》,中州古籍出版社2003年版,第576页。
②丁淑梅《清代禁毁戏曲史料编年》,四川大学出版社2010年版,第62页。
③《演花鼓戏》,《晚清报载小说戏曲禁毁史料汇编》(上),第168—169页。
④《惩办串客》,《晚清报载小说戏曲禁毁史料汇编》(上),第341页。

(三)监禁

即将犯者关进牢房,限制其人身自由①。清代五刑没有监禁刑,而监禁是晚清官吏对小说戏曲违禁者的法律制裁方式之一。其一,堂断时对犯者处以数天至数年的监禁。1896 年 9 月 7 日,夏仁忠、王毛头、张阿荣在上海公共租界茶寮兜售《桃花影》被捕,会审公廨判"王、张各押三天。"②即监禁 3 日。1897 年 4 月 3 日,吴金福、陈状锦因在上海租界售卖淫书被会审公廨判处"管押一礼拜。"③1899 年 3 月,潘春林从书商夏琴山处购得《倭袍记》在英租界销售被捕,上海公共租界会审谳员郑汝骙判潘春林"责二百板,管押三个月。"④1904 年 8 月,浦东洋泾镇八埭头地方潘益梅、杨妙荣所开茶肆内因招集男女伶唱演花鼓戏,兼开博场,保甲总巡谢岳松判潘、杨二人枷号 1 个月,"期满之后送押改过所二年。"⑤改过所类似今天的看守所,潘、杨二人要被监禁两年。其二,把监禁作为无力缴纳罚金的替代刑。1903 年 9 月,上海英租界玉仙戏园因演唱《张桂卿吊膀子》,园主王金宝被公共租界谳员孙建臣和陪审官迪比南判罚 500 元,王称无力缴洋。孙、迪商议,如无力缴洋,则判罚枷号 3 个月,游街示众,"然后收禁西狱二年。"⑥在这个案件中,监禁被作为无力缴罚者的替代刑。1909 年 3 月,松鹤楼茶馆主董阿庆因违禁开唱宁波花鼓,被上海法界公廨判罚 300 元,因董无力缴罚,6 月 28 日,"判改押捕房二月完案。"⑦即监禁 2 个月。整体上看,晚清小说戏曲违禁者被判处监禁刑的数量不多,这应该与官吏认为监禁惩处效果不如笞、枷等刑快捷,且监禁的执法成本较大有关。

(四)罚金

强制犯者缴纳一定数量金钱的刑罚。晚清小说戏曲判罚采用罚金刑始于上海租界,参见表 4—4:

---

①管押(押候)也是晚清官吏限制小说戏曲违禁者人身自由的常见方式,监禁有时也叫管押。但管押与监禁有别,管押是定谳之前的临时拘押;监禁则是堂断之后的定期拘押。

②《抄获淫书判罚》,《晚清报载小说戏曲禁毁史料汇编》(上),第 257 页。

③《售卖淫书判罚》,《晚清报载小说戏曲禁毁史料汇编》(上),第 265 页。

④《禁卖淫书》,《晚清报载小说戏曲禁毁史料汇编》(上),第 283—284 页。

⑤《严究诲淫》,《晚清报载小说戏曲禁毁史料汇编》(上),第 341 页。

⑥《诲淫宜罚》,《晚清报载小说戏曲禁毁史料汇编》(上),第 334 页。

⑦《无力罚洋》,《晚清报载小说戏曲禁毁史料汇编》(上),第 437 页。

表4—4　晚清上海租界禁毁小说戏曲罚金罚刑统计表

时间	租界分类	主判官员	判处对象	针对行为	罚金数目	文献来源
1878年	上海法租界	法租界谳员	北新楼茶馆	演唱花鼓戏	十元	《本年六月后公堂罚款收付清单(节录)》,《晚清报载小说戏曲禁毁史料汇编》(上),第172页
1894年4月	上海公共租界	谳员朱莘乐	天仪戏园园主曹小云	该园演唱《双沙河》	十元	《演唱淫戏》,《晚清报载小说戏曲禁毁史料汇编》(上),第239页
1894年4月	上海公共租界	谳员朱莘乐、陪审官萨允格	俞朗荣等四人	演唱摊簧	各罚洋二十元	《演唱滩簧续判》,《晚清报载小说戏曲禁毁史料汇编》(上),第240页
1896年6月	上海公共租界	谳员屠作伦	天福戏园园主武春山	该园演唱《巧姻缘》	罚洋二十元	《演唱〈巧姻缘〉判罚》,《晚清报载小说戏曲禁毁史料汇编》(上),第252—253页
1896年8月	上海公共租界	谳员屠作伦	天仪茶园园主何永宽	该园排演《狼心狗肺》	罚洋一百元	《演唱淫戏判罚》,《晚清报载小说戏曲禁毁史料汇编》(上),第256页
1896年9月	上海公共租界	谳员屠作伦	夏仁忠	销售《桃花影》	罚洋二十元	《抄获淫书判罚》,《晚清报载小说戏曲禁毁史料汇编》(上),第257页

续表

时间	租界分类	主判官员	判处对象	针对行为	罚金数目	文献来源
1896年10月	上海公共租界	谳员屠作伦、陪审员萨尔格	嘉记书店蒋午庄、张阿双	出版《野叟曝言》	蒋午庄罚二百元，张阿双罚五十元	《刊售〈野叟曝言〉判词》，《晚清报载小说戏曲禁毁史料汇编》（上），第258页
1897年6月	上海公共租界	谳员屠作伦	天福戏园园主武春山	该园演唱《左公平西》	罚洋银二十元	《演唱〈左公平西〉判词》，《晚清报载小说戏曲禁毁史料汇编》（上），第266—267页
1897年7月	上海公共租界	谳员屠作伦、陪审员单维廉	丹桂戏园园主周凤林	该园演唱《三只手》即《送灰面》	罚洋银二十元	《演唱〈送灰面〉判词》，《晚清报载小说戏曲禁毁史料汇编》（上），第268页
1898年4月	上海公共租界	谳员郑汝骙	天仙戏园伶人三麻子	演唱《庵堂相会》即《陆野臣卖妻》	罚洋五十元	《严禁淫戏》，《晚清报载小说戏曲禁毁史料汇编》第276页
1898年9月	上海公共租界	谳员郑汝骙	伶人何家声	在丹桂戏园演唱淫戏	罚洋五十元	《演唱淫戏判词》，《晚清报载小说戏曲禁毁史料汇编》（上），第281页
1898年11月	上海公共租界	谳员郑汝骙、官梅尔思	天仙戏园园主赵胜	该园演唱《打高饭》	罚洋一百元	《戏园受罚》，《晚清报载小说戏曲禁毁史料汇编》（上），第281页

时间	租界分类	主判官员	判处对象	针对行为	罚金数目	文献来源
1898 年 12 月	上海公共租界	谳员郑汝骙	庆乐戏园管班人武春山	该园扮演《珍珠衫》	罚洋一百元	《演唱〈珍珠衫〉判罚》，《晚清报载小说戏曲禁毁史料汇编》（上），第 282 页
1899 年 1 月	上海公共租界	谳员郑汝骙、陪审官梅尔思	咏仙茶园伶人五月仙	唱演《翠屏山》	罚洋银二百元	《演唱〈翠屏山〉判罚》，《晚清报载小说戏曲禁毁史料汇编》（上），第 282—283 页
1899 年 3 月	上海公共租界	谳员郑汝骙、陪审官梅尔思	夏琴山	批售《倭袍记》	罚洋五十元	《禁卖淫书》，《晚清报载小说戏曲禁毁史料汇编》（上），第 283—284 页
1899 年 5 月	上海公共租界	谳员翁延年、陪审官梅尔思	范丫头	开设茶馆，入夜演唱花鼓	罚洋银五十元	《演唱花鼓判罚》，《晚清报载小说戏曲禁毁史料汇编》（上），第 285 页
1899 年 6 月	上海公共租界	谳员张辰、陪审官梅尔思	明玉楼书场主徐东海及说书人谢少泉、丁少坡	弹唱《玉蜻蜓》	罚徐洋银二十元，谢、丁各罚洋银十元	《弹唱〈玉蜻蜓〉判罚》，《晚清报载小说戏曲禁毁史料汇编》（上），第 286 页
1900 年 6 月	上海公共租界	谳员张辰、陪审官梅尔思	顾阿金	在茶馆内演唱滩簧	罚洋二十元	《惩禁滩簧》，《晚清报载小说戏曲禁毁史料汇编》（上），第 297 页

续表

时间	租界分类	主判官员	判处对象	针对行为	罚金数目	文献来源
1900年9月	上海公共租界	谳员张辰，陪审官梅尔思	明王楼主徐东海	该楼弹唱《倭袍》	罚洋二十元	《弹唱〈倭袍〉判罚》,《晚清报载小说戏曲禁毁史料汇编》(上),第300页
1900年10月	上海公共租界	谳员翁延年，陪审官梅尔思	桂仙戏园园主桂馨	该园演《捉拿张桂卿》新戏	罚洋二百元	《海淫判罚》,《晚清报载小说戏曲禁毁史料汇编》(上),第301页
1900年12月	上海公共租界	谳员张辰，陪审官梅尔思	宝仙茶园园主朱锡臣	该园演《杀子报》	罚银一百元	《严禁淫戏》,《晚清报载小说戏曲禁毁史料汇编》(上),第303页
1900年12月	上海公共租界	谳员张辰	春仙园园主李春来、桂仙园园主王心记	该二园演唱淫戏	各罚洋五十元充公	《演唱淫戏判罚》,《晚清报载小说戏曲禁毁史料汇编》(上),第303页
1901年1月	上海公共租界	谳员张辰，陪审官梅尔思	海天觉胜茶楼主许某	该楼演唱淫词	罚洋一百元	《海淫宣办》,《晚清报载小说戏曲禁毁史料汇编》(上),第304—305页
1901年3月	上海公共租界	谳员张辰	宝仙髦儿戏园园主张杏林	该园演唱《珍珠衫》	罚洋银一百元	《演唱〈珍珠衫〉判罚》,《晚清报载小说戏曲禁毁史料汇编》(上),第307页

续表

时间	租界分类	主判官员	判处对象	针对行为	罚金数目	文献来源
1901年4月	上海法租界	谳员杜仁辉、陪审官费享禄	同液台茶馆主王纪才	该茶馆搬演花鼓戏	罚洋银四十元	《演唱花鼓及莲花落花判判词》,《晚清报载小说戏曲禁毁史料汇编》(上),第308页
1901年9月	上海公共租界	谳员张辰	文宜书局主程茂生、理文轩书局主熊渭涘、摊主庄阿福	销售《双珠凤》《今古奇观》等	各罚洋二十元,庄系书摊,减罚洋十元	《淫书判罚》,《晚清戏曲禁毁史料汇编》(上),第314—315页
1901年9月	上海公共租界	谳员张辰	福州路群仙女戏园主某甲	该园演唱《卖胭脂》	罚洋银五十元	《演唱〈卖胭脂〉判罚》,《晚清报载小说戏曲禁毁史料汇编》(上),第315页
1901年12月	上海公共租界	谳员张辰	桂仙戏园执事人王心记	该园演唱《卖胭脂》,判令罚镪,今又演《送灰面》	罚洋银一百元	《演唱〈送灰面〉判罚》,《晚清报载小说戏曲禁毁史料汇编》(上),第318页
1902年1月	上海公共租界	谳员张辰	会仙髦儿戏馆掌班人朱锡臣	该园搬演《小上坟》	罚洋银一百元	《海淫重罚》,《晚清报载小说戏曲禁毁史料汇编》(上),第319页
1902年10月	上海公共租界	谳员张辰	刘小云	出售淫书	罚洋银五元	《出售淫书判罚》,《晚清报载小说戏曲禁毁史料汇编》(上),第324页

续表

时间	租界分类	主判官员	判处对象	针对行为	罚金数目	文献来源
1902年11月	上海公共租界	谳员张辰	丹桂茶园园主乔品培	该园演唱东乡调及《大少拉东洋车叫出局》等淫戏	罚洋银一百元	《扮演淫戏判罚》,《晚清报载小说戏曲禁毁史料汇编》(上),第326页
1903年1月	上海公共租界	谳员张辰	林步青	演《大少拉车》	罚洋银一百元	《演唱东乡调判罚》,《晚清报载小说戏曲禁毁史料汇编》第327页
1903年9月	上海公共租界	谳员孙建臣、陪审官迪比南	玉仙戏园园主王金宝	该园演唱《张桂卿吊膀子》	罚洋银五百元	《严惩海淫》,《晚清报载小说戏曲禁毁史料汇编》(上),第333—334页
1907年1月	上海法租界	谳员陈曾培	天乐楼主蒋云祥	该茶肆演唱花鼓	罚银十两	《茶肆连禁被判罚》,《晚清报载小说戏曲禁毁史料汇编》(上),第377页
1907年2月	上海公共租界	谳员关絅之	书贾沈鹤泉	装钉《野叟曝言》	罚洋三十元充公	《印售〈野叟曝言〉判罚》,《晚清报载小说戏曲禁毁史料汇编》(上),第379页
1907年4月	上海公共租界	谳员关絅之	书贾浦财泉、朱林祥	翻印淫书	各罚洋五十元	《翻印淫书判罚》,《晚清报载小说戏曲禁毁史料汇编》(上),第385页

续表

时间	租界分类	主判官员	判处对象	针对行为	罚金数目	文献来源
1907年5月	上海法租界	谳员聂宗羲、陪审官麦兰	肆主蔡同福及五凤楼主郁忠才等四人	该茶肆演唱花鼓	各罚洋三百元	《演唱花鼓戏受罚》，《晚清报载小说戏曲禁毁史料汇编》（上），第387—388页
1907年9月	上海公共租界	谳员关絅之	陈清生等八人	贩卖淫书	罚二百元充公	《贩卖淫书判罚》，《晚清报载小说戏曲禁毁史料汇编》（上），第393页
1908年4月	上海法租界	上海法租界谳员聂宗羲，陪审官	福泉楼等九家茶楼	演唱花鼓	罚洋五十至五百元不等	《罚究演唱淫词》，《晚清报载小说戏曲禁毁史料汇编》（上），第400页
1909年8月	上海公共租界	谳员宝颐	单裕生	弹唱淫词	罚洋二十元	《败坏风化》《晚清报载小说戏曲禁毁史料汇编》（上），第441页
1910年12月	上海公共租界	谳员孙羹梅，陪审官德礼	国华小报馆主笔周心梅	登载《邻生》淫小说	罚洋十五元	《〈国华报〉被控之结果》，《晚清报载小说戏曲禁毁史料汇编》（上），第471页
1910年12月	上海公共租界	谳员宝颐，陪审官康斯定	丹桂鬓儿戏园园主戴云舟	该园女伶陆菊芬演唱《翠屏山》	罚洋三十元	《再志女伶扮演淫剧之话剧》，《晚清报载小说戏曲禁毁史料汇编》（上），第473页

　　由表4—4可见,早在1870年代,上海租界在查禁小说戏曲时,就采用了罚金刑。实际上,罚金是上海租界较早移植的刑罚。据统计,1864年5月2日至12月31日为止,上海公共租界洋泾浜北首理事衙门定罪者1326人,其中罚金者192人①,占14%。上海租界查禁小说戏曲刑罚由笞刑、枷示与罚金混合使用向基本采用罚金刑的演变过程。概言之,1900年以前,为笞刑、枷示和罚金混合使用期,1900年以后,为基本采用罚金刑时期。由表4—3和表4—4可见,1890年代,上海租界会审公廨对小说戏曲案件判处罚金的共18起,同时期对小说戏曲案件判处笞刑或枷示的共8起;而1900年至1911年,对应的罚金判罚为26起,笞刑或枷示仅3起。上海租界禁毁小说戏曲刑罚从笞刑、枷示向罚金的演变过程说明,从法律移植到法律观念的转变需要一个过程。此外,上海租界小说戏曲案件判处罚金数量不一、标准不一,同属违禁,罚款自数元至数百元不等,不作处罚而斥释者所在多有,说明晚清上海租界会审公廨自由裁量,并无确定标准的人治现象也是普遍存在的。

　　清末,在上海租界之外,晚清查禁刑罚也开始采用罚金刑。参见表4—5。

　　由此表可见,在清政府治理地区,最早对违禁小说戏曲处以罚金的是上海县,说明上海租界移植罚金刑最先对毗邻的上海县产生影响。清末天津、北京、哈尔滨等地官吏也开始采用罚金,则可见晚清小说戏曲刑罚变革的范围在扩展。由上文监禁刑可以用罚金替代、无力认罚则改判监禁的案例可见,清末官吏逐渐倾向对小说戏曲违禁者处以罚金,罚金逐步成为小说戏曲管理刑罚中日趋重要的刑罚。

---

①王立民、练育强主编《上海租界法制研究》,法律出版社2011年版,第310页。

表 4—5　晚清上海租界之外地区禁毁小说戏曲判处罚金举例表

时间	地点	主判官员	判处对象	针对行为	罚金数目	文献来源
1893 年 8 月	上海县	保甲总巡张牧九	沪南外咸瓜街金玉楼茶馆	该茶馆演唱花鼓戏	罚洋十元充地方善举	《唱戏被拘》《晚清报载小说戏曲禁毁史料汇编》(上)，第 236 页
1898 年 2 月	上海县	保甲总巡钟尔谷	春风得意楼茶肆执事姚来元	该茶肆弹唱淫词兼容留妇女品茶	罚洋三百元	《茶肆词媛》《晚清报载小说戏曲禁毁史料汇编》(上)，第 272 页
1905 年 2 月	上海县	巡防东局冬防委员殷二尹	琼玉茶楼	该茶馆弹唱淫词小说	罚洋十元	《禁唱淫词》《晚清报载小说戏曲禁毁史料汇编》(上)，第 347 页
1905 年 2 月	上海县	保甲总巡朱森庭	第一楼茶馆刘瑞生、群玉楼刘土荣、船舫厅沈锦轩	该茶馆等雇人弹唱淫词小说，并有李楚臣至局行贿	贿洋四十五元充公，刘等二人共罚洋二十元	《行贿受惩》《晚清报载小说戏曲禁毁史料汇编》(上)，第 347—348 页
1906 年 7 月	北京	外城警厅	宝胜和班	该园演唱《杀皮》	罚洋三十元	《演唱淫戏被罚》，《晚清报载小说戏曲禁毁史料汇编》(上)，第 364 页
1907 年 11 月	天津	五局三区区长周兰田	义兴茶楼掌柜杨起	该茶楼演唱哈哈腔	罚洋二元	《肃整风俗》《晚清报载小说戏曲禁毁史料汇编》(上)，第 394 页

续表

时间	地点	主判官员	判处对象	针对行为	罚金数目	文献来源
1908年11月	上海县	一路警局	船舫得月楼	该茶馆雇人弹唱《倭袍传》	罚洋银四元	《再唱淫词》,《晚清报载小说戏曲禁毁史料汇编》(上),第408页
1909年8月	上海县	南区某巡长	鸿福园茶肆主单吟山	该茶肆招妇女说书	罚洋五角	《女说书罚洋五角》,《晚清报载小说戏曲禁毁史料汇编》第439页
1910年3月	黑龙江依兰	不详	利和茶园	该园演《拾玉镯》	罚洋银三十元	《禁演淫戏》,《晚清报载小说戏曲禁毁史料汇编》(上),第458页
1910年8月	上海县	总工程局二级巡长	义文楼小茶肆	该茶肆开唱《双珠凤》	罚洋三元	《开唱淫词》,《晚清报载小说戏曲禁毁史料汇编》(上),第467页
1910年10月	哈尔滨	警务局	庆丰茶园执事	全班合演《卖油郎独占花魁》	罚羌洋十四元	《演淫戏被罚》,《晚清报载小说戏曲禁毁史料汇编》(上),第469页
1911年10月	上海县	董区长	王竹亭	唱滩簧	罚洋十元	《滩簧唱不得》,《晚清报载小说戏曲禁毁史料汇编》(上),第481页

（五）没收

即没收并销毁板书或乐器，属于剥夺犯者的财产刑。清代查禁小说刑律明确规定："将板与书，一并尽行销毁。"[1]没收违禁小说戏曲刊本及板片予以销毁依然是晚清查禁小说戏曲的主要惩罚方式。其一，直接没收销毁，不作其他处罚。1888 年 8 月，北京五城察院传齐前门外打磨厂、琉璃厂等处书坊主，要求将《金瓶梅》《绿野仙踪》《水浒传》等书及板片一律交出，当堂销毁[2]。1909 年 4 月，任玉芝等在上海县沿途弹唱，被巡警一并拘局，"判将乐器销毁，驱逐出境。"[3]其二，将没收板书或乐器作为附加处罚。1896 年 10 月，肇记书局蒋午庄倩张阿双装订《野叟曝言》等小说，上海公共租界会审公廨查获之后，判罚洋并"起移各书连板一并销毁。"[4]1892 年 10 月，英租界德亿楼陈荣桂等九人因演唱花鼓戏各被判罚笞刑和枷示后，起获"乐具销毁。"[5]1893 年 9 月，方洁仁、陈华狗在英租界五福弄演唱花鼓被拘，谳员蔡汇沧判二人各枷七天，发犯事处示众，"起案之锣鼓等物存候销毁"[6]1894 年 4 月，林瑞卿等六人在英租界四马路洪园福星楼茶馆演唱摊簧，被包探拿获，谳员宋莘乐和陪审官萨允格判林等枷示十天，"丝竹销毁。"[7]1907 年 4 月，赵广耀售卖《金瓶梅》，上海租界会审公堂判罚十元，"书销毁。"[8]在这几个案例中，销毁小说或乐器皆作为枷示或罚金的附加惩罚。

（六）掌颊

即以手掌击打人之面颊。清代刑律并没有掌颊之刑，掌颊实际上是一种侮辱与责打兼备的变相笞刑。中国自古就有"打人不打脸"的诫语，当众掌掴脸颊，斯辱已极！晚清官吏对小说戏曲违禁者处以掌颊，情形有三：其

---

① 王利器辑录《元明清三代禁毁小说戏曲史料（增订本）》，上海古籍出版社 1981 年版，第 28 页。
② 《严禁导淫》，《晚清报载小说戏曲禁毁史料汇编》（上），第 216 页。
③ 《弹唱淫词》，《晚清报载小说戏曲禁毁史料汇编》（上），第 433 页。
④ 《淫书案结》，《晚清报载小说戏曲禁毁史料汇编》（上），第 258 页。
⑤ 《海淫被获》，《晚清报载小说戏曲禁毁史料汇编》（上），第 230—231 页。
⑥ 《演唱花鼓判罚》，《晚清报载小说戏曲禁毁史料汇编》（上），第 236 页。
⑦ 《摊簧禁绝》，《晚清报载小说戏曲禁毁史料汇编》（上），第 240 页。
⑧ 《售卖〈金瓶梅〉判罚》，《晚清报载小说戏曲禁毁史料汇编》（上），第 384 页。

一，以手掌为刑具，取具便利。1894 年 6 月 13 日晚，钱塘知县束泰行至羊市街，撞见某茶肆内有人在演说《双珠凤》，遂令将评书人"掌嘴二十下"，茶肆主"掌颊三十下。"①束知县等人路途中大概未携带笞板，遂以掌代板。其二，掌颊作为比笞刑较轻的肉刑。1885 年 3 月，上海县长桥九图地保吴松涛因查禁花鼓戏不力，被知县莫祥芝判掌颊 20 下，莫祥芝追问演戏者究竟何人时，吴供词游离，莫祥芝复饬重责 20 板②。此案显示刑罚层次先轻后重，掌颊较笞刑为轻。1890 年 5 月，娄县跨塘桥捕获演唱花鼓戏艺人二人，知县"喝令掌颊，继复鞭背笞臀。"③1893 年 4 月，上海县西门外万胜桥小茶肆招人演说评书，茶肆主被判掌颊 20 下，演说评书者被判笞责四十板④。这两个案件都表明掌颊被作为较笞刑轻的刑罚。其三，为照顾起见，对女性犯者处以掌颊。1897 年 5 月，九江保甲局委员蔡济良拘获演唱花鼓艺人男伶童松山、女伶王吴氏和春莲，饬将童松山笞责 1000 板，两位女伶各掌颊 200 下⑤。1881 年 5 月 10 日，徐得明等三男二女共五位伶人在上海小东门演唱东乡调被捕，法租界公堂谳员判徐得明、倪和尚各责 300 板，枷号 2 个月，裘宝生减等责 100 板，枷号 1 个月，两位女伶"各掌颊三百。"⑥这两个案件中男女同罪而刑罚有异，大概是因为大庭广众之下，将妇女褫裤笞责，有失风雅；另外，将女性犯者所受笞刑以掌颊代替，多少还包含着男权社会男性所谓"怜香惜玉"的优越心理。

从近现代刑种的类别上看，以上六种刑罚可归为三种：笞刑和掌颊属于施加犯者肉体的肉刑；枷示和监禁属于限制人身自由的拘禁；罚金和没收并销毁板书或乐器属于剥夺人财产或收入的财产刑。此外，禁戏中还有没收房屋的处罚⑦，只是不多见；官吏对违禁书贩、伶人、评书弹词艺人，判罚后还采用驱逐出境的方式，强制他们离开辖区，驱逐出境对书贩和艺人的人身和财产权益影响相对较小。此外，官吏判处之后，还多要求犯者当堂具结，保证勿蹈覆辙。

①《唱书受罚》，《晚清报载小说戏曲禁毁史料汇编》（上），第 241—242 页。
②《地保糊涂》，《晚清报载小说戏曲禁毁史料汇编》（上），第 200 页。
③《惩办花鼓》，《晚清报载小说戏曲禁毁史料汇编》（上），第 222—223 页。
④《说书受责》，《晚清报载小说戏曲禁毁史料汇编》（上），第 233 页。
⑤《花鼓判罚》，《晚清报载小说戏曲禁毁史料汇编》（上），第 266 页。
⑥《花鼓夫人》，《晚清报载小说戏曲禁毁史料汇编》（上），第 182—183 页。
⑦《诱捕串客》，《晚清报载小说戏曲禁毁史料汇编》（上），第 237—238 页。

二、查禁刑罚变革的主要特点

与《大清律》规定的查禁刑罚和现代文艺管理处罚法规相比,晚清查禁刑罚有如下三个主要特点:

(一)清律的相关刑罚未被执行

清代查禁小说刑罚明确于康熙五十三年,康熙谕令礼部等制定了一套较完善的,包括对著作者、刊刻者、市卖者、管理失职者予以处罚的刑罚细则:

> 凡坊肆市卖一应小说淫词,在内交与八旗都统、都察院、顺天府,在外交与督抚,转行所属文武官弁,严查禁绝,将板与书,一并尽行销毁。如仍行造作刻印者,系官革职,军民杖一百,流三千里;市卖者杖一百,徒三年。该管官不行查出者,初次罚俸六个月,二次罚俸一年,三次降一级调用。①

雍正二年,雍正重申了此刑则。雍正三年修订《大清律》时,此则法令被载入《大清律例·刑律》。另外,《大清会典则例》《钦定吏部处分则例》亦有相关法令。清代小说的概念包括戏曲,《大清律例》对"淫词小说"的刑罚规定包括小说及戏曲曲本的刊刻与售卖。晚清不少官员曾多次重申《大清律例》所载淫词小说刑罚规定,1869 年江苏巡抚丁日昌出示禁止迎神赛会,1890 年 4 月江苏布政使黄彭年禁毁淫词小说,1900 年 5 月上海知县戴运寅查禁小说,都在禁令中声明了《大清律例》的相关刑罚规定。光绪十一年(1885)、光绪十八年、光绪二十六年,朝廷颁布军流徒不准减等条款中都规定造刻淫词小说者,军流徒不准减等。但笔者没有见到晚清违禁小说戏曲判罚曾采用过《大清律例》规定的杖、流、徒三种刑罚。

《大清律例·搬做杂剧》禁戏条例云:"城市乡村,如有当街搭台悬灯唱演夜戏者,将为首之人,照违制律杖一百,枷号一个月;不行查拿之地方保甲,照不应重律杖八十;不实力奉行之文武各官,交部议处。"②该律条也未

---

①王利器辑录《元明清三代禁毁小说戏曲史料(增订本)》,上海古籍出版社 1981 年版,第 27—28 页。
②王利器辑录《元明清三代禁毁小说戏曲史料(增订本)》,上海古籍出版社 1981 年版,第 18 页。

被晚清官吏依法执行。1897 年 6 月 14 日,大吉昌班在温州郡庙违禁开演夜戏,永嘉知县叶昭敦将班主传讯,判笞责二百板①。1900 年 11 月,宁波余庆丰班违禁演唱夜戏,宁波知府高英判"从宽封箱十二日,以示薄惩。"②1909 年,北京内城夜戏也"踏踏实实的唱"③起来。可见,《大清律例》规定对淫词小说和夜戏的刑罚在晚清已名存实亡。

(二)重刑和人治观念依然浓郁

相对于《大清律例》规定的杖、徒、流等严酷刑罚而言,晚清违禁小说戏曲判处笞刑、枷示、罚金等刑罚明显趋于轻刑化。但重刑主义、人治等传统法律思想在违禁小说戏曲判罚中仍牢不可破。中国古代法律观念属于重刑观,从字义上讲,法与刑互训,《尔雅·释诂》云:"刑,法也。"④重刑观表现在立法中,生命刑、肉刑、流放刑等刑罚措施广泛使用,即便是今天看来仅是有违道德风俗的轻微犯罪,也被处以重刑。晚清查禁刑罚的重刑主义表现在:1.用刑严酷:违禁者被判处笞责多在百板以上,高者达一千板,且笞刑次数没有统一标准,一般超过清代刑律对笞不过 50 的规定。2.轻罪重罚:对演唱花鼓等戏、售卖违禁小说、演说评话等处以笞刑多高达数百板乃至上千板,或枷示数月、监禁数年。3.附以枷示:不少违禁者被处以笞刑、罚金之后,还被处以枷示。4.以刑去刑:把有害人身体和尊严的笞刑、掌颊、枷示等刑罚作为预防和禁止小说戏曲的主要手段。此四个方面说明:晚清查禁刑罚虽未遵奉《大清律例》规定的杖、流、徒等条款,有轻刑化趋向,但《大清律例》所体现的重刑主义和人治法律思想依旧浓郁。

(三)刑罚方式开始了近代转型

1.肉刑轻刑化并最终从刑律中移除。人类刑罚演变是沿着重刑、人治向轻刑、法治的方向发展。晚清查禁刑罚在实践中已废置杖、徒、流之刑,虽未弃用肉刑,但只采用五刑中最轻的笞刑。说明晚清查禁刑罚与大清刑律严酷的规定相比,轻刑化特征明显。轻刑化也是晚清刑罚改革的大势所

①《惩办夜戏》,《晚清报载小说戏曲禁毁史料汇编》(上),第 267 页。
②《禁演夜戏》,《晚清报载小说戏曲禁毁史料汇编》(上),第 77—78 页。
③《内城夜戏难禁》,《晚清报载小说戏曲禁毁史料汇编》(上),第 452 页。
④郭璞注,王世伟校点《尔雅》,上海古籍出版社 1985 年版,第 3 页。

趋。光绪二十七年六月初四日(1901 年 7 月 19 日),张之洞奏请改革的奏章提出"省刑责""改罚锾"①等法制改革要点,即包括刑罚轻刑化的改革要求。1906 年 11 月,《上海总工程局违警章程》规定"口唱淫歌者""售卖淫书者",处以"轻则禁止,重则拘罚。"②1908 年初,民政部颁布《违警罪章》,规定"唱演淫辞淫戏者""贩卖淫书淫画或陈列情节较轻者""在街市歌唱淫词戏曲有伤风化者",按其情节,处以 1—10 天的拘留或 1 元以下的罚款。通观中西方禁书史,都经历了一个漫长的严刑峻法阶段。西方神权专制时期,教会用革除教籍、没收财产、罚款、监禁、拷打、流放、断手、拔舌、火刑、绞刑、刨骨扬灰等处罚禁书。在 18 世纪,英国对书籍、演剧等构成诽谤罪者处以罚款、监禁、枷刑、割耳、削鼻、黥刑等③。清代文字狱盛行时期,也曾使用杖、徒、流、籍没、斩首、磔刑、刨骨扬灰等酷刑。到了清末,官方终于将小说戏曲违禁视为妨碍风化的轻微犯罪,刑罚规定不再包括肉刑,这是法制文明和社会进步的一大标志。

　　2. 罚金刑开始被采用并列入刑律。清代法律规定,凡内外衙门审理一切事件,不许罚取纸笔硃墨器皿银钱米谷等项,违者计赃论罪;民间寻常词讼所犯之罪,地方官如果酌情量罚,以充桥道庙宇等工之用,必须详报上司,奏明办理,不许擅自批结,否则计其所罚银钱米谷等项按"数在百两以内者,降一级调用,百两以外者,降三级调用"的标准处罚。如果已详报上司,而该上司未奏明朝廷,"率准批结。"则该上司也按照同样的标准处罚④。这样设计的初衷是堵塞官吏贪腐和避免犯罪因有能力缴纳罚金而逃脱惩罚。但严格的数目规定、繁琐的申报手续和可能招致的仕途风险,实际上阻碍了罚金刑的应用和普及:"例载罚谷若干石以上,钱十千文以上,即须奏闻。若匿不详报,别经发觉,严加议处,重则革职,仍计赃科以枉法之罪,轻亦降调。"⑤不仅如此,清代皇帝还屡屡下旨"申明旧例,严禁各

①苑书义等主编《张之洞全集》(二),河北人民出版社 1998 年版,第 1417—1418 页。

②《上海总工程局违禁章程(节录)》,《晚清报载小说戏曲禁毁史料汇编》(上),第 109 页。

③沈固朝《欧洲书报检查制度的兴衰》,南京大学出版社 1999 年版,第 110—111 页。

④郑竞毅编《法律大辞书》,商务印书馆 2012 年版,第 1520 页。

⑤张希清、王秀梅主编《中国历代从政名著全译 官典》(第三册),吉林人民出版社 1998 年版,第 994 页。

州县罚赎。"①如此也就彻底阻止了罚金刑在司法实践中的尝试和推行。所以法学界认为中国古代有赎刑，但无近现代意义上的罚金刑，"但终封建之世没有规定罚金刑。"②前文提及，晚清官方对小说戏曲违禁者判处罚金，最早自上海租界始，然后是邻近租界的上海县，到清末，逐步在较多地区被采用。尽管判处罚金刑可能因违禁者无经济能力而延及受刑者的家属，但相比于笞杖、枷示、监禁而言，它保护了受刑者的人身安全和人格尊严，不妨碍受刑者的工作和生活，是对中国古代报复刑、威慑刑、重刑法律观念的扬弃，属于现代刑罚范畴。因此，晚清官方对小说戏曲违禁者处以罚金刑是文化管理法规的巨大进步，是中国法制近代化变革的重要标志之一。1911 年制定的《钦定大清刑律》把刑罚分为主刑和从刑，主刑由重到轻包括死刑、无期徒刑、有期徒刑、拘役和罚金。此前，罚金刑在晚清禁毁小说戏曲活动中已在逐步实践。从此，罚金成为中国文艺管理法规重要的处罚方式。

3.《大清违警律》成为小说戏曲的管理法规。自西汉以迄明清，教化为主、刑罚为辅成为历朝制定法律的基本原则。《清史稿·刑法志》云："科条所布，于扶翼世教之意，未尝不兢兢焉。"③总体上看，小说戏曲违禁问题主要属于道德风俗问题，而清代统治者视风俗为至治之本。康熙五十三年，康熙指令礼部制定查禁淫词小说刑罚的圣旨云：

> 朕惟治天下，以人心风俗为本，欲正人心，厚风俗，必崇尚经学，而严绝非圣之书，此不易之理也。近见坊间多卖小说淫词，荒唐俚鄙，殊非正理；不但诱惑愚民，即缙绅士子，未免游目而蛊心焉。所关于风俗者非细。应即通行严禁，其书作何销毁，市卖者作何问罪，著九卿詹事科道会议具奏。④

康熙认为治理天下的根本在正人心风俗，所谓"正人心风俗"，就是培养传统的忠孝仁义礼智的道德情感。相当程度上讲，正是将道德风俗问题视作保邦安民之本，清代前中期的统治者才制定了查禁小说戏曲的严刑苛法。

---

①张希清、王秀梅主编《中国历代从政名著全译 官典》（第三册），吉林人民出版社 1998 年版，第994 页。

②张晋藩《中国法律的传统与近代转型》，法律出版社 1997 年版，第 146 页。

③赵尔巽等撰《清史稿》（卷一四二），中华书局 2020 年版，第 2971 页。

④王利器辑录《元明清三代禁毁小说戏曲史料（增订本）》，上海古籍出版社 1981 年版，第 27 页。

晚清在西方法律思想的影响下,道德教化与刑律分离的法制观念被越来越多的人所认同,并于1907年爆发了著名的礼法之争。在礼法之争之前,小说戏曲管理作为风俗问题纳入《巡警章程》,视为轻微犯罪行为。在日本及西方警察制度的影响下,清政府开始创建警察并颁布《违警律》。1905年,袁世凯《拟定天津四乡巡警章程》:"十七、歌唱淫词戏曲者;十八、卖春宫图画洋片及淫词曲本者。"此类违警只看作"有关风化",处置方式是"见即禁止,不服者送局讯究。"①可注意的是,淫词戏曲和曲本没有上纲上线到"人心之本"的高度,且对歌唱及市卖者的处置方式是以"见即禁止"为主的劝说方式。1906年,北京和上海都将演唱淫词、贩卖淫书作为较轻的违警行为②。1907年,民政部颁布《违警罪章》规定"唱演淫辞淫戏"和"贩卖淫书":"按其情节拘留十日以下,一日以上,或科罚一圆以下,百钱(一指制钱)以上之罪金。"③1907年,民政部制定的《大清违警律》所规定的处罚分为拘留、罚金、充公、停业、歇业五种,违禁小说戏曲属于该律中"关于风俗之违警罪"的管理内容。清末,违禁小说戏曲逐渐从明刑弼教的传统法律基本原则中挣脱开来,仅作为妨碍治安或有关风化的轻微犯罪。清代查禁刑罚的杖、徒、流等刑不但被彻底弃用,且经常采用的笞刑、枷示亦被废止。这些皆是中国古代法制和传统文艺管理思想近代转型的显著标志。

三、查禁刑罚变革的主要原因

法律制度存在的基础是适应社会实际,只有当法律制度与社会实际相适应,法律制度才会延续下去。晚清查禁刑罚变革的根本原因是清代查禁刑罚与晚清社会不相适应。

(一)查禁小说戏曲的主旨和时势发生了变化

有清一代,清廷查禁小说戏曲的主要动机有:禁锢思想以推行文化规

---

① 《直隶总督袁奏拟定天津四乡巡警章程折(节录)》,《晚清报载小说戏曲禁毁史料汇编》(上),第102页。

② 《京师巡警部颁布违警章程》,《晚清报载小说戏曲禁毁史料汇编》(上),第104页;《上海总工程局西区分办处第一次宣告(节录)》,《晚清报载小说戏曲禁毁史料汇编》(上),第106页。

③ 《颁布违警罪章(节录)》,《晚清报载小说戏曲禁毁史料汇编》(上),第110页。

制一元化、违碍即种族问题、诲淫即风化问题、诲盗即民变问题，另外戏曲搬演还包括妨碍治安、有害民生等。从发展态势上看，康雍乾时期的小说戏曲管理呈逐步严格、频繁之势。清代查禁法律制度确立于康熙朝，制度执行严厉于乾隆朝，据统计，清代皇帝共颁发查禁小说谕旨 24 次，其中 18 次集中在康雍乾嘉，又以乾隆为最，计 8 次。清代查禁戏剧以乾隆朝为烈，查禁剧目达 80 余种。康熙谕令制定查禁小说法律，是康熙推崇程朱理学、禁止异端邪说意志的直接体现，所谓"必崇尚经学，而严绝非圣之书。"①乾隆严禁小说戏曲与其种族意识关系甚大。以禁毁小说论，"乾隆从狭隘的民族主义立场出发，刻意将小说与满洲旧习尖锐对立，使其小说禁毁政策表现出鲜明的种族主义倾向。"②以查禁戏曲言，"乾隆禁戏的本旨，主要是夹杂着种族意识的王权正统观念。"③清代查禁刑罚制定和完善于康雍乾时期，最高统治者从清除异端、狭隘的种族意识和个人好恶出发，重典治国，礼法并举，清代查禁刑罚烙下清前中期禁锢思想、种族意识、重典治国的历史烙印。

降及晚清，思想文化、社会生活和社会结构发生了巨大变化，最高统治者的种族主义已没有前中期那么强烈，以嘉庆四年二月廿四日（1799 年 3 月 29 日）上谕终结了持续百余年的文字狱为标志，文网渐弛。伴随地方官和士绅主导禁毁活动，诲淫成为晚清查禁小说戏曲的主要动机。在列强和民变的内外冲击下，晚清政府对整个社会的控制力逐步减弱，礼法所禁止的花部乱弹、戏园夜演、小说撰译刊售、妇女入庙烧香、乡镇民众迎神赛会、聚众赌博等现象，在晚清渐成流行之势。清前中期制定的包括查禁小说戏曲在内的严刑酷法难以适应社会发展变化，不少已名存实亡。"法律只有不断调整与社会生活的关系，才能适应时代，应用于社会。"④在政治思想文化和社会生活巨大变化的冲击下，晚清查禁刑罚从实际操作到法律制定上开始了近代转型。

（二）清律规定的查禁刑罚在实践中难以执行

《大清律例》规定的查禁刑罚虽然严厉，但从颁行伊始，就未被严格执

---

①王利器辑录《元明清三代禁毁小说戏曲史料（增订本）》，上海古籍出版社 1981 年版，第 27 页。
②胡海义、程国赋《论乾隆朝小说禁毁的种族主义倾向》，《明清小说研究》2006 年第 2 期。
③丁淑梅《中国古代禁毁戏剧史论》，中国社会科学出版社 2008 年版，第 274 页。
④张仁善《礼·法·社会——清代法律转型与社会变迁（修订版）》，商务印书馆 2013 年版，第 20 页。

行,"在实际操作中亦不见有因淫词小说而实行杖、流之刑的案例。"①笔者也没有发现晚清有人因撰售淫词小说而获徒、流之刑。究其原因,主要有二:

其一,清代中央律例严厉而地方执法灵活。对清代地方禁戏立法的研究表明:中央法律规定的处罚往往较为严厉,地方法律的处罚方式则没有那么严厉。"对违法者的具体处罚措施,地方性法律的规定较为灵活。"②在晚清,不仅仅是地方小说戏曲违禁处罚比中央律例轻,地方其他违禁判罚也比中央律例轻。如赌博,《大清律例·刑律杂犯·赌博》规定:凡赌博财物者,招集赌博者,皆杖八十,现获赌摊财务、赌坊入官。晚清官吏禁赌时,采用笞刑、枷示、赌产充公、罚修桥路等,也未遵照《大清律例》规定的杖刑③。而且,清代州县官断案享有较大自主性,并非按照具文判罚,"律例有一定,民之犯罪无一定,泥律例以入人于法,真是枉读十年书矣。"④晚清州县官长断案往往在情、法、理三者之间寻求公平,"并非所有的案件裁断均严格地依照律例进行。"⑤上文研究也表明,地方官在禁毁小说戏曲活动中享有充分的自主权,对违禁者处以笞刑、枷示甚至是刑律无载的掌颊、监禁、罚金等刑,且使用这些刑罚标准不一,说明晚清官吏对小说戏曲违禁者量刑的主动权灵活。

其二,地方官不愿意将道德风化类案件判处徒、流重刑。晚清审理违禁小说戏曲案件的主要是州县一级的官员。清代州县官的权限只能对笞杖罪案件作出堂断结案,徒刑以上案件则需解送上司衙门覆审。如果地方官严格按照《大清律例》判处小说戏曲违禁者徒、流之刑,一定要在审讯、援引律例、卷宗、羁押、解送、证人随审等方面大费周章、增加行政成本。而地方官有决断权的笞杖案件,则无需呈报上司,也不必严格援引律例。清代地方小说戏曲管理立法及判罚要比中央刑律轻微灵活,正说明在实际操作上,地方官不愿意将小说戏曲违禁者判处决断权之外、程序繁琐的刑罚。换言之,清代查禁小说戏曲的严刑厉法产生之初在执行上就困难重重,官

---

①石昌渝《清代小说禁毁述略》,《上海师范大学学报》(哲社版)2010年第1期。

②朱珺《清代地方立法研究:以清代禁毁戏剧法律为中心的考察》,《中山大学法律评论》2014年第4期。

③据统计,1881年至1897年,《益闻录》报道了9则各地官员判处赌博案件,皆未使用杖刑。

④《官箴书集成》编纂委员会《官箴书集成》(第九册),黄山书社1997年版,第650页。

⑤里赞《远离中心的开放:晚清州县审断自主性研究》,四川大学出版社2008年版,第127页。

员选择权限之内的刑罚制裁违禁者以达到教化、惩戒之目的,属于立足实践、便宜行事。

《大清律》规定的查禁刑罚不切实际,在实践中被普遍摒弃,说明清代禁毁小说戏曲的管理举措、法律理念与实践这堵墙相碰击时,外表虽在,内里则已悄然发生变革,只是还没有人提出更好的替代方案,一旦有外来参照和理论资源,这种变革必将加剧。清代查禁刑罚在晚清的近代转型是内因与外因共同作用的结果。

(三)西方法律思想与法律制度的输入和移植

晚清国门洞开,西学东渐成为文化传播之大势,近代西方法律思想逐渐被国人接受,废除苛法和刑讯的呼吁者日众。沈家本在中西法律的对比中,就认识到轻刑化符合世界法律发展大势,"方今环球各国,刑法日趋于轻。……今刑之重者,独中国耳。以一中国而与环球之国抗,其优绌之数,不待智者而知之矣。"①在这种时代潮流和思想积淀的基础上,中国传统重刑、酷刑等刑法思想开始了近代化变革,笞杖等肉刑被废除。1901 年,清政府发布变法上谕,实施"新政"措施,其中就包括宣布废除刑讯。1906 年制定的《大清刑事民事诉讼法草案》第 16 条规定:"凡旧律……笞杖等刑,业经钦奉谕旨永远废止,应一体遵行。"②刑讯和笞杖的废止意味着查禁刑罚中的肉刑失去了法律依据,罚金刑遂逐步成为小说戏曲管理法规的主要制裁方式。另外,上文已提到,中国古代没有罚金刑,晚清查禁刑罚从肉刑到罚金刑的演变最早是从上海租界开始,然后是上海县,并在清末扩展到其他地区,罚金刑是对西方近代刑罚直接移植的结果。

小说戏曲能够对接受者产生一定影响,属于社会意识形态,政府对小说戏曲予以合理的管理有其必要性。从这个意义上讲,清代查禁小说戏曲属于文艺管理的范畴。清代查禁刑罚产生于清朝思想高度专制的前中期,附带着最高统治者较强的主观好恶和种族主义等因素,从一开始就未被严格依法执行,地方官吏在查禁小说戏曲活动中,采用比《大清律例》所规定的较轻刑罚。法律典章存在和延续的根本原因是能够适应和满足社会的

---

① 沈家本撰,邓经元、骈宇骞点校《历代刑法考 附寄簃文存》(四),中华书局 1985 年版,第 2210 页。
② 吴宏耀、种松志主编《中国刑事诉讼法典百年(1906—2012)》,中国政法大学出版社 2012 年版,第 12—13 页。

发展与需要。晚清政府社会控制力的减弱和西方法律思想制度的输入和移植,加速了清代查禁刑罚的近代转型,《大清律例》等规定的相关刑罚被弃置,较轻的刑罚如笞刑、掌颊、枷示、监禁、罚金等被采用,并且小说戏曲违禁开始与明刑弼教的法律基本原则分离,仅作为《违警律》中妨害风化的轻微犯罪;最严厉的刑罚为罚金刑,刑律规定不再包括肉刑,犯者的人身和人格得到了保护和尊重,清代查禁刑罚的近代化变革在晚清取得了显著进步。晚清查禁小说戏曲量刑的近代转型,从宏观上看,是中国传统法制近代转型的重要组成部分,自微观上讲,则是中国近现代文艺管理法制开始建立的重要标志。从此,中国文艺管理法规踏上了逐步向近现代法制不断完善的征程。

本编结语

　　清代查禁小说戏曲的法律制度确立于康熙朝,它是皇帝个人意志的直接体现,从一开始就遭遇难以执行的困境,这种困境在国力强盛、君主个人执行意志坚决的前中期表现尚不明显。但在社会经过百余年变迁之后,清代查禁小说戏曲的刑罚难以执行的困境益发突出,典型的表现是晚清官吏普遍抛弃了《大清律例·刑律》对违禁小说戏曲判处杖、徒、流等刑罚的规定,而采用较轻便简捷的笞刑、枷示,乃至刑律无载的掌枷。说明在没有外来参照与理论资源的情况下,禁毁制度的执行者已在自觉不自觉地部分变革该制度。在晚清西学东渐浪潮的冲击下,小说戏曲管理从法律制度、管理人员、管理理念等方面有了理论资源和参照,传统文艺管理法规、管理理念加速了近代转型的步伐。晚清上海租界小说戏曲案件从侦缉力量、罚金刑移植、量刑标准等方面一定程度上影响了中国传统小说戏曲管理法制的近代转型和中国现代文艺管理法制的建立。晚清查禁小说戏曲刑罚种类主要有笞刑、枷示、监禁、罚金、销毁板书或乐器,以及刑律无载的掌颊。晚清查禁小说戏曲刑罚变革的集中表现是肉刑轻刑化并最终从刑律中废除,罚金刑开始被采用并列入刑律,《大清违警律》开始成为小说戏曲管理法规。小说戏曲违禁被作为风化违警罪,最重的处罚是罚金或拘留,小说戏曲管理法规不但在法制思想上开始了礼法分离,而且从法律实践上实现了轻刑化。晚清查禁小说戏曲刑罚的近代转型是中国近现代文艺管理制度开始建立的重要标志。

本书结语

(一)承袭

清代是中国古代禁毁小说戏曲最频繁的朝代,清代统治者把观念性禁毁与制度性禁毁相结合,将禁毁力度和规模推至高峰。清代前中期,以皇帝为核心的中央政府是大规模禁毁活动的主要推动者。统治者从维护正统思想、整顿风俗、社会治理、民族意识等动机出发,发起一波波禁毁小说戏曲运动。康熙五十三年,康熙谕令制定禁毁刑则,雍正二年,雍正重申了禁毁刑则,并于雍正三年列入《大清律》,成为一代之制度。通观清代前中期,禁毁动机分而言之,主要包括清除异端、违碍、海盗、海淫四大原因。清除异端是坚持一元主义文化规制观,压制或清除官方所倡导儒学之外的其他文化,小说戏曲因拥有经史典籍无法比拟的受众,加上其内容丰富驳杂,成为禁抑对象。违碍主要包括三个方面:抵触官方推崇的理学和圣贤、易于触发汉族民族感情、敌视或鄙视满族及其统治者,而以后两个方面较突出;海盗即认为小说戏曲内容鼓励和诱导以武犯禁、犯上作乱;海淫即认为小说戏曲内容或戏曲表演诱人淫亵、有伤风化。此外,戏曲因传播和接受时需要聚集人群、敛钱搬演、关联习俗,妨碍治安、有害民生、丧戏违礼也是被禁的要因。

降级晚清,被正统观念视作淫戏的地方戏兴盛,小说编辑出版日趋繁荣,在绅权上升、劝善运动流行、文网松弛、新旧文化碰撞与融合的时代背景下,地方官和士绅成为小说戏曲禁毁活动的主导者,禁毁活动此起彼伏,其严厉程度虽有逊于文字狱背景下的禁毁运动,但在规模尤其是次数上超过清代前中期,形成了晚清戏曲愈禁愈演、小说愈禁愈多的盛况。由于晚清政治、思想、文化、经济、法律等都发生了较大变化,晚清时期的禁毁原因对清代前中期的禁毁原因是沿袭者少,变迁者多,除禁戏原因中妨碍治安、丧戏违礼等原因仍在沿袭之外,可以说,清代前中期禁毁小说戏曲的原因在晚清基本都发生了明显的变迁。

(二)新变

相比清代前中期,晚清禁毁小说戏曲活动从禁毁主体、禁毁原因、开展方式、禁毁效果以及对小说戏曲发展和文艺管理制度变革的影响,都发生了时代新变。

从禁毁主体上看,清代前中期,禁毁活动主要由以皇权为中心的中央政府发起。晚清绅权大张,士绅和地方官是推动禁毁活动的关键力量。士绅除了推动官禁之外,还组织善堂善会开展查禁,士绅也是清末一些包含禁毁职责的自治会和改良会的主要组织者。地保是清代中后期普遍设置的政府驻乡代理人,他们和差役一起,在基层社会落实禁令。晚清创建警政,警察开始成为小说戏曲管理的法定力量。在善堂善会、自治会、改良会、士绅、地保、警察等晚清禁毁主体中,善堂善会、士绅和地保虽然在晚清之前也参与查禁,但作用不如晚清突出,晚清禁毁主要原因转向遏制诲淫、禁毁名目的涟漪效应等现象,都与晚清绅权大张、士绅的教化使命和行善积德的愿景关系密切;晚清基层社会张弛相间的查禁态势,与差保对禁令的执行和背离息息相关。自治会、改良会和警察则是清末出现的新事物,特别是警察的出现,开始结束中国传统文艺管理人员驳杂的历史局面,是传统文艺管理人员近代变革的重要标志之一。

从禁毁原因上看,清代中期以后,文字狱消歇、文网渐弛,自清朝入关以来一直保持的、高压的钳制思想言论的文化政策趋于松弛。晚清国运日蹙、内忧外患、西学东渐、报刊兴起、新闻舆论日渐活泼,清廷禁锢思想亦有心无力,清代前中期禁抑小说戏曲以清除异端的动机在晚清已趋于式微。清代中期以后,剧场流行情色表演,情色小说编辑出版日趋增多,地方官和士绅开始主导查禁,他们更多地是从社会教化的角度主持禁毁,诲淫成为晚清禁毁小说戏曲的首要目的,也是最普遍的原因,诲盗的指责相对微弱,逐渐减少。随着清朝中期以后统治稳固和统治者夸大的民族矛盾减弱,清廷为巩固统治还主动采取了一些列"平满汉畛域"的政策,违碍原因在晚清已经难得一见,在清末排满革命风潮中,攻击、讽刺清朝的小说戏曲时有出现,但手忙脚乱的清廷对那些"悖逆"小说戏曲已经无暇顾及。晚清民生艰难、剧场治安事故频仍,禁戏以维护治安的呼吁和行动仍相当流行,但演戏可以促进商业、增加就业的认识明显增多,不少官员开始利用演戏活跃市面,向戏园征税以增加财政收入的举措在清末成为全国性政策,官方对待演戏也由以禁为主开始向禁止、保护、扶持三者结合的管理模式转型。崇雅抑俗的正统观念是古代禁抑小说戏曲的重要思想来源。清代中叶以后,花部勃兴,京剧、二黄、梆子等花部渐被上层社会和文人接受,但崇雅抑俗的惯性依旧强大,官方和士绅转而禁抑民间小戏,花鼓等民间小戏皆被视为淫戏,查禁民间小戏活动占据了晚清禁戏的“半壁江山”。清末启蒙运动兴起,小说戏曲被推至文学之最上乘,从官方到民间,冀望小说戏曲开启民智、救亡图存的呼声高涨,诲淫和迷信关乎民德、民力、民智,遏制诲淫和迷信成为清末禁毁活动的两大要因。晚清内忧外患,救亡图存开始成为时代主旋律,仁人志士尝试用小说戏曲唤起民众的爱国保种之心,因担忧激发民气和激怒列强,一批呼吁爱国保种的剧目遭到禁演,还让晚清禁毁活动涂上一道半封建半殖民地的色彩。

从禁毁活动对小说戏曲发展的影响上看,晚清禁毁活动对小说戏曲发展的影响虽不如清代前中期文字狱背景下那么突出,但也有规律可寻。文字狱背景下,作家和书贾重点禁抑涉嫌违碍的字句,晚清则是重点禁抑涉嫌诲淫的内容,到了启蒙思潮兴起的清末,迷信内容也被普遍地禁抑。果报禁毁舆论因既可以让涉嫌诲淫的作者和传播者警醒,也可以让涉嫌诲淫的作者和传播者缓解心理压力,一定程度上推动了小说戏曲情色描绘的增多或减少。串客在宁波当地被严禁转至上海却有了较大发展,以及官方查禁《新小说》却扩大了《新小说》的影响说明,晚清禁毁活动一定程度上既阻碍了小说戏曲发展,也推动了小说戏曲发展。

从禁毁制度变革上看,晚清小说戏曲管理在人员、刑罚、管理措施等方面已经发生变革。西学输入,在外来参照与理论资源的助推下,禁毁制度变革加剧。《大清律》规定的对小说戏曲违禁者判处杖、徒、流等严刑峻法被晚清官吏普遍弃用,他们采用笞刑、监禁、枷示乃至刑律无载的掌枷判处违禁者。伴随西方法律制度的输入,违禁小说戏曲量刑还移植了罚金刑。传统小说戏曲管理法规开始了近代化变革。警察制度的移植和发展,警察开始成为小说戏曲管理法定人员,小说戏曲管理也被置于警察法的职权之内。在清末,小说戏曲违禁被作为风化罪列入《违警律》,最重的处罚是罚金或拘留。小说戏曲管理由以禁为主的管理理念开始向查禁、保护、扶持三者结合的管理理念转型,中国传统文艺管理制度在晚清开始了近现代变革。

晚清剧场事故、色情演出、凶恶戏和迷信戏搬演、演戏聚赌、违禁小说出版等层出不穷,禁毁活动一定程度上阻遏了淫秽小说戏曲的编撰和传播,净化了文化市场,对夜戏、赌戏、借演戏敛钱的禁止客观上也有益于社会安定,晚清禁毁小说戏曲活动有其合理的一面。晚清禁毁活动也有其保守落后的一面,其崇雅抑俗的管理观念是对人民娱乐的剥夺,特别是因部分不良小说戏曲而一刀切地否定所有,"把孩子和洗澡水一起倒掉";在禁毁活动中,统治者经常任心而为,凭个人好恶决定政策和量刑。这些都对小说戏曲发展和民众娱乐需求造成损害。晚清是中国社会急剧变革、迈向近代化进程的历史时期,中国现代社会的诸多重要因子在晚清萌蘖、滋长。我们在看到晚清禁毁活动历史局限性的同时,也应看到其包含的诸如净化文化市场、维护治安、启迪民智、礼法分离、人治向法治过渡等现代化内容。伴随禁毁活动,晚清开始出现出版检查制度、戏曲审查制度、戏园管理制度等法令条文和专职人员,禁毁目的也包含有从教化臣民向培育近代国民过渡等因素,管理法规不但在法制思想上开始了礼法分离,而且在法律实践上实现了轻刑化。这些都是中国现代文艺管理制度萌芽的重要标志。

(三)启示

晚清是中国"三千年未有之大变局"的社会转型期,禁毁活动充满着传统与近代、雅与俗、新与旧、内与外、个人娱乐需求与社会治理等因素的交锋与融合。当前,世界格局正遭遇"百年未有之大变局",保护主义、民粹主义思潮明显抬头,逆全球化态势有上升趋势,国内外复杂的思想文化交锋不断。在建立社会主义先进文化和文化强国的新形势下,充满着传统与现代、本土与外来的博弈。当前及今后相当长的时间内,建立先进的文艺管理制度既是提高国家文化软实力的重要内容,也是实施文化强国战略的重要保障。回顾晚清禁毁小说戏曲的得失,总结历史经验与教训,对建立合乎中国国情的、先进的文艺管理体制也有所启示。

1.文艺需要合理的管理。从管理层次上,文艺管理可分为宏观管理和微观管理,宏观管理是指文艺管理职能部门依据国家方针政策、法律法规,对文艺生产、传播和接受实施指导、协调、控制、监督、服务等手段。微观管理是指文艺单位或团体具体贯彻国家方针、政策而安排实施的具体文艺生产和活动。本书所论指的是前者。据此可见，晚清以禁毁小说戏曲为主要内容的文艺管理偏重于控制、禁止，引导、扶持的理念虽然萌芽，但还很不充分。大千世界，芸芸众生，品类不一，小说戏曲的创作者、传播者、接受者的文化素养和审美趣味也高下有别，加上小说戏曲等文艺作品兼有商品属性，易受市场左右，内容形式易滑向低俗媚俗之途。晚清剧场色情演出流行，社会上不良小说广泛传播，晚清禁毁活动的主要原因是遏制诲淫，首要目标是净化文化市场，对夜戏、演戏聚赌、借演戏敛钱的禁止客观上也有益于社会安定、经济发展，晚清禁毁活动具有一定的合理性。当今，媒介技术的迅猛发展和世界不同文化的激烈碰撞与融合，文化安全、文化强国已经上升为国家战略；互联网和新媒体发展既改变了文艺传播方式，也催生了许多文艺新业态；许多低级庸俗的作品在文艺市场上流播。国内外文艺作品的井喷泉涌和媒介技术日新月异给管理带来全所未有的挑战。文化体制改革、文化市场体系完善、文化法治建设、文艺治理能力现代化等都亟待改革和完善。文艺管理必须本着守土有责的精神，加强文艺创作生产的监管和引导，在把社会效益放在首位的前提下，坚持社会效益和经济效益的统一，扶持、引导创作和生产更多的文艺精品，不断满足人民日益增长的文化需求。

2. 队伍建设是文艺管理制度建设的基础。制度是人行为的固化，人是制度运行中取决定性、能动性作用的因素。文艺管理制度的制定、执行、监督、完善都离不开人的因素。晚清禁毁活动"禁而不止""禁果效应""张弛相间"等现象突出，这与县官、士绅、差保等制度实施主体的素养和切身利益关系莫大，他们或因工作繁重、无力专注，或渔利其中、执法犯法，或禁他人、不禁自身，这些弊端是传统文艺管理制度低效、落后的表现。先进的管理队伍是建设先进文化管理制度的必要保障。建设社会主义先进文艺管理制度，文艺管理人才建设是关键，要把培养和选用善于组织、策划、指导、管理的人才作为文艺管理制度建设的基础。晚清禁毁活动中，士绅、善堂善会、自治会、行会等民间力量曾积极参与其事，这些民间力量虽然有保守、落后的一面，但他们试图维护良好风俗和治安的愿望值得肯定。目前国家文化发展和治理强调官方主导多，激励民间力量参与少，晚清民间力量对禁毁活动等社会公益文化活动的积极参与也启示我们，在建设文化强国的征程中，行政部门要积极鼓励、引导社会力量参与文化建设和管理，不断壮大文艺管理的队伍和力量。

　　3.文艺管理要尊重和遵循文艺规律。传统文艺管理中的禁毁实际上是运用权力压制和消灭差异和不同。晚清官方和道德之士从崇雅抑俗的角度打压民间小戏、站在提倡忠孝节义等伦理道德立场禁止爱情剧目和小说,将其一概斥为淫书淫戏,都是试图将普通民众接受的文艺作品整齐划一地囿于官方提倡的价值之内,实质上也就是压制和消灭差异和不同。在禁毁活动中,权力往往代表理性。在建立井然有序的现代社会秩序的进程中,人类理性一般敌视个性和差异性,并通过技术手段去控制、压制并企图消灭差异和不同。但是现代意义的文艺管理不是消灭文艺的差异和不同,而是尊重个性和差异,坚持百家齐放、百家争鸣,"优秀作品并不拘于一格、不形于一态、不定于一尊,既要有阳春白雪、也要有下里巴人,既要顶天立地、也要铺天盖地。"①差异性和个性正是不少文艺样式的精华和价值所在,像晚清查禁的民间小戏,俗文化和地方性的品格就是这些小戏的魅力所在。今天,许多民间小戏已被列入非遗项目,我们摒弃的是其低级庸俗的内容,传承和保护的是其俗文化和地方性的品格,这些民间小戏一旦丧失了其个性和差异,也就意味着传承的失败。尊重艺术规律不仅要尊重不同文艺形式的基本规律和特殊规律,还要尊重文艺创作者、生产者的专业规律,文艺人才永远是文艺作品的核心竞争力,应给予文艺人才更大的创作生产空间,让专业的人在专业的领域做专业的事,文艺管理"不是发号施令,不是要求文学艺术从属于临时的、具体的、直接的政治任务,而是根据文学艺术的特征和发展规律,帮助文艺工作者获得条件来不断繁荣文学艺术事业,提高文学艺术水平,创作出无愧于我们伟大人民、伟大时代的优秀的文学艺术作品和表演艺术成果。"②

　　4.文艺管理的核心目标是服务人民。古代皇权专制统治,统治者实施的政教制度也不乏有提倡小说戏曲之举,但主要是突出其寓教于乐功能,对于娱乐大于教化的小说戏曲往往持敌视态度。权力阶层享有禁他人而不禁自身的文化特权。晚清宫廷、官吏、士绅一方面享有观看小戏、情色小

---

①中共中央文献研究室编《习近平关于社会主义文化建设论述摘编》,中央文献出版社 2017 年版,第 154 页。
②邓小平《在中国文学艺术工作者第四次代表大会上的祝辞(一九七九年十月三十日)》,《人民日报》1979 年 10 月 31 日,第 1 版。

说、女伶演剧等特权，一方面却反对、禁止普通民众观演戏曲、阅读小说，"只许州官放火，不许百姓点灯。"这种禁民众而不禁于自身的管理方式，体现了传统文艺管理制度特权优先和愚民导向的本质，是传统文化管理制度专制、保守、落后的表现。清末启蒙运动兴起，利用小说戏曲开启民智蔚成思潮，民众之智愚关乎国运之升降的问题在中国历史上第一次得到了较普遍的讨论和实践。但受民族解放运动和综合国力不强等因素的制约，几乎整个二十世纪，人民群众的文化权益难以保障。经过四十余年改革开放，中国的综合国力迅速提升。在建设文化强国、增强国家文化软实力的今天，文艺管理必须坚持以人民为中心的工作导向，全面推进基本公共文化服务标准化、均等化，保障人民群众基本文化权益，不断以优质的文艺产品满足人民群众的精神文化需求，提升人民的思想境界，夯实社会的文明程度，为实现文化强国的宏伟目标铺石奠基，真正实现晚清仁人志士"民强则国强"的美好愿景。

主要参考文献

一、禁毁小说戏曲史料、专著、论文

(一)史料

王利器辑录:《元明清三代禁毁小说戏曲史料(增订本)》,上海:上海古籍出版社,1981年版。

朱传誉:《中国古典小说研究资料汇编·历代禁毁小说史料》,台北:天一出版社,1982年版。

陆林:《宋元明清家训禁毁小说戏曲史料辑补》,《明清小说研究》1997年第2期。

赵兴勤、赵韡:《王利器〈元明清三代禁毁小说戏曲史料〉辑补》,《晋阳学刊》2010年第1期。

丁淑梅:《清代禁毁戏曲史料编年》,成都:四川大学出版社,2010年版。

张天星:《晚清报载小说戏曲禁毁史料汇编》(上、下),北京:北京大学出版社,2015年版。

张志全:《明清地方禁戏史料摭补》,《中华戏曲》2016年第1期。

(二)专著

1. 小说类

韩进廉:《淫书界说》,北京:中国广播电视出版社,1992年版。

欧阳健:《古代小说禁毁漫话》,沈阳:辽宁教育出版社,1992年版。

李梦生:《中国禁毁小说百话》,上海:上海古籍出版社,1994年版。

李时人等:《中国古代禁毁小说漫话》,上海:汉语大词典出版社,1999年版。

赵维国:《教化与惩戒:中国古代戏曲小说禁毁问题研究》,上海:上海古籍出版社,2014年版。

王颖:《清代禁毁小说坊刻研究》,开封:河南大学出版社,2015 年版。

　　2. 戏曲类

丁淑梅:《中国古代禁毁戏剧史论》,北京:中国社会科学出版社,2008
　　年版。

李德生:《禁戏》,天津:百花文艺出版社,2009 年版。

丁淑梅:《中国古代禁毁戏剧编年史》,重庆:重庆大学出版社,2014 年版。

刘庆:《管理与禁令:明清戏剧演出生态论》,上海:上海古籍出版社,2014
　　年版。

张勇风:《中国戏曲文化中的禁忌现象研究》,北京:文化艺术出版社,2016
　　年版。

丁淑梅:《清代演剧禁治与禁戏制度化研究》,北京:中国社会科学出版社,
　　2020 年版。

(三)论文

　　1. 小说类

谢桃坊:《中国近代禁毁小说戏曲的得失》,《文献》1994 年第 3 期。

张弦生:《清代查禁"淫词小说"与丁日昌的通饬令》,《中州学刊》1994 年第
　　6 期。

陈益源:《丁日昌的刻书与禁书》,《明清小说研究》1997 年第 2 期。

张慧禾:《禁毁小说研究百年回顾与展望》,《西南交通大学学报》(社会科学
　　版)第 6 期。

胡海义、程国赋:《论乾隆朝小说禁毁的种族主义倾向》,《明清小说研究》
　　2006 年第 2 期。

石昌渝:《清代小说禁毁述略》,《上海师范大学学报》(哲社版)2010 年第
　　1 期。

王颖:《晚清的民间宗教与小说禁毁政策》,《中国社会科学院研究生院学
　　报》2014 年第 5 期。

陈才训:《论清代文字狱对小说文本形态的影响》,《求是学刊》2017 年第
　　4 期。

　　2. 戏曲类

车锡伦:《清同治江苏查禁"小本唱片目"中的俗曲》,《扬州师范学院学报》

（哲社版）1992 年第 2 期。

朱恒夫：《清丁日昌所禁小戏说唱部分名目叙录》，《江苏教育学院学报》（社会科学版）1995 年第 2 期。

车锡伦：《清同治江苏查禁"小本唱片目"考述》，《文献》1996 年第 2 期。

龚和德：《坤班小识》，《中华戏曲》2002 年第 2 期。

罗素敏：《男女合演论争述论》，《中山大学研究生学刊》（社会科学版）2002 年第 3 期。

李永祥：《论清末民初上海演艺界"男女合演"的产生》，《广州大学学报》（社会科学版）2008 年第 11 期。

徐剑雄：《京剧与晚清上海社会》，《史学月刊》2008 年第 6 期。

孔美艳：《民间丧葬演戏略考》，《民俗研究》2009 年第 1 期。

魏兵兵：《"风化"与"风流"："淫戏"与晚清上海公共娱乐》，《史林》2010 年第 5 期。

范金民：《乾隆后期查办戏剧违碍字句案述略》，《历史档案》2012 年第 4 期。

丁淑梅：《双红堂藏清末民初京调折子禁戏研究——以〈庆顶珠〉〈趴蜡庙〉〈小上坟〉为例》，《甘肃社会科学》2013 年 6 期。

金坡：《愈禁愈演：清末上海禁戏与地方社会控制》，《都市文化研究》2013 年第 2 期。

丁淑梅：《中国古代的丧葬演剧与禁戏》，《戏曲研究》第 86 辑。

项阳：《雍、乾禁乐籍与女伶：中国戏曲发展的分水岭》，《戏曲艺术》2013 年第 1 期。

刘庆：《晚清戏剧禁管处罚措施举凡》，《戏剧》2015 年第 2 期。

刘庆：《论晚清戏剧禁管失效的原因》，《戏曲艺术》2016 年第 4 期。

袁国兴：《清末社会表演与新潮演剧关系研究》，《戏剧艺术》2016 年第 3 期。

李东东：《清代花部禁戏与一剧多名关系探论》，《戏剧艺术》2017 年第 3 期。

陈志勇：《晚清岭南官场演剧及禁戏——以〈杜凤治日记〉为中心》，《中山大学学报》（社会科学版）2017 年第 1 期。

彭秋溪：《论近百年以来中国古代查禁剧曲问题的研究》，《戏曲研究》2017

年第 3 期。

姚春敏:《控制与反控制:清代乡村社会的夜戏》,《文艺研究》2017 年第
　　7 期。

杨昊冉:《中国古代禁毁戏剧研究述评——兼论禁毁戏剧研究的三个新向
　　度》,《戏剧文学》2019 年第 12 期。

二、禁毁文化类著作

丁原基:《清代康雍乾三朝禁书原因之研究》,台北:华正书局,1983 年版。

蔡国良编著,冬青校订:《中外禁书》,上海:上海文化出版社,1988 年版。

安平秋、章培恒主编:《中国禁书大观》,上海:上海文化出版社,1990 年版。

平夫、黎之编著:《中国古代的禁书》,北京:中国青年出版社,1990 年版。

王彬:《禁书·文字狱》,北京:中国工人出版社,1992 年版。

古亦冬编著:《禁书详解·中国古代小说卷》,天津:天津社会科学院出版
　　社,1993 年版。

梁山子编著:《禁书详解·外国文学卷》,天津:天津社会科学院出版社,
　　1993 年版。

肖峰、[美]玛丽·斯帕恩(M. Spaan)主编:《世界历代禁书大全》,上海:上
　　海书店出版社,1995 年版。

王彬主编:《清代禁书总述》,北京:中国书店,1999 年版。

沈固朝:《欧洲书报检查制度的兴衰》,南京:南京大学出版社,1999 年版。

肖枫、李建儒主编:《中国古代禁毁名著》,北京:中国戏剧出版社,2002
　　年版。

顾静编著:《日本禁书百影》,上海:上海书店出版社,2003 年版。

陈正宏、谈蓓芳:《中国禁书简史》,上海:学林出版社,2004 年版。

林平:《宋代禁书研究》,成都:四川大学出版社,2010 年版。

[美]罗伯特·达恩顿著,郑国强译:《法国大革命前的畅销禁书》,上海:华
　　东师范大学出版社,2012 年版。

朱子仪:《禁书记》,北京:金城出版社,2013 年版。

三、小说戏曲著作、论文

（一）小说类

蒋瑞藻编：《小说考证附续编拾遗》，上海：古典文学出版社，1957 年版。

一粟：《红楼梦资料汇编》，北京：中华书局，1964 年版。

魏绍昌编：《吴趼人研究资料》，上海：上海古籍出版社，1980 年版。

黄霖、韩同文选注：《中国历代小说论著选》，南昌：江西人民出版社，1985 年版。

刘德隆等编：《刘鹗及〈老残游记〉资料》，成都：四川人民出版社，1985 年版。

黄霖编：《金瓶梅资料汇编》，北京：中华书局，1987 年版。

陈平原、夏晓虹编：《二十世纪中国小说理论资料第一卷（1897—1916）》，北京：北京大学出版社，1989 年版。

阿英：《晚清小说史》，北京：人民文学出版社，1991 年版。

张俊：《清代小说史》，杭州：浙江古籍出版社，1997 年版。

王清原、牟仁隆、韩锡铎编纂：《小说书坊录》，北京：北京图书馆出版社，2002 年版。

朱一玄、刘毓忱编：《三国演义资料汇编》，天津：南开大学出版社，2003 年版。

王德威著，宋伟杰译：《被压抑的现代性：晚清小说新论》，台北：城邦文化事业股份有限公司，2003 年版。

石昌渝主编：《中国古代小说总目》，太原：山西教育出版社，2004 年版。

朱一玄编，朱天吉校：《明清小说资料选编》，天津：南开大学出版社，2006 年版。

周良、朱禧编著：《弹词目录汇抄 弹词经眼录》，苏州：古吴轩出版社，2006 年版。

胡翠娥：《文学翻译与文化参与：晚清小说翻译的文化研究》，上海：上海外语教育出版社，2007 年版。

薛绥之、张俊才编：《林纾研究资料》，北京：知识产权出版社，2009 年版。

朱一玄、刘毓忱编:《水浒传资料汇编》,天津:南开大学出版社,2012 年版。

陈大康:《中国近代小说编年史》,北京:人民文学出版社,2014 年版。

鲁迅:《中国小说史略:插图版》,南宁:广西人民出版社,2017 年版。

黄霖编著:《历代小说话》,凤凰出版社,2018 年版。

（二）戏曲类

周明泰:《都门纪略中之戏曲史料》,北平:光明印刷局,1932 年初版。

齐如山:《京剧之变迁》,北平:北平国剧学会,1935 年版。

周贻白:《中国戏曲发展史纲要》,上海:上海古籍出版社,1979 年版。

《陕西戏剧（曲）志》编辑部编:《陕西戏剧史料丛刊》,西安:陕西戏剧志编委
　　会编辑部,1983 年版。

顾峰编著:《云南歌舞戏曲史料辑注》,济南:云南省民族艺术研究所戏剧研
　　究室,1986 年编印。

周妙中:《清代戏曲史》,郑州:中州古籍出版社,1987 年版。

陈多、叶长海选注:《中国历代剧论选注》,长沙:湖南文艺出版社,1987
　　年版。

张发颖:《中国戏班史》,沈阳:沈阳出版社,1991 年版。

蒋中崎编著:《甬剧发展史述》,杭州:浙江文艺出版社,1991 年版。

《中国戏曲音乐集成》编辑委员会编:《中国戏曲音乐集成》,北京:中国 IS-
　　BN 中心,1994 年印刷。

中国戏曲志编辑委员会:《中国戏曲志》,北京:中国 ISBN 中心,1990—
　　1999 年版。

李修生主编:《古本戏曲剧目提要》,北京:文化艺术出版社,1997 年版。

王芷章:《中国京剧编年史》,北京:中国戏剧出版社,2003 年版。

赵山林:《中国近代戏曲编年（1840—1919）》,上海:华东师范大学出版社,
　　2008 年版。

徐宏图:《浙江戏曲史》,杭州:杭州出版社,2010 年版。

曾凡安:《晚清演剧研究》,广州:中山大学出版,2010 年版。

曹飞:《敬畏与喧闹:神庙剧场及其演剧研究》,北京:中国戏剧出版社,2011
　　年版。

贾志刚主编:《中国近代戏曲史》,北京:文化艺术出版社,2011 年版。

彭恒礼:《元宵演剧习俗研究》,广州:广东高等教育出版社,2011 年版。

张远:《近代平津沪的城市京剧女演员:1900—1937》,太原:山西教育出版社,2011 年版。

史鹤幸:《甬剧史话》,上海:上海三联书店,2011 年版。

吴钊等编:《中国古代乐论选辑》,北京:人民音乐出版社,2011 年版。

赵向欣:《淮上豫南花鼓灯研究》,郑州:河南大学出版社,2012 年版。

黄旭涛:《民间小戏表演传统的田野考察——以祁太秧歌为个案》,北京:知识产权出版社,2013 年版。

湖南省文化厅编:《湖南戏曲志(简编)》,长沙:湖南文艺出版社,2013 年版。

范晓君:《中国采茶音乐文化研究》,广州:暨南大学出版社,2014 年版。

王木箫编选:《吉林二人转集成·论文卷》,长春:时代文艺出版社,2014 年版。

宋希芝:《戏曲行业民俗研究》,济南:山东人民出版社,2015 年版。

苏少卿:《苏少卿戏曲春秋》,上海:上海书店出版社,2015 年版。

李玫:《中国民间小戏史论》,北京:中国社会科学出版社,2016 年版。

《凤阳花鼓全书》编纂委员会:《凤阳花鼓全书》,合肥:黄山书社,2016 年版。

幺书仪:《晚清戏曲的变革(增订版)》,北京:人民文学出版社,2018 年版。

[日]福满正博、冈崎由美:《海内外中国戏剧史家自选集 福满正博、冈崎由美卷》,郑州:大象出版社,2018 年版。

程晖晖:《秦淮乐籍研究》,上海:上海音乐出版社,2019 年版。

四、历史类著作

(一)著作

中国史学会主编:《义和团》,上海:上海人民出版社,1957 年版。

中国史学会济南分会编:《山东近代史资料选集》,济南:山东人民出版社,1959 年版。

故宫博物院明清档案部编:《清末筹备立宪档案史料》,北京:中华书局,

1979 年版。

郑天挺主编:《明清史资料》,天津:天津人民出版社,1981 年版。

王德昭:《清代科举制度研究》,北京:中华书局,1984 年版。

《清朝文献通考》,杭州:浙江古籍出版社,1988 年版。

[美]兰比尔·沃拉著,廖七一等译:《中国:前现代化的阵痛——1800 年至
　　今的历史回顾》,沈阳:辽宁人民出版社,1989 年版。

乐正:《近代上海人社会心态(1860—1910)》,上海:上海人民出版社,1991
　　年版。

张仲礼著,李荣昌译:《中国绅士:关于其在十九世纪中国社会中作用的研
　　究》,上海:上海社会科学院出版社,1991 年版。

方汉奇主编:《中国新闻事业通史》,北京:中国人民大学出版社,1992
　　年版。

张宗平、吕永和译,吕永和、汤重南校:《清末北京志资料》,北京:燕山出版
　　社,1994 年版。

从翰香主编:《近代冀鲁豫乡村》,北京:中国社会科学出版社,1995 年版。

马敏:《官商之间:社会剧变中的近代绅商》,天津:天津人民出版社,1995
　　年版。

吴铁峰:《清末大事编年(1894—1911)》,长沙:湖南大学出版社,1996
　　年版。

游子安:《劝化金箴:清代善书研究》,天津:天津人民出版社,1999 年版。

李孝悌:《清末的下层社会启蒙运动:1901—1911》,石家庄:河北教育出版
　　社,2001 年版。

梁其姿:《施善与教化:明清的慈善组织》,石家庄:河北教育出版社,2001
　　年版。

赵毅衡:《礼教下延之后:中国文化批判诸问题》,上海:上海文艺出版社,
　　2001 年版。

《上海租界志》编纂委员会编:《上海租界志》,上海:上海社会科学院出版
　　社,2001 年版。

李采芹主编:《中国消防通史》,北京:群众出版社,2002 年版。

李剑农:《中国近百年政治史》,上海:上海人民出版社,2014 年版。

赵世瑜:《狂欢与日常——明清以来的庙会与民间社会》,北京:生活·读

书·新知三联书店,2002 年版。

梁元生著,陈同译:《上海道台研究——转变社会中之联系人物 1843—1890》,上海:上海古籍出版社,2003 年版。

瞿同祖著,范忠信等译:《清代地方政府》,北京:法律出版社,2003 年版。

戈春源:《中国近代赌博史》,福州:福建人民出版社,2005 年版。

梁启超:《清代学术概论》,上海:上海古籍出版社,2005 年版。

[日]夫马进著,伍跃、杨文信、张学锋译:《中国善会善堂史研究》,北京:商务印书馆,2005 年版。

荣真:《中国古代民间信仰研究——以三皇和城隍为中心》,北京:中国商务出版社,2006 年版。

陆学艺、王处辉主编:《中国社会思想史资料选辑(宋元明清卷)》,南宁:广西人民出版社,2007 年版。

陈元晖主编:《中国近代教育史资料汇编》,上海:上海教育出版社,2007 年版。

连横:《台湾通史》,北京:九州出版社,2008 年版。

白文刚:《应变与困境:清末新政时期的意识形态控制》,北京:中国传媒大学出版社,2008 年版。

[日]滨岛敦俊著,朱海滨译:《明清江南农村社会与民间信仰》,厦门:厦门大学出版社,2008 年版。

程维荣:《中国近代宗族制度》,上海:学林出版社,2008 年版。

鞠春彦:《教化与惩戒:从清代家训和家法族规看传统乡土社会控制》,哈尔滨:黑龙江教育出版社,2008 年版。

里赞:《远离中心的开放:晚清州县审断自主性研究》,成都:四川大学出版社,2008 年版。

张仲礼编著:《中国士绅研究》,上海:上海人民出版社,2008 年版。

(清)李元度纂,易孟醇校点:《国朝先正事略》,长沙:岳麓书社,2008 年版。

周保明:《清代地方吏役制度研究》,上海:上海书店出版社,2009 年版。

乐承耀:《宁波通史·清代卷》,宁波:宁波出版社,2009 年版。

王有英:《清前期社会教化研究》,上海:上海人民出版社,2009 年版。

小横香室主人:《清朝野史大观》,北京:中央编译出版社,2009 年版。

李长莉:《晚清上海社会风习与近代观念》,天津:天津人民出版社,2010

年版。

朱维铮：《重读近代史》，上海：中西书局 2010 年版。

魏光奇：《有法与无法——清代的州县制度及其运作》，北京：商务印书馆，
　　2010 年版。

熊月之主编：《稀见上海史志资料丛书》，上海：上海书店出版社，2012
　　年版。

陈茂同：《中国历代选官制度》，北京：昆仑出版社，2013 年版。

任吉东：《城市化视阈下的近代华北城乡关系：1860—1937——以京津冀为
　　中心》，天津：天津社会科学院出版社，2013 年版。

傅崇矩编著：《成都通览》，成都：天地出版社，2014 年版。

赵志飞主编：《中国晚清警事大辑》（第一辑），武汉：武汉出版社，2014
　　年版。

江波：《道光时期广州社会治安研究》，广州：中山大学出版社，2015 年版。

王汎森：《权力的毛细管作用：清代的思想、学术与心态（修订版）》，北京：北
　　京大学出版社，2015 年版。

杨峰、张伟：《清代经学学术编年》，南京：凤凰出版社，2015 年版。

吴震：《颜茂猷思想研究——17 世纪晚明劝善运动的一项个案考察》，北
　　京：东方出版社，2015 年版。

马玉生：《中国近代中央警察机构建立、发展与演变》，北京：中国政法大学
　　出版社，2015 年版。

马健：《文化规制论》，上海：上海交通大学出版社，2016 年版。

上海书店出版社编：《中国地方志集成》，上海：上海书店出版社，2000—
　　2016 年版。

萧公权著，张皓、张升译：《中国乡村——19 世纪的帝国控制》，北京：九州
　　出版社，2018 年版。

赵尔巽等撰：《清史稿》，北京：中华书局，2020 年版。

［美］W. 理查德·斯科特著，姚伟等译：《制度与组织：思想观念、利益偏好
　　与身份认同》，北京：中国人民大学出版社，2020 年版。

（二）期刊论文

郭松义：《清代人口问题与婚姻状况的考察》，《中国史研究》1987 年第

3 期。

王先明：《近代中国绅士阶层的分化》，《社会科学战线》1987 年第 3 期。

李荣忠：《清代巴县衙门书吏与差役》，《历史档案》1989 年第 1 期。

哈恩忠：《乾隆初年整饬民俗民风史料》(上下)，《历史档案》2001 年第 1、2 期。

徐茂明：《士绅的坚守与权变：清代苏州潘氏家族的家风与心态研究》，《史学月刊》2003 年第 10 期。

潮龙起：《清代会党的地域环境与清政府的社会控制》，《史学月刊》2004 年第 4 期。

张兵、张毓洲：《清代文字狱的整体状况与清人的载述》，《西北师大学报》(社会科学版)2008 年第 6 期。

朱竑、安宁：《清代顺、康、雍、乾时期文字狱的地域分异研究》，《地理科学》2011 年第 1 期。

汪春劼：《清末民初的"村干部"：图董与地保——基于 20 世纪前期无锡的分析》，《江海学刊》2012 年第 6 期。

刘宏：《义和团事件：清末反迷信的原动力》，《山东师范大学学报》(人文社会科学版)，2012 年第 6 期。

杨毅丰：《巴县档案所见清代四川妇女改嫁判例》，《历史档案》2014 年第 3 期。

严新宇：《职业化差役：清中叶以后的巴县坊厢保正》，《清史研究》2017 年第 4 期。

王先明：《绅董与晚清基层社会治理机制的历史变动》，《中国社会科学》2019 年第 6 期。

五、法律类著作

商务编译所编：《大清宣统新法令》，上海：商务印书馆，1909 年版。

马建石、杨育棠主编，吕立人等编撰：《大清律例通考校注》，北京：中国政法大学出版社，1992 年版。

(清)薛允升著，胡星桥、邓又天主编：《读例存疑点注》，北京：中国人民大学出版社，1994 年版。

张荣铮等点校:《大清律例》,天津:天津古籍出版社,1995年版。

(清)沈之奇撰,怀效锋、李俊点校:《大清律辑注》,北京:法律出版社,2000年版。

张晋藩:《中国法律的传统与近代转型》,北京:法律出版社,1997年版。

王立民、练育强主编:《上海租界法制研究》,北京:法律出版社,2011年版。

[日]冈田朝太郎口述,熊元翰编,张勇虹点校:《刑法总则》,上海:上海人民出版社,2013年版。

岳纯之点校:《唐律疏议》,上海:上海古籍出版社,2013年版。

张仁善:《礼·法·社会——清代法律转型与社会变迁》(修订版),北京:商务印书馆,2013年版。

张晶、刘焱:《中国治安管理处罚法律制度研究》,合肥:安徽大学出版社,2014年版。

洪佳期:《上海会审公廨审判研究》,上海:上海人民出版社,2018年版。

六、社会学、医学类著作

(清)郑树圭:《七松岩集》,石家庄:河北人民出版,1980年版。

潘绥铭:《神秘的圣火——性的社会史》,郑州:河南人民出版社,1988年版。

中国医学大成续编编委会编纂:《中国医学大成续编》,长沙:岳麓书社,1992年版。

(明)张介宾:《景岳全书》,北京:中国中医药出版社,1994年版。

何裕民、柴可夫、张玉清:《中医性别差异病理学》,上海:上海科学普及出版社,1997年版。

李心天主编:《医学心理学》,北京:北京医科大学、中国协和医科大学联合出版社,1998年版。

康正果:《重审风月鉴:性与中国古典文学》,沈阳:辽宁教育出版社,1998年版。

汪钟贤:《肺结核》,上海:上海科学技术出版社,2001年版。

黄自立编著:《中医古籍医论荟萃》,汕头:汕头大学出版社,2003年版。

[德]韦伯著,顾忠华译:《社会学的基本概念》,桂林:广西师范大学出版社,2005年版。

［奥］西格蒙德·弗洛伊德著,赵立玮译:《图腾与禁忌》,上海:上海人民出版社,2005年版。

(明)汪机撰,储全根、万四妹校注:《医学原理》,北京:中国中医药出版社,2009年版。

徐天民主编:《中国性科学发展蓝皮书》,北京:北京大学医学出版社,2010年版。

(明)张景岳著,范志霞校注《类经》,北京:中国医药科技出版社,2011年版。

冯国超:《中国古代性学报告》,北京:华夏出版社,2013年版。

张志斌主编:《三元参赞延寿书》,福州:福建科学技术出版社,2013年版。

(明)方谷著、(清)周京辑,刘时觉、林士毅、周坚校注:《医林绳墨大全》,北京:中国中医药出版社,2015年版。

［奥地利］西格蒙德·弗洛伊德著,彭倩、张露译:《性学三论与爱情心理学》,北京:台海出版社,2016年版。

七、文集、作品类

(一)文集类

(清)李棠阶《李文清公遗书》,光绪八年刻本。

(清)薛于瑛:《薛仁斋先生遗集》,光绪十四年刻本。

(清)贺长龄辑:《皇朝经世文编》,光绪十三年石印本。

(清)盛康辑:《皇朝经世文续编》,光绪二十三年刻本。

(清)宜今室主人编:《皇朝经济文新编》,光绪二十七年上海宜今室石印本。

(清)朱采:《清芬阁集》,光绪三十四年归安赵氏铅印本。

(清)朱之榛《常慊慊斋文集二卷》,东湖草堂庚申(1920)刻本。

(清)郑敦谨、曾国荃编:《胡文忠公遗集》,台北:文海出版社,1976年版。

苑书义等主编:《张之洞全集》,石家庄:河北人民出版社,1998年版。

梁启超:《梁启超全集》,北京:北京出版社,1999年版。

潘光旦:《潘光旦文集》,北京:北京大学出版社,2000年版。

(清)冯桂芬《校邠庐抗议》,上海:上海书店出版社,2002年版。

(清)汤斌著,范志亭、范哲辑校《汤斌集》,郑州:中州古籍出版社,2003年版。

魏源全集编辑委员会：《魏源全集》，长沙：岳麓书社，2004 年版。

陈戍国《礼记校注》，长沙：岳麓书社，2004 年版。

顾廷龙、戴逸主编：《李鸿章全集》，合肥：安徽教育出版社，2008 年版。

（清）曾国荃撰，梁小进主编：《曾国荃集》，长沙：岳麓书社，2008 年版。

（战国）左丘明著，李德山注评：《国语》，南京：凤凰出版社，2009 年版。

齐如山著，王晓梵整理：《齐如山文存》，沈阳：辽宁教育出版，2010 年版。

齐如山著，梁燕主编：《齐如山文集》，石家庄：河北教育出版社，2010 年版。

（战国）孟轲著，金良年注评：《孟子》，南京：凤凰出版社，2010 年版。

（清）丁日昌著、赵春晨编：《丁日昌集》，上海：上海古籍出版社，2010 年版。

（清）唐鉴撰，李健美校点：《唐鉴集》，长沙：岳麓书社，2010 年版。

（清）贺长龄、贺熙龄撰，雷树德校点：《贺长龄集 贺熙龄集》，长沙：岳麓书
　　社，2010 年版。

《清代诗文集汇编》编纂委员会编：《清代诗文集汇编》，上海：上海古籍出版
　　社，2010 年版。

（清）李星沅撰，王继平校点：《李星沅集》，长沙：岳麓书社，2013 年版。

释印光：《印光法师文钞全集》，北京：团结出版社，2013 年版。

（清）毕沅校注，吴旭民校点：《墨子》，上海：上海古籍出版社，2014 年版。

陈文和主编：《嘉定钱大昕全集》，南京：凤凰出版社，2016 年版。

李学勤主编：《十三经注疏》，北京大学出版社 1999 年版。

（二）小说戏曲作品类

《绣像芙蓉洞全传》，道光十六年重刻本。

《绣像双珠凤全传》，净雅书屋刊本。

（清）黄子贞撰：《增像绘图双珠球》，光绪三年刻本。

（清）余治：《风流鉴》，待鹤斋郑氏捐刻本。

（清）周竹安：《绣像载阳堂意外缘》，光绪二十五年上海书局石印本。

张紫晨编：《中国民间小戏选》，上海：上海文艺出版社，1982 年版。

（清）吴趼人：《近十年之怪现状》，天津：天津古籍出版社，1986 年版。

（清）西冷野樵：《绘芳录》，长春：吉林文史出版社，1988 年版。

（清）江左樵子编：《樵史通俗演义》，北京：中国书店，1988 年版。

（清）刘省三著，张庆善整理：《跻春台》，天津：百花文艺出版社，1988 年版。

（清）梦花馆主江阴香：《九尾狐》，南昌：百花洲文艺出版社，1991年版。

中国近代小说大系编委会：《中国近代小说大系》，南昌：江西人民出版社，1991年版。

《古本小说集成》编委会编：《古本小说集成》，上海：上海古籍出版社，1991年版。

（明）情颠主人：《绣榻野史》，郑州：中州古籍出版社，1993年版。

（清）邗上蒙人著，刘明今点校：《风月梦》，太原：山西人民出版社，1993年版。

（清）曹去晶：《姑妄言》，北京：中国戏剧出版社，2000年版。

（清）苏庵主人等著：《绣屏缘 绣球缘 列仙传》，北京：中国戏剧出版社，2000年版。

（清）评花主人著，古生校点：《九尾狐》，天津：百花文艺出版社，2002年版。

（清）佚名编撰，侯会校点：《清风闸 杀子报》，北京：群众出版社，2003年版。

（清）吴趼人：《恨海·劫余灰·情变》，南昌：百花洲文艺出版社，2011年版。

（清）漱六山房：《九尾龟》，南昌：百花洲文艺出版社，2011年版。

（清）韩邦庆：《海上花列传》，南昌：百花洲文艺出版社，2011年版。

（清）孙家振：《海上繁华梦》，南昌：百花洲文艺出版社，2011年版。

（清）庾岭劳人：《蜃楼志》，南京：凤凰出版社，2013年版。

（清）李宝嘉：《官场现形记》，哈尔滨：北方文艺出版社，2013年版。

（明）冯梦龙、凌濛初：《三言二拍精装典藏本》，北京：中国画报出版社，2014年版。

（清）曹雪芹、高鹗：《红楼梦》，哈尔滨：北方文艺出版社，2016年版。

黄婉仪编注：《汇编校注〈缀白裘〉》，台北：学生书局，2017年版。

（清）吴趼人著，刘敬圻主编：《吴趼人全集》，哈尔滨：北方文艺出版社，2019年版。

七、史料、档案类著作

（一）笔记、日记、回忆录史料

包天笑著，刘幼生点校：《钏影楼回忆录 钏影楼回忆录续编》，太原：三晋出版社，2014 年版。

（清）钱泳撰，张伟点校：《履园丛话》，北京：中华书局，1979 年版。

（清）张集馨：《道咸宦海见闻录》，北京：中华书局，1981 年版。

（清）张德彝：《随使法国记（三述奇）》，长沙：湖南人民出版社，1982 年版。

（清）王应奎撰，王彬、严英俊点校：《柳南随笔续笔》，北京：中华书局，1983
　　年版。

（清）郭嵩焘著，钟叔河、杨坚整理：《伦敦与巴黎日记》，长沙：岳麓书社，
　　1984 年版。

（清）欧阳兆熊、金安清撰，谢兴尧点校：《水窗春呓》，北京：中华书局，1984
　　年版。

徐珂编撰：《清稗类钞》，北京：中华书局，1984 年版。

（清）王韬著，陈戍国点校：《瀛壖杂志》，长沙：岳麓书社，1988 年版。

齐如山：《齐如山回忆录》，北京：宝文堂书店，1989 年版。

（清）陈其元：《庸闲斋笔记》，北京：中华书局，1989 年版。

葛元煦、黄式权、池志澂著，郑祖安、胡珠生校点：《沪游杂记　淞南梦影录
　　沪游梦影》，上海：上海古籍出版社，1989 年版。

邓之诚著，邓珂增订点校：《骨董琐记》，北京：中国书店，1991 年版。

严宝善编录：《贩书经眼录》，杭州：浙江古籍出版社，1994 年版。

陈无我：《老上海三十年见闻录》，上海：上海书店出版社，1997 年版。

（明）沈德符，侯会选注：《万历野获编》，北京：燕山出版社，1998 年版。

（清）葛元煦撰，郑祖安标点：《沪游杂记》，上海：上海书店出版社，2006
　　年版。

冯自由：《冯自由回忆录：革命逸史》，北京：东方出版社，2011 年版。

（明）何良俊撰，李剑雄校点：《四友斋丛说》，上海：上海古籍出版社，2012
　　年版。

（清）昭梿撰，冬青校点：《啸亭杂录续录》，上海：上海古籍出版社，2012
　　年版。

（明）田汝成著：陈志明校：《西湖游览志馀》，北京：东方出版社，2012 年版。

（清）李斗著，许建中注评：《扬州画舫录》，南京：凤凰出版社，2013 年版。

（二）家规、族训、年谱

（清）辛从益：《辛筠谷年谱》，咸丰寄思斋藏稿本。

张宗铎修：《横峰张氏家谱》，民国四年铅印本。

陈模纂：《福建浦城陈氏家谱》，民国六年集贤堂活字本。

《温氏母训》，民国九年上海涵芬楼影清道光十年刻本。

(清)王又朴：《介山自定年谱》，民国刻屏庐丛刻本。

(清)汪辉祖著，王宗志等注释：《双节堂庸训》，天津：天津古籍出版社，1995
年版。

张福清编注：《女诫——女性的枷锁》，北京：中央民族大学出版社，1996
年版。

徐梓编注：《劝学——文明的导向　戒淫——荒淫的警钟》，北京：中央民族
大学出版社，1996年版。

徐梓编注：《家训——父祖的叮咛》，北京：中央民族大学出版社，1996
年版。

北京图书馆编：《北京图书馆藏珍本年谱丛刊》，北京：北京图书馆出版社，
1999年版。

丁文江、赵丰田编著：《梁启超年谱长编》，上海：上海人民出版社，1983
年版。

(清)陈宏谋辑：《五种遗规》，北京：中国华侨出版社，2012年版。

上海图书馆编；陈建华、王鹤鸣主编：《中国家谱资料选编》，上海：上海古籍
出版社，2013年版。

冯尔康主编：《清代宗族史料选辑》，天津：天津古籍出版社，2014年版。

卞利编著：《明清徽州族规家法选编》，合肥：黄山书社，2014年。

楼含松主编：《中国历代家训集成》，杭州：浙江古籍出版社，2017年版。

(三)档案史料

(清)佚名：《宣讲集要》，清咸丰二年福建吴玉田刻本。

(清)宋楚望辑：《公门果报录》，光绪十八年江苏书局刻本。

(清)余治：《得一录》，台北：华文书局，1969年影印版。

清实录馆纂修：《清实录》，北京：中华书局，1985年版。

(清)石成金：《传家宝全集》，北京：北京师范大学出版社，1992年版。

中国第一历史档案馆编：《光绪朝上谕档》，桂林：广西师范大学出版社，
1996年版。

官箴书集成编纂委员会编：《官箴书集成》，合肥：黄山书社，1997 年版。

中国第一历史档案馆编：《纂修四库全书档案》，上海：上海古籍出版社，
　　1997 年版。

邓忠先、王益志主编：《紫禁城档案》，北京：红旗出版社，1998 年版。

赵之恒等主编：《清宣宗圣训·清文宗圣训》，北京：燕山出版社，1998
　　年版。

张原君、陶毅主编：《为官之道：清代四大官箴书辑要》，北京：学习出版社，
　　1999 年版。

上海市档案馆编：《工部局董事会会议录》，上海：上海古籍出版社，2001
　　年版。

元周主编：《政训实录》，北京：中国戏剧出版社，2001 年版。

《上海审判志》编纂委员会：《上海审判志》，上海：上海社会科学出版社，
　　2003 年版。

（清）蒋良骐撰，鲍思陶、西原点校：《东华录》，济南：齐鲁书社，2005 年版。

新闻出版总署图书出版管理司编：《图书出版管理手册》，北京：中国法制出
　　版社，2006 年版。

杨一凡、王旭编：《古代榜文告示汇存》，北京：社会科学文献出版社，2006 年版。

广东省立中山图书馆、中山大学图书馆编：《清代稿钞本》（第一辑），广州：
　　广东人民出版社，2007 年版。

李文海、夏明方、朱浒主编：《中国荒政书集成》，天津：天津古籍出版社，
　　2010 年版。

丛培业编：《中华传统蒙学经典》，北京：世界知识出版社，2013 年版。

丁世良、赵放主编：《中国地方志民俗资料汇编》，北京：国家图书馆出版社，
　　2014 年版。

牛铭实编著：《中国历代乡规民约》，北京：中国社会出版社，2014 年版。

董沛文主编：《修道合集》，北京：宗教文化出版社，2014 年版。

（清）汪辉祖著，孙之卓编注：《佐治学治解读》，哈尔滨：哈尔滨工业大学出
　　版社，2015 年版。

附录　本书表格索引

后　记

　　屈指算来，"晚清小说戏曲禁毁问题研究"已经陪我走过了15个春秋。记得我在《晚清报载小说戏曲禁毁史料汇编》的《后记》中写道："2006年秋，蒙恩师黄霖先生之厚爱，将我招入黄门，并将我的研习方向规划为报刊与近代文学关系之研究。随后在查阅晚清报刊的过程中，我于兹编之资料偶有所见，见辄辑录，三年下来，累积已逾三十万言。"《晚清报载小说戏曲禁毁史料汇编》于2013年申报为国家社科基金后期资助项目，结题后于2015年10月由北京大学出版社出版，共从74种晚清中文报刊上搜集小说戏曲禁毁史料2364则（篇），分为"上编　禁毁令章""中编　查禁报道"和"下编　禁毁舆论"三部分编排，计98万言。在完成该汇编的过程中，伴随禁毁史料搜集和研读，我愈发感到晚清小说戏曲禁毁相关研究还很薄弱，自己也有一些不吐不快的想法。2016年，我以"晚清小说戏曲禁毁问题研究"为题申报了国家社科基金项目。课题于2021年8月通过国家哲学社会科学工作办公室的鉴定，被评为优秀等级。于今，回顾这10余年夙兴夜寐、殚思愁苦的禁毁问题研究历程，欣慰之余，感激和愧疚之情亦油然而起。

　　在本书的完成过程中，我始终得到了师长、益友的鼓励和帮助。本书的题目是由恩师黄霖先生酌定。2015年11月底，恩师和师母一行曾莅临临海，我当时正在撰写课题申报书，在"晚清小说戏曲禁毁研究""晚清禁毁小说戏曲研究"等几个题目之间颇费踌躇。在陪同恩师去涌泉橘园游览返回的途中，我借机向恩师汇报了自己的想法，恩师当即明断说：加上"问题"两个字，就不会发生歧义了。在书稿出版之际，我曾萌发请恩师作序的想法，但考虑到恩师以杖朝之年正忙于完成多项研究计划、焚膏继晷，遂终止了此念。2019年，为解决查阅文献的困难，谭帆先生曾接纳我在华东师范大学访学半年，我得以在工作多年之后享受了一段宁静沉潜的读书时光，记忆犹新。同事张亚东博士、吕蒙博士在博士后进修之际，给我提供了许多查阅文献的便利。北京大学周兴陆教授以及我的同事李涛教授、李建军教授、李国辉教授等益友还拨冗审阅了书稿，提出了许多宝贵的修改意见。

几位匿名的国家社科基金同行评议专家也为书稿提出了宝贵意见，让我受教颇多。李建军教授主持的市重点学科"中国古代文学与天台山文化"为本书出版提供了大半资助。中华书局编辑陈乔女士精细审阅、校勘，提高了本书质量。还有我的妻子夏俊女士，一直是我求学之路的坚强后盾，她承担家务，梳理人际，宽慰我，鼓励我，在她的庇护下，我得以专心向学。所有这些浓情厚意，非几句衷心感谢之言所能言尽。

这10余年，我还欠下了难以言尽的亲情债，其中许多已化作永久的愧疚和遗憾。我学历起点低，从中师毕业，到参加全国高等教育自学考试获得专科、本科文凭，又在乡村中学工作10余年之后，侥幸考上硕士，又有幸在名师的指导下完成了博士学位，其时年近不惑。博士毕业后，我最终选择了台州，距离故乡千余公里，工作期间难得回几趟老家。就在我工作、生活渐渐安定和有所进展之时，几位至亲先后永远地离开了我：对我疼爱有加的干爷和干奶分别于2014年腊月廿五日和2016年端午节相继离世，我皆未能送他们最后一程；命运多舛的姐姐于2019年正月十四日遽然客死北京。姐姐语文功底深厚、文思细腻优美，她曾取得信阳地区高考语文单科第一名的成绩。高考落榜之后，姐姐四处打工谋生，姐姐是我小时候对文学产生兴趣的引路人；2020年暑假，岳父因肺癌离世。岳父是一位善良朴实的农民，在我读硕攻博期间，他经常慷慨地接济我们粮油；就在本书修改定稿之际，父亲在老家溘然长逝。我幼年丧母，父亲自32岁鳏居，孤苦终生。记得父亲在我们小时候就殷切地盼望我们能读书成才，不要像他那样面朝黄土背朝天，但受制于家境等条件，我们兄弟姊妹五人中唯有我一人走出了乡野、走出了大山。这十余年，我和这些亲人团聚的日子屈指可数。记得他们生前常常勉励我，把我看作他们的骄傲，宽慰我说离家千里是工作需要，来日方长。学习可以补课，亲情难以接续。近数年，在品尝人生的这些残缺和遗憾中，我发须渐白。本书的文字背后，还有我许多主动或被迫牺牲亲情留下的无奈和愧疚。

是为记。

2022年2月8日初稿

2023年7月14日定稿

于浙江临海